GABBIE
OLIVEIRA

EDITORA
EUPHORIA

1ª EDIÇÃO, 2022

GIRASSÓIS DE DANTE

CAPA
Júlia Prux
Fakel Barros

ILUSTRAÇÕES
Júlia Prux

REVISÃO
Andréa Santos
Simone da Mota de Souza

PREPARAÇÃO DE TEXTO
Gabrielle Martins
Nathalia Brandão

DIAGRAMAÇÃO
Lara Design Editorial

GIRASSÓIS DE DANTE. 1ª EDIÇÃO

Editora Euphoria

CNPJ: 39.317.627/0001-06
Rio de Janeiro - RJ
editoraeuphoria.com.br

Dados Internacionais de Catalogação na Publicação (CIP)
(Câmara Brasileira do Livro, SP, Brasil)

Oliveira, Gabbie
Girassóis de Dante / Gabbie Oliveira ; [ilustrações Júlia Prux] . -- 1. ed. -- Rio de Janeiro, RJ : Editora Euphoria, 2022.

ISBN 978-65-84923-06-5

1. LGBTQIA - Siglas 2. Romance brasileiro I. Prux, Júlia. II. Título.

22-134743 CDD-B869.3

Índices para catálogo sistemático:

1. Romances : Literatura brasileira B869.3
Eliete Marques da Silva - Bibliotecária - CRB-8/9380

ATENÇÃO!

Este livro possui cenas de sexo explícito e aborda temas sensíveis como luto, depressão, transtorno de ansiedade, abandono parental, menção à suicídio e descrições de pensamentos autoagressivos que podem gerar gatilhos a leitores mais sensíveis. Não é recomendado para menores de 18 anos.

DEDICATÓRIA

Para a minha versão de dezesseis anos, que não tinha a menor ideia do que estava fazendo quando começou a escrever. Parabéns, garota, você publicou um livro.

RAFAEL

1

MEU PAI VAI SE CASAR.

Depois de doze anos como um homem viúvo, antirrelacionamento sério e repelente de mulheres, ele finalmente encontrou alguém com quem juntar as escovas de dente. E já estava na hora. Para ser franco, por muito tempo me perguntei se eu seria a única pessoa com quem ele conviveria, em uma casa grande e solitária, abrigando debaixo do seu teto o filho primogênito, um moleque com vinte anos nas costas que parece nunca amadurecer.

Antony Martins vai finalmente mudar seu *status* no Facebook, de "viúvo" para "Em um relacionamento sério" com Ísis Monteiro. E eu, Rafael Kang, não poderia estar mais feliz.

Meu pai não fala muito sobre ela, ou talvez fale e eu não dê a devida atenção. Tenho uma mania horrorosa de balançar a cabeça e dizer "aham" nas raras vezes que ele começa a falar daquele jeito todo apaixonado e bobo sobre a mulher. Pensando bem, faço esse tipo de coisa sempre que o assunto não é do meu interesse. Sei que é um hábito ruim e pouco educado, mas não consigo controlar.

Todas as informações que me permiti saber sobre ela são: um, ela é médica ginecologista; dois, ela tem um filho que é alguns anos mais novo do que eu; e três, ela é bem bonita, tipo, bonita mesmo. Sabe aquelas pessoas que são tão bonitas que você precisa parar para absorver tudo aquilo que seus olhos estão captando, como uma informação absurdamente difícil de processar porque é como se nunca, na história, uma pessoa como aquela houvesse pisado na terra antes, e você pensa: "*Caralho*, ela é *esse* tipo de gente bonita"? É isso que me faz entender o desespero do meu pai para pôr uma aliança naquele dedo.

Meu pai, um homem besta e engraçado, cujas piadas possuem uma pitada de sarcasmo, é do tipo que flerta te fazendo rir, e quanto mais você dá risada das baboseiras que ele fala, mais perto de se apaixonar você fica. Herdei isso dele, mas a beleza veio da minha mãe, o que é um bônus a mais para mim.

Ísis e meu pai estão juntos há dois anos, eu acho, e durante todo esse tempo, o que eu mais fiz foi fugir dos planos dele de me fazer conhecê-la devidamente. Nunca trocamos mais de dez palavras e não vejo isso como um problema, mas o meu pai sim, porque infelizmente ainda moro embaixo de seu teto, e se ele vai se casar, futuramente seremos ele, eu, sua nova esposa e enteado. Antony Martins tentou, ele moveu céus e terras para que eu me apresentasse à sua noiva e ao seu novo enteado, e com muito custo e esforço, consegui fugir de todos esses encontros em família, do mesmo modo que pretendo fazer hoje.

— Já estamos saindo! — Ouço sua voz e no instante em que ergo o olhar, o noto parado na porta, com os braços cruzados acima do peito e a testa franzida. Seus olhos pequenos passeiam por mim, do cadarço do tênis embolado nos meus dedos enquanto o amarro, para as chaves do carro e a carteira largados no colchão ao meu lado. — Pra onde você pensa que vai, Rafael?

Abro um sorriso travesso, tombando a cabeça para o lado e deixando que os fios escuros do meu cabelo escorreguem pela minha testa.

— É sexta-feira. Para onde você acha que eu vou? — Pergunto e me levanto. — E não volto hoje.

Ele riu. E só pelo tom, eu soube que nem da porta de casa eu passaria sem a sua permissão. Meu pai é liberal, nunca implicou com os lugares aos quais eu vou, ou com as coisas que faço. Contanto que eu não transe sem camisinha ou use drogas, para ele, está tudo bem. Mas naquele dia eu soube que não seria assim.

— Ah, não, pai... — Tento a clássica manipulação entre pai e filho que consiste em chorar e implorar. — O Guilherme tá me esperando.

— Isso é problema seu e dele. Eu passei a semana inteira te avisando para não marcar nada na sexta — ele lembra.

Considero a audácia de questionar, uma vez que sei que é verdade, então tomo a decisão que me parece mais apropriada à situação, e pergunto:

— Era nesta sexta? — Aperto os olhos, fingindo confusão.

— Rafael, eu juro... — Ele fecha as mãos em punhos, cobriu os olhos e respirou fundo, tentando não se irritar. — Saia deste quarto antes que eu te mate. — Voltou a me olhar. — E avise ao seu amigo que você só vai sair depois que jantar na casa da Ísis, como pessoa decente que eu sei que você sabe fingir ser.

Obedeço, reconhecendo que perdi a batalha, solto o ar de forma quase pirracenta e guardo no bolso a carteira e o celular, andando até ele e trocando olhares um tanto desafiadores quando atravesso a porta.

— Vamos nos mudar na semana que vem, e eles mal conhecem você, francamente. — Eu o ouço resmungar logo atrás de mim enquanto cruzamos o corredor até a sala.

— E o que tem isso? — Indago, já na porta. — Vamos fazer como naquele *reality show*, me coloca em uma casa com desconhecidos e vamos ver o que acontece.

Ele não responde. Imagino que deva estar pensando no que fazer comigo.

Entramos no carro, passo o cinto ao redor do meu corpo e afundo no banco do passageiro.

— Estou falando sério, Rafa, quero que se comporte hoje — ele pede, num tom menos agressivo que imediatamente me faz desistir de relutar. — É importante para mim que vocês se deem bem.

— Vamos nos dar bem, pai. Eu não sou tão complicado assim.

— Eu sei que não, o meu medo é você não conseguir se adaptar — ele explica, virando o rosto para mim. — Sempre fomos só nós dois, e se você não estiver confortável em morar com outras pessoas, então não vai dar certo.

— Sua vida não pode girar em torno de mim pra sempre.

— Mas, no momento, ela gira, você é meu filho — ele acrescenta, como se eu fosse me esquecer desse fato. — Eu me importo mais com você do que com qualquer outra coisa. É importante pra mim ter a sua aprovação, Rafael.

Solto o ar, balançando a cabeça em concordância. Quero dizer a ele que não me importo com quem vai se casar ou com quantas pessoas teremos que morar, porque eu nunca faria nada que prejudicasse sua felicidade, nunca me colocaria entre ele e a pessoa que ele diz amar, quando ele passou quase doze anos sozinho só para que eu não tivesse que crescer chamando outra mulher de mãe, para que eu não precisasse passar pelo estresse de pensar que ele estava tentando substituí-la.

Eu podia não entender quando era mais novo, mas agora entendo, e sei que o fato de a minha mãe ter morrido não o torna preso a ela; entendo que ele a ama, por mais que ela não esteja mais entre nós e entendo que ele não precisa passar o resto da vida sozinho por conta disso. Não pertencemos a ninguém e todos temos o direito de amar uma, duas, três, quantas vezes o coração mandar. E se Ísis for a mulher certa, não serei eu que estragarei isso.

— E, por favor, seja legal com o garoto.

— Como o pirralho, é? — Pergunto, coçando o queixo, dando-me conta de que não faço ideia nem da idade desse garoto.

— Ele gosta de pintar — meu pai começa, soa meio em dúvida, e então dá de ombros. — Gosta de filmes de terror, *videogames* e essas coisas que adolescentes curtem.

Assenti, mentalizando a imagem do tal garoto. Ele não devia ter mais do que quinze, um moleque obcecado por videogames. Posso ser legal com ele, contanto que ele não grude em mim e me force a carregá-lo para cima e para baixo. Sou filho único, não possuo o preparo adequado para lidar com um irmão mais novo a essa altura do campeonato.

Ainda que seja estranho tentar vê-lo como um irmão sem sequer termos crescido juntos, vejo o Guilherme, por exemplo, como meu irmão. Somos amigos desde o primeiro ano do fundamental, na época em que não sabíamos nem ler nossos próprios nomes. Eu vivia na casa dele e vice-versa. Considero-o meu irmão, visto tudo que passamos juntos, mas esse garoto, no entanto, não vai passar do filho da minha madrasta com quem preciso manter uma boa convivência se eu quiser evitar algum tipo de surto.

Assim que chegamos ao endereço, me dei conta de que se tratava de um condomínio fechado, com várias casas bonitas e silenciosas, poucas luzes acesas e cortinas sempre fechadas. Quando estacionamos na frente de uma dessas casas, vejo de relance uma mulher caminhando com um cachorro pequeno e peludo. Ela nos assiste descer do carro, com aquele ar curioso e olhos ligeiros, tentando ao máximo disfarçar seu interesse, mas, ao passar por nós, nos deseja boa noite, e me viro só para ter certeza de que ela olhou para trás, e estou certo.

Meu pai bate à porta e demora pouco mais de três minutos para alguém aparecer. Ouço o som de chaves e a porta é aberta, o que me dá um vislumbre do interior da casa. Reparo de forma rápida na energia que o lugar transmite antes de entrar, para, então, transferir minha atenção à mulher que está ali

Ísis troca um selinho rápido com meu pai, para só então me dar a atenção de seus olhos. E ela está ainda mais bonita do que minha mente me permite lembrar; com tranças no cabelo crespo que vão até o meio das suas costas e prendedores dourados nas pontas. Tem argolas grandes da mesma cor nas orelhas e uma corrente fina no pescoço, com um pingente de cruz que termina bem onde o vestido começa, branco de alças finas, bem ajustado ao corpo, evidenciando cada curva. Ísis sorri antes de partir em minha direção e me puxar para um abraço caloroso, descendo a palma das mãos pelas minhas costas como um tipo de carinho, então se afasta, me segura pelos ombros e me olha nos olhos.

— Como você está, Rafael? Faz um tempo desde a última vez que nos vimos — ela diz, sorrindo. Nem mesmo me lembro da última vez em que nos vimos, então apenas sorrio de volta, balançando a cabeça em afirmação. — Você não tinha o cabelo dessa cor.

— Pois é. — Olho para cima, vendo bem de relance os cabelos antes artificialmente platinados, agora escurecidos como a cor natural dos fios. — Pintei no final do ano passado.

— O Vinícius vai te adorar — comenta, usando a ponta dos dedos para afastar os fios da minha testa. — Ele está lá em cima, por que você não sobe pra falar com ele? — Ela me leva até as escadas.

— Eu não sei se deveria chegar assim...

— Bobagem, sobe lá, ele não morde. — Aponta com a cabeça, sorrindo ao juntar as mãos na frente do corpo e esperando que eu obedecesse.

Quero me recusar a fazer isso quando noto o olhar do meu pai por cima dos ombros dela, olhos firmes que dizem exatamente o que a boca não pode, e é "suba lá, agora, moleque". Solto o ar, sorrindo de forma leve antes de balançar a cabeça e subir degrau por degrau.

Ao chegar na parte de cima, sigo pelo corredor em direção à única luz acesa de onde também ecoa uma música baixa. Quanto mais me aproximo, mais reconheço o toque, até me dar conta de que se trata de *Humanos Não Matam Deuses,* do Baco[1].

Sinto um frio na barriga, guardo as mãos suadas nos bolsos da bermuda e respiro fundo, sem entender muito bem a razão para estar tão nervoso. Então, finalmente chego à porta do quarto que está escancarada, por sorte ou não, e tenho a visão completa do quarto e de tudo que contém nele, mas antes que eu possa começar a reparar nos pôsteres na parede, nos livros ou nos desenhos espalhados por todo canto, a primeira coisa que toma meu foco é o garoto sentado no meio do quarto, de pernas cruzadas sobre o tapete cinza e felpudo, com a pele preta quase

1 Baco Exu do Blues, cantor brasileiro.

toda descoberta, os joelhos sujos de tinta vermelha e rosa, segurando em uma das mãos um pincel e se inclinando sobre a tela apoiada no chão.

Não vejo seu rosto por conta do cabelo que desce enrolado em cachos perfeitos, cobrindo seus olhos até metade do nariz, mas vejo sua boca; os lábios se tocando enquanto cantarola baixinho cada palavra da letra da música.

Sinto meu coração saltar dentro do peito.

Ele se vira para alcançar a aquarela, então finalmente me enxerga. Seus olhos tão escuros quanto o céu à noite, com um único ponto brilhante dado pela luz, se arregalam ao me ver. Ele salta pelo susto e eu me assusto em reflexo.

— Que porra é essa? — Indaga alto, meio atordoado, então enfia o pincel no vidro com água. — Quem é você?

— Eu sou... Eu vim com o meu pai — digo, sem ter certeza de que dei a resposta certa. Meu coração ainda bate forte dentro do peito, não sei se pelo susto repentino ou por estar sob o olhar dele.

— Você é filho do Antony? — Questiona, num tom de estranhamento e dúvida que me deixa extremamente confuso.

— É, ele é meu pai — digo, com medo de parecer meio arrogante.

— Foi mal. — Riu soprado. — É que vocês não são parecidos — acrescenta.

Eu aperto os olhos e antes de respondê-lo, encontro meu reflexo no espelho do outro lado do quarto, entendendo perfeitamente o que ele quis dizer ao ver meu rosto; os olhos estreitos da minha mãe, assim como o seu cabelo liso.

— Ah... — Solto o ar, com um riso soprado. — Minha mãe era coreana.

O garoto, então, parece entender, sorrindo minimamente enquanto usa um lenço para limpar a tinta das mãos e das pernas.

— Minha mãe te forçou a vir falar comigo? — Pergunta depois de um momento, levantando-se para desligar a música e deixando que as roupas cobrissem seu corpo da forma que deveriam. A camiseta amarela vai até parte das coxas e a bermuda preta termina bem antes do joelho. Me perco ali por um momento, antes de voltar os olhos para o seu rosto.

— É... de certo modo — digo, soando meio vago, e não percebo que estou preso num tipo de transe até ouvir a voz dele outra vez.

— Como se chama? — Pergunta baixo, num timbre rouco que me arrepia. Eu me alerto pela reação exagerada e pouco conveniente do meu corpo ao ouvir sua voz.

— Rafael.

— Rafael de quê? — Transita pelo quarto, guardando no lugar os potes de tinta e os pincéis.

— Kang Martins.

— É diferente... — Ele me olha. — Combina com você. Eu gosto. — Sorri mínimo, soltando o ar e finalmente caminhando na minha direção. — Me chamo Vinícius.

— É, eu sei... — digo, ainda chocado com o fato de ele ser bem mais velho do que pensei que seria. Ele é alto e atraente de uma forma que chega a ser alarmante para mim. — Quantos anos você tem?

— Dezoito. — Ele está a quase um palmo de distância de onde estou, tão perto que posso sentir seu cheiro doce. — E você?

— Vinte.

Ele está sorrindo enquanto olha para mim. Eu já tinha aceitado que ele era um garoto de pelo menos quinze anos, viciado em *videogames* e vídeos do TikTok, mas olhando para ele agora, não sei bem como reagir. Eu não esperava por isso. De jeito nenhum eu estava esperando por isso.

— Você é bonito — ele diz de repente, passando por mim ao atravessar a porta do quarto. Tenho a forte sensação de que ele vai dizer algo a mais quando o ouço: — Você tem covinhas, é fofo.

Não é bem o que eu esperava que saísse da sua boca. Ele sustenta o meu olhar por tempo demais para me dar a certeza de que, de fato, não é só isso o que tem a dizer. Sinto-me vibrar, como se algo que viessem do meu âmago, do meu mais puro instinto, e Vinícius sorri, causando-me arrepios dos pés à cabeça. Não sou bobo, mas prefiro pensar que todas essas fortes impressões são invenções da minha mente.

Descemos as escadas um ao lado do outro. Vinícius entra primeiro na cozinha e eu vou logo depois. Quando chego, meu pai está ajudando Ísis a pôr os pratos na mesa. Vejo o garoto assumir a tarefa de distribuir os talheres, sentando-se em seguida na cadeira à sua frente. Meu pai se acomoda, e o que me resta é a cadeira vazia ao lado de Vinícius. Assim que me acomodo ali, quase afundando inteiramente na cadeira e separando os joelhos embaixo da mesa, quase salto pelo choque de sentir a perna de Vinícius tocar a minha. Ajeito a postura numa rapidez quase desumana, ganhando a atenção tanto dos olhos dele quanto dos de meu pai. Abro um sorriso amarelo, abaixando a cabeça e fitando a toalha excepcionalmente limpa da mesa de jantar.

— Rafa... — Vinícius chama num tom breve de quem não quer saber nada demais. Ele se levanta e começa a se servir de um pouco de arroz, esperando que eu emita algum som para que possa continuar. — Você tem namorada?

— Não — respondo meio incerto com o propósito da pergunta. — Eu sou gay.

Ele faz que sim, sem demonstrar surpresa e muito menos espanto. Na verdade, posso jurar que o vi dar um sorrisinho de leve.

— E namorado, você tem?

Dessa vez, antes que eu possa pensar em responder, meu pai toma a fala e diz, rindo:

— Nem amarrando esse garoto no sol por semanas, sem água e sem comida, você consegue fazê-lo entrar em um relacionamento sério com alguém.

Eu o encarei de boca aberta, indignado com tais palavras. Tudo bem que para que eu entre em um relacionamento seja necessário grande esforço, que beira mais a um milagre, mas isso não significa que ele possa falar assim.

— Eu só... — Puxo o ar, indo longe atrás das palavras certas. — Gosto de ser livre — digo, franzindo a testa sem ter certeza de que essa foi a melhor maneira de argumentar.

Ouço meu pai rir e Ísis também. Não evito a vontade de rolar os olhos e me ergo para começar a me servir, esperando pelas piadas que seriam soltas.

— Está certo, tem que aproveitar enquanto é jovem — ela diz num tom bem-humorado, olhando para mim e sorrindo.

— Mas e você, Vinícius? — Jogo a bola para ele. — Tem namorado ou namorada?

Os olhares se voltaram para ele no mesmo minuto. Percebi que aquele era um assunto não conversado entre ele e a mãe. Noto o desconforto em cada movimento do garoto e começo a me sentir meio culpado pela pergunta.

— Não, eu não tenho.

Eu estava a um passo de perguntar se ele era *queer*, mas um sabe quando o outro não é assumido. E naquela fração de segundos, eu não só vi que a mãe dele desconfia disso, como também vi que essa é uma enorme questão para ele.

Lembro-me vagamente de quando me assumi para o meu pai. Eu tinha entre catorze e quinze anos, estávamos sentados à mesa de jantar e eu disse: "Pai, eu gosto de meninos". Ele parou, ergueu o olhar para mim, soltou o ar e respondeu: "Eu sei, agora me passa o sal". Simples assim. Eu também nunca fiz questão de esconder. Talvez ele só soubesse, como uma intuição de pai, ou talvez ele tenha visto algo incriminador no meu histórico do Google.

Ali na mesa, eles se aprofundaram em uma conversa sobre a escola, que durou pouco menos de dez minutos até meu pai começar a falar sobre nossa convivência em casa, e do jeito que fala de mim parece que está tentando vender um produto que todos sabem que não funciona direito: "mas, olha, ele sabe fazer isso e aquilo, então deve valer a pena". Não vou mentir, eu sou mesmo um vagabundo que adora a vida fácil que o universo me proporcionou. E não pretendo sair da casa do meu pai tão cedo.

Também não me incomodo tanto em servir de assunto para a conversa deles, pois não há nada que meu pai possa dizer a essas pessoas que já não tenha dito na minha cara em algum momento. Já Vinícius não parece nem um pouco a fim de ouvir que falem sobre si, sequer parece estar à vontade para comentar algo. Cada pergunta que lhe é direcionada é rapidamente respondida de forma rasa, sem margens para que possamos nos aprofundar nos assuntos. Não é possível que eu tenha sido o único a perceber quão desconfortável ele já está.

Ainda assim, o máximo que consegui descobrir sobre ele é que está no segundo ano do ensino médio, reprovou a nona série, estuda em um colégio particular em Botafogo, não tem irmãos e não faço a menor ideia do que houve ou por onde anda o seu pai. Sua relação com a mãe é quase igual à minha com meu pai: somos filhos únicos de pais solteiros, então eu meio que compreendo o desconforto dele em ter que socializar com pessoas novas. Nem imagino o que se passa pela sua cabeça ao se lembrar de que moraremos todos juntos na próxima semana.

O jantar acaba e me mantenho atento aos dedos dele batucando na mesa, ansioso, como se estivesse esperando por uma permissão para se levantar e voltar para o quarto. Não muito diferente dele, bato os pés no chão e olho para o nada, sentindo meu celular vibrar dentro do bolso da bermuda. Não preciso sequer conferir de quem são as mensagens, tenho certeza de que se trata de Guilherme me xingando de todos os palavrões que conhece por eu ter desaparecido por quase uma hora.

Tomo coragem para começar a choramingar para o meu pai, implorar que me deixe ir embora de uma vez, então espero que ele olhe para mim para começar o teatro.

— Pai — chamo, levando os olhos até a porta e trazendo-os de volta para ele, num pedido silencioso para ir embora. Ele franze a testa, me olha como se estivesse tentando me fuzilar, e isso basta para que eu entenda que a resposta é um grande não.

— O que foi, Rafael? — A voz de Ísis me alcança e me arrasta para fora da bolha em que só cabe eu e meu pai.

Levo meus olhos até ela e arqueio as sobrancelhas, acabando por me deparar com o mais novo meio de conseguir o que quero, olho para ela e olho para o meu pai.

— Marquei de sair com um amigo depois do jantar — começo, dando de ombros e abaixando o olhar como quem finge decepção. Talvez, se eu me passar por pobre coitado, ela convença meu pai a me deixar ir.

— Um amigo? — Ela indaga num tom desconfiado que faz meus olhos saltarem do rosto.

— Não é esse tipo de amigo! — Quase grito e meu pai ri. Quando me viro, Vinícius está me olhando de forma curiosa. — Meu Deus, ele é quase meu irmão, tia, sério...

Ela ri soprado e olha para o meu pai, buscando por um tipo de confirmação, e tudo que ele faz é assentir.

— Ele quer ir a uma festa — meu pai explica por mim, apontando com o cotovelo na minha direção. — Com o Gui, o amigo dele.

— Isso. — Balanço a cabeça. — Eu posso ir?

— Por que você não leva o Vinícius contigo? — Meu pai sugere.

Prendo a língua para não começar um protesto no meio da cozinha, e quando estou começando a sentir meu rosto vermelho, Vinícius mesmo se pronuncia:

— Não precisa. — Ri nervoso, levantando-se e recolhendo a louça suja da mesa.

— Tem certeza?

— Pai, ele não quer ir — reforço, vendo o garoto negar excessivamente com a cabeça.

— Não, não quero.

— Tudo bem, você pode ir depois que ajudar o garoto a limpar a mesa. — Meu pai cede, se coloca de pé e sai da cozinha junto de Ísis.

Olho para os copos que Vinícius não terminou de recolher e os pego, levando-os até a pia. Ele está ali em pé, com a bucha em uma das mãos, e o detergente na outra. Ele não emite um som sequer enquanto lava a louça. Permanece com o olhar baixo, como se estivesse perdido em seus próprios pensamentos. Começo a me sentir culpado pela forma que reagi quando meu pai sugeriu que ele fosse comigo. Merda! Talvez eu tenha sido um pouco cuzão.

— Você pode ir comigo se quiser — murmuro, escorando-me no balcão e cruzando os braços.

— Não, obrigado.

— Tem certeza? — Indago, juntando as sobrancelhas.

— Tenho. — Riu. — Não fico confortável em lugares assim.

— Ah... — Pisco algumas vezes, sem saber se devo acreditar ou não, ainda que eu ache que seja melhor não forçar a barra. — Certo, você quem sabe.

Ele faz que sim com a cabeça, e depois de quatro ou cinco segundos olhando para o nada, resolvo me intrometer no que ele está fazendo:

— Vamos trocar, eu lavo a louça e você seca e guarda, já que você sabe em que armário fica cada coisa — sugiro, e ele não parece querer discutir. Me entrega a esponja e se escora no balcão ao lado da pia, assistindo-me lavar os talheres. — Você não é de falar muito, né?

— Eu falo pra caralho quando me dão intimidade — ele solta, e ouvi-lo xingar enquanto olha de forma tímida para os próprios pés me faz rir soprado. Vinícius, então, ergue o olhar e sacode a cabeça de um lado para o outro, afastando os fios enrolados do rosto e se vira de frente para mim.

Ele tem olhos tão bonitos, num tom de castanho tão escuro que beira o negro, grandes, com cílios compridos, o maxilar marcado, os lábios cheios. Sinto um formigar esquisito subindo pelo meu baixo abdome no segundo em que o vejo comprimir os lábios, contendo um sorriso, e seus olhos parecem brilhar ao fazer isso, até o segundo em que ele não resiste mais e acaba sorrindo, mostrando os dentes, formando ruguinhas no canto dos olhos que desviam de mim e miram o chão.

Porra, ele é bonito.

— Por que você tá me olhando desse jeito, Rafael? — Pergunta num tom de voz alto e bem-humorado que me faz abrir um sorriso quase que instantâneo.

— Eu também te achei bonito, só isso. — Dou de ombros, enfiando os pratos embaixo da água, tirando o excesso de sabão antes de entregá-los.

Vejo Vinícius arregalar os olhos, abrindo a boca para me dar uma resposta, mas desiste antes mesmo de emitir qualquer som. Eu o vejo também secar os pratos, de cabeça baixa e lábios comprimidos. Então, ele solta o ar e se coloca na ponta dos pés para guardá-los no armário. E por mais que eu tenha dito de forma inocente, ou ao menos acredito que tenha sido assim, aos poucos me dou conta de que não é essa a reação que ele deveria ter. Não assim, não como se eu estivesse flertando, e por um milésimo de segundo, tenho uma epifania, como se enxergasse a catástrofe que isso poderia causar no casamento do meu pai, e volto a mim, sem entender por que caralhos isso me veio à mente se eu não tenho intenção nenhuma.

Levo os olhos de volta para a pia e respiro fundo. Quero arrancar minha cabeça só por pensar nisso. Porque se eu não tenho intenção alguma, então eu não deveria ter pensado nisso, certo? Tenho certeza de que não é nenhum pouco possível se interessar por alguém dessa forma, sem nem mesmo se dar conta, algo que vem do subconsciente, é impossível. Tenho certeza.

Estou ficando maluco.

— Você está enrolando demais pra quem está com pressa para ver esse *amigo* — diz, com ênfase especial no “amigo”, que me faz travar. Quero muito ter interpretado errado essa fala, mas seus olhos encontram os meus e quase gritam que ele só busca saber se é verdade que não tenho ninguém.

— Ele é só meu amigo — reforço o que disse antes, lavando as mãos e fechando a torneira ao terminar de lavar a louça.

— Bom saber — diz, por fim, secando o último copo e guardando-o no lugar.

Eu o vejo guardar o pano de prato e seguir caminho até a sala. Faço o mesmo caminho segundos depois. Preparando-me para ir embora, vou até Ísis e me despeço dela com um abraço apertado que dura segundos inteiros.

Vinícius se dá ao trabalho de me levar até a porta. Em silêncio, ele me guia até a fachada da casa, e para em frente ao portão quando já estamos do lado de fora. Solto o ar, virando-me para ele e estendendo a mão que, no mesmo instante, ele aperta e me puxa para perto, quase me fazendo esbarrar em seu corpo. Eu arregalo os olhos e meu estômago gela no instante em que noto o quão próximo ele fica de mim.

— Foi um prazer te conhecer, Rafael — murmura, passeando os olhos por todo o meu rosto, deslizando a língua pelo lábio inferior, de um canto ao outro, sorrindo.

E de novo sinto aquele formigamento na boca do estômago me deixando sem ar. Porra.

— O prazer é todo meu, gatinho — me ouço dizer, com uma firmeza na voz que chega a me surpreender, uma vez que em minha cabeça parece estar tocando uma sirene de emergência.

Ele sorri ainda mais para então me soltar, recuando alguns passos antes de fazer seu caminho de volta para dentro de casa.

Deixou-me plantado ali fora, com as mãos suando e a cabeça toda fodida.

Nem fodendo que eu acabei de flertar com o filho da minha madrasta.

2

ESTA É A MINHA CASA DESDE QUE ME ENTENDO POR GENTE. Não morei em nenhum outro lugar, nem mesmo depois do acidente que tirou a vida da minha mãe. Meu pai nunca falou em mudança, acho que ele sabe que todas as memórias que tenho da minha mãe estão aqui entre essas paredes, e é pra cá que minha mente me traz sempre que penso nela.

Eu não fazia ideia do tamanho do meu apego emocional por esse lugar até vê-lo vazio, até ver as caixas e o caminhão de mudança. Eu sabia que iria doer, mas não tanto como dói agora. Tudo isso parece tão errado, parece tão injusto. Não quero nem gosto de soar como uma criança mimada, mas não consigo me expressar de outra forma agora. Nada disso tem a ver comigo. No fim das contas, não é sobre mim, e em algum momento, eu teria que sair daqui mesmo. Não sou mais criança, sei disso e posso aceitar. Mas não consigo, de jeito nenhum, tirar de mim esse ressentimento, essa agonia que me tirou o sono na noite passada, a sensação de estar falhando com a minha mãe, de estar permitindo que uma parte de sua história seja deixada para trás. Permitir que sua memória se perca um pouquinho mais até que não haja mais ninguém para falar sobre, para contar histórias que ela protagonizou, para lembrar de como ela era e das coisas que gostava de fazer, aceitar que tudo isso seja deixado para trás para dar lugar a novas pessoas, novos personagens, novas histórias, e quando os anos avançarem, não teremos nada a dizer sobre ela, apenas sobre os rostos novos. Tudo sobre ela já se perdeu de alguma forma, então não faria muita diferença abrir mão disso também.

Eu sequer me lembro do som da sua voz, não tenho mais memórias sólidas o suficiente, pois todas as lembranças não passam de *flashes* e borrões na minha mente, alguns mais nítidos que outros, mas quase não consigo distinguir essas lembranças de sonhos. Quando eu era criança, pensava nela o tempo todo e tinha muitas memórias com ela, mas de um dia para o outro, quase tudo se foi. De repente, tudo se tornou apenas meu pai e eu, como se ela nunca estivesse estado ali.

O tempo nos tira absolutamente tudo, e eu nunca vou me acostumar com isso.

Percebo que estou há muito tempo encarando minha mochila aberta, quando salto de susto ao sentir a mão do meu pai no ombro. Aperto os olhos, tentando acalmar o coração para quando voltar a abri-los, encontrar os olhos estreitos de meu pai sobre mim.

— Tudo bem? — Sua voz soa mais baixa do que o costume, o que me faz pensar que ele está começando a se preocupar comigo, e isso não é bom. — Eu estou te chamando há um tempão e você não responde, o que foi?

— Nada. — Balanço a cabeça de forma ligeira. — Não dormi durante a noite, é por isso. — E não estou mentindo, se eu tiver dormido mais de três horas na noite passada, ficarei surpreso, pois mal fechei os olhos e já ouvi o despertador me forçando a ficar de pé.

— Você precisa parar de virar a noite acordado, sabe o quanto isso faz mal?

— Eu sei.

— Então por que continua fazendo isso, moleque bobo?

Acabo rindo com sua pergunta. Tudo é sempre muito simples para ele; se algo está errado, apenas conserte, fodam-se todas as dificuldades, os medos, as inseguranças. Ele sempre diz que eu enxergo problema onde não tem, que eu complico muito a vida, e por isso, costumo pensar muito em suas palavras em certas situações da vida. Sempre que algo parece difícil ou desafiador demais, me pergunto se é *mesmo* esse bicho de sete cabeças, se eu preciso *mesmo* fazer todo esse drama. De todo modo, não funciona, porque eu sempre estarei propenso a surtar antes de tomar qualquer iniciativa. Não sei viver a vida a não ser assim, e por isso, durante todas as minhas cenas dramáticas, meu pai me chama de "bobo emocionado".

Logo depois, ele desata todos os nós que, para mim, eram quase impossíveis de se desfazerem; aos olhos dele, tudo é sempre tão simples que muitas vezes me senti um doido exagerado, como se estivesse fazendo tempestade em copo d'água. Não sei se meu pai é um bom ouvinte ou um bom conselheiro para os outros, mas para mim tudo o que sai de sua boca se adequa muito bem. Talvez seja porque, para ele, eu sou quase um livro aberto. Ele me desvenda muito rápido, o que nem sempre é bom, mas não deixa de ser um fato, e talvez por isso, conversar com ele sobre coisas que me tiram o sono, arranca um peso enorme das costas.

Em outras palavras, a minha relação com o meu pai é muito boa.

Durante todo o caminho até a casa nova, não trocamos uma palavra sequer, então caio na armadilha da minha mente outra vez. Preciso me acalmar e afastar esses pensamentos antes que eu acabe entrando em colapso.

Assim que chegamos, agradeço a Deus por não ter ninguém por perto para tirar minha atenção do trabalho de levar minhas coisas para o quarto. Quero acabar logo com isso para dar o fora o mais rápido possível, passar o máximo de tempo que conseguir fora desta casa.

Estou no topo da escada quando vejo Vinícius sair do que penso ser o seu quarto, atravessando o corredor e diminuindo o passo no instante em que seus olhos me encontram.

— Oi. — Esboça um sorriso, passando a me acompanhar quando passo por ele. Tomo alguns segundos para olhar dentro do seu quarto, captando toda a bagunça dele em um milésimo de tempo para, então, entrar na porta seguinte.

Sinto-me mil vezes mais aliviado quando noto que a maioria dos meus móveis já ocupam o cômodo, o que me deixa mais perto dos meus objetivos finais.

— Quer ajuda? — Eu o ouço perguntar e olho para o garoto parado na porta. Ele veste um short amarelo e uma camiseta larga que o esconde quase que inteiramente, e está com o cabelo solto, com cachinhos perfeitos. Ele está mais bonito hoje.

— Quero. — Aceito sua oferta logo depois de largar a primeira caixa no chão, então fazemos todo o caminho de volta.

Subimos oito caixas quando ele parece querer dar um tempo. Está resmungando quando larga uma delas na mesa e me encara ofegante:

— Que porra você colocou aqui? — Pergunta, e antes que eu possa lhe dar uma resposta, Vinícius abre a caixa e arqueia as sobrancelhas meio surpreso.

Eu me aproximo para ver o que é, e não passam de livros. Livros velhos, de capas amassadas, judiadas e com páginas mais amareladas do que deveriam estar. São livros clássicos da Literatura, que fui forçado a ler durante o ensino médio. Não faziam o menor sentido para mim na época e acho que ainda não fazem; o único sentimento que me trazem é ódio. Talvez eu devesse reler alguns deles para tentar substituir o ódio por um sentimento mais ameno.

— Fala sério. — Vinícius ri. — Você gosta de ler?

— Eu gosto.

— Sério? — Riu soprado, tirando de dentro da caixa um livro da capa vermelha. — *Memórias Póstumas de Brás Cubas*, sério? — Seus olhos brilham ao olhar para mim, com um sorriso travesso desenhando seus lábios grossos.

Eu o vejo devolver o livro para a caixa e o ouço ler alguns dos títulos, rindo sozinho e balançando a cabeça enquanto faz piadas. Acabo sorrindo em reflexo, é fofo vê-lo trabalhar nas provocações para chamar a minha atenção.

— Você leu tudo isso?

— Li, mas eu detesto. Prefiro ler qualquer coisa da Colleen Hoover[1].

Ele ergue o olhar demonstrando surpresa, que logo mais é acompanhado por uma pontada de curiosidade.

— Você lê romance? — Sorriu, puramente desacreditado. — Você não tem cara de quem lê romance.

— E eu tenho cara de quê? — Indago, praticamente dando corda a ele. Enfio as mãos nos bolsos da bermuda e viro meu corpo em direção ao seu.

Ele não responde de imediato. Seu silêncio prospera por longos segundos enquanto me analisa, analisa meu rosto, minhas roupas, minha postura. Gosto disso. Bem, bem pouco, mas gosto.

— Quer saber quais foram minhas primeiras impressões de você? — Ele reformula a pergunta e espera que eu concorde para continuar. — Tudo bem, então. Julgando o livro pela capa. — Solta o ar de forma pesada. — Você é um *playboy*. Um filhinho de papai, metido, mimado, folgado...

— Justo. — Pisco demoradamente, com um sorriso desenhando meus lábios. — Não é a primeira vez que escuto isso e não vou contrariá-lo, longe disso.

— Seu pai é dono de uma transportadora.

— Sim, com centenas de caminhões — reforço, ainda que tenha a plena certeza de que ele sabe de tudo isso. Ele fez o dever de casa. — Eu fui criado na zona sul, estudei em uma escola privada.

1 Escritora estadunidense de romances de ficção e romance para jovens adultos.

— É, mas você não é do tipo engomadinho e cheio de frescura, você só é folgado. — Ele franze a testa, e me tira um riso sincero. — Do tipo egocêntrico. Do tipo que fode com a cabeça de qualquer um e nem mesmo se importa. Do tipo que faz todos gostarem de você de primeira. Do tipo safado pra caralho.

— E o que mais? — Instigo, jogando meu corpo em direção ao dele, e Vinícius nem mesmo recua. Quase posso sentir o seu calor, mas só o seu perfume ficando mais forte já me deixa tonto.

— Você é bonito, você fala bem, você tem um tipo de sorriso... — ele diz, e sorrio em reflexo, lambendo os lábios, o que o faz se atentar ao ato. — Esse sorriso. — Aponta, com os olhos fixos nos meus lábios. — Você age como um escroto, Rafael. — Ergue os olhos outra vez. — Você é um safado completo, você é o pior tipo de *playboy*.

— É isso o que você acha? — Abaixo o tom de voz, chegando tão perto dele, que seu corpo se enrijece, seu pomo de adão se move e seus olhos imediatamente desviam dos meus. — E isso é ruim pra você?

— Nem tanto. — Abaixa o olhar, com as mãos nervosas, balançando ao lado do corpo. — Porque não sei se é verdade.

— Quer descobrir? — Provoco, sorrindo por conta do efeito que sei que minha voz surte nele, no jeito que pressiona os lábios e solta um suspiro. — Quer descobrir que tipo de *playboy* eu sou, Vini? — Pergunto uma segunda vez, enquanto ele vai perdendo a postura ao mesmo tempo que seus olhos encontram os meus. Algo me diz, na forma como olha nos meus olhos e perde o fôlego, que ele não precisa de muito para ceder.

Acabo rindo, e sem esperar por uma possível resposta, dou-lhe as costas de forma abrupta e começo a tirar os livros da caixa para enfileirá-los na prateleira inferior da estante. Não o ouço dizer ou emitir nenhum som, mas, de soslaio, posso vê-lo juntando as mãos na frente do corpo e girar um dos anéis em seu dedo.

— Você é fofo, garoto — digo, subindo o olhar pelas suas pernas, pela pele desnuda até onde suas roupas cobrem, então chego ao seu rosto só para ver seus olhos sobre mim e o cabelo cacheado caindo ao redor do seu rosto; alguns cachos quase chegam a cobrir os olhos. — Mas não faz o meu tipo.

Então ele ri, um riso genuíno e puramente descrente, não acreditando em nenhuma palavra que saiu da minha boca depois do "mas". Vinícius cruza os braços e arqueia as sobrancelhas, passando a língua pelos lábios de um canto ao outro, sorrindo em desdém.

— Uma pena, Rafael. — Morde o lábio, recuando alguns passos. — Porque você faz o meu — acrescenta, antes de passar pela porta e desaparecer no corredor.

Adoraria dizer que ouvir isso não fez meu ego inflar, que não me tirou um sorriso divertido, mas suas palavras me causaram tudo isso e um pouco mais. Eu gosto disso, do flerte descarado, sempre gostei.

É errado, eu sei que é. Nem fodendo meu pai me perdoaria se eu fizesse algo com esse garoto, nem fodendo que a mãe dele permitiria, e certamente seria um caos se descobrissem que aconteceu alguma coisa entre nós, por mais inofensivo que seja, como esses flertes, por exemplo. Sei que ouvirei um sermão de horas se meu pai sequer desconfiar do que estou fazendo e depois ele me matará, mas não pretendo de jeito nenhum levar esses flertes a algum lugar.

Condeno-me por estar pensando nisso, não deveria nem cogitar fazer qualquer coisa com ele. Menti quando disse que ele não fazia nem um pouco o meu tipo, porque ele faz e muito, mas ainda assim, sei que posso resistir a um rostinho bonito.

Estou quase terminando de tirar os livros da caixa quando Vinícius volta ao quarto, carregando mais duas caixas as quais larga na cama, e tomando a liberdade de bisbilhotar, abre-as e começa a revirar minhas coisas.

— Eu corro o risco de encontrar alguma coisa incriminadora? — Ele pergunta, folheando uma revista antes de largá-la de lado.

— Defina algo incriminador.

Ele ri, pressionando os lábios, e com um sorriso de canto, responde:

— Vibradores.

Contenho a risada, arqueando as sobrancelhas e, com um leve balançar de cabeça, nego suas suspeitas.

— Eu não tenho nenhum, não se preocupe.

— Se você diz. — Ri fraquinho, brincando com um boneco quebrado do Homem-Aranha[2]. — Só tem coisa velha aqui — comenta indiferente, largando o brinquedo para dar atenção a uma fotografia. — Você tinha quantos anos nessa foto?

Vou até ele, sentando-me ao seu lado, e me inclino para ver a foto. Imediatamente minha mente me leva de volta ao dia em que ela foi tirada e meu estômago gela com a lembrança.

— Eu tinha dezessete — respondo à sua pergunta. — Tiramos essa foto no final do segundo ano, durante uma aula de Educação Física.

— Você era fofo — murmura, sorrindo fraco ao apontar para o meu rosto. — Tinha bochechas gordinhas. — Ele me encara com um sorriso de orelha a orelha. Vinícius é mais bonito de perto, acho importante pontuar.

2 Super-herói da Marvel Comics (1962).

— Isso significa que eu não sou mais? — Arqueio uma das sobrancelhas e ele ri, rolando os olhos e voltando a olhar para a foto.

— Eu usaria outro adjetivo para me referir a você agora — diz baixo, sem intenção alguma de dizer qual. E antes mesmo que eu possa perguntar, ele desvia o assunto. — Quem são esses com você?

— Guilherme. — Aponto para o garoto à minha direita, contendo o riso ao olhar bem para ele. Naquela época, ele era bem mais magro do que é agora, mas todos nós éramos um pouco destruídos no tempo do colégio. — Eu falei dele naquele dia, no jantar — lembro, e Vinícius faz que sim com a cabeça.

— Seu amigo que é só seu amigo.

— Exatamente, e esse aqui é o Victor Hugo.

— Hum — ele solta um grunhido, estreitando os olhos para olhar bem para o garoto que está à minha esquerda. — Branquelo. — Faz careta, tirando-me uma risada alta. — Esse é só seu amigo também?

— É... — enrolo, desviando o olhar de forma suspeita, e ele percebe minha inquietude. Pigarreio e volto a olhar para a foto. — Não nos falamos mais.

— Por quê?

— Ele voltou para São Paulo, pra estudar.

— Ah... — Cruza as pernas no colchão, ainda com os olhos presos na foto. — Ele é bonito.

— Victor é muito bonito — reforço. Sou suspeito para falar já que eu tive uma queda enorme por ele durante todo o ensino médio, mas afinal, quem não teve? — Ele tinha pequenas sardas no rosto e andava sempre com o cabelo bagunçado, era naturalmente bagunçado. — Sorrio fraco. — Ele dizia que não importava o quanto penteasse, o cabelo nunca ficava no lugar.

Eu adorava o cabelo de Victor, adorava a cor. Era um ruivo cor de cobre, brilhante, com fios ondulados que quando ele não cortava, costumavam cobrir os olhos. Tinha os cílios e as sobrancelhas no mesmo tom, o que ressaltava os olhos castanho-claros. Victor Hugo era um absurdo de tão bonito.

— Você era apaixonado por ele, não era?

— O quê? — Rio nervoso, estranhando o tom agudo da minha voz. Eu nunca vou conseguir falar sobre isso de forma natural. Nunca. — Ele era meu amigo.

— Sim, mas isso não responde à minha pergunta. Você era ou não apaixonado por ele?

— Não — minto. Tenho a sensação de que se eu confessar a minha paixão adolescente, ele vai se aproveitar disso, e eu não o quero fazendo perguntas sobre Victor, muito menos quero que descubra o quão trouxa eu fui durante anos.

Ele não parece acreditar no que digo, mas também não tenta contestar. Volta seus olhos para a foto e suspira, antes de guardá-la na caixa.

Olho para ele, para seus lábios pressionados e os olhos baixos. Queria muito saber o que ele está pensando sobre tudo isso, as impressões que tem sobre meus amigos, principalmente sobre Victor.

— O que é isso? — Sou arrastado para fora da minha bolha de pensamentos, e meus olhos caem sobre o caderno em suas mãos. Demoro para me dar conta do que se trata. Vinícius está prestes a folheá-lo quando o arranco dele e o jogo de volta na caixa para, então, tirar todas aquelas coisas da sua frente numa rapidez exagerada, como se a caixa fosse explodir se ele continuasse bisbilhotando.

— O que foi? — Sua voz escorrega em confusão, e seus olhos me fitam como quem busca entender qual foi o erro que cometeu. — O que eu fiz?

— Nada.

Abaixo-me para abrir a gaveta da escrivaninha, enfiando cada um dos diários dentro dela. São quatro no total. Eu os comecei depois que a minha mãe morreu. Eu sentia tanta falta dela que era como se eu fosse explodir se não colocasse tudo para fora. Então, eu tirava tudo aquilo de mim, para nunca mais ousar passar os olhos por aquelas páginas; tinha vezes em que eu as arrancava, rasgava e jogava fora. E até os meus doze anos foi assim. Páginas e mais páginas carregadas de ressentimento, mágoa, raiva e ódio. O luto é e sempre vai ser a pior dor que existe; é destrutivo. Ainda me lembro de desejar morrer só para não precisar enfrentá-lo por mais um dia. Mas os dias viraram semanas e as semanas viraram meses, e a dor continuava lá, tão forte quanto no início, e então os meses viraram anos e por mais que a dor tenha diminuído, ela ainda continua lá.

Às vezes, me pego pensando em como teria sido a minha vida se minha mãe não tivesse sofrido o acidente; me pergunto se eu seria uma pessoa diferente; se eu seria uma pessoa melhor, ainda que não mude absolutamente nada na minha vida pensar sobre essas coisas, uma vez que não se pode voltar ao tempo e apagar essa parte da história. A vida é essa grande merda injusta, e tudo bem, não há muito o que fazer sobre isso.

Parei de escrever nos diários quando eles deixaram de ser sobre a minha mãe e passaram a ser sobre as minhas questões de sexualidade. Acho que talvez eu esteja errado, mas a última coisa que escrevi foi que estava começando a achar que gostava de meninos e que isso era muito estranho. Quase duas semanas depois, eu beijei um garoto no banheiro da escola e aí começou uma nova fase da minha vida que eu prefiro manter na memória, já que não fui nenhum santo.

— Me desculpa, eu vou parar de mexer nas suas coisas — Vinícius murmura no instante em que me vê arrancar a chave da gaveta, enfiá-la dentro do primeiro livro que encontro e guardá-lo na estante.

— Tudo bem, não se preocupe com isso.

— Você pode me ajudar com as minhas coisas agora? — Ele pede, saindo da cama e se juntando a mim.

Olho para ele, para os olhos escuros e esperançosos. Ele trabalha bem nessa feição inocente. Não sei se são os olhos ou a forma como junta as sobrancelhas, talvez o cabelo, mas algo faz com que pareça inofensivo. É adorável.

— Posso — cedo. E nos minutos seguintes, estamos subindo suas coisas até o sótão.

Não me explicaram, nem sei se isso chegou a ser discutido, mas Vinícius tomou posse do sótão inteiro e também de um quarto. O espaço todo foi dado a ele e às suas tintas, suas telas e todas as outras coisas. Grande parte dos quadros estão cobertos por lonas. Ele tem caixas e mais caixas cheias de latas de tinta, de pincéis e de inúmeras pastas, sem contar todos os lápis de cor.

Em pouco tempo, o espaço é tomado por suas coisas, e tudo tem cheiro de tinta.

Me fascino com a forma que ele parece se encaixar tão perfeitamente nesse cenário. Ele faz tudo com naturalidade, como se já tivesse se adaptado. Sem intenção, suas mãos vão ganhando manchas de tinta conforme ele vai organizando as latas e os potes enquanto mexe nas gavetas e nas cestas, andando descalço de um lado para o outro.

— Você pinta há quanto tempo?

Ele para o que está fazendo. Está de joelhos no chão quando olha para mim com as sobrancelhas juntas e um bico nos lábios.

— Acho que desde sempre — responde incerto. — Eu faço isso a minha vida toda.

— É bem legal, você tem talento.

— Está dizendo isso pra me agradar, ou você realmente gostou do meu trabalho? — Pergunta baixo, de costas para mim.

— Eu gostei — digo, olhando para um quadro que não passa de corpos sem rostos, e por mais simples que pareça ser, não deixa de ser muito bonito. — Gostei mesmo.

— Sério? — Seu tom de voz entusiasmado me chama a atenção, e ao levar meus olhos de volta para ele, é como se algo tivesse se acendido dentro de si. Seus olhos parecem ter mais brilho do que em qualquer outra situação.

Solto o ar com um riso soprado. Não resisto a essa empolgação repentina dele. Vinícius é adorável!

— É sério.

— Ah... — Abaixa a cabeça, pressionando os lábios para esconder o sorriso. — Obrigado.

Tudo bem, ele é fofo.

Não me dou conta de que estou há tempo demais olhando-o, até ouvir sua voz e risada de desconcerto.

— Por que está me olhando assim, Rafael? — Diz, com um risinho.

— Você é fofo — a resposta escapa antes mesmo que eu possa pensar sobre ela.

Vinícius arqueia as sobrancelhas e ri outra vez, desviando o olhar, e eu faço o mesmo ao sentir minhas bochechas arderem.

— Eu sei, você já disse. — Sua voz acanhada só me deixa ainda mais frouxo.

Isso é perigoso, é muito perigoso. Ele não está nem se esforçando e já estou arrastando as asinhas para ele! Qual a droga do meu problema?

— Mas não sei se isso é um elogio — ele diz.

— Pode acreditar, é sim.

— Não sei se gosto — pondera, saindo de onde está para se aproximar de mim.

— E por quê?

— Porque não é o elogio que eu quero receber de você — murmura, mordendo o lábio, e em segundos, toda a inocência transparecida por ele desaparece. Seus olhos me varrem inteiro, e respirar parece impossível, como se eu estivesse a dez mil pés do chão. — Não se o elogio significar que não tenho chance.

Abro um sorriso. Se ele pudesse ler meus pensamentos agora, jamais diria isso.

— Você quer uma chance?

— Eu quero — responde baixinho, aproximando o rosto do meu, deixando a respiração se misturar à minha, fazendo-me puxar o ar em reflexo, e isso lhe tira um sorriso safado. — Eu quero uma chance, Rafa. Você vai me dar uma? — Um passo e seu corpo está a um palmo de distância do meu, seu calor sendo o suficiente para arrepiar cada fio de cabelo meu.

— Não.

Ele solta o ar no que deveria ser uma risada cheia de descrença. Sinto meu coração na boca quando seu nariz toca o meu e, por muito pouco, não sinto seus lábios também.

— Por que será que eu não senti firmeza nessa sua resposta? — Provoca, suspirando só para me fazer estremecer. — Hein, Rafael?

Não tenho voz para respondê-lo. Meu coração bate tão forte dentro do peito que me pergunto se ele pode ouvir. Ele empurra o corpo contra o meu e eu aperto os olhos, fechando as mãos em punhos para não obedecer aos pedidos desesperados da minha mente de tocar o seu corpo, porque sei que se eu pôr minhas mãos nele agora, não vou largar tão cedo.

— O que vai acontecer se eu te beijar agora? — Vinícius vai mais longe.

Meu Deus.

Ele suspira uma segunda vez, raspando o nariz pelo meu tão devagar que quando me dou conta, estou retribuindo o gesto, me aproximando quando ele recuava. Eu nunca ansiei tanto por um beijo.

Vinícius leva sua boca até a minha orelha, encostando os lábios na minha pele e sorrindo quando meus pelos se eriçam. Meu corpo todo esquenta, meu baixo abdome ferve e minha mente implora para acabar logo com isso.

— O que você vai fazer se eu te beijar? — Indaga num tom de voz manhoso que me pega de jeito e me faz ceder bem mais do que o necessário. Sou capaz de fazer tudo o que ele quiser agora. — Você vai deixar?

— Eu vou.

— Você quer que eu beije você? — Ele morde meu lóbulo, tirando-me um grunhido.

— Eu quero.

E Vinícius ri, afastando-se de mim de maneira abrupta, me deixando tão desnorteado que não consigo entender de imediato o porquê de ele ter recuado assim.

— Que pena, Rafa. Infelizmente, eu *não* faço o seu tipo. — Ele segura meu rosto, apertando minhas bochechas, com um sorriso de orelha a orelha bordando seus lábios.

Filho da puta.

Ele recolhe a mão, passando a língua entre os lábios ao me dar as costas, voltando sua atenção para as caixas, como se tudo isso não tivesse importância, como se ele não me tivesse feito sentir um desejo descomunal, uma vontade angustiante de tomá-lo para mim. E simples assim, Vinícius volta a transparecer inocência e fragilidade.

— Vini, meu bem, pode me ajudar aqui embaixo? — Ouço a voz de Ísis me trazendo de volta à realidade cruel, onde o que eu mais quero é arrancar os cabelos por me permitir ser tão fraco.

— Já vou! — Ele grita, saindo de onde está para ir até as escadas. Vejo-o desaparecer por elas e no mesmo minuto faço o mesmo caminho. Acho que se eu passar mais um segundo dentro deste sótão, vou entrar em colapso.

Quando ponho meus pés na sala, ele está ajudando a mãe a pendurar as cortinas. Demoro pouco mais de dez segundos para entender que estou servindo como pauta para o assunto deles. Chego bem a tempo de ouvir Vinícius dizer:

— Sim, mãe, estamos nos dando bem, ele é legal.

Quero rir, mas em vez disso atravesso o cômodo como se nunca tivesse presenciado essa cena, finjo não ter ouvido uma só palavra e me ofereço para ajudá-los com as cortinas. Sei que deveria me preocupar com o que aconteceu entre mim e ele há menos de cinco minutos, mas tudo que consigo pensar agora é no quanto eu quero ficar sozinho com ele outra vez.

Acho que exagerei quando disse que pretendia passar o máximo de tempo fora de casa. Agora são quatro da manhã, estou caindo de bêbado e tenho quase certeza de que perdi a cópia das chaves de casa. Quem diria que eu ficaria trancado para fora no mesmo dia em que ganhei as chaves?

Eu não deveria ter ficado na rua até tão tarde, muito menos ter enchido a cara em plena terça-feira até às quatro da manhã, mas ao menos posso dizer com todo o orgulho do mundo, que o desfecho que essa noite teve foi nada menos do que muito beijo na boca e uma mão boba no canto escuro de uma boate. Descontei todo o meu tesão acumulado em menos de uma hora e não poderia estar mais em paz.

Se bem que era outra boca que eu preferia ter beijado hoje, e não a de um cara cujo nome eu sequer sei.

Agora, tanto faz, já fiz o que tinha que fazer. Minha única preocupação é descobrir como vou entrar em casa sem levar uma bronca do meu pai.

Olho para o portão me perguntando o motivo de não ter passado a noite na casa de Guilherme. Meus olhos estão nas câmeras de segurança do quintal, quero rir só de imaginar a reação do meu pai, caso decida assistir às imagens desta noite, e no futuro, ele estará prestes a ver seu filho bobo tentar pular o muro. Eu me preparo para isso, torcendo para não quebrar nenhum osso durante o processo, quando ouço um assobio. Meus olhos vão direto a uma das janelas do segundo andar. Vejo Vinícius, escorado no batente e rindo para mim, balançando a cabeça em negação.

Começo a gesticular para que venha me socorrer, mas ele parece não entender a urgência disso. Estou congelando de frio, trancado fora de casa e com a bexiga cheia. Começo a me irritar com sua teimosia, bufando de ódio. Quando ele sai da janela e fecha as cortinas, espero de verdade que esteja vindo abrir a droga do portão, pois, caso contrário, eu pretendo acabar com ele assim que pôr os pés em casa.

Espero quase cinco minutos, então Vinícius finalmente abre o portão, com aquele olhar de julgamento descendo pelo meu corpo e voltando para o meu rosto.

— Sabe que horas são?

— Não. — Me arrasto para dentro de casa e tropeço logo nos primeiros degraus. — Eu quero muito ir ao banheiro, meu Deus — resmungo, tateando as paredes no escuro, sem ter certeza de que estou indo pelo caminho certo.

— Por aqui, bobo. — Ele me puxa para o corredor oposto ao que eu estava entrando. — Você tá cheirando à bebida — reclama.

— Faz parte. — Solto um grunhido, usando a parede como apoio para o corpo e dando graças a Deus por ter encontrado a porta do banheiro. Abro-a, e depois de segundos inteiros tateando a parede atrás do interruptor, Vinícius se oferece para ligar a luz.

Ele fica do lado de fora e de costas para mim quando abaixo as calças, e nesse momento penso em um milhão de piadas para fazer e algumas até me fazem rir sozinho.

— Essa é a situação mais degradante que eu já presenciei, juro — o ouço dizer, e mais uma vez, estou rindo.

— Pra mim, não. Já tive momentos piores.

— Não duvido — retrucou, soltando o ar de forma pesada. — Aonde você foi?

Abro um sorriso, puxo a descarga e vou até a pia, lavo as mãos e me junto a ele no corredor. Escorando-me no batente da porta ao olhá-lo, vejo que Vinícius está vestindo roupas ainda mais simples e leves.

Por Deus, do que adianta eu sair e beijar todo mundo se quando eu voltar ele vai estar assim?

— Por que ainda está acordado?

— Você não respondeu à minha pergunta.

— Respondo se você responder a minha. — Pisco, deitando a cabeça na parede.

— Não consigo dormir — ele diz rápido, virando-se de frente para mim. — Aonde você foi? — Repete a pergunta.

— A uma festa de aniversário do amigo de um amigo — digo, coçando a nuca, e Vinícius acompanha o gesto, soprando um riso.

— E quem foi o pobre coitado que ainda se deu o trabalho de te dar o próprio número? — Indaga, com um sorriso maldoso.

Acompanho o seu olhar até o meu antebraço, juntando as sobrancelhas ao notar a sequência numérica rabiscada na minha pele por uma caneta azul. Tenho um *flash* rápido de memória, e se minha mente não me engana, acho que o cara estava montado em mim quando fez isso.

— Ah... é. — Suspiro. — Não faço ideia de quem se trata.

— Fala sério, Rafael. — Ele revira os olhos.

— Tô falando sério. — Solto um grunhido, espreguiçando-me antes de seguir me arrastando até o quarto, tendo plena consciência de que Vinícius segue logo atrás.

— Se lembra de quando eu disse mais cedo que você tem cara de ser um puta safado? Então...

Solto uma risada fraca, acendendo a luz para começar a tirar os sapatos.

— Mas até que foi bom... — acrescento, erguendo os olhos para captar a sua reação. — Ele tinha um beijo bom.

Vinícius arqueia as sobrancelhas, percebendo minha tentativa de provocá-lo, para logo mais deixar um sorriso dançar em seus lábios.

— Ah, tinha? — Ele fecha a porta atrás de si, escorando-se nela e escorregando a língua de um canto ao outro. — Bom quanto?

— Muito bom.

Ele assente com a cabeça, saindo de onde está para vir até mim. Com as mãos escondidas atrás das costas, ele põe um pé na frente do outro e para a quase um palmo de distância de onde estou.

— E o que mais?

Eu me sento na beira do colchão, afastando os joelhos e deixando as pernas abertas, usando os braços para apoiar o tronco. Subo meus olhos pelas suas pernas nuas, passando pelo tecido fino do short e da camiseta, pela clavícula exposta, pelo pescoço, pelo maxilar bem-modelado, até os olhos negros e felinos.

Solto o ar. Talvez seja o álcool no meu organismo, mas eu tô com um puta tesão só de olhar para ele.

— Quer saber o que ele fez depois?

— Quero. — Colocou-se entre as minhas pernas, subindo um dos joelhos pela minha coxa, ameaçando subir em cima de mim, mas não o faz. — Me conta, o que mais ele fez?

— Ele se sentou no meu colo.

— É? — Pergunta baixo, ainda roçando a perna na minha, mas não ousando ir além disso. — E depois?

— Ele se esfregou. — Não contendo minha vontade de tocá-lo, subo a palma da minha mão do seu joelho até a coxa, olho em seus olhos, e Vinícius não vacila, nem por um segundo, e confere o que estou fazendo com as mãos. — Devagar, me beijando... — Aperto sua coxa, correndo os dedos pela barra do short. — Mas não era nele que eu estava pensando na hora.

— Não era? — Murmura, com um leve arquear de sobrancelhas. — E em quem você estava pensando, Rafa?

Pressiono os lábios, baixando os olhos para o seu quadril, subindo minhas palmas pelas suas curvas, tocando-o por cima da roupa.

Caralho.

Então, volto a atenção para os seus olhos, ainda firmes no meu, seu peito subindo e descendo. Ele está ofegante; eu não fiz nada ainda e ele já está ofegante.

— Você sabe a resposta. — Pressiono os polegares na sua barriga, empurrando o tecido da camisa para cima até conseguir tocar sua pele. É quente, me deixa maluco, ele me deixa maluco.

— Eu quero ouvir você dizer.

Balanço a cabeça em negação, pressionando os lábios e suspirando.

— Diz.

Puxo o ar, tirando as mãos dele e esfrego o rosto, subindo os dedos para dentro do ninho do meu cabelo e me deito de vez no colchão.

— Você está me enlouquecendo, garoto.

— Mas eu não fiz nada — diz, naquele tom inocente de antes, se afastando de mim e caminhando pelo quarto. — É você quem está ficando com outros pensando em mim, que culpa eu tenho?

Solto um riso soprado, balançando a cabeça ainda de olhos fechados, me negando a olhar para ele.

— Boa noite, Rafael.

Suspiro.

— Boa noite pra você também, gatinho.

A porta range, e quando a ouço ser fechada, abro os olhos, aliviado por estar sozinho no quarto. Levanto-me para apagar a luz, então volto para a cama, fecho os olhos e espero o sono.

Sinto que dormi menos de dez minutos. Num instante estava de olhos fechados e no outro com os raios de sol batendo na cara. Me irrito com o barulho que vem do andar de baixo. Não sei se é a ressaca ou se estou genuinamente rabugento esta manhã. Talvez um pouco dos dois. Ainda assim, não saio da cama, ouço vozes, passos, portas abrindo, fechando, e finalmente ouço os carros deles se distanciando. Nada mais do que o silêncio, e espero o sono me embalar outra vez.

Estou quase lá quando começo a escutar passos no corredor, seguido por um baque alto e a porta do quarto de Vinícius sendo fechada. Ele está matando aula, deduzo, sem coragem ou vontade alguma de me levantar para confirmar.

Volto a dormir.

E na segunda vez que acordo, me certifico de que já passou das dez da manhã para sair da cama. Assim que me ponho de pé, sinto cada parte do meu corpo pesar e doer; é como se eu tivesse sido atropelado. Como eu detesto acordar de ressaca!

Nada que um analgésico e uma garrafa de água não cure em algumas horas.

— Acordou? — Vinícius chama a atenção assim que põe os pés na sala, pulando no sofá ao meu lado, cruzando os braços no apoio e deitando a cabeça entre eles. — Você está horrível.

— Você não deveria estar na escola?

— Não gosto de Educação Física — diz, como se isso fosse um bom motivo para matar aula.

Até penso em contestar sua decisão, mas não o faço, estou cansado demais para discutir algo tão insignificante quanto o fato de ele estar matando aula. Eu mal pisei na escola durante o meu ensino médio, então não tenho muita moral para me opor.

— Beleza — murmuro, afundando no estofado de forma preguiçosa. — Coloca alguma coisa aí pra gente assistir.

— Tá bom. — Sorriu, saindo de onde estava para pegar o controle na mesa, voltando a se encolher ao meu lado. — Quer assistir o quê?

— Qualquer besteira da Netflix — digo, levando a garrafa de água até a boca, tomando um gole longo. Quanto mais água bebo, mais sede eu sinto.

Vinícius coloca o primeiro romance adolescente bobo que o catálogo sugere, afundando ao meu lado e apoiando a cabeça no meu ombro.

Assistimos ao filme inteiro em silêncio, um do lado do outro sem trocar nenhuma palavra que não fosse sobre o que estávamos assistindo. Ele se aconchega em mim, com o rosto amassado no meu ombro, o cabelo roçando a minha pele. Eu me odeio por querer tanto tocá-lo, por querer puxá-lo para ainda mais perto.

Eu tô muito fodido.

3

IRRITANTE. NÃO HÁ ADJETIVO QUE DESCREVA VINÍCIUS TÃO bem nessa última semana em que fomos forçados a conviver sob o mesmo teto quanto “irritante”; somado a isso, ele é mimado, é teimoso e hostil. Um adolescente em sua pior forma.

Estou há quase dez dias vivenciando essa tortura, são horas e horas de pirraça, sarcasmo e as malditas provocações. Não posso me esquecer das provocações.

Vinícius sabe que eu tenho certa atração por ele. Porque ele não é ingênuo, e justamente por não ser, é que ele consegue mexer tanto com a minha cabeça. Ele nunca tentou esconder as suas intenções de mim. Suponho que todo esse jogo de implicância que faz comigo sempre que vê uma oportunidade, seja nada menos do que uma tentativa de conseguir a minha atenção, ainda que eu pense que me deixar irritado não seja lá a melhor forma de flertar, mas de algum jeito funciona, porque logo depois das alfinetadas, vem as provocações.

E elas vêm de forma quase que sutis, mas explícitas o suficiente para que eu note cada uma delas. Como quando ele vem se sentar ao meu lado no sofá, logo depois de termos discutido por alguma besteira. Descrito assim, esse comportamento pode não ter nada demais, e não teria se ele respeitasse o meu espaço pessoal, o que ele não faz. Vinícius não se contenta em se sentar ao meu lado, ele tem que grudar em mim, tem que sentir meu corpo no dele, então deita a cabeça no meu ombro e deixa as mãos brincando em seu colo, com os dedos ligeiros deslizando pelos meus braços, e se não for assim, provavelmente sua perna vai roçar na minha, e quando ele fala, sussurra baixinho no pé do meu ouvido, faz cada pelo do meu corpo se eriçar, e eu sequer presto atenção no que diz, quando me viro, seu rosto está ali, tão bonito e tão perto de mim que eu não precisaria de muito para beijá-lo.

E não sendo isso o suficiente, ele faz o favor de desfilar perto de mim com o short curto que lhe cai tão bem, as camisetas largas que o fazem parecer menor do que realmente é, e ele usa um perfume, um maldito perfume tão cheiroso que me deixa desnorteado.

Em qualquer outra circunstância, ele me ganharia fácil só pelo perfume. Porque sempre que passa por mim, a minha vontade é de agarrá-lo, encurralá-lo em qualquer canto e afundar o rosto no seu pescoço, farejando, como um cachorro, cada pedacinho de pele. É isso, da forma mais primitiva possível, é exatamente isso o que quero fazer.

Sinto que vou enlouquecer, que estou andando em uma corda bamba e que um único sopro é capaz de me derrubar.

Deve passar das três da manhã agora e ainda ouço passos vindo do sótão, o que dá a entender que Vinícius não pretende ir dormir tão cedo. Já perdi as contas de quantas vezes o peguei acordado de madrugada; tem dias em que eu tenho certeza de que ele sequer chegou a dormir.

Arrisco dizer que um dos principais motivos para ele matar aula é por não ter dormido nem duas horas durante a noite. Ele falta cair de sono lá pelas onze da manhã, então dorme em seu quarto até o final da tarde e o ciclo se repete no dia seguinte.

Posso contar nos dedos os dias em que ele foi para a escola, e em dez dias morando juntos, ele só foi três vezes. Pergunto-me se eu deveria dizer algo, se deveria tentar intervir de alguma forma, mas uma parte maior de mim diz que não é da minha conta e que eu não deveria me meter na vida dele. Vinícius não é criança; de todo modo, ele é crescido o suficiente para ter noção do que é certo e errado.

Assusto-me quando a porta do quarto é aberta e a silhueta do garoto se materializa no escuro. A única fonte de luz que me permite ver o seu rosto é a que vem da televisão.

— Rafa? — Sussurra receoso. Ele espera que eu lhe dê algum tipo de resposta para continuar, então solto um grunhido e ele suspira. — Eu posso ficar aqui com você? — Pede.

Pergunto-me se esse é um dos raros momentos em que ele não está tentando me irritar de alguma forma. Sem muita confiança, me sento na cama, esfregando os olhos e forçando a vista para tentar enxergá-lo melhor.

— Por quê? O que foi?

— Eu não tô me sentindo bem.

— Está passando mal?

— Não é isso, é que... — Ele coça a nuca, troca o peso dos pés. — Eu não consigo dormir.

— Tá... Pode vir — chamo, ainda receoso.

O garoto fecha a porta e se aproxima devagar na ponta dos pés e se encolhe no colchão ao meu lado, numa distância segura de mim.

— Você tá bem? — Sussurro, me virando de frente para ele, usando as mãos para apoiar a cabeça.

— Sim. — Ele abre um sorriso que quase não vejo por conta da baixa iluminação. — O que está assistindo?

— É uma série — digo breve, sem vontade nenhuma de explicar o enredo do programa, até porque nem estou tão interessado na história.

Vinícius não faz mais perguntas, em vez disso, se acomoda ao meu lado, encolhendo as pernas e puxando um dos travesseiros para debaixo da cabeça, fazendo o cabelo cair sobre os olhos e não me deixando ver nada além da pontinha do seu nariz e sua boca.

Por pelo menos vinte minutos inteiros, nós não conversamos, sua respiração continua agitada e ele não para quieto. É como se ainda existisse bastante energia armazenada dentro dele; ele parece cansado, mas sua mente não desliga, não dá sossego.

— Que horas você costuma dormir? — Pergunto baixo.

Ele coça a nuca e solta o ar.

— Eu sei lá — murmura. — Eu durmo o tempo todo.

Correção: ele dorme a tarde inteira.

— Você faz muito barulho à noite.

— É? Me desculpa, eu não sabia. — Olha-me, virando o corpo na minha direção. — De vez em quando, eu escuto você também.

— As paredes são finas e os nossos quartos são grudados, então... — Dou de ombros, sem dar tanta importância a isso, porque é de se esperar.

Ele pressiona os lábios, sem tirar os olhos dos meus. Encara-me por tempo suficiente para me deixar intimidado, então agradeço pela iluminação ser fraca, o que dificulta a visão dele.

— Isso é bom, você não acha? Eu sempre sei quando você está acordado por causa do barulho da TV. — Aponta com a cabeça.

— Às vezes, eu durmo com a TV ligada.

— Eu sei — murmura.

Quero perguntar se ele já entrou no meu quarto enquanto eu estava dormindo, mas não o faço. Ele volta os olhos para a TV e passa a me ignorar outra vez. Não consigo prestar atenção em absolutamente nada que passa na tela, não com ele do meu lado. Só o som da sua respiração já mexe com tudo em mim. Ele não está usando o cobertor, então a luz fraca desenha cada curva do seu corpo, desde a pele da sua perna descoberta até a cintura escondida pela camiseta larga. Não consigo controlar meus pensamentos quando estou perto dele, eu vou longe, imagino um milhão de coisas com ele, e isso é perigoso demais.

Ainda não entendi o que Vinícius veio fazer aqui, ou quais as suas intenções comigo esta noite; talvez ele não queira nada, mas nos últimos dias, ele sempre apareceu em busca de algo, então não tenho tanta certeza assim.

Questiono-me se é errado deixar que ele durma na minha cama, mesmo que eu não tenha nenhuma intenção de tentar alguma coisa. Pergunto-me o que vão dizer se o virem aqui, ou quais impressões vão ter. Estou a um passo de pedir que ele volte para o próprio quarto, quando me dou conta de que ele já dormiu. Tem os olhos fechados e a respiração lenta, sem mover um músculo dessa vez.

Tomo a ousadia de tocar o seu rosto, afastando seu cabelo dos olhos e da testa. Alguns dos fios curtos e enrolados sempre voltam a cair, teimando em permanecer no lugar. Brinco com alguns dos cachos perto do ouvido, enrolando-os no dedo para depois fazer todo o contorno da sua orelha com a ponta do indicador, mas recolho minha mão no segundo em que me dou conta do que estava fazendo. Puxo o ar com força, fechando os olhos e suspirando alto. Eu me odeio demais.

Assusto-me quando o garoto se mexe na cama. Em um movimento rápido, ele se escora em mim, deitando o rosto no meu ombro, amassando suas bochechas. Ele segura a minha mão e a leva de volta para seu rosto, com os dedos sobre os meus. Ele solta um grunhido quando continuo o carinho, e só falta se afundar em mim. Ele desliza a mão de volta para baixo, só para passá-la pela minha cintura num tipo de abraço.

Pensei que ele estivesse dormindo. Quero dizer algo, mas tenho a impressão de que qualquer coisa que eu diga estrague esse momento, então posso me contentar em fazer carinho nele. Vinícius é igual a um gatinho, se coçar o cantinho atrás da sua orelha, ele só falta ronronar. É adorável.

Acho que estou tendo um tipo de ataque de fofura, porque o que eu mais quero agora é apertá-lo, e tanto, que ele se fundiria comigo e depois eu o morderia, morderia todinho.

Ele se aconchega em mim, encaixando o corpo no meu e afundando o rosto no meu pescoço quando deslizo os dedos pela sua nuca, adentrando seu cabelo, sentindo-o amolecer com o toque. Sua respiração na minha pele me arrepia inteiro, e eu aperto os olhos, me contendo o máximo que posso, mas isso só evidencia ainda mais o cheiro do seu cabelo.

Eu não acredito que estou prestes a cheirar o cabelo de alguém.

Não resisto à tentação e o faço, só para me arrepender no segundo seguinte, quando percebo o quão cheiroso é e o quanto eu gosto.

Estou com problemas. Estou com sérios problemas.

Vinícius vai dormir rapidinho com todo esse chamego, mas eu desejarei morrer a cada minuto só para não precisar enfrentar as consequências dessa proximidade.

Será que eu não estou exagerando? Pode não ser nada demais. Não é nada demais eu achá-lo atraente, gostar do seu perfume, do cheiro do seu cabelo. Tanto faz se eu gosto muito de cada detalhe do seu corpo, do seu sorriso, dos seus olhos, dos seus cachos tão perfeitinhos.

Eu sou mesmo um fodido.

Ao menos, sei que não vai demorar muito para que eu enjoe de tudo isso e volte a ter paz na droga da minha cabeça. Nunca me senti tão aliviado por ser um safado com um bloqueio emocional tão fodido, como agora.

De um dia para o outro, Vinícius vai perder o encanto; é só questão de tempo.

❀ ❀ ❀

Vinícius foi à aula hoje, confesso que fiquei surpreso quando acordei e não o vi ao meu lado. Cheguei a me perguntar se o que aconteceu de madrugada foi real ou se não passou de um sonho, mas o pensamento desapareceu assim que senti o cheiro dele nas minhas roupas.

Seguro a gola da camisa, aproximando-a do rosto e aperto os olhos quando sinto o perfume dele, tão nítido que é, como se ele estivesse aqui agora. É tão bom, porra!

Eu me odeio demais. Eu me odeio tanto!

Respiro fundo, repensando todas as minhas ações nos últimos sete dias, assustado com a quantidade de vezes que Vinícius tomou conta dos meus pensamentos e a frequência com que penso nele. Isso não é normal. Não é normal! Meu Deus, será que estou ficando obcecado ou alguma merda desse tipo?

Não.

Provavelmente, seja só desejo acumulado. Eu só preciso dar um jeito de acabar com isso, de parar de pensar nele e em todas as coisas que quero fazer com ele. Só isso. Estou mais do que decidido a afastar esse garoto o máximo possível, cortar as asas dele até que desista dessas malditas provocações. Ele precisa entender o quão errado é e o quanto isso que estamos fazendo pode afetar o casamento dos nossos pais.

Sinto vontade de arrancar os cabelos só de imaginar a bronca que eu levaria do meu pai se ele descobrisse, o quanto ele ficaria chateado comigo. Isso me mata. Nada nunca me afeta tanto quanto saber que desapontei o meu pai de alguma forma. Isso me quebra.

Estou ficando louco. LOUCO! Tenho que acabar com isso de uma vez, dar um fim, antes que eu acabe cedendo e transformando a situação num monstro de sete cabeças.

É quase dez da manhã quando recebo uma mensagem de Guilherme avisando que está por perto e que, em alguns minutos, aparecerá aqui em casa. E do jeito que disse, são dez minutos para ele estar batendo à porta.

Ele vai entrando antes mesmo que eu lhe dê licença, trazendo consigo um cachorro branco com manchas pretas.

— Fui demitido, acredita? — Pergunta, com um riso soprado. — Só porque briguei com um cliente. Vou te dizer uma coisa, Rafael. — Ele se vira e me encara. — Maldito seja o filho da puta que disse que o cliente sempre tem razão, eu te garanto que esse desgraçado nunca trabalhou com o público, porque as pessoas são loucas!

— Tem razão — concordo, sem prestar atenção em nenhuma palavra. — De onde veio esse cachorro?

Ele acompanha meu olhar e sorri largo.

— Não é uma graça? — Seu tom de voz é banhado em entusiasmo, ele se ajoelha e apanha o cachorro. — Um cara me deu na porta do mercado, acho que foi o destino.

— O seu destino é um filhote de vira-lata? Sério?

— Shiu! — Olha-me de cara feia. — Qual o problema de ele ser vira-lata, Rafael?

— Problema nenhum. — Ergo as mãos em rendição, balançando a cabeça e acompanhando-o para dentro. — Qual o nome dele?

— Bob.

— Nossa! Que original.

— Vai se foder — resmunga, deixando um beijinho na cabeça do cachorro, e se senta no sofá, com ele ainda em seus braços. — Tá sozinho em casa?

— Tô.

— Cadê o garoto, o filho da sua madrasta?

— Vinícius está no colégio.

Ele faz que sim com a cabeça, afundando no estofado e soltando o ar de forma pesada.

— Tem cerveja aí?

Fico em silêncio só olhando para ele e me perguntando se está falando sério. São dez da manhã e tem um desempregado na minha sala, com um filhote de vira-lata no colo, me pedindo cerveja, e ele ainda é o meu melhor amigo.

Solto o ar, pensando que, por outro lado, eu também não tenho moral alguma para criticá-lo, então só concordo com a cabeça e vou até a cozinha, voltando com duas garrafas de cerveja na mão. Sentamos, bebemos, e as garrafas vazias são esquecidas na mesa e substituídas por outras intactas. A quantidade aumenta, e trinta minutos depois, há seis garrafas vazias na mesa, e Guilherme está rindo para a TV, ainda com o cachorro no colo e os pés no estofado.

Ouvimos o barulho de chaves e no segundo seguinte, a porta é aberta. Meus olhos e os de Guilherme seguem o som. Vinícius passa por ela, suspirando ao trancá-la e, assim que se vira, paralisa no lugar, arregalando os olhos enquanto varre a sala, vai de Guilherme ao cachorro, das garrafas vazias até mim, então junta as sobrancelhas em confusão. Eu o vejo tirar o celular do bolso só para conferir as horas.

— São onze da manhã. — Ele olha para mim e depois para Guilherme.

— Chegou cedo por quê? — Pergunto, ignorando o que ele disse e coloco os pés na mesa.

— Não gosto de Educação Física.

Desço os olhos pelo seu corpo, para o uniforme que está usando. Uma camiseta branca e uma bermuda azul larguinha, com o brasão da escola bordado em ambos.

Deus do céu, como ele é gostoso.

Vinícius tira a mochila das costas e a larga no chão perto da porta, passando por Guilherme e se sentando ao meu lado no sofá.

— Que vida boa a de vocês!

— A sua é melhor ainda, não é? Você quase não pisa na escola.

Ele ri, passando os olhos em mim e pressionando os lábios para esconder o sorriso.

— Você está vermelho, Rafa.

— Rafa... — Guilherme repete num tom de sarro, ocupando a boca com a cerveja para não comentar besteira, como sei que pretendia fazer.

— Hum! — Ele ergue um dedo, prendendo nossa atenção e pondo a garrafa na mesa antes de dizer: — Isso me lembra outra coisa. — Endireitou-se no sofá. — Adivinha quem me mandou mensagem ontem?

— Quem?

— Victor Hugo.

Engasgo. Dentre todas as formas de reagir a essa informação, eu escolhi a pior delas. Começo a tossir, pondo a garrafa de volta na mesa e, pigarreando com meus olhos se enchendo de lágrimas, ouço a risada escandalosa de Guilherme.

— Olha só, se não é o seu amigo não tão amigo assim — Vinícius comenta em tom de deboche. — Dá pra ver que você ficou feliz com a notícia, Rafael.

— Ele te contou sobre o Victor?

— Ele fez uma breve menção, nada muito detalhado.

— Ele tem essa mania de omitir os fatos — Guilherme diz, revirando os olhos e sorrindo ao me ver fazendo cara feia. — Me desculpa, eu me esqueci de que não posso falar do Victor e da sua paixão por ele.

— Eu não era apaixonado por ele!

— Não era pouco, né? — Ri. — Eu juro por Deus, Rafael, você era tão caidinho por ele que chegava a dar dó.

Reviro os olhos, bufando ao me afundar no sofá.

Deus, me mate agora.

— E você fazia tudo por ele, tudo para chamar a atenção dele — acrescentou. — O Victor é tão bonito. O Victor é tão legal. Eu gosto tanto do Victor. Ele é tão engraçado, tão fofo. Victor. Victor. Victor.

Eu estou corado. Droga, estou ardendo de vergonha, com meu estômago gelado e tão afundado no sofá que não me surpreenderia se virássemos um só. Guilherme continua rindo, quase chorando de tanto rir, e tudo fica pior quando sinto o olhar de Vinícius sobre mim.

— Eu superei isso no terceiro ano.

— Mentira.

Reviro os olhos. Tudo bem, pode ser que eu esteja mentindo, e vamos supor que eu tenha sofrido um bocado depois que Victor foi do Rio de Janeiro para São Paulo. Eu era um pouco apaixonado por ele, sim, até porque ele foi o único de quem eu gostei durante toda a minha vida, mas tudo ficou para trás depois que ele foi embora.

— Pode até ser, mas eu superei já faz dois anos, Guilherme.

— Tá, então tudo bem eu mandar seu número pra ele, não é?

Estremeço, piscando de forma demorada.

— Pode. — Meu tom de voz agudo faz com que ria.

— Tudo bem, mas só para ficar claro, ele voltou para o Rio.

— Ah, voltou? — Mais agudo que antes, acho que estou tendo um troço.

— Sim, e ele disse que quer ver você.

Meu Deus. O que eu fiz de tão errado para receber um castigo como esse?

Não digo nada, com medo de como minha voz vai soar, então só concordo com a cabeça e me inclino para pegar a garrafa na mesa, terminando de beber em dois goles o que restou.

— O cara some por dois anos e quer voltar a me ver? — Resmungo, meio inconformado com isso. Sei que a culpa não foi de ninguém, porque ele estava longe, conversamos por meses até perdermos de vez o contato. Num dia, éramos melhores amigos, e no outro, era como se fôssemos estranhos.

Lembro-me de conversar com Victor todos os dias por uns quatro meses, então as mensagens ficaram menos frequentes, os assuntos foram acabando e passamos a aparecer vez ou outra para enviar um vídeo engraçado ou qualquer merda desse tipo, até que acabou, e me dei conta de que não sabia mais nada dele e vice-versa.

— As coisas são assim. — Guilherme dá de ombros, sorrindo para o filhote em seu colo. — Ele não é uma pessoa ruim, você sabe.

— Eu sei, só é meio esquisito isso tudo.

— Eu não acho, crescemos juntos, estudamos juntos a vida toda e nossos pais estavam sempre juntos também, então... — Ele dá de ombros outra vez, suspirando de forma pesada. — Para mim, ele é como um primo que se afastou da família, sabe?

Acabo rindo da analogia.

— Conversamos muito ontem — ele conta, trazendo seus olhos para mim. — Ele é o mesmo bobão de sempre, assim como eu e você, não sei se dois anos mudam muita coisa.

— Talvez você tenha razão.

— Sempre tenho — diz e se levanta, deixando o cachorro no sofá e passando por nós até as escadas. — Preciso mijar.

Vinícius e eu ficamos sozinhos na sala, em completo silêncio. Meus olhos estão fixos no chão, estou começando a enxergar tudo meio turvo e então esfrego o rosto, me virando para olhá-lo. Seus olhos encontraram os meus no mesmo segundo, então ele esboça um sorriso, suspirando e descendo o olhar para o seu colo, onde seus dedos pressionam uns aos outros.

— Você ainda gosta dele?

— Acho que não.

— Parece que gosta. — Encara-me, arqueando as sobrancelhas.

— Eu não sei, eu não falo com ele há um tempão. Como eu vou saber se gosto de alguém com quem eu nem converso mais?

Ele inspira o ar, puxando um dos joelhos para cima ao se virar de frente para mim, deitando a cabeça no estofado enquanto o cabelo cobre parte do rosto.

— Eu acho que você sabe quando gosta de alguém, quando gosta de verdade — murmura. — Não importa quanto tempo passe, sempre vai ter aquela pessoa especial por quem você largaria tudo para tê-la de volta — ele está sussurrando, sem olhar para mim nem por um segundo. — Se você gostasse tanto dele assim, acho que saberia.

— Eu não sei.

— Você já gostou de alguém antes? Alguém além dele?

— Não.

— Ah... — Ele parece surpreso.

— Eu não costumo gostar das pessoas, é por isso que Guilherme me enche tanto o saco com essa história, porque eu não gostei de mais ninguém além do Victor.

— Nossa. — Ri soprado. — Você é mesmo um fodido.

— Eu sei.

— Eu queria não me apaixonar nunca — murmura pensativo. — Teria evitado um milhão de problemas.

— Então você se apaixona fácil? — Brinco, empurrando-o pelo ombro e ele revira os olhos, me empurrando de volta.

— Vá se foder, também não é assim.

— Quantos namoradinhos você teve? — Pergunto, contendo o riso, assistindo-lhe balançar a cabeça de um lado ao outro.

— Só um — responde apreensivo, torcendo a barra do short em seus dedos. — Nós terminamos e ele foi embora.

— Que merda! — Faço careta. — Quando foi isso?

— Ano passado.

— Que merda! — Repeti, com um riso nervoso, e ele apenas concorda.

— O amor é uma merda mesmo.

Faço que sim, ainda que eu não tenha certeza disso. Não sei se algum dia cheguei a amar o Victor, eu gostava dele, gostava bastante, mas não acho que era amor. Crescemos juntos e só no ensino médio foi que comecei a me apaixonar de verdade por ele, mas Victor nunca me deu uma chance, nunca passamos dos beijos depois de alguma festa, quando estávamos tão bêbados que mal sabíamos o que estávamos fazendo. Eu nunca fui sincero com ele sobre os meus sentimentos e ainda bem que não, porque tenho absoluta certeza de que estragaria tudo.

— Você acha que ele gostava de você?

— Tenho certeza de que não. — Rio, de novo, mas minha voz soa mais triste do que deveria, o que é deprimente demais. — Victor podia ter quem ele quisesse, por que iria *me* querer?

Vinícius dá de ombros abrindo um sorriso travesso, subindo a outra perna para o sofá e se inclinando sobre mim. Não recuo, não movo um músculo nem quando sua respiração se mistura à minha. Sinto meu coração saltar, meu peito subindo e descendo de forma agitada.

— Eu sei o porquê — sussurra. Seu nariz toca o meu, mas ele recua no mesmo instante, e de forma quase inconsciente, eu vou atrás, procurando pela sua boca.

— Por quê?

Ele sorri, tocando meu queixo com a ponta dos dedos e roça os lábios nos meus, abrindo a boca só para encaixá-la na minha.

Porra, eu preciso tanto desse beijo.

Vinícius me dá um selinho e é como se uma onda de eletricidade descesse pelo meu corpo, arrepiando cada pelo. Posso senti-lo na ponta dos dedos, borbulhando no meu abdome. Sinto seus dedos deslizarem pela minha bochecha e irem até a minha nuca.

Quando se afasta, percebo que está tão ofegante e respirando tão forte quanto eu. Encontro seus olhos e seu foco logo volta à minha boca. Ele ofega, trazendo seus lábios de volta aos meus, e antes que eu possa beijá-lo de verdade, ouço passos na escada.

Volto ao lugar, como se tivesse levado um choque, e Vinícius faz o mesmo, prendendo a respiração ao se afundar novamente no estofado. Meu coração bate mais forte do que nunca agora, e esfrego o rosto, sentindo minha pele arder, não sei se pela bebida ou se pelo que acabou de acontecer. Levo o olhar até as escadas, por onde Guilherme vem descendo aos pulos. Assim que chega ao último degrau, ele olha para nós e ri soprado, juntando as sobrancelhas.

— Que caras são essas?

Vinícius respira fundo e se levanta, passando pelo sofá até onde sua mochila está e a pega do chão, a joga nas costas e segue caminho até o andar de cima. Ignora Guilherme quando passa; acho que está irritado por ele ter atrapalhado, mesmo que sem querer.

Ainda sinto meu corpo quente, meu baixo abdome formigando. Meus pensamentos vão a mil por hora, me enlouquecendo.

— Sua casa é enorme, demorei uma vida a encontrar o banheiro — resmungou, pulando no sofá e se deitando, puxando o cachorro para o colo.

Meus olhos continuam nas malditas escadas, e me pergunto que porra o Vinícius está fazendo lá em cima agora.

Porra.

Aperto os olhos.

Porra, eu estava decidido a parar com essa merda.

Eu me ergo, abro uma das garrafas de cerveja que restam e me levanto, tomando um gole demorado e criando coragem para fazer o que meu subconsciente implora que eu faça.

— Já volto — digo, apertando a garrafa entre meus dedos, subindo as escadas em pulos, suspirando ao pôr os pés no corredor.

Puxo o ar levando a garrafa até a boca, tomando um gole longo e piscando de forma demorada, posso sentir meu coração na boca da garganta. Olho para a porta de Vinícius entreaberta, ouço passos e vejo sombras pelas frestas. Puxo o ar mais uma vez, solto pela boca, bebo mais um pouco e seguro a maçaneta, empurrando a porta devagar.

E assim que tenho a visão inteira do quarto, meus olhos encontram Vinícius, de costas para mim enquanto tira a roupa. Está descalço, puxando a camisa pela cabeça, até que cada pedaço de pele do seu tronco esteja exposto. Ele ergue os olhos, encontrando os meus pelo reflexo do espelho e arqueando as sobrancelhas, demonstra surpresa ao me ver.

— O que foi, Rafa?

Não respondo, bebo mais um pouco e coloco a garrafa em cima da mesa, fechando a porta atrás de mim. Vinícius se vira, larga a camisa em cima do colchão e caminha até onde estou.

— Se esqueceu de alguma coisa? — Pergunta baixinho, subindo dois dos dedos até a correntinha em seu pescoço, brincando com ela e abrindo um sorrisinho quando já está a um palmo de distância de mim. — Hein, Rafael?

Faço que sim, segurando seu rosto, empurrando meu corpo contra o seu ao lhe roubar um beijo desesperado. Vinícius cede em segundos, sem nem tentar resistir. Ele encolhe os ombros e amolece nos meus braços quando enlaço sua cintura, ofegante quando minhas mãos percorrem suas costas, se firmando no seu quadril e puxando-o para perto de mim.

Vinícius tem um gosto bom. Porra, tem um gosto ótimo.

Sinto suas mãos na minha nuca, no meu cabelo, puxando os fios, raspando as unhas. Ele parece tão sedento por esse beijo quanto eu, e do mesmo jeito que vou com toda sede ao pote, ele vem até mim, como se tivéssemos esperado por isso a vida toda. Suas mãos descem pelo meu corpo, se aventuram para dentro da minha camisa e deslizam com suas unhas, marcando minha pele, me arrepiando até o último fio de cabelo.

Puta merda.

Como é bom!

Ele sorri no meio do beijo e me deixa desnorteado. Minhas mãos sobem de volta ao seu rosto e o trazem para mim como se houvesse algum risco de ele fugir. Minha língua se embola na dele quando encontro de novo o encaixe das nossas bocas. Sinto meu baixo abdome formigar com tão pouco, minha mente se perdendo nele, nele inteiro. Ele termina pressionando os lábios e soltando o ar devagar, erguendo os olhos para os meus logo em seguida. Afasto-me só para observar melhor o seu corpo, gravar cada pedacinho de pele na memória, contendo minha vontade de tocá-lo, de senti-lo em minhas mãos e decorar cada curva.

Puxo o ar e solto pela boca, me virando para pegar a garrafa na mesa, bebendo o que restou e levando meus olhos de volta a ele. Adoraria dizer que esse beijo foi o suficiente, que me saciou, mas seria mentira. Porque agora eu quero mais, preciso de mais.

Ele me mede dos pés a cabeça e ri soprado, dando-me as costas e voltando a se olhar no espelho.

— Dê o fora daqui, Rafael — manda, segurando a barra do short antes de puxá-lo para baixo, deixando-o deslizar pelas suas pernas até os pés, e eu o assisto do início ao fim, adorando cada segundo. Ele chuta a roupa para longe, tirando a toalha do gancho e jogando-a por cima dos ombros, rindo ao me ver ainda parado no lugar. — Pode ir ou pode ficar e pegar o que quer. — Passa a língua de um canto ao outro da boca, com um sorriso devasso. — Não, você é medroso demais para isso — provoca, passando por mim e atravessando a porta para o corredor.

Eu o assisto entrar no banheiro, deixando a porta entreaberta, e me pego sorrindo, correndo os dedos pela boca da garrafa e deixando minha mente bêbada pensar sobre isso. Com o olhar fixo na fresta da porta, penso em tudo o que aconteceria se eu passasse por ela agora.

Suspiro, balançando a cabeça e afastando cada um desses pensamentos. Faço todo o caminho de volta para a sala, indo contra os pedidos do meu subconsciente.

Volto a me juntar com Guilherme na sala, olho para as garrafas vazias e para o meu amigo e seu filhote de vira-lata.

— De boa se eu passar seu número pro Victor? — Indaga ele, erguendo os olhos pesados para mim.

Faço que sim, abrindo um sorriso fraco e me afundando de vez no sofá. Estou alto demais para pensar melhor nessa decisão, aéreo demais para focar em outra coisa que não seja o Vinícius e o puta beijo bom que ele tem, a puta boca gostosa que ele tem.

Esfrego o rosto, cobrindo os lábios com as mãos e me permito voltar ao nosso beijo.

Eu quero *tanto* ele, quero *tanto* colocar cada parte dele na minha boca, senti-lo inteiro na minha língua, aproveitar cada pedaço daquela pele gostosa. MEU DEUS, EU QUERO TANTO!

— Aí, cê tá bem?

— Eu tô. — Balanço a cabeça afirmativamente, pigarreando e me pondo de pé, começando a recolher as garrafas vazias.

Ele se levanta e me ajuda com essa tarefa, até tudo estar no lixo.

— Sabe quem mais me mandou mensagem? — Questiona baixinho, com a voz rouca e arrastada denunciando o sono que está começando a sentir. — A Anna Julia.

— Lá vamos nós de volta à Anna Julia. — Reviro os olhos. — E você respondeu, não foi? Claro que respondeu, você é um trouxa.

— Não. — Ele aperta os olhos e pressiona os lábios, negando com a cabeça de forma orgulhosa. — Dessa vez, eu bloqueei ela.

— Finalmente, porra. — Deixo um tapa em seu ombro. — Ainda demorou.

— Eu sei.

Continuo olhando para ele. Diferente de mim, Guilherme se apaixona em dois tempos. E isso lhe proporcionou uma enorme série de corações partidos, uma coleção de desilusões amorosas e belos pares de chifres.

Anna Julia foi o seu amor mais duradouro; eu, particularmente, a achava uma bela de uma chata, mas nunca disse isso em voz alta em respeito a ele. Guilherme e ela namoraram por dois anos até ele descobrir as traições. A ordinária passou quase três meses transando com o vizinho do andar de baixo do dele. Hoje em dia, Guilherme não consegue ouvir Los Hermanos sem tentar se jogar na frente de um carro em movimento, por causa da maldita *Anna Julia*[1].

Ainda me lembro quando ele me mandava mensagem atordoado, assustado com o fato de estar ouvindo a voz dela sem que ela estivesse em seu apartamento. Foi uma loucura até ele descobrir que a Anna Julia fazia visitas íntimas ao cara do nono andar. Depois disso, foi de mal a pior, foram semanas de brigas, meses com eles voltando e terminando, até finalmente se separarem de vez.

---

1 Música de Los Hermanos (1999).

— Aquela desgraçada... — Ele riu. — Meu Deus, eu fui tão ridículo.

— O amor é uma droga mesmo — repito a mesma coisa que Vinícius me dissera mais cedo.

— É uma droga fodida, eu fui o maior dos cornos e quase perdoei aquela safada.

Solto uma risada fraca.

— Quase? Você voltou com ela por quase um mês!

Ele choramingou baixinho, me tirando uma risada alta.

— Eu me odeio muito, às vezes — ele comenta, apoiando as mãos na cintura.

— Eu também te odeio muito.

— Vá se foder. — Ri, me empurrando. — Ridículo.

— É sério, você apaixonado é um porre, prefiro quando está solteiro e beija três de uma vez, numa festa qualquer, sem medo de ser feliz.

— É porque você é um fodido. — Cutuca meu peito. — No dia em que você amar alguém, amar de verdade, Rafael, você vai entender o quão doido isso é. Porque cega, *o amor cega*, você vira um cãozinho adestrado em uma missão de fazer absolutamente tudo por aquela pessoa, e às vezes isso te fode; às vezes, não.

— É muita dor de cabeça, prefiro morrer sozinho.

— Vai nessa. — Ri em deboche. — Você ainda vai encontrar alguém para maltratar esse coração, é só questão de tempo.

Rolo os olhos. Duvido muito, meu coração é impermeável.

Eu me viro para sair da cozinha e esbarro em Vinícius. Ele resmunga baixinho por conta do impacto erguendo os olhos para mim, para então me dar licença. Ele tem cheiro de sabonete, está vestindo roupas largas e compridas agora. Eu o vejo ir até a geladeira e tirar de lá uma garrafa de água; do armário, tira um pacote de biscoitos, e mais uma vez sai da cozinha.

— Ele não fala muito, né?

— Ele fica mais na dele, no mundo dele... — Tento explicar o Vinícius, porque é assim que o vejo, apesar de todas as suas provocações e atitudes implicantes, porque quando ele se fecha, ele se fecha *mesmo*, se torna distante, inalcançável. Passa horas e horas trancado no quarto ou no sótão, pintando, ouvindo música e fazendo sei lá mais o quê.

— É bonitinho... Quantos anos ele tem?

Levo meus olhos para Guilherme no mesmo segundo, franzindo o cenho em desaprovação, e quando ele capta isso, tudo o que faz é rir.

— Relaxa aí, porra. — Ele junta as sobrancelhas, cruzando os braços acima do peito. — Só perguntei a idade.

— Conheço você, conheço seu jogo, então fica na sua, Guilherme. — Eu o empurro pelo ombro, apontando o dedo para o seu rosto, lhe tirando um riso soprado.

Ele ergue as mãos em sinal de rendição, balançando a cabeça em negação com um sorriso de canto.

— Não vou mexer com ele, prometo.

Faço que sim com a cabeça, coçando o queixo logo depois. Não sei que merda foi essa, mas torço para que ele não tenha notado nada. Não quero mais ninguém se metendo na bagunça que estou criando com Vinícius, apontando o dedo e me dizendo que o que estou fazendo é errado e blá, blá, blá. Eu já sei disso, só preciso descobrir como parar.

4

NÃO CONSIGO DORMIR. NÃO CONSIGO DORMIR, PORQUE SEMPRE que fecho os olhos minha mente me trai e me leva de volta àquele maldito beijo.

Como sou ridículo!

Eu não deveria ter feito isso, não deveria ter ido atrás dele para conseguir aquele beijo, eu não deveria ter gostado, não deveria querer mais. Mas, meu Deus, eu quero! Eu quero tanto!

Passo a noite inteira me debatendo na cama, virando de um lado para o outro, sem conseguir dormir, sem conseguir esquecer, eu estremeço só com a memória da boca dele na minha, das mãos me tocando por dentro da camisa. Céus!

Eu me deito de barriga para cima, esfregando os olhos, afundando os dedos dentro do emaranhado do meu cabelo.

— Que merda! — Solto um grunhido, chutando os lençóis para longe de mim. Estou tendo uma crise. Não sei se tudo isso é desejo acumulado ou a abstinência de sexo. Quando foi a última vez que eu transei? Eu sequer me lembro! E tudo bem, Vinícius é bonito, é gostoso pra caralho, é por isso que estou enlouquecendo.

Levanto-me, saio do quarto e passo pela porta dele, notando as luzes acesas. Ignoro, fecho os olhos e sigo em frente, descendo os degraus nas pontas dos pés para quando chegar à cozinha, esbarrar em Ísis.

— O que está fazendo acordado uma hora dessas? — Ela traz seus olhos para mim, está tomando algo que deduzo ser chá.

— Eu vim... beber água. — Aponto para o filtro, e ela assente com a cabeça. — Você chegou em casa agora? — Reparo em suas roupas.

— Sim. — Ela faz uma careta, parece cansada e deve estar mesmo. — Agora é... quase uma da manhã. — Suspira ao conferir as horas no celular. — Como foi o seu dia, Rafael? — Pergunta, trazendo seu tom de voz bem-humorado de volta.

— Foi bom. — Abro um sorriso, enchendo o copo com água gelada. Penso em tudo que fiz desde que acordei, bebendo das dez até meio-dia, beijando Vinícius às 13h e me martirizando com isso pelo restante do dia. — Foi bom, foi bem tranquilo... — acrescento, solto o ar e começo a beber antes que ela peça detalhes.

— E Vinícius?

Engasgo, piscando algumas vezes, pigarreando antes de olhar para ela. Torço para que isso não pareça suspeito.

— O que tem ele? — Questiono.

— Vocês estão se dando bem? — Arqueia uma das sobrancelhas, brincando com o sachê do chá. — Vocês passam o dia inteiro aqui sozinhos, me pergunto se a convivência é tranquila, sabe? Não conheço você muito bem, mas conheço o meu filho. — Aperta os olhos. — E ele sabe como fazer uma bela birra.

Acabo rindo, praticamente me entregando e entregando toda a dor de cabeça que ele já me causou.

— Estou certa, não estou? — Aponta para mim, com aquele olhar e sorriso confiante. — Vinícius é um caos completo. — Ri soprado, piscando demoradamente. — Ele é intenso, pessoas intensas são perigosas.

Concordo, cruzando os braços e me escorando na bancada. Estou curioso, quero ouvir tudo o que ela tem a dizer sobre ele.

— Ele é tão adorável e, às vezes, tão... tão...

— Irritante.

— Deus me perdoe, mas sim — sussurra, como se estivesse compartilhando um segredo terrível. — Eu o amo, amo muito, mas há momentos em que ele consegue ser tão irritante, com todas as birras, as malcriações. Sabe por quanto tempo ele ficou emburrado quando descobriu que eu iria me casar? Muito! Ele também é teimoso, muito teimoso — acrescenta, pondo a caneca vazia dentro da pia, apoiando as mãos na bancada. — Então, vocês estão se dando bem?

— Sim. — Encolho os ombros, descendo os olhos até os meus pés. — Nós nos damos bem, temos quase a mesma idade, então acho que isso facilita as coisas.

— Tem razão.

— Ele é legal, eu gosto da companhia dele.

— Ele gosta de ficar com você?

— Acho que sim. — Sorrio. — Ele me procura quando está entediado, pede para ver um filme ou uma série comigo.

— Então ele gosta mesmo de ficar com você. — Sorriu fraco, trazendo os olhos para mim. — Isso é ótimo.

Faço que sim. Se ela soubesse o *quanto* ele gosta de mim, não sei se acharia ótimo. Às vezes, me questiono se não seria melhor que ele me odiasse, pois então seria mais fácil arrancá-lo da minha mente. Penso nisso, no quanto preciso afastá-lo antes que tudo vire uma bola de neve enorme e nos soterre.

— Bom, eu vou pra cama — ela anuncia depois de um tempo. — Não durmo há tempos, preciso fechar os olhos e descansar — diz, gesticulando de forma exagerada e sorrindo. — Boa noite, Rafa.

— Boa noite — murmuro.

Espero que ela saia e suba as escadas, para então apagar as luzes e fazer o mesmo. Eu me levo de volta ao quarto, diminuindo o passo quando Vinícius abre a porta e me encontra no corredor.

— Oi — ele murmura, sorrindo fraco. — Posso ficar com você?

Droga. Droga. Droga.

Ele veste pijamas, roupas curtas e de um tecido finíssimo.

Quero deixá-lo vir comigo, quero muito. Eu adoraria tê-lo na minha cama, pertinho de mim, mas eu sei no que isso vai dar. Tenho que afastá-lo, tenho que parar de me envolver com ele.

— Eu vou dormir agora, então é melhor você ficar no seu quarto hoje.

— Ah... — Junta as sobrancelhas. — Tá... tá bom. — Abaixa a cabeça antes de voltar para o quarto e bater a porta.

Não sei por que, mas isso me fez sentir mal pra caralho. Penso em voltar atrás, me aproximo da porta dele e quase chego a bater, mas recuo. Aperto os olhos e tento não pensar muito nisso, ainda que cada pensamento meu esteja voltado a ele neste momento. Pergunto-me se não é errado afastá-lo desta forma, sem mais nem menos, mas eu também nunca prometi nada a ninguém.

Eu não deveria me importar tanto, merda.

Enfio-me debaixo dos cobertores e conecto os fones de ouvido no celular, deixando um vídeo qualquer rolando no YouTube, só para que algo sobreponha as vozes insuportáveis da minha cabeça.

Às três da manhã, ainda escuto Vinícius, ouço passos, o som da porta, ouço tudo que faz.

Acho que nenhum de nós vai dormir hoje.

Hoje, Vinícius não foi à aula, na verdade, acho que ele sequer dormiu. Passei a madrugada inteira ouvindo-o andar de um lado para o outro. De manhã cedo foi a mesma coisa e agora parece que está quebrando tudo dentro do sótão.

Saio da cama só para encarar a escada que sobe para o sótão, quase caindo de sono enquanto olho para os degraus e ouço o barulho dele arrastando alguma coisa. Um baque alto e decido subir, quero descobrir se ele está tentando pôr a casa abaixo.

Assim que consigo uma visão ampla do sótão, a imagem dele ajoelhado de frente para a janela é o que me chama a atenção. Está sem camisa, com o cabelo preso e os braços sujos de tinta. Vinícius afastou boa parte das coisas para os cantos do sótão, estendeu no chão dezenas de folhas de papel e jornal, e entre elas está deitada uma tela enorme, pintada pela metade nas cores azul e vermelho.

Pergunto-me há quanto tempo ele está fazendo isso.

O garoto respira alto, subindo uma das mãos pela nuca, deixando na pele rastros de tinta amarela, mas as mãos voltam a cair em seu colo, os ombros relaxam e ele se senta sobre os tornozelos.

Perco-me nele, me esqueço de tudo que veio antes e me prendo nesse único momento. Vinícius parece a porra de um deus, a droga de um santo, é tão bonito que chega a ser surreal. É impossível acreditar que seja humano, feito de carne e osso como qualquer outro.

Questiono-me se em algum momento houve algum ser tão bonito como ele, andando e respirando, vivendo como se sua existência não significasse nada, como se fosse só mais um fragmento no espaço. Isso parece errado, parece um erro do universo permitir que ele se iguale a qualquer outro ser humano porque, para mim, ele é superior, é superior a qualquer coisa.

Ele se vira, ainda no chão, e está sentado quando me nota ali. Seus olhos se arregalaram com a surpresa e logo dão espaço à frustração.

— Não gosto que subam aqui.

— Foi mal, mas você tá fazendo um barulho do caralho, sabia?

— E daí?

E daí? Ele acha que mora sozinho, porra? Tento não bufar, tento não revirar os olhos, mas ele continua com o olhar indiferente sobre mim.

— Você poderia fazer menos barulho, por favor? — Indago nem um pouco educado, e isso parece frustrá-lo ainda mais.

— Eu vou *tentar* — retruca. — Agora saia.

Junto as sobrancelhas, dobrando minha língua para não despejar sobre ele uma série de ofensas e acabar comprando uma briga. Vinícius é uma coisa de tão bonito, mas sabe ser tão irritante quanto uma criança mimada.

— Rafael — ele chama, depois de eu ter passado quase dez segundos em silêncio e só olhando para ele. — Pode descer agora.

Então sua atenção volta às tintas. Ele engatinha pelo chão e alcança o pincel, mergulha-o em uma lata de tinta amarela, tira o excesso e desliza a ponta pela tela, tão devagar e concentrado que parece ter entrado dentro do próprio mundo outra vez.

Faço o que me pediu e desço as escadas. Minha cabeça dá um nó completo. Não consigo entender como me sinto atraído por uma criatura tão implicante, não é possível que eu goste disso, de ter alguém me alfinetando. Eu sou o quê? A porra de um masoquista?

Antes que eu consiga chegar ao corredor, ouço o toque alto de uma música vindo do sótão, ele está mesmo tentando me fazer surtar.

Considero a ideia de voltar lá, mas não vou dar esse gostinho a ele. Se quer me ver arrancando os cabelos, vai ter que se esforçar mais.

No instante em que piso no térreo, sinto meu celular vibrando no bolso, uma, duas, três vezes até eu pegá-lo e ler as mensagens pela barra de notificação. O número desconhecido me pega, faz meu coração saltar e, no instante em que leio o "oi, é o victor", entro em pânico. Minha mente dá um nó fodido, como se soasse um alarme de emergência dentro da minha cabeça, o que deixa minha pulsação acelerada de uma forma assustadora.

Ele começa a me ligar no segundo em que visualizo suas mensagens.

Respiro fundo, tentando não criar caso em cima disso. Não é possível que, depois de dois anos, eu ainda seja um bobo rendido por ele.

Atendo, e meu coração dá o primeiro passo em falso quando ouço a sua voz.

— Rafael? — Chama baixo.

Mas que droga de sensação é essa?

— Oi.

— Puta merda, Rafael! — Exclama de forma exasperada, acompanhado por um riso carregado de incredulidade. — Quanto tempo faz que eu não ouço a sua voz, porra?

Solto um risinho, mordendo o canto dos lábios ao me escorar na parede.

— Senti sua falta, sabia? — Ele murmura depois de um tempo. — Muita mesmo...

— Também senti a sua — confesso, soltando o ar de forma pesada. — O Guilherme disse que você voltou pro Rio — comento, esperando que ele confirme e é exatamente o que faz no segundo seguinte.

— Sim, por causa do trabalho, me transferiram para cá — explica brevemente. — O que é bom porque agora posso ver vocês! — Acrescenta empolgado, me tirando um sorriso espontâneo. — Ainda mora no mesmo lugar?

— Não, meu pai vai se casar daqui a alguns meses, então nós...

— CASAR? — Ele grita. — O seu pai vai se casar? Está brincando.

— Estou falando sério.

— E como ela é? É bonita? Tem filhos? — Começa a me bombardear com perguntas sobre Ísis.

— Ela é legal, é médica, trabalha o dia inteiro, então eu quase não a vejo, e ela tem um filho. — Faço um curto resumo.

— E quantos anos ele tem?

— Dezoito — murmuro, me permitindo pensar em Vinícius por um segundo ou dois.

Ele ri fraquinho.

— E ele mora com você agora?

Coço a nuca, erguendo o olhar para enxergar o topo da escada e ter certeza de que o dito cujo não está me vigiando.

— Sim. O garoto é legal. — Tento não transformar isso em um grande caso, não quero que Vinícius seja o foco da nossa conversa. — Nos damos bem — concluo.

— Podia ser pior, ele podia ser um pirralho insuportável.

Acabo por rir e ele me acompanha.

— Vamos sair hoje — propõe. — Você, eu e o Gui. Às sete, pode ser? — Decide, não me dando tempo para pensar, mas eu sequer consideraria negar o convite, sei que vou entrar em colapso se não o encontrar pessoalmente o mais rápido possível.

— Tá, pode ser.

— Perfeito! Eu vou desligar agora, tudo bem? Te vejo mais tarde. — Ele atropela as palavras, para logo em seguida encerrar a ligação.

Encaro a tela do celular até vê-la se apagar. Por que, caralhos, o meu coração bate tão forte agora, porra?

Respiro fundo, desbloqueio o celular e vou direto ao sofá em que me sento e me dedico a perder alguns bons minutos só bisbilhotando a vida de Victor Hugo na internet. Abro o Instagram, vejo fotos, *stories*, destaques, marcações. Ele não posta muita coisa no *feed*, mas os *stories* são como sua vida inteira documentada. Conto mais de seis, postados só hoje, e ainda são dez da manhã.

Ele não mudou quase nada na aparência que eu consiga distinguir de imediato. Com exceção do cabelo que agora está mais comprido, quase escondendo totalmente as orelhas e os brincos brilhantes que usa.

Um *story* em específico me deixa fissurado a ponto de assisti-lo três vezes seguidas. Ele aparece filmando o seu reflexo no espelho de um elevador, vestindo roupas sociais, e a última vez que o vi vestido assim foi na nossa formatura. Por Deus, ele é tão bonito que me deixa confuso. Consigo entender perfeitamente o motivo de eu ter passado anos apaixonado por ele, e ainda assim, me sentir fraco só assistindo a um maldito *story*.

Victor é aquele tipo de pessoa que você costuma gostar no instante em que o conhece, não precisa de muito mais que três minutos com ele para isso. Então é questão de tempo até se dar conta de que está apaixonado por ele. Queria poder culpá-lo por todo o sofrimento que tive que enfrentar durante anos, mas ele não tem culpa por eu ser um fodido de merda. A culpa não é dele se eu só me apaixono por quem não está nem aí para mim.

Sempre odiei a ideia de namorar e todo esse conceito de ser exclusivo um do outro, de amar, de cuidar, de construir algo junto, de sair para encontros e apresentar aos pais, mesmo que nenhuma dessas coisas pareça ser um monstro de sete cabeças, mas relacionamentos vêm acompanhados por brigas, crises de ciúmes, possíveis traições e corações partidos. É esse tipo de merda que eu pretendo evitar, a dor de cabeça infernal e a encheção de saco sem fim.

O ponto é que as pessoas são insuportáveis. Eu mal consigo lidar com minhas próprias emoções, que dirá com as emoções dos outros. Eu sou um desastre, um completo desastre para relacionamentos.

Ao longo dos anos, houveram pessoas mais importantes que outras. Posso citar uma lista inteira de nomes de caras com quem eu fiquei algumas vezes, que eventualmente desenvolveram sentimentos por mim, e que, no instante em que essas palavras saíram de suas bocas e chegaram até o meu ouvido, todo o encanto que eu tinha, aquela pontinha de consideração e afeto que me permitia continuar vendo aquela pessoa, simplesmente desapareceu. Como um estalar de dedos eu acordo e de repente tudo some, como quem desperta de um maldito feitiço, e vou embora, simples assim.

Há inúmeros caras que, se eu quisesse, estaríamos completando um ano de namoro ou quase isso; estaríamos juntos nos jantares de família e postando fotos juntos no Instagram, encenando todo o clichê básico de casal na internet. Ou poderíamos ser exatamente como os casais literários dos livros de romance que já li, poderíamos ser como os casais das comédias românticas do catálogo da Netflix.

Poderíamos, se eu ao menos me apaixonasse de verdade por algum deles.

É irônico pensar que o único cara por quem me permiti sentir essa droga, me via e sempre vai me ver como seu melhor amigo, e provavelmente nunca cogitou a ideia de sermos um casal. Talvez seja carma por eu ser um cuzão com todo mundo que cometeu o erro de gostar de mim, e muito provavelmente o universo me deu Victor como um castigo. Ou quem sabe eu só esteja sendo dramático?

Lembro-me de todas as festas que fomos, de todos os beijos que ganhei dele no fim de cada uma, quando ele não tinha encontrado ninguém mais interessante que eu. Não me orgulho de dizer que fui a última opção, que todas as vezes que ele me beijava estávamos bêbados, e que, no outro dia, ele fingia que não se lembrava de nada, só para não termos que falar sobre isso. Não me orgulho disso, mas eu também só tinha dezessete anos na época, não dá pra julgar muito um adolescente sofrendo por uma paixão não correspondida.

Eu sempre fui contra o amor romântico, mas quando pensava em Victor, o discurso mudava instantaneamente. Com ele, as coisas eram tipo: "não suporto casais felizes, mas se for a gente, eu não ligo".

E sempre que me permito refletir sobre isso, sobre o desespero das pessoas para encontrar alguém, o medo desproporcional que sentem de acabarem sozinhos, nada disso parece fazer sentido na minha cabeça e talvez realmente não faça.

Às vezes, me sinto errado por não querer ninguém, mas será que eu preciso mesmo fazer da minha vida uma história de amor? Será que eu preciso ter como propósito de vida encontrar a pessoa certa? Porque, no fim, tudo isso só parece ser medo da solidão. As pessoas têm medo de ficar sozinhas, têm medo de não serem amadas, ou talvez simplesmente elas gostem muito de saber que são amadas, gostem tanto a ponto de priorizarem isso mais do que qualquer outra coisa.

Eu gosto de estar sozinho, de não sentir nada por ninguém, gosto muito de como minha vida é tranquila assim. Não vou dizer que nunca vou me apaixonar de novo ou que nunca vou namorar, porque seres humanos são hipócritas, e sei muito bem que há chances de eu mudar de ideia. Atualmente, no entanto, a impressão que tenho é de que vou morrer sozinho. Exatamente como na música[1]. Mas estou confortável demais para me importar com isso.

Depois de uma hora inteira, Vinícius passa por mim, vai até a cozinha e sai de lá com uma garrafa de água. A barra da calça está dobrada nos joelhos, o cabelo continua preso no topo da cabeça e ele ainda não decidiu vestir uma camisa. A tinta já parece seca em sua pele, as manchas vão das mãos aos braços, do abdômen até o peito e do pescoço até o rosto, em vários tons de amarelo, vermelho, azul, rosa e branco. Meus olhos caem sobre a correntinha de prata que usa no pescoço, fina e justa; eu gosto tanto desse detalhe nele.

— Está assistindo a quê?

— Um *reality show*... — Suspiro, apontando para a besteira que passa no canal da Discovery, e que eu particularmente adoro. Adoro perder horas do meu dia assistindo a pessoas fúteis na TV.

— Ah... — Ele arqueia as sobrancelhas, com um claro semblante de descaso. — O que vai fazer hoje?

— Vou sair.

— Vai sair? — Agora, sim, ele demonstra interesse. O garoto sai de onde está e vem para perto de mim, juntando as sobrancelhas. — Vai pra onde?

— Falei com Victor hoje cedo, vamos sair no fim da tarde. — Dou de ombros, cruzando os braços sobre o peito.

— Só vocês?

Solto um riso soprado, levando meus olhos até ele.

— Você é bem enxerido, sabia?

Ele bufa com minha resposta, se afastando de mim para se sentar no braço do segundo sofá. O olhar que me lança agora é nada mais do que puro desdém. Eu o vejo tirar a tampa da garrafa e tomar um gole longo de água, sem tirar os olhos dos meus.

— Só estou curioso pra saber como vai ser isso.

Respiro fundo, esperando que ele explique melhor.

— Vocês não se veem há dois anos, você era apaixonadinho por ele... — continua, com um riso soprado e um sorriso hostil. — Você não está se iludindo com isso, está?

É a minha vez de rir. Não sei que tipo de reação esse garoto está tentando causar em mim, mas com toda certeza não é essa.

— Você acha que eu me iludo com qualquer migalha de atenção? Tenha dó, Vinícius. — Solto o ar, endireitando a postura. — Victor é meu amigo de infância, o conheço a vida inteira.

1 Vou Morrer Sozinho, música de Jão (2018).

Ele age com indiferença, dando de ombros e desviando o olhar. Se não se importasse como faz parecer, não estaria me enchendo com isso agora.

— Eu não sou assim, Vinícius, eu não sou um fodido emocionado que imagina um romance inteiro com a pessoa logo depois do primeiro beijo. — Coço meu queixo, pigarreando na sequência. — Beijo é beijo. Sexo é sexo.

— Então, ontem, foi só um beijo?

— Foi. — Rio. — Vai dizer que você esperava mais do que isso?

— Não.

— Ótimo. — Volto os olhos para a TV. Sinto-me um puta mentiroso por estar tratando-o com tanta insignificância, quando tudo o que eu mais quero agora é beijá-lo de novo e ir além disso, muito além.

— E se eu te beijar de novo?

— Ainda vai ser só mais um beijo — minto. Não sei do que sou capaz por outro beijo dele.

Ele sai de onde está e se aproxima de mim outra vez, se colocando de pé entre mim e a TV.

— E se eu fizer mais do que te beijar? — Sua voz soa como um maldito feitiço, arrastada e rouca.

Logo sinto seu joelho tocar o meu e meus olhos descem para conferir.

— O que você vai fazer?

Ele passa uma das pernas por cima da minha, depois a outra, apoiando os joelhos no estofado. Com as mãos nos meus ombros, ele desce devagar e monta em meu colo.

Puxo o ar tentando não perder completamente o fôlego. Entro em absoluto pânico com ele em cima de mim, me arrepio inteiro quando desliza sua palma pelos meus ombros, empurrando o tecido da minha camisa.

— Isso — ele murmura. — Isso também é insignificante?

— É — digo a contragosto, tentando não grunhir quando ele força o quadril contra o meu e se esfrega, mantendo as mãos firmes nos meus ombros.

— E se eu fizer isso? — Sussurra contra a minha boca, deixando uma mordida no meu lábio e descendo pelo meu queixo até o pescoço.

Meu corpo reage a cada investida, estremecendo ao sentir sua respiração na minha pele, sua boca tocando devagar e sua língua, quente, deslizando da minha clavícula até a mandíbula. Sinto-me quente, com o baixo abdome fervendo, me fazendo ofegar com tão pouco.

— Continuo sendo insignificante? — Ouço sua voz no pé do meu ouvido, seus dentes prendendo meu lóbulo.

— Vinícius…

Ele geme manhoso, me deixando alucinado. Aperto os olhos, respirando fundo, segurando os punhos para não o tocar. Parece um crime encostar as mãos nele, como se eu fosse estragá-lo. Ele força o quadril contra o meu com mais força, se esfregando em mim como quem procura por um contato mais íntimo. Ele repete o ato e dessa vez causa um calor infernal na minha virilha, fazendo meu pau fisgar dentro da bermuda.

— Eu sou? — Ele questiona num tom de voz dengoso, enfiando as unhas na pele da minha nuca, me deixando um arranhão.

Não respondo. Estou aéreo demais para dizer qualquer coisa, enlouquecendo com a visão do seu quadril encaixado no meu, sua ereção marcando a maldita calça enquanto ele se dá ao trabalho de se esfregar na minha.

— Eu quero ouvir você dizer, comigo em cima do seu pau duro, que eu sou tão insignificante quanto os outros. — Arranha minha nuca, deslizando no meu colo, empurrando o quadril com força, e dessa vez, me tirando um arfar desesperado. — Que eu me esfregando em você que nem uma cadela, não sou merda nenhuma. Quero ouvir você dizer que me ouvir gemendo no seu ouvido, me torna tão insignificante quanto qualquer outro merdinha que você come por aí.

Toco sua cintura e ele arqueia a coluna, deixando um suspiro falho escapar da boca.

— Eu escuto você no seu quarto, sabia? — Lembra, com um riso soprado, rebolando tão devagar que chega a doer. — Você pensa muito em mim?

— Quem disse que eu penso em você? — Solto um grunhido, apertando sua cintura e forçando-o para baixo.

Ele ri, não acreditando em nenhuma palavra que sai da minha boca. Ele é tão seguro de si que assusta. Vinícius se afasta, me olha de forma doce, beirando o inocente. Ele me faz esquecer quase que por um segundo que está rebolando no meu pau.

— De que jeito você pensa em mim? — Ele ignora a minha pergunta, leva as mãos para trás do corpo e as apoia nas minhas pernas, usando-as como apoio para o tronco.

Puta que pariu! Ele parece a droga de uma obra de arte, com manchas de tinta colorindo sua pele, do peito nu aos braços e mãos. Percorro meus olhos por cada parte sua, decorando cada curva. A forma como seu corpo ondula sobre o meu, a sua ereção roçando a calça, me faz salivar.

Subo o olhar de volta para o seu rosto, gravando bem essa sua expressão rendida, a boca entreaberta e o olhar manso. Presto atenção em cada suspiro arrastado, cada arfar manhoso, certo de que minha mente vai me torturar com tudo isso depois, mas eu estou pouco me fodendo agora.

Sinto meu pau fisgar a cada vez que Vinícius desliza sobre ele. Estou suando, com as mãos firmes no seu quadril. Me perco nisso, nesse único momento, minha mente desliga e agora me pego hipnotizado pela forma como ele rebola, tão devagar e tão gostoso.

— Rafael... — Segura as minhas mãos e as desliza até a sua bunda, arqueando a coluna e jogando o corpo para perto do meu. Ele ganha toda a minha atenção quando traz sua boca para perto da minha. — Como você pensa em mim?

Fecho os olhos, me recusando a responder. Ele aproxima ainda mais a sua boca, deslizando a ponta do nariz pelo meu.

— Você pensa em mim montando em você? — Indaga num sussurro, encaixando a boca na minha e me dando um selinho lento. — Pensa em mim te chupando? — Sua voz dengosa me deixa totalmente rendido. Sinto sua língua no meu lábio inferior, recuando quando tento beijá-lo. — Já imaginou como fica o seu pau na minha boca?

Mordo seu lábio como resposta, tão forte que logo o escuto choramingar. O garoto geme manhoso quando aperto sua bunda, puxando-o para cima do meu pau com uma força e vontade absurda. Ele sorri, segurando meu rosto entre suas mãos e me dá um beijo longo, desesperado. Sua língua se embola na minha e sua boca parece ter o encaixe perfeito.

Minhas mãos sobem e descem pelo seu corpo, e me atrevo a apertar cada pedacinho, sentindo nos meus dedos o quão quente é a sua pele. E quando termina, Vinícius me empurra pelo peito, afastando a boca e empurrando minhas mãos para longe da sua cintura. Ele suspira, deitando a cabeça de lado e lambendo os lábios, para no fim abrir um sorriso.

— E ainda tem a coragem de insinuar que eu sou *só* mais um. Você é patético, Rafael. — Ergue-se, sai do meu colo, pega sua garrafa e passa pelo sofá até as escadas. — Boa sorte com o seu *amigo* — disparou em puro desdém, subindo cada degrau em passos apressados.

Eu me encontro sozinho na sala, como se o que tivesse acabado de acontecer fosse uma maldita ilusão. Olho para a ereção no meio das minhas pernas, puxo o ar e solto pela boca, esfregando os olhos, subindo até meu cabelo e prendendo os fios entre os dedos.

— Mas que filho da puta!

❀❀❀

Estou me preparando para sair quando meu pai aparece na porta do quarto, dá duas batidinhas no batente para anunciar sua entrada, o que não faz sentido, uma vez que ele já entrou.

— Vai sair?

— Vou — digo breve, olhando para ele através do reflexo do espelho, juntando as sobrancelhas ao notar o tipo de roupa que está usando. — E pelo visto você também. — Rio. — Vai pra onde?

— Se liga, garoto. Isso não é da sua conta. — Aperta os olhos, balançando o cartão de crédito no ar e deixando-o na mesa. — Peça uma pizza antes de sair, ou, sei lá, qualquer coisa pra não deixar o Vinícius com fome.

— Beleza.

— Por que você não o leva contigo? — Cruzou os braços, mirando seus olhos em mim. Sei exatamente o que esse olhar significa e não vou dar o braço a torcer dessa vez.

— Nem fodendo!

— Larga de ser cuzão, Rafael — dispara. Tento não me surpreender com o seu modo de falar. É como se ele esquecesse de que é meu pai, e isso nunca perdesse a graça.

— Não tô sendo cuzão, só acho que não preciso arrastar o garoto comigo, só isso. — Encolho os ombros, tentando ao máximo provar meu ponto. — Você nem sabe se ele curte os mesmos lugares que eu.

— Provavelmente não, já que você é um perdido.

— Agora você está falando como um pastor — acuso, vendo-o revirar os olhos e negar com a cabeça.

Desistindo de argumentar comigo, meu pai faz o caminho de volta e diz:

— Não vou voltar hoje, então é melhor você estar em casa antes de amanhecer.

— Porra, tá falando sério?

— Eu tô. — Ele para, virando-se para me encarar, transmitindo toda a seriedade que deseja, e só me resta desistir dessa guerra. — Antes de amanhecer — reforça.

— Tá.

— E nem pense em dirigir.

— Não vou.

Meu pai assente com a cabeça, suspirando antes de deixar o meu campo de visão e desaparecer no corredor.

Eu pretendia dar as caras em casa talvez às onze do dia seguinte, praticamente me arrastando. No fim das contas não há nada que me impeça de fazer isso, nada além da certeza de que se meu pai chegar em casa antes de mim, e Ísis descobrir que deixei Vinícius à própria sorte a noite toda, eu vou ouvir muito o dia inteiro. E não há nada que eu preserve mais nesta vida do que a minha paz de espírito.

Espero ter certeza de que meu pai e a noiva já estão longe o suficiente de casa para chamar o carro. Estou nas escadas quando ouço passos me acompanhando.

— Ei, espera aí — Vinícius chama. Vou diminuindo o passo até tê-lo ao meu lado. — Que horas você volta?

— Por quê?

— Não gosto de ficar sozinho.

Arqueio as sobrancelhas, coço a nuca e solto o ar ao olhar diretamente nos seus olhos.

— Volto antes das duas. — Aperto os olhos, sem ter certeza do que estou dizendo. — Você provavelmente vai estar acordado quando eu voltar.

— É bom você levar a maldita chave dessa vez, não vou descer para abrir a porta pra você.

Solto um risinho que o faz bufar, deixando claro que não está de graça.

— Vai me deixar trancado pra fora, Vini?

— Vou.

— Vai nada — provoco, levando a atenção de volta para a tela do celular, conferindo quanto tempo ainda falta para o carro chegar. — Pedi uma pizza pra você, já deve estar chegando — aviso, mas não ouço uma resposta. — Vinícius? — Eu me viro, só para encontrá-lo ainda parado nas escadas, de braços cruzados e emburrado.

Quero perguntar se está com raiva por ser deixado sozinho, mas isso é mais do que óbvio. Muitas outras perguntas passam pela minha cabeça enquanto o observo agir feito criança. Estou muito curioso para saber o que ele está pensando agora.

— O que foi, gatinho? — Indago, apertando os olhos e amansando a voz no mesmo tom usado para falar com bebês e ele revira os olhos, desfazendo toda a pose, o que de imediato me tira uma risada.

— Vai pro inferno.

— Quer um beijinho pra desfazer essa cara? — Indago num tom de brincadeira.

Vinícius sai de onde está e joga o corpo contra o meu, me agarrando pela gola da camisa quando ameaça me beijar.

— Eu quero um beijinho, Rafa — pede manhoso, roçando a boca na minha e sorrindo ao me ver puxar o ar. Esse garoto vai da água para o vinho. — Mas aí você vai ter que subir comigo. — Apontou com a cabeça para as escadas.

— Não é assim que funciona.

— Mas é assim que eu quero. — Os dedos fazem o contorno da gola da minha camisa, a boca desce até o meu pescoço.

Sinto seu hálito na minha pele, arrepiando cada pelo do meu corpo. Sinto sua língua, subindo pelo meu pomo de adão, me tirando um arfar arrastado. Ele sorri, mordiscando meu queixo e me acertando um selinho rápido.

— Não tem ninguém em casa, Rafael — ele lembra, com a boca de volta no meu pescoço, os dedos deslizando até a minha nuca. — Fica aqui... comigo — pede num murmuro, beijando meu pescoço.

Eu me ouço grunhir quando ele chupa minha pele, minhas mãos vão até o seu quadril e o arrastam para perto. Meu coração salta dentro do peito ao mesmo tempo que meu abdome se revira.

Suas mãos deslizam para baixo, se aventuram dentro da minha camisa, arranhando minha pele, descem pelo meu pé da barriga, e seus dedos se prendem no cós da minha calça, empurrando o quadril contra o meu.

— Vinícius... — Solto um grunhido, arfando quando ele mordisca minha pele e volta a erguer a cabeça, com um sorriso safado enfeitando seu rosto.

— Você podia ficar aqui comigo — murmura dengoso, me dando um selinho. — No meu quarto. — Outro beijo.

— Não vai dar — digo num grunhido, com a plena noção de que isso vai deixá-lo frustrado e é exatamente o que acontece.

Vinícius se afasta de forma brusca, mais uma vez, emburrado.

— Não dá pra ser do seu jeito sempre — acrescento, e Vinícius revira os olhos.

Volto a atenção para o aplicativo de carona e me preparo para sair quando vejo que o carro já chegou.

— Me liga se acontecer alguma coisa — aviso, levando meus olhos de volta para ele.

— Você vai voltar logo?

— Já disse que sim.

— Tá bom... — resmunga ainda emburrado e continuou assim até eu sair de casa.

Durante todo o caminho até lá, sinto o poder de cada pensamento e o meu nível de desespero aumentando um pouco mais a cada segundo, com meu estômago gelado; sequer me lembro da última vez que alguém me deixou nervoso assim. Pergunto-me se, ainda que de forma inconsciente, eu não esteja criando algum tipo de expectativa em cima disso, se não estou indo com esperanças demais.

Assim que chego ao local combinado, é Guilherme quem encontro primeiro. Não temos tempo de trocar nem quatro palavras até Victor aparecer. Ele, mais do que qualquer outra pessoa ao nosso redor, chama a atenção pra caralho. Meu coração dá um salto em falso quando seu olhar encontra o meu, um sorriso ilumina seu rosto enquanto atravessa a rua em nossa direção.

Está mais bonito do que eu me lembrava.

Cada parte minha vai de encontro a ele, como um ímã, seus braços rodearam meu pescoço num abraço afobado, e no instante em que sinto seu cheiro, parte de mim desmorona. Eu errei muito ao negar que não sentia mais nada, porque, definitivamente, estou sentindo algo agora.

— Senti sua falta, Rafa — murmura.

— Também senti a sua — minha voz soa baixa, numa timidez desconhecida por mim.

Victor se afasta, pressionando os lábios, contendo o sorriso ao me olhar, e antes que possa ter a chance de dizer mais alguma coisa, Guilherme quase pula em cima dele, o tira do chão quando o abraça, arrancando dele um riso alto.

— Você nunca cresce, porra? — Pergunto, rindo. Victor é baixinho, o menor de nós três. Ele espichou um tantinho na nossa adolescência, mas não do jeito que Guilherme e eu, por exemplo.

— Vá se foder. — Ele o empurra pelo ombro. — Tosco do caralho.

Ele riu, para então passar o braço ao redor de seus ombros e puxá-lo consigo para dentro do bar.

Pegamos uma mesa ao ar livre e começamos a conversar como se os últimos dois anos tivessem sido dois meses. Victor fala sobre tudo, sobre a faculdade, sobre o trabalho, sobre os *namorados*.

— Até que a sua vida amorosa anda bem das pernas — Guilherme comenta para Victor, entornando sua terceira garrafa de cerveja. — Minha ex-namorada dormiu com meu vizinho por quase dois meses enquanto namorávamos.

Solto uma risada fraca, começando a sentir meu rosto quente com a bebida. Os pares de olhos se voltam para mim, num silêncio que dura segundos inteiros e eles se entreolham, arqueando a sobrancelha e sorrindo mínimo, como se conversassem telepaticamente.

— Pelo visto, a vida amorosa do Rafael anda bem demais — Victor comenta com um risinho.

— O quê?

— Né? Olha o tamanho desse chupão. — Guilherme me ignora, erguendo a mão para tocar a pele do meu pescoço e rindo quando me esquivo.

— Que chupão? — Quase grito, arrancando o celular do bolso para conferir meu reflexo na câmera frontal, apertando os olhos quando noto a marca vermelha bem embaixo da minha mandíbula.

Aquele filho da puta!

— Você não tem vergonha, Rafael?

— Eu nem vi isso acontecer! — Me defendo, desejando morrer quando ouço as risadas ainda mais altas.

— Esse negócio de chupão é tão coisa de adolescente. Eu adorava fazer isso nos meninos — Victor comenta com um sorrisinho. Lembro-me bem disso, me lembro *muito bem,* aliás, já que eu acabei sendo um desses meninos que ganhou um chupão dele enquanto nos agarrávamos, bêbados na casa de um amigo.

— É... — Viro o que resta da minha cerveja. — É bem coisa de adolescente mesmo — reforço, com a imagem de Vinícius me clareando a mente. Eu vou matar esse pirralho.

Continuo bebendo mais e mais até o número de garrafas vazias na mesa ser alarmante, até meu corpo ficar tão dormente e meus pensamentos tão confusos que tudo o que consigo pensar é no quanto Victor está bonito, no quanto eu gostava dele e talvez ainda goste um pouquinho.

A cada vez que ele se vira para mim sorrindo enquanto conta sobre alguma experiência, num tom de voz empolgado, sinto meu coração derreter dentro do peito, o que constantemente me faz questionar se vou ter uma queda por ele para o resto da vida.

Ficamos sozinhos na mesa depois que Guilherme se retira para ir ao banheiro, e Victor puxa sua cadeira para perto da minha, apoiando ambos os cotovelos na mesa e segurando o queixo em suas palmas ao girar o corpo na minha direção, sorrindo de uma forma absurdamente fofa.

— Você mudou.

Solto um riso soprado.

— Mudei como?

— Você tinha rostinho de menino da última vez que te vi, agora não tem mais.

— E isso é bom? — Arqueio as sobrancelhas.

— É. — Ele dá de ombros. — Você ficou mais bonito.

Meu sorriso é instantâneo. Agradeço pela bebida fazer com que meu rosto pareça um pimentão, pois caso contrário, ele saberia o quanto isso me deixa tímido; meu coração parece uma bomba agora.

— A gente não deveria ter se afastado — continua, abaixando o olhar e respirando fundo, seus olhos encontram os meus, o que me deixa esperançoso. — Você sempre vai ser o meu melhor amigo.

MAS QUE PORRA!

É óbvio, ÓBVIO, que somos só amigos, sempre vamos ser *melhores amigos.*

Rafael, você é um fodido emocionado do caralho, puta que pariu.

Abro um sorriso mínimo, tentando esconder o quanto isso me abala negativamente, desvio o olhar e balanço a cabeça em afirmação.

— Sim, somos melhores amigos.

— Vamos, o Uber já tá lá fora. — Guilherme aparece, com o celular na mão, apontando para a saída.

Dou graças a Deus por isso. Sinto que se passasse mais dois minutos tendo essa conversa, tentaria suicídio logo depois.

E durante todo o caminho para casa, não consigo deixar de pensar nisso, sinto tudo de novo, como se esse sentimento tivesse sido guardado bem fundo dentro de mim, só esperando pela presença de Victor para aparecer e foder com toda a minha cabeça.

Quase dois minutos depois de deixarmos Guilherme em casa, estávamos só ele e eu dentro do carro. Victor deita a cabeça no meu ombro, cantando baixinho a letra de *Sentimental*[2] que soa do rádio. Passo a acompanhá-lo, sentindo o peso de cada palavra, e pode até ser por causa da embriaguez, mas dói ainda mais quando o tenho do meu lado, depois de dizer que somos *melhores amigos.*

Chegamos em frente ao meu condomínio pouco tempo depois, ele suspira e sorri manso quando olha pra mim.

— Tchau, Rafa.

— Tchau — murmuro, sorrindo de volta antes de descer do carro e passar pelo portão.

Praticamente me arrasto até em casa, demorando um pouco mais até conseguir destrancar a porta e entrar. Quase todas as luzes estão apagadas, com exceção da que vem do corredor do segundo andar. Subo degrau por degrau, com cuidado, seguindo rumo até a única porta aberta, a de Vinícius.

— São três da manhã, Rafael — ele diz no instante em que me vê. Está deitado na cama, enrolado embaixo dos cobertores enquanto as-

2 Música de Los Hermanos, 2001

siste a algo no computador. Olho para a caixa de pizza na estante, para os lápis de cor esquecidos em cima de uma folha, e de volta para ele. — Como foi?

— Legal... — Dou de ombros, me escorando no batente da porta, enfiando as mãos nos bolsos do casaco.

— Não sei, não. — Sorri travesso. — Você chegou cantando Los Hermanos — diz. Eu sequer notei que estava cantando quando subi as escadas. Abro um sorriso fraco, baixando o olhar até o chão, com a visão meio turva e o corpo mole. — Você tá com uma cara horrível, o que foi?

— Nada — omito. Não quero dizer a ele que talvez tenha razão, talvez eu seja mesmo um emocionado. — Posso me deitar com você?

Vinícius se mostra surpreso com a pergunta, sobrancelha arqueada e lábios entreabertos, seus olhos desviam dos meus por um segundo ou dois, então voltam.

— Pode — murmura, e quando eu começo a me aproximar, ele abre espaço na cama. Tiro os sapatos e me junto a ele por cima do cobertor, dividindo o mesmo travesseiro, tão perto que quando se vira para mim, posso sentir sua respiração.

— Ele ainda é *só* seu amigo? — Pergunta baixinho, abaixando a tela do computador, juntando as mãos numa concha e guardando-as debaixo da bochecha.

— É, ele é *só* meu amigo — confesso, com um sorriso melancólico no rosto.

Vinícius suspira, os olhos ainda presos nos meus, e nenhum de nós diz nada por um bom tempo.

— Você ainda gosta dele? — Sua voz soa tão baixa que quase não entendo a pergunta.

— Talvez... um pouco. — Aperto os olhos e faço careta, arrancando dele uma risadinha. — Eu não sei.

Vinícius esboça um sorriso, se arrastando pelo colchão até conseguir apoiar a cabeça no meu ombro.

— Eu acho que agora é só mágoa, sabe? — Digo, meio confuso. — Eu não sei, não costumo me sentir assim pelas pessoas. — Rio nervoso. — Eu demorei anos pra entender que estava apaixonado por ele. O Victor foi a primeira pessoa com quem eu já quis alguma coisa. Eu queria que ele fosse meu — digo, mas paro no segundo em que me dou conta de que tudo está saindo da minha boca, alto e claro, e nunca desabafei sobre isso com ninguém antes, não de uma forma tão direta. — De todas as pessoas com quem eu já me envolvi, ele foi o único por quem eu senti alguma coisa, e ele sequer precisou me beijar pra isso, porra.

Ele ergue a cabeça tão pertinho de mim que sua boca, por muito pouco, não toca a minha.

— Se ele tivesse dito hoje que queria ficar com você, você aceitaria?

— Provavelmente.

Ele soltou o ar num tipo de riso.

— Então você ainda gosta dele, Rafael.

— Que merda.

— É uma merda mesmo. — Ele volta a deitar a cabeça no meu ombro. — Quando meu ex pediu pra voltar, eu aceitei, mesmo depois de todas as merdas, porque eu ainda gostava muito dele.

— E o que aconteceu depois?

— Ele terminou comigo e voltou para a Itália. Eu fiquei muito mal. — Riu triste. — Você não faz ideia de como dói ouvir da pessoa que você ama mais do que tudo no mundo que você não é mais o suficiente, que ele não te ama mais. Isso dói, Rafael, dói pra caralho.

Não respondo. Não sei o que dizer porque o mais longe que já cheguei foi a uma paixão não correspondida.

— Eu queria gostar de pessoas menos turbulentas, que não fizessem da nossa relação um inferno, queria gostar de pessoas menos intensas. Mas do que iria adiantar se eu também sou assim? — Ele puxa o ar. — Eu me dou inteiro em troca de nada, sempre. Eu gosto demais, eu amo demais, eu sinto tudo ao extremo, nunca na medida certa, e isso é um inferno!

Acabo rindo. É engraçado porque, diferente dele, eu não costumo sentir nada.

— Nunca daríamos certo — comento, ainda rindo.

— Eu sei. — Ele sorri, erguendo a cabeça, e mais uma vez sua boca roça a minha. — Eu não quero dar certo com você, eu só quero transar. — Ele joga na lata, com um sorriso tão bonito que me questiono se entendi certo, num tom de voz tão meigo que o que disse parece até errado.

— É assim mesmo que começa — murmuro, subindo uma das mãos até o seu rosto, com minha respiração encurtando cada vez que ele encaixa sua boca na minha, mas não me beija.

— Você acha que eu vou me apaixonar, Rafa?

— Você vai? — Indago, e ele ri, subindo uma das pernas por cima da minha.

— Não. — Encolhe os ombros, arrepiando-se quando deslizo os dedos até a sua nuca. — Gostar de você parece o mesmo que cometer suicídio.

Acabo rindo. Não sei se essa foi a melhor analogia do mundo, mas não teve um cara com quem fiquei por um tempo que não me odeie hoje em dia.

— Tem certeza? — Provoco, arfando quando ele joga o quadril contra o meu, me empurrando até conseguir montar em mim.

— Tenho. — Vinícius morde o meu lábio, puxando-o devagar e sorrindo. — Mas hoje, não. — Puxa o ar, erguendo o corpo, deslizando a palma da mão pelo meu abdome ao se sentar. — Hoje, eu não quero.

Está fazendo manha, ele *sempre* faz manha. Estreito os olhos ao olhar para Vinícius, mal posso crer na situação em que estou agora, com ele montado em mim, dizendo que *hoje* não vamos transar.

Deus, me mate agora.

— Por que você não quer?

Ele sorri safado, correndo a ponta dos dedos pela minha barriga, por cima do tecido da camisa.

— Você não quis mais cedo, então não vai ter agora. — Deu de ombros, me recordando do momento em que me recusei a furar com meus amigos para ficar com ele. — Aliás... — Ele toca o meu pescoço, bem em cima da marca vermelha que ele mesmo deixou, e com um biquinho nos lábios e o olhar inocente, diz: — Foi mal por isso.

Vinícius é tão cínico que dói.

Agarro seu pulso, afastando sua mão de mim para então tomar impulso para me sentar, rodeando sua cintura ao arrastá-lo para mais perto de mim, encaixando o seu quadril no meu. Vinícius prende um riso inusitado, usando as palmas das mãos para se segurar nos meus ombros.

— Da próxima vez que você me deixar um chupão, eu te mato, moleque — aviso, mal me aguentando por conta do olhar cheio de luxúria que ele me lança.

— Então, talvez eu faça outro — provoca num tom manhoso, que desestrutura cada parte minha. Ele se aproveita da minha falta de atenção para enfiar o rosto no meu pescoço, mordiscando minha pele enquanto ri, mas me esquivo.

— Para de brincar — grunho, afastando-o, segurando seu rosto para que ficasse quieto e olhasse para mim.

— Parei. — Ele morde o lábio ainda sorrindo, agindo como uma pestinha. E são dois segundos até ele me morder de novo, rindo quando o jogo contra o colchão. Sou rodeado pelos seus braços quando me abraça em reflexo. — Já parei! — Grita entre risos. — Desculpa.

Acabo sorrindo com a cara de pau do garoto. Desvio o olhar e pressiono os lábios ao voltar a fitar seu rosto, os olhos pequenos curvados por conta do sorriso que esboça. Sinto como se tivesse apostado todas as minhas fichas e perdido cada uma delas, neste exato segundo, com Vinícius sorrindo, com seu cabelo enrolado espalhado pelo travesseiro. Porra, ele é uma coisa de outro mundo.

Desço o rosto até meu nariz tocar o seu, e Vinícius fecha os olhos, acompanhando cada movimento, abrindo a boca quando ameaço beijá-lo, respirando forte como se tivesse ansiado por isso a noite toda. E no instante em que minha boca toca a sua, suas mãos se aventuram para dentro do meu cabelo, os dedos se prendem aos fios, puxando-os enquanto encontra o encaixe da sua boca na minha, quase gemendo no momento que minha língua desliza pela sua, quando finalmente sinto seu gosto outra vez.

E a essa altura, eu já não me importo com merda nenhuma.

Quero beijar Vinícius até não sentir mais a minha boca, e que se foda o resto. Quero ir além, muito além, quero me afundar nele, descobrir cada uma das coisas que ele é capaz de fazer, decorar cada uma delas, quero sentir, quero ouvir meu nome saindo dessa boca gostosa. Eu *preciso* ouvi-lo gemer, descobrir como ele se comporta e tudo o que gosta que façam na cama.

Porque ele me parece bom demais pra deixar escapar.

Nós nos beijamos por minutos inteiros, com pausas demoradas, sem trocar uma palavra sequer, nada além de selinhos e beijos no pescoço, para, então, voltar à boca um do outro.

— Você beija bem pra cacete — eu o ouço murmurar, depois de muito tempo, quando eu já havia praticamente me desmontado em cima dele, com o rosto afundado no seu pescoço.

Solto um riso soprado, deixando um selar naquela região e grunhindo em resposta.

Então apago. Sequer noto quando durmo.

Acordo com o barulho do carro do meu pai e só então percebo que estou agarrado a Vinícius na cama, com suas pernas emboladas nas minhas e sua respiração tocando meu rosto.

Com um pouco de cautela me levanto, minha cabeça dói e começo a sentir uma puta sede. Olho em volta, demorando a assimilar o que está acontecendo. Ouço o barulho da chave, cato minhas coisas e meus sapatos, me assusto quando vejo Vinícius acordado, os olhos apertados enquanto me fita.

— Meu pai chegou — murmuro, e ele arqueia as sobrancelhas, parecendo entender. — Volta a dormir. — Eu me aproximo dele, dou-lhe um selinho e me arrependo logo depois.

Vejo-o puxar o cobertor, cobrindo quase todo o rosto, e só depois deixo o quarto. Corro para o meu e largo minhas coisas, me desmontando na cama e fechando os olhos para voltar a dormir.

Ouço a porta se abrir e se fechar em certo momento, o que me dá a certeza de que é meu pai conferindo se voltei para casa como o combinado. Permito-me pensar em Vinícius, que está no quarto ao lado. Eu deveria evitar, deveria construir uma barreira entre nós, mas parece impossível. Parece impossível afastá-lo quando a melhor coisa que experimentei nos últimos dias foi ele.

Ele, ele, ele.

E quero mais.

Deus, como eu o quero mais!

5

— O QUE FIZERAM ENQUANTO ESTÁVAMOS FORA? — OUÇO A voz de Ísis. Faz pouco mais de dez minutos que acordei e tudo ainda parece confuso. Talvez seja a ressaca.

Estreito os olhos para olhá-la, com a resposta à sua pergunta na ponta da língua e a imagem de Vinícius clareando minha mente; ele embaixo de mim, com as mãos no meu cabelo, seu cheiro gostoso em todo canto, tão forte que posso quase senti-lo agora, parece até um sonho.

— Comemos pizza e assistimos a um filme — Vinícius responde por nós dois, parado de pé em frente à geladeira.

Olho para ele e para as roupas amassadas que está vestindo, o cabelo preso, totalmente largado, como se tivesse acabado de sair da cama e, mesmo assim, continua um absurdo de tão bonito. Não consigo parar de pensar na madrugada de hoje, não consigo parar de pensar no quanto eu quero ficar sozinho com ele de novo.

Essa merda tá toda errada e o meu plano de afastá-lo sequer chegou a ser executado. Eu cedi muito antes de pensar em dizer não e agora é como se eu estivesse preso nessa maldita teia de aranha, pouco me fodendo para as possíveis consequências. Eu o quero e eu vou ter.

— Quer sair hoje, Vini? — Pergunto, sem sequer parar para pensar antes. E não só os seus olhos se voltam para mim, como os de nossos pais também.

— Sair? — Ele ri meio confuso, levando o copo de água até a boca.

Faço que sim com a cabeça, enchendo a boca de comida para não precisar responder a nenhuma das possíveis perguntas que possam vir a seguir.

— Quem mais vai? — É meu pai quem pergunta, estreitando os olhos ao me encarar.

É como se soubesse o que estou tentando fazer, e isso me assusta pra caralho, e por um segundo ou dois, ele me faz refletir sobre minhas ações, quase me faz recuar até que me ouço dizer:

— O Gui e o Victor — minto, enchendo a boca mais uma vez.

Estremeço só com a ideia de ter meu pai desconfiando do que estou pretendendo com Vinícius. Ele não pode sequer *sonhar* com isso. Nunca.

Eu o vejo balançar a cabeça em concordância, transferindo o olhar para o garoto que agora parece estar considerando a proposta. Tenho a sensação de que ele vai recusar, enquanto batuca os dedos no copo olhando pra mim.

— Tá bom — responde receoso, sorrindo quando sua mãe sorri para ele como apoio. Ela não faria isso se soubesse que minha intenção é levá-lo longe desta casa pra poder me agarrar com ele.

O garoto se senta ao meu lado para começar a comer e, depois disso, não tocamos mais no assunto. Olho para ele vez ou outra, sem prestar atenção em nada do que nossos pais dizem. Olho para sua orelha, sua boca, a correntinha que desce por seu pescoço e se perde dentro da camisa, os cachos soltos que tocam sua pele da nuca... Tão bonito que tenho a impressão de que vai quebrar, caso eu encoste.

Será que estou criando algum tipo de obsessão por ele?

Saio da mesa quase ao mesmo tempo que ele, acompanhando-o escada acima até estarmos sozinhos no corredor. Sou tomado por um impulso e quando me dou conta estou arrastando-o comigo para dentro do quarto, ouvindo-o rir ao trancar a porta e o colocar contra ela.

— Nossos pais estão em casa, Rafael — avisa, calando a boca quando lhe roubo um beijo rápido.

— Agora você se importa com eles? Sério? — Empurro o corpo contra o seu, colocando minha perna entre as suas, escutando-o grunhir. — Se arruma, a gente vai sair — mando, roubando-lhe um segundo beijo antes de me afastar.

Vinícius sorri, se aproxima de mim com as mãos na minha camisa, me puxando para si até conseguir pôr sua boca de volta na minha, cambaleando comigo e sorrindo quando tropeço.

— Não quero sair com seus amigos — ele murmura, entre um beijo e outro. — Quero sair só com você.

— Eu estava mentindo quando disse que eles iriam — confesso baixinho, enlaçando sua cintura ao puxá-lo para mim, e Vinícius sorri ainda mais.

— Ah, então você quer me levar a um encontro, Rafael? — Ele ri e me empurra na cama, montando em cima de mim, subindo as mãos pelos meus ombros.

— Eu vou te dizer o que eu quero. — Mordo seu lábio, enfiando minhas mãos para dentro da sua roupa, tocando sua pele, sentindo-o amolecer a cada toque, arqueando a coluna quando subo os dedos pelas suas costas, arfando quando desço para a sua bunda e puxo-o ainda mais para cima.

— Vinícius? — A mãe dele o chama ao mesmo tempo que ouvimos passos na escada. O garoto pula do meu colo, esfregando o rosto e indo até a mesa do computador em que se senta.

Me endireito como um boneco de pano e junto as mãos no colo como uma criança, bem a tempo de ver a porta ser aberta e os olhos curiosos de Ísis nos encontrar.

— Ah! — Ela exclama meramente surpresa com a imagem de nós dois. — O que estão fazendo?

— Só conversando — ele mente, indo de um lado para o outro na cadeira giratória.

Ela olha para mim e tudo que faço é concordar com a cabeça, temendo estar corado agora, com meu coração acelerado e meu estômago revirando.

— Tá bom. — Ri, soando incerta demais para o meu gosto e, de verdade, eu espero que ela não comente nada com o meu pai, porque ele vai sacar.

Eu só procuro problema pra minha cabeça, fala sério.

— Aqui, Vinícius. — Ela ergue a mochila dele para, então, colocá-la no chão perto da porta. — Já falei pra não deixar suas coisas largadas pela casa, é irritante.

— Tá... Foi mal — murmura, ainda girando na cadeira, batucando os dedos no braço de apoio e prendendo os lábios entre os dentes.

Nenhum de nós diz nada até que ela saia do quarto, num clima tão constrangedor que se eu pudesse, afundaria minha cabeça no chão agora mesmo.

Ela sai sem fechar a porta, então esperamos até que o som de seus passos termine. Vinícius me encara e eu o encaro de volta. Eu o vejo pressionar os lábios, contendo o riso, ele então se levanta e vai até a porta, confere se estamos sozinhos e, com a confirmação, vem correndo até a cama, segura meu rosto e volta a montar no meu colo, pondo sua boca de volta na minha e pouco se importa com a porta do quarto escancarada.

— Vinícius... — Solto um grunhido, segurando sua cintura e tentando tirá-lo de cima de mim.

O garoto ri, apertando ainda mais as pernas ao meu redor, colocando peso enquanto segura meu rosto e continua me beijando. Ele é uma peste!

E ele não parou enquanto eu não mordi seu lábio, arrancando-lhe um gemido de dor. Ele faz careta saindo de cima de mim e se joga no colchão.

— Você é tão chato — resmunga, jogando uma das pernas por cima das minhas.

— E você é uma praga. — Belisco sua coxa, só para ouvi-lo grunhir. — Vá se arrumar.

— Onde vai ser o nosso encontro? — Provoca.

— Não é um encontro — reclamo, dando um tapinha na sua coxa para que me deixe levantar. — Você tem trinta minutos para se arrumar.

— Preciso de uma hora só pro meu cabelo — responde, cruzando os braços em cima do peito.

— Tá ótimo assim.

— Não tá, não — retruca.

— Tá, sim, eu gosto do seu cabelo. — Eu me deito ao seu lado, usando a ponta dos dedos para tocar os cachos presos num tipo de coque. — É bonito.

Seus olhos se transformaram em pequenas curvas, os lábios pressionados para evitar um sorriso.

Ele é bonito, é muito bonito.

Vinícius acompanha o movimento da minha mão, piscando de forma demorada quando faço o contorno da sua orelha, soltando o ar, para então trazer seus olhos de volta para mim.

— Vou esperar você se arrumar — murmuro, e ele faz que sim, me assiste levantar da cama e deixar o quarto, para logo depois fechar a porta.

Pouco tempo depois, o vejo entrar no banheiro. Ele toma um banho longo, e somado ao tempo que se dedicou só ao cabelo, Vinícius passa quase quarenta minutos dentro do banheiro; já eu levo apenas vinte.

Espero por ele como se estivesse esperando pela chegada da rainha. Já estava ficando de saco cheio com tanta demora, mas no segundo em que ele desceu as escadas, percebo que valeu cada segundo de espera. Acho que essa é a primeira vez que o vejo arrumado de verdade, e ele consegue ser ainda mais bonito do que o habitual, o que eu considerava impossível.

E está cheiroso, puta que pariu, como está cheiroso. Tanto que chega a me dar vontade de correr até ele, afundar meu rosto no seu pescoço e arrastá-lo de volta ao quarto, me embolar nele e não largar nunca mais. É exatamente isso o que eu quero agora, rolar com ele que nem um cachorro. E por mais que esse pensamento pareça totalmente sem noção, não consigo me expressar de outra forma. Nada que eu possa pensar agora vai fazer tanto jus ao que estou sentindo quanto isso.

— Vamos — chama, apontando com a cabeça na direção da garagem.

Balanço a cabeça, acompanhando-o feito um cachorrinho adestrado e, sendo sincero, também não me importaria de ser isso para ele. Estou disposto a me sentar e rolar se ele pedir.

Espero até estarmos dentro do carro, as chaves na ignição e o motor ligado. Vinícius afunda no banco, as pernas abertas, o celular erguido na altura dos olhos e o cabelo com cachos perfeitos cobrindo a testa.

Eu tô enfeitiçado, de verdade, eu tô enfeitiçado.

— Você não vai dirigir? — Eu o ouço perguntar. Sinto meu coração na boca quando seus olhos encontram os meus. Imagino que minha cara agora não seja das melhores, porque Vinícius me olha como se eu fosse um tipo de bicho. — O que foi?

— Você é bonito pra caralho — solto, ainda com o coração acelerado, e tudo que ele faz é sorrir, desviando o olhar de forma tímida e abaixando a cabeça.

— Obrigado. — Morde o canto dos lábios, trazendo os olhos de volta para mim.

Não contenho a minha vontade de beijá-lo. Sou totalmente levado pelo impulso e quando percebo, já estou inclinado sobre ele, com minha boca na sua e ignorando todos os riscos que corremos nesta situação.

Vinícius tem um beijo bom, talvez o melhor que eu já tenha experimentado, mil vezes o melhor.

— Dirija, Rafael — ordena, torcendo a gola da minha camisa em uma das mãos, para então me empurrar de volta ao meu lugar no banco.

Faço o que ele mandou. Quase não me aguento com ele ao meu lado. Queria parar em qualquer lugar só para poder subir em cima dele agora. Foda-se.

Ele parece ter entendido qual seria a nossa programação quando chegamos ao shopping. Seus olhos curiosos varrem cada canto, captam cada ação. Ele se comporta como uma criança quando sai de casa, parando para olhar as vitrines das lojas, me obrigando a parar para pegá-lo pela mão e arrastá-lo comigo até o maldito cinema.

Cedo a cada um dos seus pedidos quando estamos na fila para a pipoca, compro tudo o que ele pede com a intenção de entrar de uma vez na sala, porque sei que se ele ficar emburrado, eu quem não vou ganhar nada.

Estamos nas últimas cadeiras da sala, que está praticamente vazia por ser fim de tarde e por se tratar de um filme que ninguém chegou a ouvir falar. Vinícius está se acabando em refrigerante quando os *trailers* começam a passar na tela, e eu passo uns bons minutos só olhando-o. O filme finalmente começa, quando ele já acabou com metade dos doces que comprei, sem nem mesmo me oferecer algum, e que bom que não o fez, porque eu sou capaz de voar em cima dele.

Ele, por fim, parece se lembrar de que eu existo. Enquanto lambe o açúcar dos dedos, sorri minimamente para mim e deixa suas coisas de lado, girando o corpo na minha direção e cruzando os braços no apoio dos bancos ao se inclinar sobre mim.

— Quer um beijinho, Rafa? — Indaga baixinho, sendo isso o suficiente para que eu praticamente me agarre a ele, pondo minha boca na sua, lhe tirando um beijo demorado.

Seus lábios têm gosto do açúcar dos doces que estava comendo há um segundo atrás. Não me contento só com isso, e levo minhas mãos direto ao seu quadril, manipulando-o a sair de onde está para ir para ao meu colo, e Vinícius obedece. Ele se senta em uma das minhas coxas e rodeia o meu pescoço com os braços.

Sinto meu corpo quente, sinto cada célula vibrar só por senti-lo em cima de mim. Suas mãos raspam a pele da minha nuca, subindo para que seus dedos se prendam aos fios do meu cabelo, puxando-os. Sua respiração forte se mistura à minha, um calor absurdo me embala. Vinícius mordisca o meu lábio, sorrindo antes de descer seus beijos ao meu pescoço, chupando minha pele e fazendo com que seu hálito quente arrepie cada pelo do meu corpo.

Ele se levanta, olha em volta para ter certeza de que não há um par de olhos sequer sobre nós, então passa uma perna de cada lado do meu corpo, suas mãos deslizam pelos meus ombros, empurrando, torcendo e puxando o tecido da minha camisa. E quando eu acho que não pode ficar melhor, Vinícius rebola no meu colo, se esfrega tão devagar e com tanta força que quase me faz gemer, me obrigando a afastar a boca da sua só para puxar o ar aos meus pulmões, dando a ele a oportunidade perfeita para voltar a atenção ao meu pescoço. Nesse estado, eu não me importaria nem um pouco se ele deixasse um chupão. Na verdade, ele pode deixar quantos quiser, contanto que não pare de se esfregar assim em mim.

— Foi pra isso que você me arrastou para fora de casa? — Soprou no meu ouvido, a voz rouca me entorpecendo. — Estava com tanta vontade assim que precisou me levar pra sair, Rafa? — Arfa, empurrando o quadril contra o meu, e então sorriu, raspando a ponta do nariz pela minha pele. — Eu gostei tanto disso que sou capaz de dar pra você aqui mesmo.

Aperto os olhos, com as mãos na sua cintura, pressionando os lábios para não começar a ofegar alto demais, conforme um calor descomunal sobe pelo meu baixo abdome, me deixando tonto, me fazendo suar.

Ele se empolga quando sente meu pau duro embaixo de si, forçando o quadril para baixo e se esfregando com mais força até sentir a minha respiração ofegante no seu ouvido, e eu sei que isso o afeta no momento que sinto suas unhas na minha nuca. Sua ereção coberta pela calça chega quase a tocar a minha barriga toda vez que gruda o tronco no meu. Vinícius se afasta para poder olhar para mim, com os lábios entreabertos e a respiração agitada se misturando com a minha.

— Eu quero te chupar — sussurra, todo dengoso e ofegante. Ele ergue o quadril só para poder pôr a mão no meu pau e apertá-lo, largando um suspiro forte no meu ouvido. — Me deixa chupar o seu pau, Rafael?

Nem acredito que ele está mesmo pedindo. Minha vontade é de agarrá-lo pelos cabelos e arrastá-lo para o chão, enfiar meu pau de uma vez na sua boca para que pare de falar.

— Ajoelha logo, filho da puta — grunho contra a sua boca, sem deixar passar batido o sorrisinho que ele dá.

— Eu vou — concorda, me beijando, para, por fim, sair do meu colo.

Fico atordoado e sem rumo enquanto finalmente ele se coloca de joelhos entre as minhas pernas. Suas mãos sobem até a minha calça, desafivelam o cinto e abrem o único botão, descendo o zíper e puxando-o para baixo, até conseguir tirar o meu pau para fora.

Ainda que fraca a iluminação, vejo seu rosto, e meus olhos vão dele para o restante da sala, então se voltam a ele e ao meu pau em suas mãos. Vinícius põe a língua para fora, lambe-o de baixo para cima, me deixando louco, passando devagar pela cabeça, bem na fenda, e sorri quando me afundo no banco. Tenho de cobrir a boca com a mão para não gemer.

Garantindo que meu foco não esteja preso em mais nada, Vinícius me põe na boca, me engole inteiro e sou forçado a fechar os olhos, grunhindo quando meu pau começa a pulsar sobre a sua língua, perdendo toda e qualquer tipo de sanidade que eu ainda tenha.

Ele tira e engole outra vez, faz devagar, com uma calma ilógica, tira e passa a língua por ele inteiro, me lambuza todo e tem os olhos fixos no meu pau como se toda a sua existência significasse esse único momento, essa única ação, como um dever divino que ele pretende executar maravilhosamente bem.

Vinícius começa a me chupar de verdade, deixando que meu pau toque fundo a sua garganta, indo e vindo com a boca até que seus olhos se encham de lágrimas e ele passe a tossir, grunhindo ao se engasgar. Estou me contorcendo por dentro, maltratando meus lábios com os dentes, começando a suar, enlouquecendo com a visão dele entre as minhas pernas enquanto me paga um baita boquete. Imagem nenhuma vai ser tão gostosa quanto essa; cena nenhuma vai ser tão excitante quanto essa, e tenho certeza de que olhar nenhum vai me deixar tão hipnotizado quanto o que ele está me lançando agora.

Meu Deus.

Sinto suas mãos deslizarem pelas minhas coxas, sua respiração batendo na minha virilha, ele me engolindo com tanta vontade que chega a ser injusto. É injusto demais que ele seja tão bom e seja o único com quem eu não possa me meter, o único que eu não possa tocar.

Mas o errado é sempre tão mais atraente e gostoso...

Vinícius me chupa inteiro, mantendo o ritmo, e se empenha ainda mais quando agarro o seu cabelo, forçando sua cabeça contra a minha virilha, só para poder foder sua boca toda.

Não quero sequer ouvir sua voz quando sairmos desta sala de cinema. Ele vai reclamar de dor de garganta por pelo menos dois dias.

Ele geme cada vez que minha rola invade sua boca, e tão fundo que cada parte do meu corpo estremece, e seus dedos apertam minhas coxas em reflexo. Olho para a tela, para o filme passando e para as poucas pessoas que sequer imaginam o que está acontecendo. As vozes dos personagens ecoam alto demais para que ouçam qualquer coisa.

A boca quente de Vinícius guarda meu pau tão bem que me pergunto se sou capaz de gozar só por senti-lo ao meu redor. Puxo sua cabeça para trás, com meu baixo abdome revirando, e ele se senta sobre os tornozelos, ainda com a língua para fora, deixa que eu goze na sua boca e engole tudo, chupa a cabeça do meu pau e bebe até a última gota de porra.

Eu me desfaço na cadeira, com meu coração na boca e a respiração falha, como se tivesse corrido uma maratona inteira. Vinícius se levanta, devolve meu pau para dentro da calça e volta ao meu colo, segurando meu rosto e grudando sua boca na minha, me dando um beijo tão desesperado que só falta levar o resto de sanidade que ainda me resta. Posso sentir o meu gosto na sua boca, me excitando ainda mais. Porra, como ele é bom.

Ele agarra a minha mão e a coloca em cima da sua ereção. Arfando contra a minha boca, Vinícius leva o rosto até a minha orelha, suspirando contra a minha pele. Seus dentes se prendem ao meu lóbulo e ele geme baixinho, eriçando cada pelo do meu corpo.

— Tá doendo — ele reclama num tom choroso que me desmonta inteiro, pressionando ainda mais minha mão em seu pau e rebolando gostosinho.

— Levanta, vai — mando, tentando não grunhir quando ele o faz.

Seguro seu quadril e o viro de costas para mim, puxando-o de volta ao meu colo. Ele deita as costas no meu peito, abrindo as pernas, e quando enfio a mão dentro da sua calça, segurando seu pau e masturbando-o devagar, ele geme. Vinícius deita a cabeça no meu ombro, arfando cada vez que subo e desço minha mão pela sua rola, até ouvi-lo choramingar. Cubro sua boca com a mão, deixando um beijo no seu ombro.

— Cospe — mando, e ele obedece, faltando se desfazer quando uso sua saliva como lubrificante, batendo uma punheta tão boa que quase posso sentir meu pau endurecer outra vez.

Vinícius geme cada vez mais alto e não para nem mesmo quando peço silêncio. Seu corpo ondula sobre o meu, ele se contorce, empurrando o quadril contra a minha mão. Uso uma das mãos para cobrir sua boca mais uma vez, calando cada gemido. Diminuo o ritmo com que toco seu pau, e faço tão devagar que ele se desespera, choraminga, com o rosto virado na minha direção.

Ele começa a deslizar, me obrigando a puxá-lo de volta para cima; está tão mole nos meus braços que chega a dar pena. Quando goza, se contorce todo, mordendo minha mão e choramingando, afundando o corpo em mim enquanto lambuza toda a minha mão com a sua porra.

Procuro por um guardanapo e, quando encontro, começo a me limpar.

Logo depois, subo suas roupas e o deixo totalmente vestido antes de lhe abraçar a cintura e lhe deixar um beijinho na nuca suada.

— Cansou? — Pergunto e ele balança a cabeça em afirmação. — Ainda quer assistir ao filme? — Indago num tom divertido que lhe tira um tipo de riso.

— Acho que se eu sair agora, minhas pernas não vão conseguir me sustentar — comenta num sopro de riso e vira o rosto para mim, me dando um selinho antes de deitar a cabeça no meu ombro outra vez.

Assistimos a quase vinte minutos de filme antes de deixar a sala pela saída de emergência. Ficamos sozinhos nas escadas, o que nos faz dedicar mais alguns minutos à boca um do outro. Nos beijamos até cansar e só aí voltamos ao shopping, onde compro tudo o que ele pede, cada doce e bebida, sorvete e comida; dou tudo a ele. Tudo.

Quando voltamos para casa no finzinho da noite, Vinícius está sorrindo de orelha a orelha, quase saltitando, e cheio de entusiasmo cumprimenta sua mãe e meu pai.

— Como foi? — Ísis pergunta sorrindo. Está sentada nos sofá com as pernas erguidas sobre o estofado. — Se divertiram?

— Sim — Vinícius responde sorridente, passando por eles e indo até a cozinha, voltando pouco tempo depois com uma garrafa de água.

— O que fizeram?

— Assistimos a um filme — digo, fazendo o caminho até as escadas para evitar mais perguntas, e o garoto me acompanha.

— Boa noite! — Ele grita quando já estamos no topo da escada. Nos entreolhamos antes de desaparecer cada um em seu quarto.

Beira a meia-noite quando Vinícius bate à porta, de banho tomado e usando roupas folgadas. Ele fecha e tranca a porta atrás de si, vem na ponta dos pés até a cama, prendendo o sorriso, então dou espaço para que suba no colchão.

Sem dizer nada, Vinícius me beija, rola comigo para debaixo do cobertor e me faz pensar que vale a pena correr cada risco, que vale a pena sofrer as consequências, porque nada no mundo é tão bom quanto sua boca, seu corpo, a voz, o cheiro, ele todinho.

É bom pra cacete!

Nunca, em toda a porra da minha vida, eu achei que ficaria satisfeito por acordar domingo de manhã, agarrado a alguém e agradecido por isso. Em outras épocas, eu levantaria às pressas, juntaria minhas coisas e daria um jeito de *fugir* de toda a situação, mas desta vez, não. Desta vez, tudo que sinto quando estou consciente, é uma vontade avassaladora de me afundar nele, de apertar e cheirar, ficar grudado com ele até que não faça mais sentido. É confortável, é melhor do que dormir sozinho, mil vezes melhor.

Não me movo, não até Vinícius acordar, virando para o lado e se desprendendo do meu abraço. Ele se espreguiça na cama, esfrega os olhos e solta um grunhido. Sei que não vê quase nada por conta das cortinas fechadas e as luzes apagadas, mas seus olhos se voltam para mim, com o cenho franzido expressando confusão. Não dizemos nada um ao outro, e ele se vira à procura do celular embaixo do travesseiro, confere as horas e vira o visor do celular para mim.

São mais de nove da manhã.

Quero me importar, mas não consigo, só quero voltar para perto dele e esquecer os problemas, porém para a minha infelicidade, ele se levanta e tira de mim toda e qualquer esperança de continuarmos deitados. Ele sai do quarto, deixando a porta entreaberta.

Deito-me de barriga para cima, olho para o teto e repenso cada uma das minhas atitudes nesses últimos dias, cada coisinha. Se eu pudesse, enfiava a mão inteira na boca agora, arrancaria os cabelos, comeria vidro, só para não precisar lidar com tudo isso! É demais. DEMAIS! Eu fui longe demais, mas o que me incomoda sequer é o medo de nos pegarem, mas, sim, a falta de culpa. Eu não sinto um pingo de culpa, não me arrependo de merda nenhuma e pretendo ir ainda mais longe com ele, contudo só o pensamento de estar fazendo algo errado e *gostando* já me deixa surtado pra caralho.

Saio da cama, escovo os dentes, desço as escadas e me junto ao restante das pessoas na cozinha. Troco olhares rápidos com Vinícius que está sentado à mesa, tomando café.

— Bom dia — cumprimento, anunciando minha entrada e ganhando a atenção de cada par de olhos.

— O que vão fazer hoje? — Meu pai pergunta, cortando uma fatia de bolo e colocando-a em um prato, para depois empurrá-lo na minha direção.

Aceito a comida de muito bom grado, e encho uma caneca com café. Solto o ar ao me sentar na cadeira próxima de Vinícius.

— Ainda não sei — respondo apenas por mim, enchendo minha boca com bolo.

— E você? — É Ísis quem pergunta, olhando para Vinícius que, no mesmo instante, ergue o olhar para ela.

O garoto dá de ombros, segurando a caneca em ambas as mãos, soprando a bebida antes de bebericar.

— Tenho uns trabalhos da escola pra terminar — murmura.

Quase rio com essa resposta tão falsa. Ele quase não vai às aulas, nunca o vi tocar em um caderno desde que começamos a morar juntos.

Essa deve ser só uma desculpa para ficar trancado no quarto, sem fazer nada o dia inteiro, ou se trancar no sótão para pintar.

Não muito tempo depois de tomarmos café, Guilherme me liga, avisando que vai passar aqui em casa. Não leva muito mais do que quinze minutos para ele dar as caras, buzinando quando chega.

O sorriso de Victor é a primeira coisa que vejo ao abrir a porta, capturando o meu coração,

— Oi, Rafa! — Ele vem até mim, passa um dos braços por cima dos meus ombros e encosta a bochecha na minha.

Guilherme vem logo depois, com seus olhos curiosos percorrendo cada canto, um sorriso largo bordando os lábios quando encontra o meu pai sentado no sofá.

— Tio Antony — chama-o num tom travesso que instantaneamente fez meu pai revirar os olhos. — Há quanto tempo! — Aproxima-se dele no sofá.

— Não sei, mas ficaria muito feliz de não te ver mais.

Guilherme ri. A relação dele com o meu pai foi construída com base em alfinetadas desde sempre. Quando éramos pequenos, lembro-me de cada pegadinha que ele aprontava com meu pai e como dizia que ele era o adulto mais legal, mas isso só porque meu pai nunca o repreendia por nada. Quando ficamos mais velhos, as piadinhas e o deboche começaram. Sempre que se esbarram é desencadeada uma série quase interminável de ofensas.

— Você estava com saudade, pode falar — ele provoca, trazendo seus olhos para mim. — Rafael, seu pai gosta mais de mim do que de você, sabia?

— Sei...

— Eu odeio os dois igualmente.

Acabo rindo, fechando a porta de entrada, enquanto Victor se coloca no meio da sala, com as mãos juntas atrás das costas. Não demora muito até meu pai notá-lo ali e se dar conta de quem é.

— Victor? — Chuta, expressando surpresa ao levar seus olhos até mim. — Você não estava em São Paulo?

— Estava.

— Quando voltou?

— Recentemente. — Sorri, balançando-se na ponta dos pés. — Soube que vai casar — comenta, e meu pai ri.

Victor se senta ao lado dele no sofá, prolongando a conversa o máximo que pode, e meu pai está totalmente satisfeito com a presença dele, diria até feliz. Victor Hugo é o único dos meus amigos com quem ele sabe que pode ter uma conversa decente.

Ouço passos na escada, e não demora muito para que Vinícius esteja entre nós. Seus olhos confusos encaram cada rosto, piscando quando ganha atenção dos meus amigos. Nada mais do que silêncio, seus olhos se prendem em Victor do outro lado da sala, e o medem de cima a baixo.

— Oi. — E sorri. Soa tão acanhado e inocente que eu arriscaria dizer que ele é exatamente assim, mas passei tempo demais observando-o para saber o quanto ele pode ser implicante.

— Oi. — Victor sorri de volta para ele, me encarando quando Vinícius esboça um sorriso sem muita emoção e entra na cozinha.

Victor está prestes a dizer algo, mas Guilherme se antecipa, mudando totalmente o foco inicial.

— Nós vamos à praia agora, quer ir, Rafa? — Convida, revelando o motivo para estarem aqui.

Dou de ombros, balançando a cabeça em afirmação.

— Tá, vou subir, pegar algumas coisas e depois a gente vai — aviso, apontando para a escada e esperando que concordem antes que eu suba para o quarto.

Estou enfiando uma toalha na mochila e Vinícius entra, com as mãos atrás das costas, feito uma criança danada.

— Vai sair?

— Vou.

— Vai pra onde? — Indaga, me tirando um riso fraco.

— À praia, Vini. — Eu o vejo de canto de olho. — Quer ir também?

— Não. — Faz careta, se sentando na beira da cama. — Eu não quero sair com os seus amigos pra você me deixar de lado o dia inteiro.

— Eu não vou deixá-lo de lado. — Paro o que estou fazendo para olhá-lo, notando seus olhos apreensivos sobre mim.

— Vai, sim.

— Você quer ir? — Repito a pergunta, e dessa vez ele não responde. — Arruma suas coisas.

Ele abre a boca para se posicionar, apertando as mãos em seu colo, ainda apreensivo.

— Eu não sei.

Viro-me para olhar a porta, antes de me aproximar dele e escorregar a palma da mão pelas suas costas, voltando-a para o seu rosto e acariciando sua bochecha.

— Vá pegar as suas coisas, eu não vou largá-lo sozinho lá.

— Promete?

— Prometo. — Abro um sorriso e ele também.

Vinícius se levanta e passa por mim para ir até o seu quarto. Minutos depois, os meninos entram no meu, falando e rindo alto, os olhos curiosos passando por cada canto, as mãos tocando em tudo.

— Eu chamei o Vinícius, tudo bem ele ir? — Pergunto baixinho.

— Sem problema — Guilherme é quem responde, parado em frente à minha estante de livros. — Quanto mais gente, melhor.

— Ele é o filho da sua madrasta? — Victor pergunta baixinho, sentado na cadeira giratória, indo de um lado para o outro. Quando faço que sim, ele arqueia as sobrancelhas. — Achei que ele fosse mais novo.

Vinícius volta a entrar no quarto antes mesmo que possamos continuar a falar sobre ele. Está vestindo um short azul que mal aparece por causa da camiseta larga. Demoro para me dar conta de que ele a tirou de dentro do meu guarda-roupas, em algum outro momento. Esboço um sorriso, virando o rosto e estalando a língua no céu da boca. Ele só precisou vestir uma roupa minha para me deixar todo desconfigurado. Eu tô fodido de um jeito tão bonito, puta merda.

— O garoto já se arrumou e o pau no cu do Rafael continua enrolando — Guilherme reclama alto, com as mãos apoiadas na cintura enquanto olha para mim. — Eu falei pra você que deveríamos ter avisado antes de virmos — comenta agora para Victor, arqueando as sobrancelhas em desdém. — Mas você queria vir aqui olhar para a cara dele.

— Vá pro inferno, Guilherme.

— É, vá pro inferno — reforço.

— Meu cachorro tá sozinho dentro do carro. Você pode andar logo?

— Você trouxe o cachorro? — Paro o que estou fazendo para olhá-lo.

— Ele trouxe a droga do cachorro! — Victor se impõe ao mesmo tempo.

— E daí? — Sua voz soa aguda, denunciando indignação. — Ele precisa sair, pegar sol!

Vinícius ri fraquinho, se juntando a ele na beira da cama, cruzando as pernas no colchão.

— Ele é bebê, nunca viu uma praia antes.

— Tá bom, pai do ano, só não vá deixar o coitado se afogar. — Passo o zíper na mochila e a jogo por cima do ombro. — Vamos.

Eles passam na frente e Vinícius vem logo atrás de mim, agarrando-se ao meu braço quando tem a chance.

— Ísis, os meninos vão sair! — Meu pai grita no segundo em que nos vê descer a escada.

A mulher aparece na porta da cozinha, sorrindo e cumprimentando meus amigos antes de ir até Vinícius, segurando seu rosto e afagando seu cabelo.

— Cuidado, bebê. — Beija seu rosto, e ele ri, revirando os olhos.

— Deixa o menino. — Meu pai ri.

— Vocês não querem levar alguma coisa pra comer? — Ela pergunta. — Ainda tem bolo.

— Eu aceito bolo. — Guilherme se prontifica, acompanhando-a até a cozinha e voltando pouco tempo depois com uma fatia de bolo e um copo de suco.

Não sendo o suficiente, ela me entrega uma vasilha e sorri para mim.

— Não precisa.

— Precisa, sim. — Corta-me, deixando um carinho no meu ombro.

Nem tento contestar, abro um sorriso para ela e agradeço num murmuro. Ela passa pelos meninos e para em Victor Hugo, sorrindo para ele que imediatamente sorri de volta.

— Use muito protetor solar, você é muito branquinho — ela diz, arrancando de nós risadas altas.

— Anda, branquelo. — Guilherme o puxa para debaixo do braço, ainda rindo. — Vamos pegar uma cor.

Saímos de casa um de cada vez. Victor e Guilherme se sentam nos bancos da frente, o segundo deles com o filhote de vira-lata no colo. Já Vinícius só falta grudar em mim de tão perto. Seu braço encosta no meu e seu cheiro me rodeia inteiro.

É um dia quente, o sol lá fora está castigando. Eu me sinto suar no segundo em que ponho os pés para fora do carro, mesmo na sombra.

Vinícius é o primeiro de nós quatro a tirar a camisa, largando-a na areia e tirando os chinelos. Ele me puxa pela mão, esboçando um sorriso e, sem precisar dizer uma palavra sequer, eu tiro a roupa, os chinelos e o acompanho.

— A areia está quente, vamos correr — ele avisa ainda embaixo da sombra comigo.

Faço que sim. Não estamos tão distantes assim da orla, então fazemos uma corrida curta até onde a água alcança. Até tento parar quando parte do meu corpo já está coberto, mas Vinícius não deixa, ele me arrasta para o fundo e ri quando tento recuar. Ele parece criança ao sair de casa, cheio de risos e brincadeiras bobas, jogando água na minha cara, faltando subir em cima de mim quando revido.

Ao se cansar, ele se senta na margem, com as pernas esticadas e as mãos enfiadas na areia, deixando que a água venha e cubra seu corpo, depois de novo e de novo. Ele enche as mãos com areia molhada, deixando que escorregue por entre os dedos e sorri quando percebe que estou lhe assistindo.

Tenho todo o meu foco tomado por Victor assim que ele entra no meu campo de visão, sorrindo ao me olhar e se espreguiçando enquanto se aproxima. Ele mal para embaixo do sol quente e seu rosto todo já está corado. Sua pele é mesmo muito branca e sensível. É compreensível a quantidade de protetor solar que ele gasta, porque o mínimo descuido vai deixá-lo vermelho como um camarão. O cabelo ruivo escurece quando molha, e os fios, antes arrepiados, agora caem em seu rosto, dando-lhe o trabalho de afastá-los.

Passamos um tempo juntos, conversando e rindo quando uma onda forte quase nos engole. Depois de sairmos da água, Vinícius está brincando com o cachorro de Guilherme enquanto seu dono enche a cara de cerveja.

— Eu dei cerveja a ele — Guilherme comenta rindo, apontando com a cabeça na direção de Vini.

— E é ruim — reclama ele, fazendo careta. Inicialmente eu solto um risinho, ele é adorável às vezes. — Tem um gosto horrível.

— É bom pra cacete, isso, sim — Guilherme retruca, virando, talvez, sua terceira garrafa.

Então, se levanta, pega o cachorro das mãos de Vinícius e o carrega até a água. A cena que vemos a seguir é o cachorro quase sendo levado pelas ondas, o pobre desaparecendo na água, e Guilherme quase morre de rir, tomando o cachorro no colo como se fosse um bebê.

— Tomara que ele não tenha filhos tão cedo — Victor resmunga, rindo fraco enquanto assiste à cena.

Olho para ele, sorrindo largo e aceitando a garrafa de cerveja que me oferece.

— Vem comigo, Rafa — Vinícius me chama. No segundo em que ele percebe que pretendo ficar por aqui com Victor, ele se levanta e me puxa pela mão. Seus olhos vão de mim para Victor Hugo, e ele esboça um sorriso cínico pra caralho. — Venha. — Continua me puxando e não vejo alternativa a não ser ceder.

Devolvo a garrafa para Victor e murmuro um "já volto". Um "já volto" que demora minutos inteiros, uma vez que passo bastante tempo com Vinícius. Corremos um atrás do outro, desviando das crianças. Ele resmunga quando um siri belisca seu pé e me xinga inteiro por começar a rir.

Passamos mais tempo juntos do que deveríamos, exceto quando ele se junta a Guilherme para jogar bola, um talento que sequer imaginei que Vinícius tivesse. Os dois se metem com mais meio mundo de gente e passam quase uma hora inteira jogando futebol.

— Ele é bem hiperativo — Victor comenta, rindo soprado. — Daria certinho com o Guilherme, dois malucos.

Nego com a cabeça, quase engasgando com a cerveja.

— Eu não acho.

— Eu acho — ele continua, dando de ombros. — Percebeu que eles se dão muito bem até na conversa?

Meu coração quase sai de dentro do peito, e Victor aponta com a cabeça quando Guilherme e Vinícius param no meio do campo para conversar, um sorrindo ao outro.

— Olha pra eles. — Sorri. — Você sabe se ele gosta de garotos? — Indaga, referindo-se a Vinícius, e eu me recuso a responder. — Fariam um casal bonitinho até.

— Não viaja, Victor — resmungo, começando a me frustrar com o assunto e me lembrando vagamente de quando Guilherme comentou que Vinícius era "bonitinho".

— Mas e você?

— Eu o quê? — Olho para ele.

— Tá saindo com alguém? — Ele me empurra com o ombro e sorri de forma sugestiva.

— Não.

— E esse chupão aqui? — Pressiona os dedos contra o meu pescoço. Eu tinha me esquecido de que havia deixado Vinícius fazer isso *de novo*. — Você parece um adolescente, indo pra cima e pra baixo exibindo isso.

Solto uma risada fraca, cobrindo a marca com a palma da mão.

— Fiquei com alguém ontem — conto, deixando a memória me clarear a mente ao mesmo tempo que olho para Vinícius jogando bola. — Ele é teimoso, falei pra não fazer e ele fez mesmo assim. — Viro a cerveja.

Victor riu.

— Quem é esse alguém?

— Ninguém. — Contenho o riso e ele me empurra.

— Tá certo, quem come quieto, come mais.

Faço que sim com a cabeça, olhando de relance para ele e sorrindo, me assustando quando a bola bate no chão, no espaço entre nós, e Victor se sobressalta com o susto. Olho na direção que a bola veio, assim como ele, só para ver Vinícius se aproximando com um sorrisinho no rosto.

— Foi mal. — Ele pressiona os lábios, abaixando-se para pegar a bola e troca olhares rápidos comigo, antes de chutá-la de volta para os demais.

Quero rir da cara de pau dele, mas não o faço, em vez disso, abro outra garrafa de cerveja e dou a ele toda a minha atenção.

Vinícius volta pouco tempo depois, todo suado, com um sorriso de orelha a orelha e eu preciso me segurar para não começar a surtar só de olhar para ele. Está ofegante, sentado ao meu lado, o peito subindo e descendo de forma frenética. Deus do céu, como ele é gostoso.

Eu não vejo a hora de voltar para casa com ele.

6

VINÍCIUS, MAIS UMA VEZ, NÃO FOI À AULA. SOUBE DISSO NO segundo em que ele entrou no meu quarto pela manhã, enfiando-se embaixo do meu cobertor e mantendo o silêncio por quase uma hora enquanto eu terminava de ler um e-book.

— Por que não foi à aula hoje? — Murmuro. Minha voz ainda está rouca por não ter emitido um som desde que abri os olhos.

— Não tô me sentindo bem — grunhe, cobrindo as orelhas, encolhendo-se com o frio do ar-condicionado. — Tá lendo o quê?

— O que você tem? Tá com febre? — Ignoro sua pergunta, largando de lado o celular e me virando de frente para ele.

— Não é nada — nega. — O que você tá lendo? Espero que não seja *fanfic*.

Reviro os olhos.

— Eu não leio *fanfic*.

— Você tem cara de quem lê *fanfic*, Rafael, não tente me enganar. — Ele sorri, erguendo os olhos para bisbilhotar a tela do meu celular. — Fala, tá lendo o quê?

— Nada. — Bloqueio a tela, enfio o celular embaixo do travesseiro e cruzo os braços. — Você deveria ler alguma coisa, sabia? Aquelas séries ruins que você assiste, quase todas são adaptações de livros ótimos.

— Pra que ler se eu já assisti à série? — Vinícius une sobrancelhas, tirando-me um riso descrente.

— Deus do céu, eu poderia expulsar você da minha cama agora — reclamo, e ele ri, se atirando na minha direção e quase montando no meu colo.

— Vai me mandar sair, Rafa? — Rouba-me um selinho, endireitando-se no meu colo e prendendo o sorriso ao me ver perder a pose. — Vai?

— Não — respondo no automático, amolecendo quando ele deita a cabeça no meu ombro, afunda o rosto no meu pescoço e deixa ali um beijinho.

Passo meus braços ao seu redor, como se ele fosse capaz de fugir a qualquer instante, e ele apenas solta um grunhido, se desmanchando em cima de mim, mantendo o silêncio por minutos inteiros. Um tempo depois, volto a ler, sem deixar de notar que ele me acompanha curioso. Pode não estar entendendo grande parte da história, mas seus olhos passam por cada parágrafo e não desviam por nada.

— Ele namora a irmã gêmea dela? — Pergunta baixinho, e eu faço que sim com a cabeça. — E ela vai mesmo furar o olho da irmã?

— Tomara que sim.

— Você não tem cara de quem lê romance, eu já disse isso?

— Já. — Sorrio, olhando rapidamente para ele. — Mas eu gosto, gosto de como tudo dá certo nos livros.

— Acho esquisito alguém que nunca namorou gostar tanto assim de ler romances clichês — provoca. — É meio contraditório.

— Então, alguém que nunca cometeu um homicídio não pode gostar de ler sobre romances policiais e *thrillers*? — Rebato, e no mesmo segundo ele gargalha, caindo no espaço vazio ao meu lado.

— Tudo bem, você tem um ponto! — Continua rindo, dobrando os joelhos e balançando as pernas de um lado para o outro. — Às vezes, eu queria que minha vida fosse uma comédia romântica boba, em que ninguém seja totalmente infeliz e tudo sempre dê certo no final, todos terminam felizes.

— É... parece bom.

— É perfeito — retruca. — É melhor do que a realidade.

— Mas nem todos os filmes e livros possuem um final feliz, Vini.

Ele faz que sim com a cabeça e solta o ar.

— Eu sei.

Não dizemos nada por um momento. Não há nada ali além de silêncio e o som das nossas respirações.

— Você acha que a vida é justa?

Solto um ar num tipo de riso ao ouvir a sua pergunta.

— Claro que não.

— Você acha que coisas ruins acontecem com pessoas boas sem nenhuma razão? — Questiona, e imediatamente viro o rosto na sua direção, tentando entender o motivo dessas perguntas agora. — Acha que as pessoas merecem tudo o que enfrentam?

— Não. Tem muito filho da puta se dando bem por aí, enquanto muita gente boa só toma no cu — respondo, tirando-lhe uma risada pelo meu jeito de falar. — Tem gente que paga pelo que faz, e tem gente que não, o mundo é assim.

Ele concorda, para então virar na cama de frente para mim, deitado de lado e com as mãos enfiadas debaixo da bochecha.

— Acha que todo mundo é feliz um dia? — Questiona mais uma vez, me olhando como se tudo o que eu dissesse fosse a única e mais absoluta verdade.

— Acho. Acho que a vida é feita de momentos bons e momentos ruins, ninguém é cem por cento feliz ou triste o tempo todo.

Ele pisca e então solta o ar, balançando a cabeça em afirmação.

— Às vezes, eu tenho a sensação de que o que eu sinto é real — murmura tão baixo que não tenho certeza de que ouvi certo.

— E o que você sente?

Vinícius sorri, dando de ombros.

— Não sinto nada.

— Nada? — Arqueio as sobrancelhas.

— Nada. É como se nada fosse real, como se nada importasse de fato, como se... como se eu estivesse morto.

— Sei como é — digo, perdendo-me nos meus pensamentos, na última memória que tenho de quando me senti assim.

E a última vez foi depois que a minha mãe faleceu. A sensação era de que a dor nunca iria passar, que eu viveria aquele inferno para sempre. A dor não foi embora, mas hoje em dia não me afeta tanto; é algo pequeno dentro de mim, com o qual eu tenho que lidar dia após dia.

— Sabe?

— Sei... — Suspiro. Penso em dizer a ele o motivo, mas esse é um assunto que eu evito tocar, justamente por odiar a reação das pessoas e o quão constrangidas ficam ao ouvir.

A verdade é que nunca vai haver um jeito de dizer “minha mãe morreu”, sem parecer que o mundo está acabando e eu sou infeliz por conta disso. Eu sou feliz. Por mais que eu tenha passado por um inferno, eu sei que sou feliz. Por mais louco que seja pensar que minha personalidade e caráter foram formados com base em um puta trauma, e pensar que se o acidente não tivesse acontecido, eu seria alguém totalmente diferente, ainda assim, tenho amor-próprio o suficiente para não me importar, e também possuo sanidade o bastante para me impedir de surtar por isso. Gosto de quem sou atualmente, apesar de tudo.

— Mas passou. Tudo passa. — Abro um sorriso ao me virar de frente para ele também.

Ele balança a cabeça em afirmação, esboçando um sorriso e voltando para perto de mim, enfia o rosto no meu pescoço e se aconchega pertinho. Odeio grude, detesto, repudio, mas por alguma razão, ficar de grude com ele até que é bom, é gostosinho.

Volto a ler, me arrepiando a cada vez que sinto sua respiração fraca na minha pele, as mãos enfiadas dentro da minha camisa, as pontas dos dedos raspando pela minha pele, e é bom, assim como é bom sentir o cheiro do cabelinho dele. Mas todo o momento é quebrado quando meu celular começa a vibrar. Vinícius reclama, resmungando baixinho. Leio o nome de Victor no visor, soltando o ar num suspiro apreensivo antes de atender.

— Alô?

— Rafa, tá ocupado hoje?

— Não.

— Tem certeza? Porque eu queria que me ajudasse com a mudança.

— Precisa de mim agora? — Olho de relance para Vinícius, quieto, mas ainda me tocando por dentro da camisa.

— Sim.

— Tá, posso ir até aí e te ajudar.

— Você vai ficar aqui, Rafa — Vinícius murmura no pé do meu ouvido. — Vai ficar comigo — decide por mim, o que automaticamente me faz enfiar os dedos no seu cabelo, começando um cafuné. — Vai ficar comigo.

— Sério? Vou te mandar minha localização. Obrigado, Rafa — agradece, fingindo choro.

— Tudo bem, já estou saindo — aviso antes de desligar.

Quase no mesmo instante, recebo uma mensagem com o endereço dele. Largo o celular no colchão e olho para Vinícius que praticamente se recusa a me deixar mexer. Ele faz pressão contra o meu corpo e continua me apertando, com o rosto afundado no meu pescoço.

— Fique aqui comigo — pede manhoso. — Por favor.

— Eu não vou demorar — aviso, tentando não o deixar frustrado, mas obviamente não funciona.

Vinícius se afasta para me encarar, bufando em demonstração de raiva e voltando a se enfiar debaixo dos cobertores, puxando-os até que cubram suas orelhas, nariz e boca, com nada mais do que seus olhos para fora.

— Foi mal — murmuro. Sei que não tenho obrigação nenhuma com ele, mas não gosto de saber que ficou chateado ou irritado com algo que fiz.

Não sei por quantos segundos ficamos parados, encarando um ao outro até ele começar a se levantar.

— Tudo bem — sussurra. Vinícius se coloca de pé e, com a cabeça baixa, sai do quarto, esfregando o rosto e sem dizer mais nenhuma palavra.

Ouço a porta do seu quarto bater e isso me pega. Eu não deveria sentir culpa, não mesmo. Encaro o teto por quase dez minutos inteiros, me odiando por deixá-lo, mas o faço mesmo assim. Quando atravesso o corredor, vejo a porta do seu quarto ainda fechada. Não tenho nenhum sinal dele antes de sair de casa.

Levo quase trinta minutos para chegar ao endereço marcado, onde Victor Hugo me espera na calçada. Ele abre um sorriso de orelha a orelha ao me ver, me arrastando pela mão quando chego perto o suficiente.

Me dou conta de que é a primeira vez que passamos um tempo sozinhos desde que ele voltou, ainda que seja enquanto subimos e descemos com caixas na mão, reclamando do calor maldito do Rio de Janeiro a cada dez minutos. Quando acabamos, nos sentamos no chão do apartamento. É quase meio-dia e Victor diz não ter nada programado pelo resto da tarde. Essa informação me faz ficar por mais algumas horas.

Pedimos comida e quando dou por mim, estamos deitados no piso, rodeados de caixas e móveis fora do lugar, olhando para o teto e conversando sobre o tempo da escola, sobre cada besteira que fizemos e sobre o quanto éramos imaturos naquela época.

— Caralho, como eu senti sua falta, Rafael — ele diz depois de um tempo, virando o rosto para me encarar e sorrindo quando olho de volta. Está tão perto que posso contar cada sarda que tem na pele, nas bochechas e na ponta do nariz. — Eu tinha me esquecido do quanto era bom conversar com você.

— Para de dizer essas merdas. — Faço careta, tentando disfarçar o quanto ouvir isso me afeta, tenho medo de que ele possa escutar o som do meu coração agora.

— É sério. — Ri, virando o corpo na direção do meu e usando um dos braços como apoio. — Se lembra de quando saíamos da escola e íamos direto à sua casa, ficávamos o dia inteirinho sem fazer nada, fofocando sobre os outros e comendo besteira?

— Eu me lembro de que uma vez fomos eu e você à praia. — Abro um sorriso fraco. Gosto dessa memória porque foi o dia em que me dei conta do quão fodidamente apaixonado eu estava por ele. — O Guilherme tinha matado aula, estava doente, não me lembro... — Encaro o teto, com medo de ficar sem graça sob os olhos dele. — Passamos o dia todo na praia, você ficou puto porque bobeou com a mochila e algum filho da puta roubou. — Começo a rir e ele me acompanha, mostrando seus dentes enfileiradinhos e joga a cabeça para trás. — Eu me lembro de ouvir você xingar por meia hora, vermelho de raiva e com o cabelo todo espetado.

— Como eu odeio isso! — Ele me corta para expressar sua indignação. — Eu não posso sentir nada que meu rosto fica parecendo um pimentão, não dá nem pra esconder o ciúme, a raiva ou disfarçar a cara de choro, porque em segundos o meu rosto fica todo vermelho. Que ódio! — Gesticula em frustração, e eu me desfaço numa risada alta, quase passando mal de rir quando seu rosto começa a ficar vermelho, exatamente como ele acabou de descrever.

— Eu sei, você fica vermelho por qualquer coisa — digo entre uma risada fraca.

— E naquele dia, eu ainda fiquei queimado de sol — reclama, fazendo um bico com os lábios. — Por que você está se lembrando desse dia horrível, Rafael?

— Porque eu gosto desse dia. Chupamos uns três sacolés de coco cada um, nadamos e vimos o sol se pôr. — Pressiono os lábios para esconder um sorriso. — Então, pegamos um ônibus de volta à Barra. Foi bom pra caralho!

— É. — Ele suspira e volta a se deitar ao meu lado. — Foi mesmo.

Sinto na ponta da língua cada palavra que quero dizer a ele agora, colocar para fora cada resquício desse sentimento que escondi dos olhos, que guardei tão fundo que até me esqueci de que estava ali.

Olho para ele só para gravar bem cada mecha do seu cabelo laranja e rebelde, os cílios da mesma cor, assim como as sobrancelhas, os brincos pequenos e discretos que usa, que nem mesmo sei quando fez os furos; quero dizer o quanto aprecio cada partezinha sua e o quanto sua opinião significa para mim; dizer que nunca fiquei bravo de verdade, porque estava apaixonado demais para brigar por alguma besteira; dizer que cada beijo que demos enquanto bêbados e fingimos que nunca aconteceu, foi o motivo de cada uma das minhas noites mal dormidas. Tenho muito a dizer, muito mesmo, mas agora não sei se vale a pena, não sei se tem motivo para trazer isso de volta se já faz quase uma eternidade. Eu tenho que superar essa merda.

— É melhor eu ir. — Pigarreio, levantando-me para ir até o balcão onde deixei minhas coisas.

— Já? — Ele se senta, cruzando as pernas e franzindo o cenho. — Não quer ficar mais um pouco?

— Não. — Enrolo, enfiando o celular e a carteira no bolso. — Eu disse ao Vinícius que voltava logo. — Lembro-me, já com as chaves do carro nas mãos.

— Vini... — Ele faz careta como se tentasse lembrar de quem estou falando, então ri, balançando a cabeça em concordância. — O filho da sua madrasta, claro, esqueci. — Levantou-se. — Ele é crescido, Rafael, sabe ficar sozinho por algumas horas.

— É — concordo com ele. — Mas eu disse que não ia demorar, então...

— Tá, eu entendo. — Suspira, e me acompanha até a porta, sorrindo quando passo por ela. — Pode aparecer qualquer dia.

Faço que sim, acenando ao caminhar até o elevador. Victor continua parado na porta do apartamento até o elevador chegar e eu entrar.

Não o tiro da minha cabeça nem por um segundo durante o caminho de volta. Me sinto um bobo, um belíssimo de um bobo por deixar que uma besteira dessas mexa tanto assim comigo. Me sinto patético.

Quando chego em casa, meu primeiro pensamento é ir direto ao quarto, me deitar na cama e talvez morrer, mas no segundo em que ponho os pés no segundo andar e me deparo com a escada do sótão abaixada, deixo a curiosidade falar mais alto. Confiro se Vinícius não está em seu quarto ao lado do meu, antes de subir degrau por degrau daquela escada, me sentando no piso do sótão.

Paraliso quando o encontro sentado no chão, pintando, com as mãos sujas de tinta vermelha, os fones de ouvido na orelha tocando tão alto que tenho certeza de que ele sequer me ouviu chegar. Está de cabeça baixa, o cabelo cobrindo quase todo o rosto.

Ele funga, usando o punho para esfregar o nariz, e pressionando os lábios, passa um bom tempo ali até ele largar o pincel e erguer a cabeça, afastando o cabelo do rosto e respirando fundo. É nesse instante que ele me nota; é nesse instante que me dou conta de que ele está chorando; os olhos vermelhos, as lágrimas escorrendo pelas bochechas.

— O que foi?

— Nada — ele nega de forma exagerada, secando o rosto e pigarreando. — Pode descer? — Engasga. — Eu não gosto quando sobe aqui pra bisbilhotar — resmunga e sua voz falha na última palavra. — Sai daqui.

— O que aconteceu? — Insisto. Mas ele está todo encolhido no canto, balançando a cabeça em negação. — Foi alguma coisa que eu fiz?

— Não.

— Então, o que foi?

— Não foi nada, Rafael, que merda! — Ele engasga num soluço, se desfazendo num choro desesperado que me faz levantar instintivamente para ir até ele. Eu me sento ao seu lado só para puxá-lo para dentro dos meus braços, exatamente quando Vinícius se desmancha, deitando a cabeça no meu ombro.

Meu coração acelera, cada partezinha de mim dói por sentir seu corpo frágil no meu, tremendo a cada soluço.

— O que aconteceu? — Questiono baixinho, subindo uma das mãos até o seu cabelo, afastando os fios do rosto para que não grudem.

— Nada — resmunga, guardando o rosto dentro do meu peito. — Me deixa sozinho.

Continuo indo contra tudo que diz quando ele se aninha dentro do meu abraço. Engulo cada uma das minhas perguntas, tentando respeitar o seu espaço e o fato de não querer conversar. Passamos um bom tempo ali, embolados um no outro até ele finalmente parar de chorar. Eu nunca o tinha visto assim antes, na verdade, não me lembro da ultima vez que vi alguém assim, tão abalado com algo.

É desesperador não saber o que fazer.

Escorrego os dedos pelo seu cabelo, encostando os lábios na sua testa, deixando ali um beijinho. Ele funga, torcendo os próprios dedos em seu colo.

— Quer conversar?

— Não.

— Tudo bem — murmuro, não movendo um músculo por mais um tempinho, até ele começar a se desprender de mim.

— Eu vou tomar um banho — avisa, passando pelas coisas largadas no chão, a tinta, o pincel e a tela deitada. Vinícius estava pintando um coração.

Saio do sótão logo depois dele. A porta do banheiro está fechada, ouço o som da água do chuveiro, então vou para o meu quarto. Em momento algum consigo me esquecer dessa merda. Quero saber que porra o fez chorar tanto assim, saber quem foi o filho da puta responsável por isso. Isso se esse filho da puta não sou eu.

Depois de sair do banho, Vinícius se tranca no quarto e fica lá pelo resto do dia. Não desce para jantar e nem mesmo sei se ele foi ao banheiro em algum momento. Não consigo pensar, não consigo me distrair porque ele não sai da minha cabeça. Passo alguns bons minutos olhando para a tela do computador até me dar conta de que não estou prestando atenção em absolutamente nada que passa ali.

Me assusto quando Vinícius entra no quarto no meio da madrugada, vestindo roupas compridas e com o cabelo preso. Ele se escora na porta fechada atrás de si, me encara como se esperasse por um convite para se aproximar e minha resposta é dar espaço na cama, afastando o cobertor. Ele vem correndo.

— Tudo bem?

Ele faz que sim, afundando o rosto no travesseiro.

— Tá assistindo o quê?

— Sei lá. — Faço uma careta. Sequer sei o nome dessa série fútil que estou vendo. — Quer escolher alguma coisa pra assistir? — Questiono, com uma necessidade absurda de agradar. Vinícius pode até não perceber isso, mas aproveita a oportunidade para pegar o computador e colocá-lo no seu colo.

— Vini... — chamo num murmuro e ele solta um “hum?” e tomo isso como brecha para continuar. — O que foi que o chateou hoje cedo?

— Nada.

— Foi alguma coisa que eu disse?

— Não teve nada a ver com você, esqueça isso — retruca, rude o suficiente para me fazer calar a boca por um instante. Mas não me seguro por muito tempo.

— Então o que foi?

— Não foi nada, esqueça essa merda.

— Tá... foi mal. — Me deito de barriga para cima, com os olhos fixos no teto. — Tem certeza de que está melhor agora? — Arrisco mais uma pergunta, com medo que ele grite comigo.

— O problema é que eu penso demais, Rafael, e se eu penso demais, eu surto! — diz alto, tirando o foco do computador e trazendo-o para mim. — É uma coisa minha, tá bom? Esqueça isso!

Não respondo. Em vez disso, me mantenho quieto durante os segundos seguintes. Ele solta o ar de forma cansada, escolhe um filme, coloca o computador entre nós dois e se deita. Acabamos vendo um filme de terror, que nos primeiros dez minutos já me dá vontade de abaixar a tela e ligar as luzes.

Mas Vinícius gosta, e se ele gosta, eu posso aguentar duas horinhas de tortura.

— Rafael, me leva pra comprar giz de cera? — Vinícius grita do topo da escada. No segundo seguinte, ouço passos apressados, para logo depois ele invadir a sala e pular no estofado ao meu lado.

— Giz de cera? Quantos anos você tem? Sete?

Ele revira os olhos, caindo deitado de costas no meu colo, para quando eu abaixar a cabeça, me deparar com suas orbes castanhas e brilhantes.

— É pra um trabalho da escola — justifica, erguendo o dedo para tocar meu queixo. — Me leva?

— Não sei, não — grunho, fazendo careta. — Eu tô morrendo de preguiça agora.

— Por favor, você tem carro! — Choraminga.

— Não pode ser depois?

— Não! — Rosna, segurando minha nuca, e me puxa para baixo até que meu rosto esteja próximo ao seu. — Agora, eu quero ir agora — dita, erguendo-se o suficiente para me dar um selinho. — Levanta. — Então, ele se coloca de pé, calçando os chinelos e pegando da tigela as chaves do carro.

— Vinícius... — reclamo, me obrigando a levantar e acompanhá-lo para fora. — Garoto, espera.

— Vem logo, Rafael! — Grita já dentro da garagem. Ouço o som das travas do carro e logo depois a porta batendo.

Quando chego, ele já está no banco do passageiro, os pés no estofado e o celular nas mãos. Depois que entro, ele joga a chave para mim, não dizendo uma só palavra até perceber que não comecei a dirigir.

— Eu não sou o seu motorista, o seu taxista, ou sei lá que porra você tá achando que eu sou, Vinícius — reclamo, enfiando as chaves na ignição.

— Vai ficar com raiva de mim?

— Não.

— Tem certeza? — Ele vira o corpo na minha direção, e quando olho para ele e para a sua feição mansa, qualquer pingo de frustração vai embora.

— Tenho, gatinho. — Toco o seu queixo, deslizando os dedos pela sua mandíbula e tirando-lhe um sorrisinho. — Agora, vamos comprar a droga do giz de cera.

Ele sorri, endireitando-se no banco e voltando a atenção para o celular. Sem nem mesmo pedir, Vinícius conecta o *bluetooth* no carro, deixando rodar uma das músicas da sua *playlist*. Escuto desde Cazuza, Baco Exu do Blues, até qualquer coisa do pop norte-americano.

São pouco menos de quinze minutos até o lugar que ele quer ir, e quando entramos sei que vou morar aqui. Vinícius se permite distrair com absolutamente qualquer coisa que vê pela frente. O giz de cera perde o brilho ao se deparar com as inúmeras canetas, pincéis e lápis. Eu o acompanho por toda loja, como um cachorrinho, só lhe assistindo garimpar as prateleiras e encher a cesta.

— Você vai ter dinheiro pra pagar tudo isso?

— Eu tenho um cartão. — É tudo que diz enquanto lê a embalagem de uma caixa de lápis.

Até penso em pedir detalhes, mas muito provavelmente ele ganhou o cartão da mãe, ou é dele mesmo e ela quem paga as faturas. Qualquer uma das alternativas faz sentido, pois era assim que grande parte dos meus colegas da escola bancavam seus gostos estranhos: com cartões de crédito dado pelos pais.

— Vini, dá pra você agilizar isso? — Indago, logo depois de vê-lo ignorar as malditas caixas de giz para ir em direção à prateleira oposta. — Vinícius...

— Espera!

Pego duas caixas de giz de cera e coloco dentro da cesta de plástico vermelha que ele está segurando, guiando-o da forma mais gentil possível até um dos malditos caixas.

— Rafael, espera.

— Você enrola demais.

— Espera. — Vinícius começa a puxar o corpo para o lado oposto que seguíamos, fazendo peso nos pés e careta ao olhar para mim.

Abro a boca para argumentar, mas imediatamente ele forma um bico com os lábios, declarando resistência, e em poucos segundos vou perdendo toda a vontade de discutir por isso.

— Você já olhou tudo, o que mais você ainda quer? — Pergunto baixo, e assisto os seus olhos caírem direto na cesta, e, por um tempo, ele parece pensar.

— Você é muito chato.

Abro a boca, voltando atrás ao me dar conta de que vou dizer besteira. Subo as mãos até o meu cabelo e afasto os fios.

— Eu deveria ter vindo sozinho — reclama, num tom embargado. — Se você quer ir embora, pode ir, eu volto sozinho — dispara, passando por mim e esbarrando no meu ombro quando entra numa ala diferente da que estávamos.

— Merda... — resmungo, revirando os olhos para então acompanhá-lo. Dessa vez, tento ficar quieto, deixando que mexa em tudo e leia cada embalagem.

Chega a ser confuso, para não dizer assustador, o quanto ele é complicado e difícil de lidar. Perdi as contas de quantas besteiras eu já disse que o deixaram minimamente bravo comigo, beirando o chateado.

— Vai ficar de cara feia agora? — Pergunto, ouvindo-o bufar e se afastar de mim, parando apenas quando agarro seu braço e o puxo de volta. — Pare com isso, desfaça essa cara — mando, quase rindo quando ele vira o rosto para que eu não pudesse tocá-lo.

— Me deixe em paz.

Pressiono os lábios, segurando seu rosto entre as mãos, obrigando-o a olhar para mim, deixando-o próximo até que o seu nariz toque o meu.

— Vamos parar com isso, tá bom? — Proponho baixinho, lhe dando um selinho, e Vinícius imediatamente faz que sim com a cabeça. — Pegue o que quiser e nós saímos pra comer alguma coisa, pode ser?

— Tá — sopra, erguendo a cabeça para me beijar, e eu retribuo no mesmo segundo, descendo as mãos para o seu quadril e abraçando-o, puxando-o para mais perto de mim.

— Vai lá, gatinho. — Aponto com a cabeça em direção às coisas que ele tinha interesse. — Vou te esperar.

Vinícius pressiona os lábios para esconder o sorriso, então volta direto às prateleiras, comigo ao seu encalço. Então ele começa a explicar a serventia de cada tipo de pincel, me mostra cada tonalidade das mesmas cores de tinta, fala sobre as pontas das canetas, explica para que serve cada lápis e eu escuto cada palavrinha. É fofo o jeito como ele fala das coisas que gosta, das coisas que entende. Ele me puxa para o seu mundo, me dando margem, acho que pela primeira vez, para decorar cada coisinha.

É estranho pensar que não sei muito sobre ele, nada além das coisas que diz por cima, um resumo de tudo. Ele quase não vai à aula, e eu nem mesmo sei o porquê. Ele nunca mencionou nenhum amigo, talvez porque não tenha nenhum, e Vinícius chora sem motivo aparente, se irrita e se chateia com coisas pequenas, mas em momento algum diz o motivo de cada uma dessas coisas.

Começo a entender, por um momento, o porquê de ele ter grudado em mim, o porquê de querer tanto falar sobre suas coisas, explicar cada detalhe.

Depois de finalmente terminar, ele segue satisfeito até o caixa, despejando todas as suas coisas ali e ouvindo o "*bip*" do leitor do código de barras, até chegar no limite. Vinícius parece pensar no que mais conseguiria comprar. Eu sabia que ele não conseguiria levar tudo.

— Tudo bem, eu pago o restante — aviso, tirando a carteira do bolso e procurando pelo cartão certo.

— É sério?

— Sim. — Balanço a cabeça, me assustando com o seu abraço repentino, sorrindo largo ao olhar direto para mim.

— Obrigado, Rafa.

Contenho a minha vontade de beijá-lo por isso. Espero-o pagar pelas coisas que já passaram pelo leitor e o vejo começar a embalar as compras com a ajuda do atendente, que em segundos dá início a um diálogo cheio de sorrisos e risadinhas.

— Você desenha, então? — Ele pergunta, entregando as sacolas a Vinícius .

— Sim.

— Poderia me mostrar um desenho seu qualquer dia desses. — Ele sorri, devolvendo-lhe o cartão de crédito. — Aposto que são tão bonitos quanto o garoto que os faz.

Isso é a porra de um flerte?

Arqueio as sobrancelhas, parando no lugar para ouvir melhor, cutucando o interior da bochecha com a ponta da língua. Vinícius solta uma risadinha, pegando das mãos do homem a nota fiscal e mordendo o lábio inferior.

— Obrigado — murmura.

— Você não vem muito aqui, não é? Eu me lembraria — continua, agora passando o restante das coisas, mas sem tirar os olhos de Vinícius. — Qual é mesmo o seu nome?

— Vinícius.

O cara sorri, pronunciando o nome dele devagar. Ao olhar finalmente para mim, o seu maldito sorriso morre. Sei que não estou esbanjando simpatia e provavelmente minha cara agora não é a das melhores, mas o jeito que pigarreia me faz ter certeza de que estou pior do que deveria.

Pago o restante das coisas, tomando a nota fiscal da sua mão e enfiando-a na sacola, me segurando para não voar no pescoço dele. Ninguém no mundo conseguiu meu ódio de forma tão genuína e rápida.

— Vamos, gatinho — chamo-lhe, tocando de leve a cintura de Vinícius, e ele se apressa.

— Tchau! — O atendente acena para ele. — Até a próxima, Vinícius.

— Tchau! — O garoto acena de volta, sem deixar de sorrir nem mesmo quando já estamos no estacionamento.

Fico quieto enquanto o ajudo a pôr as coisas no porta-malas, sacola por sacola.

— Que cara é essa, Rafael?

— Que cara?

— Essa sua cara emburrada. O que você tem?

— Nada, não sei do que você tá falando. — Tranco o porta-malas e me afasto dele para entrar no carro. Quando estamos lado a lado, começo a me incomodar com o olhar de Vinícius queimando a minha pele. — O que foi?

— Você tá com ciúmes? — Arrisca dizer, rindo quando eu o observo e reviro os olhos. — É sério?

— Não.

— Tá bom, se você diz... — Sorri em provocação, subindo as pernas de volta para o banco e aconchegando-se ali. — Você disse que nós iríamos comer agora.

Balanço a cabeça, sem dizer uma palavra sequer e isso o incomoda.

— Rafael — chama, com um dengo na voz que me fez parar para olhá-lo no mesmo momento. — Você vai ficar irritado?

— Eu não tô irritado.

Ele suspira, com o corpo todo virado na minha direção.

— Eu quero um beijinho.

— Claro que quer... — Viro a cabeça na sua direção, ele pressiona os lábios e se inclina sobre mim.

— Deixa de ser ridículo, Rafael — grunho, tomando a iniciativa e segurando meu rosto para me tirar um beijo lento, mordendo meu lábio ao terminar. — Dirige vai, eu quero tomar sorvete — pede baixinho, me dando um selinho atrás do outro até que eu jogue para o espaço a razão de ter me irritado.

Queria muito saber onde ele aprendeu isso, se é um bom manipulador ou se eu que sou fraco demais para resistir a ele.

— Você compra pra mim?

— Compro. — Eu me rendo, segurando sua nuca e puxando-o para mais perto de mim, e mais perto e mais perto até que ele esteja saindo do lugar.

Minhas mãos descem para o seu quadril e o ajeitam no meu colo, logo sobem e descem pelas suas coxas desnudas, e meus dedos vão para dentro do seu short. Vinícius se empurra contra mim, respirando forte e apertando as mãos nos meus ombros.

— A gente podia ficar um pouco aqui — ele murmura, subindo as mãos pelo meu pescoço.

Recusar está fora de cogitação, e por quase meia hora, nós ficamos trancados no carro, com os vidros fechados, sem escutar nada além do som das nossas respirações e o som do atrito do seu short na minha bermuda a cada vez que se esfrega.

Ele está chupando o meu pescoço quando noto um olhar vindo da porta da loja. O maldito atendente está nos assistindo enquanto atravessa o estacionamento até onde suponho que esteja o seu carro. Odeio admitir, mas isso me satisfaz pra caralho.

— Olha lá o seu amigo. — Aponto com a cabeça na direção do cara, só para ver Vinícius erguer a cabeça e se virar.

São segundos até que ele traga os olhos de volta pra mim e ri.

— Você é muito bobo.

Ele me beija. E continua por mais um tempo, até que cansa e volta ao seu lugar no carro, quase afundando no banco, e abaixa os vidros.

— Eu tô com sede — reclama, me tirando uma risada alta que o deixa ainda mais frustrado. — É sério. — Me empurra.

Continuo rindo.

No caminho de volta, compramos o sorvete que pediu: chocolate com morango, muita calda e muito confete. Tem mais açúcar ali do que já consumi em uma semana.

Ele se esquece completamente da minha existência quando chegamos em casa. Sai correndo escada acima com suas sacolas e o pote de sorvete na mão. Sequer o vejo nas horas seguintes, o que me dá bastante tempo para pensar. Pensar em toda essa merda, tudo que estamos fazendo; se estou indo além da relação sexual, mas de todo modo, não seria meio que impossível não misturar os dois mundos? Ele literalmente mora na mesma casa que eu, dorme no quarto em cima do meu.

Será que nossos pais ficariam muito bravos se descobrissem? Talvez eu deva arrumar uma distração, uma distração com nome e sobrenome. Talvez assim eu consiga separar as coisas. Será que consigo mesmo? Eu não deveria gostar tanto, mas gosto, gosto muito e a gente ainda nem transou de verdade! Eu penso nele quase toda noite e A GENTE AINDA NEM TRANSOU!

MERDA!

7

NÃO SEI EM QUE MOMENTO ACABEI NESSA SITUAÇÃO, MUITO menos sei explicar como convenci Vinícius a me deixar fazer isso, depois de ouvir o quanto ele detesta que mexam assim em seu cabelo. Mas, do mesmo jeito, acabei com ele sentado no chão entre as minhas pernas, me deixando "brincar" de cabeleireiro, enrolando seus cachos e prendendo presilhas coloridas neles.

— Ai! — Ele reclama de dor, olhando-me feio pelo reflexo do espelho. — Você tá puxando o meu cabelo!

— Desculpa! — Eu me inclino para beijar sua cabeça por cima de todo o cabelo, questionando a ação depois de feita, sem deixar passar batido a forma adorável como Vinícius tenta esconder o sorriso.

— Tá ficando ridículo, Rafael. Você é péssimo nisso.

— Cala a boca, tá lindo — retruco, prendendo mais uma presilha amarela. — Por que você tem essas coisas se nunca usa? — Questiono, referindo-me à caixa cheinha de prendedores de cabelo, presilhas, enfeites.

— Porque eu gosto...

— Mas você não usa.

— É, mas eu gosto delas. — Dá de ombros, tomando nas mãos um prendedor com uma joaninha na ponta.

Abro um sorrisinho, enrolando no dedo um dos cachinhos e largo--o logo em seguida.

— Terminei. — Olho para ele através do reflexo do espelho, para o seu cabelo cheio de coisinhas coloridas presas, e Vinícius ri, revirando os olhos.

— Ficou ridículo!

— Não ficou, me deixa ver. — Eu o seguro pelo braço e o ajudo a ficar de pé. Vinícius se senta ao meu lado na cama, olhando nos meus olhos, e ri depois de mim. — Ficou *tãooo* fofinho! — Grunho, pegando-o desprevenido ao abraçá-lo com força, apertando-o contra o meu corpo.

— Rafael! — Rosna. — Tá me sufocando! — Tenta me empurrar, bufando quando o largo.

— Você parece um bebê.

— Vá se foder — resmunga, virando o rosto.

— Agora não parece mais. — Saio da frente dele, jogando-me no espaço vazio do colchão.

Vinícius logo trata de se colocar sobre mim, afundando o rosto na curva do meu pescoço e me deixando sentir o cheiro de pêssego do seu cabelo. Sua mão se aventura para dentro da minha camisa, tocando minha pele e acariciando minha barriga.

Permanecemos assim por longos minutos, aproveitando o calor e a presença um do outro. A respiração dele está tão serena que, por alguns instantes, acredito que ele tenha dormido, até ele simplesmente levanta a cabeça, tocando seu nariz no meu. A sua respiração calma mistura-se com a minha, me fazendo arrepiar até o último fio de cabelo, para, quando beijamos de verdade, cada pedaço meu se perder nele.

E como se eu, de fato, mergulhasse em Vinícius, me esqueço do resto do mundo. Me vejo preso a ele, como se tivesse acabado de atravessar a atmosfera do seu mundo; é como costumo me sentir em todos os momentos como este.

E como tudo o que é bom dura pouco, sou praticamente arrancado dele quando o toque do meu celular ecoa pelo quarto.

Vinícius para, se ergue e me encara de cenho franzido. Já vivemos essa situação antes e não terminou tão bem assim. Ele se afasta de mim e se encolhe no espaço ao meu lado enquanto me assiste tatear os bolsos atrás do celular. Seus olhos irritados não se desviam de mim por nada. Creio que se pudesse, ele me mataria com o olhar, ou explodiria o meu telefone com a força da mente. É difícil dizer para onde está sendo direcionada essa raiva.

— Alô? — Atendo de forma preguiçosa, assustando-me com os gritos de Guilherme.

— Arranjei uma puta festa pra gente ir esta noite.

— Não sei se tô no clima.

— Clima? Que mané clima, Rafael? — Esbraveja. — E precisa estar no clima pra ficar chapado? — Contenho o riso e somente reviro os olhos. — São braceletes exclusivos, cara. Uma festa *open bar*. Sabe quantas dessas nós vamos ter a chance de frequentar durante a nossa vida? — Ele indaga e ele mesmo dá a resposta: — Quatro, contando com o casamento do seu pai e supondo que você se case um dia. Não desperdice a chance de beber de graça, Rafael.

Ele leva muito a sério o ditado: de graça, até injeção na testa.

— Tudo bem, que horas vai ser?

— Às nove — diz apressado. — Ah! Eu chamei o Victor também.

Grunho em concordância, vendo meus olhos em Vinícius, que agora parece estar prestando o máximo de atenção na conversa.

— Eu posso levar o Vinícius?

— O garoto? Pode — responde indiferente. — Quanto mais, melhor. Agora, tenho que ir antes que o gerente me pegue falando no telefone — avisa antes de desligar.

Encaro a tela apagada do celular por um instante, para então enfiá-lo embaixo do travesseiro, virando-me de frente para Vinícius.

— Você nunca bebeu muito, não é?

Ele balança a cabeça em negação, e minha única reação é sorrir fracamente.

— Tá a fim de ficar de porre pela primeira vez? — Indago baixinho, e Vinícius desvia o olhar como se estivesse tendo uma briga interna.

— Não sei...

— Eu cuido de você. — Subo uma das mãos até o seu rosto.

— Não sei se você é uma pessoa confiável.

— Certo, então você não quer ir?

— Não sei. Quem mais vai?

— Guilherme e Victor.

— Eu vou — responde prontamente, mal dando tempo de eu terminar a frase.

— Ótimo. — Me coloco por cima dele outra vez, tendo meu torço enlaçado pelas suas pernas e ganhando um sorriso de sua parte. — Agora, vamos continuar de onde paramos.

Seguro seu queixo, dando-lhe um selinho rápido antes de começar um beijo de verdade. E me perder nele outra vez.

Sei que isso vai de cada pessoa, da sua criação e dos seus princípios morais. Tenho certeza de que a nossa personalidade e o conceito de cada um, do que é certo e errado, influencia em nossas atitudes, claro. Porém, quando olho para Vinícius, tudo o que vejo é alguém que não teve oportunidades, ou talvez até tenha tido, mas na ausência da coragem é normal que tenha preferido não correr riscos. E tudo bem, nada que um empurrão não resolva. Aliás, digo por conta própria, que viver uma experiência é melhor do que imaginar o que poderia ter sido.

Ele tentou desistir mais de uma vez até, e isso foi o que nos atrasou quase uma hora. E no final, creio que a demora valeu a pena, porque ele está um puta de um gostoso. Tanto que, no segundo em que bati meus olhos nele, a minha vontade foi de empurrá-lo para dentro do quarto e torná-lo meu. E algo em seus olhos me faz ter a consciência de que ele sabe o quanto me afeta, ele sabe que tem esse poder, e isso é perigoso demais.

— Aonde vocês vão arrumados desse jeito? — Meu pai pergunta assim que nos vê descendo as escadas, manejando o olhar entre mim e Vinícius.

— A uma festa de aniversário — minto assim que meus olhos encontram os de Ísis na porta da cozinha. — É festa de criança — acrescento.

Meu pai não acredita em nenhuma palavra, apenas balança a cabeça em concordância e volta os olhos para a mulher. Ela, sim, não parece ter tido nenhuma desconfiança, apenas concorda e sorri. Então, começo a pensar que ela nunca teve trabalho com Vinícius, e meu pai nunca disse a ela algo sobre a vida que eu levo, ao menos, nunca se aprofundou no assunto, porque se ela soubesse, certamente não confiaria tanto.

— Leva um casaco, Vinícius — diz, jogando o pano de prato que segurava por cima do ombro, e entra de volta na cozinha.

Contenho o riso ao ver o garoto revirar os olhos. Nos encaramos por alguns segundos e meu pai chama por mim num sussurro. Eu me aproximo, esperando pela possível ameaça.

— Se vocês chegarem aqui mortos de bêbados, eu mato você — ele diz, apontando para mim.

Aceno com a cabeça, trocando olhares rápidos com Vinícius.

— Não esquenta com isso — murmuro no mesmo tom, dando um tapinha no seu ombro e saindo em direção à porta, com Vinícius ao meu encalço.

— Ele vai contar pra minha mãe — murmura um tanto amedrontado, grudando no meu braço pelo desespero.

— Não vai, não. — Passo meu braço ao seu redor. — Relaxa, a noite ainda nem começou.

Ele me encara de sobrancelhas arqueadas. Acho que não sabe bem o que esperar dessa noite e tenho certeza de que está pensando em desistir.

— Não vai voltar atrás agora, Vinícius. — Seguro sua mão e corro com ele até o Uber do outro lado da rua.

No caminho inteiro, ele fica em silêncio, visivelmente nervoso, mas sei que relaxou um pouco quando já estamos na metade do caminho. Enquanto trocava algumas palavras com o motorista, ele pareceu ter deixado de lado a preocupação, por um momento.

Somos deixados na frente de um prédio. A música está alta e tem muita gente amontoada na portaria. Eu praticamente o arrasto comigo até a calçada em que Victor e Guilherme estão sentados, mexendo no celular, e quando colocam os olhos em mim, iniciam ofensas por tê-los deixado esperando. Guilherme é o primeiro a se levantar puto da vida e se aproxima de mim.

— Seu fodido, não sabe ler as horas, não? — Ele me empurra pelo ombro, irritando-se, mas acabo rindo.

— Foi mal.

— Foi mal — repete, afinando a voz e tateando os bolsos até a carteira. — Vacilão do caralho — resmunga, para então estender as mãos. — As identidades — ele pede, mas soa como se estivesse nos obrigando a lhe entregar os documentos.

Vinícius é o primeiro a entregar e percebo que todos eles se estressam quando demoro a encontrar o meu. Confesso que até fico apreensivo com a possibilidade de ter me esquecido do documento, mas isso passa depois de eu encontrá-lo após segundos inteiros.

Entramos e, claro, a música está bem mais alta do lado de dentro. As pessoas estão muito mais aglomeradas e a iluminação é baixa. Dá para sentir a felicidade pura no ar. É artificial, causada pelo álcool, mas ainda é um tipo de felicidade. Como todo jovem de vinte e poucos anos, eu adoro isso, a sensação de ter a mente e o corpo entorpecidos. Isso nada mais é do que a alegria em seu melhor estado, ainda que não seja natural. E depois, bom, depois vem a tristeza e a raiva, mas isso é papo para outra hora.

Vinícius está praticamente grudado em mim quando chegamos ao bar, literalmente segurando o meu braço como se me soltar o fizesse se perder no meio daquelas pessoas. É fofo até.

— Rafael disse que esse é o seu primeiro porre, então você faz as honras. — Guilherme se coloca na frente dele, empurrando uma dose de vodca na sua direção.

— Não precisa fazer disso um evento, Gui — digo, saindo em defesa do garoto.

— Quanto drama pra nada — Victor resmunga, depois de já ter posto para dentro a sua primeira dose. — Beba logo — incentivou, parando ao lado do Vinícius e olhando-o no fundo dos olhos.

Está mais do que explícito a implicância entre eles, cada levantada de sobrancelha é como uma cutucada no ego do outro.

Vinícius segura aquele copo e manda tudo para dentro de uma única vez, arrancando uma risada dos outros dois quando seu rosto denuncia o arrependimento. Ele faz careta, pondo o copo de volta no balcão e vira-se para mim no mesmo segundo.

— É horrível.

Contenho o riso, balançando a cabeça em concordância e tomando minha dose para podermos começar a festa de verdade. E Victor precisa de mais três copos para estar alegre o suficiente para dançar. Ele arrasta Guilherme para o meio da multidão e lá cantam cada pedaço das músicas que conhecem até já estarem vermelhos, rindo, errando a letra.

Começo a beber e percebo que Vinícius tenta a todo custo me acompanhar; cada bebida que eu peço, ele pede também. E quando eu estou começando a sentir o efeito do álcool, ele já parece completamente bêbado. Está sentado do meu lado, cantando alto a música que toca e, sem que eu possa fazer algo, ele corre até onde os outros dois estão.

Vinícius e Guilherme dançam e cantam músicas inteiras, quase gritando um na cara do outro e rindo. Era esse o lado dele que eu queria ver, tão no limite da felicidade que contagiava, pulando e se entrosando com qualquer um que trocasse olhares com ele.

Ele se aproxima, me puxa pelo braço e sobe uma das mãos até a minha nuca para falar no meu ouvido:

— Eu quero te beijar — diz com um riso frouxo. Me afasto para olhar em seus olhos.

Vinícius brilha, como se houvesse acendido, e o sorriso que borda seus lábios é o mais lindo de todos. O garoto está vermelho, ofegante e com o cabelo esvoaçado. Um absurdo de tão lindo. E por um segundo é como se a música tivesse parado e todas aquelas pessoas tivessem desaparecido. Não tinha nada e ninguém além de Vinícius sorrindo daquele jeito. Então, alguém esbarra em mim e meu corpo vai com tudo até o dele, meus braços rodeiam seu corpo e ele enlaça meu pescoço.

— Me dá um beijo? — Pede baixinho, me conduzindo para longe daquelas pessoas.

— Aqui não, Vini.

— Então, eu vou atrás de outra pessoa para beijar — avisa, arqueando as sobrancelhas e tomando impulso para se enfiar na multidão.

Eu me desespero da cabeça aos pés, talvez de ciúme, ou talvez pelo álcool, e começamos uma corrida por todo o local.

Vinícius ria sempre que me via se aproximar. Ele pedia desculpa quando esbarrava em alguém e terminamos em um canto, próximo aos banheiros, literalmente do outro lado do bar, longe dos meus amigos, onde a iluminação é ainda mais fraca. Vinícius me puxa pela camisa até que eu esteja na sua frente, prensando o seu corpo na parede. Ele ri, aquela risadinha travessa, enquanto aventura seus dedos para dentro do meu cabelo e me traz para perto.

— Eu estou tão feliz — murmura ao colar minha testa à sua. Como um segredo só nosso, continua sussurrando: — Tão feliz, Rafa.

Acabo sorrindo, me perdendo em suas palavras e seguro seu rosto em minhas mãos, me distanciando para olhar em seus olhos, e ficamos naquela troca de olhares que parece durar décadas. Eu sinceramente acho que poderia passar dez anos olhando para ele e mais dez admirando seus detalhes. É como me sinto agora, neste exato segundo. Talvez eu esteja influenciado pela bebida, mas o sentimento é muito real.

— Você me deixa tão feliz — ele diz baixo. Sua voz soa como um sussurro e seus lábios bordam um sorriso.

Ele se aproxima, me dá um selinho e me tira do caminho. Corre até onde as luzes estão mais fortes e gira com a música, tem os braços erguidos no ar enquanto canta com um sorriso no rosto e os olhos fechados.

Aí está: felicidade pura.

Depois disso, eu encho a cara até chegar a um ponto em que o que importa é externalizar tudo aquilo que tem dentro de mim. Eu estou com a visão turva, o rosto queimando, o corpo dormente e nada mais do que a vontade de dançar até não ter forças.

Houve um minuto em que estávamos nós quatro juntos, de frente um para o outro, e tenho certeza de que estávamos cantando *I Gotta Feeling*[1]. Guilherme tinha um copo erguido e pulava, dando praticamente um banho em nós dois, e Victor estava muito próximo de Vinícius, cantavam um para o outro. E de repente, estamos todos em uma mesa; acho que Victor nos arrastou até lá porque já estava cansado. Não tenho certeza.

É uma mesa com duas cadeiras. Eu me sento e Victor também. Guilherme se coloca entre nós, apoia os braços na mesa e se inclina para frente, usando-a como apoio para o corpo. Já Vinícius vem todo

1 Música de Black Eyed Peas (1999).

contente na minha direção, sentando-se no meu colo, e pelo que parece, ele se recusa a ficar em pé.

Assunto vai, assunto vem, e ouço o garoto dizer:

— Eu tenho um segredo — ele embola as palavras, mas logo ganha a atenção dos outros.

Entro em alerta, segurando sua cintura e apertando seu corpo, tentando transmitir meu desespero, mas Vinícius parece não notar.

— Eu... — Ele ergue a mão, dando uma pausa. — Eu...

— Vinícius — chamo, ele ignora.

— Eu tenho medo de gansos.

A primeira risada que ouço é a de Guilherme, Victor revira os olhos e eu acabo soltando um suspiro de alívio.

— É sério! — Ele se ajeita no meu colo, aproximando-se dos outros para falar. — Eu tenho medo de cisnes também, mas eu gosto de flamingos.

O garoto, então, se vira para mim, sorrindo sem mostrar os dentes, e me deixa ver seus olhos pesados.

— Você gosta de flamingos, Rafa?

— Gosto — murmuro sem pensar muito, não quero discordar dele em nada agora. Nada mesmo.

Ele ri soprado, deitando o corpo no meu e eu acabo abraçando-o de vez. Deito o queixo em seu ombro e fecho os olhos por um momento.

— Por que você tem medo de gansos? — Victor pergunta, juntando as sobrancelhas.

— Eles são agressivos! — Conta como se fosse óbvio, inclinando-se na direção do outro. — Você precisa ver no *YouTube* os vídeos deles perseguindo pessoas.

— Eu tenho medo de borboletas — Guilherme conta, rindo, meio bêbado ao pender um pouco para o lado.

— É verdade. — Victor começa a rir ao se lembrar.

— Não tem graça — ele o interrompe. — É uma fobia séria! — Diz, batendo o dedo na mesa a cada palavra. — A minha psicóloga disse...

— Não! — Victor grita ao se levantar bruscamente, pondo o indicador contra o lábio dele. — Não me venha com mais uma das suas lições de moral tiradas de uma sessão de terapia.

Começo a rir no mesmo segundo, e Vinícius me acompanha, as gargalhadas se estendem até mesmo quando Guilherme acerta um tapa na mão de Victor, e nem mesmo eles conseguem prender a risada depois disso.

— Querem saber? — Ele se afasta, com um resquício de risada em sua voz. — Eu cansei de vocês. Vocês não merecem a minha extraordinária presença, está bem?

— É mesmo? — Indago.

— Sim, e por isso, eu vou atrás de alguém que mereça pelo menos dez minutos da minha atenção — diz e deixa um tapinha no meu ombro ao passar.

— E quem seria?

— Aquela gatinha sorrindo pra mim — murmura num tom empolgado e praticamente vai saltitando em direção à garota.

Ela, de cabelo amarrado e brincos de argola gigantes, usa um vestido preto de alças finas. A garota ri logo nas primeiras palavras que lhe são dirigidas, tocando o braço de Guilherme. Essa é uma estratégia que costuma dar muito certo para ele. É simples: você chega bancando o engraçadinho e quanto mais a garota ri, mais perto você está de ganhar alguns beijos.

Esperamos em silêncio. Eles conversam por literalmente dez segundos até ele chegar perto e segurar a cintura dela, com aquele sorriso malandro no rosto. Guilherme, é um filho da puta. Acabo rindo quando eles se beijam, enquanto Victor demonstra surpresa, balançando a cabeça em concordância e se virando para mim.

— Quando foi que ele aprendeu a flertar assim?

— Ele vem aperfeiçoando essa técnica há alguns anos — digo, girando o líquido no fundo do meu copo e bebendo o que resta. — Primeiro, vem a troca de olhares, depois o sorriso, e o sorriso é a parte crucial, porque é a permissão que você precisa para se aproximar. Então, você faz ela rir e, depois disso, você já pode partir pro beijo.

— Nossa! — Ele ri, surpreso. — É tão difícil assim beijar garotas? Quer dizer, com os caras você só precisa olhá-los dos pés à cabeça, sorrir e pronto. — Ele estala os dedos, rindo fraquinho.

— Bom, você está perguntando a alguém sem experiência alguma com garotas, então não sei a resposta — digo, escolhendo cada palavra antes de falar.

— E você, Vinícius? — Ele pergunta, fitando o garoto, ganhando a atenção de seu olhar pesado. — Já beijou alguma garota?

— Garota? — Ri fraquinho, apertando os olhos e negando brevemente. — Eu só beijei um garoto na vida... Quer dizer, dois! — Ele exclama e me encara. — Foram dois.

Victor ri fraquinho, concordando com a cabeça e suspirando no fim.

— E você não tem interesse em mais ninguém dessa festa? — Olha ao redor, como se procurasse um pretendente para Vinícius. — Talvez você possa beijar uma terceira boca hoje.

Não gosto do rumo dessa conversa.

Vinícius prende um risinho empolgado, olhando em volta, e encolhe-se quando escorrego a palma da mão pela sua barriga de forma apreensiva.

— Não sei, não. — Ele pondera, levando o indicador até a boca e mordendo a ponta do dedo ao varrer os olhos por todas aquelas pessoas.

Suspiro, deito a cabeça em suas costas e abraço ainda mais forte o seu corpo. Sinto seus dedos deslizarem por cima da minha palma; ele dá um jeito de entrelaçá-los e finalmente diz:

— Não. Não quero beijar mais ninguém hoje.

Acabo sorrindo sozinho, me rendendo à sensação boa que sobe pelo meu estômago e me deixa bobo. Eu estou bêbado demais para controlar isso.

Ouço Victor soltar o ar em desistência. Ele se levanta ao tempo em que abro os olhos, caminha até os banheiros e some no meio das pessoas.

— Rafa — Vinícius me chama depois de alguns segundos. Ele se remexe e não para até estar virado para mim, me olhando nos olhos. — Eu quero ficar com você.

— Depois a gente fica — murmuro meio grogue, subindo uma das mãos até o seu rosto.

— Eu quero agora — ele persiste, não me deixando esquecer do quão teimoso é.

— Gatinho, aqui não dá.

Ele solta o ar em irritação, desviando o olhar e mergulhando em seus pensamentos por um momento.

— Me dá um beijinho? — Pergunta agora num tom manhoso, tomando impulso para chegar mais perto de mim. É quase impossível resistir. Eu me vejo prestes a perder a cabeça enquanto tento controlar a vontade de dar a ele tudo o que quer. — Por favor?

Nego com a cabeça, assustando-me quando Guilherme volta à mesa e se senta na cadeira em que antes estava Victor. Vinícius me abraça de lado, deitando a cabeça no meu ombro. Não resisto a isso, muito pelo contrário, me derreto com o seu calor.

— Ah, cara... O garoto já está com sono. — Gui repara, com um sorrisinho. — Eu também estou, acho que vou meter o pé.

— Quer ir embora? — Pergunto a Vinícius, ouvindo-o grunhir em concordância.

Esperamos Victor voltar para começarmos a nos preparar para ir embora. Passar por todos aqueles corpos até a saída foi um sacrifício dos grandes; um praticamente arrastava o outro, esbarrando sem intenção nas pessoas.

Ao chegarmos do lado de fora, dou graças a Deus por conseguir respirar fundo, e meu corpo estremece no mesmo segundo com o frio. Os caras chamam o Uber enquanto caminhamos para longe de todo barulho. Vinícius vem cambaleando ao meu lado, ele ri quando tropeça e vez ou outra segura meu braço como apoio.

Guilherme ri, gritando que não consegue ler o que está no aplicativo, implorando para que alguém lhe diga qual é a cor do carro do seu Uber. E Vinícius sequer consegue se manter de pé. Ele cai em um canteiro de flores amarelas e fica lá, rindo por vários segundos, com o rosto vermelho, erguendo as mãos para que eu o ajude a se levantar.

Confesso que perdi parte da minha pose quando o vi ali sentado e rindo, pouco se importando com as flores ou com a possível dor que possa ter sentido quando caiu. Segurei sua mão e o puxei para mim, cambaleando com ele ao levantá-lo. Ele ainda ria, usando as mãos para limpar a calça, respirando fundo.

— Se machucou?

— Não. — Sorri largo, segurando meus braços e dando um pulinho. — Eu estou feliz. Muito!

Acabo rindo diante dessa felicidade toda. Ele passa por mim e colhe algumas flores enquanto os caras se sentam na calçada. Me sento com eles e chamo o *Ube*r para casa. Vinícius continua a perambular ao nosso redor, arrancando as pétalas das flores que segurava, depois olha para o céu e se mostra vidrado nas estrelas. E quando toda aquela energia acaba, ele se vira para mim, fazendo careta, e sei exatamente o que isso significa.

— Você vai vomitar? — Pergunto, e ele, de imediato, balança a cabeça afirmativamente.

Vinícius olha ao redor e se aproxima de uma lixeira. Eu me levanto, o garoto vomita tudo de uma vez e suas mãos vão direto à barriga.

— Puta merda... — murmuro, passando a mão em suas costas. — Tudo bem, teria sido pior se você vomitasse no carro do Uber — digo, mas ele não parece convencido de que esse seja o lado bom da situação.

Não demora muito e Victor é o primeiro a se despedir de nós, Guilherme vai embora logo em seguida e não deixa de fazer um escândalo enquanto se despede. Quando o nosso carro finalmente chega, o garoto já parece melhor. Ele deita a cabeça no meu ombro e fica de olhos fechados o caminho inteiro.

Quando somos deixados em casa é que começa o verdadeiro desafio. Me vejo na obrigação de ignorar o álcool no meu organismo e me manter o mais sóbrio que posso para entrar em casa, sem fazer o menor barulho possível. Entretanto, todo o barulho que evito fazer, Vinícius faz em dobro. Ele esbarra na mesa, tropeça na escada mais de uma vez e ri em todas elas. No corredor, ele bate nas paredes e prende a risada. Até tirando os sapatos ele é barulhento.

— Boa noite, Vini — digo quando o vejo se sentar na beira da cama.

— Boa noite — diz, arrastando a voz e sorrindo antes de cair de costas no colchão. — Eu gosto de você, Rafael — confessa. — Você me deixa alegre.

— Sei. — Rio soprado. — Você não vai ficar alegre quando acordar de ressaca amanhã, isso eu garanto.

Ele acaba rindo, balançando a cabeça.

— Desliga a luz pra mim?

Afirmo com a cabeça, apago a luz e deixo a porta encostada. Me arrasto até o meu próprio quarto, dando-me ao trabalho unicamente de tirar os sapatos e nada mais.

Caio na cama e não demoro muito a dormir.

Acordo na manhã seguinte com meu pai esmurrando a porta, posso ouvir sua voz um tanto distante, penetrando meus sonhos e ao me dar conta, ele já entrou no quarto, me arrastando pelo tornozelo para fora da cama.

— Que merda é essa? — Grito meio grogue, meio dormindo.

— Se levanta, inútil. Já são dez da manhã.

— Ainda?

— Levanta e desce para tomar café — avisa quando eu já estou atirado no chão. — O garoto bebeu muito ontem?

Penso em sua pergunta e por um segundo me esqueço de quem ele está falando.

— Vinícius? Não — minto, fazendo careta. — Ele se controlou.

— Sei — diz sem acreditar muito, rolando os olhos e me dando as costas ao deixar o quarto.

Encaro o teto por um momento, respirando fundo, e quando penso em me levantar, a imagem de Vinícius se faz presente na porta. De ponta-cabeça, ou talvez seja o ângulo pelo qual eu o estou fitando.

— Bom dia, neném! — Digo.

— Vá se foder — grunhe. Sua voz está mais rouca do que o normal. Ele coça o próprio braço e caminha até a minha cama. — Minha cabeça está doendo. Meu corpo está doendo.

— Faz parte — digo, enfim me sentando e erguendo os olhos para ele.

O garoto tem o cabelo todo amassado, ainda está vestindo as roupas de ontem e sua cara não está nada boa.

— Eu vou pegar um remédio para você.

— Não precisa.

— Precisa, sim.

— Não precisa, Rafael — ele repete, dessa vez, mais rígido. — Eu não gosto de remédios.

— Tem certeza? — Indago um tanto desconfiado.

— Tenho. — Ele fecha os olhos e abraça o travesseiro.

Eu o observo por um momento, pensando se o deixo dormir, se me deito com ele ou se desço para tomar café, como meu pai me pediu. No fim, eu decido sair, desligo a luz e o deixo sozinho. Bom, ele não deve estar tão feliz agora quanto estava ontem.

8

TENHO A FORTE IMPRESSÃO DE ESTAR CAMINHANDO DIRETO para a beira de um precipício, e como meu corpo não obedece a voz da minha cabeça, sei que irei pular da beira.

Olho para Vinícius falando ao telefone com um de seus amigos da escola sobre um projeto de Química. Ele está usando fones de ouvido, o que, por um segundo, no instante em que entro no cômodo, me faz pensar que ele tinha enlouquecido e agora estava falando sozinho enquanto mexe nas coisas completamente no modo automático. É do tipo que não para quieto se estiver ao telefone.

Eu me aproximo de mansinho, assustando-o ao agarrar sua cintura e tirá-lo do chão. Ele prende um grito e acaba rindo enquanto cobre a boca para abafar o som. Sei que a pessoa do outro lado percebeu a mudança de comportamento dele, porque no segundo seguinte, Vinícius diz:

— Não. Eu escorreguei. — Ele se vira para mim e sorri. — É... Eu quase caí, está tudo bem.

Reviro os olhos, arrancando um risinho seu. Me escoro na bancada enquanto o fito e espero que desligue. Parte de mim quer muito sua atenção agora, enquanto o restante grita para que eu comece a obedecer a voz da razão. Mas, sendo sincero, agir pela razão em momentos como esse é pura burrice.

— Eu vou desligar agora, tudo bem? — Ele avisa, baixando os olhos para a tela do celular. Vinícius espera alguns segundos e finalmente encerra a chamada.

Ele me olha e praticamente se joga em mim. Ele segura meu rosto ao trazer sua boca à minha e me rouba um beijo rápido. Depois outro e outro, e depois desse, afasta-se com uma risadinha.

— Eu vou sair agora — avisa, passando por mim e indo até a sala.

— Vai, é? — Eu o acompanho, não escondendo minha chateação ao ouvir isso.

— Vou, tenho um trabalho em grupo pra fazer.

— Ah... E quando você volta?

— Logo. — Dá de ombros.

Eu raramente o vejo fazendo as tarefas da escola. Acho que ele sequer abre um dos livros quando está em casa. Vinícius está sempre assistindo a alguma série na Netflix ou trancado no sótão ou no quarto, e na maior parte do tempo se deita na cama e não faz nada, literalmente nada. Há momentos em que sequer dorme; ele só deita e fica lá, como se as horas fossem minutos, sequer percebe o tempo passar. E quando passa tanto tempo quieto assim, eu costumo ir até o seu quarto perguntar se ele quer fazer algo, e só aí Vinícius parece cair de volta na Terra e despertar de seus pensamentos. Não sei se é impressão minha, mas o garoto passa muito tempo preso na sua própria cabeça. Ele se desliga e seu olhar pode estar em qualquer coisa, mas ele não vê e não escuta nada. Às vezes, eu gostaria de saber o que se passa em sua cabeça.

Volto ao meu quarto quando percebo que ele vai mesmo sair. O garoto sai arrastando a mochila junto consigo. Ele para na minha porta e avisa que está indo, diz que mandará mensagem caso aconteça algo. Tudo o que faço é concordar, erguendo os olhos do livro que estou lendo só para assisti-lo desaparecer no corredor.

E talvez eu também tenha essa facilidade para me desligar do mundo, mas só quando estou lendo ou assistindo algo. Li quase cem páginas antes de ser tomado pela vontade de pegar o celular. Como uma causa perdida, me esqueci completamente do livro; acabei deitado, com o celular erguido acima dos olhos, rolando o *feed* do Instagram.

Respondo algumas mensagens de Guilherme, em que ele reclama excessivamente do trabalho, xingando um pouco os clientes e falando mal do gerente, para depois responder às mensagens de Victor. Ele pergunta se eu quero sair à noite para tomar alguma coisa. Até considero a ideia, mas respondo com um "vou pensar".

Não são nem três da tarde e recebo uma ligação de Vinícius.

— Alô?

— Você pode vir me buscar? — Pergunta baixo.

— Aconteceu alguma coisa?

— Não — ele continua com o mesmo tom, o que imediatamente começa a me preocupar. — Você pode vir me buscar, por favor? — Repete, deixando que sua voz morra antes mesmo que pronuncie a última palavra.

— Posso, sim. — Esfrego os olhos, começando a me levantar. — Me manda a sua localização, Vini.

— Tá bom — ele murmura, e então desliga.

No segundo seguinte, eu recebo sua mensagem com a localização. Não tenho muito tempo para pensar enquanto procuro as chaves do meu carro, mas assim que saio de casa, os pensamentos vão a mil.

Começo a me perguntar se não estou exagerando, se presumi mais do que deveria enquanto ouvia sua voz. Talvez não tivesse nada demais e ele só estivesse com preguiça de voltar andando. Talvez ele tenha se estressado com o trabalho e nada mais. Com certeza, eu estou pensando demais.

Quando chego, Vinícius está me esperando em um ponto de ônibus vazio, batendo os pés no chão enquanto espera, e no segundo em que me vê, se levanta. Ele entra no carro em silêncio e joga a mochila ao seus pés, batendo a porta e soltando o ar.

Certo, ele está bem irritado.

— O que foi?

— Nada. — Vira-se para puxar o cinto de segurança.

— Não. Tem alguma coisa — insisto. — O que foi que aconteceu, Vinícius?

— Já disse! — Olha-me irritado. — Não foi nada.

Eu o encaro em silêncio. O garoto bufa e leva os olhos à janela.

Durante o caminho inteiro, ele não abre a boca para dizer única palavra e não para quieto em momento algum: enrola nos dedos os fiapos do rasgo da calça jeans, puxa com força e chega até a arrancar alguns. Ele também batuca os pés no chão e, às vezes, coça a nuca.

Ao chegarmos em casa, Vinícius corre para o quarto, bate a porta, o que para mim é como se ele tivesse erguido uma barreira de proteção. Sinto que se eu entrar, estarei invadindo o seu espaço e talvez isso o irrite ainda mais, mas também penso que não posso deixá-lo lidar com o que quer que seja, sozinho.

E por minutos, não consigo pensar em mais nada que não seja o ocorrido, até que finalmente entro no quarto depois de bater à porta e ser totalmente ignorado. Vinícius está de volta na cama, encolhido, ali no escuro. Seus olhos estão totalmente abertos, mas ele não faz nada além de respirar. Suspiro, caminhando em sua direção e não hesito em me deitar ao seu lado. Fico frente para ele e sustento o seu olhar vazio; me dói vê-lo chateado assim.

— Você pode me contar o que aconteceu.

— É besteira — sussurra, afundando o rosto na almofada como se tentasse fugir de mim.

— Não é, não. Se te deixa chateado, não é besteira.

— É, sim.

Acabo soltando o ar, penso em desistir, mas não o faço e o garoto nota isso. Sem pensar muito, puxo-o para mim, rodeio seu corpo com os braços até ter seu rosto entre a curva do meu pescoço. Sinto seus dedos apertarem a barra da minha camisa quando devolve o abraço.

Sua respiração acelera, ele puxa ainda mais forte a minha camisa e desaba de uma vez, afundando o rosto no meu ombro, sem dar a entender em momento algum que se afastaria; na verdade, ele me prende justamente para que eu não o veja chorar. E seu choro é baixinho, controlado, tanto que não demora muito a parar por um tempo. Vinícius se afasta e se senta, colhendo na ponta dos dedos as lágrimas que ainda escorrem pelo seu rosto e solta uma risadinha, como se não acreditasse que estivesse mesmo chorando por qualquer que fosse o motivo.

— Fala comigo, gatinho? — Tento uma última vez, ganhando a atenção de seus olhos, e então ele os leva de volta para o colo, abrindo um sorriso triste enquanto pensa.

— Eles fizeram o trabalho todo sem mim — diz grogue, cruzando os braços sem conseguir parar quieto. — Disseram que não faria diferença se eu ajudasse ou não. — Morde o lábio, então as lágrimas voltam a encher seus olhos. — É besteira, eu disse.

Não vejo como uma besteira, mas, sim, como um motivo pequeno, ao menos para mim. Penso no que dizer a ele. Em seu lugar, eu não me importaria em ter meu nome em um trabalho no qual eu sequer movi um dedo para ajudar a concluir. Ninguém recusa uma nota dada assim, sem o mínimo esforço. Mas Vinícius não é como eu, ele se importa com isso bem mais do que eu imaginava.

— Você me acha burro, não é? — Ele pergunta, cobrindo o rosto com a palma das mãos. — Eu disse que era besteira, eu disse.

— Não é besteira se você se importa com isso, tá bom? — Digo, segurando seus pulsos e afastando suas mãos para encontrar seus olhos. — E eu não te acho burro.

— Eu sei que eu choro por qualquer besteira, Rafael. Já me disseram isso. — Ele recua e insiste em dizer que é bobagem.

— Quem disse isso?

Ele balança a cabeça em negação e abraça os joelhos, fungando e soltando o ar pela boca, ignorando as lágrimas que ainda escapam pelo canto dos olhos.

— É que... às vezes, eu penso que não sou útil para nada, e às vezes, eu tenho certeza disso — murmura, com sua voz equilibrada naquela linha de dor. — As pessoas não precisam de mim.

E finalmente vejo a situação como um todo. Algo se remexe dentro de mim quando noto que ele associou esse fato pequeno a uma insegurança gigante. Não sei como isso funciona na cabeça dele, porque inseguranças assim são capazes de nos derrubar em segundos. E você nunca espera por isso, você simplesmente se depara com algo que desencadeia uma série de dúvidas sobre si mesmo e não tem nenhuma preparação para encará-las, você simplesmente não sabe como lidar.

Eu não me vejo como alguém que se abala fácil emocionalmente. Acho que quando se perde a mãe com oito anos em um acidente de carro, o seu subconsciente concretiza a ideia de que dor nenhuma pode ser maior. Eu não me importo com opiniões negativas, realmente não me importo. Não me incomodo em ser “desprezado” por alguém, porque antes eu preciso me importar, e eu não ligo, não dou a mínima. Preciso, realmente, me importar muito com algo para deixar que me abale dessa forma. E detesto isso, detesto me sentir mal, porque geralmente não sei como controlar. Por isso, penso que minha vida seguirá mais fácil se eu não me importar com nada.

— Venha cá — chamo depois de segundos em silêncio. O garoto pondera, mas não demora muito a ceder e acaba se enfiando nos meus braços outra vez. — Não é bobagem sua, tá bom? Você ficou chateado, eu entendi, e não pense que estou te julgando por isso, está bem? — Subo uma das mãos até o seu cabelo e faço carinho. — Eu me importo com você.

Ele ri soprado, deitando a cabeça no meu ombro e fungando outra vez.

— Desculpa, eu não queria te encher com meus problemas.

— Para com isso — grunho, apertando-o contra meu corpo, arrancando uma risada sua. — Quer comer alguma coisa?

— Tô sem fome.

— Tudo bem, quer assistir a um desenho?

— Não, eu quero só... Eu quero dormir.

— E eu posso ficar com você?

— Pode — cede. Ele se deita e eu me deito em seguida. Ficamos assim por minutos inteiros, até eu me dar conta de que dormir nunca foi a sua intenção; ele só quer ficar deitado em total silêncio. Acho que Vinícius espera que o sentimento ruim passe, ou espera ganhar disposição para fazer algo.

Acredito que mais de meia hora se passou quando ele quis sair da cama. Vinícius então começa a guardar a mochila e os sapatos em seus lugares. Coloca as canetas e os marca-textos em seus copos, e enquanto faz isso, noto as caixas de remédio vazias que ele descarta na lixeira.

— Isso é pra quê?

Ele não entende a que me refiro de início, então aponta para as embalagens e eu balanço a cabeça afirmativamente.

— São suplementos de ferro e vitaminas. Eu tenho anemia.

Arqueio as sobrancelhas sem conseguir esconder a surpresa. No entanto, começa a fazer sentido na minha cabeça o porquê dele quase não comer, e quando come, é por insistência da mãe.

— Já faz tempo?

— Muito. — Revira os olhos. — É algo que vai e volta, eu melhoro e depois de meses estou mal de novo.

— Nossa — murmuro, me permitindo pensar.

— Acho que é por causa do meu humor.

— Como assim?

— Há vezes em que eu estou tão pra baixo que não sinto fome. Há vezes em que uma única refeição é o suficiente por um dia inteiro. Eu não sei explicar.

— E sempre foi assim? — Eu me sento, ele balança a cabeça dizendo que sim e continua a se desfazer do lixo.

— Era pior quando eu era criança, quando eu precisava de uma transfusão de sangue. — Riu fraquinho, ainda que não tivesse graça alguma. — Você sabe que minha mãe é médica, então ela costuma criar um caso enorme em cima disso. Sempre.

— É normal. — Dou de ombros. — Ela se preocupa com você.

— Ela se preocupa demais — diz, pegando o *laptop* e voltando para a cama. — Ela exagera muito.

Não me atrevo a dizer mais nada depois disso. Apenas deixo que se deite comigo e coloque um episódio de *Rick and Morty*[1]. É como terminamos aquela tarde, antes dos nossos pais chegarem em casa.

1 Animação do Cartoon Network (2013).

O casamento será em dois meses e alguns dias, o que significa que já faz um mês que Vinícius e eu estamos morando debaixo do mesmo teto, o que significa também que temos que comprar ternos. Meu pai nos tirou da cama às sete da manhã, empurrou pão e café por nossas goelas, nos colocou no carro, com os rostos inchados e mortos de sono e nos levou até a maldita loja.

Vinícius não dormiu nada na noite anterior. Sei disso porque ele parece desligar a cada vez que apoia a cabeça no meu ombro, assustando-se quando o carro freia com força, ou quando escuta o som de uma buzina.

Começa a chover, vejo as gotas de água cobrirem o vidro e escorregarem por toda a janela até o final. Eu devo ter cochilado no caminho, porque quando abri os olhos, já havíamos chegado e a voz do meu pai ecoa um tanto distante. Vinícius me cutuca e aponta com a cabeça na direção da porta, esperando que eu a abra e desça para que ele possa descer também.

Seguimos meu pai para dentro feito crianças, não emitindo nenhum som enquanto ele conversa com os atendentes, nada além de sorrisos sem ânimo e balançadas de cabeça. E quando eu estou começando a achar que a conversa nunca vai ter fim, um dos homens sai de trás do balcão e pede para que Vinícius e eu o acompanhe. Passamos por dezenas de araras de roupas e vitrines com gravatas e abotoaduras.

Somos esquecidos nos provadores, pouco depois de tirarem nossas medidas. É um lugar aconchegante. Vinícius procura se sentar em uma das poltronas brancas de frente para o espelho gigante, cruza as pernas no estofado e passa os olhos por cada fragmento da sala. Olha para a mesinha de centro, para as lâmpadas amarelas, as cortinas pretas, então olha para mim, esboçando um sorriso.

— Eu tô me sentindo naquele *reality show* dos vestidos de noiva — comenta, me tirando um risinho.

Durante os minutos seguintes, experimentamos pelo menos quatro ternos cada, como bonecos de pano, com mãos o tempo inteiro nos tocando, levando de um lado ao outro. E por mais paparicados que estejamos sendo agora, nada se compara à atenção especial que Vinícius começou a receber do atendente desde que ele nos trouxe os primeiros ternos.

Sequer sei se devo ficar surpreso. Ele é tratado assim em absolutamente todos os lugares, sempre recebendo olhares e cantadas nada discretas, o que, em resumo, é altamente irritante. Acho que faz uns três minutos que estou ouvindo-o conversar entre risadinhas com o atendente enquanto troco de roupa pela quarta vez dentro de um dos provadores.

— Esse ficou muito bem em você. — Mais um elogio, deve ser o quinto até agora.

— Obrigado. — Vinícius ri soprado.

Abro a cortina e passo por ela até o espelho, do qual nenhum deles sai da frente. Vinícius olha para mim através do reflexo, esboçando um sorriso, vira para me olhar, me mede dos pés à cabeça e solta um suspiro.

— Eu não consigo dar nó nessa merda — resmungo, balançando a gravata no ar.

— Eu posso arrumar uma com o nó pronto pra você — o rapaz ao lado de Vinícius sugere. Transfiro minha atenção para ele, por pelo menos dois segundos. Leio o nome "Matheus" no crachá e volto a olhar em seus olhos. Pode ser por pura implicância, mas sinto vontade de revirar os olhos a cada vez que diz alguma coisa.

— Me dê. — Vinícius tira a gravata das minhas mãos e passa o tecido ao redor do meu pescoço, segurando meu queixo e empurrando minha cabeça para cima quando tento ver como ele faz. — Pronto.

Ele se coloca ao meu lado para que eu possa ver o meu reflexo no espelho, satisfeito com o resultado, o que é ótimo porque quanto mais rápido comprarmos um terno, mais rápido nós vamos embora.

— O meu ficou um pouco largo — Vinícius reclama, dando uma viradinha para ver a parte detrás do terno, o que instintivamente me faz reparar também.

— Ficou ótimo — digo, sem o menor intuito de disfarçar o quanto gostei do que estou vendo.

— Eu quero um número menor. — Ele insiste, mirando os olhos no atendente que abre um sorriso no mesmo instante e acena com a cabeça.

— Vou buscar pra você — avisa, antes de passar pela porta e nos deixar sozinhos.

Eu me sento, afrouxando a gravata e abrindo as pernas.

— Não faça isso... — ouço Vinícius murmurar, encontrando seu sorriso ladino instantes depois. O garoto sai de onde está e caminha até mim, sentando-se no braço da poltrona. — Você fica muito bem de terno, Rafa — sussurra, inclinando-se na minha direção e escorregando o braço pelas costas da poltrona. — Muito, muito mesmo.

— Ah, você gosta? — Murmuro no mesmo tom, subindo uma das palmas pelas suas coxas, apertando a região e deixando um tapinha.

— Gosto. — Morde o lábio, segurando minha mão e subindo-a pela sua coxa até a virilha, inclinando-se para sussurrar no meu ouvido, arrepiando cada pelo da minha nuca. — Vamos lá no provador rapidinho?

— Aqui, não.

— Aqui, sim, por favor. — Morde meu lóbulo. — Por favoooor! — Pede dengoso.

— Aqui, não, Vini. — Eu o afasto de mim, olhando em volta só para ter certeza de que ninguém nos viu desse jeito. — Meu pai tá por aqui, esqueceu?

Ele não liga, claro que ele não liga, e a prova disso é o beijo que ele me dá logo em seguida.

— Não faça isso aqui, Vinícius — grunho, e seguro seu braço, afastando-o. — Porra.

Ele não gosta do jeito que falo, franze o cenho e se levanta indo em direção à única poltrona vazia e cruza os braços, emburrado. Vinícius sabe perfeitamente o tamanho do problema que teríamos se meu pai botasse os pés nesse provador agora, e mesmo assim ele insiste em ser teimoso.

— Não fique de cara feia, você sabe que aqui não é lugar pra isso — resmungo baixinho, ganhando a atenção de seus olhos furiosos.

— Vá pro inferno, Rafael.

— Vinícius, pelo amor de Deus! — Sou interrompido pela presença irritantemente alegre do atendente que caminha sorrindo até onde Vinícius está e, como mágica, o garoto desfaz a careta e sorri doce.

— Obrigado — agradece logo ao se levantar, tomando o terno das mãos dele e entrando no provador.

Leva poucos minutos até ele abrir a cortina de novo e passar por ela ainda com a camisa aberta e a gravata solta no ombro. Ele faz de propósito. O garoto para em frente ao espelho, com o queixo erguido enquanto ajeita a gravata no pescoço.

Percorro cada curva do seu corpo, cada maldita curva, só para cruzar as pernas e respirar fundo na fraca tentativa de não demonstrar o quanto isso me afeta. Ele é um tesão. Um puta tesão. Me sinto suar só com um pensamento, só com a imagem dele a poucos passos de distância de mim.

Vinícius enfia as mãos nos bolsos da calça, olhando fundo em seus próprios olhos através do reflexo, com um ar de superioridade absurdo que faz meu baixo abdome revirar.

— Eu gostei desse. — Sorri doce, como quem muda da água para o vinho. — Me deixa bonito.

— Você já é muito bonito — o vendedor diz, me obrigando a virar o rosto para revirar os olhos.

— É? — Vinícius sorri. Ele não para mais de sorrir, impressionante.

O rapaz balança a cabeça em afirmação, e fixo meus olhos nele, ciente de que a minha cara transparece toda a irritação que estou sentindo. E ele está secando Vinícius, está medindo-o de cima a baixo, quase babando enquanto estou me corroendo por dentro. Acho que se eu presenciar um pouco mais dessa palhaçada, vou acabar tendo um treco.

— Você me acha bonito? — Vinícius questiona, olhando rapidamente para mim através do espelho, com um sorriso travesso nos lábios.

— *Acho* — dizemos eu e o atendente em uníssono, tirando de Vinícius uma risadinha.

O atendente sai de onde está, para atrás de Vinícius e coloca as mãos nos ombros dele, deslizando até a lateral dos braços, com um sorriso no rosto ao olhá-lo. Isso faz meu coração bater numa frequência assustadora. É ciúme, e eu me recuso a sentir isso!

Fechos os olhos, engolindo em seco, virando o rosto, porque se os olhos não veem, o coração não sente. Que situação mais ridícula, meu Deus.

— Eu quero uma gravata azul — Vinícius diz ainda naquele tom de voz manso, o mesmo que usa quando quer alguma coisa de mim. — Pode pegar pra mim?

— Sim, posso, sim — responde o vendedor, como um cãozinho adestrado. Ele passa por mim e desaparece pela porta outra vez.

Ouço a respiração agitada de Vinícius, o batucar de seus pés no chão, então finalmente crio coragem para olhá-lo, encontrando-o sentado na poltrona ao lado da minha. Demora, mas ele sente meu olhar em si e vira o rosto na minha direção. Desta vez não está sorrindo, mas, sim, de cara emburrada. Solto o ar antes de me colocar de pé, caminhando até ele e parando bem ao seu lado. Olho-o de cima, mas Vinícius continua impassível, sem sequer piscar.

— O que foi?

— Vai ser assim agora?

— Assim como? — Cruza os braços, subindo as pernas no estofado.

— Assim, emburrado. — Aperto sua bochecha, fazendo com que ele se esquive, virando o rosto na direção oposta. — Para com isso.

— Vá pro inferno — resmunga tão baixo que quase não escuto.

Me ajoelho ao seu lado, cruzando os braços sobre o apoio da poltrona, ficando quase da mesma altura que ele.

— Você sabe que o meu pai tá aqui — murmuro. — A gente não pode fazer essas coisas com ele por perto.

E Vinícius dá de ombros, ainda emburrado, ainda de braços cruzados.

— Pelo amor de Deus — choramingo.

— Você também não precisa ficar brigando comigo — retruca, abaixando a cabeça e mordendo o lábio.

— Eu não briguei com você.

— Brigou, sim — insiste.

Viro o rosto, respirando fundo mais de uma vez antes de responder:

— Tá, me desculpa — peço. — Eu não faço mais, tá bom?

Ele não responde; em vez disso, descruza os braços e começa a apertar os dedos em seu colo, o que para mim já é meio caminho andado. Eu me ergo o suficiente para segurar seu rosto, acertando um selinho atrás do outro em sua boca, depois, na bochecha até o pescoço.

— Desfaz essa cara e para de tentar me provocar — digo bem ao pé do seu ouvido, mordendo seu lóbulo e sentindo-o encolher-se com o ato.

— Tentar? — Ele ri. — Você tá se mordendo até agora. — Ele me empurra, rindo e olhando para mim quando me coloco de pé.

Enfio as mãos nos bolsos, apontando com o nariz na direção dos provadores, antes de seguir até lá com ele logo atrás de mim. Vinícius entra, fecha a cortina atrás de si e se aproxima de mim, da parede em que estou escorado. Com as mãos escondidas atrás das costas, ele coloca seu rosto tão perto do meu que posso sentir sua respiração. Sua boca roça a minha, mas não me beija. Seguro seu rosto entre as minhas mãos, pondo minha boca na sua, porém Vinícius pressiona os lábios em forma de resistência, se recusando a me beijar e virando o rosto, fazendo com que minha respiração toque o seu pescoço.

— Mas que merda, Vinícius... — grunho, prendendo os dedos nos fios do seu cabelo. — Para com essa porra.

— Eu tô com raiva de você.

— Não, não tá, não — nego, segurando sua nuca e beijando seu pescoço, sentindo-o amolecer a cada selar. — Isso que você está fazendo é birra.

Ele arfa, subindo as mãos pela minha barriga, agarrando-se à camisa do meu terno. Troco de lugar com ele, colocando-o na parede, descendo as mãos por todo o seu corpo enquanto chupo o seu pescoço, ouvindo-o suspirar no meu ouvido, empurrando o quadril contra o meu, se remexendo até ter uma das minhas pernas entre as suas para que ele pudesse ter onde se esfregar.

Ergo o rosto, certo de que dessa vez ele deixará eu beijar a porra da sua boca. Ele fecha os olhos, suspirando antes de me deixar beijá-lo. Faço isso com muita vontade, como se não beijasse ninguém há meses. Desço as mãos para a sua bunda, enchendo as palmas ao puxá-lo para mim, empurrando o meu quadril contra o seu. Sinto meu pau fisgar dentro da calça, me enlouquecendo.

Vinícius desce a mão até a minha virilha, segura meu pau por cima da calça e aperta, me fazendo gemer contra sua boca. Seus dedinhos curiosos brincam com o meu cinto, puxando-o devagar, e quando está quase terminando de desafivelar, ouvimos uma voz do lado de fora.

O maldito atendente de novo.

Vinícius e eu nos entreolhamos. Espero ouvir mais alguma voz, e nada. Então tomo coragem para sair, rezando para que meu pai não esteja presente também.

Assim que meus olhos encontram os do rapaz do lado de fora do provador, sinto um alívio enorme. Olho para Vinícius ainda escorado na parede e aceno para que saia também. Saímos um atrás do outro. Eu devo estar corado e Vinícius aéreo. A cena é autoexplicativa e o sorrisinho que o vendedor esboçava antes não borda mais seus lábios. Ele só entrega a gravata a Vinícius e pergunta se ele vai querer mais alguma coisa. Preciso me apoiar em cada pingo de autocontrole do meu corpo para não me desfazer de rir.

Meu pai aparece quase cinco minutos depois, perguntando se tínhamos decidido e, depois de algumas balançadas de cabeça, nos manda trocar de roupa e encontrá-lo no carro. Vinícius e eu passamos por aquela porta sob o olhar de julgamento daquele maldito atendente, e só quando estávamos sozinhos no estacionamento foi que rimos da situação.

— Qual a graça? — Meu pai pergunta no instante em que entramos no carro.

— Rafael estava dizendo besteiras — Vinícius mente, passando o cinto de segurança. — A gente pode almoçar? — Pergunta, inclinando-se entre os bancos para falar com meu pai.

— É... — Ele o olha pelo retrovisor. — Pode ser, vamos almoçar. — Sorri o mínimo.

Vinícius volta a apoiar as costas no banco, escorregando as mãos pelas suas coxas, olhando para a janela e para a chuva fraca do lado de fora. Ele cantarola baixinho a música do rádio, balançando a cabeça. Ele é tão, tão, tão adorável.

Desvio o olhar quando percebo que estou sorrindo, e me recomponho bem a tempo de cruzar com o olhar do meu pai pelo retrovisor. Tento não transparecer meu desespero quando sinto seu olhar queimando minha pele, como se *soubesse*. E antes que eu possa tentar disfarçar o meu pânico, ele volta os olhos para a estrada, em silêncio.

Três segundos. O bastante para me fazer pensar nisso pelo resto do dia. Eu vou surtar!

9

VINÍCIUS É SOLITÁRIO, AO MENOS NO MEU PONTO DE VISTA. Ele faz menção a supostos amigos, mas durante o mês não o vi conversar ou sair com ninguém que não fosse para resolver algo da escola. Na verdade, arrisco dizer que ele sai mais comigo e com os meus amigos do que, com qualquer possível conhecido dele, e essa suposição ganha ainda mais força quando me ofereço para buscá-lo na escola.

No instante em que chego, o vejo sentado em uma espécie de fonte, sozinho, como se tivesse um campo de proteção ao seu redor; está imerso em sua própria bolha. Vinícius tem as pernas cruzadas, a mochila deitada em seu colo, que serve também como apoio para o caderno que usa para rabiscar.

Perco alguns bons segundos olhando para ele; os lábios pressionados um no outro e a cabeça baixa. O vento sopra, arrastando seu cabelo para o rosto e obrigando-o a erguer uma das mãos para afastá-lo. Jamais poderei explicar como, mas tenho certeza de que vi tudo isso em câmera lenta. Ele é tão bonito, mesmo de longe. É o tipo de pessoa que você sabe que é bonita de verdade sem precisar olhar duas vezes para ter certeza.

Vejo uma dezena de pessoas passarem por ele, em volta dele, rindo e conversando alto, agindo como se não o enxergassem, o que para mim beira o absurdo. Só olhando para ele, meu coração salta dentro do peito, me sinto esquisito, com uma coisa estranha mexendo no meu estômago.

Penso no quão mais fácil tudo seria se tivéssemos estudado juntos; se ele tivesse a minha idade e não frequentasse esta escola ridícula, cheia de branquelos mimados; o quão mais fácil seria me envolver com ele, sem a droga do medo constante dos nossos pais descobrirem.

Ou, quem sabe, nada seria assim. Talvez ele me odiasse, já que eu sabia ser extremamente irritante, insuportável e arrogante naquela época. Sem ignorar o fato de que eu fui fissurado por Victor Hugo durante todo o meu ensino médio, mas não dá para ter certeza de nada.

Quero chamar Vinícius, mas ele parece concentrado no que está fazendo, levando a ponta do lápis de um canto a outro, prendendo o lábio entre os dentes quando demonstra ter dificuldade. Levo a mão até o volante para buzinar, mas algo me impede quando outra pessoa invade o meu campo de visão: uma garota, de cabelo preto e pontas loiras, com uma mochila amarela cheia de broches coloridos.

A garota quase pula em cima dele, o abraça pelo pescoço e Vinícius se assusta, arregala os olhos e até deixa cair algumas coisas. Ele se vira para ela e sorri quando a reconhece. Ambos conversam por um momento enquanto a menina se senta ao lado dele, com os pés longe do chão, o que me dá a certeza de que ela é bem baixinha. A garota se inclina para ver o que ele desenha, sorrindo e gesticulando de um jeito exagerado. Vinícius até guarda o caderno e os fones de ouvido, jogando a cabeça para trás para afastar o cabelo, e é quando seu olhar encontra o meu.

O garoto franze o cenho, então cutuca a menina ao se colocar de pé, joga a mochila nas costas e vem caminhando com ela logo atrás de si. Vinícius está vestindo o tão odiado uniforme de Educação Física que, por ironia, fica absurdamente bem em seu corpo.

No instante em que chega perto o suficiente, destravo as portas, ele abre e entra, jogando a mochila no banco detrás.

— Por que não me chamou? — É a primeira coisa que diz.

Tento arrumar uma desculpa para ter passado quase dois minutos só observando, feito um *stalker*, quando percebo que a menina entrou também e agora sorri para mim do banco detrás.

— Oi. — Sorrio de volta, o mais simpático que posso.

— Ah, é! — Vinícius se prontifica, virando-se para mim. — A Denise vai pra casa comigo.

— Tudo bem — respondo, dando de ombros. Teria sido bom se ele tivesse avisado, mesmo que eu não me importe tanto.

— O Vinícius fala muito de você! — Ela dá com a língua nos dentes, inclinando-se entre os bancos para olhar para mim. Vejo o garoto arregalar os olhos, se preparando para se defender, mas ela acrescenta: — O tempo todo; "O Rafael gosta disso, ele faz isso, ele me levou para tal lugar, o Rafael é tão legal!" — Dispara, num tom de voz fino e estridente.

Eu me desfaço numa risada alta, com Vinícius quase se desmanchando de tanta vergonha no banco do passageiro. Ele desliza pelo estofado, cobrindo o rosto com as mãos e grunhindo.

— Eu já estava louca para conhecer você. — Ela sorri mais intensamente, com dentinhos salientes. — Você é mais bonito do que nas fotos que o Vini mostrou.

— Meu Deus, Denise! — Ele grita, num miniataque de nervos. — Cala a boca!

A garota riu, cobrindo a boca com as mãos e voltando ao seu lugar.

— Deixa a garota falar. — Eu o empurro de volta para o seu banco, recebendo um tapa como punição.

— Linguaruda!

— E eu menti, Vinícius? — Denise se defende. — Você parece um papagaio.

— Eu te odeio — retruca, voltando ao seu lugar e cruzando os braços. — Rafael, para o carro, a Denise vai descer — manda, tirando dela uma risada alta.

— Dramático!

— Ele é, não é? — Me atrevo a dizer, e o meu evidente apoio a ela deixa Vinícius transtornado.

— Eu não sou dramático!

— É, sim — dizemos em uníssono, Denise e eu, o que o faz quase morrer.

— Eu não sou! — Está fazendo birra, trazendo seus olhos pidões, indo de mim a ela. — Para!

Eu me pego rindo, usando uma das mãos para apertar sua bochecha, empurrando-o uma segunda vez de volta a seu lugar.

— Tá bom, bebê, já chega — digo, coçando sua nuca, vendo-o fechar os olhos por um segundo ou dois, antes que eu tire a mão e volte a segurar o volante.

Eles almoçam assim que chegamos em casa, para minutos depois se trancarem no quarto de Vinícius. Ao menos, ele não é tão sozinho quanto pensei que fosse, talvez só goste muito de ter seu próprio tempo e espaço, longe de outros seres humanos, na maior parte do tempo.

Eles fazem barulho, muito barulho. Ouço risadas sempre que passo em frente à porta do quarto, suas vozes abafadas e altas. Enquanto estou no meu quarto, escuto o que deduzo ser uma conversa sobre meninos, depois passam minutos inteiros fofocando, falando mal da namorada de não sei quem, na verdade, acho que o que mais fazem é falar mal dos outros, entre gritinhos e risadinhas. Até que de repente saem do quarto. Vinícius bate à minha porta, abrindo-a devagar e pondo a cabeça para dentro.

— Rafa, eu vou sair — avisa.

— Quer que eu te leve?

— Não precisa. — Ele olha para um ponto atrás de si que deduzo ser onde Denise está, então entra de vez no quarto e fecha a porta, caminhando na minha direção com um sorrisinho e as mãos atrás das costas.

— Você vai demorar muito? — Pergunto, sem nem mesmo saber o porquê de estar tão preocupado em saber. Levo a mão até a barra do seu short quando para ao meu lado na cama.

Vinícius balança a cabeça em negação, abaixando os olhos para conferir meus dedos na pele da sua coxa.

— Eu queria ficar com você também — murmuro, largando o livro que estava lendo e me sentando na beira da cama, puxando-o para o meio das minhas pernas.

— Eu não vou demorar. — Sinto seus dedos deslizarem pela minha nuca, então Vinícius se inclina sobre mim e me rouba um beijo rápido, seguido por um selinho atrás do outro. Ele sorri e se afasta em passos lentos, abre a porta e acena para mim antes de passar por ela, gritando por Denise ao descer a escada.

Espero alguns minutos para ter certeza de que estou sozinho, então saio do quarto. Na sala, as coisas de Vinícius estão espalhadas pelo chão, pelos móveis, e na cozinha, ele deixou a louça toda na pia, folgado do jeito que só ele é. Sequer me estresso, porque se não tivesse bagunça, não seria Vinícius.

Levo alguns minutos para lavar a pouca louça que ele sujou com a amiga, recolho sua mochila da sala, o casaco e os cadernos que largou na mesa. Estou subindo a escada com suas coisas e uma folha de papel escapa de dentro de um dos livros. Eu me ajoelho para pegar a folha e a viro.

A cara que faço transparece a surpresa que sinto ao me dar conta do que se trata. Devo passar mais de dez segundos parado, olhando para o desenho, para o cabelo, olhos, nariz e boca, desenhados com tanta exatidão. Sou eu, meus olhos, meu nariz e minha boca, o meu cabelo liso e escorrido caindo na testa, até as covinhas, ele fez as malditas covinhas e o escapulário no pescoço.

Estou sorrindo sem nem mesmo ter me dado conta. Tenho um sorriso bobo no rosto e dou graças a Deus por não ter ninguém por perto para ver o quanto sou um frouxo.

Me dou conta de que perdi toda a postura quando já estou no corredor e ainda estou sorrindo. *Fala sério, Rafael, é só um desenho, não precisa ficar agindo como uma pamonha.*

Largo as coisas dele na cadeira do quarto, fechando a porta e voltando direto para o meu, ainda segurando o desenho. Olho para ele mais uma vez antes de deixá-lo em cima da escrivaninha. Com o celular de volta nas mãos, leio pela barra de notificação uma mensagem de Victor, perguntando se estou ocupado hoje, enviada há poucos minutos atrás. Respondo quase que imediatamente, dizendo que estou sozinho em casa e, no mesmo minuto, ele avisa que está vindo, sem mais nem menos. Sequer tento contestar, na verdade, acho que gosto um pouco da ideia de tê-lo aqui em casa.

Leio pouco mais de dez páginas do livro que lia antes, quando ele chega. Victor está usando roupas curtas hoje, o que para mim é uma surpresa, já que todas as vezes em que nos esbarramos ele está usando roupas compridas e bonitas. Arrumado demais para qualquer ocasião e vestido demais para o calor insuportável do Rio.

— Nunca vou me acostumar com o tamanho dessa casa — ele diz, olhando em volta enquanto subimos as escadas. — Tem a porra de um sótão. Que casa no Brasil tem a porra de um sótão? — Ele ri soprado.

— A minha. — Eu o empurro pelo ombro, fazendo-o escorar-se na parede oposta do corredor. — E o sótão é do Vinícius.

— Como assim?

— É onde ele guarda as coisas dele, as tintas, as telas...

— Ah, ele pinta? — Victor soa meio surpreso, com os olhos fixos na corda que desce a escada. — Legal... Você já foi lá em cima?

— Algumas vezes. — Dou de ombros, sem muita vontade de falar sobre isso. — Ele não gosta que mexam nas coisas dele.

Passo pela porta escorada do quarto de Vinícius, ignorando o cômodo e seguindo reto até o meu quarto, com Victor logo atrás de mim. No segundo em que olho para ele, parado no meio das minhas coisas, é como se eu voltasse pelo menos três anos no tempo, quando ele vinha dormir na minha casa e virávamos a noite assistindo a alguma série boba de adolescentes.

— Olha quantos mangás você tem. — Riu, indo direto à estante, tirando algumas das revistas do lugar e lendo alguns dos títulos. — *Nerd*...

— Você era igual, cara.

— Mas eu me curei!

— Victor Hugo, você gostou de vampiros durante todo o ensino fundamental, tu não tem moral comigo.

Ele ri da minha tentativa de ofendê-lo, guarda cada mangá em seu devido lugar e corre os olhos pelo resto da estante, sem esconder o sorrisinho.

— O que você fez com todos os gibis da Turma da Mônica? — Questiona, num tom de voz brincalhão que me faz querer morrer de vergonha. Às vezes, não é nada bom ter amigos que te conhecem a vida toda.

— Eu perdi a maioria e o restante tá jogado dentro de uma dessas cestas.

Aponto para a prateleira inferior em que há três cestas de palha enfileiradas, e Victor vai todo curioso até elas e abre um sorriso largo quando encontra os gibis. Folheia alguns, a maioria com a capa rasgada ou muito velha, as páginas mais amarelas do que deveriam ser, os desenhos quase todos desbotados, velhos demais.

— Era minha mãe quem comprava pra mim — conto, procurando me sentar na cama, apoiando os braços atrás do corpo.

— É... Eu me lembro. — Sorri fraco, põe os gibis no lugar e se levanta, caminha até onde estou e se senta bem ao meu lado.

Sorri antes de deitar de barriga para cima, com parte das pernas para fora do colchão e o cabelo rebelde espalhado na minha cama. É engraçado pensar que há um tempo essa cena me faria ter um piripaque; ele sorrindo para mim com os dentinhos para fora, as sardas em suas bochechas em sincronia com a cor dos seus olhos. Lindo. Lindo. Lindo. Eu me deito ao seu lado, cruzando os dedos em cima da minha barriga, soltando o ar devagar.

— Como era lá em São Paulo?

— Foi meio ruim no início, mas depois me acostumei. — Dá de ombros.

— Você fala como eles, sabia? As gírias e o sotaque.

— Eu sei — choraminga com um risinho. — Quando falei com o Guilherme no telefone, ele disse assim: "Que porra é essa Victor? Fala direito nessa porra". — Imitou, forçando o sotaque carioca fortíssimo que Guilherme tem. — Fazia um tempão que eu não falava com vocês dois. — Suspira, então traz seus olhos para mim. — Eu percebi que gosto do jeito que você fala.

Solto um risinho, estreitando os olhos ao encará-lo. Sei que meu sotaque não é tão forte assim, ele é quase inexistente para mim, diferente de Guilherme, por exemplo.

— Seu sotaque é gostosinho, Rafa — diz baixo, como se fosse um segredo, e isso faz meu estômago gelar, meu coração acelerar e meu rosto queimar.

Viro o rosto, sem coragem nenhuma de olhar para ele agora. Eu o ouço rir, para então se aproximar de mim e deitar a cabeça no meu ombro, empurrando a bochecha contra minha pele e erguendo os olhos para mim com um sorrisinho.

— Você fica fofo com vergonha.

— Para de dizer essas besteiras, Victor. — Solto um grunhido, virando o rosto, e ele ri, se colocando sobre mim e me obrigando a olhá-lo nos olhos.

— Para de dizer essas *bexteiras,* Victor. — Imitou com um riso travesso, provocado quando revirei os olhos, e me segurou pelos ombros, quase subindo em cima de mim. — Fofo!

— Para com essa porra. — Viro o rosto, com ainda mais vergonha do que antes, enquanto ele insistia em me imitar.

— Parei — responde, se jogando por cima do meu corpo, rolando comigo no colchão.

Com seu corpo rente ao meu, tão perto, posso sentir seu calor. Sua pele roça na minha, suas mãos juntinhas entre nós dois, e ele olha pra mim, por tempo suficiente para me deixar sem graça. Victor puxa o ar, soltando-o devagar pela boca, com seus olhos varrendo cada parte do meu rosto, caindo para os meus lábios e, por um momento, me pergunto se ele teria a coragem de me beijar, porque parte de mim quer muito agora, enquanto a outra insiste para que eu me afaste e ponha um ponto-final nessa história. Eu já quebrei a cara várias vezes com ele para continuar aqui.

Victor se aproxima e, antes mesmo que possa tentar, eu me jogo de lado no colchão e viro de barriga para cima, com as mãos cruzadas em cima dela, implorando para não ficar vermelho de vergonha. Victor pigarreia. Acho que ele percebeu o que eu fiz.

Estou a ponto de dizer alguma coisa quando a voz de Vinícius ecoa no andar de baixo:

— Rafa! — Ele chama. Ouço passos e meus olhos quase saltam da cara. É como se eu estivesse prestes a ser pego cometendo um crime.

Acho que nunca na minha vida, levantei tão rápido. Atravesso o quarto em passos rápidos para não correr, esbarrando em Vinícius no meio do corredor. O garoto praticamente me agarra. Suas mãos vão à minha camisa e ele sorri, me empurrando de volta para o quarto de onde vim e trazendo sua boca para perto da minha.

— Eu tô com vontade de você — sussurra, me roubando um selinho e recuando quando o seguro no lugar.

— Agora, não.

— Por que não?

E antes que eu possa dar a ele o motivo, *ele* atravessa a porta do quarto com as próprias pernas e se manifesta.

— Rafael? — Victor chama, bem atrás de mim, e Vinícius arqueia as sobrancelhas, erguendo os olhos por cima dos meus ombros para olhar o dono da voz.

Seus olhos vão de Victor para mim, e ele sorri, um sorriso de quem está puto e prestes a arrancar fora a cabeça de um.

— Entendi — diz seco, abrindo a porta do seu quarto e batendo a porta ao entrar.

— O que ele tem? — Victor pergunta num murmúrio.

Levo meus olhos para ele e não sei dizer o que estou sentindo em relação a isso tudo, mas sei que não estou gostando nem um pouco.

— Nada. — Sorrio forçado, aponto com a cabeça na direção de meu quarto e o acompanho de volta para dentro.

— O que foi? — Ele pergunta ainda meio confuso, de cenho franzido ao olhar para mim.

— Fica de boa, não é nada. — Balanço a cabeça, tentando afastar as minhas preocupações quanto a isso. Pego o computador na mesa e volto para a cama, com Victor logo atrás de mim. Ele se senta ao meu lado no colchão, as pernas estendidas e as mãos cruzadas em seu colo. — Quer assistir a alguma coisa?

— Quero. — Sorri, parecendo se esquecer do que acabou de acontecer. Ele apoia a cabeça no meu ombro outra vez, olhando por cima enquanto eu procuro qualquer besteira para assistirmos no YouTube.

Devemos ter perdido quase uma hora vendo vídeo atrás de vídeo e rindo de besteiras. Me prendo a isso por tanto tempo que me esqueço, por um momento, do problema que eu *sei* que vou enfrentar daqui a pouco. Não entendo muito bem o motivo para eu estar tão preocupado com Vinícius e com o drama que ele vai fazer, mas está me matando.

É um pouco tarde quando Victor Hugo vai embora, me deixando sozinho com meus pensamentos e o receio de enfrentar Vinícius. Contudo, crio coragem para ir até o quarto dele, começando a aceitar que estou fodido pra caralho.

Bato à porta e o chamo. Faço-o mais de uma vez até ele se irritar e abrir, mirando seus olhos furiosos em mim, como se quisesse me engolir.

— O que foi? — Questiona, cruzando os braços na sequência. — O seu *amigo* já foi embora?

— Sim, ele já foi.

Ele sorri, balançando a cabeça em afirmação.

— E por que veio atrás de mim? — Dispara, dando um passo à frente. — Por que o seu *amigo* não quis dar pra você? — Provoca. Meus olhos reviram sem nem mesmo eu ter processado esse comando antes. — Seu galinha de merda.

— Você está sendo muito escroto.

— Vá se foder, porra! Você não aguenta ficar nem uma hora sozinho sem procurar outro pra te entreter, e eu sou o escroto? — Ri de modo ríspido.

— Não é assim.

— E como é? — Aperta os olhos. — Como é Rafael?

Tento argumentar, tento pensar numa forma de explicar a situação sem me foder ainda mais, mas não consigo em tão pouco tempo.

— Você é pior do que eu pensei que fosse — resmunga, me dando as costas para entrar no quarto.

— Para com isso, nós não fizemos merda nenhuma — insisto, entrando no quarto junto com ele.

Vinícius dá de ombros, socando suas roupas dentro do armário, com cada vez mais força.

— Eu não ligo.

— Se não liga, por que você tá com tanta raiva, porra?

— Porque você é um escroto do caralho. — Fecha a porta, indo até a mesa cheia de livros e começa a enfiá-los na estante.

— Dá no mesmo, cara! — Eu me estresso, e isso o deixa ainda mais irritado.

— Eu tô pouco me fodendo! Durma com todo mundo se quiser, Rafael. Eu não tô nem aí! — Atravessa o quarto feito um furacão, vindo até mim com toda a fúria que emana. Ele me empurra para fora do quarto e continua até que minhas costas batam contra a parede do corredor.

Seguro Vinícius pelos ombros, trocando nossas posições, sentindo meu rosto arder de raiva. Vinícius respira forte, o peito subindo e descendo. Está transtornado de raiva, mas não se debate, não tenta se soltar.

— Eu já disse que não fizemos porra nenhuma — grunho, olhando fundo em seus olhos. — Então, vê se para com esse ciúme ridículo.

— Eu não tô com ciúme — rebate, virando a cara quando cheguei mais perto.

— Tá, sim. — Procuro seu olhar, empurrando meu corpo contra o dele. — Olha pra mim.

— Não.

— Olha. — Seguro seu rosto, forçando-o a virar o rosto e olhar nos meus olhos. — Ciumento.

Vejo o quanto isso o deixa puto, o quão irritado ele fica ao escutar o que digo e só então ele começa a se debater, me empurrando enquanto tenta se soltar.

— Já chega, chega, Vini, chega. — Eu o seguro com ainda mais força, apoiando meu rosto no seu, sentindo sua respiração na minha pele. — Eu não estava *substituindo* você, ele é meu amigo e você...

— O que eu sou? A segunda opção?

— De jeito nenhum.

— Eu não quero ser opção nenhuma, Rafael. — Ele se afasta me olhando nos olhos, com o rosto tão perto que posso sentir seu hálito. — Eu quero ser único.

— Tudo bem, você pode ser — garanto, soltando um suspiro contra a sua boca. — Você pode ser o que quiser.

— Aí é que tá, eu quero tudo. — Sinto seus dedos torcendo a minha camisa, o nariz tocando o meu. — Eu quero tudo. Você vai me dar?

— Eu dou.

Ele solta o ar com um sorriso, empurrando sua boca contra a minha.

— Eu quero na sua cama. — Sopra, empurrando o quadril contra o meu.

Faço que sim, e isso é o suficiente para ele. Vinícius segura o meu rosto, me beija de forma desesperada, me empurrando para dentro do quarto. Sinto seus dedos deslizando pelo meu baixo abdome, suas mãos se enfiando dentro da minha camisa, arranhando minha pele, me deixando louco.

Acho que nunca ansiei tanto por sexo como agora, nunca esperei tanto e, meu Deus, acho que sou capaz de morrer se não ficar com ele hoje.

Fecho a porta ao passarmos por ela, arrancando a minha camisa do corpo e largando-a na cadeira. A cada passo que dou em sua direção, ele recua outro, esbarrando na cama e acabando por se sentar na beira do colchão. Quero muito perguntar o motivo de termos demorado tanto para chegar até aqui, quero saber o porquê de ele fugir tanto.

Será que Vinícius é virgem?

Eu me coloco de pé entre as suas pernas, segurando seu rosto em minhas mãos, me inclinando para tirar dele um beijo lento. Desço pelo seu pescoço, mordiscando sua pele e passando pela sua camisa, sentindo suas mãos na minha nuca, me empurrando para baixo.

Estou de joelhos quando chego à sua virilha. Olho para ele, para os olhos negros e cheios de curiosidade. Seguro a barra do seu short, puxando-o para baixo, e Vinícius ergue o quadril para me ajudar a tirar, suspirando alto quando deslizo as palmas pelas suas coxas nuas, distribuindo beijos em seu joelho, subindo pela parte interna das suas pernas até sua virilha, com sua respiração cada vez mais curta, isso porque nem o coloquei na minha boca ainda.

Ergo os olhos para ele, com seu pau na minha mão, subindo e descendo devagar, pressionando o polegar na cabeça, vendo-o prender um gemido. Eu o puxo para a beira, passando a língua pela fenda, e Vinícius arfa, prendendo os dedos no meu cabelo. Chupo só a cabeça e isso o deixa desesperado. É como se nunca tivesse sido tocado, e pensar nisso me excita pra caralho. Eu o engulo por inteiro, deixando que seu pau toque fundo a minha garganta, enquanto escorrego minha língua por ele todo. Ergo o olhar, quero ver seu rosto, quero ver o quanto ele gosta de me ver chupando o seu pau; quero que goste tanto quanto eu gosto de vê-lo ajoelhado entre as minhas pernas.

E Vinícius é bom, é bom pra cacete.

Sinto suas unhas arranharem minha nuca, ouço cada gemido sôfrego, os olhos desesperados sobre mim e os lábios entreabertos. Eu o tiro da boca, com uma calma absurda, dando toda a minha atenção à sua glande, chupando como se fosse um doce bom pra caralho, para então engoli-lo, guardá-lo tão fundo até que meus olhos se enchem de lágrimas, tirando de Vinícius um gemido desesperado enquanto ele segura a minha cabeça no lugar, respirando forte, como se quisesse sentir e aproveitar cada segundo comigo ao seu redor.

Ele se deita, subindo as mãos para o rosto, puxando o cabelo, angustiado. Vejo seu peito subindo e descendo rápido e aproveito cada gemido forte que solta. Seu pau pulsa na minha boca, gotejando porra na minha língua. Nunca chupei alguém com tanta vontade como estou fazendo agora.

Eu o tiro da boca só para pegá-lo de volta. Faço isso de novo e de novo, num ritmo tão lento que meu maxilar chega a cansar. A minha garganta arranha cada vez que ele investe o quadril contra o meu rosto. Com os dedos firmes na minha nuca, ele fode minha boca até onde pode.

Vinícius se ergue, olha para mim com um desespero enorme em sua íris, e puxa os lençóis como se tentasse se segurar em algo, jogando a cabeça para trás e empurrando o quadril para frente. E só falta me xingar quando o tiro da boca e começo a me afastar. Ele choraminga, pressionando os lábios um ao outro e levando uma das mãos até o próprio pau, começando uma masturbação rápida que eu trato de impedir antes que termine. Esse filho da puta não me provocou por semanas para gozar na minha frente batendo punheta.

— Você nem pense em gozar antes de eu enfiar meu pau em você — grunho, segurando seu cabelo e obrigando-o a olhar para mim.

Vinícius concorda, sequer tenta contestar de tão mole que está. Ele volta a se deitar no colchão, olhando para o teto, ofegando a cada toque que deixo em seu corpo. Beijo suas coxas, chupando sua pele, deslizando as mãos por cada curva em forma de carícia.

Coloco-me por cima do seu corpo, beijando sua barriga enquanto me encaixo entre as suas pernas, sentindo seu pau molhado tocar meu abdômen. Quando chego ao seu pescoço, Vinícius começa a enlaçar as pernas ao meu redor, subindo as mãos desesperadas pelos meus braços. Começa a me prender como se fosse um crime eu estar tão longe, como se fosse errado ele não poder sentir o peso do meu corpo no seu.

Começo a simular estocadas contra ele, esfregando minha ereção, ainda coberta, na dele, sentindo-me suar com tão pouco.

— Tira a merda do short — pede enquanto passa a perna por cima do tecido.

Obedeço, tirando o que ainda me resta de roupa, baixando o olhar bem a tempo de ver sua mão no meu pau, subindo e descendo por ele, para então segurá-lo junto ao seu e começar a bater punheta para nós dois. Sinto meu baixo abdome queimar, meu coração dar um salto e minha mente se desliga por um segundo ou dois. Pouca coisa já me pegou tão rápido como isso, e a respiração dele no meu ouvido me deixa cada vez mais atordoado.

Quando dou por mim, estou empurrando o quadril contra a palma de sua mão , tão desesperado que poderia deixá-lo ir até o final só fazendo isso.

Levanto-me, mal me aguentando de pé, e procuro por qualquer camisinha dentro do guarda-roupa; faz tanto tempo que não transo que sequer sei se ainda tenho preservativo. Eu o visto assim que o encontro, subindo a palma pelo meu pau ao voltar para a cama.

— Abre pra mim — mando.

Vinícius afasta os joelhos, abre as pernas para mim e morde o lábio para conter um sorriso. Quando me coloco entre as suas pernas, ele leva seus olhos curiosos para baixo, tem a respiração agitada e as mãos desesperadas em meus braços, apertando como se precisasse de algo onde se apoiar; ele suspira pesado quando o lambuzo com o lubrificante, apertando os olhos e subindo ainda mais suas pernas até que eu consiga entrar.

Enfio meu pau devagar, ouvindo-o xingar enquanto suas unhas se fincam na minha pele. Ele joga a cabeça para trás, mordendo o lábio com força quando já estou dentro por inteiro. Afundo o rosto no seu pescoço, enlouquecendo ao senti-lo contrair ao meu redor, me apertando como se quisesse arrancar fora. Porra, é apertado pra caralho. Minhas mãos se enchem com o lençol embaixo dele, meus dedos torcem o pano, conforme eu tento não perder o resto de sanidade que ainda me resta, mas, porra, parece impossivel. Ele sente o peso do meu corpo todo sobre o seu, suas palmas descem e sobem pelas minhas costas, ele suspira forte no meu ouvido, os lábios quase tocam minha orelha de tão perto.

— Porra, você é virgem? — Questiono, sem conseguir tirar essa merda da minha cabeça.

— Não. — Eu o sinto sorrir contra a minha pele. — Você tá com medo de me machucar? — O maldito tom de provocação quase me faz querer matá-lo, e quando eu acho que não pode ficar pior, ele rebola devagar, me tirando um gemido baixo. — É melhor você me comer direito, Rafael, ou eu vou ficar muito decepcionado.

Isso fere meu ego. Olho para ele deixando-o ciente de que está estampado na minha cara o quanto ouvir isso me deixou puto da vida. Empurro a língua pelo interior da bochecha, me erguendo devagar, sem deixar de notar o sorrisinho que ele tenta esconder de todo jeito, porque sabe que está prestes a receber o que tanto quer.

Passo um dos braços por baixo da dobra de um dos seus joelhos, erguendo-o o suficiente para que eu possa entrar e sair com facilidade, e quando o faço, quando saio e enfio meu pau dentro dele outra vez, Vinícius geme engasgado. Sequer dou a ele tempo para se recuperar antes de meter outra vez, fundo o suficiente para fazer seu corpo dar um solavanco, fazendo as tábuas rangerem junto com seus gemidos engasgados. Minhas costas ardem com cada arranhão que ele me dá.

Me sinto suar, derretendo de tanto calor. Olho para baixo, para a visão do meu pau entrando e saindo de dentro dele, enquanto ouço o som dos nossos corpos se chocando. Isso quase me faz delirar, quase me faz ignorar a voz na minha cabeça que me manda ir devagar e com calma, porque sei que se eu for com toda sede ao pote, ele não vai aguentar. *Não vai mesmo.*

— Eu quero mais — ouço sua voz rouca e grave na minha orelha, seus dentes no meu lóbulo. — Eu quero mais — repete, dessa vez entre um gemido.

— Não me provoque.

— Rafael, você não tá fazendo nem cócegas.

Desta vez, olho diretamente nos seus olhos, segurando seu rosto em uma das mãos e pondo minha boca na sua, lhe roubando um beijo desesperado, e lhe dou uma mordida no lábio enquanto escorrego a palma para o seu pescoço.

Logo me afasto.

Com seu olhar fixo no meu e minha mão no seu pescoço, ele ofega quando aperto os dedos em sua pele, com a ponta da língua no canto dos lábios.

— *Eu vou te virar do avesso, filho da puta* — aviso, empurrando sua cabeça contra o travesseiro, vendo-o erguer o queixo quando fecho com mais força a minha mão em seu pescoço.

Meto meu pau com tanta força dentro desse abusado, que quando ele geme, tenho certeza de que é um gemido de dor, com cada partezinha do meu ser ansiando por isso, quase morrendo em angústia. Apoio as mãos no colchão ao lado da cabeça de Vinícius, socando com mais força, depois de novo, gemendo e enlouquecendo junto com ele.

Sinto o suor escorrendo pela minha nuca, meu baixo abdome ardendo como se eu fosse explodir. Ele volta a contrair, prendendo o meu pau, e isso me tira do sério, me faz arrancar de dentro dele só para socar de volta com mais violência, só para ouvir a cabeceira batendo na parede e ele gemer com as unhas tão firmes na minha pele que cada arranhão dói mais do que deveria.

Sinto meu coração na boca, derretendo de tanto desejo.

Olho para ele, para seus olhos fechados e molhados pelas malditas lágrimas, as sobrancelhas juntas e a boca aberta, deixando escapar um gemido atrás do outro, alto pra caralho, porque além de tudo, Vinícius é escandaloso. Ele se contorce embaixo de mim, se mexe desesperado como se tentasse fugir, as mãos passando por todo canto, torcendo os lençóis, depois de volta em mim, me batendo, me arranhando.

— Porra... — ele xinga, com o rosto quase todo afundado no travesseiro e o cabelo espalhado. — Porra... Meu Deus — rosna, gemendo quando meto fundo. — Meu Deus!

E chora. Ele chora, levando os olhos molhados e vermelhos para a visão do meu pau rasgando-o inteiro, e eles ficam ali, como se estivesse hipnotizado. Isso me enche de tesão, me alucina, me cega, me faz querer dar mais e mais até que ele implore para que eu pare. Mas não preciso fazer isso para ele mostrar que não aguenta, porque, no mesmo instante, ele começa a me empurrar para o lado até que eu esteja deitado de barriga para cima. Vinícius dá tudo de si para montar em mim, me usando como apoio enquanto senta devagar.

Ele engole o meu pau, fechando os olhos com um gemido sôfrego. Vinícius leva as mãos para trás das costas, apoiando-se nas minhas coxas e arqueando a coluna. Seus olhos vão além de mim quando rebola devagarzinho, como se quisesse sentir meu pau inteiro, como se procurasse o ponto perfeito. Apoio um dos braços embaixo da nuca, subindo minha palma pelo seu quadril, deslizando pela sua coxa até a sua bunda, enchendo minha mão e ganhando o luxo do seu olhar.

Eu vou ao céu.

Ele continua rebolando, dessa vez com mais intensidade, me enlouquecendo. Vinícius sobe e desce, me engole com força, gemendo quando tem tudo dentro de si, até estar literalmente quicando. Seguro seu quadril, puxando-o para frente, acertando um tapa em sua bunda e ele geme. Suas mãos deslizam pelo meu peito, me usando como apoio enquanto se fode no meu pau. Suas pernas se esparramam pelo colchão. Ele faz isso com tanta força e agilidade que me deixa desnorteado. Ouço-me gemer junto com ele, olhando de forma desesperada para como seu corpo ondula sobre o meu. Ele vai me matar.

Desligo-me, sentindo meu âmago revirando, meu coração como uma bomba dentro do peito. Ele enterra o meu pau dentro de si, fazendo um calor absurdo e uma angústia desesperadora se alastrarem dentro de mim.

— Você é gostoso pra caralho, porra... — rosno, me assustando com o quão rouca está a minha voz. Deixo um tapa em sua bunda, depois outro, enchendo as mãos e apertando. — Gostosinho...

Ele me olha de cima, esboçando um sorriso safado, arqueando a coluna de uma forma hipnotizante. Vinícius parece uma obra de arte, faz tudo de um jeito perfeito, quase calculado, tudo certo, maravilhosamente certo. Poucas pessoas fodem tão bem quanto ele, disso eu sei.

Quando gozo, o resto de mim fica no controle automático enquanto minha mente vai e volta, e Vinícius não para, continua rebolando devagarzinho até o último segundo. Ele goza instantes depois, se desfaz em cima de mim para, então, cair ao meu lado.

Não sei por quanto tempo ficamos assim, respirando alto, com o peito subindo e descendo. O garoto esfrega as mãos no rosto, afastando o cabelo da testa e fechando os olhos. Eu tiro o preservativo, me virando para ele, observando-o por um momento. Não sei por que, mas gosto demais de vê-lo assim, suado e ofegante, cheirando à porra.

Ele traz seus olhos para mim, então vira o corpo na minha direção, arrastando-se até que esteja tão perto que basta eu estender o braço para guardá-lo assim pertinho. Não dizemos nada por quase cinco minutos inteiros, então ele ergue a cabeça e deixa que sua boca encoste na minha por um instante.

— Quer tomar um banho? — Questiono.

— É... — ele murmura, me dando um selinho. — Pode ser.

Nós nos levantamos para nos enfiar embaixo do chuveiro. Passamos bons minutos ali, envoltos do cheiro de sabonete e shampoo. Ele se seca e usa a toalha para secar o cabelo, não dando a mínima para a própria nudez. Quando estamos de volta ao meu quarto, vai até o meu guarda-roupa e veste a primeira bermuda que encontra. Estou me vestindo quando o ouço falar:

— Onde achou isso?

— Isso o quê? — Questiono, subindo a bermuda pelo meu quadril e soltando o elástico.

— Isso. Onde você pegou? — Continua. E assim que me viro, vejo-o segurando o desenho que escapou do seu caderno mais cedo.

— Caiu das suas coisas.

— Por que estava mexendo nas minhas coisas? — Ele está começando a se irritar.

— Eu não estava. — Arqueio a sobrancelha e sigo em sua direção. — Eu fui guardar as suas coisas e caiu de um caderno, sei lá.

— Hum. — Ele volta a olhar para o desenho. Não sei dizer se está bravo ou com vergonha por eu ter visto.

— Ficou bonito. — Tiro a folha da sua mão, olhando mais uma vez para o desenho e sorrindo. — Eu sou gostoso pra caralho.

Ele ri, me empurrando pelo ombro.

— Para... Me devolve — pede, num tom baixo e manhoso. — É meu.

— Seu desenho de mim — reforço e ele revira os olhos, pegando a folha e virando de costas, sem coragem nenhuma de me encarar.

— Não era pra você ver.

Passo meus braços ao redor da sua cintura, apoiando o queixo no seu ombro e sorrindo minimamente.

— Eu gostei muito. — Beijo seu pescoço e ele se encolhe. — Você desenha bem.

— Obrigado... — murmura tímido. — Seu enxerido.

— Eu não sou enxerido. — Belisco sua bochecha. O garoto ri, entrando de vez dentro do meu abraço. — Venha peste, vamos comer alguma coisa.

Ele põe o desenho de volta na mesa, segurando minha mão e balançando-a, de um lado ao outro, enquanto me guia porta afora.

Quando me dou conta estou sorrindo. Sou um frouxo, seguindo-o feito um cachorrinho.

Vinícius me faz parecer um bobo, mas eu posso lidar com isso.

Denise é uma boa amiga, agitada e tagarela, mas uma boa amiga. Vinícius contou que ela foi transferida de algum lugar para o seu colégio em Botafogo, recentemente, o que volta com a minha teoria de que ele não faz amizades com muita facilidade.

Ele passa o dia inteiro rindo para o celular, em chamada de vídeo, e indo a lugares com ela, como agora, em que eu o tenho com a cabeça deitada no meu colo e o seu celular erguido na altura dos olhos. Faz um tempo que ele está assim e não parou de rir nem por um segundo.

— Qual a graça, Vinícius? — Pergunto depois de um momento, ganhando a atenção de seus olhos confusos e um sorriso largo.

— O quê?

— Você não para de rir pro celular — explico, e ele revira os olhos ainda sorrindo.

— A Denise me mandou um meme engraçado, olha.

Ele se senta ao meu lado, virando o celular na minha direção, abrindo a galeria e procurando pela tal foto. Antes mesmo que ele possa encontrá-la, o celular vibra com uma notificação e uma mensagem aparece na tela. Pertence a um tal de Lucca e foi enviada através do Instagram, não dizendo nada além de um *"Oi, Vini"*. Vinícius se afunda no estofado, quase enfiando o celular no rosto, com os olhos arregalados.

— O que foi?

— Nada — murmura, paralisado no lugar. Ele bloqueia o aparelho, apoiando-o no queixo e olhando para o chão por um segundo ou dois, até ligá-lo novamente e encarar a tela, como se não estivesse crendo no que via.

— O que foi? — Insisto, e ele nega com a cabeça, pondo o celular no sofá. — Quem é Lucca?

Ele traz seus olhos para mim, abre e fecha a boca, indeciso entre contar, ou não, de quem se trata. Vejo seus dedos nervosos torcerem a barra do seu short, ele pisca algumas vezes e morde o canto dos lábios. Que porra de mensagem poderia abalar alguém tanto assim?

— É o meu ex-namorado — diz embargado, pigarreando ao se dar conta de que se mostrou abalado. — Aquele que foi pra Itália. — Sorri forçado.

— Ah... — Pisco algumas vezes. — Você tá bem?

— Não. — Respira fundo. O celular continuou vibrando, e ele o pegou de volta, leu as mensagens, esfregando os olhos a cada dois segundos, e me dou conta de que vai começar a chorar. — Porra!

— Deixa eu ver? — Estendo a mão e ele nega com a cabeça, fungando e se mexendo, tremendo de tanto nervosismo.

— Por que ele ainda faz isso? — Grunhe, olhando para cima e apertando os olhos, engolindo o choro. — Por quê? — Engasga. — Que merda!

— Me dá o celular. — Pego o aparelho das suas mãos, tomando a liberdade de ler as poucas mensagens que o sujeito Lucca mandou em seguida: *"Eu voltei pro Rio. Queria ver você"*.

Bloqueio a tela, largando o celular na mesa. Passo um tempo em silêncio ao lado dele, sem saber o que dizer porque não faço ideia do que é sentir essa merda.

— Como ele é ridículo... — Ele ri nervoso, cobrindo os olhos com as mãos.

— O que foi que ele fez com você? — Ouso perguntar, apertando os olhos de forma receosa.

— A gente namorou ano passado, eu estava no primeiro ano, e ele no último — explica, abraçando os joelhos e deitando a cabeça nele. — E... ele me machucou muito.

— Tá, mas...

— A gente terminava e voltava o tempo todo, as pessoas riam de mim, dizendo que ele estava me usando, que eu era o chaveirinho dele. — As lágrimas começam a escorrer pelo seu rosto. — Porque o Lucca era... — Aperta os olhos. — Ele ficava com todo mundo quando a gente terminava. — Pressionou os lábios. — Mas por mais que isso doesse muito, eu não conseguia parar de perdoar as merdas dele, eu não conseguia porque eu gostava tanto, tanto dele.

— Entendi.

— Ele sabe o quanto eu gostava dele, ele sabe todas as merdas que me fez passar e ele ainda tem a cara de pau de voltar e me mandar mensagem. — Ri amargo, usando os dedos para secar os olhos. — Isso dói demais. — Sua voz falha.

Ele se levanta, passando pelo sofá, e vai até a escada, subindo cada degrau às pressas. Passo alguns minutos parado e olhando para o nada, tentando pensar no que fazer agora. Não sei lidar com pessoas magoadas dessa forma, não sei o que fazer quando choram. E mesmo assim, arrumo coragem para subir a escada, seguindo seus passos e me deparando com a escada do sótão.

— Vinícius — chamo-o, não obtendo nenhuma resposta. — Eu vou subir, tá bom?

Mais uma vez, sem resposta, e mesmo assim, subo cada degrau. Quando chego lá, ele está de pé, rasgando algumas folhas e jogando-as no lixo.

— Vá embora, eu não gosto quando sobe aqui — resmunga.

— Tá, mas...

— Vá embora, Rafael.

Não saio do lugar, e quando ele se vira pra mim, com os olhos vermelhos e o rosto molhado, uma parte minha se quebra. Vou até ele, mas ele recua e abaixa a cabeça para esconder o rosto.

— Fala comigo.

— Não quero. — Ele engasga num choro desesperado. — Não quero falar disso.

— Tá, então a gente pode sair daqui.

Ele faz que não, se escorando na mesa atrás de si, cobrindo o rosto com as mãos para se esconder.

— Eu não gosto que me veja assim, Rafael, por favor! — Diz grogue, a respiração agitada denunciando seu desespero. — Me deixa sozinho.

Ele está surtando, está surtando bem na minha frente, e isso me deixa transtornado, me pego louco de raiva, sem mal saber que porra foi que esse cara fez para deixá-lo tão mal.

— Por que ninguém gosta de mim? — Ouço sua voz num tom quebradiço. Abro a boca pra falar, mas nada sai. — Eu gostava tanto dele... e ele foi embora. — Seus dedos sobem até o seu cabelo. — Todo mundo sempre vai embora.

Eu me aproximo dele, segurando seus braços e afastando suas mãos do seu rosto. Vinícius olha para mim, as lágrimas pingam do seu queixo e os olhos estão mais vermelhos do que nunca.

— Você acha que alguém vai gostar de mim de verdade?

— E por que não gostariam?

Ele dá de ombros, sorrindo como se eu tivesse dito algo burro.

— Ninguém gosta de mim, Rafael. Nunca.

— Eu gosto de você.

Ele ri, balançando a cabeça em negação, não crendo em nenhuma palavra.

— Uma coisa é você gostar de transar comigo; outra, é você gostar de verdade de mim, e você não gosta. — Ele passa a mão no rosto, secando a bochecha. — Não precisa tentar me fazer sentir bem, me fazer pensar que você sente alguma coisa por mim só pra continuar me comendo. Não precisa fingir, Rafael.

Caralho.

— Sabe quantos "eu te amo" eu já ouvi só pra me convencer a transar? — Ri sem humor, olhando em volta e tentando parar de chorar. — Não faz isso comigo, Rafael, não faz.

— Me desculpa... eu... — Começo a me perder, ainda mais amedrontado sob o olhar irritado dele. — Eu não sou assim, eu não minto pra você.

— Ótimo.

Ele me dá as costas, volta a tirar as folhas de uma pasta e começa a jogá-las no lixo; amassa algumas, rasga outras, mas não me dou conta do que se trata até ver um rosto desenhado ali. Então, finalmente faz sentido na minha cabeça. E agora, eu tenho um rosto para imaginar quando pensar nesse maldito Lucca.

— Eu gosto de você, Vinícius. Você é irritante e é mimado... — começo, vendo-o parar para escutar, e sei que dependendo do que eu diga a seguir, ele é capaz de tentar me matar. — Mas é por isso que eu gosto de você, de assistir a filmes com você e de dormir com você, eu gosto de te pirraçar... — Solto um risinho.

Ele relaxa os ombros, mas não se vira para me olhar.

— Você também é ciumento, mas esse é o seu jeitinho.

Agora, ele ri, virando-se para me encarar.

— Eu não tenho ciúmes de você.

— Tem, sim — insisto, intervindo antes que ele possa se irritar. — Mas você é fofo, então eu posso ignorar isso.

— Vá pro inferno.

Acabo rindo, puxando-o pela cintura e cambaleando com ele pelo sótão.

— A gente pode não ter nada sério, mas não significa que eu não goste de passar um tempo com você — murmuro, ouvindo-o grunhir. — Eu comecei a te detestar no instante em que meu pai me falou de você, sem nem mesmo te conhecer.

— Não tô entendendo, Rafael. Você quer me deixar melhor ou pior? — Questiona e eu acabo rindo.

— Você é legal pra caralho, é só isso.

— Você também é legal — murmura baixinho, correndo a ponta dos dedos pelo meu braço. — Às vezes.

— Às vezes? — Finjo ficar ofendido, lhe tirando um riso fraco.

Vinícius se vira pra mim, escondendo o riso. Ainda posso ver sua pele meio avermelhada assim como os olhos ainda estão molhados, mas pelo menos não chora mais.

— Eu gosto mais quando tenta me agradar.

— É porque você é um mimadinho da porra.

Ele ri num sopro, jogando a cabeça para trás para afastar o cabelo, num gesto tão fofo e atraente que não contenho a minha vontade de ir para cima dele. Seguro o seu rosto entre ambas as mãos e distribuo beijinhos pela sua bochecha.

Vinícius larga uma risada fraca, tentando se esquivar de mim e prendendo um sorriso quando consegue. Estou a um passo de puxá-lo de volta e lhe tirar um beijo de verdade, quando meu olhar esbarra em algo na mesa: uma pilha de folhas de papel, e entre elas, escapa um desenho meu.

— Você tem muitos desenhos meus? — Questiono, deixando-o confuso, e o garoto se vira para ver o que tanto olho e quase morre quando se dá conta do que se trata.

— Não! — Ele joga as folhas por cima.

— Tem, sim. Você é obcecado por mim! — Provoco, passando por ele, disposto a vasculhar até encontrar o desenho.

— Para! — Começa a me empurrar, desesperado para bloquear a passagem. — Não faz isso, eu não gosto quando mexe nas minhas coisas. — Ele me puxa pela camisa. — Para com isso, Rafael.

— Parei! — Ergo as mãos para o ar, me rendendo com um sorrisinho. — Mas só porque eu gosto da ideia de saber que você é obcecado por mim.

— Eu não sou obcecado por você!

— É, sim.

— Não sou.

— É, sim, e eu aposto que anda me desenhando nu — provoco.

— Não viaja, Rafael. — Revira os olhos. — Não tem por que eu te pintar pelado.

— E por que não? — Abro um sorriso largo. — *Me pinte como uma de suas francesas*[1].

Ele ri, revirando os olhos pela segunda vez e cruza os braços, sem coragem nenhuma de olhar pra mim. Está com vergonha. Volto a abraçá-lo, balançando-o de um lado ao outro como se fosse um bebê, distribuindo beijos na sua cabeça.

— Você é uma graça — comento. — Na maior parte do tempo, age como uma praga, mas às vezes, você é uma gracinha.

— Eu te odeio, Rafael. — Ri.

Passamos o restante da tarde no sótão. Conversamos pra caralho sobre todo tipo de coisa, até o momento em que eu o sento entre as minhas pernas, nós dois no chão perto da janela. Vinícius, de costas para mim, segura meu braço direito com uma das mãos enquanto usava a outra para segurar um marcador preto. Ele parece minúsculo comigo enlaçando sua cintura, quase guardado dentro de mim.

Vinícius desenha girassóis por todo o meu antebraço, cantarolando baixinho uma música que demoro a perceber que é do Baco. Eu me pergunto como esse garoto consegue tirar tanto o meu foco, confundir tanto a minha mente, sem fazer o mínimo esforço. Vinícius vinha tomando toda a minha atenção antes mesmo que eu pudesse me dar conta.

Deus... eu acho que estou gostando mesmo dele.

— Rafael? — Chama-me, tirando-me daquele pequeno transe.

— Hum?

— Você é como Os Girassóis de Van Gogh[2].

---

1 Referência à cena do filme Titanic (James Cameron, 1997)

2 Obra "Girassóis", de Van Gogh (1889).

10

PODE ATÉ SER POR EU ESTAR CAINDO DE BÊBADO OU POR eu achar que estou apaixonado, mas Vinícius fica uma gracinha quando bebe. Rindo de tudo, cantando alto como se sua vida dependesse disso, esbarrando nos móveis ao andar.

Acho que o álcool também me deixa carente, além de me deixar frouxo.

Ele está há quase um minuto e meio cantando *Whisky a Go-Go*[1] com Guilherme no meio da sala da casa dele, depois de terem afastado o sofá para ficarem rodando e pulando de um lado para o outro. Não sei se os vizinhos do andar de baixo estão curtindo muito isso, não que tenha alguma importância também.

Vinícius olha para mim depois de um tempo, larga de lado o copo e vem em minha direção com um sorriso, arrastando os pés descalços, e estende as mãos para me segurar pelos pulsos. Sequer penso em resistir, deixo-o me levar para o meio na sala. Ele passa os braços ao meu redor e gruda o corpo ao meu num tipo de abraço, indo de um lado ao outro. Sou levado pelo impulso de rodear os seus ombros com o braço, encostando a boca à sua testa e cantando com ele.

1 Música de Roupa Nova (1984).

Não percebo o quanto esse ato deixa quase explícito o quanto nós somos íntimos. Quer dizer, eu nunca me atrevi a dançar grudado a alguém assim, não se eu não tivesse algum tipo de intimidade ou intenção de beijar. E eu tenho muita intenção de beijar Vinícius hoje. Bastante, na verdade. Quero ir embora agora só para ficar sozinho com ele. Essa porra é tipo vício.

Guilherme, por outro lado, não parece nem um pouco interessado no fato de eu estar me encostando no filho da minha madrasta, parece entretido com seu vira-lata no sofá, que morde os dedos da sua mão enquanto recebe carinho na barriga.

— Eu vou ao banheiro — Vini avisa meio grogue, sorrindo fraco ao se afastar.

O garoto esbarra na mesinha em uma estante durante o caminho, resmungando e falando sozinho. Ele desaparece dentro do banheiro, fechando a porta atrás de si. Depois de abandonado, me junto a Guilherme no sofá, abrindo as pernas e me afundando no estofado, bebendo metade da cerveja que ainda tem na lata.

— Cara... — Guilherme chama depois de um instante, grunhindo ao se virar para me encarar. — Tu ainda gosta do Victor?

— Para com essa merda.

— Na moral, cara, tu gosta dele? — Aperto os olhos, querendo muito saber onde ele pretende chegar com essa história. — É sério.

— Não, eu não gosto.

Ele ri soprado, o que imediatamente me faz revirar os olhos.

— Sério?

— Sim, porra.

— Ah... — Ele arqueia as sobrancelhas, balançando a cabeça e olhando para o chão. — Ele me contou uma coisa.

Vinícius sai do banheiro, abanando as mãos molhadas e cantarolando baixinho. O garoto se senta ao meu lado no sofá, deitando a cabeça no meu ombro.

— O que ele contou? — Pergunto.

— Quem contou o quê? — Vinícius murmura, arrastando a voz.

— Victor me contou... — Guilherme ergue o dedo, calando-se, organizando os pensamentos para continuar. — Contou que está a fim de você, tá apaixonadinho. — Ri. — E você não dá uma bola dentro. Ele disse que sente falta de quando vocês eram mais próximos.

— Fala sério. — Irrito-me, e como me irrito. — Não brinca com essa porra, Guilherme.

— Eu não tô brincando! — Altera-se, colocando-se de pé. — Foi ele quem falou, só tô repassando... — Tira seu corpo fora. — E vê se não deixa ele saber que fui eu quem te contou essa merda.

— Beleza.

Bebo o que resta da cerveja, me inclinando para por a garrafa vazia no chão e quase tombando de tão tonto. É melhor parar por hoje. Ouço a porta do banheiro bater, então me dou conta de que Guilherme saiu da sala.

— O Victor gosta de você, então... — Vinícius comenta, cruzando os braços ao endireitar-se em seu lugar no sofá. — Você vai ficar com ele?

— Que merda de pergunta é essa? — Estreito os olhos ao olhá-lo.

Ele dá de ombros, de cara amarrada. Eu não estou nem um pouco a fim de brigar agora.

— Você disse que gostava dele — murmura. — Se você quiser ficar com ele, então... — Dá de ombros. — Pode ficar.

— Eu não quero ficar com ele. Victor não me quis antes, então não me terá agora — resmungo, jogando a cabeça para trás e fechando os olhos. — Esquece isso.

Ele não responde, em vez disso, solta um suspiro alto.

— Eu gostei dele a vida toda e quando decido ignorar suas investidas, ele quer ficar comigo? Ah, não fode — disparo, indignado com toda essa merda. Eu já tinha uma suspeita de que Victor estava tentando algo comigo, mas com a certeza disso, só sinto ódio. — Foi mal, você não precisa ficar ouvindo as minhas merdas sobre outro cara.

— Tudo bem — ouço sua voz baixa e fraca. — Nós não somos nada.

Ouvir aquilo me deixa frustrado, talvez um pouco mais puto do que já estou. Abro os olhos e o encaro ao meu lado. Ele tem as pernas encolhidas no sofá, torce a barra do short, com o olhar distante.

— Isso é sério?

— O quê?

— Não somos nada, mas você morre de ciúmes de qualquer um.

Ele arregala os olhos, abrindo a boca para rebater, rindo descrente.

— Vá se foder.

— Ei! — Guilherme sai do banheiro, passando pela porta e vem até onde estamos. — Sem gritar! — Diz, gritando conosco e contrariando-se.

Nós nos calamos, ambos de cara emburrada e olhando para o chão. Sinto na ponta da língua cada argumento que posso usar contra ele nessa discussão, mas de nada adiantaria, uma vez que eu também estou errado nessa problemática.

O interfone toca e Guilherme abaixa a música para atender. Dura pouco menos de dez segundos até ele desligar e voltar para perto de nós.

— Victor está lá embaixo — avisa. Eu me vejo prestes a arrancar os cabelos agora. — Eu vou descer para buscá-lo.

Não respondo e Vinícius muito menos. Nos encaramos no segundo em que Guilherme sai pela porta da frente. Eu me deito no sofá, apoiando a cabeça em um travesseiro e cubro os olhos com o braço.

— Rafael — o garoto chama, esperando que eu emita qualquer som para continuar. — Se você for dar uma chance a ele, eu quero saber, tá bom?

Afasto o braço para olhá-lo, piscando algumas vezes.

— Tá.

Ele se deita por cima de mim, me abraçando de lado.

— E se você escolher ele, nós paramos — acrescenta.

— Certo — concordo. Acho que isso vale não só para Victor, mas para qualquer um. Acho que ele não gosta da ideia de "dividir" e não o culpo, porque eu mesmo não gosto nem um pouco da ideia. — Mas eu não tô afim, de verdade, eu tô cansado dele, tô cansado dessa merda.

Ele não acrescenta mais nada, não se move e não emite um som sequer. Vinícius escorrega a ponta dos dedos pela minha barriga, por cima do tecido da camisa, respirando devagar. Sinto-o amolecer quando passo os braços ao seu redor deixando um carinho casto em sua nuca, enrolando seus cachos nos meus dedos.

— Vamos pra casa? — Sugiro, e ele ergue a cabeça para me olhar, esboçando um sorrisinho.

— Por quê?

— Não quero ficar aqui. Vamos embora? — Insisto, deslizando a mão pelo seu rosto e acertando um beijinho em seu nariz.

— Tá. — Levantou-se devagar. — Eu vou pegar as minhas coisas. — Ele vai até o quarto onde deixou sua mochila e as coisas da escola, já que viemos para cá logo depois que eu o busquei no colégio.

Começo a recolher as garrafas vazias do chão e dos móveis, descarto-as na lixeira da cozinha quando ouço a porta abrir e bater e as vozes altas de Victor e Guilherme logo depois. Eles me veem na cozinha, se juntam a mim, e Victor começa a reclamar abertamente sobre o trabalho. Vinícius volta arrastando sua mochila, coçando a cabeça ao se aproximar de mim e me entrega suas coisas como se fosse minha obrigação carregá-las.

— Já estão indo? — Guilherme pergunta, os olhos caídos de tão bêbado que já está.

— Sério? — Victor soa desanimado. — Você já vai?

— Já. Vinícius não está se sentindo bem — minto, puxando o garoto para debaixo do meu braço.

Os olhos de Victor são transferidos de mim para Vini, então ele estreita os olhos, sem disfarçar nem por um segundo o que eu penso ser ressentimento.

— Beleza. — Arqueia as sobrancelhas, nos dando as costas para ir até a geladeira.

— Você é muito foda, mano — Guilherme é quem diz, puxando o garoto para si e olhando fixamente para ele. — No dia em que o Rafael teve que conhecer você, ele não parou de chorar, inconformado por ter que morar com um adolescente catarrento. — Ele dá com a língua nos dentes, rindo e apontando para mim. — E agora, ele não desgruda de você, não cala a boca nem por um segundo, ele te ama.

— Está exagerando. — Tento intervir, mas obviamente nenhum deles me escuta.

— Ele pagou com a língua, e confesso que você é bem legal — conclui, deixando tapinhas nas costas dele. — Mas está roubando o Rafael de nós.

— Talvez, mas só um pouco — Vinícius concorda com ele, puxando-me pelo braço até a saída, sorrindo.

— Vamos passar a noite aqui, Rafa. Se você quiser aparecer depois da hora de dormir do seu... — Victor se manifesta depois de um minuto, apontando com o nariz na direção de Vinícius, soando com hostilidade, o que visivelmente o irrita. — Do seu *bebê*. — Ele sorri forçado. — Pode ficar à vontade.

— Certo... — digo receoso. Agora é a minha vez de puxá-lo até a porta, para evitar de voar no pescoço de Victor e o esganar. — Venha.

— Já tô indo — Vinícius grunhe, puxando o braço que eu segurava para ir até onde o outro estava.

— Venha, Vinícius — chamo-o, em alerta pelo quão próximos já estão. Olho para Guilherme quase se enfiando entre eles. — Vini...

Vejo Victor Hugo medi-lo dos pés à cabeça, mergulhado em um ar de deboche de quem está pagando para ver o que vem a seguir, e pelo pouco que conheço de Vinícius, ele não vai arregar. Eu o vejo sorrir, passando a língua entre os lábios e quando está prestes a dizer algo, Guilherme entra no caminho.

— Já chega — diz rindo, tentando aliviar a tensão ao empurrar Vinícius para longe do outro.

E ele está rindo quando o pego pela cintura e o levo até a porta.

— Esses branquelos... — eu o ouço resmungar.

Saímos do apartamento e, no elevador, nenhum de nós diz nada. Vinícius está puto pela provocação de minutos atrás, está transtornado. Estamos caminhando até o ponto de ônibus quando um trovão alto nos pega de surpresa.

— Porra... — Olho para o céu, para as nuvens carregadas de chuva.

— Deveríamos ter esperado a chuva ou ter pedido um Uber — Vinícius reclamou ao meu lado.

— Pra você sair no tapa com o Victor? — Pergunto, rindo. — Tá bom...

— Eu não ia bater nele. Você acha que eu sou o quê?

— Louco. Acho que você é louco.

Ele ri, andando na beira da calçada, tentando se equilibrar.

— Ele me provocou — justifica, estendendo a mão para que eu a segure e lhe dê apoio enquanto coloca um pé na frente do outro.

Outro trovão, mais alto e mais forte.

Apertamos o passo até o ponto de ônibus, mas no meio do caminho um aguaceiro despenca sobre nossas cabeças. Vinícius paralisa no lugar, tendo o cabelo e as roupas encharcadas em pouco menos de cinco segundos.

Agarro o seu pulso e corri com ele. Somos dois bêbados no meio da rua. Na metade do caminho, Vinícius desiste de continuar correndo, está ofegante, cambaleando pela calçada. O uniforme do colégio está grudado em seu corpo, fazendo o contorno de cada curva sua, assim como o cabelo que escorrega pela sua nuca. Ele esfrega o rosto tentando tirar o excesso de água dos olhos, mas falha.

— Caraca, cara — diz. Não sei se está puto ou perplexo com nossa situação. — Porra... — Ri, olhando para mim e rindo ainda mais. — Isso é culpa sua! — Ele me empurra.

Não revido, em vez disso, seguro a sua mão e continuo a andar ao seu lado, no seu ritmo, pisando nas malditas poças de água e tremendo de frio. Estamos quase no ponto de ônibus quando vejo o veículo virar a esquina, aproximando-se rápido de nós. Volto a correr com Vinícius, gritando para que ele vá mais rápido, dando sinal para o ônibus e implorando que pare.

Para a minha surpresa, de fato, o ônibus para, então subimos, ambos molhados, encharcando todo o piso do interior do veículo. Peço mil desculpas enquanto pago nossas passagens, entregando a Vinícius suas coisas para que ele possa ir ao fundo do ônibus. Ele está tremendo de frio, tem os lábios num tom de roxo bem escuro e a pele meio pálida, então começa a espirrar mais de uma vez. Passo o braço ao seu redor, puxando-o para um abraço e encostando os lábios na sua testa, sentindo-o tremer contra o meu corpo, com os pelos dos braços arrepiados.

Ao chegar em casa, Vinícius corre para debaixo do chuveiro. Me enfio no banheiro com ele, obrigando-o a dividir o chuveiro comigo e ouvindo cada xingamento e ofensa. O garoto se empacota todo quando termina, cobrindo o corpo com um moletom grosso. Ele entra no meu quarto todo miudinho, subindo na cama sem falar absolutamente nada e usando um cobertor para se cobrir, trazendo seus olhos para mim enquanto espera que eu termine de me vestir.

— Seu amigo não gosta de mim — murmura, puxando um travesseiro para abraçar logo em seguida fechando os olhos por um momento.

— Também não é assim, Vini.

— Ele me odeia. — Morde o lábio para esconder o sorriso. — Porque você gosta mais de mim — diz convencido. Tenho quase certeza de que ainda está bêbado.

— Para de ser assim. — Contenho o riso, subindo na cama e me enfiando debaixo do cobertor com ele.

Vinícius empurra o corpo contra o meu depois que passo o braço ao redor da sua cintura. Passamos bons minutos deitadinhos assim, e só me dou conta de que ele dormiu quando sua respiração está tão serena que quase não a noto.

Meu celular vibra na mesa e, com um pouco de dificuldade, consigo pegá-lo, forçando a vista para ler a notificação de Victor Hugo:

Você vem ou não?

Leio e releio pelo menos duas vezes. Encaro Vinícius por um instante, os olhinhos fechados e o cabelo cobrindo metade de seu rosto.

Não posso, desculpa.

Envio e largo o celular do outro lado do colchão, voltando então a passar os braços em volta do corpo dele, deixando um beijo em sua nuca. No fim, eu teria ficado em casa de qualquer jeito.

Guilherme é louco, sem noção e inconsequente. Estou há quase dez minutos ouvindo as razões pelas quais ele respondeu com deboche e arrogância o seu chefe do novo trabalho, este que ele começou em pouco menos de duas semanas. E por isso, hoje, Guilherme resolveu arranjar um atestado médico para não trabalhar.

— Trabalhar é uma merda, eu odeio ser pobre — ele conclui, subindo os pés na mesa e cruzando os braços atrás da nuca. — É por isso que eu faço terapia, porque ser pobre me deixa doente.

Acabo rindo, ganhando a atenção de seus olhos. Ele me mede dos pés à cabeça. Tenho certeza de que está me julgando mentalmente, preparando-se para me atacar de alguma forma.

— Tá rindo de quê, cara? Teu pai é rico, tu é filhinho de papai — diz, apontando com o queixo para mim e para as minhas roupas.

— Eu nunca disse o contrário. — Dou de ombros.

— Eu nem sei por que ainda falo contigo. — Faz cara de nojo, como se o fato de eu ser um tipo de *playboy* o deixasse enjoado.

— Deixa de ser pau no cu. — Acerto-o com o cotovelo, arrancando-lhe um gemido de dor seguido de uma risada fraca.

Guilherme se recompõe, pigarreia e cruza os braços olhando para o nada antes de dizer:

— Victor ficou boladão depois que você dispensou ele, naquele dia lá em casa — conta, batendo os pés no chão de forma ansiosa.

— Dispensei? — Rio soprado. — Eu não me lembro de ter algum tipo de compromisso com ele.

— Você me entendeu. Ele tá na sua, e você só dá bola fora. Ele ficou putinho — continua, olhando para mim e rindo. — Agora, fala sério, com quem você tá saindo?

Estreito os olhos, sem entender o rumo da conversa.

— Quê? Eu não tô saindo com ninguém.

— Na moral, cara. — Ele nega com a cabeça, sorrindo de canto. — Eu te conheço, eu cresci contigo, sei que se você não estivesse envolvido com alguém, já teria dado uns pegas nele. — Sorri, me cutucando com o ombro. — Quem é?

— Eu não tô ficando com ninguém — minto.

— Mentiroso.

— Tô falando sério.

— Pelo amor de Deus, Rafael. — Revira os olhos. — Você foi louco por aquele branquelo ruivo por *anos*! — Exclama. — Então, de repente, você não quer mais?

— É, é isso mesmo.

Ele está rindo, negando com a cabeça.

— Você acha que eu sou burro? Eu sei que você tá saindo com alguém, essa tua cara não mente. — Segura meu queixo, apertando minhas bochechas. — Seu olho começa a tremer se você passar mais de um mês sem sexo. — Tento não rir, mas é impossível. — Eu vou descobrir, uma hora ou outra — avisa, e no segundo seguinte, Vinícius passa pela porta da frente com Denise logo atrás. — Oi, garoto. — Sorri e acena.

— Oi. — Vinícius acena de volta rapidamente, dirigindo-se até as escadas com a amiga que, pela primeira vez, não está falando feito uma matraca, mas encara Guilherme como se estivesse diante de um fantasma.

Quando os dois terminam de subir a escada, ele olha para mim rindo, meio confuso.

— A garota deve ter visto até os meus pecados agora, porra.

— Apaixonou — brinco.

Ele gargalha e me acerta com o travesseiro.

— Falando nisso, acho que tô apaixonado — Guilherme conta, tirando o celular do bolso e inclinando-se para frente, com os cotovelos apoiados nos joelhos.

— Você sempre tá apaixonado, Guilherme. — Rolo os olhos, nem um pouco surpreso com a informação. — É uma mulher, não é? É sempre uma mulher.

— Sim — concorda com a cabeça, sorrindo daquele jeito bobo. — Eu amo mulheres — conta, então vira o celular na minha direção, mostrando a foto de uma garota. — Minha vizinha nova, do apartamento da frente.

Uma garota loira e de olhos claros, óculos fundo de garrafa e *piercing* no nariz. Bonita, bem bonita, e até entendo o porquê de ele se sentir atraído por ela, mas a questão é que Guilherme se apaixona por qualquer mulher com quem ele troca mais de duas palavras; às vezes, ela só precisa sorrir para ele começar a arrastar as asas.

— Eu faria tudo o que ela mandasse — diz, com uma convicção assustadora.

— Você precisa se tratar, cara. — Deixo um tapinha no seu ombro. — Você diz isso sobre toda mulher que conhece.

— Eu sou romântico, Rafael, você não entende. — Balança a cabeça negativamente, voltando os olhos para o celular, olhando cada foto postada no *feed* do Instagram dela.

Ouço passos na escada, mas não me viro para ver quem está descendo, contudo me arrepio ao sentir a mão de Vinícius descer pelo meu ombro e vejo a pulseira de prata balançar em seu pulso. Ele se inclina por cima de mim, me obrigando a erguer a cabeça para olhá-lo enquanto seus braços enlaçam meu pescoço. Meu coração salta dentro do peito e me obrigo a não abrir um sorriso bobo ao olhá-lo.

— Posso pegar aquele doce que você comprou? — Morde o lábio escondendo o sorriso travesso.

— Pode — digo, pouco me importando com o fato de ele ter comido o que lhe comprei em dois minutos, e agora esteja pedindo para comer o meu.

— E é assim? — Guilherme se manifesta e me assusto ao lembrar que ele ainda está ao meu lado. — É só pedir? Você é o pau mandado dele agora? — Provoca.

Vinícius ri, tirando as mãos de mim e dá a volta até a cozinha. Eu me viro para observá-lo e só então me deparo com Denise, quieta, encarando até a alma de Guilherme. Segundos depois, este se dá conta de que está sendo secado; ele olha para ela e sorri de canto. A garota cora numa velocidade absurda, fica vermelha feito um tomate e encolhe os ombros, marchando de cabeça baixa até a cozinha. Cubro a boca para esconder o riso e Guilherme quase engasga de rir, afundando a cabeça no travesseiro.

— Ela tá apaixonada, eu tô te falando — sussurro.

Ele revira os olhos, negando com a cabeça mais uma vez. Passamos alguns segundos quietos, ouvindo a conversa alheia que ecoa pela cozinha.

— Vem cá... — Guilherme me chama depois de um tempo, quase grudando em mim para sussurrar. — Que porra é essa que você tem com o Vinícius? — Aponta com o nariz em direção à cozinha.

— Não tenho nada. — Rio nervoso, sustentando seu olhar, torcendo para que não suspeite de nada. — Por quê?

— E desde quando esse pirralho manda em você?

— Ele não manda em mim, eu só sou legal com ele. — Dou de ombros, virando o rosto e batucando os pés no chão.

— Sei... — Ele aperta os olhos e, para a minha sorte ou não, Vinícius se faz presente na sala outra vez. Está se acabando em chocolate, e como um ato de misericórdia, me oferece um pedaço minúsculo. Ele acompanha a amiga até a porta, que aparentemente está de saída, se despedem e no segundo em que ele fecha a porta, abre um sorrisinho.

— Ela te achou bonito, Guilherme. — É tudo o que diz, rindo fraquinho e seguindo caminho até a escada.

— Eu sou irresistível. — Ele fecha os olhos, num tom tão convencido que dói.

Vinícius nos deixa sozinhos uma segunda vez. Eu o vejo subir cada degrau. Com os olhos presos aos meus, ele esboça um sorriso, até finalmente chegar ao andar de cima.

— Já volto — aviso, pondo-me de pé com rapidez e dando a volta pelo sofá. — Vou ao banheiro — minto e corro pela escada.

Ao chegar lá em cima, vou direto ao quarto dele, mas o pestinha não está lá. Ouço um baque alto no meu quarto, para onde imediatamente vou. Vinícius está sentado no tapete, mexendo nas minhas gavetas.

— O que está fazendo? — Pergunto, cruzando os braços e me escorando no batente da porta.

Ele se assusta, levando as mãos para o peito e suspirando alto.

— Credo, Rafael.

— Quer que eu saia pra você poder fuçar as minhas coisas em paz?

Ele faz careta, balançando a cabeça de forma irritante. Então, fecha cada uma das gavetas e se levanta.

— Eu estava procurando isso. — Mostra o desenho de mim, feito uns dias atrás, que eu tomei como meu desde o dia que encontrei. — Quero colorir.

— Tá, mas eu vou querer de volta.

— O desenho é meu. — Faz careta.

— E é a minha cara. Será que vamos ter que discutir sobre isso de novo?

Ele revira os olhos, sorrindo fraquinho e tombando a cabeça para o lado, me medindo dos pés à cabeça antes de passar por mim.

— Gatinho, espera aí... — Detenho-o, puxando-o de volta para dentro. Estou com isso na cabeça há horas já, então, movido pela necessidade e o desespero, seguro seu rosto, pondo minha boca na sua para lhe tirar um beijo.

Ele sequer reluta, sequer tenta resistir. Vinícius só amolece, empurrando o corpo contra o meu e me incentivando a abraçar a sua cintura. Estou quase o largando quando ouço som de passos. Arrisco olhar para trás só para me deparar com os olhos arregalados de Guilherme.

— Porra... — Solto num murmuro, tirando as mãos de Vinícius e apertando os olhos.

Se eu pudesse, me mataria nesse exato instante.

Vini olha para mim e depois para o meu amigo, sem dizer ou fazer absolutamente nada. Ele sabe que tem que sair, percebe isso, e depois de um segundo ou dois, Vinícius atravessa a porta, passa por Guilherme e entra em seu quarto. Ele nem precisa se manifestar sobre o quanto isso é errado ou o quanto pode foder com a minha vida, porque eu sei, e os sentimentos que me consomem agora são culpa e arrependimento, beirando a vergonha. Eu sou um filho da puta.

— Caralho, Rafael. — Ele entra no quarto, fechando a porta atrás de si. — Você enlouqueceu? — Grunhe, com os olhos quase saltando do rosto, à beira de um colapso.

— Cara... — Esfrego o rosto, evitando falar disso o máximo que posso.

— Porra, mano. — Ri nervoso, apoiando as mãos na cintura. — O filho da tua madrasta. Sério mesmo? — Olha em volta. — Caraca, cara, tanta gente no Rio e tu quer pegar o filho da sua madrasta? — Sua voz cresce gradativamente até estar literalmente gritando.

— Fala baixo, cacete. — Me desespero com ele.

— Você é burro, mano. — Leva as mãos até o cabelo, cutucando as têmporas com os dedos. — Você não pensa? O teu pai vai te matar.

— Eu sei.

— Ele vai te matar — repete. — Puta que pariu.

— Ele não vai descobrir.

— É? E você pretende esconder essa palhaçada por quanto tempo? — Cruza os braços. — Acha que vai viver assim a vida toda?

— É claro que não, porra, a gente tá só transando.

Ele ri, e como ri. Olha para mim como se eu fosse um burro, e então esfrega os olhos, ainda sorrindo.

— Pra você, né? Porque você é um filho da puta, porque você não gosta de ninguém, mas e ele? — Levanta a questão. — Você vai foder com a cabeça desse garoto — grunhe. — Você poderia, pelo menos uma vez, ser responsável e parar com essa porra?

— Foi ele quem começou com isso.

— Não é esse o ponto. — Aproxima-se de mim. — O ponto é que ele vai se apaixonar e quando ele se der conta do quão galinha você é, a sua convivência com ele vai virar um inferno.

— Relaxa, Guilherme.

— Eu tô relaxado, cara. — Ri, mas nem um pouco tranquilo. — Eu só quero saber como você vai fazer pra não deixar que isso vire uma bomba.

Não respondo, em vez disso, continuo olhando para ele, em silêncio. Sinto que tudo o que sair da minha boca agora, vai soar contraditório e sem sentido.

— Às vezes, eu detesto ser seu amigo, porque você é filho da puta demais com as pessoas, sério mesmo — acrescenta. — E, às vezes, eu quero que você se foda muito, muito mesmo, pra ver se cria juízo. — Reviro os olhos. Ele com toda certeza está certo em tudo, mas me irrita ouvir isso, me irrita pra caralho. — Não fica putinho comigo, não. Você sabe que eu tô certo. — Ele me empurra pelo ombro.

— Beleza, mano — concordo, evitando me estressar com ele.

Continuamos em silêncio, olhando um para o outro e tenho certeza de que minha cara agora não é a das melhores.

— Desencana, cara. — Ele passa o braço por cima dos meus ombros, me puxando para fora do quarto.

— Vá se foder, Guilherme.

— Rafael, eu não vou ficar passando a mão na sua cabeça, não. Eu vou te xingar e depois vou dizer que te avisei que ia dar merda.

Rolo os olhos, tentando não rir no momento que ele começa a me empurrar. Saímos do quarto, passando os olhos pela porta do quarto trancado de Vinícius. Guilherme vai embora depois de um tempo, mas a porta continua trancada. Ele não sai de lá, não faz nenhum barulho, nada. É quase noite, meu pai chega do trabalho e ele ainda não saiu do quarto nem para jantar, talvez nem para ir ao banheiro. Eu me atrevo a bater à porta quando sei que nossos pais estão na sala, provavelmente assistindo à novela. Ele não abre, muito menos responde.

— Vinícius... — chamo-o, então abro a porta, ligo a luz e o vejo deitado na cama. Está dormindo.

Estou com a mão no interruptor para apagar a luz e sair, mas vejo na mesa ao lado da porta, o desenho que ele pegou antes de sair do meu quarto, antes de Guilherme nos flagrar. Está amassado e riscado. Passo um tempo olhando para os riscos da caneta azul, me perguntando por um segundo o porquê disso, até me lembrar de que durante toda a minha discussão com Guilherme, Vinícius estava trancado em seu quarto.

E ele consegue escutar tudo o que acontece do outro lado dessas paredes.

Porra.

VINÍCIUS

11

HÁ DIAS EM QUE SÓ O ATO DE LEVANTAR DA CAMA PARECE UM enorme sacrifício. Não sei que horas são, não sei quanto tempo faz que acordei porque não consigo me mexer. É como se tivesse um peso enorme em cima de mim e só o pensamento de tentar me levantar já me deixa exausto. Então, continuo deitado, continuo olhando para a parede, com aquela maldita conversa de Rafael e Guilherme na minha cabeça se repetindo, de novo e de novo. Cada palavrinha, cada frase que ecoou através das paredes, indo fundo dentro de mim, como uma maldita faca no meu peito.

Guilherme não disse nada que eu não soubesse, mas ouvir em voz alta cada uma daquelas coisas torna tudo real, torna tudo palpável. Eu sei que ele não é meu e sei que nunca vai ser, mas por que eu tenho tanto medo de perdê-lo? Eu queria, pelo menos uma vez, não depositar todas as minhas esperanças em alguém, queria saber separar as coisas, mas eu não consigo.

Já não sei mais como funciona a nossa relação, não tenho mais o controle daquilo que eu mesmo criei. Queria poder dizer que me arrependo de tudo que fiz, mas seria mentira. Eu quero e anseio por mais dele, eu preciso.

Rafael é o meu maior erro. Eu sei disso. Sei que vou acabar me fodendo sozinho nessa história e, sinceramente, não entendo por que continuo aqui. Desde Lucca, eu prometi a mim mesmo que não deixaria a história se repetir, quando, na verdade, tudo aconteceu sem que me desse conta. Agora é como se eu estivesse preso; é como um caminho sem saída, sinto como se não tivesse outra escolha a não ser ir até o fim, até que um de nós consiga escapar enquanto o outro afunda sozinho.

Eu odeio ser assim. Odeio sentir demais, me entregar demais, ser sensível e carente demais e tão, tão medroso. *Vinícius da Nóbrega* é uma grande mistura de sentimentos exagerados, e isso o torna *fraco*.

Desde que me entendo por gente, sempre fui muito certo das minhas decisões, dos meus desejos; sempre fui até o final com minhas escolhas. Se eu queria aprender a andar de bicicleta, eu não desistia enquanto não conseguisse. Eu queria aprender a andar de bicicleta, então aprendi, e aprendi sozinho. Eu queria aprender a pintar, e agora essa é a minha melhor habilidade. Eu também aprendi a jogar futebol, por mais que eu deteste esportes.

E do mesmo jeito que aprendi tudo a que me dediquei a aprender, eu também sempre fui muito insistente em conseguir as coisas. A minha mãe sempre me deu tudo o que eu queria, não por ela ser boazinha, e, sim, porque eu conseguia encher tanto o saco e ser tão irritante e persistente que eu a vencia através do cansaço. Essa não é a melhor forma de educar uma criança, ao menos, acho que não, mas era a forma de ela me deixar feliz.

Não vou esconder que fui uma criança difícil de lidar. Eu fazia birra, fazia pirraça, e refletindo sobre isso agora, nem mesmo sei como ela é capaz de me aguentar quando nem eu mesmo me aguento. Fui uma criança mimada e, talvez por isso, eu fique tão transtornado e com tanta raiva sempre que algo não sai como quero, quando não consigo o que quero.

Como quando conheci o Rafael, quando achei que saberia lidar com ele e com tudo o que me causa, mas acontece que ele parece um tsunami do meu lado, como uma onda enorme prestes a me engolir. Adoraria jogar a culpa toda nele, mas Rafael sempre deixou claro as suas intenções. Ele está sempre dizendo e repetindo o quanto não gosta de se envolver, o quanto odeia toda essa merda de relacionamento, e a culpa não é dele se eu sou *emocionado* demais. Eu sei o que fiz, sei que a culpa é minha e que eu não o deveria querer, mas eu quero *tanto*!

Eu o quero tanto, quero tanto ficar com ele, quero os beijos dele, o carinho; eu quero ficar sentindo o cheiro dele nas cobertas, quero ouvir a risada dele e quero ouvir sua voz, sussurrando no meu ouvido. Quero isso como nunca quis de alguém antes. Ele se tornou a razão da minha falta de sono, da minha falta de ar, dos meus batimentos acelerados. Ele é a razão dos meus sorrisos apaixonados, dos meus inúmeros suspiros. Rafael é a razão de tudo.

Eu tenho certeza dos meus sentimentos há um bom tempo, e tudo que posso dizer agora é que já não tenho mais controle de nada. Eu gosto dele e posso continuar negando e fingindo que não pelo tempo que for. Mesmo que esteja bem óbvio, claro como água, eu jamais vou admitir em voz alta pra ninguém, não até saber o que ele sente de verdade.

Não posso deixar que aconteça outra vez o que aconteceu com Lucca, não posso me permitir amar alguém tão intensamente assim para, no fim, ser usado e abandonado. Não outra vez. Não quero que ele me abandone como o meu pai fez, como o Lucca fez, como todos fazem. Tenho medo de acabar sozinho, pois a solidão é, com toda certeza, a pior coisa que já tive a chance de experimentar, e odeio me sentir só.

Me levanto quando percebo que estou ficando chateado outra vez. Detesto pensar demais, pois perco horas da minha vida me martirizando quando sei que se eu ocupar a cabeça, não vou me importar tanto. Esfrego os olhos, me preparando para sair e vejo o desenho que peguei de Rafael, e que durante um acesso de raiva ou mágoa, eu arruinei. Pego o papel, dobro-o e enfio no bolso da calça antes de sair do quarto. Escovo os dentes e lavo o rosto, para então subir até o sótão e começar a desenhar outro, idêntico ao primeiro ou pelo menos quase, e ao terminá-lo, começo a colorir como disse que faria.

Vou direto ao quarto dele, *como sempre*. Rafael não deixava a porta aberta quando nos mudamos, ela ficava sempre trancada, mas com o tempo, ele passou a deixá-la encostada, todas as noites.

Empurro a porta, e quando ganho uma visão ampla do quarto, encontro-o na cama, longe dos cobertores e com o celular nas mãos. Seus olhos encontram os meus no instante em que ponho meus pés para dentro.

Não consigo esconder o sorriso, é instantâneo. Ele me faz esquecer de todas as merdas e só olhando para mim.

Dou um passo atrás do outro em direção à cama, tentando não correr até ele. Por fim, quase me jogo por cima de Rafael, me aninho em seu abraço, ouvindo-o rir entre um grunhido de dor.

— Pra você. — Entrego-lhe a folha, erguendo o rosto só para ver o sorrisinho que abre e o olhar um tanto surpreso.

— Você fez outro? — Indaga. Então me dou conta de que ele viu o que fiz com o outro.

— Fiz — digo, me odiando pelo tom acanhado que uso. — Me desculpa, eu...

— Tudo bem. — Acerta um beijo na minha testa, esticando-se para pôr a folha na cômoda, rodeando meu corpo com os braços. — Obrigado.

Afundo o rosto em seu pescoço, grunhindo em concordância e quase me desmanchando quando me aperta.

— Me desculpa por ter deixado você ouvir aquelas merdas ontem — sussurra. Quero fingir que não sei do que está falando, mas agora não adianta mais. — Eu sei que a gente não tem... a gente não deveria ter nada — corrige-se, subindo os dedos pelos fios da minha nuca. — Mas você não precisava ouvir aquela merda toda.

— Tudo bem, eu não ligo.

Eu passei a noite inteira me odiando por isso, chorando feito uma criança e me sentindo um lixo, mas, não, eu não ligo.

Rafael não diz nada por um longo momento, mas faz cafuné no meu cabelo, deixando sua boca tocar a minha testa. Eu falto me desmanchar como manteiga em cima dele. Mal consigo processar o tamanho do sentimento que Rafael me causa; é enorme, gigante, tão forte que quase me sufoca.

Minha vida é, e talvez sempre tenha sido, um completo *nada*. Eu não me sinto feliz, mas também não me sinto triste, sou apenas eu, respirando, vivendo, se é que posso chamar isso de vida. Eu sei que tem algo de errado comigo, mas não sei mais o que fazer para me consertar.

— Você quase foi à escola cinco dias seguidos — ouço-o murmurar.

Ergo a cabeça para olhá-lo nos olhos, sem entender muito bem o que ele quis dizer com isso.

— Você nunca vai à aula por uma semana inteira. Hoje é sexta. Se você tivesse ido, seria a primeira vez que completaria uma semana — explica, descendo a palma da mão pelas minhas costas, parando na minha cintura e deixando um aperto.

Eu não tinha me dado conta disso, até então.

— Sério?

Ele ri, como se eu estivesse perguntando algo bobo.

— Sim, Vinícius, teve uma semana que você mal saiu do quarto. — Ele aperta os olhos, ainda sorrindo. Acho que está confuso. — Você não percebe?

Dou de ombros. Não tenho muita noção de tempo, eu realmente passo a maior parte dele dormindo.

— Eu não gosto de...

— Educação Física — completa, rindo. — Eu sei disso, gatinho. — Beija meu rosto.

Faço careta, voltando a deitar a cabeça em seu ombro.

Alguns dias são piores do que outros; alguns dias são mais cansativos e outros são tão longos e angustiantes, que me fazem entrar em pânico. A escola é o último lugar do mundo em que quero estar quando estou mal, mal de verdade.

Há dias em que me sinto tão exausto de tudo que passo horas me perguntando se vale a pena mesmo continuar tentando. Passam dias, semanas, meses e anos, e eu continuo parado no mesmo lugar, continuo não sentindo nada. É como estar morto.

E Rafael me faz sentir um milhão de coisas as quais nunca experimentei com Lucca. Ele me deixa feliz, mesmo por um curto momento; são como picos de felicidade que vêm e vão sempre que estou com ele.

Constantemente, me questiono se Rafael, algum dia, vai nutrir sentimentos por mim, ou se mente quando diz todas aquelas coisas bonitas. Me pergunto se ele, um dia, vai enjoar de mim como enjoou de todos os outros. Se o problema está em mim. Se as pessoas gostam de mim ou apenas me suportam. Fico me indagando essas e milhões de outras questões, até não aguentar mais e aceitar que, sim, o problema com certeza sou eu e, então, mais uma vez, me desfaço em lágrimas.

Tenho medo de que Rafael me dê tudo, para depois, como em um ato de pura maldade, me tirar até o que não lhe pertence, e no final ir embora, me deixar sozinho. E então, terei que juntar o que restou daquilo que chamo de alma e, mais uma vez, sei que vou me encontrar perdido em um vazio que só ficará maior.

Um dia, talvez, eu me torne nada mais que um vazio. Só um vazio. Como uma estrela que entra em colapso; talvez eu me torne um buraco negro. O fantasma de uma estrela.

Rafael gosta de me provocar no seu tempo livre, quando está entediado, para ser mais exato. Já faz um tempo que estou escutando-o falar besteiras enquanto mexe nas minhas coisas, me enlouquecendo.

— *Vinícius Monteiro da Nóbrega* — ele diz em voz alta. Não me lembro de ter dito a ele o meu nome completo, então me viro, só para vê-lo com a minha carteira de identidade nas mãos. — Você tem nome de gente rica.

— Guarda isso.

— Seu pai trabalha com o quê?

— Ele é advogado — resmungo. Bom, até onde eu me lembre, ele é, sim, advogado.

— Um advogado e uma médica, é por isso que você é um mimadinho — provoca.

Eu me levanto só para ir até ele e acertá-lo com um dos travesseiros da cama, e o vejo erguer os braços para proteger o rosto, rindo depois que o golpeio algumas vezes.

— Como você tá chato hoje, Rafael — reclamo, tomando das suas mãos o meu documento e guardando-o de volta na carteira.

— Você é chato todo dia e eu não reclamo.

— Reclama, sim! — Grito e ele ri.

Passo alguns segundos olhando para ele, para os olhos miúdos virando duas curvas quando sorri, as covinhas marcadas e o cabelo escuro e liso caindo na testa. Ele é tão bonito que me deixa desnorteado. Rafael pressiona os lábios para esconder o sorriso, endireitando-se na minha cama e cruzando os braços acima do peito, sustentando o meu olhar.

— Como o seu pai é? Você nunca fala dele.

Respiro fundo, desviando o olhar e me permitindo pensar nisso por um segundo, por mais que eu deteste me lembrar da existência do meu pai.

— Eu não faço ideia de como o meu pai seja, ele foi embora quando eu tinha seis anos — digo, com um evidente tom de rancor e mágoa na voz.

Ele arqueia as sobrancelhas. Não sei que tipo de resposta esperava, mas sei que ele já possui uma ideia do que aconteceu com o meu genitor.

— E isso é tudo que eu sei, porque minha mãe nunca me conta nada. — Pisco algumas vezes, encarando o meu reflexo no espelho. — Ela acha que é melhor eu não saber, acha que é melhor que eu não pense.

— E você acha melhor assim?

— Não, porque não saber dá liberdade à mente para criar situações piores do que, de fato, são. — Olho para ele. — E eu já imaginei muitas coisas.

— O que você acha que aconteceu?

Dou de ombros, me balançando para frente e para trás.

— Acho que ele só se cansou de mim, da minha mãe. — Abaixo a cabeça. — Minha mãe sempre trabalhou demais, então passávamos muito tempo juntos. Ele me levava pra creche. — Abro um sorriso, esfregando o rosto. — Eu me lembro disso, me lembro dele segurando a minha mão, sabe? — Levo as mãos para trás das costas, inquieto. — E algumas vezes ele me levava para comer hambúrguer depois da escola, assistíamos a desenhos... — Mordo o lábio. — Eu sei que passávamos muito tempo juntos, mas eu tenho mais memórias com babás do que com ele, então... — Dou de ombros.

— Isso é uma droga.

— É, é uma droga. — Suspiro e subo no colchão, sentando-me ao seu lado. — Mas eu não me importo tanto quanto antes. — Ao menos, eu acho que não me importo.

Rafael passa o braço ao meu redor, puxa-me para perto e planta um beijinho no meu rosto.

— Mudando de assunto — ele murmura rente ao meu ouvido, arrepiando cada pelo do meu corpo. — Quer sair no sábado?

— Ah, está me convidando para outro encontro? — Provoco, arrancando-lhe uma risadinha.

Rafael me puxa pelos braços e me deita no colchão, me pegando desprevenido e me tirando um riso alto, se enfiando entre as minhas pernas logo depois.

— Não é um encontro.

— É, sim.

— Não, não é, nos vemos todos os dias e moramos na mesma casa. Encontros são para pessoas que não se veem com regularidade, e eu vejo essa carinha todos os dias — grunhe, apertando meu queixo e me dando um selinho demorado. — Pra onde você quer ir?

— Para o parque — digo, me enchendo de expectativa. — Parque de diversões, por favor! — Peço, segurando seu rosto para que olhe diretamente para mim e entenda a urgência disso. — Eu sempre quis ir, mas não tenho ninguém que vá comigo.

— Você nunca foi a um? — Ele arregala os olhos.

— Só quando eu era pequeno, quando o meu pai me levava — explico, torcendo para que ele não se apegue tanto a isso. — Eu quero ir, por favor.

— Tá bom. — Ele pressiona os lábios, esboçando um sorrisinho. — Eu te levo. — Ele se deita ao lado, virando-se de frente para mim com as mãos embaixo da bochecha.

— Sério? — Abro um sorriso largo.

— Sim. — Sopra o ar num risinho.

Eu me esforço para não demonstrar o quanto fico feliz e empolgado, mas não dura nem três segundos até eu explodir. Subo em cima dele para rolarmos juntos no colchão, embolados um no outro.

— Obrigado — agradeço num sussurro, entre um selinho e outro em sua boca.

❁ ❁ ❁

Sábado chegou num instante. Eu tinha absoluta certeza de que Rafael se esqueceria, que arrumaria outra coisa para fazer, tanto que quando ele bateu na porta do meu quarto e mandou eu me aprontar, fiquei meramente surpreso. Foi quando comecei a me questionar se deveria mesmo ir, questionar o porquê de eu ter insistido tanto, e até mesmo, se valeria a pena, já que no fundo tenho certeza de que ir até lá só vai me deixar triste.

Mas agora é tarde para desistir, pois Rafael está empolgado e não para de falar das coisas que quer fazer. Em um piscar de olhos já estamos no carro, ouvindo uma música que escolhi, com Rafael cantarolando baixinho, batucando os dedos no volante. Não trocamos uma palavra sequer, até sermos obrigados a parar num sinal fechado.

— Por que você está tão quieto? — Pergunta. — Não vai dizer que quer voltar, vai?

— Não sei se essa foi uma boa ideia. — As palavras saem sem que eu tenha a chance de raciocinar sobre a pergunta.

— Por que não? — Franze o cenho, mantendo os olhos na rua.

— Eu não sei — murmuro, sentindo um peso dentro de mim a cada segundo que nos aproximamos mais das luzes do parque. — Eu acho que não devia ter insistido tanto em vir.

— Já estamos chegando — avisa, apontando com o nariz na direção da roda-gigante. — Vai ser legal, Vini.

Sinto meu coração saltar dentro do peito, minhas mãos começam a suar e meu estômago gelar.

— Você tá com medo de quê? — Indaga num riso soprado.

— Eu não tô com medo, eu só... — Aperto minhas mãos no colo. — Eu não sei, eu não gosto de coisas que remetem ao meu pai, é isso — desembucho, quase implorando para que ele não me critique por essa besteira. Porque não tem muito que eu possa fazer agora. Eu me sinto assim e não tenho controle sobre isso.

— Ah... — ele esboça, estacionando o carro para então largar o volante e se afundar no banco, com os olhos na entrada brilhante do parque. — Bom, depois de hoje, você vai ter mais memórias aqui comigo do que com ele, se é que isso muda alguma coisa. — Olha para mim, sorrindo fraco.

— Muda muita coisa — concordo, repensando a situação.

— Então, vamos. — Ele pega a jaqueta no banco de trás e me entrega. — Tá frio lá fora — justifica.

Faço que sim, vestindo-a antes de descer do carro com ele. Rafael me dá a mão, entrelaçando nossos dedos ao me guiar para dentro. Fito nossas palmas juntas, a minha quase coberta pela manga da jaqueta. Sinto meu coração palpitar.

— Aonde quer ir primeiro? — Ele questiona logo depois de ter pagado nossas entradas. Rafael me puxa para perto, enlaçando seu braço ao meu, e anda lado a lado comigo.

— Na montanha-russa.

— Montanha-russa? — Afasta-se para me encarar, descontente com a minha sugestão.

— Você tem medo de montanha-russa, não é? — Pergunto. Não é de surpreender.

— Não — responde na defensiva.

— Você é muito medroso! — Acuso, contendo o riso.

— Isso é mentira.

— É, sim. É medroso! — Aponto para ele, vendo-o rolar os olhos com as minhas provocações. — Eu quero ir na montanha-russa. — Aponto agora para o brinquedo que está a alguns metros de distância de nós.

— Vinícius, tem tantos outros brinquedos para irmos e... — Ele começa enquanto eu praticamente o arrasto até lá. — Podemos deixar a montanha-russa por último.

— Não, eu quero ir agora — digo, quase nos colocando na fila de espera quando ele paralisa no lugar, começando a me puxar na direção oposta. — Vamos, Rafael — grunho, fazendo força para levá-lo comigo, mas falhando. — *Por favoooor*.

— Nós vamos, eu prometo, mas pelo amor de Deus, eu preciso de um tempo pra tomar coragem — diz num tom de desespero que me arranca risadas. — É sério, sua peste.

— Medroso! — Grito, apontando o dedo em seu rosto, vendo-o rir e virar a cara.

Ele resmunga, me puxa pelo braço e só então agarra minha cintura; Rafael tem essa mania de me pegar de surpresa. Ele me tira do chão e me coloca na direção oposta da montanha-russa, cambaleando comigo.

— Vamos aos menos assustadores primeiro — ele murmura, rente à minha orelha, apertando os braços ao redor da minha cintura. — Os carrinhos de bate-bate, por exemplo. — Aponta, então me gira para outra direção e continua. — Ou no tiro ao alvo.

— Ou naquele que despenca. — Aponto para o brinquedo que leva as cadeiras até o topo, então despenca lá de cima. Ouço os gritos das pessoas, vejo as luzes amarelas e vermelhas.

— Está louco? — Ele quase grita. — Nem fodendo, Vinícius.

— Tá — cedo, só porque ele parece desesperado. — Vamos nos seus brinquedos de criança primeiro, talvez você queira ir ao carrossel ou nas xícaras — provoco, me virando de frente para ele e sorrindo. — Medroso.

— Você é ridículo.

— Você também.

Com muito custo, o convenço a ir comigo ao trem fantasma, um meio termo entre seus brinquedos chatos e os meus que são muito mais emocionantes. Eu não paro de rir, nem por um segundo, a cada susto e grito que Rafael dá como uma criancinha assustada. Na verdade, me vejo à beira de um ataque de risos. Ainda estou rindo ao sairmos do brinquedo. Rafael me olha com a pele branca feito papel. Acho que se passássemos mais dois segundos lá dentro, ele infartava. Estou abraçando-o, beijando seu rosto e pedindo desculpas, tentando parar de rir.

Então, jogamos tiro ao alvo umas mil vezes até ganharmos alguma coisa: um boneco feio e com a costura tão frágil que tenho certeza de que rasgaria na primeira lavada. O dinheiro que ele gastou pagaria dez pelúcias, mas quando consegui atirar em todos os três patinhos de madeira, Rafael ficou tão empolgado com aquele bicho feio que ganhamos que eu sequer ousei mencionar.

Fomos à barca, aos carrinhos de bate-bate, onde eu o xinguei e o ameacei mais do que qualquer outra coisa. Eu o convenci a ir em todos os brinquedos perigosos, cada um deles, até os que me deixavam apavorado. Rafael odiou todos, tremendo mais do que vara-verde, branco feito papel e enjoado, resmungando enquanto se apoiava nas coisas. Eu queria que ele gostasse da adrenalina tanto quanto eu, do frio na barriga, do medo e do desespero. Eu adoro a sensação, adoro cada segundo.

Acho que esse é o dia mais feliz da minha vida inteira. É a primeira vez em muito tempo que consigo ter paz e silêncio na minha cabeça, que não fui infernizado pelos meus pensamentos; a primeira vez que passo horas inteiras sem me autossabotar.

Eu me apego a cada segundo desse momento, a cada risada; fazia tanto tempo que não me sentia assim. É como se eu estivesse experimentando esse sentimento pela primeira vez, e é tão bom que me faz querer mais, como se não fosse o suficiente e, de fato, não é, acho que nada nunca vai ser.

Deixamos a roda-gigante por último, e aos poucos vou me dando conta de que a noite chegou ao fim; vou me dando conta de que vai acabar e que vou ser forçado a voltar à porra da minha vida.

Eu me apoio na barra de segurança da cabine, soltando um suspiro assim que chegamos ao topo. Vejo toda a cidade, as luzes dos prédios, os carros. O mundo é tão grande, tão amplo, me faz sentir tão pequeno e insignificante, mas por outro lado, todos somos pequenos e insignificantes.

— Rafa — chamo, cruzando os braços sobre o apoio de segurança, deitando a cabeça neles, me inclinando para ver o chão lá embaixo. *Tão longe*.

— Fala.

— Obrigado por hoje — murmuro, ainda com o olhar preso ao chão lá embaixo, enquanto a cabine balança devagar.

Sinto sua mão subir pelas minhas costas até a minha nuca, deixando um carinho ali que me faz encolher os ombros, o que me tira um sorriso fraco. Eu me endireito no banco, empurrando meu corpo contra o dele, e mordo o lábio para esconder o sorriso. Rafael passa os olhos por cada cantinho do meu rosto, parando na minha boca. Sinto seus dedos deslizarem pela minha bochecha, segurando meu rosto antes de pôr sua boca na minha.

Eu gosto *tanto* disso!

Eu poderia beijar Rafael por horas, sem reclamar.

Ficamos assim até o brinquedo parar e nos darmos conta de que precisamos descer. Ele me arrasta para a parte detrás de uma das barracas, me segura pela cintura e volta a me beijar. Sinto-me derreter, com o estômago frio e o coração acelerado; não tem uma vez que ele não me deixe assim.

Eu me arrepio com o deslizar de suas mãos até o meio das minhas costas, os dedos fazendo movimento circulares enquanto empurra o corpo contra o meu. Ele beija bem, beija muito, muito bem. Rafael sabe onde tocar, sabe onde apertar, onde beijar, ele sabe quando deve me puxar para perto, sabe quando deve beijar o meu pescoço. É como se conhecesse o meu corpo; como se conhecesse cada ponto fraco que possuo.

Por mais clichê que soe, é viciante o gosto dele, o jeito dele, cada mínimo toque ou suspiro, ou quando respira forte, quando seus dedos desenham círculos no meio das minhas costas. Vicia! Tudo isso vicia mais do que qualquer outra coisa.

Ele tem meu rosto entre as mãos e para. Acho que não percebe o quão desnorteado eu fico quando não tenho mais sua boca na minha; talvez ele nunca tenha notado de fato, mas por Deus, eu demoro para raciocinar, eu viajo, olho para ele completamente aéreo, escuto-o falar, mas não presto atenção em absolutamente nada.

— O que acha? — Ele olha para mim, então arqueio as sobrancelhas, piscando algumas vezes.

— O quê? — Indago, tirando-lhe uma risadinha.

— O que acha de pararmos em algum *fast-food* para comer alguma coisa antes de irmos pra casa? — Ele repete a pergunta, sorrindo para mim enquanto espera por uma resposta.

— Acho ótimo.

Ele assente no fim, segura minha mão e me leva até a saída. Durante todo o caminho de carro até o restaurante mais próximo, cantamos aos berros cada uma das músicas que toca no rádio. Rafael compra tudo que peço; sequer preciso choramingar para que me dê alguma coisa e eu gosto disso, gosto da atenção que me dá. Sempre que faz as minhas vontades, ele me ganha cada vez mais, porque eu nunca deixei de ser mimado.

Já em casa, ele me entrega o urso feio que ganhamos e beija meu rosto antes de entrar em seu próprio quarto e me deixar sozinho. E é quando a ficha cai, quando me dou conta de que o dia acabou.

Entro no quarto, tranco a porta atrás de mim, largo o boneco na mesa e troco de roupa. Estou encarando o meu reflexo no espelho ao terminar, sentado na beira do colchão. Penso em cada fala, cada riso, cada beijo e cada gesto carinhoso que Rafael me fez. E dói, dói saber que talvez tudo não passe de um momento; dói saber que ele não gosta de mim de verdade, que nunca vai gostar.

Por outro lado, ao menos dessa vez, eu sei que vai dar tudo errado, assim não preciso apostar todas as minhas esperanças em algo que sequer vai dar certo. Com Rafael, eu espero sempre o pior do pior; o dia em que ele vai quebrar o meu coração, que vai encontrar alguém que o satisfaça mais do que eu, que seja mais interessante do que eu, que seja mais bonito, mais divertido, e sendo sincero, não será difícil para ele encontrar alguém melhor para me substituir. É por isso que todos vão embora, é por isso que todos me substituem, porque eu não sou o suficiente, eu não sou o suficiente nem para mim. Tem algo de errado comigo, eu sei que tem.

A cada maldito dia, eu tenho a impressão de estar perdendo a sanidade.

Continuo com os olhos presos no meu reflexo, até sentir as lágrimas virem. Não sei o porquê, não sei como, simplesmente não sei, mas depois que começo, torna-se uma tarefa difícil parar de chorar.

Dói tanto, me sinto sem ar, preso por uma versão pior de mim mesmo, sem forças ou vontade nenhuma de resistir a isso, pois me entregar parece mais fácil; apenas chorar, chorar e chorar até não ter mais forças e finalmente dormir.

12

NADA PODE SER MAIS IRRITANTE DO QUE ACORDAR CEDO SEM necessidade. O único dia em que você pode dormir até tarde sem se preocupar, porém seu cérebro simplesmente resolve despertar às seis da manhã, e mesmo que você esteja muito cansado, você não consegue dormir de novo. Eu simplesmente odeio isso.

Ao menos minha mãe está acordada. Nós sempre acordamos cedo enquanto os outros dormem até meio-dia se permitir. Minha mãe e eu nos sentamos à mesa da cozinha, cada um com uma caneca de café e uma conversa vaga. Eu gosto muito de conversar com ela, sinto que posso contar tudo, ainda que eu tenha muito medo de ser totalmente sincero. A verdade pode ser dura demais e minha mãe já sofreu o bastante tendo que me criar sozinha. Às vezes, me sinto como um peso, algo do qual ela nunca estará totalmente livre.

— Eu vou experimentar o vestido hoje, quer vir comigo? — Convida, levantando-se para deixar a caneca na pia. — Pode chamar o Rafael se quiser.

— Não sei, vai ser cansativo — grunho, esparramando-me na mesa, ouvindo-a rir soprado.

— Você só vai precisar ficar lá e me ver usando o vestido, bebê.

— Não me chama assim, mãe! — Peço, escondendo o rosto constrangido.

— Me desculpe, me esqueci de que você já é um jovem de dezoito anos que prefere ser chamado de *Vinícius*.

— Isso — murmuro.

— Tá bom, meu querido filho. — Passa a mão no meu cabelo. — Você quer ir com a sua mãe ou é muito constrangedor pra você?

— Não é constrangedor sair com você — respondo, levantando a cabeça para encará-la.

— Claro que não é. — Ela ri soprado. — Eu tenho um cartão de crédito. Que adolescente não quer um desses? — Debocha.

— Não acredito que a senhora esteja insinuando que sou um aproveitador — digo, fingindo ofensa. — Diga uma vez que eu tenha pedido o seu cartão de crédito.

— Aquela vez em que o seu videogame pequenininho quebrou e você quase chorou por outro.

— O nome é PSP.

— Sim, e você nem usa mais, só quer saber daquele jogo dos bloquinhos.

— *Minecraft*? — Pergunto, contendo o riso.

— Esse mesmo.

— Pelo amor de Deus, mãe. — Solto uma risada. — Eu não jogo isso faz tempo.

— Sei. Você vai comigo ou não?

— Vou, mas só se o Rafa for também.

— Certo, então vá lá em cima e acorde o Rafael, vou fazer alguma coisa pra vocês comerem antes de sairmos.

Concordo, pondo-me de pé num pulo para correr até a escada. Subo cada degrau num instante, até chegar à porta entreaberta do quarto dele. Ele costuma dormir de barriga para cima ou de bruços; eu, particularmente, gosto da primeira opção porque me permite abraçá-lo. Chego lá e é exatamente assim que ele está. Fecho a porta atrás de mim, caminhando no escuro até a sua cama e me enfio por baixo dos lençóis. Rafael é tão cheiroso, e a cama dele parece ser mil vezes mais confortável que a minha. Eu o abraço, jogando uma das minhas pernas sobre a sua e no mesmo instante, sinto seus braços ao meu redor, me abraçando de volta.

— Vinícius?

— Oi? — Respondo baixinho.

— Que horas são?

— Quase sete.

— Puta merda, você veio me acordar às seis horas da manhã? Tá louco?— Altera a voz, me soltando e virando de costas para mim.

— Não — choramingo. — Me faz carinho — mando, rolando por cima do seu corpo até estar à sua frente outra vez. — Me abraça, Rafa — choramingo enquanto ele claramente me ignora. — Por favor — insisto, me empurrando para perto dele feito um gato.

— Desgraça — ele xinga. — Vem aqui, porra. — Então, passa o braço ao meu redor, me apertando. Fico tão aninhado em seu peito que minha respiração está abafada. Eu amoleço quando sinto seus dedos emaranhados no meu cabelo, me fazendo cafuné.

Eu posso ficar assim por horas, deixando a paz me habitar sempre que ele me dá toda essa atenção; quando passa a ponta dos dedos pelo meu maxilar; quando afasta meu cabelo do rosto; ou segura firme a minha nuca. É incrível.

— Minha mãe quer levar a gente pra ver o vestido de noiva dela — sussurro sem vontade alguma de me levantar.

— Está bem — sussurra. Sei que ele não entendeu metade do que eu disse, apenas concorda.

Ficamos assim por um bom tempo.

Espero-o tomar um banho, para só depois descermos. Minha mãe parece muito animada, o que é compreensível já que o casamento será em algumas semanas. Eu não a vejo tão feliz assim há tempos. Sua felicidade chega a ser contagiante.

Sinto-me um tanto culpado por fazer o que faço com Rafael, por sentir o que sinto, mesmo sabendo que isso pode acabar com a felicidade dela. E tudo o que ela fez durante grande parte da sua vida foi cuidar de mim, me colocar em primeiro lugar sempre. Não teve um momento durante a minha vida em que eu não a tenha visto tomar uma decisão por obrigação. Nunca foi só ela, sempre fui eu, e me pergunto todos os dias se ela se arrepende de algo; me pergunto se não sou um fardo que ela precisa carregar para cima e para baixo, que ela precisa fingir que gosta.

Talvez ela goste de mim, mas em alguns momentos me pergunto se ela não me abandonaria também, caso tivesse a chance. Se o meu pai foi embora, por que ela não pode ir também?

Assim que chegamos ao lugar é que me dou conta de que é uma das lojas do pai de Lucca, uma série de mulheres nos acompanha até um dos provadores, bem maiores e bem mais enfeitados do que os da loja a que fomos comprar os ternos com Antony. Meia dúzia de mulheres nos cerca, nos paparica como crianças e até nos serve bolo. Eu sequer sabia que serviam comida aqui.

Escuto as conversas, as risadas altas e agudas, mas depois de cinco minutos ou mais, tudo começa a ficar entediante, cansativo. Eu me escoro em Rafael, tiro o celular do bolso e abro o primeiro jogo que aparece na tela. Não presto muito atenção no que dizem, mas entendo que o vestido está vindo de outro lugar e que ainda não chegou porque os estagiários confundiram as etiquetas.

Rafael e eu estamos caindo um por cima do outro no banco, mortos de tédio. Ele tem um dos braços por cima de mim, a mão repousando no meu ombro, fazendo carinho no meu braço. Estou a um passo de começar a planejar uma desculpa para irmos embora, exausto pela demora infinita, mas um falatório alto começa do lado de fora da sala em que estamos, uma agitação incomum se aproxima, e no segundo seguinte, se autoexplica quando os dois rapazes passam pela porta, discutindo.

Vejo o vestido dentro de um protetor de plástico enorme, sendo carregado por um deles. Levo alguns segundos a mais para me dar conta de quem o carrega e o meu medo acaba de se concretizar. Subo o olhar para as mãos pálidas, até o rosto salpicado de sardas e o cabelo ruivo arrepiado. Seus olhos claros vão de mim a Rafael e refletem de forma lenta a compreensão do que está acontecendo.

— Rafael? — Victor chama surpreso, olhando em volta e se aproximando devagar.

— Você trabalha aqui? — Questiona o outro, tirando do ruivo um riso soprado.

— Sim, eu te falei.

— Por quanto tempo mais você vai ficar enrolando? — O segundo deles interfere. O sotaque carregado faz meu coração acelerar, fazendo-me entrar em pânico. Procuro pelo dono da voz até me deparar com os olhos verdes e a pele bronzeada que conheço perfeitamente bem, o cabelo castanho-claro e o nariz fino.

Quero correr o mais longe possível. Quero me jogar na frente de um carro agora. Qualquer coisa seria melhor do que enfrentar a porra do meu ex durante a prova do vestido de noiva da minha mãe, que inclusive, sequer sonha que esse filho da puta já namorou comigo. Não poderia haver situação mais aleatória, constrangedora e patética do que essa.

— Oi, Vini — ele cumprimenta, me medindo dos pés à cabeça, e então sorri minimamente.

— Oi...

E agora tem mais de um par de olhos sobre nós.

— Ah, vocês se conhecem — Victor mais uma vez volta a falar, apontando para mim e para o outro. — Se conhecem de onde?

Abro a boca para falar, com meu coração batendo tão forte e minhas mãos tão trêmulas que tenho medo de que notem o quão nervoso estou. Engulo em seco, apertando meus dedos no colo.

— É meu ex-namorado — ele fala por nós dois, e no segundo em que o escuto, meus olhos quase pulam para fora, quero gritar para que cale a boca.

O silêncio que se instala depois dessa informação já demonstra o quão constrangedora é toda a situação. Não quero sequer olhar para a cara de algum deles agora.

— Nossa — Victor murmura, soltando o ar de forma pesada. — Que péssimo gosto você tem, Vinícius — acrescenta, arrancando de Lucca uma risada.

Quero concordar com ele. Não sei onde eu estava com a cabeça para namorar Lucca, ou onde estava a minha dignidade quando me humilhei mais de uma vez para que ele voltasse comigo, para me perdoar por alguma besteira. Eu fui muito inocente.

Levanto a cabeça, olhando diretamente para Lucca, com todo o ressentimento que ele me causa revirando o meu estômago. Eu sinto raiva só por olhar nos olhos dele. Eu o vejo abrir a boca esboçando um sorriso, mas antes que tenha a chance de dizer algo desnecessário, já que isso é tudo que sabe fazer, minha mãe volta à sala, acompanhada por outra mulher que, assim que os vê, se aproxima rapidamente.

— Ainda bem que chegaram. — Sorri, demonstrando o nervosismo que já estava sentindo com a demora. Ela tira de Victor o vestido e desce o zíper da capa de proteção, suspirando aliviada por ter certeza de que trouxeram o certo. — Ótimo. — Então, sobe o zíper outra vez. — Venha, vamos ver como ficaram os ajustes. — Ela pega minha mãe pelo pulso, levando-a ao provador.

Estou quase implorando para que ela saia sem notar os rostos que completam a sala, mas obviamente os enxerga, abrindo um sorriso radiante.

— Lucca. — Ela se desprende para ir até ele, puxando-o para um abraço apertado. — Vinícius não me contou que você tinha voltado.

— Perdemos o contato — responde com um sorrisinho. Ele sabe que minha mãe nem sequer sonha que um dia chegamos a namorar, talvez ela nem saiba que eu gosto de garotos. — Voltei há pouco tempo também, então...

— E como você está? — Ela o segura pelos ombros, descendo os olhos pelo seu corpo e de volta para o rosto. — Está mais bonito, você amadureceu bem.

Ele agradece num murmúrio tímido, e de cabeça baixa, solta um "obrigado" em italiano tão baixo que mal consigo ouvir. Só de ouvir a sua voz, o sotaque carregado, as palavras soltas em italiano, já fico atordoado e tão chateado que chega a ser sufocante não poder simplesmente levantar e ir embora sem parecer incrivelmente patético.

E de fato, ele está mais bonito, não se veste mais como antes, não corta o cabelo como antes, talvez também não se comporte como antes. Chega a dar pena de mim ao saber que, em menos de um ano, ele mudou tanto e eu continuo o mesmo garoto triste de sempre, o mesmo que se humilhou para ele há meses. E detesto saber que, de alguma forma, ele seguiu em frente melhor do que eu jamais conseguiria, que me superou tão fácil, o que me faz questionar se o que dizia sentir por mim era mesmo tão forte. Odeio o fato de que perder Lucca me destruiu, enquanto ele parece não ter se importado. Será que eu era assim tão insignificante?

— Eu não sabia que iria se casar — ele comenta, arrancando da minha mãe um sorriso ainda maior.

— Sim, daqui a algumas semanas — conta, então aponta para mim e Rafael. — Esse é meu enteado.

Cada par de olhos se voltam para ele agora. Talvez seja impressão minha, mas Rafael não me parece feliz com a situação. Estava de cara amarrada até a minha mãe levar a atenção para ele, obrigando-o a abrir um sorriso forçado e cumprimentar Lucca como uma pessoa normal. Eles sorriem um para o outro, sem emitir nenhum som sequer.

— Eu vou deixar vocês trabalharem — ela finalmente diz, acompanhando a primeira moça até o provador.

Os outros dois continuam parados do outro lado da sala, enfiados no uniforme preto com o nome da grife bordado no peito. Tenho muitas perguntas, quase todas sobre a razão de Lucca estar no Brasil, trabalhando como estagiário na empresa do próprio pai. Ele deve ter feito uma merda muito grande na Itália para acabar aqui, trabalhando como se não fosse o herdeiro disso tudo.

Victor e ele trocam poucas palavras, cada uma carregada em arrogância. Acho que não se suportam e eu até entendo, ambos são insuportáveis. Bom, Lucca mais do que qualquer um, e sou suspeito para opinar sobre Victor, já que gosto de implicar com ele.

— Vou ao banheiro — sussurro para Rafael, ganhando a atenção dos seus olhos. Eu devo estar péssimo agora, sei disso só pela forma que ele me olha.

Ao sair, a vontade que tenho é de passar pela porta da frente e ir para o mais longe possível daqui. Demoro a encontrar o banheiro e, quando o encontro, passo alguns bons minutos em frente ao espelho, tentando controlar a minha respiração e não pensar demais. Tento me manter calmo, ao menos até minha mãe terminar e podermos ir embora.

Lavo as mãos, mesmo sem ter feito nada, gasto tanto sabonete líquido que elas só faltam desaparecer no meio de toda a espuma que faço. Estou enxugando-as quando ouço a porta abrir e bater. Olho pelo espelho e sinto vontade de morrer ao encontrar aqueles malditos olhos. Eu me apresso, desesperado para sair, sem vontade alguma de passar um tempo sozinho com ele.

— Vini — ele chama, aproximando-se de onde estou e me fazendo saltar ao pousar sua mão no meu ombro.

— Não encoste em mim — grunho, sentindo-me tremer de ódio.

— Já faz tanto tempo e você ainda guarda rancor, fala sério — reclama.

— Não faz nem um ano.

— Mesmo assim é tempo suficiente pra você superar, não acha? — Provoca.

Começo a rir no mesmo instante, descrente do que acabei de escutar.

— Você é muito sem noção. — Me viro de frente para ele, olhando no fundo daqueles olhos claros. — Me dá licença — peço. Sequer chego a passar por ele e Lucca me arrasta de volta pelo braço e me coloca de volta à sua frente.

— Por que não respondeu às minhas mensagens?

— Por que você acha que eu tinha que te responder? — Devolvo, estreitando os olhos ao olhá-lo. — Eu quero que você suma.

— Para com isso.

— Me deixa em paz. — Começo a puxar o braço para longe do seu toque, sentindo seus dedos apertarem com mais força a minha pele. — Já chega, Lucca, sério! — Peço, com medo de começar a chorar na frente dele. — Para com isso.

— Já fomos melhores que isso. — Ele finalmente me solta só para segurar o meu rosto, pondo sua boca tão próxima à minha que meu coração pula. — Eu pisei na bola, eu sei, me desculpa.

— Não é assim que funciona. — Afasto suas mãos, começando a sentir meu rosto queimar e os olhos arderem. — Porra, não é assim. — Cubro os olhos, engolindo o choro.

— Eu sei, me desculpa.

Não respondo. Me escoro na pia mantendo os olhos fechados, tentando não chorar na frente dele.

— Eu errei muito feio com você, eu reconheço isso...

— Você estragou tudo. — Solto um grunhido. — Você estragou tudo. Estragou tudo — começo a repetir, respirando fundo mais de uma vez.

— Esqueça isso. Nós podemos recomeçar.

Eu mal acredito no que ouço.

— Recomeçar? — Rio, com os olhos cheios d'água ao olhá-lo. — Você acha mesmo que eu ainda tenho forças pra recomeçar? Pra esquecer todas as merdas que me fez? Pra passar por cima de cada inferno que vivi com você, é sério? — Esfrego as bochechas, limpando as lágrimas.

— Não era só eu nessa relação.

— Tem razão, não era só você, era só eu insistindo pra continuarmos juntos enquanto você espalhava para todo mundo que não tínhamos nada — digo, sentindo meu coração apertar, com a vontade de chorar presa em minha garganta.

— Está distorcendo as coisas.

— Eu nunca entendi o porquê de você ser tão legal comigo quando estávamos sozinhos e me tratar feito lixo na frente dos outros. — Rio soprado, secando o rosto uma segunda vez. — Fazendo piadas comigo pra fazer seus amigos rirem.

— Vinícius...

— Sendo grosso comigo na frente das pessoas, me fazendo de piada para os outros. Você nunca gostou de mim de verdade, não é? — Questiono. Depois de tanto tempo me perguntando se ele realmente chegou a me amar, agora espero por uma resposta que nem sei se quero ouvir.

— É óbvio que eu gostei de você, que pergunta é essa?

Dou de ombros, desviando o olhar e me balançando, tentando controlar o choro.

— E você me amava?

— Eu já disse que gostava de você! — Devolve com arrogância.

— Gostar não é o suficiente! — Grito, puxando o ar com força. — Eu te amei, Lucca! — Meu peito arde. — Eu te amei com todas as minhas forças; te amei mais do que a mim mesmo e você... — Minha voz se quebra, soa tão baixa e frágil que me assusta. — Você nunca me amou.

Ele não responde, não tenta me contrariar, em vez disso, continua de pé, me olhando como se estivesse tentando pensar em algo para dizer. E isso dói, dói mais do que qualquer merda que dissesse ou fizesse agora.

— E sabe qual é a pior parte? — Puxo o ar, sorrindo e balançando cabeça. — É que você não precisava fingir gostar de mim pra me levar pra cama. — As lágrimas escorrem pelo meu rosto. — Não precisava se esforçar tanto, porque eu gostava da ideia de ser seu, nem que eu fosse só mais um caso. Eu gostava de saber que você me queria. — Solto o ar num riso triste. — Eu gostava de saber que te agradava.

Ele abaixa a cabeça, coçando a nuca, batendo os pés de forma nervosa.

— Mas talvez você goste de magoar as pessoas — acuso. — Já que me magoou tantas vezes.

Lucca finalmente me olha, frustrado com o que acabou de ouvir. Ele junta as sobrancelhas, ajeitando a postura ao dar um passo em minha direção.

— Você é patético — ele cospe as palavras. Não me surpreendo, ele sempre preferiu mostrar as garras quando algo abalava o seu ego. É o que ele faz de melhor, ele machuca de volta. — A sua cabeça é toda fodida, Vinícius. A culpa não é minha se você não sabe lidar com as coisas, porra.

— Cala a boca.

— Você faz de tudo um drama infernal, tudo te magoa, tudo te machuca, e você acha mesmo que a droga da culpa é minha por isso? — Ri sem humor. — Eu não fui o único nessa relação, então para de jogar toda a merda da culpa pra cima de mim.

— Vá pro inferno!

Ele finalmente se afasta de mim, batendo a porta ao sair. Eu sinto a raiva na ponta dos dedos, meu sangue quente subindo pelo meu braço e se espalhando pelo meu corpo. Quero gritar, gritar até não ter mais voz.

Me assusto quando a porta volta a se abrir, entrando em pânico ao ver Rafael passar por ela. Ele é a última pessoa que quero que me veja assim.

— Eu quero ir pra casa. — Meu tom de voz quebradiço o deixa em alerta.

— Ele te fez alguma coisa?

Nego com a cabeça, olhando-me no espelho só para conferir minha situação. Meus olhos vermelhos, a pele molhada.

— Que inferno — resmungo, puxando o ar e soltando-o pela boca.

— Tudo bem?

— Sim. — Apoio as mãos na pia, voltando a puxar o ar e a soltar, engolindo o choro. — A gente pode ir pra casa?

— Na verdade, sua mãe está procurando por você. — Aponta na direção da porta.

Tudo o que faço é balançar a cabeça e abrir a torneira para molhar o rosto. A última coisa que quero agora é a minha mãe desconfiando de alguma coisa.

— Eu posso inventar alguma coisa pra gente poder ir embora — sugere, enfiando as mãos nos bolsos da jaqueta. — Pode ser?

Balanço a cabeça em afirmação, olhando-o uma segunda vez. Rafael deve me achar tão ridículo quanto Lucca acha. Talvez Lucca tenha razão, talvez eu seja mesmo patético, dramático... Talvez eu só sirva para distrair, para satisfazer a vontade dos outros, e depois posso ser deixado de lado quando não for mais útil, quando já tiverem aproveitado o bastante.

No fim, a culpa é minha, não é? Eu quem sou emocionado. Eu quem sou bobo e sensível demais. A culpa é minha por exigir das pessoas o que elas não estão dispostas a me dar. Eu que me faço sofrer dessa forma. Eu que me autodestruo, e me odeio tanto por isso...

Mordo os lábios, sentindo um nó se formar na garganta e um aperto no peito; o vazio dentro de mim é cada vez maior, deixa-me sem ar.

— Vini... — Rafael chama e segura o meu braço. Ergo a cabeça para encará-lo, tendo a certeza de que ele também está me odiando muito agora. — Ah, gatinho... — murmura, puxando-me para um abraço. Eu odeio quando ele faz isso, porque eu não consigo me conter, as lágrimas saem sem controle algum e dói tanto. — Não chora. — Passa a mão no meu cabelo.

— Eu acho que a culpa é minha... — murmuro, sentindo minha garganta arder.

— O que foi que ele disse pra você?

— Nada, esquece isso — cochicho, fechando os olhos ao sentir seu beijo em minha cabeça. — Me leva pra casa? — Volto a pedir, erguendo a cabeça para olhá-lo.

— Tudo bem, vamos pra casa.

Saímos juntos do banheiro. Eu quero ir direto à porta de saída, mas é óbvio que ele me faz voltar para a sala com os outros. Sinto um choque de realidade ao ver minha mãe no vestido de noiva, tão bonita e radiante. Olho para Rafael, tendo a impressão de que ele está sentindo o mesmo que eu agora: culpa.

Eu conheço a minha mãe e sei que se ela descobrir o que temos, é capaz de acabar com todo o casamento se colocar na cabeça que isso me faz mal, ou se achar errado. Não tenho certeza de como ela reagiria, mas sei que não seria nem um pouco tranquila e paciente. Ela costuma surtar quando algo está fora de controle, e Rafael e eu, com toda certeza, somos algo descontrolado.

— É tão bonito! — Sussurro, abrindo um sorriso fraco ao prestar atenção em cada detalhe do vestido.

— Você gostou? — Então, ela se vira para me encarar.

— Gostei. — Balanço a cabeça, sorrindo largamente, e ela volta a se olhar no espelho, deslizando a palma da mão pela saia do vestido.

— Mãe... — chamo-a, já bolando uma desculpa para ir embora, mas Rafael me antecede.

— Vinícius não está se sentindo muito bem, eu vou levá-lo pra casa.

— Sério? O que você está sentindo?

— Enxaqueca — minto. Sei que se eu disser qualquer coisa mais complexa, ela vai bancar a médica comigo.

— Isso é porque você quase não dorme. — Olha-me através do espelho. — Tem que regular o seu sono, Vini.

— Eu sei. — Sorrio fraco, abaixando a cabeça.

— Pode ir, meu bem — ela conclui, olhando agora para Rafael que só assente com a cabeça.

Ele me acompanha para fora, não diz nada nem mesmo ao chegarmos à calçada. Andamos até a esquina, sem saber para onde vamos. Acho que ele está tão atordoado quanto eu, de cabeça baixa e olhos vagos.

— Eles vão se casar, Vinícius — murmura, parando de andar para me encarar. — Nós não deveríamos estar fazendo essas coisas.

— Eu sei.

— Deveríamos parar. — Olha em volta, puxando e soltando o ar como se respirar fosse difícil.

Não respondo, pois não tenho coragem de concordar. Por mais errado que seja, não tenho coragem de abrir mão dele também, o que é ridículo, uma vez que não somos nada um do outro.

— Você quer parar? — Questiono, ganhando a atenção de seus olhos de volta.

Ele arqueia as sobrancelhas, abre a boca, mas não sai nada.

— Não — finalmente sussurra.

— E o que a gente faz, então? — Esboço um sorriso triste, apertando os dedos, tentando não entrar em pânico.

— Eu não sei.

Balanço a cabeça afirmativamente, passando os olhos por cada loja, cada rosto e cada carro ao redor. Voltamos a andar, mas a cada passo que dou ao lado dele, sinto medo de ouvir o que não quero. Enquanto Rafael parece travar uma batalha interna sobre o certo e o errado, tudo que consigo pensar é no quanto eu desejo que ele continue comigo.

Andamos até darmos de cara com a praia. A areia branca, as pessoas perambulando por ela, crianças na água, pessoas jogando vôlei. Nós nos sentamos na areia, embaixo de uma sombra grande o suficiente para nos abrigar.

— E agora? — Eu o escuto perguntar. Soa como se estivesse à beira de um surto, o que me deixa mal pra caralho.

Seguro seu braço e deito a cabeça no seu ombro.

— Vai ficar tudo bem — sussurro. Não acredito nem um pouco no que digo, mas sei que no fim ele vai estar melhor do que eu.

Rafael passa o braço ao meu redor, puxando-me para perto. Sinto seus dedos tocarem o meu ombro, desenhando círculos na região. Meu coração dá um salto e me contenho para não subir em cima dele e tentar me afundar no seu corpo, como uma tentativa de me esconder do mundo. Às vezes, tenho vontade de ficar tão perto dele, mais do que é possível estar, e isso me deixa louco.

— O que o merda do seu ex te disse no banheiro? — Rafael questiona, me tirando dos meus pensamentos sobre ele e me fazendo voltar a pensar em Lucca.

— Nada demais.

— Acha que ele ainda gosta de você?

Solto uma risada fraca, me afastando para olhar em seu rosto.

— Lucca nunca gostou de mim de verdade.

Ele aperta os olhos, um tanto confuso, então balança a cabeça em afirmação, transferindo a atenção para a água.

— E você ainda gosta dele?

Sequer tenho tempo de esconder o susto que sua pergunta me dá, pois me pega desprevenido agora.

— Não.

— Tem certeza?

— Tenho. — Sinto meu coração na boca, batendo tão forte que posso senti-lo no corpo inteiro.

— Certo. — Rafael suspira, esboçando um sorriso ao me olhar com aquele olhar profundo que parece ler a minha alma, que me deixa nervoso e faz o meu estômago gelar, minhas mãos tremerem, ao mesmo tempo que me faz sentir ser a única pessoa no mundo, a única que recebe esse olhar, e o meu coração acelera.

Eu daria tudo para saber o que se passa na cabeça dele quando me olha assim.

Seu olhar cai para a minha boca, me tirando completamente o foco. Os dedos dele fazem um caminho da minha bochecha até a nuca, deixando um aperto ali antes de finalmente cobrir meus lábios com os seus. Um simples selar antes de começar um beijo de verdade, e eu me derreto inteiro.

Rafael segura o meu cabelo, puxando os fios entre os dedos. Eu amo quando ele me pega assim, quando a outra mão segura a minha cintura, ele me deixa fraco. Levo meu corpo para perto do seu, subindo em cima dele até estar sentado no seu colo. Estou pouco me fodendo com o fato de estarmos em público. Ele me abraça, me puxa para perto e prolonga o beijo o máximo que pode. Estou quase o fazendo se deitar na areia, ele para, segura meu queixo e sorri.

— A gente vai apanhar aqui.

Começo a rir, tirando-lhe uma risada fraca.

— É sério — insiste, entre uma risadinha. — Levante-se. — Dá um tapinha na minha perna.

Faço o que ele mandou, voltando a me sentar ao seu lado, apoiando a cabeça no seu ombro outra vez. Rafael me faz sentir como uma tela em branco que está o tempo todo sendo colorida por ele. Eu tenho vermelho, azul, amarelo, verde... Já tenho tantas cores que talvez não haja mais espaços em branco, mas, mesmo assim, ele continua me colorindo.

RAFAEL

13

É MEU ANIVERSÁRIO. MEU ANIVERSÁRIO DE VINTE E UM ANOS.

Vinte e um anos é muito tempo, porra. Vinte e um. Eu estou em crise. É desesperador, caralho, eu tenho vinte e um. Vinte e um anos sendo um completo nada. Mais de duas décadas inteiras. No momento, só consigo rir de nervoso.

É sábado, e sei que meu pai está esperando ansiosamente que eu saia do quarto para começar com as piadinhas. Junto o que me resta de dignidade e saio do quarto, arrastando-me até o banheiro, para só depois seguir em direção à escada, podendo ouvir o falatório alto vindo da cozinha, e talvez eu esteja ouvindo errado, já que parece ter mais vozes que o normal.

— Aí está você, já estava indo te buscar — meu pai diz ao esbarrar em mim na porta da cozinha. — Dá um sorriso, vou pôr essa no álbum. — Levanta a câmera na altura do rosto.

Eu tinha me esquecido disso. Me nego a sorrir, mas ele tira a foto mesmo assim, como em todos os anos. Depois, pega a Polaroid e volta à cozinha, balançando-a no ar.

— Quando é que você vai parar com isso? — Pergunto, acompanhando-o.

— Quando você for embora da minha casa — diz simplesmente.

— Mentira. Eu tenho certeza de que se eu for embora, você vai continuar aparecendo na porta da minha casa só pra me deixar louco — acuso, fazendo-o rir. Só então notoi a presença de Guilherme e Victor juntos aos demais.

— Vou porque eu sou seu pai — rebate, entregando a Polaroid a Vinícius que tem o maldito álbum nas mãos, rindo enquanto coloca a foto junto das outras.

— Você com treze anos era tão feinho — comenta, virando o álbum na minha direção e apontando para a tal foto.

— Era mesmo — Guilherme concorda. — Tinha cabelinho de tigela. — Ri.

— Posso saber o que te traz aqui, Guilherme? — Questiono. Mal me levantei da cama e já estou sendo atacado.

— Vim te desejar feliz aniversário — começa, servindo-se de um copo de suco. — E eu trouxe um presente. — Entrega-me um pacote marrom.

— É um livro? — Chuto, logo depois de puxar uma cadeira e me sentar ao lado de Vinícius, nem um pouco surpreso quando Guilherme concorda. Ele me compra um todo ano.

— Claro que é um livro, você vive me mandando a sua lista de desejos da Amazon.

Prendo o riso, revirando os olhos antes de largar o presente no meu colo.

— Tenho um presente também — Victor se intromete, deixando uma caixa colorida em cima da mesa.

— Obrigado — respondo, sorrindo fraco, antes de pegar a caixa e deixá-la no meu colo, junto do presente de Guilherme.

— Rafa, o meu presente pra você é muito especial. — Vinícius se prontifica, mordendo os lábios antes de me estender um papel enrolado. — Mas antes eu quero que saiba que eu fiz na melhor das intenções.

— Eu acredito em você. — Assinto, antes de finalmente desenrolar a folha. Meu coração deu um salto, eu esperava por tudo, menos por isso. — Como foi que você... como que...

— Eu vi a foto na sua carteira uma vez, depois eu pedi pro seu pai me mostrar algumas fotos dela — explica baixo. — Você é a cara dela. — Dá um risinho.

Vinícius desenhou a minha mãe, e não é a reprodução de uma foto dela, pois eu saberia se fosse, tenho gravado na memória cada uma dessas fotos. O que ele fez é novo. O rosto dela com detalhes que nem eu mesmo me lembrava, os olhos estreitos, o cabelo liso, as covinhas. Não tenho o que dizer, é perfeito, cada detalhe feito com tanta calma e precisão, tão realista que chega a me assustar. Como pode alguém fazer uma coisa dessas só olhando fotos?

— Posso ver? — Meu pai pede, estendendo a mão na minha direção. Ainda em choque, entrego-lhe o papel, só então notando que minhas mãos tremem. — Nossa... — Ele ri soprado. — Ficou idêntico. — Traz os olhos até mim, de cenho franzido. — Você é a cara dela, cagado e cuspido.

Acabo rindo, ainda que tudo em mim esteja fora do lugar. Meu coração bate tão forte que mal consigo pensar, sentindo minha pulsação no corpo inteiro.

— Ela é tão bonita — Ísis diz, olhando por cima de seu ombro.

Assinto com a cabeça, sentindo um nó se formar na garganta. Porra, eu não quero chorar. Solto o ar de forma pesada, apertando os punhos como uma criança quando engole o choro.

— Desculpa, não era pra te deixar triste — ouço Vinícius sussurrar, apoiando a mão na minha coxa.

— Eu não tô triste, é só que... — Acabo rindo quando meus olhos se enchem de lágrimas e ele me puxa para um abraço.

Afundo o rosto em seu pescoço, me controlando para não desabar, e sinto seus dedos entrando no emaranhado do meu cabelo, deixando um carinho na minha nuca.

— Obrigado.

— Feliz aniversário, Rafa — sussurra de volta, afastando-se para me encarar com um sorriso largo.

Acabo rindo, erguendo a mão para pegar um copo de suco. Tomo um gole longo, antes de devolver o copo à mesa. Meu pai pega o desenho e o restante dos presentes e os deixa em cima do armário, caminha até a geladeira e de lá tira um bolo. Como fui esquecer do bolo? Todo ano tem um bolo.

— Eu comprei vinte e uma velinhas, pra você ver o quão velho está — Guilherme diz, abrindo o pacote de velinhas rosas. — E um chapéu também — completa.

Victor é quem se levanta e põe o chapéu, também rosa, em minha cabeça.

— Vocês são inacreditáveis — comento.

Espero enquanto acendem todas as vinte e uma velas, para só então começarem a cantar os parabéns. Tento assoprar todas, mas desisto quando ainda faltam umas dez e eu já não tenho mais fôlego. Não só meu pai como Guilherme fazem uma dúzia de piadas com isso, carregadas de deboche. Demora uns dois minutos para que eu pare de rir e apague todas as velas.

Depois do episódio com o bolo, as velas e o chapéu de aniversário, eles me deixam subir para guardar os presentes. É estranho olhar para o desenho de Vinícius, me faz sentir esquisito, mas não de uma forma ruim.

— Você tem sorte de ter puxado ela — a voz do meu pai se faz presente, assustando-me.

— Tenho mesmo, porque você é feio e branco, seria uma pena se eu tivesse puxado a você — digo, recebendo um tapa na nuca como resposta. — Eu tô brincando — resmungo. — Ela é tão bonita — comento soltando um suspiro, guardando o desenho. — Todas as mulheres que você foi noivo são bonitas, meus parabéns — brinco, fazendo-o rir.

— Sim, mas eu só fiquei noivo de duas.

— Ainda assim, não deixa de ser verdade. — Dou de ombros.

— Você vai com os meninos à casa do lago hoje? — Pergunta, mudando de assunto. Concordo com a cabeça. Não era a minha maior vontade quando decidi isso, mas agora quero mesmo ir. — Tem certeza de que quer ir lá depois de tanto tempo?

— Tenho — digo, puxando na memória a última vez em que havia ido lá. Eu devia ter uns dez anos; dois anos depois da minha mãe ter morrido. Meu pai e eu fomos até lá para guardar as coisas dela. Doamos a maioria, mas o que sobrou ficou guardado lá. Depois disso, eu sei que meu pai tem pedido que alguém mantenha o lugar limpo por todos esses anos.

— Sabe chegar lá de carro?

— Sei.

— Vai tomar cuidado?

— Eu vou, pai. — Contenho o riso.

— Vai cuidar pro seu amigo cagão não morrer de coma alcoólico? — Pergunta, referindo-se a Guilherme.

— Se ele morrer, eu jogo o corpo no lago.

— Deus me livre, imagina se aquela alma resolve assombrar aquele lugar por toda a eternidade? Melhor pôr fogo no corpo.

— Tudo bem — concordo, rindo.

— Vai adiantar se eu pedir pra você não deixar o Vinícius beber?

— Sinceramente? Não — digo, vendo-o assentir com a cabeça.

— Certo, a mãe dele só não pode saber. — Suspira. — Já foi difícil convencê-la a deixar o garoto ir, se ela souber que vocês estão levando bebida...

— Ela não vai descobrir, pai, relaxa — garanto, vendo-o concordar com a cabeça.

Assusto-me ao sentir que ele sobe a mão pelo meu ombro, deixando um aperto ali e me puxando para um abraço.

— Feliz aniversário, filho — deseja num murmúrio, plantando um beijo no meu cabelo.

— Valeu, pai.

— Será que eu já posso te considerar um adulto?

— Sim? — Digo como se fosse óbvio, fazendo-o rir.

— Ótimo, vou te arrumar um emprego na firma. — Deixa um tapinha nas minhas costas.

— Pra quê? A empresa já é minha — brinco, ganhando um segundo tapa na nuca, dessa vez mais forte do que o primeiro.

— Sua o caralho. Não se esqueça de que você é um menino pobre, com um pai rico.

Reviro os olhos, prendendo o riso e me esquivando quando ele ameaça me bater de novo. Meu pai aponta para mim enquanto segue até a porta, num tipo de aviso silencioso. Espero até que ele saia do quarto para começar a guardar as coisas na mochila. Eu deveria ter deixado tudo pronto ontem à noite, antes de dormir, mas adiei ainda mais essa ação por medo de desistir em cima da hora e precisar guardar tudo outra vez.

— Vamos, porra. — Guilherme entra no quarto com o cachorro vira-lata nos braços, saindo em direção à minha cama. — Não acredito que você tá arrumando suas coisas agora.

Victor vem logo atrás, sentando-se na beira do colchão com Guilherme.

— É coisa rápida — aviso, enfiando as peças de roupa de qualquer jeito dentro da mochila.

— Você nem trocou de roupa ainda — Guilherme reclama. — E ainda temos que passar no mercado!

— Calma, caralho, ainda são nove da manhã. — Fecho o zíper, deixando a mochila largada na cadeira. — Vou tomar banho, não mexam nas minhas coisas, por favor! — Grito ao sair do quarto. — E não solta esse cachorro, a mãe do Vinícius tem alergia!

Não sei por que eu ainda tento, é claro que eles vão mexer em algo, e é claro que ele vai soltar o cachorro.

Tomo o banho mais rápido da minha vida, me visto com a mesma pressa, antes de sair do banheiro secando o cabelo com a toalha. Acabo esbarrando em Vinícius no corredor. Fico desnorteado com o cheiro dele em todo canto, causando-me um arrepio bem na boca do estômago.

— Tá cheiroso — solto, jogando a toalha por cima do ombro. Vinícius abre um sorriso, segurando as mãos atrás das costas e passa a língua entre os lábios. — Pega as suas coisas, nós já vamos sair — aviso, deslizando a mão pela sua cintura ao passar por ele até o meu quarto, nutrindo a minha vontade de tocá-lo.

— Tá bom — concorda, voltando para dentro do quarto de onde saiu mais cedo.

— Finalmente — Guilherme expressa assim que me vê, pegando o cachorro que antes dormia no meio dos travesseiros, e se pondo de pé. Vem até mim feito um furacão, tira minha mochila da cadeira e a joga na minha direção.

— Anda, quero chegar antes do almoço — avisa, já no meio do corredor.

Victor o acompanha quase no mesmo instante, logo depois, e Vinícius vem ao meu quarto, me estendendo a própria bolsa para que eu a carregue, e o obedeço feito um cachorrinho adestrado. Assim que chegamos lá embaixo, Vinícius fica preso nos braços da mãe, ouvindo um longo discurso sobre o quanto ela confia nele e que espera que ele saiba tomar decisões responsáveis.

— Mãe, é só uma noite, pelo amor de Deus — murmura, tentando se soltar dos braços dela.

— Eu sei, mas você nunca dorme fora. — Deixa um beijo em sua testa. — Vai ficar bem mesmo?

— Ele vai ficar bem, Ísis — meu pai diz, revirando os olhos e soltando um riso fraco. — Confia em mim, esses garotos são bastante responsáveis e... — Dá uma pausa, nos encarando enquanto pensa em outro adjetivo.

— Maduros, confiáveis. — Guilherme ajuda.

— Isso, jovens adultos, bastante responsáveis e muito confiáveis — diz, concordando com a cabeça. Acho que ele nunca mentiu tanto.

— Tudo bem — ela concorda, finalmente o soltando.

— Podemos ir? — Pergunto, encarando nossos pais. Espero que concordem para poder finalmente sair de casa.

Tanto Vinícius quanto Guilherme parecem mais animados que o normal, acho que compartilham do mesmo neurônio. Jogamos as mochilas no porta-malas, e Vinícius vai todo saltitante para o lado do passageiro enquanto os outros dois e o cachorro vão para os bancos de trás.

Os dois primeiros minutos no carro são suficientes para me garantir que as próximas duas horas serão um inferno. Depois de ouvir uma eterna discussão por causa do descontentamento dos demais com a música que um escolhia, a única solução foi desligar o rádio e mandar todo mundo calar a boca. Era isso ou eu jogaria o carro na frente de um caminhão.

— Podemos comprar chocolate? — Vinícius pergunta ao pararmos no estacionamento do supermercado.

— Podemos — concordo, destravando as portas.

— E salgadinho? — Guilherme também pergunta, se enfiando no espaço entre os bancos.

— Sim, Guilherme. Pede alguma coisa enquanto dá tempo, Victor — comento sorrindo.

— Eu quero sorvete — ele fala baixo, desviando os olhos do celular para me encarar.

— Tudo bem — assinto.

Assim que entramos no supermercado, Guilherme vai atrás de um carrinho, arrastando-o até a seção de bebidas; foram seis fardos de cerveja. A mãe de Vinícius surtaria agora. Victor toma o controle logo em sequência, com sua lista de compras extremamente organizada. Ele começa a mandar em nós até que cada item esteja no carrinho. E por fim, os benditos doces de Vinícius. Não teve uma vez que ele tenha entrado e saído de um corredor sem voltar com algo nas mãos, ora salgadinhos, ora chocolates. É quase impossível negar algo a ele, eu sou fraco demais.

— Gatinho, já chega, você vai acabar ficando diabético — aviso, tirando um bolinho de morango de suas mãos. — Vai passar mal se comer tudo isso.

— Como você é chato — grunhe, me acompanhando pelo corredor.

Contive o riso, apertando suas bochechas e puxando-o para perto a fim de que caminhássemos lado a lado, mas solto-o logo depois que bato os olhos nos outros dois, parados em frente ao *freezer* de sorvete enquanto discutem sobre qual sabor deveriam levar. Nem nisso eles entram em um acordo. E depois que Vinícius se intromete, piora.

Eu me pergunto, enquanto os assisto fazendo caretas e xingando um ao outro, se vão se estapear. Não param de brigar nem por um segundo desde que saímos de casa. Estou começando a achar que reuni-los por dois dias numa casa, foi uma péssima ideia.

A viagem, por outro lado, seguiu tranquila, o que me surpreendeu bastante.

Vinícius passou bastante tempo no celular, cantando baixinho, com os pés sobre o banco, parando uma vez ou outra para rir das besteiras que saíam da boca de Guilherme.

— Chegamos? — Victor pergunta num tom sonolento, quase dormindo.

— Sim — respondo, soltando um suspiro arrastado, mantendo o olhar na casa, que está exatamente como eu me lembrava.

— Quando você disse "casa do lago", eu imaginei uma casinha de madeira em frente a um laguinho, tipo em *A Cabana*[1], não uma puta casa de dois andares, com um quintal desses. Caralho, olha o tamanho desse lago. Tem a porra de uma floresta ali atrás, Rafael — Vinícius se expressa de forma exagerada, abaixando as pernas e se inclinando para ver melhor. — É como naquele filme *Massacre da serra elétrica*[2].

— *Sexta-feira Treze*[3] — Guilherme completa.

— Isso.

— Tem piscina também — Guilherme diz, se apoiando nos bancos da frente. — Eu moraria aqui tranquilamente.

— Eu também — Victor murmura.

É esquisito descer do carro, olhar em volta e notar que tudo está exatamente igual. Peço que Victor abra a porta da casa enquanto eu e os outros tiramos as coisas do porta-malas. Na real, eu peço a ele justamente para eu não ter que fazer isso. Puro medo, talvez.

Não mudou muita coisa, já que no segundo em que boto os pés lá dentro é como se um turbilhão de sentimentos passassem por mim. É um choque, um puta de um choque. Meu coração bate tão rápido e tão forte que eu posso sentir minha pulsação na garganta.

— Puta merda... — murmuro, largando as sacolas no chão ao lado da porta.

— Tudo bem? — Vinícius pergunta, parando ao meu lado, deixando as sacolas que segurava no mesmo lugar.

— Sim, eu só... é estranho — sussurro, mordendo os lábios. — Eu me sinto estranho... Caralho. — Esfrego os olhos.

— Quer me mostrar a casa? — Pergunta, segurando uma das minhas mãos, entrelaçando nossos dedos. Só isso é o suficiente para fazer minha pulsação diminuir o ritmo. Me assusta a forma como ele mexe comigo.

Eu o puxo até o meio da sala, passando os olhos em cada porta-retratos na estante, cada enfeite. Literalmente, tudo ali tem o toque *dela*, tudo. Subimos a escada, tateando as paredes atrás dos interruptores, e só então clareamos o corredor.

1 Filme adaptado da obra de William P. Young (2017).
2 Sequência de filmes de terror da New Line Cinema e Exurbia Films (1974).
3 Série de filmes de terror, de Sean S. Cunningham e Victor Miller (1980).

— Tem quatro quartos, mas um a gente deixa trancado porque é onde estão as coisas da minha mãe — explico.

— Qual deles?

— Esse aqui. — Aponto para a primeira porta à nossa esquerda. Ele assente com a cabeça, voltando a me encarar. — Vou te mostrar o nosso quarto.

— Nosso? — Repete com aquele tom de voz provocador.

— Sim, nós vamos dormir juntinhos hoje. — Eu o puxo para perto, abraçando sua cintura enquanto caminhamos até o fim do corredor.

Vinícius solta um riso fraco, apoiando as mãos sobre as minhas, deixando-se levar por mim. Assim que abro a porta do quarto, ele vai direto até a porta de vidro; parece mais alegrinho ao ver a varanda. Apenas dois quartos da casa tem uma varanda, o que está trancado e esse, assim como só esses dois têm banheiro.

— Meu Deus, é lindo — diz, com os olhos curiosos passeando por cada topo de árvore, cada folha, cada nuvem no céu. — Imagina pintar um quadro disso — comenta, sorrindo bobo. — O sol se põe daquele lado, né? — Apontou para a direita. — Deve ser lindo. Podemos ver o pôr de sol?

Como pode alguém ser tão adorável assim?

— O que foi? — Pergunta de repente, me tirando do transe. — Pare de me olhar assim — manda, contendo o riso. — Eu me sinto um tosco falando quando você me olha assim.

— Não, você não é tosco — nego, abrindo um sorriso fraco. — É só que... Eu gosto de te ouvir falar desse jeito todo bobinho e apaixonado. É fofo.

Ele arqueia as sobrancelhas, abaixando a cabeça ao desviar o olhar, mas ainda posso ver a linha de sorriso que se esforça para esconder.

— Para de dizer besteiras, Rafael — manda, virando de costas para mim e voltando a pôr os olhos na vista. — Não gosto quando me deixa sem graça.

Eu me aproximo só para abraçar sua cintura, apoiando o queixo no seu ombro. Sinto-o encolher dentro do meu abraço.

— Eu realmente gosto, Vini — sussurro. — Poderia passar horas te ouvindo falar — sussurro mais uma vez. Ele se arrepia, prende o ar, mas não responde. — Coisa linda.

— Rafael...

— Oi?

— Não fica me dizendo essas coisas. — Ele vira de frente para mim, trazendo seus olhos brilhantes para os meus. — Não é assim que a nossa relação funciona.

Balanço os ombros, deslizando as mãos pela cintura ao trazê-lo para perto.

— Mas é assim que eu quero.

Ele suspira, baixando os olhos e trazendo-os de volta para mim. Sobe as mãos pelo meu peito, os dedos brincam com a gola da minha camisa.

— Não faz isso comigo — eu o escuto murmurar.

— Eu... — Seguro seu rosto, trazendo-o para perto, até poder sentir sua respiração com a minha. Sinto um arrepio na boca do estômago que me deixa atordoado. — Eu queria...

Porra, não consigo dizer. As palavras estão na ponta da língua, mas não consigo dizer. Não consigo dizer que *gosto* dele.

— O que você quer? — Ele me encoraja.

— Eu queria que você soubesse... — Mordo o lábio. Estou tremendo, sentindo minha pulsação no corpo inteiro.

Ele empurra o corpo contra o meu, encaixando a boca na minha, respirando de forma pesada.

— O quê?

Balanço a cabeça em negação, engolindo as malditas palavras e começando um beijo desesperado. Algo acende dentro de mim quando sinto seus dedos no meu cabelo, as unhas curtas raspando a minha nuca. Vinícius empurra o corpo contra o meu num desespero gritante; retribui o beijo com tanta vontade que é como se estivesse esperando por isso o dia inteiro. Ele respira forte, o peito subindo e descendo junto ao meu. Ele se inclina para me beijar de novo, parando quando seguro seu rosto.

— Vinícius, eu...

— Rafael e Vinícius! — A voz do Guilherme ecoa lá de fora. — Eu sei muito bem o que vocês estão fazendo, podem sair daí agora — continua gritando à medida que se aproxima. — Dois sem noção, eu mereço... — resmunga.

— Porra — Vinícius também resmunga, afastando-se de mim, pressionando os lábios e se balançando de forma travessa.

— Olha, eu vou fazer o sonso e fingir que vocês não estavam fazendo nada, tá? — Guilherme avisa antes de abrir a porta. — Mas eu não vou ficar acobertando ninguém. Se o Victor descobrir, o problema é de vocês.

— Como se eu me importasse — Vinícius retruca, rindo com deboche ao passar por ele, seguindo em direção à escada.

— Victor não precisa saber de nada, não quero esse problema pra minha cabeça também — diz, fechando a porta atrás de mim.

— Tem razão, Victor é maluco quando quer.

— O Vinícius também, esse é o problema.

— É, você tem tara em malucos — concorda rindo.

— Cala a boca, Guilherme. — Rolo os olhos, ainda que tenha uma pitada de verdade nisso.

Assim que chegamos lá embaixo, Vinícius e Victor estão guardando as coisas na geladeira, em completo silêncio.

— Parece uma bomba-relógio — Guilherme sussurra, rindo fraco, sentando-se em um dos degraus, como uma tentativa de manter-se escondido dos olhos alheios.

— Para com isso.

— Não, é sério, parece que vão se matar a qualquer segundo.

— Eu sei, agora para — sussurro de volta, me sentando ao seu lado para continuar lhes assistindo.

— Meu Deus, esse chocolate é tão bom — Victor diz num tom de voz baixinho, parece uma criança.

— É... — Vinícius responde brevemente, com os olhos fixos na barra de chocolate.

Meu Deus, é agora.

— É seu? — Questiona, erguendo o olhar para encará-lo.

— É — concorda com a cabeça. Victor suspira, entregando a embalagem a ele, para só então voltar a desembalar as compras. — Você quer... quer dividir? — Vinícius pergunta, ganhando a atenção dele outra vez.

Eu mal consigo acreditar no que está acontecendo bem à minha frente. Sinto a mão de Guilherme no meu pulso, como uma confirmação de que estamos vendo a mesma cena absurda.

— Na verdade, eu quero — Victor diz com a voz mansa.

Vinícius esboça um sorriso. Abre a embalagem, quebra o chocolate no meio e estende uma das partes na direção do outro. Victor o encara desconfiado, antes de se atrever a pegar o doce oferecido. Parece que um milagre está acontecendo bem à minha frente.

— Quer cerveja? — Victor Hugo pergunta de boca cheia. — É a única coisa que tá gelada — continua, pegando umas duas garrafas. — Pega. — Joga uma na direção de Vinícius, que por pouco não a deixa cair no chão.

— Não podia ter me entregado em vez de jogar?

Ele balança a cabeça, não dando muita importância à pergunta alheia. Vinícius então desce o olhar para a garrafa, imóvel por um instante. Ele não sabe abrir, enquanto Victor abriu a dele em dois segundos.

— O que foi? — Pergunta ao notar o olhar de Vinícius sobre si, só então percebendo a garrafa ainda fechada. Ele sorri largo. — É só girar a tampa. — Ri soprado.

Vinícius sibila um "ah", girando a tampa e rindo quando a vê se soltar, a espuma da cerveja subindo, então finalmente bebe. Faz careta na sequência.

— Horrível.

Solto um risinho, ganhando a atenção de ambos, o que me obriga a sair do lugar. Levanto-me, acompanhado por Guilherme. Ajudo a desempacotar as coisas, tirando a cerveja das mãos de Vinícius para beber metade dela, antes de devolvê-la.

As próximas horas são feitas de pura zona, assamos carne, espalhamos garrafas de cerveja em cada canto da casa e do quintal. O vira-lata maldito de Guilherme chega a comer de um dos pratos quando não estamos olhando. Na segunda vez que tiramos o foco dele, o cachorro desaparece. Procuramos por minutos, só para encontrá-lo dentro do lago, nadando. Faz muito sentido ele ser o cachorro de Guilherme.

O surto do cachorro é o gatilho para aqueles bêbados entrarem no lago também. Tenho que gritar para eles não nadarem para longe, por ser fundo. É quando Vinícius vem correndo todo molhado na minha direção, rindo alto, ziguezagueando durante o caminho. Ele me arrasta para dentro da água, onde passamos metade da nossa tarde, entrando e saindo do lago, jogando água nos rostos um do outro, fazendo brincadeiras.

Quando o sol abaixa, subimos um morro e nos sentamos na grama, porque Vinícius quer muito ver o pôr de sol. Ele está todo molhado e tremendo de frio, ainda que embrulhado em uma toalha, mas insiste para que vejamos; acho que choraria se eu negasse.

Assim que escurece, entramos para tomar banho e vestir roupas secas, uma das minhas partes favoritas do dia porque, com muito esforço, consigo arrastar Vinícius para o banheiro comigo. Os vinte minutos mais divertidos que tive hoje.

Reunidos na sala, acho que nunca vi tanta felicidade como quando Charlie Brown Jr. ecoou por aquelas caixas de som. E *Ela Vai Voltar* me faz pensar em Victor Hugo, tanto que não consigo tirar meus olhos dele nem por um segundo enquanto canto. O rosto vermelho, corado por causa da bebida, o cabelo mais bagunçado do que o normal. Quase me faz repensar todas as minhas prioridades.

Durante a transição de uma música para outra, o celular de Victor começa a tocar. Ele se levanta, cambaleando e resmungando alto quando lê o nome do contato.

— Quem é? — Guilherme é quem pergunta, enchendo a boca com salgadinhos de requeijão.

— É o Lucca, meu colega de trabalho, um pau no cu, chato pra cacete — acrescenta, resmungando ao seguir caminho para fora de casa para atender a ligação. — Aposto que fez algo errado e quer que eu resolva, antes que o papaizinho descubra.

— É a cara dele — Vinícius comenta, deitado no sofá, com os olhos fixos na lâmpada do teto.

— Espera, eu perdi algo? — Guilherme se atenta, encarando cada rosto na sala.

— O Lucca é meu ex-namorado! — O outro grita, erguendo-se para se sentar, os olhos caídos e a fala arrastada. — Ele é italiano — acrescenta, um fato aparentemente importante. — Ítalo-brasileiro — corrige. — O pai dele é brasileiro.

— Legal... — Guilherme balança a cabeça, enchendo a boca outra vez com salgadinhos. — Uma pergunta: ele tem sotaque?

— Ele tem — respondo por Vinícius, estressando-me só de lembrar da existência daquele cara. — E é irritante.

— Ele tem, porque até os sete anos, o pai do Lucca nem sabia da existência dele, e como ele nasceu na Itália, aprendeu só o Italiano — Vinícius explica, voltando a se deitar, cobrindo os olhos com o antebraço. — Só depois, ele aprendeu o português, e português é difícil, ele se esquece das palavras e mistura com o italiano.

— Quando ele começa a falar rápido fica impossível de entender — Victor se manifesta ao adentrar a sala. — Um dia desses, ele me xingou em italiano.

— Quando a gente brigava, tudo o que ele dizia era em italiano, eu me irritava mais com isso do que com o motivo da briga.

— Nossa, quanto drama familiar. Você acorda um dia e descobre que tem um filho de sete anos — Guilherme diz, fitando o chão. — Deus me livre. — Ri soprado.

— É, mas o Lucca se fodeu mais nessa história, pois ele achava que o pai tinha morrido — Vinícius volta a falar, arrastando a voz. — E quando ele começou a dar trabalho, a mãe dele o mandou para o Brasil, para morar com o pai, e quando o pai dele se cansa, manda o Lucca de volta pra Itália. Tratam ele como uma bola de pingue-pongue, o tempo todo indo e vindo.

— Nossa... eu não sabia disso — Victor diz baixo. — Quer dizer, ele me falou que tem problema com os pais, mas... imagina que merda viver assim.

— Dói pra cacete saber que nem seus pais te suportam, disso eu sei. — Vinícius ri amargo.

Olho para ele deitado ali, imóvel, como se dizer uma coisa dessas fosse totalmente normal.

— Ele precisa de terapia — Guilherme conclui. — Todos precisam de terapia, com pais presentes ou não. Os meus se meteram na minha vida por anos, é por isso que eu sou um fodido.

— Eu nem sabia que você fazia terapia. — Victor o olha surpreso.

— Eu faço terapia desde os dez anos, Victor Hugo!

— Me desculpa!

— Vá se foder! — Responde indignado.

Começo a rir, me tornando o alvo dos seus olhos furiosos, então rio mais até estar gargalhando, e a pose de Guilherme se desmancha em instantes, até estar rindo também.

Vinícius se levanta num pulo, procura pelo celular e quando o encontra, passa alguns bons segundos procurando uma música que o agrade, abrindo um sorriso manso e fechando os olhos por um instante. Primeiro, sentado no tapete; depois, ele se deita, com os joelhos dobrados e as mãos descansando em sua barriga. Ele canta cada palavra da música, sorrindo minimamente, trazendo seus olhos para mim num trecho específico, que pode não significar merda nenhuma e, mesmo assim, faz meu coração saltar de uma forma assustadora:

Me perdi em nós e gostei mais de você
do que você gostou de mim.[4]

E continua rindo enquanto canta, fechando os olhos por dois ou três segundos. Minha pulsação nunca esteve tão acelerada, meu estômago gelou, minhas mãos estão trêmulas, me deixando atônito demais para prestar atenção em algo que não seja Vinícius.

Não sei por que estou tão abalado com isso, não sei por que estou dando tanta importância a uma música. Se eu pudesse, arrancaria meu coração e o jogaria fora neste exato instante, só para não precisar sentir essa droga.

Me afundo no sofá, sem tirar os olhos dele, não até o segundo em que olha para mim outra vez, quando vê que estou cantando olhando para ele, e não sei se precisa mais do que isso para perceber. Vinícius se levanta, equilibrando-se nas coisas ao caminhar até onde estou, sobe no sofá, não poupando esforços ao se enfiar nos meus braços, encaixando

4 Música Idiota, de Jão (2021).

o corpo no meu quando me viro de lado, só para que ele tenha em que se apoiar.

Vinícius deita a cabeça no meu peito, mantendo o cabelo cheiroso pertinho de mim, me obrigando a afundar o rosto ali. Meus braços o rodeiam e o apertam com tanta força que quando ele se encolhe, eu me derreto.

Que se foda. *Que se foda!*

Me perco nele tentando não sorrir ao senti-lo segurar minha mão e brincar com meus dedos enquanto canta baixinho. Eu fico como um bobo perto dele, tentando mais uma vez não sorrir quando olha para mim. Ele é tão bonito que me dá vontade de apertar suas bochechas, de beijar sua boca até dizer chega. Ignoro a existência dos outros dois até ouvir a risada de Guilherme, até notar o olhar repleto de confusão vindo de Victor, mas, a essa altura, não faz tanta diferença assim.

— Eu vou ao banheiro — Vinícius avisa, e logo depois se levanta, subindo a escada com pressa.

— Caralho... — Guilherme ri soprado, trazendo seus olhos para mim. — Você é um fodido, Rafael.

— Rafa, vamos lá fora? — Victor se aproxima, como quem ignora tudo o que está acontecendo ao redor. Ele não é ingênuo. Ele já sacou o meu lance com Vinícius, mas não sei de que forma isso o afeta.

— Por quê? — Pergunto meio confuso, sendo agarrado pela mão e arrastado até a porta.

— Eu quero ver as estrelas — diz animado, abrindo um sorriso largo e lindo. — Minha visão está embaçada, por isso é mais divertido ver as estrelas bêbado.

— Entendi. — Ri fraco, acompanhando-o.

Nós nos sentamos na grama. Victor dá um gole na bebida que segura antes de se deitar. Eu me deito com ele logo depois, tentando focar nas estrelas, rindo ao ver que não conseguiria de jeito nenhum. Elas não param de se mexer.

— É legal, não é?

— Sim — sussurro. — Você se lembra da vez que meus pais nos trouxeram aqui, e nós ficamos horas e horas vendo as estrelas?

— Você viu um vaga-lume e me arrastou pra dentro do mato atrás dele. — Ele ri alto.

— Será que aqui ainda tem vaga-lumes? — Indago, me sentando.

— Eu não sei, tá a fim de ir procurar? — Sugere, se sentando também.

— Vamos?

— Vamos. — Ele se levanta, estendendo a mão para mim, que a seguro, me levantando com dificuldade. — Tô com medo de me perder — murmura, ainda segurando a minha mão.

— Vai arregar, Victor Hugo?

— Nunca. Vamos achar esses vaga-lumes, Rafael. Anda! — Ele toma a frente, me arrastando pela mão para o meio das árvores, com uma pressa absurda.

Andamos por um bom tempo; está escuro pra caralho, mas ainda dá para ouvir a música, e eu, bêbado demais para sentir medo. Encontramos os vaga-lumes não muito longe. Há mais deles do que da outra vez, e porra... é tão bonito.

— Caralho... — Victor murmura, cobrindo a boca com as mãos para abafar o riso. — Isso é demais.

— É... — Sorrio de volta, dando uma volta, passando os olhos por cada pontinho brilhante.

— Rafa — Victor chama. — Aqui, faz um desejo. — Ele se aproxima com as mãozinhas juntas formando uma concha. Dá para ver o brilho do vaga-lume por entre seus dedos.

Contenho o riso ao me lembrar de que eu havia feito a mesma coisa com ele quando éramos pequenos. Eu devia ter uns sete anos na época e o Victor tinha desejado poder comer mais biscoitos antes de dormir.

— Anda, faz um pedido.

— Ok, deixa eu pensar...

— Se disser em voz alta não vai se realizar — avisa.

— Certo. — Fecho os olhos, tentando pensar em algo rápido. Eu me sinto um bobo ao pensar nisso, mas quero tanto que Vinícius e eu possamos dar certo. Não faço ideia de quando foi que comecei a pensar dessa forma, quando foi que passei a ser um frouxo. No entanto, estou apaixonado demais para me importar.

Assim que volto a abrir os olhos, é quase impossível não sorrir com Victor sorrindo daquela forma, ainda que estivesse um tanto escuro. Ele solta o vaga-lume, acompanhando-o com os olhos até que se junte aos outros.

— O que você pediu? — Pergunta curioso, o rosto vermelho pela bebida.

— Se eu contar, não vai se realizar, lembra?

— Eu contei o meu e ele se realizou — diz num tom divertido, se aproximando.

— Sim, mas eu prefiro não arriscar — respondo no mesmo tom, mordendo o lábio na sequência.

Victor concorda ainda sorrindo, me fitando por longos segundos, cada vez mais próximo de mim. Eu me sinto bêbado demais para pensar em algo rápido. Ele segura minhas mãos, entrelaçando nossos dedos. Meu coração acelera quando seu nariz toca o meu, fazendo sua respiração se misturar com a minha, me causando um frio na barriga. Fecho os olhos sem perceber ao sentir o cheiro dele tão forte e tão perto. Victor tem um cheiro tão bom… quase tão bom quanto o de Vinícius.

Vinícius.

Dou um passo para trás, respirando fundo de forma atordoada, e ele percebe que tem algo errado. Victor Hugo não é bobo, é claro que ele percebe.

— É por causa do garoto, não é?

— O quê?

— O Vinícius, você gosta dele — constata por si só.

Sequer penso em contrariá-lo, em vez disso, transfiro a atenção do seu rosto para qualquer ponto longe dos seus olhos.

— Não gosta? — Questiona, procurando meu olhar. — Tá ficando com ele?

— Eu tô — confirmo, puxando e soltando o ar. — Eu gosto dele.

— Que merda, Rafael. — Ri soprado, piscando algumas vezes e levando os olhos até seus pés. — Seus pais vão se casar.

— Eu sei disso — digo. Não quero ter essa conversa, não quero ouvir o que já sei. — Eu sei que estou fodido, poupe seu tempo com isso.

— Tá… — Ele cruza os braços, trocando o peso dos pés. — Me desculpa.

— Tudo bem, é só que… Isso é uma merda. — Rio, puto da vida comigo mesmo. — Eu passei anos da minha vida gostando de você, foram anos, Victor.

— Eu sei.

— Você sabe? Como você sabe? — Arregalo os olhos.

— Você não é muito discreto, Rafael. — Ri fraco. — E os olhares, a forma como você me tratava… E as pessoas viviam me dizendo isso. — Suspira, afastando uma mecha do cabelo. — Você ainda gosta de mim?

— Não. Depois que você foi embora, muita coisa mudou, talvez se você tivesse voltado uns meses antes de… — Paro a fala ao notar o que iria dizer. — Antes de…

— Antes do Vinícius — completa, abrindo um sorriso triste. — Eu já entendi… — Abaixa a cabeça, esfregando os olhos com a ponta dos dedos.

Eu me assusto quando percebo que ele está chorando, quando vejo seus dedos molhados e sua boca tremendo.

— Eu senti sua falta em São Paulo, eu... eu deveria ter te dado uma chance, sabe? Quando ainda estávamos na escola... — Suspira outra vez. — Mas eu tinha medo de estragar a nossa amizade.

— Todas as vezes que nós nos beijávamos quando estávamos bêbados, eu me perguntava se você finalmente me daria uma chance — comento, pressionando os lábios. — Mas nunca aconteceu.

— Desculpa.

— Eu acho que você sentiu falta disso, de sempre ter alguém ali pra te ouvir quando a festa acabasse, pra te levar pra casa bêbado, pra você poder beijar quando não tivesse outra pessoa. Eu sempre fui sua última opção, Victor.

— Não é verdade.

— É verdade, você sabe que é. — Fito o chão por um segundo. — Mas tudo bem, eu acho que as coisas são como devem ser, e nós devemos ser só amigos, como sempre fomos.

Ele fica em silêncio por um tempo. Sem a intenção de prolongar a conversa, eu tomo a frente seguindo o caminho de volta, ouvindo seus passos atrás de mim segundos depois.

— Como você tem tanta certeza disso?

— Eu tenho, Victor.

— Não, você não tem — continua. — Eu sei que eu errei quando estávamos no colégio, mas agora é diferente.

— Sim, é totalmente diferente agora. Você não gosta de mim de verdade, Victor. Acredite, eu sei. — Eu me viro para encará-lo, cortando-o antes que comece a ficar mais constrangedor do que já está, tanto para mim quanto pra ele. — E eu também não gosto de você, não assim, pelo menos não mais. Nós dois nunca vamos dar certo.

— Certo — concorda, fitando os dedos. — Me desculpa.

— Tudo bem. — Fecho os olhos, suspirando pesado. — Ainda somos amigos, né?

— Sim, nós somos. — Sorri.

Caminhamos lado a lado em completo silêncio. Dou graças a Deus ao finalmente chegarmos a casa. Victor entra primeiro e eu logo depois. A música não toca mais e Guilherme está deitado no tapete, deixando o cachorro lamber seu rosto; já Vinícius está sentado no sofá, emburrado. Suspiro, cansado demais para ter que lidar com aquilo.

— Porra, onde vocês estavam? Já faz uns vinte minutos, caralho! — Guilherme exclama ao nos ver.

— Fomos ver os vaga-lumes — Victor explica, sem ânimo algum na voz.

— Não sabia que aqui tinha vaga-lumes — ele comenta, se apoiando no sofá para nos encarar.

— Acho que vou dormir, boa noite pra vocês — Victor avisa, de cabeça baixa porque sabe que seu rosto está vermelho, e se arrasta até a escada.

— Eu vou também — Vinícius se levanta, pisando fundo, seguindo pelo mesmo caminho.

— Merda... — murmuro, me sentando no lugar onde ele estava antes, tentando pensar em uma solução rápida.

— Ele tá puto — Guilherme avisa num sussurro. — Pra caralho.

— Eu percebi.

— Ele te procurou pela casa inteira e se roeu de ciúmes quando te viu de mãos dadas lá fora com o Victor. Eu juro, nunca vi uma pessoa xingar tanto.

— Mas que merda... — Fecho os olhos, sentindo uma vontade enorme de morrer.

— Fala a verdade, o que vocês estavam fazendo?

— Fomos ver os vaga-lumes — repito o que Victor havia dito, mas Guilherme me encara de sobrancelha arqueada. — Ele tentou me beijar — confesso, olhando para a escada apenas para ter certeza de que não tinha ninguém ali.

— Porra, Rafael.

— Eu me afastei na hora. — Enrolo. — Ele ficou sem graça, então conversamos e acho que ele entendeu que somos só amigos. — Olho para o chão. — Ele perguntou se eu gosto do Vinícius.

— E você gosta?

— Eu gosto. — Abro um sorriso meio magoado com tudo. — Eu sei que não tem chance de termos alguma coisa por causa do casamento dos nossos pais, mas... eu gosto tanto dele. — Suspiro, cobrindo os olhos com as mãos.

— Merda... — Ele solta. — Caralho, Rafael, que merda.

— Eu sei.

— Vá logo pedir desculpas. Ele deve estar no meu quarto. Tem duas camas lá, eu duvido que ele queira dormir com você agora. — Caminha até a porta, pegando o cachorro no colo. — Vou levar o Bobby pra dar uma voltinha antes de dormir — avisa.

Concordo antes de me levantar. Não faço a mínima ideia do que dizer quando chegar lá em cima, mas vou dar meu jeito.

Guilherme tinha toda razão, Vinícius está embrulhado na cama que havia sobrado.

— Saia daqui, Rafael. Saia antes que eu decida matar você.

— Você nem sabe o que aconteceu. — Logo depois de fechar a porta, caminho até ele.

— Não quero saber. — Eu me sento no chão ao lado da cama, encarando-o por alguns segundos. — Vá embora.

— Não, não sem você.

— Eu não vou com você pra lugar nenhum depois de você ter sumido por vinte minutos com o Victor Hugo. — Sentou-se. Mais um pouco e estará soltando fumaça pelos ouvidos. — Eu sei que vocês não foram apenas ver vaga-lumes, eu não sou burro!

— Eu não fiz nada com ele, Vinícius. — Suspiro arrastado. — Venha comigo, por favor.

— Eu não quero transar com você — declara, deixando-me confuso.

— Quem disse que eu quero transar? — Pergunto, sem esconder o quanto isso me ofende.

— Você só me procura quando quer sexo. Fico surpreso por você não estar aqui por isso.

— Tá falando sério? — Rio indignado, para não dizer puto.

— Não é você quem diz que não somos nada? — Ri nervoso. — Você some com seu amigo e depois vem atrás de mim como um cachorrinho. Você me diz coisas bonitas o tempo todo, mas me troca sempre que tem a chance. Você faz comigo o que todo mundo faz, você mente e me usa.

— Olha pra mim. — Eu me sento ao seu lado. — Eu não minto quando te digo essas coisas, você é tudo isso e um pouco mais, e eu não quero só transar com você, já passamos de só sexo há muito tempo e você sabe.

— O que aconteceu lá fora? — Pergunta sem me encarar.

— Ele tentou me beijar — conto, engolindo a seco quando ganho a atenção de seus olhos, transtornado. — E eu não deixei — acrescento. — Você me pediu pra contar caso algo acontecesse; se tivesse acontecido, eu te contaria, acredite em mim. Eu posso ter gostado dele antes, mas agora é diferente porque tem você.

— Você não gosta mais dele?

— Não, nós somos só amigos, sempre seremos só isso. Não precisa ter ciúmes, Vinícius.

Ele nega com a cabeça.

— O Victor é legal, ele é inteligente e bonito, e vocês têm uma história juntos. — Abraça as próprias pernas, afundando o rosto entre elas.

— Ele gosta de você, Rafael. Eu não posso competir com ele, entende? Eu sou só um garoto e vocês me tratam como uma criança. Me sinto pequeno o tempo todo. Sinto que, por mais que eu me esforce, sempre vou acabar perdendo você pra ele. Eu nem sei por que ainda me importo tanto com isso, é praticamente impossível nós dois darmos certo. — Dá uma pausa. — É só questão de tempo até você voltar correndo pra ele.

— Para de pensar no Victor. — Eu o encaro, exausto desse assunto. — Eu não gosto do Victor, eu não quero o Victor, eu quero você, Vinícius. O tempo todo, eu só consigo pensar em você, em ficar com você, em beijar você. — Atropelo as palavras, finalmente ganhando sua atenção. — Você não precisa se sentir intimidado por ninguém, porque você é incrível pra caralho... — Solto o ar num riso cansado. — E pode se esquecer de toda a merda que eu disse sobre não me apaixonar, porque você mudou isso tão rápido que eu mal consegui acompanhar.

Seus olhos se abrem ainda mais. Ele parece querer perguntar se entendeu corretamente, puxando o ar de forma angustiada.

— Eu sei que... que você acha que eu estou tentando te enrolar, que eu estou mentindo pra continuar transando, mas... — Engasgo, acho que nunca estive tão nervoso como agora, minhas mãos até suam. — Eu gosto de você, eu gosto pra caralho. — Começo a rir, acho que meu coração vai atravessar o peito. — Então, por favor...

Ele ofega, faz menção de dizer alguma coisa, mas no mesmo instante recua, engolindo em seco.

— Eu tenho medo de você ir embora, é por isso que... que... — Sua voz começa a falhar. — Me desculpa, eu não consigo controlar isso. — Passou a mão no rosto, engolindo o choro. — Eu já aguentei tanta coisa dos outros, e... — Engasga, com as lágrimas escorrendo pelas bochechas. — Eu não me acho o suficiente, daí quando você sai com o Victor, eu sinto ciúmes, sinto porque sei que qualquer outra pessoa é melhor do que eu.

— Vem aqui — chamo, puxando-o pelo braço. Vinícius pondera um pouco, mas ainda assim, se senta no meu colo, apoiando a cabeça no meu ombro. — Você sabia que as borboletas não conseguem ver as próprias asas?

— Não entendi... O que isso tem a ver?

— As borboletas não conseguem ver suas asas, elas não conseguem ver o quanto são lindas, mas todos os outros veem. — Faço carinho em seu braço. — Você é uma borboleta, Vinícius. Só não consegue ver ainda.

— Não sou, não. — Nega com a cabeça.

— É, sim, você é a borboleta mais bonita — sussurro, beijando seu cabelo. — Só não fala isso pro Guilherme, você sabe, ele tem fobia de borboletas.

Vinícius ri fraco, se encolhendo no meu colo, apenas aceitando o carinho que eu estou fazendo.

— Eu queria que fosse diferente, tudo isso, os nossos pais...

— Eu também. — Deixo um beijo em sua testa, um na ponta de seu nariz, mais um em sua bochecha, na outra e finalmente na boca, lhe arrancando um riso bobo.

— Rafael — chama sem me encarar, voltando a deitar a cabeça no meu ombro.

— Fala.

— Eu quero que você seja só meu.

— Só seu? — Pergunto, encarando-o. Ele assente com a cabeça, pressionando os lábios. — Você vai ser só meu também?

— Eu já sou todinho seu, Rafa.

— Então, eu também sou todinho seu.

Ele sorri, segurando meu rosto e alcançando minha boca, iniciando um beijo lento, gostoso pra caralho.

Só meu.

— Vem comigo agora? — Pergunto ao nos afastarmos. — Eu quero te mostrar uma coisa.

— Agora? Mas eu queria dormir.

— É importante pra mim, por favor.

Ele assente com a cabeça, se levantando logo depois. Seguro sua mão, puxando-o comigo para fora dali. Paramos em frente ao quarto trancado com as coisas da minha mãe. Vinícius suspira enquanto me observa destrancar a porta.

— Rafael, você não precisa...

— Eu quero te mostrar uma coisa, você vai gostar. — Eu o interrompo, puxando-o para dentro do quarto.

Caminho até o armário e o abro, sentindo meu coração acelerar ao passar os olhos em todas aquelas caixas e me ajoelhar atrás de uma caixa específica. Há tantas coisas naquele armário e espalhadas pelo quarto, que algumas eu sequer me lembrava.

Vinícius parou em frente à penteadeira, fitando a foto que estava presa no canto do espelho.

— Quantos anos você tinha quando ela...

— Oito — respondo breve, focando nas caixas.

— Você era tão pequeno, eu sinto muito — murmura. — Como aconteceu? Não precisa responder se não quiser.

— Tudo bem, pode perguntar — asseguro. — Foi em uma segunda-feira. Meu pai tinha me deixado de manhã na escola e ela não apareceu pra me buscar à tarde. — Parei o que fazia, deixando a memória daquele dia clarear a minha mente. — Ela bateu o carro no caminho até a escola. — Volto a encarar as caixas. — Eu passei anos me culpando, mas depois entendi que não importava o quanto eu me condenasse por isso, nada iria mudar o fato de ela estar morta.

Ele não ousa dizer nada depois disso, está imóvel enquanto olha para a foto.

— Isso fode com a cabeça de uma criança, sabe? — Digo, finalmente achando a bendita caixa. — Eu fiz cinco anos de terapia. — Me levanto com a caixa nos braços.

— Eu já fiz terapia — ele comenta, me seguindo até a saída. — Eu tinha uns nove anos, meu pai já tinha ido embora e minha mãe chorava toda noite. Eu odiava fazer terapia, a psicóloga sempre me fazia chorar, mas minha mãe dizia que iria fazer bem pra mim.

— O meu psicólogo me fazia chorar também, acho que todos eles fazem. — Solto um riso fraco, olhando para baixo enquanto descemos a escada. — Eu me lembro de que ele tinha um aquário cheio de peixinhos dourados, eu adorava aquele aquário, daí um dia ele me deu um peixinho.

— Que fofo.

— Sim, o peixe morreu uma semana depois — disse-lhe, arrancando uma risada alta. — Agora, imagina eu contando que o peixe morreu porque o meu pai deixou ele descer pelo ralo da pia.

— Meu Deus! — Ele cobre a boca, contendo a risada. — Coitado do peixe.

— Meu pai disse que ele foi parar no mar, igual ao Nemo quando deram descarga nele, só que pela pia.

Ele gargalha, quase chorando de rir.

— A minha psicóloga tinha um mural de desenhos das crianças dela, metade dele só com desenhos meus. Ela dizia que eu podia pendurar um depois de cada sessão — conta com um sorrisinho. — Algumas vezes, ela perguntava se eu tinha certeza de que eu queria pendurar o desenho porque alguns eram perturbadores.

Solto um riso arrastado antes de abrir a caixa. Vinícius se aproxima curioso no segundo em que estendo a mão, gesticulando para que venha.

— Você gosta dos Beatles?

— Gosto de algumas músicas — conta, me observando curioso. — Isso são discos de vinil?

— São, minha mãe adorava — digo, passando os discos até encontrar *Let It Be*, e só então o entrego a ele, notando sua feição de surpresa. — Ela colecionava todos, minha mãe amava isso aqui — enfatizo, soltando um riso fraco, tomando o álbum *Help!* nas mãos. — Ela passava boa parte do dia ouvindo-os, cantando *Yesterday* pra cima e pra baixo, porque era a favorita dela.

— E você tem uma vitrola? — Indaga, deixando o álbum no tapete, aproximando-se para pegar outro.

— Sim, está naquele armário. — Aponto para o armário branco, encostado no canto da parede.

Ele se levanta e vai até lá, tirando de dentro a vitrola marrom e soprando a poeira dela. Eu mal acredito que estou mesmo vendo isso de novo.

— Qual você quer ouvir? — Pergunta.

— *Abbey Road*.

Ele não demora a vir até mim, pegando o disco da caixa. Eu paraliso no lugar. Faz tanto tempo que não escuto essas músicas. É como se fizessem parte de um sonho, uma criação da minha cabeça. Meu coração acelera quando a primeira faixa começa a tocar, atingindo-me com uma força surreal. Uma sensação de nostalgia avassaladora, e tantas, tantas memórias dela. Vinícius volta para perto, com uma expressão preocupada que me faz ter certeza de que não estou escondendo nem um pouco o quanto isso me abala.

— Posso tirar se você quiser.

— Não, não precisa — murmuro.

Ele somente faz que sim, saindo de onde está para se sentar ao meu lado. Vinícius deita a cabeça no meu ombro e segura a minha mão, entrelaçando nossos dedos e deixando um beijinho ali, o que imediatamente me tira um sorriso.

Fecho os olhos, deixando aquele sentimento transbordar em mim, e é tão doloroso, tão doloroso saber que nunca mais você vai poder ver aquela pessoa, senti-la e ouvi-la. Eu sinto tanta saudade dela, todos os dias, o tempo todo e dói tanto. Ainda que com o tempo, eu tenha, de certa forma, seguido em frente, passado por isso e aceitado que é assim que as coisas são agora, no fundo, eu ainda sinto dor. Sempre me pergunto como teria sido a minha vida se a minha mãe ainda estivesse viva, se ela e meu pai ainda estariam casados; se ela teria me feito ir à faculdade e até mesmo me pergunto se eu teria conhecido o Vinícius. Provavelmente, acabaríamos esbarrando em uma papelaria, ele me cantaria, eu responderia ao flerte e sairíamos juntos. Seria muito mais fácil se fosse assim.

Sei que não adianta ficar fantasiando sobre isso; nada vai mudar. O que resta é aceitar a realidade como ela é, e não é tão ruim assim, eu sou feliz, eu tenho amigos legais, o meu pai é foda pra caralho, e eu ganhei uma família nova. De fato, eu não tenho de que reclamar.

De qualquer forma, nada nunca vai ocupar o vazio que ela deixou em mim. Eu nunca vou me esquecer da mulher incrível que ela era. Minha mãe continua viva em mim, nas minhas lembranças de quando ela cantava, sorria, nessa mesma casa e em todos os meus oito aniversários. Ela quem criou o meu "álbum de aniversário". Inventou essa história de tirar uma foto minha todos os anos, sempre ao acordar, nesse mesmo dia, e meu pai segue essa tradição fielmente.

Solto um suspiro arrastado, sentindo um nó se formar na garganta à medida que a letra da música segue. Levo o olhar para a caixa de discos, puxando na memória todas as vezes em que a vi organizando os álbuns na estante. Quando dou por mim, as lágrimas escorrem pelo meu rosto, sem controle algum. Eu não quero chorar, essa é a última coisa que eu quero que aconteça. Abaixo a cabeça, enxugando meu rosto, mas é impossível controlar.

— Rafael — Vinícius me chama baixinho, apoiando uma das mãos na minhas costas. — Rafa... não chora — pede, segurando o meu rosto, limpando minha bochecha com o polegar. — Não chora. — Sobe a mão para a minha nuca, aproximando-se.

Vinícius senta-se no meu colo, abraçando-me, e é quando eu desabo. Ele começa um carinho no meu cabelo e minha única reação é abraçá-lo de volta, mantendo-o o mais próximo possível de mim.

— Não fica triste... — pede manso, escorregando os dedos pela minha nuca.

— Eu não tô triste, eu só... sinto falta dela.

— Eu sei — murmura, plantando um beijo na lateral da minha cabeça, deixando sua respiração quente tocar minha orelha.

Eu quero me afundar nele, com o rosto escondido em seu pescoço, sentindo seu cheiro que me deixa anestesiado. Eu o abraço com tanta força que me surpreende ele não ter reclamado, ao mesmo tempo que me assusta o fato de só a presença dele me deixar tão calmo e tão *em paz*, de uma forma como ninguém foi capaz de me fazer sentir antes.

Trocamos o disco depois de umas três músicas. Vinícius mexe em tudo, lê cada título, cada faixa de música e entra em êxtase quando se depara com o disco de *Exagerado*[5]. A capa tão velha e amarelada, com as pontas dobradas, rasgadas, mas com o disco ainda intacto.

— Dança comigo, por favor, por favor, Rafa — ele suplica, me segurando pelos pulsos e me arrastando para o meio da sala.

E eu o faço, sem largá-lo nem por um segundo. Ele ri a cada vez que o faço girar, contendo um gritinho sempre que o arrasto de volta para mim pela cintura, cambaleando com meu corpo rente ao seu.

E de frente para mim, ele canta cada palavra da música, assim como eu canto, olhando no fundo dos seus olhos, que lhe traria mil rosas roubadas, que largaria tudo, que morreria de fome se ele não me notasse. E no fundo, mesmo que eu não diga em voz alta, mesmo que eu me recuse a pensar e admitir, sei que o que sinto por ele é tão forte que nem mesmo teria coragem de negar que *sou mesmo exagerado*.

Está amanhecendo quando desaceleramos. Os discos estão todos espalhados na estante, junto com as garrafas vazias e as embalagens de doces.

Vinícius e eu nos deitamos no sofá, ele dormindo por cima de mim, com uma perna de cada lado do meu corpo e meus braços ao seu redor, sua respiração serena tocando a pele sensível do meu pescoço, me deixando mole. Eu o teria acordado para irmos para a cama, mas estava tão bom daquela forma que só pensar em tirá-lo de cima de mim soava como um crime imperdoável. Não vai haver um músculo meu que não esteja dormente quando eu me levantar, mas eu não ligo, ele pode dormir assim comigo pelo tempo que quiser, quando quiser, todos os dias se preferir.

---

5 Álbum de Cazuza (1985).

14

O CASAMENTO É AMANHÃ. AMANHÃ, ÀS CINCO DA TARDE. MEU estômago gela sempre que penso nisso, um medo corre pela minha espinha, me sinto nervoso a cada segundo. Até parece que serei eu a casar.

As últimas duas semanas foram tão corridas que mal vi os dias passarem. Casamentos são estressantes. Muitas coisas para lidar, muita coisa para resolver, decidir. O telefone fixo toca a cada dez minutos, não existe mais paz nessa casa, pelo menos não até o dia depois do casamento. Perdi as contas de quantos ensaios de cerimônia tive que participar, de quantas vezes tive que sair para resolver algo porque nenhum dos dois noivos tinha tempo.

Cheguei à conclusão de que odeio casamentos. São bonitos e até legais para quem não passa de um mero convidado. Não imaginam o pesadelo que é ter que organizar toda essa cerimônia que não chega a durar nem uma hora, sem falar na festa. Eu não quero nunca me casar, nunca mesmo.

São quase nove horas da noite e esse é o único momento do dia em que estou tendo paz. Vinícius e eu viemos a um festival de música o qual ele implorou para vir, ainda que não conheça nenhuma das bandas, ele quis muito. E aqui estamos, sentados em um lugar bem afastado do resto das pessoas. É longe, mas dá para ver o palco e ouvir as bandas.

Passamos boa parte do tempo julgando as músicas que tocam. Algumas são tão ruins que ele até faz careta ao ouvir, rindo sem parar. Mas o que faz valer a noite é ver o quanto Vinícius se empolga tão facilmente com tudo que entra no seu caminho. Gasto mais dinheiro com ele em uma noite do que comigo mesmo em meses.

A questão é que ele sabe como pedir, sabe como me convencer. Ele deixa a voz mansa, os olhos grandes e brilhantes nos meus, e ele sempre me toca no braço, na mão ou na cintura, como um pedido silencioso, murmurando um "por favor" irresistível, e quando consegue o que quer, a recompensa é um beijo.

Cá entre nós, não é que eu não perceba a manipulação, é que eu *gosto* de ser manipulado. Eu gosto de agradar, gosto de obedecer, gosto de vê-lo sorrindo todo fofo, me dando um selinho atrás do outro quando o deixo feliz, e gosto ainda mais quando decide me recompensar com muito mais do que selinhos, exatamente como está fazendo agora.

Nunca estive tão feliz por estar em um lugar onde grande parte das pessoas está chapada demais para reparar em nós, além do fato de estarmos a uma distância segura do resto das pessoas. Vinícius monta em mim, segurando meu rosto em suas mãos enquanto me beija, deixando-me louco, maluco. Meu corpo todo ferve de tanto desejo. Minhas palmas se perdem dentro da sua camiseta, sentindo na pele o quão quente o seu corpo é, e não me contento com isso, escorrego as mãos para dentro da sua bermuda, apertando sua bunda ao puxá-lo para cima do meu.

E por um momento, eu me esqueço completamente de que ainda estamos em público.

Paro quando ele afasta a boca da minha, respirando de forma pesada. Faz uma semana que não transamos, nenhuma vez, e isso está me matando.

— Vamos pro carro — Vinícius declara ofegante, com os olhos escuros nos meus. Eu concordo com tudo que ele diz nessas condições.

Vinícius se levanta, recolhendo nossas coisas do chão com agonia, me acompanhando até onde deixamos o carro, em passos rápidos para não sair correndo. Entramos pelas portas de trás. Vinícius não espera um segundo que seja para voltar para cima de mim, com uma pressa incontrolável. Suas mãos descem para a minha calça, os dedos rápidos dando um jeito de desafivelar o cinto, para depois abrir cada botão da calça.

Vinícius afasta sua boca da minha, me tirando um suspiro quando enfia a mão dentro da minha roupa, segurando o meu pau, deslizando sua palma por ele, fazendo meus olhos revirarem de prazer. Puxo o ar, estremecendo a cada vez que ele desce a mão, me masturbando devagar.

Seus olhos se mantêm presos aos meus, com uma curiosidade evidente, segurando o sorriso a cada vez que me seguro para não gemer, quando solto um grunhido e aperto os olhos.

— Não vai gozar na minha mão, Rafa.

— Sem maldade, Vinícius — mando, apertando os dedos ao redor da sua cintura. Ele solta um risinho. Sabe que eu detesto quando fica me provocando assim.

— Mas eu sou tão bom com você — sussurra, mordendo minha orelha, o polegar pressionando minha glande, me tirando um gemido. — Eu faço tudo o que você pede. — Abro um sorriso. Essa parte até pode ser verdade, ele faz direitinho tudo o que eu peço, mas sempre depois de tentar me deixar maluco. — Não sou, Rafael?

— É, sim, você é bonzinho. — Aperto sua cintura em reflexo. — Faz uma coisa pra mim?

— Faço — murmura dengoso. — O que você quer?

— Quero que me chupe — peço, subindo a mão para o seu cabelo, puxando os fios da sua nuca. — Faz isso pra mim, gatinho?

Ele concorda com um arfar arrastado; sai de cima de mim e se senta no banco ao meu lado, olhando com atenção enquanto eu termino o trabalho que ele começou, abaixando a calça e a cueca. Prendo o ar quando meu pau toca a minha barriga, e praticamente afundo no banco.

Vinícius passa a língua entre os lábios, segura o meu pau e se inclina sobre mim. Meu baixo abdome ferve ao sentir sua língua, sua boca quente me rodeando. Ele me engole, coloca tudo na boca e meu pau chega a tocar o fundo da sua garganta. Eu me agarro aos fios do seu cabelo, respirando de forma pesada.

Meus músculos se contraem, cada parte de mim estremece, me sinto pulsar sobre sua língua, expelindo porra. E Vinícius tira o meu pau da boca, chupando só a cabecinha, com tanta força e vontade que me faz gemer, meus olhos revirando. Entorpeço de tanto prazer. Posso sentir como se escorregasse pela minha pele. Puxo o seu cabelo em reflexo, forçando sua cabeça para baixo até que me engula outra vez.

— Porra... — Aperto os olhos, puxando o ar com força. — Porra, Vini — rosno, quase me desfazendo quando ele encontra o ritmo certo, indo e vindo, com sua boca quente e gostosa me enlouquecendo. — Caralho! — Prendo o ar, puxando sua cabeça para que largue, mas ele não obedece. — Espera, espera — começo a pedir, puxando com força o seu cabelo até que erga a cabeça.

Vinícius tira o meu pau da boca e olha para mim, com os olhos marejados e a boca entreaberta. Então, ele esboça um sorriso.

— Vem, senta aqui — chamo, num tom de provocação que o deixa empolgado.

Vinícius começa a tirar a roupa. Cada peça que ele deixa perdida no carro me deixa cada vez mais hipnotizado. Eu amo o corpo dele, amo tocar, cheirar, provar.

— Camisinha.

— Camisinha. No porta-luvas — digo zonzo, observando-o se inclinar entre os bancos da frente, empinando direitinho para mim. O filho da mãe faz de propósito, eu sei que faz.

Minha destra vai quase que automaticamente em direção à sua bunda, fazendo carinho antes de acertar um tapa ali, lhe arrancando um grunhido baixo.

— Bate forte, porra.

— Não me provoca — respondo no mesmo tom. Aperto a carne quente, para então lhe dar outro tapa, dessa vez forte o suficiente para fazê-lo gemer.

Ele monta no meu colo, de costas para mim e me entrega o preservativo, com o rosto apoiado no banco, mirando seus olhos curiosos em mim enquanto espera. Vinícius tem um ar tão luxurioso que chega a ser impossível me controlar. Sem paciência nenhuma, eu seguro sua cintura, puxando-o para mais perto.

— Abre pra mim — mando.

Eu o ouço suspirar. Ele traz suas mãos para trás e segura suas nádegas, abrindo o suficiente para que eu possa enfiar meu pau com toda a facilidade do mundo. E quando coloco só a cabeça, ele treme, apertando os dedos no banco da frente em que está apoiado, puxando o ar com força.

— Senta — mando, segurando seu quadril, e ele obedece. Desce devagar pelo meu pau, contraindo enquanto me engole, gemendo alto quando me tem dentro.

— Porra — choraminga, com a respiração agitada, contraindo ao meu redor, me enloquecendo com isso, me deixando desnorteado, e ele sequer começou. — Rafael... — chama, engasgando num gemido manhoso quando começa a rebolar.

É sacanagem, é uma puta sacanagem ele chamar o meu nome desse jeito enquanto senta no meu pau, e ele sabe disso. Vinícius arfa, rebolando devagarzinho, aproveitando cada segundo disso. Eu sou capaz de morrer agora, de tão bom que é; é surreal.

Quando finalmente começa, subindo e descendo ao meu redor, meu interior ferve, começo a suar, angustiado com a sensação que se alastra pelo meu corpo. Eu mal consigo me controlar com ele. Agarro sua cintura, puxando-o com força para baixo, indo fundo dentro dele, fazendo-o gemer mais alto a cada vez.

Nós fazemos o melhor sexo, talvez porque a química seja muito boa ou talvez porque tenha sentimento demais envolvido, mas de qualquer forma, o sexo com ele é sensacional. Ele está quicando quando caio em mim, me deixando louco de vez, e eu mal consigo pensar em outra coisa que não seja ele, me engolindo com força, me enterrando tão fundo que seu corpo estremece sobre o meu.

Meu corpo parece estar se desfazendo, está tão quente e abafado aqui dentro que mal consigo respirar. Vinícius não para nem por um segundo, e eu não vou durar. Não vou durar nem metade do que deveria. Sou fraco demais para ele, fraco demais para ele cavalgando em mim como se fosse morrer se não fizesse.

— Meu Deus. — Arfo. — Porra... — Engasgo, apertando sua cintura e puxando-o para baixo.

Vinícius puxa minhas mãos, entrelaçando nossos dedos, me fazendo abraçar seu corpo; ele apoia as costas no meu peito e a cabeça no meu ombro. Me encara, abrindo um sorriso entre um gemido e outro, me deixando louco. Apoio a testa na sua, de olhos fechados, enquanto ele continua descendo pelo meu pau, gemendo contra a minha boca, misturando nossas respirações.

Eu não vou aguentar.

Meu coração acelera, os gemidos escapam sem controle algum e o meu corpo estremece assim que atinjo o orgasmo, puxando-o para mim, para mais perto. Vinícius goza logo em seguida, a porra escorre pelas suas pernas e barriga, pelo banco. Nós nos encaramos por poucos segundos, sorrindo sem perceber antes de começar um beijo lento.

— Estou cansado. — Ele sopra contra a minha boca, mantendo os olhos fechados.

— É? — Contenho o sorriso, beijando sua bochecha. — Cansou, foi? Deve ser porque você quase me matou agora, garoto — digo, fazendo-o rir num sopro.

Vinícius abre os olhos ainda com a boca encaixada na minha.

— Rafa... — ele chama, com um dengo irresistível na voz.

— Ih, ficou manhoso. — Rolo os olhos, alçando a minha camisa largada no banco ao lado, usando-a para limpar suas pernas e barriga. Vou ter que voltar pra casa vestindo só o casaco.

Ele resmunga com as minhas provocações, me mostrando o dedo do meio, e então sai do meu colo para começar a se vestir, o que é uma tarefa difícil para ambos, pelo pouco espaço do carro. Agora, com as janelas abertas e vestidos, Vinícius se aninha perto de mim, passando os braços envolta do meu corpo, cheio de manha.

— Quer ir para casa agora? Está com sono? — Sugiro, afagando seus cabelos.

— Não, eu quero ficar aqui. — Levanta o rosto, alcançando meus lábios, me dando um selinho atrás do outro antes de continuar. — Com você. — Sorri.

Seguro seu rosto com a mão livre, fazendo carinho em sua bochecha, vendo-o fechar os olhos em resposta, apoiando o rosto contra a minha mão.

Caralho, ele é perfeito demais.

Um sorriso desenha seus lábios, e o meu vem de forma instantânea. *Eu estou muito apaixonado por Vinícius, muito, muito mesmo*. Ele abre os olhinhos, me encarando com as pupilas dilatadas. Vinícius tem um olhar tão intenso, capaz de me deixar desnorteado só com isso.

— Você está fazendo de novo — diz baixo, mordendo o lábio inferior para conter o riso.

— O quê?

— Me encarando assim, com esse olhar... — diz, rindo bobo. — É tão fofo.

— Fofo? — Arqueio a sobrancelha, tombando a cabeça para o lado, vendo-o concordar com a cabeça ainda sorrindo. — Não, gatinho, você é fofo.

Ele ri outra vez, segurando meu rosto antes de se aproximar para um beijo rápido, mantendo-se pertinho quando termina.

— Você acha que amanhã nós vamos ter tempo de novo? — Pergunta baixo, fazendo carinho no meu maxilar com a ponta dos dedos.

— Não acredito que você já esteja pensando na foda de amanhã, Vinícius! — Exclamo, contendo o riso.

— Ridículo. — Ele me dá um tapa, voltando a se aconchegar perto de mim para então falar: — É que você vai estar de terno.

— Ah, é... e você também. — Solto o ar, recordando-me vagamente dele experimentando o terno naquela loja. — Você fica tão gostoso de terno. — Mordo o lábio inferior.

Ele ri, abafando o som ao esconder o rosto no meu peito.

— Então, vamos ou não ter tempo?

— Vou dar um jeito nisso, antes da cerimônia — prometo, lhe roubando um beijo rápido.

— Tá — murmura satisfeito, arrastando a ponta do nariz pela minha bochecha, aconchegando-se no meu colo.

Depois disso, ficamos em silêncio, presos na bolha que criamos, onde só existe nós dois, nossos beijos e o nosso carinho mútuo.

Em casa, as luzes estão apagadas, sem sinal de que há alguém acordado. Não sabia que estava tão tarde. Foi estranho a mãe de Vinícius não ter ligado por não termos voltado cedo, talvez ela nem tenha se lembrado, já que anda tão ocupada com o "grande dia", ou ela confia bastante em nós dois.

Vinícius me pergunta, todo acanhado, se pode dormir comigo, e concordo mesmo sabendo que ele não quer minha permissão; é apenas um aviso, ele dormiria comigo de qualquer jeito. Eu sei que ele tem insônia, vive reclamando que não consegue dormir mesmo estando com muito sono, e isso me deixa bastante preocupado. Perdi as contas de quantas vezes acordei no meio da noite e ele estava acordado, desenhando.

Passamos a noite conversando, ele me contando mil e uma coisas e eu apenas concordando, morrendo de sono e sem parar o carinho no cabelo dele. Vinícius mantém a vozinha arrastada, rouca, as mãos por dentro da minha camisa, correndo os dedos pela minha barriga como carinho. Ele parece tão calmo, mas não dorme de jeito nenhum. Eu, por outro lado, durmo sem perceber. Acordo no dia seguinte com seus braços e pernas envolta do meu corpo, a cabeça recostada no meu peito. É difícil levantar com ele grudado em mim, resmungando e voltando a me abraçar sempre que eu me afasto, cheio de dengo. Será um longo dia.

Acho que nunca vi tantas flores na vida. Brancas, muitas e muitas flores brancas. O tapete e o altar também são brancos, ressaltados pela cor de canela dos detalhes em madeira e pelo verde da primavera. Agora, entendo o motivo de terem escolhido casar ao ar livre.

— A decoração é bonita — Vinícius murmura, abotoando a camisa. — O que você acha?

— Muito branco. Não gosto — encurto a resposta, lhe arrancando uma risada fraca.

— Mas é bonito, Rafael — insiste, agora vindo até mim, ajudando-me a dar o nó na gravata. — Você pensa em se casar?

— Não sei, casamentos são muito caros, mas quem sabe... — Dou de ombros, segurando sua cintura. — Você quer se casar, gatinho?

— Acho que sim. Não é esse o objetivo da maioria dos seres humanos? Viver um relacionamento monogâmico? — Diz num tom irônico.

— Monogâmico ou não, o mundo é movido pelo amor.

— Achei que o amor fosse fruto do capitalismo. — Sorri, subindo as mãos pelos meus ombros. Cheguei a dizer isso para ele um dia, num tom de brincadeira.

— E é — concordo. — Ambos controlam o mundo. Você é inteligente, deveria saber disso.

Ele ri alto, concordando com a cabeça, mordendo o lábio inferior antes de voltar a me encarar.

— Você nunca amou ninguém, Rafael — ele conclui. — É por isso.

— Não é verdade. — Tento me defender, vendo-o arquear as sobrancelhas diante daquela mentira descarada. — Somos todos escravos do amor.

— Sim, mas você nunca amou alguém romanticamente, não é verdade? — Passa a ponta dos dedos pela minha nuca.

— É uma meia-verdade. — Contorno a história. Vinícius franze o cenho, sustentando meu olhar. — O que senti foi passageiro, mas não significa que eu não tenha gostado das pessoas.

— Isso é amor líquido. Você nunca sentiu o amor de verdade. Saberia se tivesse sentido — conclui, esboçando um sorriso, para então se afastar de mim.

Amor líquido. Então, me questiono por um breve momento enquanto observo Vinícius afivelar o cinto da calça, se o que eu sinto por ele agora é passageiro, se vai desaparecer tão rápido quanto veio, se vou enjoar, como aconteceu com os outros.

— Nós temos que voltar para lá — avisa, já pronto para sair do quarto em que nos enfiamos para fugir das pessoas. Ele vai até o sofá que usamos, enfileirando todas as almofadas que antes atiramos no chão. — Arruma o cabelo antes de sair — manda, calçando os sapatos.

Concordo com a cabeça, fitando brevemente meu reflexo no espelho. Eu não só estou descabelado como também há rastros de Vinícius pelo meu pescoço.

— Você acha que todos os convidados já chegaram?

— Provavelmente. Já são quatro e meia. — Dou uma olhada rápida no meu relógio de pulso.

— Certo. — Suspira, voltando a se aproximar, usando os dedos para arrumar os fios do meu cabelo, sorrindo fraco quando termina. — Vamos?

— Vamos. — Sorrio de volta, lhe dando um selinho rápido.

No instante em que passamos pela porta, o barulho começa. Um falatório confuso e interminável enche nossos ouvidos. Eu mal consigo ouvir meus pensamentos com tanto barulho. Vinícius e eu andamos lado a lado, até entramos no salão. Ele força um sorriso, seguindo caminho até os seus familiares, pronto para cumprimentar um por um, ao mesmo tempo que eu faço caminho até os meus parentes.

Encontro familiares que nem me lembrava de que existiam, não só da minha parte de pai, como da de minha mãe também. Cortamos laços quando ela morreu. Digamos que tenha afetado muito todos nós. Como eu disse antes, depois que ela se foi, ficamos só eu e meu pai, o restante sequer se lembrou de nós depois disso. Agora, estão bem aqui, felicitando-nos pela nova família.

Vinícius parece estar na mesma situação, conversando com uma senhora mais velha, visivelmente desconfortável com o assunto que ela insiste em prolongar. Ele só parece entusiasmado de verdade quando encontra alguns primos pequenos.

— Achei você. — Guilherme surge ao meu lado, enfiado num terno bonito e emanando um cheiro forte de perfume. — Quando vão servir os salgadinhos?

— A última vez que te vi arrumado assim foi na formatura do colégio — comento, fitando-o dos pés à cabeça.

— Obrigado, mas você não respondeu à minha pergunta.

— Depois da cerimônia.

— Certo, você sabe se aquela mulher é solteira? — Pergunta, apontando com o nariz para uma moça baixinha, de cabelo curto, no outro lado do salão.

— É minha prima.

— Sim, mas é solteira?

— Eu não sei, Guilherme, meu Deus...

Ele não faz mais perguntas, termina de beber o vinho que está segurando, para então largar a taça na mesa à sua direita, ajeitando a postura para ir até lá. Eu lhe assisto chegar perto dela, e em menos de dez segundos, o vejo fazê-la rir. Eu nunca vou entender como ele faz isso. Poucos minutos depois, Vinícius volta a se aproximar, reclamando por ter parado umas dez vezes para tirar fotos, com as bochechas doendo de tanto sorrir para as câmeras.

— Ah, meu Deus — ele resmunga baixinho, com os olhos fixos na entrada.

Estreito os olhos, surpreendendo-me tanto quanto ele quando os vejo entrar lado a lado. Victor parece mais acanhado e tímido enquanto Lucca está muito mais confiante.

— Isso aqui virou o *De férias com o ex*[1]? — Vinícius reclama indignado.

---

1 Reality Show da MTV (2016).

Não consigo evitar rir da sua comparação.

— É igualzinho a *De férias com o ex* — concordo, sorrindo nervoso, deixando a taça vazia na bandeja do garçom e pegando outra cheia. Seguimos por pura educação em direção aos dois, da mesma forma que ambos sorriam forçado para nós.

— Oi, Rafa. — Victor sorri, as bochechas levemente vermelhas. Ele estava bebendo.

— Oi, Victor. — Sorrio de volta, desviando o olhar para Lucca, que sorri da mesma forma embriagada para mim, com o olhar pesado e o cabelo longo caindo no rosto.

— Por que você veio, Lucca? — Vinícius pergunta, num tom visivelmente arrogante.

— Eu fui convidado. Você pode não gostar de mim, *angelo*[2], mas minha ex-sogra gosta. — Ele ri, abusando do sotaque.

— A gente não vinha, mas o Lucca insistiu — Victor se intromete, olhando de cara feia para o acompanhante.

— Eu amo casamentos — acrescenta Lucca, sorrindo. *Como pode um merdinha desses ter um sorriso tão bonito? Isso me irrita profundamente.* — E eu trouxe presentes. — Ergue a sacola preta e grande que segura.

Vinícius arqueia as sobrancelhas, apontando para a mesa de presentes. É mais do que óbvio que ele não esperava e muito menos desejava a presença de Lucca, mas não vai fazer uma cena no meio da festa, quando o italiano está claramente bêbado.

— Vocês ficaram bem próximos, né? — Questiono Victor quando Lucca se desprende de nós, olhando-o fixamente.

— Ah, nós trabalhamos juntos, você sabe. — Dá de ombros. — Saímos para beber e ele se lembrou do casamento. Quem dispensaria um bufê e bebida de graça, não é? — Sorri, me dando um tapinha no ombro. — Eu vou ficar de olho nele, não se preocupe. — Victor sai atrás de Lucca, arrastando-o para um canto reservado, longe de qualquer pessoa que corra o risco de se tornar alvo da encheção de saco do italiano.

Quero muito ir até eles e perguntar que ideia de jerico é essa de aparecer assim em um casamento, em que mal possuem contato com os noivos. Não tenho problemas com Victor, mas ele deveria ter tido o mínimo de senso ao trazer Lucca para cá, ainda que ele tivesse algum tipo de convite. E afinal, que merda de ex é tão sem noção a ponto de dar as caras no casamento da ex-sogra, porra? Eu tô é puto.

Olho para Vinícius ao meu lado, os braços cruzados e a cara emburrada. Isso me irrita ainda mais.

2 Anjo, na língua italiana.

— Tá tudo bem?

— Sim.

— Tem certeza? Se quiser, eu peço para irem embora.

Ele ergue os olhos para mim, um tanto surpreso com minha sugestão.

— Não precisa, o Victor é seu amigo e... O Lucca é um pau no cu, vai encher o saco se você implicar com ele.

Faço que sim com a cabeça, respirando fundo pelo menos duas vezes.

— Vai ser uma merda de noite — Vinícius resmunga.

Faltando exatos quinze minutos para a cerimônia começar, encontro o meu pai. Nunca tinha visto esse homem tão nervoso em toda a minha vida, foi impossível não rir.

— Está tão bonito e elegante — digo-lhe num tom debochado, juntando minhas mãos atrás do corpo.

— Garoto, você não começa que eu te esgano bem aqui.

— Quais seriam as possibilidades de ela desistir em cima da hora? — continuo, recebendo seu olhar mais irritado. — É brincadeira, homem! Meu Deus, cadê o seu senso de humor?

— Eu vou te deserdar — ameaça.

— Se ela aguentou você por todos esses meses, então é amor.

Ele ri fraco pela primeira vez nesta tarde.

— E pensar que eu a conheci porque você caiu da escada e levou sete pontos.

— Foi nesse dia que vocês se conheceram? — Arregalo os olhos, surpreso. — Por que não me disse antes?

— Ela é médica, estava na mesma sala que nós, você não se lembra?

— Me desculpe, eu estava dopado. — Sorri forçado.

— Vinícius também estava lá.

— Estava? — Minha voz denuncia a curiosidade que sinto. A única coisa da qual me lembro daquele dia é do sangue, da enfermeira conversando comigo e de ter dormido pra caralho na volta para casa.

— Sim, ele estava dormindo, tinha uma agulha no braço e o soro do lado da cama. Ísis disse que ele tinha passado mal na escola, eu falei que você era um burro que caiu da escada, e foi assim que nos conhecemos.

— Que romântico! — Assenti com a cabeça, ainda muito surpreso com aquela história toda. — O Vinícius sabe disso?

— Eu acho que não.

Concordo com a cabeça de novo, evitando pensar muito sobre isso agora. E se Vinícius e eu tivéssemos nos visto, se tivéssemos conversado... Como teria sido?

— Eu tenho que ir para o altar agora. — Dá um tapinha no meu ombro, e eu contenho o sorriso, assentindo.

— Meus parabéns, pai.

— Obrigado.

Eu o acompanho para fora do quarto, mas paro assim que ouço a mãe de Vinícius me chamando de dentro do outro quarto. Não vou negar que a possibilidade de ela assumir a desistência me passa pela cabeça.

— Você está incrível — comento quando ela fecha a porta.

— Obrigada, Rafa. — Sorri doce. — Você pode me fazer um favor?

— Tudo bem, o que é? — Rio nervoso. Estou supondo que ela vai pedir ajuda para fugir quando me chama para perto da janela.

— Pode chamar o Vinícius para mim? — Pergunta ao se afastar, me pegando totalmente de surpresa. — Ele vai entrar comigo e até agora não apareceu. Esse menino...

— Pode deixar, eu chamo.

Ela sorri uma última vez, antes de me deixar passar pela porta.

— Obrigada, Rafa.

Procuro pelo garoto e dou a ele o recado, para só então ir ao meu lugar no altar. Meu pai esboça um sorriso ao me ver, desviando o olhar para o final do tapete segundos depois da música começar. Acompanho seu olhar, encontrando Vinícius e Ísis de braços dados. Ele é bem mais alto do que ela, o cabelo com cachos perfeitinhos caindo na testa, está maior e mais cheio do que quando nos conhecemos. O terno bem-ajustado em seu corpo, lindo, absurdamente lindo.

Vinícius contém um sorriso ao trazer os olhos para mim, baixando a cabeça para erguê-la logo depois. Sei que grande parte da atenção está focada na noiva e no quão deslumbrante ela está, mas não consigo tirar os olhos de Vinícius. Simplesmente não consigo. É como se eu estivesse hipnotizado, preso nos olhos dele, no sorriso que desenha seus lábios. Sinto como se este momento tivesse sido isolado no tempo, como se fosse durar para sempre.

Vinícius me olha, abrindo um sorriso que é capaz de fazer meu coração saltar dentro do peito. Repenso a conversa que tivemos mais cedo, constatando que é ridículo considerar que o que sinto não passe de *amor líquido* quando só um sorriso dele faz meu coração bater tão forte que posso senti-lo no corpo inteiro; quando me faz sentir um frio na barriga angustiante que me deixa assustado; quando, no meio de um casamento, tudo o que consigo fazer é pensar no quanto ele está bonito.

O que eu sinto é real, é de verdade, é sólido. Ninguém me faz parecer um bobo apaixonado além de Vinícius.

Antes de subir no altar, Ísis se vira para o filho, segura seu rosto e faz com que ele se abaixe para que ela consiga beijar sua testa, só então o deixando se juntar a mim. Nós nos entreolhamos por alguns segundos, voltando a atenção para nossos pais assim que o cerimonialista pronuncia a primeira palavra.

É inevitável pensar no fato de que nossas vidas vão mudar completamente depois de hoje. Eles vão se casar, e não vai existir um jeito fácil de seguirmos com o que criamos sem que isso afete o casamento deles. Eu sei disso, e ele também.

É uma cerimônia longa, beirando o entediante. Eles fazem os votos. Ísis tenta, a todo custo, engolir o choro enquanto ouve cada palavra dita por meu pai, sem deixar de sorrir nem por um segundo. Isso mexe comigo, me desespera, me deixa aflito, com medo e, sem perceber, acabo encarando Vinícius.

Por que tem que ser tão complicado?

Quando acaba, podemos dar início à festa. Vinícius me puxa pela mão até o salão, pega a primeira taça de vinho e vira. É a terceira taça que o vejo beber esta noite, o suficiente para deixá-lo todo soltinho.

— Dança comigo?

— Tem muita gente aqui — pondero com as mãos atrás das costas enquanto olho ao redor.

— Por favor! — Ele me puxa pelo braço, arrastando-me para o meio do salão. — Por favor, por favor, Rafael.

— Esta música não, Vini. — Tento recuar, olhando em volta, de forma assustada. Só o que me falta é ganhar a desconfiança dos meus familiares. Grande parte deles detesta saber que sou gay, e se acharem que Vinícius e eu estamos tendo algo, vamos ser o boato da noite.

— Por favor! — Insiste, chegando perto demais de mim, fazendo-me entrar em pânico.

— Vinícius... Vinícius, para! — Eu o seguro pelos ombros, afastando-o de mim e me arrependendo instantaneamente.

Ele parece um pouco bêbado, e se já consegue ser teimoso quando está sóbrio, com álcool no organismo, ele fica o dobro.

— Tá bom — murmura.

Espero pela cara emburrada, pela raiva lhe enchendo os olhos, mas o que vejo é chateação. Vinícius pressiona os lábios, abaixando a cabeça e espera alguns segundos para se afastar de mim, fazendo todo o caminho até as mesas. Começo a me sentir culpado, controlando a vontade de ir até ele e levá-lo para dançar como havia pedido. Sinto meu coração na garganta, deixando-me angustiado. Eu nunca me importei tanto assim com os sentimentos de alguém. Se outra pessoa se chateasse com uma besteira dessas, eu teria mandado tomar no cu segundos depois, mas é Vinícius, e eu me importo até demais com os sentimentos dele.

Minha linha de raciocínio é interrompida no instante em que vejo Guilherme se enfiar entre as pessoas do salão, de mãos dadas com a minha prima, para se juntar aos outros casais que dançam a música lenta. Ele é *tão* cara de pau que dói. E quando volto a procurar por Vinícius, ele não está mais no meu campo de visão. Olho em volta e até me enfio entre as mesas, procurando por seu rosto até esbarrar no meu pai.

— Que cara é essa? — Pergunta, sorrindo.

— Viu o Vinícius? — Solto, vendo-o arquear as sobrancelhas ao entender.

— Vi, ele foi ao banheiro. — Aponta. — Por quê? Aconteceu alguma coisa?

— Não, eu só o perdi de vista.

— Certo... — Soa meio desconfiado.

Passo por ele até os banheiros e, antes mesmo que eu possa entrar, ouço uma gritaria infernal ecoar lá de dentro. Abro a porta, deixando aquele caos se materializar na minha frente. Victor vermelho de raiva e de braços cruzados, escorado na pia enquanto assiste à possível "DR" que Vinícius e Lucca estão tendo. Ouço segundos da conversa e é o suficiente para me deixar puto.

— Você não tinha nada para fazer aqui, porra! Qual o seu problema? — Vinícius está aos berros com ele.

— *Angelo...* — Tenta interromper, a voz arrastada e os olhos pesados. Lucca cambaleia, mal se aguentando de pé, então esfrega os olhos. — Para de gritar... — pede, usando a parede como apoio e é quando quase cai que os outros percebem que tem algo errado.

— Mas que merda! — Victor vai até ele, ajudando-o a ficar de pé.

— Quanto ele bebeu hoje? — Pergunto.

— Bebemos pouco, ele tomou o mesmo que eu a noite inteira.

— Não é álcool, é porque ele não consegue passar nem duas horas sem ficar chapado com alguma merda. Não é, Lucca? — Vinícius provoca, rindo soprado e ganhando a atenção dos olhos preocupados de Victor.

— Como assim?

— Se acostuma, Victor, esse não é nem o começo — reclama, suspirando cansado; quando o vê afastar as mãos do rosto, está chorando.

— Me desculpa, Vinícius — pede, com a voz baixa e fraca, os olhos e as bochechas vermelhas. — Por não ser o suficiente pra você.

Vinícius solta o ar num riso soprado, balançando a cabeça em negação, como se não fosse a primeira e muito menos a segunda vez que escuta isso.

— Não comece com essa merda.

— Eu queria que... Eu queria voltar no tempo e consertar tudo. — Engasga, as lágrimas começam a escorrer pelo seu rosto. — De verdade, eu... — Começa a esfregar as bochechas de forma violenta. — Se você soubesse o quanto eu me arrependo de ter te deixado, porra.

— Para com isso — ele pede, negando com a cabeça, sem coragem nenhuma de olhar nos olhos do outro.

Sinto a raiva em mim, descendo pelo meu corpo, da ponta dos dedos até o último fio de cabelo.

— Você foi a melhor coisa que me aconteceu, sabia? — Sorri triste, mas Vinícius não ergue a cabeça em nenhum momento. — Olha pra mim, *amore mio*.

Ele não olha, e isso dá a Lucca o impulso para se aproximar, segurar seu rosto e forçá-lo a olhar em seus olhos. O meu coração salta, quase pula pela minha boca, minhas mãos tremem.

— Me perdoa, por favor?

— Eu não consigo — grunhe, segurando seus pulsos, afastando-o de si. — Eu cansei disso, de você indo e voltando. Uma hora você me quer de volta; depois, não quer mais, porra, Lucca... Isso machuca.

— Desculpa.

E ele chora, Vinícius chora. Olhar para ele agora não me deixa puto, quem dera deixasse, porque o que eu sinto a seguir é bem pior do que raiva, o que eu sinto é mágoa. Meu coração aperta dentro do peito, e eu quero arrancá-lo de mim, fazer esse sentimento parar.

— Chega, Lucca — Victor interrompe essa loucura, levando-o até a pia para que lave o rosto. — Já chega.

Lucca resiste, soltando palavras em italiano, irritando-se com a insistência de Victor de levá-lo para longe de Vinícius.

— Vem. — Estendo a mão para ele, tornando-me o alvo dos seus olhos cheios de dor.

Ele olha pra mim e depois para Lucca.

Vinícius *hesita*, para, então, finalmente, segura a minha mão, acompanhando-me para fora.

Ele seca o rosto ao sairmos e eu o levo comigo para longe do salão, longe de todas as pessoas. Andamos para dentro da casa, onde a música é mais baixa e não tem ninguém por perto. Estamos de volta ao quarto onde entramos mais cedo para transar. Fecho a porta, lhe assisto andar até o sofá, apoiar o cotovelo no apoio e segurar o queixo com a palma da mão. Seu olhar ainda é vago e as lágrimas ainda escorrem pelas bochechas.

Nenhum de nós diz nada por um momento inteiro. Sinto-me corroendo de raiva, mágoa e ciúmes, vindo de dentro para fora. Encaro o meu reflexo no espelho, assustando-me com o quão vermelho está o meu rosto, agoniado com a minha pele pinicando, como se eu fosse entrar em combustão a qualquer instante.

— Rafael... — Vinícius chama, a voz baixa e acanhada. — Me desculpa.

— Pelo quê? — Retruco, coberto de rancor.

— Por isso. — Aponta para a porta de onde viemos. — Eu não queria que você tivesse que ver isso, me desculpe.

— Tá, tudo bem.

Ele faz que não, passando as costas da mão no rosto, fungando.

— Você está com raiva.

— Eu não tô — minto, mal conseguindo olhá-lo.

— Não fique com raiva de mim — pede, sua voz perdendo a força ao chegar à última palavra, e ele desata num choro baixo.

Solto o ar, apertando os olhos, para só então me aproximar de onde ele está, sentando-me ao seu lado e deixando que se aconchegue perto de mim, procurando abrigo.

— Tá tudo bem, Vini — garanto, passando o braço por cima dos seus ombros, deixando-lhe um beijo na testa.

— Eu gosto de você — murmura. — Só de você, Rafael — reforça, segurando minha mão e entrelaçando nossos dedos.

— Eu também gosto de você — sussurro, abraçando-o com mais força. Meu interior ainda arde, minha mente repassa cada fala, cada reação, só para me torturar. Estou quase morrendo de ciúmes, mas se Vinícius diz que gosta de mim, então eu posso engolir esse sentimento irracional. — Eu deveria ter dançado com você naquela hora. Desculpa, gatinho — sussurro, amargamente arrependido por tê-lo recusado daquela forma. Se ele estivesse comigo naquele momento, certamente não teria esbarrado no caos do banheiro.

— Eu já tinha me esquecido. — Sorri fraco, soltando o ar de forma cansada. Desprende-se de mim e afunda no sofá, abrindo um sorriso meio triste. — Eu não deveria dizer isso, mas... eu odiei cada momento desse casamento — confessa. Adoraria discordar dele, mas tenho exatamente a mesma sensação. — Eu sei que é muito egoísta pensar assim, mas eu não queria que eles se casassem. — Solta o ar num riso triste, os olhos se enchendo de lágrimas. — O que vai acontecer com a gente agora?

— Eu não sei. — Solto o ar. — Não pense nisso agora.

— Eu não consigo. — Sorri triste, apertando os olhos, fazendo as lágrimas grossas escaparem pelo canto dos olhos.

Me aproximo dele, secando seu rosto com os dedos, puxando-o de volta para perto de mim.

— Não chore, nós vamos dar um jeito quando for a hora — prometo, deixando meu rosto próximo do seu logo depois de beijar sua orelha. — Pense pelo lado bom... Vamos poder fazer tudo o que der na telha a semana que vem inteira.

Ele ri fraquinho, brincando com meus dedos. Nem mesmo tenho a chance de aproveitar o silêncio do quarto, a companhia dele, porque no segundo seguinte a porta é aberta num baque. Vinícius salta para longe de mim e eu paro no sofá, e para o alívio de ambos, quem passa por ela é Guilherme, aos beijos com a minha prima.

— Guilherme!

— Rafael? — Ele se desgruda dela, arregalando os olhos ao me ver; maneja o olhar de mim para Vinícius, abrindo a boca numa expressão de choque. — Mas que... — Ele empurra minha prima de volta para fora, antes que ela tenha a chance de se virar e nos ver. — Só um segundo, anjo, não vá embora, não — grita para ela enquanto tranca a porta. — Filhos da puta! — Direciona seu ódio para nós. — O que estão fazendo aqui?

— Estávamos conversando — respondo, rude o suficiente para irritá-lo.

— Conversem em outro lugar! — Arregala os olhos, prestes a arrancar os cabelos.

Abro um sorriso em provocação, afundando no sofá e puxando Vinícius para perto.

— Não, aqui tá bom pra conversar. Não tá, gatinho?

Vinícius ri fraquinho, aconchegando-se cada vez mais perto de mim.

— Na moral, Rafael — Guilherme começa, parando para respirar fundo. — Você me deve um favor.

— Eu devo, é?

— Deve. Eu guardei seu *segredo* por um tempão — diz, e o segredo ao qual se refere é Vinícius.

Aperto os olhos. Queria muito ter argumento para isso, mas é óbvio que não tenho. Guilherme sorri convencido, pois sabe que venceu. Deixo um tapinha na perna de Vinícius, ele se levanta e eu vou logo depois. Caminhamos em passos lentos e arrastados até a porta.

— Aproveita, Gui. — Vinícius ri ao passar por ele. — Transamos aqui antes da cerimônia.

Ele quase engasga ao ouvir isso, e por muito pouco não tenta nos matar. Atravessamos a porta rindo, quase caindo um por cima do outro.

— Vinícius! — Ísis chama. Quando esbarro meus olhos nela, ela já está na frente dele, segurando-o pelos ombros e abrindo um sorriso nervoso. — Meu bem, pode pegar a minha bolsa? Está no último quarto — pede, tão nervosa que chega a ser preocupante.

— Sim, mas... o que foi?

— Como assim?

— Você está tremendo, mãe. — Ele ri sem entender. — Tá tudo bem?

— Sim, estou com um pouco de frio. — Ela abraça o próprio corpo. — A bolsa, filho — lembra.

Vinícius faz que sim com a cabeça, nos dando as costas para ir até o quarto apontado, atrás da tal bolsa.

— Rafael — ela chama, sem sorrisos, e o que vejo em seus olhos é pânico. — Pode fazer uma coisa pra mim?

— Posso, o que é?

— Vem cá. — Ela me puxa pelo braço, arrastando-me para um canto mais reservado. — Está vendo aquele homem ali? — Pergunta, apontando para um homem alto, que parece ter a mesma linha de idade do meu pai.

— Sim, o que tem ele? — Sussurro de volta, franzindo o cenho. O homem olhava ao redor, mas não se enturmou, parecia perdido, deslocado, parado ali na entrada como se procurasse por alguém.

— Preciso que tire ele daqui.

— Por quê?

— Não posso explicar agora, mas você precisa tirá-lo daqui — ela pede, segurando minhas mãos. — Por favor! — Seus olhos denunciavam o desespero. — Por favor, Rafael, não o deixe falar com ninguém.

— Tudo bem — respondo o mais calmo possível diante do pânico dela.

— Obrigada. — Ela me abraça, soltando um suspiro arrastado. — Obrigada mesmo.

— Não precisa agradecer.

Caminho até o sujeito. Demora um pouco até ele notar a minha presença, fitando-me dos pés à cabeça, parecendo perder o interesse logo depois.

— Com licença — digo, ganhando sua atenção outra vez. — Você precisa sair.

— Qual o seu nome, garoto? — Sua voz grave me deixa surpreso.

— Rafael.

— O que você é do noivo? — Questiona. Parece genuinamente interessado, assim como soa com uma educação irritante, mas o que me pega é ele saber que não sou da família de Vinícius. A possibilidade de ele ser um parente inconveniente de Ísis, me passa pela cabeça.

— Sou o filho.

— Então, você conhece o Vinícius — supõe, esboçando um sorriso.

— Acho que todos aqui conhecem — retruco de forma irônica. — Por que você não vai embora logo? — Pergunto, já sem paciência para todos aqueles rodeios. — Me pediram para tirá-lo daqui, então, por favor...

— É ele ali? — Desvia mais uma vez, apontando para Vinícius que andava rápido até o local onde sua mãe o esperava, segurando a bolsa que ela havia pedido.

Estreito os olhos, não entendendo um terço do que está acontecendo, mas muito curioso com o porquê desse homem querer tanto saber do paradeiro de Vinícius, e por que Ísis o arrasta para o mais longe possível de onde estamos.

— Quem é você?

— Alexandre. — Sorri, e esse sorriso eu reconheço. É como somar um mais um, e antes que minha mente possa fazer a constatação, ele acrescenta: — Alexandre da Nóbrega.

Mas que porra!

— Certo, Alexandre, você precisa sair. — Aponto para a saída, respirando fundo uma última vez, tentando não surtar. — Agora.

Ele parece finalmente entender o que eu falava. Pressiona os lábios, assentindo com a cabeça.

— Diga à Ísis que ela não pode manter o *meu* filho longe de mim pra sempre.

Arregalo os olhos, paralisado no lugar. Acho que nunca estive tão nervoso. Meu estômago chega a revirar, este é, disparado, o dia mais confuso e estressante da minha vida. Volto para perto de Ísis e Vinícius, vendo-os abraçados, enquanto ela distribui beijos pelo seu rosto.

— Mãe! — Grunhe, fazendo careta.

— Você vai ficar bem sem a mamãe? — Questiona, quase o matando de constrangimento.

— Para com isso, mãe — resmunga, ainda de cara feia quando ela se afasta.

— Te amo. — Aperta as bochechas dele, finalmente trazendo seus olhos para mim. — Posso falar com você, Rafa?

— Pode — respondo prontamente, quase engolindo a língua, apavorado com o que acabou de acontecer.

Ela se despede mais uma vez de Vinícius e me acompanha para o lado oposto do que ele está. O seu silêncio me desespera; quanto mais tempo ando ao seu lado sem ouvir uma só palavra, mais forte meu coração parece bater.

— Pode, por favor, não contar ao Vinícius sobre *aquele* homem? — Pergunta quando já estamos longe o suficiente dele.

— É o pai dele! — Digo alto e claro, e isso a faz entrar em pânico outra vez.

— Rafael, por favor!

— Ele tem que saber.

— Não! — Ela se aproxima, os olhos quase saltando do rosto. — Ele não pode saber, Rafael. Por favor — pede. A voz trêmula é como uma faca no meu pescoço. — Promete que não vai contar, por favor?

— É o pai dele... — Insisto, num murmúrio.

— Eu sei. — Puxa o ar, os olhos marejados. — Vinícius já te falou sobre ele?

— O suficiente...

— Então, sabe o porquê de ele não poder saber.

— Sei, mas... ele disse que vai voltar. — Desvio o olhar por um momento. — Não seria mais fácil contar...

— Não. O Vinícius não precisa lidar com isso, ele já passou por coisas demais, entendeu?

— Certo, entendi.

— Promete que não vai contar?

— Eu prometo.

— Ótimo, eu vou resolver isso. — Suspira, esfregando os olhos por um instante. — Obrigada por me ajudar. — Sorri, passando a ponta dos dedos pelo meu cabelo. — Vai falar com o seu pai antes de irmos.

— Eu vou. — Sorrio.

Me despeço dela, esbarrando no meu pai poucos minutos depois, ainda atordoado demais com a conversa.

— Escuta aqui, moleque. — Ele agarra meu braço, me arrastando para longe das pessoas. — Nem pense em encher a minha casa de pessoas como da última vez que te deixei sozinho.

— Eu não vou dar uma festa, pai — garanto.

— Acho ótimo. Quanto ao garoto...

— Vinícius vai ficar bem. — Reviro os olhos. — Ele não é de porcelana.

— Eu sei, mas se acontecer alguma coisa com ele, *resolva,* não quero a Ísis louca de preocupação por causa dele.

Acabo rindo.

— Certo, eu entendi o recado.

— Ótimo. — Sorriu, bagunçando meu cabelo. — Só me ligue se for caso de vida ou morte; se não, não quero saber.

— Sinto de longe o amor paterno — desdenho, arrancando dele um risinho.

— Até semana que vem, trouxa. — Aperta minha orelha, me arrancando um gemido de dor. Ele encontra Ísis logo depois e vai com ela até a saída.

Vinícius e eu ficamos até a festa acabar, o final deprimente e exaustivo dos anfitriões. Ele capota de sono no caminho de volta para casa, chega a me dar dó de acordá-lo, quase tenho que carregá-lo para a cama.

— Você vai dormir comigo hoje? — Pergunta arrastado, apoiando a cabeça nas minhas costas.

— Eu vou dormir com você a semana inteira, meu bem.

— Meu bem — ele sussurra para si mesmo, sorrindo contra a minha pele.

Como é possível esse garoto fazer meu coração derreter todinho com tão pouco?

Da mesma forma como dormimos na noite anterior, dormimos nesta. Vinícius me contando várias e várias coisas e eu apenas ouvindo, sem deixar de pensar no pai dele, no jeito que ele falou comigo, como perguntou sobre Vinícius, e Ísis implorando para que eu mantenha segredo. Surpreende-me que Alexandre tenha reconhecido Vinícius naquele momento, mas faz sentido, afinal, Vinícius é a cara dele.

VINÍCIUS

15

2 MESES DEPOIS DO CASAMENTO

Tem algo estranho acontecendo em casa, e eu sei que é sobre mim porque ninguém me conta nada. Estou acostumado com a minha mãe me escondendo coisas as quais ela considera difíceis para eu lidar. Coisas sobre o meu pai, sobre o tempo em que passei indo ao psicólogo, sobre minha anemia, dentre outras milhares de perguntas que ela se recusa a responder. Isso me irrita profundamente. Minha mente é como as prateleiras de um armário, mas prateleiras incompletas e algumas inteiramente vazias. E eu sei que as respostas dela poderiam me ajudar a completá-las, se ela me contasse.

No entanto, agora parece que todos na casa sabem de algo. Posso ouvi-los cochichando pelos cantos e percebo quando mudam de assunto assim que me veem. Isso, sim, me deixa puto.

— Eu estou puto — grunho, fechando o caderno com força, jogando-o dentro da mochila.

— É, eu sei. — Denise suspira. — Você já deixou isso bem claro umas três vezes só hoje. — Começa a guardar seus materiais, da forma mais calma possível.

— Rafael está mentindo pra mim — choramingo, deitando-me sobre a mesa, escondendo o rosto entre os braços.

— Mentindo sobre o quê, Vinícius? — Pergunta, rindo fraco. Tenho certeza de que revirou os olhos.

— Eu não sei! — Altero a voz, erguendo a cabeça para encará-la na carteira da frente. — Todos eles estão escondendo algo de mim.

— Você deve estar imaginando coisas. — Dá de ombros, oferecendo-me um de seus milhares chicletes de melancia.

— Eu não estou. — Desembrulho o doce, para então levá-lo até a boca. — Depois do casamento, eles ficaram estranhos. Será que descobriram sobre Rafael e eu?

— Sua mãe surtaria se fosse isso. — Negou com a cabeça.

Faz pouco tempo que lhe contei sobre Rafael e eu, e a reação dela foi totalmente diferente do que eu esperava. Quando contei, tudo o que ela fez foi balançar a cabeça e murmurar: "Faz sentido, você fala tanto dele que eu já estava começando a desconfiar". E isso me deixou em alerta, porque se ela notou, outras pessoas poderiam notar. O que a deixou realmente eufórica foi saber em detalhes tudo o que fazemos quando estamos sozinhos.

— É verdade. — Solto o ar, batucando os dedos na mesa. — De qualquer forma, tenho certeza de que é algo ruim — concluo, jogando a mochila nas costas para acompanhá-la porta afora.

— Não deve ser nada demais, Vini. — Ela tenta me acalmar. Deve estar cansada de me ouvir falando sobre isso a semana inteira.

— Acho que vou cabular os últimos horários — penso alto, fazendo com que ela traga seus olhos para mim.

— Você já tem faltas demais — ela lembra, pondo mais um chiclete na boca.

— Tanto faz, eu quero ir pra casa — resmungo, assustando-me quando um trio de garotas esbarra em mim.

Uma delas, a que quase me arrastou junto consigo, é quem se vira para me encarar, soltando um pedido de desculpas apressado, antes de correr para acompanhar as amigas.

Eu odeio tanto esse lugar.

— Eles são mais velhos, Nicoly. — Escuto uma das garotas dizer para a que está no centro delas. — Caras mais velhos não se interessam por garotas que ainda estão na escola.

— Então, por que um deles está aqui atrás da namorada?

— Na verdade, ele disse namorado.

— Namorada, namorado, tanto faz. — Ela revira os olhos, afastando uma mecha de seu cabelo. — O outro é mais bonitinho, de qualquer forma.

— Do que elas estão falando? — Denise gruda no meu braço, sussurrando de forma nada discreta.

— Não faço a menor ideia.

E por pura curiosidade, nós acompanhamos as garotas pelo corredor até a sala de Educação Sexual, onde uma penca de meninas se aglomeram, tentando disfarçar o motivo para estarem ali. Não é surpresa nenhuma Nicoly entrar na sala primeiro, passando por entre as outras garotas com o narizinho empinado. Nós nos aproximamos sorrateiramente apenas para dar uma olhadinha.

— Acho que o namorado que estão procurando é você, Vinícius — Denise comenta, soltando um riso cínico.

Estreito os olhos, tentando ter certeza do que estou vendo.

Eu vou matá-lo.

Tomo a frente, pisando fundo em direção aos dois patetas que estão causando todo aquele alvoroço.

— Isso é o clitóris? Mas não é difícil de achar. — Aponta para o mapa anatômico na parede.

— Homens são burros, Rafael. — Guilherme enfia as mãos no bolso da jaqueta. — Cadê a orientadora? Preciso tirar uma dúvida com ela.

— Guilherme, você já passou pela puberdade, seu pauzinho mixuruca não cresce mais — Rafael debocha, recebendo o dedo do meio do outro como resposta.

— Não é isso que eu quero saber, seu criançāo.

Cruzo os braços, me perguntando quanto tempo mais aquela cena ridícula vai durar. Posso ouvir as risadinhas das meninas do lado de fora, e a de Nicoly que observava tudo ao lado da porta. Eu quero morrer.

— Nunca vi a professora de Educação Sexual não estar na sala de Educação Sexual. Que escola é essa? — Guilherme resmunga. — Anda, Rafael, vamos embora. — Ele se vira na minha direção, arqueando as sobrancelhas quando me vê. Sorri como quem acaba de ser pego aprontando. — Oi, peste.

— Cala a boca — mando, caminhando até eles. Rafael se vira para me encarar, pressionando os lábios enquanto me fita dos pés à cabeça, abrindo um sorrisinho logo depois. — O que é que vocês vieram fazer aqui? — Pergunto, puxando-o para o canto da sala, notando o olhar desconfiado da garota sobre nós.

— Viemos atrás de você. — Olha-me como se fosse óbvio.

— No meio da aula? — Pergunto, olhando de relance para a porta. Se alguém da inspeção encontrar os dois aqui, o problema vai sobrar pra mim, eu sei disso.

— No meio do intervalo — corrige. — Nós vamos à feira do outro lado da cidade, quer ir?

— Agora?

— Sim! — Guilherme grita, mexendo na caixa de camisinhas sobre a mesa da professora. — Eu posso pegar isso aqui ou é só para alunos? — Indaga, estendendo um dos preservativos.

Ignoro a pergunta, voltando a atenção para Rafael, sem deixar de perceber o sorriso e a aproximação de Nicoly para Guilherme.

— Quer ir ou não? — Rafael pergunta, abaixando o tom de voz, levando uma das mãos até a minha cintura, se aproximando sorrateiramente.

— Rafael... — pondero, sentindo meu corpo derreter em suas mãos quando me puxa para perto, me fazendo sentir o seu perfume.

— Vem comigo? — Pede arrastado, subindo uma das mãos até a minha nuca, segurando-a com firmeza. — Você não vai querer ficar aqui estudando ou vai?

— As pessoas estão olhando — murmuro, olhando de relance para a porta, com as famosas borboletas no estômago.

— E daí? — Sorri. — Você tem vergonha? — Leva os lábios até o meu pescoço, inalando o meu cheiro antes de deixar um beijo ali.

— Rafa... — Seguro seu cabelo, prendendo-os entre meus dedos, tentando me conter com aquelas provocações. — Para. — Contenho o riso, afastando-o de mim.

— Vem comigo — pede outra vez.

— Tá bom, eu vou. — Eu me dou por vencido, vendo seu sorriso crescer.

— Tudo bem.

— Podemos ir agora, ou os bonitões querem mais cinco minutos para ficar de cu doce? — Guilherme altera a voz, sentado à mesa, de frente para Nicoly, que sorri de maneira sugestiva para ele.

— Já vamos — Rafael responde, sem olhá-lo. — Eu preciso falar com alguém para te liberar?

— Talvez...

Ele sorri, concordando com a cabeça, segura o meu rosto, para só então me dar um beijo. Sorri ao segurar a minha nuca, cambaleando comigo até minhas costas tocarem a parede.

— Vocês estão em uma escola! ES-CO-LA! — Guilherme grita, batendo palmas até nos separarmos.

— Vá se foder. — Mostro-lhe o dedo enquanto me afasto de Rafael.

— Hum, e você tem quantos anos mesmo? — Pergunta, referindo-se à Nicoly que enrola uma mecha de seu cabelo no dedo indicador.

— Dezesseis. — Ela sorri, vendo-o arquear as sobrancelhas.

— Dezesseis? — Ri desacreditado. — Pelo amor de Deus!

— Eu não sou criança.

— Você é sim. — Ri ainda mais.

Ela faz careta, cruzando os braços embaixo do peito.

— Você é chato, já entendi.

— Não, é que você é muito novinha — responde. Rafael contém o riso ao meu lado. — Mas o meu amigo aqui tem uma leve tara em colegiais. — Aponta para Rafael.

— Guilherme! — Ele grita indignado.

— Brincadeira, ele é gay e namora.

Rafael bufa, desviando o olhar. Incrível como até Guilherme admite isso, mas ele não.

Ela se vira para me encarar, me fitando dos pés à cabeça antes de bufar, sem esquecer a revirada de olhos.

— Tá falando sério? — Pende o corpo para o lado, voltando a atenção para Guilherme. — Ele deve ter a mesma idade que eu.

— Pode até ser, mas não existe uma diferença de sete anos entre eles. — Suspira, pegando dois preservativos na caixinha e pondo-os dentro da carteira. — Vá ler *Orgulho e Preconceito*[1], fazer o dever de casa, eu sei lá.

— Vá se foder! — Ela bate o pé antes de lhe dar as costas, andando em passos firmes em direção à porta.

— Não sou babá, muito menos creche para aturar uma coisa dessas. Vamos embora, Rafael — resmungou, estalando os dedos ao caminhar até a saída. — Cansei disso aqui.

— Vamos, gatinho. — Rafael deixa um beijo na minha testa antes, passando o braço por cima dos meus ombros ao apertar o passo atrás do estressadinho.

— Agora eu tenho um motivo para matar aula — digo ao passar por Denise, tirando dela uma risadinha ao que revirava os olhos.

— Até amanhã, Vini. — Acena, engolindo as palavras quando Guilherme a encara. O fato de ela ter uma queda por ele nunca vai perder a graça, e eles sequer chegaram a conversar para isso acontecer.

Rafael prefere sair escondido comigo a pedir permissão para que eu seja liberado, e para mim, isso não faz tanta diferença assim.

— Se você tivesse me avisado antes, eu nem teria vindo à escola hoje — reclamo quando já estamos no carro, e jogo a mochila no banco de trás.

— Acontece, gatinho, que a decisão foi tomada de última hora.

---

1 Romance clássico de Jane Austen (1813).

— Eu estou de farda, Rafael — resmungo, apontando para o brasão da escola na minha camisa.

— Eu sei, tá um puta tesão.

— Vocês são terríveis — Guilherme comenta, sem tirar os olhos do celular.

Contenho o sorriso, sustentando o olhar de Rafael por um segundo antes de ele voltar a atenção para a estrada, arrancando com o carro. Ligo o rádio, subindo os pés no estofado do banco depois de já estar com o cinto. Eu simplesmente adoro andar de carro com Rafael, só pelo fato de ele deixar eu escutar a música que eu quiser. Na verdade, eu amo a liberdade que tenho com ele em qualquer situação.

— Essa música me lembra a minha ex — Guilherme comenta no banco detrás, com os olhos presos no celular.

Rafael ri ao meu lado.

— Todas as músicas do mundo lembram alguma ex sua.

— É verdade.

Ele ri outra vez. Não conheço Guilherme tão bem quanto Rafael, mas pelo pouco que ele me conta e pelas poucas informações que pego no ar, Guilherme é alguém que se apaixona fácil e a qualquer momento, em qualquer esquina, sem precisar de muito mais do que uma troca de olhares. Entretanto, grande parte disso faz parte do que Rafael me contou, e ele gosta de fazer fofoca, gosta de falar da vida alheia, há noites que passamos quase a madrugada inteira fofocando.

Quando chegamos, entendi perfeitamente o porquê de Rafael fazer questão de me buscar. Eu teria ficado chateado se soubesse que ele veio a um lugar assim sem mim. Eu me deslumbro muito fácil com lugares como este, já quero provar todas as comidas, jogar todos os jogos, realmente fico eufórico em lugares assim.

Guilherme desaparece por quase cinco minutos lá dentro, voltando instantes depois com um sanduíche e uma lata de refrigerante.

— Quer sorvete? — Rafael pergunta, apontando com o nariz na direção de um carrinho vermelho de sorvetes.

— Quero, de morango. — Levo os olhos de volta para ele.

Rafael concorda, deixando-me com Guilherme para ir até lá, e volta instantes depois com o que pedi. Eu sou muito mimado.

— Rafael, você foi domesticado — Guilherme comenta, contendo o riso, amassando o que restou dos guardanapos e bebendo o resto do refrigerante.

— Não escute ele, Rafa. — Seguro seu rosto, dando-lhe um selinho rápido.

Guilherme ri, negando com a cabeça, e se levanta para jogar as coisas no lixo.

— Você é um homem mandado, cara. Um homem mandado!

— Eu sei. — Rafael balança a cabeça, conformado com a situação. — E você não sabe o quanto gosto de ser mandado.

Prendo o riso, com vergonha de olhar para ele, e Guilherme ri ao nos olhar.

Passamos um bom tempo só jogando conversa fora e rindo das coisas bobas que Guilherme diz, sem poupar risadas quando ele sai para dar em cima de uma garota ruiva, que carrega um baixo nas costas, provavelmente a integrante de uma das bandas que tocarão no fim da tarde, e que o rejeita sem dó nem piedade em menos de um segundo de conversa.

Rafael anda de mãos dadas comigo o dia inteiro, para cima e para baixo, me deixando bobo com toda atenção que me dá. Às vezes, me pergunto se sou capaz de me apaixonar ainda mais por ele, e todo dia ele me prova que, sim, é possível.

Depois que Guilherme se separa de nós, determinado a conseguir o número da garota ruiva, temos quase vinte minutos inteiros sozinhos, que dedicamos inteiramente em ficarmos aos beijos, escondidos atrás de onde havia sido montado o palco para as apresentações. E eu adoro isso, adoro quando ele segura o meu rosto e me beija com calma, ou quando desce as mãos até a minha cintura e empurra o corpo contra o meu, tão necessitado que eu falto me derreter todinho nos seus braços.

Rafael e eu nunca estivemos tão bem como nesses últimos dois meses. Por mais que eu saiba que ele está me escondendo algo, ele e a família inteira, nada de fato afetou a nossa relação. Sinto que nunca fui tão feliz como agora. Eu gosto da nossa relação e do jeito que ela caminha, gosto de ir ao quarto dele à noite e de quando ele vai ao meu; ou quando decide que vai me ensinar a cozinhar, ou quando sobe para o sótão e me observa pintar. Demorei a me acostumar com alguém me observando e aos meus quadros, mas Rafael faz isso parecer tão natural... Eu realmente confio nele e sei que ele confia em mim também.

— Aí, casal. — Guilherme aparece, ignorando o fato de estarmos com a língua enfiada na boca um do outro. Com um sorriso triunfante nos lábios, mostra a tela do celular com um número de telefone salvo. — Consegui o número dela.

— Aposto que ela te passou o número errado — Rafael brinca ao se distanciar o suficiente de mim, passando os braços ao redor da minha cintura, apoiando o queixo no meu ombro.

— Você acha que eu não mandei mensagem para conferir? — Arqueia a sobrancelha.

— Você insistiu tanto que ela se viu obrigada a dar o número. — Contive o riso. — Ela deve estar comprando outro *chip* neste exato momento.

Rafael ri alto e ri mais ainda quando Guilherme me mostra o dedo do meio.

— Eu vou sair com ela.

— Tô pagando pra ver.

— Para de ser implicante — Rafael murmura, beliscando minhas bochechas.

— As bandas vão se apresentar agora. Querem ficar para ver ou ir embora? — Guilherme pergunta, enfiando as mãos no bolso da calça.

— Vamos ficar só um pouquinho — peço, me virando para Rafael, que imediatamente concorda com a cabeça.

Ficamos e vemos duas bandas se apresentarem. As músicas não são ruins, e para ser sincero, já ouvi coisa bem pior. A terceira banda a se apresentar é a da garota que Guilherme ficou perseguindo a tarde inteira. Ela é a vocalista, e meu Deus, a voz dela é incrível, as melodias são tão calmas e boas de ouvir, tanto que eu nem vejo o tempo passar.

— Eu quero casar com ela — Guilherme diz ao fim, mantendo o olhar na garota que agora saía do palco ao lado dos outros dois integrantes.

— Tá bom, então, Romeu. — Rafael ri, dando um tapinha nas costas dele. — Vamos embora agora.

Ele entrelaça nossos dedos antes de seguirmos os três até o estacionamento. No caminho passamos pela banda da garota ruiva e é sensacional vê-la sorrir para Guilherme, deixando-o todo desconfigurado.

No caminho para casa, o engraçadinho não sai do celular. Surta quando a ruiva manda mensagem e passa o caminho inteiro até o seu prédio conversando com ela. Nós o deixamos em casa, para passar o resto do caminho inteiro conversando e rindo sem parar.

Assim que viramos a esquina do condomínio, o humor de Rafael muda completamente. Há um carro desconhecido na calçada de casa, e ele provavelmente sabe de quem é.

— O que foi? — Pergunto assim que ele para o carro na garagem.

— Vinícius... — Suspira, passando a mão no rosto.

— O que foi? — Volto a perguntar, me sentindo nervoso a cada minuto. — De quem é esse carro?

— Eu... é melhor a gente entrar. — Ele destrava as portas, descendo antes de mim, evitando prolongar a conversa.

Eu o acompanho até a entrada, correndo os olhos pelo carro, e só quando estamos em frente à porta, percebo a gritaria que ecoa dentro da casa. Meu coração acelera quando ouço a voz da minha mãe, junto à de outra pessoa. Eu me sinto como se o meu mundo estivesse prestes a desabar.

— Ele precisou de você a vida inteira e você sumiu, Alexandre! — Grita. — Que merda de pai é você?

Eu me viro para encarar Rafael, mal podendo acreditar no que está acontecendo.

— Eu quis pagar a pensão, mas foi você quem recusou!

— Pra quê? Pra você poder voltar aqui e jogar na cara dele que é com o seu dinheiro que ele se sustenta? — Ri nervosa. — O meu filho nunca precisou de um centavo seu, porque sou eu quem dá tudo a ele, sou eu quem pago escola, quem gasta com remédio e consulta, com comida e roupa. Sou eu, a mãe dele!

— Pelo amor de Deus, você é médica e deixou o garoto ficar doente a ponto de ser internado!

— Você não tem o direito de vir aqui e me criticar quando tudo o que fez foi ir embora.

— Eu sou o pai dele! Vinícius é meu filho!

Um nó se forma na minha garganta, meu coração acelera de um jeito assustador, da mesma forma como meus pensamentos parecem impossíveis de controlar. Cubro as orelhas com as mãos, com toda força possível, respirando fundo como se fosse adiantar. É como se todas as coisas boas do meu mundo tivessem sido tiradas de mim em segundos.

— Um pai não some por mais de dez anos, Alexandre! Você pode ser tudo, mas com toda certeza, você não é um pai!

Não me dou conta do momento em que entramos, mas meus olhos se arrastam da minha mãe para o meu *pai* no meio da sala.

Silêncio. A gritaria terminou assim que me viram, e como mágica, ali não há nada mais do que o silêncio.

Eu vejo o chão se desfazer à minha frente, vejo todo o meu psicológico ir embora e tudo que eu chamei de sanidade se vai em um piscar de olhos. Eu sinto como se o mundo tivesse me engolido, como se eu estivesse preso no pior dos pesadelos. Me sinto inteiramente quebrado, como um boneco de porcelana. E eu sei que, depois disso, nada vai fazer as coisas voltarem ao que eram antes.

— Vinícius... — Minha mãe vem até mim, e só então noto as lágrimas escorrendo pelas suas bochechas. É como um choque de realidade.

Ela segura meu rosto, passando os polegares pela minha bochecha e foi quando notei que eu também chorava. Afasto suas mãos, sufocado com toda aproximação, sentindo uma dor aguda rasgando pelo meu corpo.

Levo o olhar para ele de novo. São olhos escuros, intensos e pesados que eu reconheceria em qualquer lugar. Ele dá um único passo em minha direção e eu recuo outro, esbarrando no corrimão da escada. Um medo horrível atravessa meu corpo, me fazendo tremer, me fazendo surtar. Eu me viro e corro escada acima, mal sentindo minhas pernas. Minha mente está uma bagunça, muitas e muitas vozes de uma vez gritando tanta, tanta coisa, tantas palavras. Eu não consigo pensar.

Minhas mãos tremem, eu mal consigo abrir a porta do banheiro, muito menos ligar a luz. Minhas pernas vacilam, a visão embaça. Me apoio na pia, fitando meu reflexo no espelho, enquanto lágrimas grossas escorrem pelo meu rosto, sem eu ao menos perceber. Posso ver o desespero e o medo nos meus olhos vermelhos, assustados de uma forma como nunca antes. Mordo os lábios com força, sentindo uma dor horrível na boca do estômago, sufocando um grito de angústia, até o gosto metálico surgir na minha língua. Então noto a força com que estou mordendo os lábios.

Merda. Merda. Merda.

Me sento no chão, mal podendo me aguentar em pé, sinto minha pulsação no corpo inteiro. Apoio uma das mãos no peito, com uma dor terrível se alastrando pelo corpo e entro em pânico. A única coisa coerente que se passa pela minha cabeça é o pensamento de que vou morrer. De todos aqueles pensamentos horríveis, este é o que fala mais alto.

Eu vou morrer. Eu vou morrer. Eu vou morrer.

Nunca, em toda a minha vida, eu havia sentido tanto medo e tanta angústia.

Olho em volta, buscando por qualquer apoio ou coisa que pudesse me ajudar, mas não há nada. É apenas um banheiro. Um cubículo branco. Apertado. Tão apertado que o ar mal pode circular. Então, percebo que não consigo respirar.

Puxo o ar com força, levando as mãos até a garganta, raspando as unhas pela minha pele, tentando desesperadamente tirar de mim o que me sufoca, mas o ar parece não chegar aos meus pulmões, não importa o quanto eu tente.

Não consigo respirar.

Desabo em lágrimas de desespero, puxando mais uma vez o ar, com toda força do meu corpo, fazendo minha garganta arder ainda mais, sem saber se são minhas unhas ou a falta de ar que me machuca. Continuo tentando, literalmente tremendo de medo, com meu coração batendo violentamente entre as minhas costelas, pressionando os meus pulmões.

Batendo. Batendo. Batendo.

As lágrimas escorrem pelo meu rosto e caem na cerâmica do banheiro, enquanto minha garganta parece se fechar cada vez mais, como se isso fosse possível. Os soluços vêm tão forte que me machucam. Eu mal consigo enxergar e minha cabeça dói.

Eu vou morrer.

Olho em volta uma última vez, parece um pesadelo. Não sei dizer se é real ou não, nem mesmo sei o porquê de estar em pânico.

Eu estou ficando louco.

Abraço minhas pernas com a última gota de força que tenho nos músculos, escondendo o rosto entre meus joelhos, como se fosse me proteger do que quer que estivesse acontecendo comigo. As lágrimas molham minha pele e escorrem pela minha perna, então aperto os olhos com força, como uma tentativa fraca de esperar que o pesadelo acabe.

— Vinícius! — A voz de Rafael surge distante no meio das tantas outras vozes na minha cabeça. — Vinícius, olha pra mim — ele chama outra vez, agora mais perto.

— Rafael... — Minha voz soa tão baixa que mal a reconheço. Alcanço os olhos dele, mal conseguindo focar o seu rosto. — Eu não... eu não consigo respirar. — Quase não consigo pronunciar as palavras.

— Vamos lá pra fora, pode ser?

— Eu não quero ir lá fora.

— Vamos pro meu quarto, então — sugere. Acho que não consigo. Quero ir, mas não sei se consigo me levantar. — Pode ser assim?

— Pode. — Esfrego o rosto.

— Me dê a mão. — Estende a palma e eu a seguro, apertando com força e demorando a conseguir me levantar.

Ele vai de mãos dadas comigo até o seu quarto, e faz com que eu me sente perto da janela, mas nem mesmo assim eu consigo parar de tremer ou chorar.

— Eu tô com medo, eu acho que... — Engasgo, apavorado com o quão forte meu coração parece bater agora. — Acho que vou morrer.

— Você vai ficar bem, não vai acontecer nada.

Balanço a cabeça em negação, mal conseguindo respirar, não importando se a janela está aberta, se o vento entra e bate no meu rosto. *Eu. Não. Consigo. Respirar.*

— Você não tá entendendo. — Volto a chorar de forma descontrolada. — Eu não consigo... — Levo as mãos até o pescoço. — Eu tô com medo.

— Olha pra mim — pede, e assim que levanto o olhar, ele fala: — Puxa o ar devagar.

— Não consigo — murmuro entre soluços.

— Eu acompanho você, pode ser? — Sugere. Sua voz está tão calma; é a única coisa serena no meio de tanto barulho. — Apenas tente focar nisso, só nisso.

Concordo com a cabeça, puxando o ar quando ele puxa, esperando quatro segundos até soltá-lo pela boca, junto dele. Fazemos isso por um tempo, respirando tão devagar que, por um instante, esqueço de todo o resto.

— Você gostou de hoje? De ter ido à feira? — Pergunta. Não entendo o porquê de ele me perguntar isso agora.

— Gostei.

— Deveríamos ter ficado mais.

Balanço a cabeça em afirmação, apertando minhas mãos na frente no corpo.

— Aqui. — Ele enfia a mão no bolso da bermuda e tira de lá um broche; é uma miniatura de uma paleta de tinta, com um pincel ao lado e bolinhas de tinta azul, verde e vermelha. — Comprei pra você. — Entrega-me o enfeite; cabe na palma da mão.

— Que fofo! — Abro um sorriso fraco, aproximando o broche dos olhos para prestar atenção nos detalhes. — Obrigado.

— Você gostou?

— Gostei muito. — Sorrio, passando os dedos pelo fecho do acessório.

— Eu deveria ter comprado mais, então. — Sorri de volta, parado de pé ao meu lado. Fecho os olhos quando sinto sua mão no meu cabelo, enrolando os cachos nos dedos. Logo ele se inclina e beija minha cabeça. — Tá melhor?

Balanço a cabeça em afirmação. Não me dei conta de que já tinha acabado, minhas mãos ainda tremem, mas meu coração não bate tão forte quanto antes.

— Eu posso te abraçar?

— Pode. — Minha voz ecoa num fio.

Rafael passa os braços ao meu redor, deixa que eu abrace seu tronco e afunde o rosto em seu peito; seu perfume age como um calmante em mim. Eu não sabia que precisava tanto do Rafael até esse momento.

Tudo dói. Tudo. Eu ainda sinto cada músculo tremer, e por mais que eu queira, não consigo parar de chorar.

— Já vai passar. Eu estou aqui com você agora — sussurra, apertando-me contra seu corpo.

Sinto seus dedos adentrarem o meu cabelo, fazendo-me cafuné enquanto a outra mão corre pelo meu braço como carinho. Respiro fundo, tentando me concentrar só em Rafael, em seus dedos no meu cabelo, afastando-o do rosto e deixando que caia sobre ele outra vez. Acompanho mentalmente cada movimento, permitindo-me sentir apenas aquilo. Sua outra mão desce pelas minhas costas.

Aos poucos, as lágrimas param de vir, eu já não tenho mais força para chorar, não tenho mais força para nada. Só então consigo organizar os pensamentos, me acalmar.

— Ele foi embora? — Pergunto, não tendo certeza se Rafael ouviu. — O meu pai. Ele foi embora?

— Sim, ele já foi.

Respiro fundo, sentindo meus músculos finalmente relaxarem.

— Por que você não toma um banho, e eu vou lá fora falar com a sua mãe? — Ele sugere, correndo os dedos pelo meu braço. — Pode ser?

— Você vai voltar? — Ergo a cabeça para encará-lo, encontrando seus olhos preocupados sobre mim.

— Vou — responde, subindo a mão para meu rosto, limpando o restante das lágrimas. — Tudo bem?

Concordo, fechando os olhos, sem força ou vontade para fazer mais nada. Rafael beija minha testa antes de sussurrar que vai sair do quarto. Me olho no espelho, notando meus olhos pesados, o rosto inchado. Estou destruído, como se tivesse morrido e voltado minutos depois. Faço o que ele me sugeriu e entro no banheiro. Passo longos minutos imóvel embaixo da água fria, sentindo-a cair, escorrer pelo meu rosto, pelo meu corpo e descer pelo ralo, como se levasse todas as coisas ruins embora com ela. Esfrego a esponja por todo meu corpo várias e várias vezes, até sentir a pele extremamente seca. Jogo shampoo no cabelo, esfregando os fios até a espuma começar a escorrer pela minha nuca, cair sobre os meus olhos, para só então deixar a água levar o excesso.

Devo ter passado mais de vinte minutos no banho, e ao sair e terminar de me vestir, a única coisa que eu quero fazer é me deitar, mas Rafael não deixa, ele insiste para que eu seque o cabelo. E depois de eu me recusar, ele simplesmente joga a toalha na minha cabeça e começa a esfregar, com cuidado, como se tivesse medo de me machucar. Ele ri quando tira a toalha e vê meu cabelo todo para cima. Em meu estado normal, eu o teria xingado, mas naquela situação, a risada dele é a melhor coisa que pode acontecer.

— Deite comigo — peço, vendo-o caminhar até a porta.

— Sua mãe quer falar com você agora.

— Não, Rafael, por favor. — Puxo seu braço. — Deite comigo.

— Eu vou, mas agora não. — Rafael segura meu pulso, soltando o seu braço, e eu poderia chorar, só para que ele ficasse. Ele suspira, deixando um carinho na minha mão. — Eu vou voltar pra ficar com você.

— Tá bom.

Ele me deixa, e espero poucos segundos sentado na cama, de pernas cruzadas enquanto olho para a porta.

— Vinícius? — Ela chama, dando uma batidinha à porta antes de entrar. — Como você está?

— Não sei — respondo sem olhá-la. — Eu estou cansado.

— Se sente melhor para falarmos sobre o seu pai? — Ela se senta à beira da cama, afastando os fios do meu cabelo.

— Não, não quero falar sobre isso. — Aperto minhas mãos em meu colo, sentindo os nós dos dedos doerem.

— Tudo bem — concorda, continuando o carinho no meu cabelo. — Está sentindo alguma coisa? Quer um remédio?

— Não — minto. Minha cabeça doía mais do que tudo.

— Certo, me avisa se acontecer alguma coisa, tudo bem? — Suspira. — Eu sou sua mãe, eu preciso saber das coisas que acontecem com você, entendeu? — Assinto com a cabeça, ouvindo-a suspirar uma última vez. — Eu te amo. — Beija o topo da minha cabeça. — Eu te amo, ouviu, bebê? — Sorri fraco, me deixando com vergonha.

— Também te amo, mãe — murmuro, enfiando as unhas na minha palma.

Ela beija minha cabeça uma última vez antes de sair. Eu me deito, abraçando o travesseiro, e afundo o rosto contra ele. Assusto-me quando ouço a porta fechar e o som da tranca logo em seguida, mas não preciso olhar para saber que é Rafael. Ele desliga a luz e sobe no colchão, se deita atrás de mim e abraça meu corpo, deixando um beijinho no meu ombro.

— Você sabia? — Ouço-me perguntar.

— Ele apareceu no casamento — começa, dando uma breve pausa. — Sua mãe me pediu para não contar, disse que falaria com você antes, só que...

— Por que você não me contou?

— Não cabia a mim tomar essa decisão, Vinícius. Isso é sobre você e sua mãe, me desculpe. — Concordo com a cabeça, esperando que continue. — Eu não soube muita coisa dele nesses últimos dois meses. Sua mãe me pediu para guardar segredo. — Ele entrelaça os dedos nos meus. — E pediu para que eu evitasse deixá-lo atender o telefone fixo, que não perdesse você de vista, você sabe... Pra você não correr o risco de esbarrar com ele ou sei lá. Ela estava com muito medo. Eu não conheço o seu pai, não sei nada sobre ele, mas a forma como ela se mostrava desesperada ao mencioná-lo, era assustadora.

— Por isso você foi me buscar na escola hoje? Por isso nós passamos o dia fora?

— Foi — murmura. — Eu só... queria protegê-lo, me desculpe.

Concordo com a cabeça, ainda que me sinta completamente morto por dentro, como se todos os sorrisos e brincadeiras de horas atrás nunca tivessem existido. É como se eu nunca tivesse sido feliz em toda a minha vida.

— Eu achei que fosse morrer... lá no banheiro. — Minha voz falha. — Que merda, eu estava com tanto medo. — As lágrimas voltam a escapar pelo canto dos olhos. — O meu coração... meu coração batia forte, muito forte. — Soluço, apertando sua mão.

— Ei, ei — chama, virando-se para segurar o meu rosto, limpando as lágrimas que escorrem. — Foi só um ataque de pânico, tá bom? Já passou — diz calmo, afastando os fios de cabelo do meu rosto.

— Como você sabe?

— O Guilherme tem transtorno de ansiedade, eu cresci vendo-o passar por isso várias e várias vezes. Eu sei o que é um ataque de pânico, mas se for fazer você se sentir melhor, nós podemos ir até um hospital pra você fazer um exame, ou podemos falar com a sua mãe, já que ela é médica.

— Não, não quero. — Nego com a cabeça.

Eu me encolho nos braços dele. Minha cabeça dói, mas não consigo parar de chorar. Soluço tão forte que machuca. Nunca, em toda a minha vida, havia sentido tanta dor, tanta angústia, e eu só queria que aquilo acabasse de uma vez. Eu queria ter uma vida normal, queria me sentir bem, queria ser como as outras pessoas, queria não ter esse vazio crescendo dentro de mim, me matando, queria não me sentir fraco e impotente, queria me ver como uma pessoa que merece ser feliz pelo menos uma vez na vida, nem que fosse por um minuto ou dois.

Sinto-me tão cansado de tudo, cansado de não sentir nada além de dor, de me sentir pequeno o tempo inteiro, de acordar todos os dias e não ter o mínimo de vontade de me levantar da cama. Estou cansado de me sentir morto por dentro.

Eu só quero que tudo isso acabe de uma vez.

16

EU QUERIA NÃO PENSAR NO MEU PAI O TEMPO INTEIRO. NA VERdade, eu queria me esquecer de que ele existiu, porque a dor que sinto é surreal, simplesmente não cabe em mim. Eu tenho a briga entre eles na minha cabeça, o tempo inteiro. Cada palavra dita repetindo-se várias e várias vezes, e cada vez é como se ficasse mais doloroso.

Eu penso no rosto, nos olhos, no cenho franzido dele enquanto me encarava. Me senti uma criança, como se tivesse voltado mais de dez anos no tempo, quando ainda morávamos juntos. Eu me lembro de descer a escada correndo quando ele chegava do trabalho, e ele sorria e me pegava no colo. Gostava de ouvir as histórias do trabalho dele, que por ser advogado, eu achava incrível, pois queria ser como ele. Eu queria ser como o meu pai. Quando ele foi embora, me lembro de esperar todas as noites que ele voltasse para casa, de perguntar repetidas vezes à minha mãe:

Quando o papai vai voltar?

Por que ele não liga?

Ele foi embora pra sempre?

E ela nunca me contou a verdade, nunca me disse o real motivo de ele ter ido embora, apenas dizia que ficaria tudo bem, e na minha cabeça "vai ficar tudo bem" significava que meu pai voltaria, mas me dei conta de que não era bem assim.

Eu me lembro de ter me perguntado se ele tinha morrido; eu sabia o que a morte significava e sabia que se fosse isso, então ele não iria mais voltar. Passei semanas com esse pensamento até decidir finalmente tirar a dúvida. E minha mãe chorou, chorou muito. Eu tenho essa memória clara na mente, porque foi a primeira vez que eu a vi chorar, e desabei em lágrimas por simplesmente vê-la assim. Eu não sabia o motivo, eu não entendia, eu apenas chorava. Naquele dia, ela me disse que meu pai tinha ido embora para bem longe, e que talvez nunca voltasse.

Depois disso, o meu mundo desabou. Eu não sabia o motivo de ele ter ido embora, o porquê de ele não voltar mais para casa e, na minha cabeça, era culpa minha. Eu tinha certeza de que havia feito algo, tinha certeza de que eu era o motivo. Depois, foi como se a minha mente ficasse nublada; não lembro de metade das coisas que aconteceram durante aquele tempo e quase não me lembro da escola ou das babás. Não lembro também das idas ao psicólogo, e às vezes, ouço minha mãe comentar algo de quando eu era criança, cuja memória se perdeu há tempos em minha mente. Sequer sei dizer como tudo acabou, mas sei que fiquei bem por um tempo.

Nós nos mudamos para uma casa menor do que a anterior, eu ia a uma escola nova, com amigos novos, e foi quando eu conheci o Lucca. Então, o meu inferno se iniciou outra vez. Queria poder dizer que não tenho medo de que Rafael faça a mesma coisa, mas seria mentira. Eu tenho um medo absurdo de que ele simplesmente vá, e sinto que é apenas uma questão de tempo até que faça isso, porque ele vai fazer, eu sei que vai, todos sempre fazem. Pensar que as coisas serão diferentes com ele só alimentará ainda mais essa ilusão de que alguém vai realmente gostar de mim de verdade. No fim, eu sei que vou acabar sozinho. Apenas eu e eu mesmo.

No entanto, agora, eu tenho o meu pai bem na minha frente, encarando-me como se eu fosse um ser de outro mundo, como se qualquer coisa que dissesse fosse me causar uma reação inesperada quando, na verdade, sou eu quem está morrendo de medo de falar com ele. Meu coração bate tão forte que posso senti-lo contra o meu peito, minhas mãos tremem sem parar e eu tenho certeza de que meu pai percebe; isso me faz sentir menor ainda. Estou com tanto medo de acabar surtando de vez, de não saber me controlar na frente dele.

Irrita-me o fato de sermos tão parecidos, me irrita ele usar um terno preto, simetricamente perfeito, exatamente como eu me lembrava. O silêncio entre nós dois já está constrangedor demais. Nunca desejei tanto me levantar e ir embora como agora, e fica pior quando me lembro de que minha família inteira está na cozinha, esperando para ouvir o que quer que saia dessa conversa, e sei que qualquer sinal de perigo que minha mãe detecte, vai fazê-la vir aqui como um furacão, e pela primeira vez na vida, eu quero que ela faça isso.

Eu jamais deveria ter aceitado ter essa conversa ou que ele voltasse à minha vida sem mais nem menos, porque sei exatamente que ele vai embora outra vez, tenho certeza disso.

— Eu devo muitas explicações a você. — Começou com um suspiro, desviando o olhar para suas mãos, passando os dedos nas abotoaduras. Chega a me irritar. Ele nem mesmo se aprofundou em suas desculpas e eu já estou puto. — Vini, eu sinto...

— Vinícius — corrijo, ganhando seu olhar confuso e apreensivo pela primeira vez desde que chegou.

— Certo. — Pressiona os lábios, assentindo com a cabeça. — Vinícius, eu sinto muito — repete. Meu interior se revira de raiva. — Sinto por não ter vindo vê-lo durante todo esse tempo.

Eu realmente espero que "sinto muito" não seja a única coisa que ele tenha a me dizer depois de tantos anos.

— Quase doze anos — sussurro, apertando as mãos em meu colo.

— Sim, doze anos... — Outro suspiro. Ele esboça um sorriso ao me medir dos pés à cabeça. — E você ficou alto. — Sorri forçado, tentando amenizar o clima. — Já terminou a escola?

Ele está mesmo mudando de assunto, tentando tirar de mim qualquer margem que eu possa ter de perguntar o porquê de ele ter me abandonado.

— Não — respondo seco. — Você ainda sabe a minha data de nascimento, não é? — Questiono, tentando não soar tão agressivo, mas não funciona muito bem. — É só fazer as contas.

Estou na segunda série do Ensino Médio por ter repetido o 9º ano do fundamental, mas devia estar na terceira, e meu pai deveria saber disso pela minha idade.

— Claro. — Sorri sem graça, abaixando a cabeça. — Você ainda quer cursar Direito? — Pergunta, em um tom confiante. — Quando você era pequeno, dizia que queria ser um advogado igual a seu pai. — Ele me olha empolgado.

Suspiro, sentindo meu coração bater mais forte a cada segundo, o ressentimento me consumindo por dentro. Já não sei se sinto raiva ou mágoa.

— Não, na verdade eu quero fazer design gráfico, artes visuais ou desenho industrial, eu não decidi ainda — respondo apreensivo. — Eu quero ser ilustrador. — Desvio o olhar, não quero ver sua feição de desgosto ao saber disso. Aí está, mais um motivo para ele desistir de mim de uma vez por todas.

— Sim, claro, você desenha. — Ri nervoso, como se tivesse acabado de se lembrar. — Por que não me mostra um desenho seu?

Abro a boca para responder, me calando tão rápido quanto. A minha vida inteira eu desejei mostrar meus desenhos a ele, nem que fosse um rabisco qualquer de quando eu tinha dez anos, ou um dos meus fracassos a óleo, aquarela, realismo, qualquer coisa que fosse, para ele sorrir e dizer "legal" ou "bonito" porque, na verdade, eu só queria que ele me desse a atenção de um pai.

— Quer ver mesmo? — Pergunto, abaixando a guarda.

— Quero, sim.

— Tudo bem, espera um pouco. — Eu me levanto, apertando o passo em direção à escada.

Quando chego ao sótão, a primeira coisa que faço é ir atrás das dezenas de pastas enfileiradas nas prateleiras. Enquanto folheio uma delas, percebo que há desenhos demais, que nenhum deles parece bom o suficiente, porque, por mais que eu odeie admitir, quero que ele fique impressionado com algo que fiz, mesmo que não tenha relevância alguma em sua vida. Só quero que olhe e diga que eu sou bom nisso.

Largo a pasta azul que estava segurando, levando o olhar até a última pasta da prateleira, com suas pontas estragadas pelo tempo e uma etiqueta na lateral escrito "Pai". São os desenhos que fiz para ele quando foi embora. Eu deveria entregá-los, porque é isso que sempre desejei fazer. Eu desenhei todos para ele, são todos dele. Todos aqueles rabiscos ridículos de criança são para a porra do meu pai.

Pego a pasta, fitando por um bom tempo a capa amarela, antes de desistir e deixá-la largada ali, pegando uma das pastas de desenhos atuais e decidindo que mostraria qualquer coisa.

Ao chegar à sala, ele está em pé, em frente à televisão, fitando a única foto em família que minha mãe e eu temos com Antony e Rafael, uma das fotos do casamento, porque aquele foi o único momento em que conseguimos tirar uma boa foto juntos. As outras são fotos do Antony, do Rafael quando criança; outras da minha mãe e eu; Rafael e eu na semana em que nos mudamos, uma tentativa falha da minha mãe de nos tornar o mais próximo possível como "irmãos"; e por fim, uma foto dos nossos pais. Somos uma família bonitinha, ou quase.

— Você voltou... — Sorri ao me ver. Está com as mãos enfiadas nos bolsos da calça. — Esse é o filho do seu padrasto? — Pergunta, apontando para uma das fotos. — É o seu novo irmão?

— É... — concordo, franzindo o cenho. Isso nunca vai deixar de ser estranho. — O Rafael. — Abraço a pasta contra o meu corpo.

— Ele é legal com você?

— Sim. — Me sento. — Rafael é muito legal — respondo, tendo a consciência de que ele está na cozinha ouvindo tudo.

— Que bom, sua mãe sempre quis te dar um irmão. — Suspira ao se aproximar. Eu não sabia que minha mãe queria outro filho. Ouvir isso é estranho. — Posso ver? — Pede, referindo-se à pasta que eu protejo contra o meu corpo com toda a força que tenho em mim.

— Pode — concordo, entregando-lhe a contragosto, com medo do que virá a seguir.

Droga, eu desenho bem, meus desenhos são bons, eu sei disso, e não deveria me sentir tão apreensivo por causa de uma opinião que nem deveria ser importante para mim. Um dos meus quadros vai ser exposto em uma das galerias de arte mais conhecidas do Rio nesta sexta. Será a primeira vez em que irei me apresentar como um artista, em um lugar importante, um lugar que não seja a escola. É com isso que eu deveria estar preocupado, não com a aprovação do homem que me abandonou.

Ele abre a pasta, folheando as páginas com um sorriso fraco no rosto. Junto as mãos no meu colo, contendo a vontade ridícula de chorar por nada, porque sei que aquilo não significa nada para ele, não como significa para mim.

— Você tem talento — diz, parando em uma das páginas. — São muito bons, muito bons mesmo.

— Obrigado — murmuro.

— Você desenha muito bem. — Sorri, finalmente me encarando, fechando a pasta e me entregando. — Meus parabéns.

— Você gostou mesmo? — Pergunto. Céus, eu sou tão patético.

— Sim, você é bom nisso, filho.

Filho.

Um sorriso aparece tão rápido em meu rosto que não tenho chance alguma de contê-lo. Meu interior se revira de euforia, posso sentir minha pulsação acelerada. Nunca, em toda a minha vida, me senti tão feliz com algo tão simples.

— Escuta, você não quer sair para lanchar ou fazer alguma coisa?

Pressiono os lábios, tentando conter um sorriso maior ainda. Essa situação parece surreal demais, pois passei tanto tempo fantasiando esse momento que agora parece ridículo, me sinto uma criança. Não é como as promessas furadas do meu pai, como quando eu pedia para irmos ao parque ou a qualquer outro lugar legal, porque não me importava o lugar onde iríamos, mas sim o fato de eu gostar de ficar com ele. Eu gostava quando ele brincava comigo, eu gostava de ter um pai, e agora ele está bem na minha frente.

— Então?

— Eu quero — murmuro, puxando as mangas da camisa, ligeiramente nervoso.

Ele sorri largamente, tirando as chaves do carro do bolso, levantando-se e apontando para a porta, esperando que eu o siga.

— Me espera lá fora? — Peço, seguindo até a cozinha assim que ganho sua confirmação. Ao entrar no cômodo, encontro os três sentados à mesa, abrindo sorrisos forçados ao me ver. — Eu vou sair com ele — aviso sem jeito.

— Tem certeza disso? — Minha mãe pergunta, levando uma mecha de cabelo para trás da orelha, do jeito que ela faz quando está nervosa.

— Acho que eu deveria dar uma chance a ele. Ele é o meu pai, né? — Sorrio forçado.

— Mas você vai ficar bem? — Insiste. — Vai ficar bem mesmo?

— Eu vou, mãe. — Reviro os olhos, tentando transparecer o máximo de tranquilidade possível.

— Certo. — Assente com a cabeça, mordendo os lábios. — Promete que vai ligar se acontecer alguma coisa?

— Mãe...

— Tá bom. — Suspira em rendição. — Rafael pode ir com você? — Aponta para ele, sentado à mesa, terminando uma garrafa de cerveja.

— Não, ele não pode — respondo, encarando-o, ganhando um sorriso fraco de sua parte. Sei perfeitamente que ele quer ir comigo.

— Tudo bem, você é grandinho agora, eu não deveria estar tão preocupada — responde em tom de desistência, agora com o pai de Rafael fazendo carinho em suas costas.

— Se te fizer sentir melhor, nós passamos com o carro por cima dele quando ele voltar para deixar o Vini — Antony sugere, arrancando uma risada fraca do filho.

— Vamos jogar o corpo dele em uma vala.

— E depois, atear fogo.

— Meu Deus, vocês têm doze anos de idade. — Ela ri fraco, deixando que Antony a abrace.

Suspiro indo até ela, me sentando ao seu lado e ganhando sua atenção outra vez. Nada é capaz de acalmar essa mulher, e eu sei que ela não vai descansar até que eu volte, mas vai ser pior se eu sair sem fazer isso.

— Eu vou ficar bem, é sério — murmuro, segurando sua mão. — Confie em mim, tá bom?

— Certo — assente. — Eu amo você, bebê — diz, arrancando um riso dos outros dois.

— Também amo você. — Contenho o riso, devolvendo o aperto em sua mão antes de me levantar e sair da cozinha.

Suspiro, fitando a porta da frente agora entreaberta. Ele já está no carro me esperando. Respiro fundo, pensando seriamente se estou fazendo a coisa certa. Algo por dentro grita para que eu simplesmente desista e pare de achar que isso vai dar certo. Estou com muito medo.

— Vini — Rafael chama, assustando-me com a repentinidade. — Tem certeza de que não quer que eu vá com você? — Pergunta, segurando meu braço. — Se algo der errado, nós fugimos e vamos à praia, sei lá.

— Não precisa, é sério — sussurro, abrindo um sorriso fraco. — Mas eu te mando mensagem, se precisar.

— Certo.

Esboço um sorriso, mirando a porta da cozinha, um pouco atrás dele, para conferir se há alguém nos vigiando antes de tomar a liberdade para lhe roubar um selinho.

— Até depois. — Eu lhe dou as costas, me apressando até a saída.

— Até — grita, antes que eu passe pela porta.

O carro do meu pai já está ligado, posso vê-lo pela janela, mexendo no celular enquanto me espera.

Sinto meu estômago gelar e o coração acelerar a cada passo dado em sua direção.

Ao contrário do que eu pensava, o passeio de carro não é nada desconfortável, na verdade, é até legal. Falamos sobre a escola, sobre meus amigos, sobre mil e uma coisas. É como se ele nunca tivesse ido embora, e por um minuto ou dois, eu me esqueço completamente desse fato. Ele deixa que eu peça tudo o que quero do cardápio do restaurante.

Acho que nunca fiquei tão empolgado com algo como estou com esse momento.

Estava tudo indo bem, até o assunto acabar e voltarmos a ficar em silêncio. Então, percebi que não nos conhecíamos mais. Ele pode ser meu pai, mas isso não muda o fato de que não nos vemos há anos; não tenho como ignorar isso. Ele passou grande parte da minha vida longe e nem sei o motivo. Somos completos estranhos um para o outro, e isso me quebra inteiro.

— O que você quer fazer agora? — Pergunta, voltando a me encarar com um sorriso fraco no rosto.

— Por que você foi embora?

Ele me olha como se eu estivesse perguntando algo absurdo, como se eu não estivesse falando coisa com coisa, e ao perceber que eu falo sério, solta um suspiro arrastado, desviando o olhar para qualquer canto que não seja eu.

— Vinícius, essa história é complicada.

— Por que você foi embora? — Repito, cansado de ter todo mundo me enrolando com essa história.

— A sua mãe me mandou embora. Na época, nós estávamos passando por um momento difícil e ela me mandou embora. Foi isso o que aconteceu.

— Foi a minha mãe? — Minha voz soou mais baixa do que o normal. Senti a dor crescendo dentro de mim outra vez. Isso nunca vai ter um fim. — E por quê?

— Eu errei muito com a Ísis, não é culpa dela. — Dá de ombros. — Quando nos separamos, ela disse que eu não deveria chegar perto de você, porque eu não era um pai de verdade. — Ri fraco. — Então, eu saí do estado. É claro que eu quis pagar pensão, dinheiro nunca teria sido um problema pra você.

— Eu nunca precisei do seu dinheiro — respondo. Ele fala como se o dinheiro fosse um prêmio de consolação que recusei. — Na verdade, eu nunca precisei de nada que viesse de você.

— Ei, tudo bem. — Alterou a voz, rindo de maneira nervosa. — Não precisa ficar na defensiva, eu não sou seu inimigo, Vinícius.

Engulo em seco, deixando que suas palavras se repitam na minha cabeça, com meu estômago revirando e meu coração ameaçando atravessar o peito.

— Eu sei que errei quando fui embora. Deveria ter ficado com você, sei disso. — Seu olhar encontra o meu outra vez.

— Por que decidiu voltar agora? — Questiono, apegando-me à ponta de raiva que cresce em mim, ao rancor que não me deixa esquecer, nem por um segundo, de que ele nunca se importou de verdade comigo. — Nunca passou pela sua cabeça como eu estava durante todos esses anos? Você nunca se perguntou se eu estava bem? Se eu estava vivo? — Solto um riso nervoso. — Era mais fácil para você fingir que eu nunca existi enquanto você estava por aí, fazendo sabe-se lá o quê? — Cuspo cada palavra, pois cada uma delas me arranha a garganta. — O que eu realmente sou pra você, Alexandre?

— Você é meu filho. Por isso, voltei. Não existiu um dia da minha vida em que não pensasse em você.

Mentira. É claro que é mentira. Quero revirar os olhos agora, rir na cara dele, porque só pode ser piada. Olho-o mais uma vez, buscando qualquer resquício de verdade em seu rosto, mas não há. Acho que nem mesmo ele se convence do que diz.

— E por que você nunca me procurou? — Grito.

Ele fecha a cara. A paciência que pareceu ter comigo sumiu tão rápido quanto apareceu. Ele me encarou como se eu tivesse acabado de passar dos limites, e sei exatamente que ele quer me mandar parar de gritar, mas ele não pode, não pode porque ele não tem moral para isso.

— Escuta, eu não voltei aqui para ficar brigando com você. Eu errei e sinto muito por isso. Eu só quero fazer parte da sua vida — continua, com mais um suspiro cansado. — Eu sou seu pai, Vinícius. Eu sempre vou ser o seu pai.

Abaixo o olhar, fitando os anéis em meus dedos, com um nó se formando na garganta. Minha cabeça está prestes a explodir. Por que as coisas não podem ser fáceis pra mim pelo menos uma vez na vida? Por que tudo tem que ser tão difícil? Eu não aguento mais.

— Se você não me quiser por perto, eu vou entender. — Sorri fraco, abre a carteira e tira um dos cartões de crédito, sinalizando para o garçom.

— Na sexta-feira, vou participar de uma exposição de arte — murmuro, ganhando sua atenção outra vez. — É a primeira vez que um dos meus quadros vai ser exposto, e será importante pra mim se você puder ir.

— Sexta-feira? — Pergunta — Certo, pode anotar o endereço e o horário? — Ele me entrega um de seus cartões, juntamente de uma caneta.

Pressiono os lábios, anotando tanto o endereço quanto o horário, mais uma vez estava tendo picos de felicidade.

— Acho melhor te levar pra casa — murmura, conferindo as horas em seu relógio antes de se levantar, guardar suas coisas e, no fim, tirar um maço de cigarros do bolso. Eu me lembro disso, me lembro dele fumando. Esta é uma daquelas memórias que você não sabe se são reais ou apenas manipulações da mente, mas agora tenho certeza de que é real. — Você fuma? — Pergunta, notando a minha fissura nos cigarros em sua mão.

— Não. — Balanço a cabeça em negação. — Minha mãe me mataria. — Solto um riso fraco.

— Ah, claro. — Ele também ri fraco, acendendo o cigarro, tragando e soltando a fumaça logo depois. — Ela odiava que eu fumasse perto de você. — Traga outra vez. — Eu tinha que ficar na varanda.

— É, eu me lembro disso.

Também me lembro de uma vez que peguei um de seus cigarros escondido, porque na minha cabeça parecia legal, mas antes mesmo que eu tentasse fumar, a minha mãe me pegou, brigou comigo e com o meu pai. Eu deveria ter uns cinco ou seis anos, e jurei a ela que nunca fumaria. Anos depois, fumei com o Lucca. Eu queria ficar perto dele, e isso pareceu uma boa forma de me aproximar. Foi ridículo, mas funcionou, porém me arrependo disso até hoje.

— Então... — começa, jogando a bituca de cigarro no chão, pisando e destravando as portas do carro. — Você tem namorada? — Pergunta, abrindo um sorriso.

— Não. — Solto um riso descrente. — Não, eu não tenho. — Eu o olho, pensativo. Eu tenho o Rafael, mas não posso dizer a ele, também não posso dizer que sou gay, tenho medo de como vai reagir.

— E você gosta de futebol? — Pergunta assim que entramos no carro. — Um dos meus... meus... Enfim, você gosta de esportes? — Indaga, se atrapalhando nas palavras.

— Um pouco... — digo. Queria ter memórias com ele em relação a esse mundo; queria que ele tivesse me ensinado tudo que sei sobre futebol, talvez assim eu gostasse um pouco mais de esportes, como o Rafael e o pai, que passam todas as tardes de domingo gritando com a TV, causando um alvoroço dentro de casa, espalhando garrafas de cerveja pela sala, tudo por causa de um maldito jogo de futebol.

— É, você nunca foi bom no futebol. — Assentiu com a cabeça, abrindo um sorriso fraco.

Contenho um sorriso sem graça, desviando o olhar para qualquer canto lá fora.

Permanecemos em silêncio o restante do caminho. Minha mente está uma bagunça, são muitas coisas para processar de uma vez, e eu não sei dizer se me sinto feliz ou triste.

Quando chego em casa, dá para ouvir da calçada os gritos e o som alto da televisão. Como eu disse, é a tradição de domingo, que fica ainda pior quando é o time deles que está jogando.

— Olha só quem chegou! — Antony grita ao me ver, erguendo uma das garrafas de cerveja no ar.

— Ah, graças a Deus. — Minha mãe se levanta, vindo até mim. Tem algo na minha cabeça que não me deixará em paz enquanto eu não a confrontar. — Como foi? — Segura o meu pulso, puxando-me até o sofá, onde nos sentamos.

— Foi legal... Eu posso conversar com você? — Pergunto baixo.

— Tudo bem — concorda confusa, trocando olhares com os outros dois antes de se levantar e me acompanhar escada acima, em silêncio, até que estivéssemos no meu quarto. — Ele te disse algo ruim? — Supôs, logo após fechar a porta atrás de si.

Faço que sim, respirando fundo, tentando iniciar a conversa de forma menos dramática.

— Por que você mandou o meu pai embora? — Começo, notando a confusão em seu rosto, seguido de um riso nervoso. Ela apoia uma das mãos na cintura, apertando os olhos, como se não acreditasse no que acabou de ouvir.

— Eu o quê?

— Ele disse que você o mandou embora, e eu quero saber o motivo.

— Alexandre te disse isso? — Repete, franzindo o cenho, irritando--se antes mesmo que eu vá um pouco além. — Ele disse que a culpa disso tudo foi minha? — Ri nervosa. — Eu não acredito nisso.

— Eu só quero saber o porquê.

— Ele não te contou? — Alterou a voz. — É claro que ele não te contou, aquele merda...

— Mãe, por favor. — Reviro os olhos, começando a me frustrar junto, e isso a deixa em alerta. Às vezes, minha mãe parece esquecer de que foi ela quem me criou, e se eu me estresso fácil, certamente é porque ela também não é muito paciente. — Eu já tô cansado de você! Sempre me escondendo tudo, eu nunca sei de porra nenhuma! — Grito. — Todo mundo sabia que ele tinha voltado, menos eu. Sabe o quanto isso me frustra? Eu não sou mais criança!

— Tudo o que eu fiz foi para protegê-lo, Vinícius! Não me culpe pelas coisas que o seu pai fez, fui *eu* que te criei.

— E o que foi que ele fez? — Grito de volta. — Por que você mandou ele se afastar de mim? — Minha voz vai perdendo a força, sinto meu peito doer. — A culpa dessa merda toda é sua, porque eu nunca tive nada a ver com as suas brigas com ele. Você não podia ter feito isso comigo. — Minha voz falha e minha visão começa a ficar embaçada pelas lágrimas.

— Vinícius... — Baixa a guarda, se aproximando assim que percebe que estou chorando. — Oh, meu amor... — Segura meu rosto, limpando minhas bochechas com os polegares.

— Para. — Afasto suas mãos, balançando a cabeça em negação. — Sai, sai, eu não quero mais saber. — Me viro de costas para ela, sem coragem nenhuma de olhá-la.

— Vinícius...

— Mãe, por favor... sai daqui.

— Tá bom, mas vamos terminar essa conversa outra hora — avisa, antes de me deixar sozinho.

Passo um tempo tentando secar todas as lágrimas que ousam escorrer pelas minhas bochechas. Me recuso a chorar por uma besteira como essa.

Ouço a porta se abrindo novamente, então a voz de Rafael se faz presente. Assim que viro, ele me estende uma garrafa de cerveja enquanto segura outra.

— Tava pensando em sair hoje — conta. — Ou ficar aqui com você sem fazer nada.

Acabo sorrindo, aceitando a garrafa e bebendo um gole longo, secando o rosto uma última vez.

— Eu quero ficar aqui sem fazer nada — digo, e ele faz que sim com a cabeça, aproximando-se para enlaçar minha cintura.

— Como você está?

Dou de ombros, tentando não desabar em lágrimas.

— Eu o convidei para a exposição na sexta — conto, erguendo o rosto para ele. — Você acha que ele vai?

Rafael esboça um sorriso confuso, balançando a cabeça ao desviar o olhar.

— Eu não sei, meu bem — diz, baixando os olhos para mim logo depois. — Talvez ele vá.

— É, talvez... — Prendo o ar, me permitindo pensar por um momento. — Você não tem um jogo pra assistir agora?

— Tenho, inclusive estou perdendo a melhor parte do segundo tempo — diz, me arrancando uma risada fraca e, no mesmo segundo, ouvimos seu pai xingar no andar de baixo, deixando-o quase atordoado quando escuta. — Gatinho, se não se importa... — Aponta para a porta, receoso ao fazer menção de sair.

— Vá lá.

Ele sorri, segura meu rosto para me roubar um beijo, passando pela porta instantes depois. Eu que não vou ficar entre ele e sua obsessão por futebol.

É sexta e eu mal falei com a minha mãe desde aquele episódio no meu quarto. Sei que devo pedir desculpas. Sinto-me mal sempre que brigamos porque sei que estou magoando a pessoa mais importante da minha vida. Começamos a nos ignorar tanto que chegou a ponto do pai de Rafael ter que me pedir para que eu falasse com ela.

— Está bonito — Rafael comenta, pouco tempo depois de entrar no quarto e mexer nas minhas coisas. — Você fica fofo de rosa.

Acabo sorrindo, me virando de frente para ele, quase suspirando quando o vejo de terno. É golpe baixo.

— Você fica tão bem de terno — comento, vendo seu sorriso largo tomar forma. — Você é tão bonito.

— Como um homem de preto?

— Rafael... — Fecho os olhos, respirando fundo. — Para com essa história de homem de preto, é sério, vamos nos casar e você vai continuar com essa história.

— Ah, então nós vamos nos casar? — Arqueia as sobrancelhas, segurando minha cintura.

— Eu não quis dizer isso, você entendeu.

— Sei. — Sorri, passando a ponta do nariz no meu, me puxando para perto. — Acha que vamos nos casar um dia?

— Não começa. — Passo os braços em volta do seu pescoço. — É muito cedo para falarmos de casamento — murmuro. Não conseguimos sequer definir a relação.

— Tem razão, vamos pular para a noite de núpcias? — Pergunta, me empurrando até a cama, sem conter o sorriso.

— Não, e você nem se deu ao trabalho de trancar a porta. — Fugi o mais rápido possível de seus braços, empurrando-o na cama. — Cadê a sua gravata? Não funciona se você não estiver de gravata.

— Quase me esqueci. — Tirou a gravata do bolso, jogando-a na minha direção.

Eu me dou ao trabalho de trancar a porta, antes de voltar a me aproximar dele, suspirando ao passar o tecido fino ao redor de seu pescoço. Meu corpo parece estar transbordando de tesão só com o seu olhar sério sobre mim. Nunca vou entender essa coisa que os ternos me causam.

— Pronto? — Pergunta.

Mordo o lábio, escorregando as mãos pelos seus ombros.

— Agora, sim. — Assenti com a cabeça, sentando-me em seu colo, suspirando ao ter suas mãos na minha cintura. — Porra, você é tão gostoso.

Rafael sorri, descendo as mãos até a minha bunda, apertando a carne por cima da calça, me puxando para perto, e é como se fizesse meu corpo entrar em combustão. Céus, como ele faz isso comigo?

— Acha que dá tempo? — Pergunta, começando uma trilha de beijos pelo meu pescoço, desabotoando os primeiros botões da minha camisa.

— Que horas são?

— Seis e trinta — murmura, passando a língua quente pela minha pele, me arrancando um suspiro arrastado. — Não vai dar tempo. — Ele se afasta para me encarar.

— Tanto faz. — Prendo o ar. — Volta, vai — peço, apontando para o meu pescoço, lhe arrancando um riso soprado.

Quase me desfaço ao sentir os beijos no meu pescoço outra vez; a respiração quente batendo contra a minha pele, os lábios, a língua; eu me derreto inteiro apenas com isso. Subo as mãos para o seu cabelo, puxando os fios entre os dedos, trazendo-o o mais perto possível. Rafael desce as mãos para a minha cintura, tomando impulso para me deitar no canto vazio da cama e se encaixando entre as minhas pernas. Suas mãos sobem outra vez, terminando de desabotoar a minha camisa, escorregando as palmas pelo meu abdômen, apertando com força a minha cintura, me arrancando um gemido arrastado. Ele ergue o rosto para me encarar outra vez, sorrindo antes de me beijar. É maravilhoso como ele consegue mudar o clima tão rápido. Subo as mãos para o seu rosto, trazendo-o para perto, não conseguindo conter minha vontade de sorrir.

— É melhor a gente ir — murmura ao se afastar, suspirando enquanto se senta.

— Tudo bem. — Eu me sento ao seu lado, voltando a abotoar a camisa, tratando de colocá-la para dentro da calça. — Abre os primeiros botões — mando, apontando para a camisa branca dele. — Agora, afrouxa a gravata. — Pressiono os lábios. — Isso, gostoso da porra.

Ele solta uma risada fraca, negando com a cabeça. Rafael nunca leva a sério os meus elogios.

— Meninos, vamos! — Minha mãe chama do andar de baixo.

— Vamos — chamo, saindo em seguida em direção à porta. — Pega o meu celular, por favor!

Travo ao entrar no corredor, encarando a escada do sótão enquanto penso e repenso se devo fazer isso ou não. No fim, acabo subindo, correndo até a prateleira, pegando a bendita pasta amarela e velha com os desenhos do meu pai. Algo dentro de mim implora para que eu acabe com isso e entregue a pasta a ele porque, de certa forma, eu nunca vou me sentir bem enquanto não o fizer. Passei quase doze anos esperando, eu tenho que entregar.

Quando desço, Rafael me espera na ponta da escada, com as mãos enfiadas nos bolsos da calça enquanto fita os próprios pés.

— Vamos? — Diz ao me ver.

— Vamos.

Conforme seguimos em direção à saída, meu coração parece querer parar, as mãos tremem e, por pouco, quase deixo a pasta cair. Meu corpo parece estar parando de funcionar. Odeio não ter controle sobre minhas emoções dessa forma.

— Está nervoso? — Pergunta ao notar meu desespero interno.

A verdade é que não estou preocupado com a exposição. Eu sei que deveria, mas não estou, porque não consigo parar de me perguntar se meu pai vai aparecer. Eu quero mesmo acreditar que ele vai estar lá para me ver, mas, depois de tanto tempo, parece idiotice acreditar nisso. Porque talvez ele não apareça; talvez ele tenha pedido o endereço apenas para evitar me magoar; talvez ele só tenha me procurado por se sentir culpado, não por se importar comigo; talvez ele ache a arte um desperdício de tempo, e talvez, eu seja bobo demais por acreditar que ele estará lá.

— Você acha que o meu pai vai me ver hoje? — Pergunto ao ter a certeza de que nossos pais já estão na garagem.

— Eu não sei. — Pressiona os lábios, dando de ombros. — Ele é o seu pai, talvez ele vá.

Talvez. Apenas talvez. Porque é sempre um talvez.

— E se ele não for?

— Ainda estaremos lá. — Apoia a mão no meu ombro. — Eu, nossos pais, os seus amigos, todo mundo vai estar lá pra você.

Contenho o sorriso. De fato, ainda tenho as pessoas mais importantes da minha vida ao meu lado, e isso deve ser o suficiente para mim.

— Tem razão. — Concordo com a cabeça.

Ele sorri, passa o braço por cima dos meus ombros e caminha comigo até a porta dos fundos. No carro, permanecemos o caminho inteiro em silêncio. Minha mãe ainda me ignora e, quando ela fica assim, afeta todo o resto da família. Eu preciso mais do que tudo pedir desculpas.

Quando chegamos, a galeria parece maior do que é de fato. Eu havia vindo até aqui para entregar o quadro e o lugar não parecia grande coisa, mas agora, passando por uma dezena de pessoas bem-vestidas, sob a iluminação fraca e a música baixa, o local consegue transmitir uma importância que não me pertence. Chego a me perguntar: o que diabos estou fazendo num lugar assim?

— Vinícius! — Denise quase grita ao me ver. Está usando um vestido preto. Nunca a vi vestir sequer uma saia, então fico feliz por ela ter levado a sério quando eu disse que esse era um local chique. — Esse lugar é um luxo! — Agarra o meu braço, me chacoalhando num mini surto, parando assim que vê minha mãe e meu padrasto logo atrás de mim. — Oi, tia Ísis, tio Antony — ela os cumprimenta com um sorriso largo. — Rafael! — Quase grita de empolgação, tirando-lhe uma risadinha quando é abraçado por ela.

Nós nos distanciamos dos nossos pais por um instante depois que encontram outro casal para se enturmar.

— Achei vocês, graças a Deus. — Guilherme surge ofegante pela provável corrida, acompanhado por sua quase namorada ruiva e baixista, de quem eu sempre esqueço o nome. — A Elisa errou o endereço, paramos em três galerias diferentes. — Ofegou, olhando feio para a garota.

— A culpa não é minha, foi você quem me deu o endereço errado — ela retruca, suspirando ao passar a mão no vestido azul que usa. — Não acredito que me fez usar vestido.

— É mais fácil de tirar, amor — justifica, mas logo recebe um tapa no ombro.

— Eu odeio vestidos, Guilherme.

— É? E como você espera transar no banheiro, usando jeans e aquele All Star extremamente difícil de tirar, hein?

— Nossa, vocês são tão românticos — Rafael resmunga, franzindo o cenho.

— Que moral você tem? Vocês já transaram no banheiro da minha casa — retruca, apontando tanto para mim quanto para Rafael.

— Cala a boca! — Grunho, empurrando-o.

— No banheiro e no quarto de hóspedes — Rafael corrige, sem esconder o sorriso.

— Rafael! — Arregalo os olhos, cobrindo sua boca com a mão, ouvindo risadas logo em seguida.

— Vamos entrar? — Denise chama depois de um momento em silêncio. — Vini, qual é o seu quadro? — Pergunta assim que botamos os pés dentro da galeria.

— É aquele. — Aponto para o quadro na parede à nossa esquerda, sem esconder o sorriso. Mal consigo acreditar que isso está mesmo acontecendo.

Eles seguem feito manada naquela direção, e só então percebo o quanto a situação é assustadora. Meu coração salta dentro do peito, meu estômago embrulha com tanto nervosismo. Começo a pensar no que vão achar de tudo, se vão me julgar mal. Pergunto-me se sou tão bom para um evento desse porte, se acreditam mesmo em mim, se mentem quando elogiam meu trabalho.

Entro em desespero completo e paro no lugar, esperando que estejam a uma distância segura de mim para que eu possa me esconder. E eu teria conseguido fugir, se Rafael não tivesse me arrastado de volta pelo braço.

— Eu tô com vergonha. — Grunho, tentando me desgrudar dele, sem chamar muita atenção.

— Vergonha de quê? — Desdenha. — O seu quadro é o mais bonito! Olhe para essas outras obras pavorosas ao redor — cochicha.

— Não fale assim do trabalho dos outros. — Cochicho de volta, tentando não rir da careta que faz.

— O seu é o melhor, o mais bonito.

— Tá bom... — Evito sorrir, olhando para o quadro, para as flores de girassóis, cobrindo quase toda a tela e o rapaz que sai do meio delas.

— É sério! — Ele sorri, ainda de braços dados comigo. — Vini? — Chama depois de alguns segundos.

— Fala.

— Por que você assina os quadros como Dante?

Acabo rindo com a pergunta. Me admiro por ele só querer saber agora.

— É o meu pseudônimo.

— É? — Arqueia as sobrancelhas, abrindo um sorrisinho e me puxando para mais perto de si. — E esses são Os Girassóis de Dante?

Eu me pego rindo, sem conseguir tirar os olhos dele nem por um segundo, com meu coração batendo forte dentro do peito, o que não me deixa esquecer nem por um momento do quanto sou apaixonado por ele. E posso estar parecendo um bobão olhando para Rafael agora, mas não me importo porque é exatamente o que sou.

— É... São Os Girassóis de Dante — afirmo, me contendo para não lhe roubar um beijo na frente de toda a gente.

E conforme a noite se estende, vou perdendo a vergonha de conversar não só sobre o meu quadro, mas sobre todas as outras obras expostas. Passo tanto tempo conversando e rindo com pessoas desconhecidas que até mesmo perco a noção do tempo.

Minha bateria social já havia sido completamente drenada quando me dei conta de que a única pessoa que eu queria que tivesse vindo não apareceu. Perceber isso, a minha insignificância para ele, destrói em segundos toda a empolgação que senti durante toda a noite. Começo a me arrepender de tê-lo convidado, de ter criado esperanças, de acreditar nas palavras de alguém que nem mesmo conheço.

— Estou orgulhosa de você — minha mãe murmura, parando ao meu lado quando finalmente estou sozinho.

— Está mesmo? — Fito os anéis em meus dedos, sem jeito para conversar com ela depois de tanto tempo que passamos "brigados".

— Claro que sim! — Sorri. — Quando eu comprei tinta acrílica pela primeira vez, depois de você me atormentar por semanas... — começa, me arrancando um riso fraco. — Você me disse que iria ter uma galeria cheia de quadros só seus.

Pressiono os lábios, assentindo com a cabeça e fitando-a. Minha mãe é a única pessoa que sempre me apoiou em todas as loucuras, apesar de eu ter que quase me jogar no chão para ela deixar que eu pintasse as paredes do meu antigo quarto quando tinha quinze anos. Contudo, ela nunca me limitou.

— Me desculpe por ter gritado com você aquele dia — murmuro, sem coragem de encará-la. — Nada disso é sua culpa. Me desculpe, mãe.

— Tudo bem. — Passa os braços em volta de mim, beijando a lateral da minha cabeça. — Nunca mais levante a voz para a sua mãe, ouviu bem? — Sua voz soa tão doce que sequer parece uma ameaça. — Ou eu mato você.

— Entendi.

— Ótimo. — Suspira ao se afastar, levando uma das mãos até o meu cabelo, sorrindo ao ajeitar os cachos. — Ele vai vir? — Pergunta, referindo-se ao meu pai.

— Eu não sei, talvez ele venha, não é? — Pergunto, sentindo o coração apertar dentro do peito. O evento estava quase no fim. Na verdade, não sei quem estou querendo enganar.

— Sim, talvez ele venha. — Sorri, segurando firme a minha mão.

— Pode ao menos me dizer o motivo de ele ter ido embora?

— Depois. Não quero encher sua cabeça com isso agora. — Fez carinho nas costas da minha mão. — A noite é sobre você, só você.

Faço que sim, me preparando para agradecê-la e para pedir que fôssemos embora, quando a galerista se aproxima de mim e conta que há alguém querendo comprar o meu quadro. Uma coisa minha, uma coisa que fiz sozinho! Alguém olhou para isso e *quis*. Essa é de longe a melhor noite da minha vida.

Preciso me controlar para não responder cada pergunta com empolgação, me conter para não deixar óbvio o quanto fiquei feliz, o quanto quero sair pulando. E quando a negociação acaba, saio correndo atrás de Rafael para encontrá-lo, me agarrar ao seu braço e arrastá-lo comigo até o banheiro.

— O que foi? — Pergunta enquanto me vê conferir se as cabines estão vazias.

— Eu vendi o quadro — murmuro, com minhas mãos ainda trêmulas pelo nervosismo.

— Você vendeu?

— Vendi.

— Vendeu?

— Vendi! — Grito, passando os braços ao redor do seu pescoço em um abraço desesperado, dando pulinhos com ele, sem controle algum.

— Isso é incrível! — Sorri largamente ao se afastar de mim, subindo as mãos para o meu rosto, deixando sua boca perto da minha. — Parabéns!

— Obrigado — agradeço num tom tão baixo que mal sei se ele ouviu.

Rafael me beija devagar enquanto guarda meu rosto entre suas mãos, fazendo meu peito esquentar como se eu fosse derreter de amor.

Já tínhamos nos despedido do restante do pessoal quando tomamos a decisão de ir embora. Caminhamos até o carro, e espero até que nossos pais estejam a uma distância segura de nós para poder dizer:

— Ele não veio — concluo, sem coragem alguma para encarar Rafael. — Eu sei que é besteira, mas isso era importante pra mim.

— Não é besteira, meu bem. — Passa o braço por cima de mim, beijando minha testa.

— É, sim. Eu nem deveria me importar com ele, mas isso é tão...

— Olha pra mim. Olha pra mim, Vini — chama, procurando o meu olhar, sorrindo ao conseguir fazer com que eu finalmente o encare. — Você acabou de ter a melhor noite da sua vida, não deixa ele tirar isso de você.

Assinto com a cabeça, suspirando em uma tentativa ridícula de conter o choro. Eu me odeio demais por deixar algo tão pequeno me destruir em escalas enormes.

No fim da noite, vamos a um restaurante. Me permito deixar de lado todas as paranoias que se criavam na minha mente, rindo de cada besteira que Antony e Rafael dizem ao se provocarem sem parar, fazendo gracinhas; é como se dividissem o mesmo neurônio.

Já havíamos terminado, os pratos já haviam sido levados da mesa e o garçom já havia nos trazido a conta. E em mais cinco minutos, já deixaríamos o restaurante, e em menos de cinco minutos, meu pai passou pela porta, de mãos dadas com uma criança, segurando outra no colo.

Acho que nunca senti algo tão forte, nunca me desesperei tanto em tão pouco tempo. Meu coração deu um salto, e no mesmo instante, todas as vozes ao meu redor sumiram, as pessoas desapareceram.

Olho para a criança mais velha, vestindo um uniforme azul de futebol, o cabelo cheio e cacheado igual ao meu.

Acho que vou vomitar.

E quando ele me vê, quando arregala os olhos e se dá conta do que está acontecendo, de que não tem mais o que esconder, dói ainda mais, como um soco na boca do estômago e, por um segundo, acredito que vou mesmo vomitar.

— Vinícius... — Minha mãe me chama. Sua voz parece tão distante agora, tudo o que eu ouço é a minha pulsação. O meu coração bate tão forte que, na minha cabeça, eles também conseguem ouvi-lo.

A única coisa coerente que passa pela minha cabeça naquele instante é a bendita pasta amarela dentro da bolsa. Eu a tiro de lá, me levanto e vou até ele, tentando ao máximo conter a raiva.

Meu pai manda as crianças para a mesa antes mesmo que eu chegue perto o suficiente, como se não fossem meus *irmãos* e, provavelmente, eles sequer sonham com a minha existência, da mesma forma como eu nem sonhava com a deles.

— Me desculpe.

— Isso é seu. — Entrego a pasta, notando sua feição confusa. Isso era tudo o que eu pretendia fazer, mas não podia seguir sem realmente saber. — Por que você não foi?

— Nicolas teve um jogo importante hoje. — Sorri fraco, referindo-se ao garoto mais velho. — Eu não podia faltar, viemos até o Rio para isso.

Solto um riso descrente, teria sido melhor não saber.

— Você veio ao Rio por causa do jogo de futebol do seu... — Minha voz falha. Dói tanto. — Quantos anos ele tem?

— Doze.

Doze anos. Doze anos atrás o meu pai me abandonou. As coisas fizeram sentido tão rápido na minha cabeça que meu corpo mal teve tempo para receber o choque, eu paralisei, com meus olhos se enchendo de lágrimas.

— E o outro?

— Arthur, ele tem seis. — Desvia o olhar. Ele não tem nem mesmo a coragem de olhar para mim, é degradante.

Concordo com a cabeça. Nunca, em toda a minha vida, eu me senti tão pequeno e insignificante como agora.

— E eu?

— O que tem você?

— Eu também sou o seu filho, porra! — Grito, sentindo-me desmoronar. — Eu passei doze anos da minha vida esperando pelo meu pai, e esse tempo inteiro você estava criando outros dois filhos. O que eu fiz pra você?

— Você não fez nada.

— E por que você me abandonou? — Minha voz falha outra vez. Eu mal consigo enxergar com as lágrimas se aglomerando nos meus olhos. As palavras parecem presas na minha garganta. Espero pela resposta, mas tudo o que tenho é o silêncio, e o silêncio machuca mais do que qualquer coisa que ele pudesse ter dito.

— Vinícius... — É a voz da minha mãe, mas não a vejo, apenas sinto sua mão no meu braço, puxando-me para longe dele. — Venha, vamos pra casa — chama-me, e quando a olho, percebo que seus olhos não estão em mim, mas, sim, nele. E está irritada. Se ela pudesse, sei que o mataria aqui e agora. Acho que é a primeira vez que vejo minha mãe tão brava.

Nada, ele não diz nada, em momento algum.

As coisas ao redor vão se desfazendo aos poucos. Sem perceber, já estamos no carro, em silêncio. O que eu sinto é pior do que tudo que já senti. Minha mente é um eterno silêncio, eu só sinto dor, e as lágrimas escorrem pelo meu rosto, sem controle algum, até pingarem na minha camisa. Eu tô cansado de viver assim, de sentir dor o tempo todo, de chorar, de ter a felicidade tomada de mim tão fácil quanto me foi dada.

Quando chegamos em casa, tudo o que eu tenho em mente é subir ao quarto e desabar, longe de qualquer outro ser humano, porque, sinceramente, a última coisa que eu quero é ter olhares de pena sobre mim. De todo jeito, minha mãe vem correndo atrás de mim, sem me dar chance alguma de fugir, fecha a porta do quarto e se senta na cama, ao meu lado, esperando que eu diga alguma coisa, mas eu não consigo. Então, tudo que faço é procurar por um abraço, desabando assim que o recebo.

— Me desculpe — murmura. — Me desculpe.

— Vamos ter aquela conversa agora, por favor? — Peço, tendo em mente que não dormiria enquanto tudo não fosse completamente esclarecido.

— O que você quer saber?

— Você sabia que ele tinha outros filhos? — Minha voz soa embargada, quase inaudível.

— Eu sabia de um, do mais velho — conta, subindo as mãos até o meu cabelo. — Ele é filho da ex-secretária do seu pai — acrescenta, rindo soprado. — Com quem ele teve um caso por anos, e quando ela apareceu grávida... foi quando... — Sua voz se quebrou como milhares de cacos de vidro se estilhaçando. — Ele quis me convencer a aceitar, quis que eu o perdoasse e, por um tempo, até suportei, mas não consegui, me desculpe, eu não consegui.

Nem mesmo consigo pensar, não consigo entender como ela ainda tentou perdoar a traição, como esteve disposta a aceitar um filho fora do casamento.

— Você não sabe como foi difícil ter você — conta, as mãos descendo pelas minhas costas. — E você nasceu tão pequeno... — Sorri, segurando a minha mão. — Eles falavam que você não sobreviveria, mas você é meu filho, você é tão forte quanto a sua mãe — continua, percorrendo cada linha da minha palma com a ponta dos dedos. — Você nasceu de um parto prematuro, e é por isso que é tão apressado com as coisas — brinca, tirando-me um riso soprado. — E depois de você, eu não tive mais filhos. Quer dizer, eu não posso — corrige, as mãos trêmulas nas minhas. — Ele sabia e mesmo assim quis que eu aceitasse o filho de outra mulher, quis que eu o perdoasse. Eu tenho os meus limites, Vinícius, e eu sei o quanto você o idolatrava.

— Tudo bem, agora não importa mais.

— Você não se lembra, mas ele voltou algumas vezes — conta. — Você diz que ele sumiu de um dia para o outro, mas não foi assim, ele aparecia de vez em quando, até sumir de vez.

Faço que não com a cabeça, porque realmente não me lembro. Não me lembro de quase nada.

— Você é o meu mundo, Vinícius — sussurra, e eu apenas aceno com a cabeça. — É o amor da minha vida.

Exatamente por isso que eu acordo todos os dias, porque não importa o quão quebrado eu esteja, eu nunca faria algo que destruísse a minha mãe.

— Ele nunca quis saber de mim, ele nem mesmo veio para ver... — murmuro entre soluços. — Por que ele não gosta de mim?

Minha mãe me abraça com mais força, sem parar por nada o carinho no meu cabelo, e eu apenas choro, choro até não poder mais, concentrado em ouvir as batidas do coração dela, porque é isso que me faz levantar todos os dias e continuar vivendo.

17

FIQUEI COM FEBRE. MINHA CABEÇA DOEU O DIA INTEIRO, MEU corpo parecia ferver, era como se a minha pele estivesse derretendo, e tudo que eu conseguia fazer nessa situação era dormir, para não dizer que passei noites inteiras morrendo de dor.

O quão fodida a minha cabeça precisa estar, a ponto de eu literalmente adoecer diante de uma situação estressante? Nem mesmo fico surpreso, já que ter febre emocional sempre foi comum para mim, na infância. Por sorte, esse episódio durou apenas dois dias, mais um e minha mãe me arrastaria para o hospital, e não existe nada que eu odeie mais do que hospitais.

Quando ela saiu para trabalhar no quarto dia, logo depois do pai de Rafael sair, despediu-se e me desejou uma boa aula. Aula essa que com toda certeza não compareci. Esperei que o carro dela virasse a esquina de casa para poder subir a escada de volta ao quarto e tirar a farda do colégio.

Tentei voltar a dormir, mas não consegui. Mesmo que houvesse dormido apenas três horas na noite anterior, eu simplesmente não consegui dormir e isso é tão estressante. A cada dia que passa, tenho mais certeza de que a minha cabeça está mesmo fodida.

Perdi a noção do tempo enquanto jogava no celular, gastando as horas e, quando dei por mim, Rafael estava entrando no quarto, com as roupas amassadas, o rosto inchado e o cabelo bagunçado. Os olhos dele desaparecem quando acorda, viram dois pequenos riscos e suas bochechas incham. É *tão* fofo.

Sem dizer nada, ele sobe na cama, aconchegando-se ao meu lado. Passo um dos braços ao redor do seu pescoço, deixando sua cabeça apoiada no meu ombro, ouvindo-o grunhir enquanto esconde o rosto na curva do meu pescoço.

— Por que não foi à aula hoje? — Sua voz soa baixa e rouca, causando-me arrepios por todo o corpo.

— São nove da manhã, vamos evitar perguntas — murmuro, fechando os olhos ao sentir o cheirinho doce do seu cabelo.

— É o quinto dia seguido que você não vai à escola — continua, empurrando o celular das minhas mãos para que eu lhe dê atenção. — Você está me fazendo ser cúmplice disso tudo.

— Mas você recebe tão bem para não me entregar. — Eu o abraço, e Rafael sorri contra a minha pele, me fazendo vibrar.

— Eu sou assim tão fácil de comprar? — Pergunta, correndo os dedos para dentro da minha camisa.

— Claro que não. Você tem noção das coisas que eu tenho que fazer para te agradar? — Falo, correndo a ponta dos dedos pelo seu braço.

— Sim, e você faz todas elas muito bem — provoca, deixando um beijo molhado no meu pescoço, que me derrete. Falto me desmanchar enquanto sinto sua língua subindo pela minha pele até a orelha, mordiscando o meu lóbulo e sorrindo ao se afastar. — Troque de roupa, vamos para a casa do lago — manda, espreguiçando-se.

— Sério? — Eu o olho surpreso, sentando-me depois que ele se levanta. — Só nós dois?

— Sim, voltamos à noite. — Segue em direção à porta. — Não enrola! — Grita quando já está fora do quarto.

Me levanto num pulo, esvaziando a mochila para dar espaço às minhas coisas, os cadernos, os lápis, as tintas, as mudas de roupas, e aí, sim, troco de roupa como ele me pediu. É a primeira vez que me empolgo com algo desde a última sexta-feira. Estou correndo pela escada quando vejo Rafael de pé, perto da porta, com os olhos presos no celular.

— Vamos? — Pergunta, trazendo os olhos até mim, me medindo de cima a baixo e esboçando um sorriso.

— O que foi?

— Você fica adorável de macacão. — Abaixa a cabeça para esconder o sorriso.

Fito meu próprio corpo por alguns instantes, a blusa amarela, o macacão jeans e os tênis nos meus pés. Pergunto-me se deveria ter pegado roupas mais frescas, mas tenho absoluta certeza de que *roupas* não serão tão importantes mais tarde.

— Venha, gatinho. — Estende a mão para mim, e no segundo em que a agarro, ele entrelaça nossos dedos, puxando-me para perto. — Lindo! — Sorri, segurando meu rosto e me roubando um selinho; depois outro, e mais outro, até estarmos nos beijando no meio da sala.

— Chega. — Contenho o riso, deixando tapinhas em seu ombro para que se afaste. — Vamos logo.

— Tá. — Beija-me uma última vez, enlaçando minha cintura ao me puxar para fora, caminhando junto comigo até o carro.

Ele dirige abaixo do limite durante todo o caminho, e ainda assim, as poucas horas naquele carro parecem minutos. Passamos o tempo todo cantando de forma animada, as músicas da nossa *playlist,* e nos minutos em silêncio, só aproveitamos a companhia um do outro.

— O que está desenhando aí? — Pergunta, referindo-se ao caderno no meu colo.

Abro um sorriso, virando o caderno na sua direção, esperando por sua reação, e no instante em que traz seus olhos para a folha, Rafael ri num sopro, pressionando os lábios e batucando os dedos no volante.

— Tem que parar de me desenhar.

— Por quê? — Questiono, sorrindo ainda mais. — Eu adoro desenhá-lo, é como se eu soubesse de cor cada detalhezinho seu. — Volto a rabiscar, prendendo os lábios entre os dentes. — Sabia que você tem o nariz pontudinho? É tão fofo.

Ele ri. Está tímido, corando de vergonha, e eu falto explodir com a vontade de morder suas bochechas.

— Chegamos — avisa antes mesmo que eu perceba.

Ergo o olhar para ver a casa, as árvores altas e cheias, as folhas balançando com o vento. Eu gosto daqui, gosto de como tudo parece calmo e isolado do resto do mundo, gosto da ideia de ter paz. Ele para o carro em frente à casa, pega nossas mochilas nos bancos de trás e abre a porta, dando tapinhas no capô num tipo de aviso para que eu ande logo. Fecho o caderno, abro a porta do carro e me apresso para me juntar a ele.

— Me dê a sua mão. — Estende a palma esperando que eu a segure, e quando o faço, ele começa a correr, arrastando-me consigo por entre as árvores, onde a grama chega a cobrir os tornozelos e o vento sopra forte.

Paramos ao chegarmos à beira do lago. Rafael deixa ambas as mochilas na grama, na sombra de uma árvore, arriscando-se a caminhar em direção às pedras grandes que cercam o lago, onde a água reflete a paisagem em sua superfície.

— Eu gosto daqui — comenta, sentando-se, e traz os olhos para mim quando me acomodo ao seu lado. — Gosto da paz.

Eu me viro para ele, deixando um beijinho em seu ombro, recebendo a atenção de seus olhos no instante seguinte. Rafael segura o meu rosto, vindo para mais perto de mim para me tirar um beijo, sem nem mesmo se afastar quando termina, deixando que sua respiração toque minha bochecha.

— Por que viemos aqui? — Pergunto num fio de voz, fazendo-o suspirar, para então receber outro beijo no rosto.

— Porque eu tenho medo de vir aqui sozinho — confessa, fazendo meu coração acelerar de uma única vez. — Mas não tenho medo se estiver com você. — Seus dedos escorregaram até a minha nuca, arrepiando cada pelo do meu corpo.

É tão surreal para mim quando ele admite ter medo de algo. Eu sei que Rafael é medroso com relação a coisas banais, como filmes de terror e montanhas-russas, mas não coisas assim, não coisas *reais,* porque, na maior parte do tempo, eu vejo Rafael como alguém que não tem medo de se machucar, que não tem medo do que o destino tem para si ou até mesmo medo das consequências que suas ações podem lhe trazer. Ele apenas vive sempre sorrindo, como se o mundo não fosse capaz de machucá-lo; mas ele pode, ele sempre pode e machuca. Ter consciência disso é desesperador.

— Você faz o mundo parecer tão pequeno e inofensivo... — Afasta-se, olhando dentro dos meus olhos.

— Você também. — Pressiono os lábios. — Você faz do meu mundo um lugar menos assustador — conto. — Eu acho que deveria ter sido assim, apesar das circunstâncias.

— Você acredita nisso? Acredita em destino?

— Acredito que tudo acontece por uma série de razões, e se estamos aqui agora foi porque nossos pais se conheceram — expliquei, pressionando os lábios antes de continuar. — E eles não teriam se conhecido se nós dois não tivéssemos tido que ir ao hospital naquele dia. — Solto um riso fraco. — Não teriam se conhecido se minha mãe não fosse médica. Acredito que nada é por acaso. Como o efeito borboleta, onde uma pequena mudança no nosso presente pode causar consequências enormes no nosso futuro.

— Então, de alguma forma, se os nossos pais não tivessem se conhecido, acha que nós estaríamos juntos agora?

— Acho. — Dou de ombros. — Eu acho que deveria ter sido assim, você e eu, apesar das circunstâncias.

Ele se afasta, permitindo-se pensar por um momento.

— Eu gosto de pensar que fazemos parte de um dos milhares de universos paralelos que existem por aí. — Eu me sento de frente para ele, cruzando as pernas e recebendo toda a sua atenção. — Que existem várias versões minhas em realidades diferentes.

Ele sorri, fazendo que sim com a cabeça.

— E o que você acha que o Vinícius do universo trinta e sete está fazendo agora? — Pergunta num tom divertido.

— Ele é famoso, um cantor mundialmente famoso — digo com uma seriedade tão convincente que ele demora para raciocinar, mas ri logo em seguida.

— Mas você não sabe cantar.

— Eu não sei, mas a minha versão que é uma celebridade sabe, sim.

Ele ri um pouco mais, balançando a cabeça sem ousar me contestar.

— E o Vinícius setecentos e nove? — Cruza as pernas também, aproximando-se mais.

— Ele tem um irmão gêmeo, um irmão gêmeo do mal. — Contenho o riso. — Esse Vinícius só se apaixonou uma única vez e foi pelo mesmo garoto que o irmão dele estava apaixonado.

— Com certeza esse cara era eu.

— Não seja convencido.

— Certo, e o Vinícius mil e um?

— Bom... — Preciso de um tempo para pensar. — Esse gosta da praia e também gosta de ler. — Paro um instante para pensar. — Ele também tem um Rafael, e sente saudade dele todos os dias.

— Por quê? — Estreita os olhos. — Eles não estão juntos?

— Não, eles terminaram.

— Por quê? — Pergunta em um tom desapontado. Parece ter esquecido de que essa é uma história inventada.

— Porque a vida não é como nos livros de romance clichê que o Vinícius mil e um costuma ler. — Dou de ombros, e Rafael balança a cabeça em descontentamento. — Algumas histórias não têm finais felizes.

— Me conte uma com final feliz, então — pede. — Uma em que o Vinícius e o Rafael fiquem juntos.

— Nós ficamos juntos nesta aqui. — Abaixo a cabeça, apertando minhas mãos em meu colo.

— Como acha que termina, então?

— Eu não sei, Rafa. — Solto um suspiro. — Espero que juntos.

Me levanto apenas para me sentar de costas para ele, entre suas pernas, esperando que passe os braços em volta de mim. Ele o faz e apoia o queixo no meu ombro, logo depois. Alcanço o seu braço direito, segurando sua mão para correr meus dedos pela sua palma, linha por linha até a ponta de seus dedos.

— Quantos de nós você acha que estão juntos agora nos outros universos? — Pergunta baixo, raspando a ponta do nariz pela minha nuca.

— Muitos. — Contenha o sorriso. — Muitos deles estão tendo essa conversa agora. — Fito o anel em seu indicador.

— E quantos de mim estão prestes a te dar um beijo? — Sorri.

— Não sei. Quantos? — Mordo o lábio, me virando o suficiente para poder sustentar o seu olhar.

— Todos eles. — Segura meu queixo, alcançando meus lábios, misturando nossos gostos em um beijo afobado.

Levo a mão até a sua nuca, pressionando os dedos contra sua pele enquanto os únicos sons ao nosso redor são dos ventos, balançando as folhas das árvores e o do correr da água logo abaixo de nós. É como se não houvesse mais ninguém no mundo, como se fôssemos inalcançáveis, únicos, no nosso próprio mundo, na nossa própria bolha.

Nós nos perdemos nisso por tempo demais. Suas mãos percorrem o caminho do meu corpo, tirando as alças do macacão devagar, enfiando-se para dentro das minhas roupas, agarrando minha cintura ao me puxar para o seu colo.

É incrível como o meu corpo reage quase que automaticamente a todas as suas investidas, como se estivéssemos conectados, como se nossos corpos funcionassem perfeitamente bem sozinhos, mas melhor ainda juntos.

Nossas bocas continuaram seguindo o mesmo ritmo lento, com as mãos explorando tudo que podiam, e o calor um do outro se misturando, *tão* gostoso. Rafael morde o meu lábio ao se afastar, parando para me encarar, passando os olhos por todo o meu rosto.

— Vamos entrar no lago? — Sugiro, tentando conter o sorriso, apoiando minhas mãos em seus ombros.

— Deve estar gelado.

— Vamos, por favor — insisto, procurando suas mãos e entrelaçando nossos dedos, para só então me levantar e puxá-lo comigo. — Vamos, Rafa.

— Tudo bem. — Ele se rende, afastando-se para poder tirar a camisa, deixando-a largada perto das nossas coisas.

Tiro cada peça de roupa do meu corpo, na mesma agonia que ele, chutando os tênis para longe até não ter nada me cobrindo, além da minha roupa íntima, e corro para dentro do lago. A água me cobre inteiro, me engole, me deixa submerso por segundos inteiros, e quando volto à superfície, Rafael está a poucos centímetros de mim, tirando a água do rosto com a palma das mãos. E no instante em que me vê, escondo o sorriso e volto a mergulhar, nadando em sua direção até alcançá-lo, puxando-o para baixo junto comigo. Suas mãos seguram as minhas, me agarram e me puxam para perto de si, para só depois me arrastar de volta à superfície. Rafael tem um sorriso bonito no rosto enquanto me segura, o cabelo jogado para trás, os olhos redondinhos, brilhantes, presos em mim.

Ele é *tão, tão, tão* bonito.

Minhas mãos vão com desespero até o seu rosto, buscando trazê-lo para um beijo, mas antes mesmo que eu possa ter um vislumbre disso, Rafael me solta, jogando água no meu rosto, para então nadar para longe, rindo feito uma criança. Esse é o estopim para uma guerra de quem joga mais água em quem, quase uma tentativa de matar o outro afogado.

Rafael comete o erro de me dar uma brecha para me aproximar ao perceber que eu mal consigo reagir com tanta água que ele joga em meu rosto, arrependendo-se de ter vacilado quando grudo em seu corpo, feito um ímã, enlaçando minhas pernas ao seu redor, com os braços em volta do seu pescoço. Ele me vence pelo cansaço, me derrubando dentro da água, e me agarra pela cintura para me roubar um beijo desesperado.

Saímos de dentro do lago quando começa a ficar frio, nos sentamos no sol, tremendo e com o cabelo pingando. Em silêncio por minutos inteiros, Rafael parece ter se perdido em seus pensamentos, e ao trazer seus olhos de volta para mim, pergunta:

— Você acredita em Deus?

Solto um riso confuso, sem entender muito bem o porquê de ele estar me perguntando isso agora, sem contexto algum.

— Por quê?

— Não sei. — Dá de ombros, colocando-se de pé para estender, na sombra, a toalha de flanela na grama. — Apenas me veio à cabeça.

— Certo, eu acredito apenas quando me convém. — Visto minha camisa, pronto para me acomodar ao seu lado outra vez.

— Como assim?

— Talvez exista, talvez não — digo, da maneira mais simples que me vem à mente. — Não é como se eu acreditasse realmente, ou como se eu fosse ateu, eu estou no meio dessa linha.

— Certo, então você só acredita quando te convém, sem sentir culpa alguma? — Ele me olha com um sorriso.

— Exatamente.

— Eu prefiro acreditar que existe um cara lá em cima, e que as pessoas vão para um lugar melhor quando morrem. — Desvia o olhar, sorrindo minimamente. — É menos assustador do que pensar que nossa existência acontece por acaso e que não passamos de animais racionais. — Volta a me encarar. — Nossas crenças são muito diferentes, Vini.

— Eu sei.

Na minha cabeça, tudo sempre vai fazer mais sentido se formos pela lógica. A Terra é redonda; a espécie humana é a última evolução do *homo sapiens*, e quando morremos, bom, talvez, não exista nada depois da morte. Talvez haja um céu e um inferno ou, quem sabe, nós reencarnamos em outros corpos, outras vidas ou, na pior das hipóteses, apenas paramos de existir e tudo que vivenciamos não tenha valido nada. A vida pode ser apenas esse inferno, sem razão alguma; vivemos e morremos por nada.

Chega a ser revoltante.

Se não há razões para eu estar sempre me sentindo morto por dentro, se não há motivos para tudo ser sempre uma merda, então por quê? Por que continuar aguentando tanta dor se não vai valer a pena no final?

É, sim, muito revoltante.

Por esses e outros milhares de motivos, sinto que nada vale a pena, penso que seja melhor não existir a ter apenas dor dentro de mim. E entendo que Rafael prefira acreditar que exista um lugar bom para onde as pessoas boas vão; chega a ser reconfortante acreditar em um Deus misericordioso, e talvez esse seja um dos motivos pelo qual muitas pessoas acreditem. Entretanto, eu não consigo, não consigo crer que algo assim realmente exista.

— Rafael, eu invejo muito você — comento, ganhando um sorriso confuso de sua parte.

— Por quê?

— Porque a sua realidade é muito melhor do que a minha. Você não tem essa coisa ruim te corroendo por dentro. Você vê o mundo de uma forma boa, sempre feliz, sempre positivo. — Suspiro. — Eu queria ser como você.

— Não, você não quer.

— Você é feliz, eu quero isso também.

Ele me fita em silêncio, como se acabasse de reparar em algo que não havia notado antes. Franze o cenho, desviando o olhar por um ou dois segundos, até voltar para mim.

— Você não é feliz?

Mil coisas passam pela minha cabeça nesse mesmo segundo. Penso em várias formas de responder, mas nada parece correto, nada parece preciso e esclarecedor o suficiente. Então, tudo o que faço é concordar com a cabeça, fitando minhas mãos em meu colo.

— Como assim? — Ri soprado.

— Você não entende porque não tem motivo para sentir essa «coisa», e por alguma razão o mundo não te atinge assim. — Levanto os olhos para ele. — Eu não sou como você. Eu sinto tudo e também não sinto nada, a minha cabeça é toda fodida, eu sou todo fodido. Há dias em que tudo o que eu mais desejo é desaparecer porque simplesmente não dá mais para suportar, não cabe mais em mim, eu não aguento mais. — Levo as mãos até a minha cabeça, me esforçando ao máximo para não desabar ali mesmo. — Eu passo o dia inteiro tentando não deixar essa merda me destruir, tentando fugir de coisas que sei que me puxam para baixo, mas quando chega o fim do dia... — Aperto os olhos. — No fim do dia, eu me deixo desabar, eu deixo tudo sair, deixo essa coisa tomar conta de mim e dói tanto, você não tem a menor noção do que é ter isso te corroendo por dentro, Rafael. E dói muito, e eu juro para você que a dor física é muito mais suportável do que isso.

— É assim que você se sente? O tempo inteiro? — Pergunta, demonstrando surpresa e preocupação ao mesmo tempo.

— Os dias são sempre iguais para mim, sempre longos e exaustivos. — Pressiono os lábios. — Eu estou sempre no modo automático, já que morrer significaria desistir, e eu não quero desistir dos meus dias felizes. — Minha garganta se fecha e as lágrimas escapam pelo canto dos meus olhos. — Todos nós teremos dias felizes, não é? — Eu o olho.

— Sim, todos nós teremos dias felizes, Vini. — Leva uma das mãos até o meu rosto, limpando o canto dos meus olhos com o polegar. — Eu sei o que é dor, e sei que ela também vai embora. — Corre os dedos até a minha nuca, fazendo carinho nos fios do meu cabelo. — Claro que não sei exatamente como você se sente, mas garanto que vai passar. São apenas momentos ruins, e eles passam, eu juro que passam.

Concordo com a cabeça, fechando os olhos e me deixando levar por ele, até ter seus braços ao meu redor. Rafael deixa um beijo no topo da minha cabeça, correndo a palma da mão pelo meu braço.

— Certo, vamos fazer deste o dia mais feliz da sua vida. — Ele se afasta para me encarar. — Sem chorar, tá bom? — Limpa o meu rosto outra vez, me arrancando um riso fraco.

— Tá bom.

— Quer saber o que eu trouxe? — Pergunta, agora abrindo sua mochila, tirando de lá duas embalagens de chocolate, estendendo-as na minha direção

— É por isso que eu adoro você — murmuro, pegando os doces de sua mão, abrindo e quebrando um pedaço pequeno para ele, lhe arrancando uma risada ao oferecer.

— Vai me dar só isso? — Diz, ainda rindo. — Eu quero metade.

Faço o que pediu, ainda que a contragosto, e entrego metade do doce a ele, o que é totalmente em vão, já que ele enjoa do chocolate na segunda ou na terceira mordida e me devolve o restante. Ele abre cada embalagem de comida que trouxe, se esbaldando com todas aquelas besteiras e, quando cansa, de barriga cheia, se deita, cantarolando baixinho a música que estávamos ouvindo. Depois de comer também, pego meu caderno de desenho e começo a rabiscar.

— O que está desenhando agora? — Estreita os olhos para tentar ver o caderno. — É outro desenho meu?

— Você é tão egocêntrico.

— E você é o meu maior admirador! — Pega o celular, ainda sorrindo. — Anda, o que está desenhando?

— Não é você, se é isso que quer saber. — Viro o caderno para ele, mostrando o desenho das árvores que estava pintando. — Nem tudo é sobre você, Rafael.

— Não, porque tudo é sobre você, Vinícius.

Ergo os olhos para ele, tentando não sorrir, então me dou conta de que ele está apontando a câmera do celular pra mim.

— Está me filmando?

— Não... — responde arrastado, afastando o celular de mim quando tento arrancá-lo de suas mãos. — Você é bonito.

— Meu cabelo tá bagunçado — reclamo.

— Não, tá lindo assim. — Ri fraquinho. — Você é lindo.

— Cala a boca. — Sinto-me arder de vergonha, sem coragem de olhá-lo.

— Olha aqui — pede, e quando obedeço, um sorriso largo borda seus lábios. — Cara, eu sou tão apaixonado por você.

Solto um riso tímido, desviando o olhar no mesmo instante, com meu rosto queimando de vergonha. Rafael larga o celular, se sentando para vir até mim, segura meu rosto em suas mãos e me tira um beijo desesperado, quase me fazendo cair com seu corpo por cima do meu. Faz meu coração bater num ritmo desenfreado, frenético, e deixo o lápis escapar pelos meus dedos, só para poder me agarrar a ele.

Eu me deito, trazendo-o para cima de mim, abrindo as pernas para que possa acolhê-lo entre elas, me derretendo ao sentir suas mãos deslizaram pelas minhas coxas até o quadril, e do quadril para a barriga, pressionando os dedos enquanto alisa minha pele, porque sabe o quanto eu sou sensível ali; porque sabe o quanto eu fico frágil só com esse toque. Eu o empurro para o lado, montando em seu colo, me derretendo com o seu sorriso. Ele faz meu coração disparar com muito pouco.

— Sabia que Botticelli[1] tinha uma musa? — Pergunto aleatoriamente, arrancando dele um riso confuso.

— Não, não sabia.

— Simonetta Vespucci, ele fez dela Vênus — explico, dedilhando seu abdômen. — Eu faria de você o meu Apolo.

Rafael cora. Ele cora! As bochechas ficam rubras tão rápido que mal tenho tempo de acompanhar. Ele desvia o olhar, com um riso sem jeito.

— Eu gosto de você, Rafael. — Me inclino sobre ele, lhe deixando um selinho rápido. — Eu quero ser louco por você igual ele era por ela.

— Louco por mim? — Indaga sorrindo, empurrando a ponta dos dedos para dentro da minha camisa.

— Louco por você — sussurro contra a sua boca, penteando seu cabelo com os dedos. — Porque você é meu. — Eu lhe roubo um beijo, respirando pesado. — Meu, todinho meu.

Rafael sorri no meio do beijo, me deixando maluco.

Passamos o restante do dia assim, embolados um no outro, sozinhos, longe de tudo e de todos.

No segundo em que ponho os pés na sala de aula, os olhos surpresos de Denise se prendem em mim. Seguro firme a alça da bolsa, caminhando até a carteira vazia ao seu lado, sob o olhar de julgamento do professor e de todos os outros.

— Uma semana — ela grunhe depois que me sento. — Você matou aula uma semana inteira, Vinícius. — Ela me olha de cenho franzido. — O que foi que aconteceu?

— Nada. — Dou de ombros, tirando o livro da bolsa e abrindo-o na página indicada. — Só o de sempre.

— E o que seria o de sempre? — Pergunta, manejando o olhar entre mim e o professor.

Permaneço em silêncio. Não é a primeira vez que faço isso e também não vai ser a última. A única coisa que Denise sabe quando falto repetidas vezes é que eu provavelmente surtei. Às vezes, chego a pensar que ela tem medo de que eu me machuque.

1 Pintor renascentista italiano Sandro Botticelli (1445 – 1510).

— Você pode me passar o conteúdo das aulas passadas? — Peço como quem não quer nada, apoiando os cotovelos na mesa.

Eu a escuto suspirar, antes de assentir com a cabeça, voltando a atenção para a explicação do professor.

A manhã se passa extremamente devagar, Denise podia até estar irritada ou preocupada comigo, mas trinta minutos depois, ela já estava contando piadinhas, nos fazendo rir como bobos durante a aula, e consequentemente fazendo com que nossas atenções fossem chamadas pelo menos umas três vezes até o professor nos colocar para fora.

— Quer sair hoje? — Pergunta, batucando os dedos na mesa da biblioteca.

— Hoje vou comprar tinta — murmuro, terminando de copiar as anotações dela. — Para pintar as paredes do sótão — explico resumidamente.

— Quer ajuda com isso? — Insiste.

— Não precisa, Rafael vai comigo.

— *Rafael vai comigo* — repete, afinando a voz e rindo quando a encaro sem achar graça. — Quanto tempo já faz que vocês estão juntos?

— Cinco meses, eu acho. — Eu a olho, pensativo.

— Vocês vão continuar com isso por quanto tempo? — Cruza os braços sobre a mesa.

— Como assim?

— Você sabe... — Dá de ombros. — Namorando escondido.

— Isso é complicado.

— Certo, mas você não se cansa de ter que esconder isso das pessoas? Vocês praticamente só ficam juntos quando estão sozinhos em casa.

— Não é verdade, nós saímos juntos também — retruco, tentando amenizar a situação.

— Ainda assim,Vini. Em algum momento, as pessoas vão precisar saber.

— Eu sei.

Pressiono os lábios, deixando o silêncio prevalecer por mais alguns instantes, tentando deixar implícito que não quero falar sobre isso e, por sorte, ela capta a mensagem, mudando de assunto logo depois.

Ficamos na biblioteca até um dos inspetores nos pegar e nos mandar para a sala do diretor. Às vezes, agradeço por Denise não agir como as garotas mimadas desse colégio, que certamente morreriam se fossem levadas à diretoria depois de terem sido convidadas a se retirar da sala de aula. É por isso, talvez, que somos ignorados pelo restante dos nossos colegas, porque uma visita a mais ao diretor não faz diferença alguma para nós, e ninguém quer andar com tipos que "não querem nada da vida".

Já cansei de levar bronca dos professores por não comparecer às aulas, de ter que ir à secretaria da escola no segundo em que ponho os pés dentro do prédio, porque ninguém aguenta mais tentar falar com a minha mãe sobre o meu "problema" com faltas e não receber um retorno, porque minha mãe é ocupada demais para atender ao celular.

Essa é a semelhança entre mim e Denise, nenhum dos nossos pais está em casa e nenhum deles têm tempo para lidar com os problemas que causamos no colégio, e por isso, passamos quase quinze minutos ouvindo o diretor nos repreender, para então assinar mais uma advertência, antes de nos mandar de volta à sala de aula.

Rafael manda mensagem no último horário, avisando que não poderá me buscar, mas quando eu chego em casa, o mentiroso está dormindo. Deixo a mochila largada ao lado da porta, junto com o *blazer* do uniforme, caminhando devagar até a sua cama.

— Rafael? — Chamo, me deitando por cima dele, fazendo-o grunhir em reclamação. — Rafael... — chamo outra vez, beijando seu rosto e prendendo-o num abraço apertado.

— O que foi, amor?

Amor?

Paraliso no lugar, perdendo a voz enquanto essa única palavrinha se repete na minha mente sem parar.

Amor. Amor. Amor.

Minha pulsação atinge um ritmo tão frenético que tenho absoluta certeza de que ele pode sentir meu coração. Me afasto o suficiente para encará-lo. Rafael ainda tem os olhos fechados, estava sonolento.

— Vinícius? — Chama outra vez, confuso com o meu silêncio.

— Oi? — Respondo, completamente extasiado.

— O que foi? — Repete a pergunta, agora abrindo levemente os olhos, me fitando por alguns segundos.

— Você disse que me levaria para comprar tinta — murmuro ao lembrar do real motivo de estar ali.

— E eu vou levar — profere, jogando o braço por cima de mim, voltando a fechar os olhos quando me aconchego no seu colo.

Ficamos deitadinhos por um tempão. Tenho certeza de que ele volta a cochilar em algum momento, mas tudo que eu consigo pensar é nele me chamando de amor. A forma que disse me fez flutuar, soou tão natural que foi como se dissesse sempre, o tempo todo. Meu coração ainda bate forte dentro do peito, meu corpo se arrepia a cada toque seu na minha pele. Eu quero me afundar nele, viver para sempre dentro desse sentimento bom que me causa.

Saímos para comprar as benditas tintas depois de comermos alguma coisa. Eu ainda não tenho uma ideia sobre o que ou como pintar aquela parede; seguiria minha intuição.

— Eu quero tinta de lousa — murmuro, alcançando uma das latas.

— Você quer todos os tipos de tinta, de todas as cores, Vini — Rafael diz logo atrás de mim, me observando pôr a lata no carrinho junto com as outras quatro.

— Não limite um artista — rebato, fazendo-o rir logo depois.

Ando rápido pelos corredores, atrás da tinta amarela que falta. Com o olhar fixo nas prateleiras, acabo esbarrando sem querer em alguém. Me viro para a tal pessoa, pronto para pedir desculpas, mas permaneço em silêncio ao olhar bem naqueles olhos verdes e grandes sobre mim.

— *Angelo.* — Lucca sorri, enfiando as mãos nos bolsos da jaqueta. — Como você vai?

— Vou bem. — Suspiro, desviando o olhar para o chão. — E você? — Pergunto por educação. Tenho me acostumado com esses encontros que temos por acaso.

— Bem — responde, vindo atrás de mim. — Está procurando o quê?

— Tinta amarela.

— Tinta amarela — repete pensativo, abrindo um sorriso em seguida. — Se lembra de quando nós...

— Não, não me lembro. — Eu o corto antes que diga qualquer coisa. Não quero pensar. Não quero me lembrar de que um dia existiu um *nós*.

— Vai começar? — Bufa, ainda me seguindo pelo corredor.

— Começar o quê?

— Por que você sempre faz isso? — Resmunga. — Não pode lidar de forma madura com a nossa relação?

— Que relação, Lucca? — Solto um riso irônico, me virando para encará-lo.

— Está vendo? Foi por isso que terminamos — acusa, afundando-se no sotaque.

— Terminamos porque você é um arrogante. — Encaro-o mais uma vez, vendo-o arquear as sobrancelhas com um sorriso debochado.

— Terminamos porque você se acha o dono da razão, você não aguenta ser contrariado.

Ergo as mãos em sinal de rendição, cansado de ter essa conversa.

— Eu tô cansado de você, tô cansado de ter sempre a mesma discussão, Lucca. Já chega, eu cansei!

Ele ri, esfregando o rosto ao balançar a cabeça de um lado ao outro.

— Nós não precisamos brigar toda vez que nos esbarramos, Vinícius — reclama, apertando os olhos, e solta palavras em italiano que posso apostar que são palavrões.

— Você não precisa me abordar toda vez que me vê. — Devolvo. — Se eu não respondo às suas mensagens é porque eu não quero falar com você, eu não quero sequer me lembrar de que você existe. Coloca isso na merda da sua cabeça!

— É porque, diferente de você, eu não sou rancoroso. Eu te magoei uma vez, e você não se esquece.

— Uma vez? — Rio descrente. Nem fodendo que ele disse isso. — Só uma vez, Lucca? — Meu rosto chega a arder de raiva. — Eu perdoei cada uma das suas merdas, eu aguentei todas elas.

— Eu sei disso, Vinícius, eu sei. — Passa por cima de mim, subindo as mãos até o cabelo, puxando os fios. — Eu só queria ter uma única conversa com você que não fosse sobre o nosso término, porra. — Solta o ar. — Você sempre faz questão de pontuar cada uma das coisas que fiz, mas e as coisas boas? A nossa relação não foi feita apenas de caos, e você sabe disso — aponta, me deixando paralisado no lugar. — Eu te levei a *shows*, te levei a todos os lugares que você quis. Eu te ensinei italiano porque você cismou que queria aprender, e sua pronúncia era péssima, mas eu adorava te ouvir dizer cada palavra. — Ri soprado. — E você fazia desenhos meus o tempo todo, e eu adorava isso também. — Pressionou os lábios, esboçando um sorriso mínimo. — Vinícius, nós funcionamos tão bem juntos.

Ele sabe como mexer comigo, ele sabe como me afetar, ele sempre soube e a culpa é minha por ter me entregado dessa forma. Desvio o olhar para os meus pés, puxando na memória cada uma daquelas lembranças, todas boas, porque em todas elas o meu amor por ele era mais forte do que qualquer outro sentimento; mas acabou. Tudo o que cheguei a sentir por ele acabou, ou talvez eu esteja tentando me enganar mais uma vez.

— Nunca funcionamos bem. — Nego com a cabeça. — Tivemos momentos bons, claro que tivemos, mas o outro lado era muito mais desgastante. — Pressiono os lábios. — Era mais cansativo, mas você não foi afetado, porque eu te amei mais do que você jamais seria capaz de *me* amar.

Ele faz que não, pressionando os lábios, sem tirar os olhos dos meus.

— Você ainda sente algo? — Pergunta baixo.

— Mesmo que eu ainda sinta alguma coisa por você, não vale a pena, porque tudo que você quer é ter alguém que te ame como eu amei.

— Não, eu... — Passa a mão no rosto outra vez. — Eu quero tentar de novo. — Segura o meu rosto, me fazendo prender o ar pela aproximação repentina. O meu coração quase salta quando o vejo tão perto. — Quero ser bom pra você da mesma forma como você foi para mim.

Abro a boca para responder, mas não consigo, porque é impossível ignorar a nostalgia que ele me causa. Eu amei o Lucca, e ele me quebrou inteiro, mas, com o tempo, eu juntei todas as minhas pecinhas e me permiti amar outra vez.

— É tarde demais — murmuro, afastando suas mãos, apertando os olhos, puxando o ar com força. — Já chega disso, Lucca.

Ele desvia o olhar, concordando brevemente com a cabeça. Suspiro, voltando a atenção para as latas de tinta ao nosso redor, atordoado demais para raciocinar, com o coração batendo forte demais para ter certeza do mundo ao meu redor.

— Tinta amarela — ele me lembra, pegando uma das latas na prateleira de cima e entregando-me.

— Obrigado. — Aperto a bendita lata contra o meu corpo. — Tchau, Lucca.

— *Ciao, angelo.*

Aquilo passa por mim de uma forma extremamente dolorosa e, por um segundo, eu posso jurar que desabarei em lágrimas por estar me afastando dele outra vez, mas a sensação passa completamente quando vejo Rafael, de pé no corredor seguinte, esperando. Quando seu olhar me encontra, posso ver o quão irritado está, o rosto vermelho e as sobrancelhas juntas, então me dou conta de que ele ouviu cada palavra.

Rafael sai de onde estava, tirando a tinta amarela das minhas mãos. Seu olhar vai do meu rosto para um ponto logo atrás de mim, e então, me beija. Uma de suas mãos me segura firme pela nuca, limpando minha mente, me prendendo apenas nesse instante. Quando se afasta, seu olhar vai do meu rosto para algo atrás de mim outra vez, e então segura minha mão e me puxa na direção do caixa. Me viro para ver o que ele tanto olha e não sei dizer o que acontece comigo ao encontrar Lucca, parado bem ali, o tempo todo nos observando.

Volto a atenção para Rafael, não sei se chateado ou irritado com o que acabou de acontecer. Solto sua mão, passando na frente, pegando nos braços três das latas que estão no carrinho de compras, esperando que ele pegue as outras duas. Ouço seus passos logo atrás e, durante todo o momento em que ficamos ali, esperando a moça passar as nossas compras, a tensão entre nós apenas cresce. A cada olhar que trocamos eu posso sentir a raiva em seus olhos e tenho certeza de que ele sente a minha também.

Lucca aparece do nosso lado instantes depois, deixa uma lata de tinta branca e dois rolos sobre o caixa, respirando de forma pesada enquanto tira o cartão de crédito da carteira. Rafael e eu pegamos as coisas assim que a mulher nos entrega a nota fiscal, e saímos da loja.

Apoio os cotovelos na janela do carro, mordendo os lábios enquanto penso, em silêncio, completo silêncio. Tudo que eu ouço é o som do vento entrando pela fresta da janela, até Rafael finalmente suspirar e voltar os olhos para mim.

— O que foi? — Questiona, em um tom de voz arrogante.

— Nada.

— O que foi, Vinícius? — Repete a pergunta, aumentando o tom de voz.

— Você me beijou daquela forma na frente do Lucca. — Solto, sem olhar na cara dele em momento algum. — Demonstrando dominância, igual a um cachorro. Só faltou fazer xixi para marcar território.

Ele ri nervoso, batendo os dedos no volante.

— Claro — concorda com um riso irônico. — Por que o seu ex não pode saber que estamos juntos?

— Assim como a maioria das pessoas não pode.

— Ah, me desculpa se eu estraguei qualquer coisa que você tinha com o seu *ex* naquele momento. — Alterou a voz, dando um tipo de ênfase à palavra ex, que me irritou profundamente.

— Quer parar com isso? — Grito, virando o rosto para ele. — O que eu quero dizer não tem nada a ver com essa merda, tem a ver com o jeito que você me beijou.

— E eu estou falando da sua relação com ele!

— Que relação? — Grito outra vez. — Porra, nós só conversamos!

— Conversaram sobre o namoro de vocês? — Grita também, batendo no volante antes de suspirar. — Caralho, que merda foi aquela, Vinícius?

— Não foi nada, mas você tem que entender que Lucca já fez parte da minha vida, apenas isso.

— Sim, já fez, não deveria fazer mais.

— Isso não cabe a você — murmuro, ganhando seu olhar outra vez.

— Não cabe a mim? Não cabe a mim não querer que o seu ex se aproxime de você? É sério? — Ele grita, e se antes parecia puto da vida, agora é como se não existisse nada além de ódio.

— Sim, não cabe a você decidir quem se aproxima de mim ou não. — Me viro para encará-lo. — Eu entendo perfeitamente o seu lado, mas em momento algum você decide quem entra ou sai da minha vida.

— Tudo bem. — Ele se dá por vencido. — Mas não existe isso de ser amiguinho do ex quando claramente ele quer você de volta.

— Eu não quero ser amigo dele, eu não sou amigo dele, aquilo foi apenas uma conversa!

— Vocês vão ter essa mesma conversa todas as vezes que se encontrarem? — Fala. — Até você finalmente voltar com ele? É assim que vai ser?

— Eu não vou voltar com ele.

— Tem certeza? — Arqueia as sobrancelhas. — Você sequer sabe o que sente, não é? — Diz com um sorriso irônico.

Meu coração dispara, me deixando louco de raiva.

— Você é tão escroto. — Me endireito no banco, cruzando os braços.

Chegamos em casa antes mesmo que possamos continuar a discussão. Assim que paramos na garagem, desço do carro, esperando que ele abra o porta-malas para pegarmos as benditas tintas e podermos entrar em casa.

— Se essa tivesse sido a primeira vez, eu não teria dito nada, Vinícius, mas não foi. — Atropela as palavras, me acompanhando para dentro de casa. — Vocês têm essa conversa todas as vezes que se esbarram.

— Eu já falei pra você que não foi nada — repito, sem olhá-lo enquanto deixo as latas no chão do sótão, sobre as folhas de jornais e papelão que eu havia espalhado antes.

— Não foi o que pareceu — resmunga, me ajudando com o restante das latas.

— O que parece e o que é são coisas totalmente diferentes, esqueça isso. — Tiro a camisa branca que eu estava usando, largando-a longe das tintas, para só então começar a abrir as latas.

— Então, me diz que merda foi aquela, porque eu realmente não estou entendendo — continua, puxando a lata das minhas mãos quando se dá conta de que eu não conseguirei abri-la.

— O que foi o quê, Rafael? — Volto a subir a voz, exausto dessa mesmice, buscando um dos pincéis e enfiando-o dentro da lata que ele abriu para mim.

— Você ainda gosta dele?

Ergo o olhar para encará-lo, mal podendo acreditar no que ele está me perguntando.

— Lucca e eu acabamos faz tempo. Quando é que você vai entender isso? — Gesticulo irritado, fazendo com que a tinta do pincel respingue nele sem querer.

Rafael olha para a camisa agora manchada de tinta, soltando o ar com força antes de tirá-la do corpo, jogando-a no canto, e depois toma nas mãos uma das latas e atira tinta em mim. Agora está agindo como uma criança.

— Qual o seu problema? — Esbravejo, sentindo a tinta gelada escorrer pela minha bochecha.

— Você não respondeu à minha pergunta, Vinícius. — Ele se aproxima de mim. — Você gosta dele ou não?

— Eu não gosto do Lucca! — Continuo aos berros com ele, esfregando meu rosto, tentando limpar a sujeira da tinta e me estressando ainda mais quando vejo minhas mãos manchadas de vermelho. — Filho da puta! — E sem pensar duas vezes, mergulho a mão em uma das latas, jogando, com tudo, um punhado de tinta amarela nele. O estopim para a nossa guerra.

Rafael vem para cima de mim, mal me dando tempo para assimilar cada um dos seus atos. Ele vem com as mãos carregadas de tinta, suja o meu rosto, o meu pescoço, o meu peito. Tento recuar, tento fugir a todo custo, mas Rafael acaba por cima de mim, me prendendo embaixo do seu corpo, segurando o meu queixo com a mão escorregadia de tinta.

Estou bufando de ódio, sem cabeça para pensar em dizer algo com ele assim, vermelho de raiva, tanta que posso ver as veias em seu pescoço, em seus braços, pulsando sem parar. Olho no fundo dos seus olhos, tremendo de raiva embaixo do seu corpo, com o meu peito subindo e descendo freneticamente assim como o dele.

Estico os dedos até alcançar a borda de uma das latas e, numa tentativa de enfiar a mão dentro dela, eu a viro, derramando tinta verde por todo o chão, mas agora eu não me importo mais. Aproveito o segundo de distração de Rafael no instante em que leva seus olhos para a tinta derramada, e o tiro de cima de mim, derrubando-o em cima da poça que cresce ao lado do meu corpo. Me sento, tremendo de raiva, e quando acho que acabou, sinto a tinta gélida escorrer pelas minhas costas, arrepiando cada pelo do meu corpo.

— Para com isso, você está acabando com as minhas tintas! — Grito, varrendo o olhar pelo meu corpo. Não havia uma parte em mim que não houvesse tinta. — Seu filho da puta! — Mergulho as mãos inteiras dentro de uma das latas até que cubra meus braços e o vejo fazer o mesmo e, antes que ele possa ter alguma vantagem, vou em sua direção.

Rafael segura minhas mãos por pelo menos três segundos até a tinta fazer com que elas escorreguem. Naquele momento, nós literalmente rolamos no chão. Tenho certeza de que pelo menos metade das latas de tinta havia sido desperdiçada.

— Por que você está com raiva de mim, porra? Eu não fiz nada! — Grito, cobrindo o rosto quando ele vem em minha direção com as mãos pingando tinta laranja.

— Eu não estou com raiva de você! — Segura uma das minhas pernas, puxando-me para perto.

É claro que ele está com raiva de mim, caralho, estamos brigando no meio das tintas!

— Está, sim, está brigando comigo por causa do Lucca! — Eu o observo se colocar entre minhas pernas, cansado demais para revidar quando ele deixa a cor laranja derramar sobre mim. — Ele é o meu *ex*!

— E eu sou o seu namorado agora, Vinícius! — Brada.

Sua voz desce por todo o meu corpo, arrepiando cada pelo, fazendo-me paralisar com um frio na boca do estômago. Não sei o que fazer, minha mente dá um nó, meu coração falta saltar pela boca. Se ele tivesse usado esse argumento, com toda certeza eu teria feito outra coisa em vez de brigar.

Perco completamente a linha de raciocínio depois dessa confissão, tanto que tudo que faço é segurar a sua nuca, puxando-o para mim em um beijo rápido, tempo suficiente para fazê-lo abaixar a guarda. Rafael me olha nos olhos, sem saber por qual caminho seguir depois do beijo, então finco as unhas em sua nuca, puxando seus fios entre meus dedos, e isso o desperta, faz com que se atire em mim, pondo sua boca na minha num beijo angustiado.

Uma de suas mãos vem até o meu pescoço, me empurrando para o chão e, sem medir forças, ele me fez deitar, me arrancando um gemido de dor. Ele vai descontar toda a raiva em mim.

Rafael segura minhas pernas, me arrastando até que meu quadril se choque com o seu, tão forte que mordo seu lábio como reflexo do impacto. Sinto-me queimar quando ele joga o quadril contra o meu, esfregando-se em mim, deixando-me tonto com o calor que sobe pelo meu baixo abdome. E num ato inconsciente, eu abro ainda mais as pernas, deixando mais fácil para ele, deixando mais fácil para o seu corpo ondular sobre o meu, para que toque ainda mais, para que possa me sentir inteiro enquanto se esfrega.

Sua mão desliza pelo meu abdômen, espalhando tinta, puxando o elástico da minha bermuda e soltando-o, num tipo de provocação que me deixa maluco. Ele ainda está vestido, e eu quero me esfregar nele até não aguentar mais.

Rafael morde o meu lábio com força, respirando forte ao soltá-lo, sua boca desce para o meu pescoço e ele chupa minha pele no único lugar que não tinha tinta, ao mesmo tempo que roça o quadril no meu, fazendo meu pau fisgar dentro da calça. Meu corpo reage a ele antes mesmo que eu possa entender o que está acontecendo.

Eu me contorço embaixo dele, segurando-me em seus braços, enfiando minhas unhas em sua pele, suspirando alto enquanto ele mordisca meu pescoço, chupando e dando a certeza de que ficarão marcas depois.

— Rafael... — chamo em meio a um suspiro e outro, deixando os rastros das minhas unhas pelos seus braços.

Ele solta minha pele, fazendo um estalo alto ecoar pelo cômodo, voltando a me encarar. Suas íris estão mais escuras do que o normal, o olhar extremamente intenso, hipnotizando-me.

— O que foi? — Segura meus pulsos, afastando minhas mãos de si, entrelaçando nossos dedos ao prender meus braços acima da minha cabeça. — O que você quer? — Questiona, lambendo os lábios ao me medir de cima a baixo.

Eu me vejo suspirar só de notar o ar dominante dele sobre mim.

— Eu... — Aperto os olhos, perdendo a fala quando ele solta um grunhido ao jogar o quadril contra o meu, dessa vez mais forte. — Porra... — Meu rosto queima, ao mesmo tempo que minha pele parece derreter de tanto calor.

— Você é meu, não é? — Sussurra no pé do meu ouvido, e sua voz faz com eu trema, deixando-me desnorteado. — Diz que você é meu, Vinícius.

— Eu sou seu — minha voz soa manhosa o suficiente para deixá-lo fora de si.

Rafael arfa, soltando o ar contra a minha pele, apertando com mais força o meu pulso. Passo as pernas ao redor de sua cintura, prendendo-o sem pudor algum, erguendo o quadril até o meu pau roçar o dele, gemendo quando um calor descomunal começa no meu baixo abdome. Ele se desprende de mim, desesperado para ver como nossos corpos se encontram, para ver como eu me jogo nele sem a menor vergonha; estou tão necessitado que chega a dar pena.

Rafael me engole com os olhos, pressionando os lábios para prender os gemidos, e eu amo a forma indecente que ele me fita quando seus olhos me percorrem descaradamente, denunciando suas intenções mais sujas.

Ele me segura pelo quadril, endireitando-se entre minhas pernas, procurando o ponto certo, o encaixe perfeito e, quando seu quadril se choca com o meu outra vez, sua ereção toca a minha por cima do tecido fino das bermudas, eu enlouqueço. É tão bom que meus olhos reviram, eu fico tonto, perdendo o controle do meu corpo, gemendo manhoso a cada vez que o sinto mais perto, mais forte, e sei que ele gosta do som; sei que ele gosta quando o olho como um puto desesperado por pau, que gosta de ouvir cada gemidinho que escapa pelos meus lábios, como se eu estivesse implorando para tê-lo dentro de mim, porque ele gosta de saber que tem o controle.

— Você gosta assim? — Pergunta rouco ao reparar em cada suspiro arrastado que solto a cada vez que aperto os olhos.

— Gosto... — Mordo o lábio inferior, mantendo os olhos fechados, com intenção de me concentrar apenas no prazer que se alastra pelo meu corpo, cada vez mais, a cada segundo. — Você faz tão gostoso!

Subo as mãos pelas suas costelas até suas costas, arranhando sua pele com violência, não poupando o sorriso quando o vejo suspirar com possível dor. Suas mãos deslizam até o cós da minha bermuda, prendendo-se ao elástico, puxando com força a minha roupa para baixo. Rafael a arranca de mim com uma força descontrolada.

— Tira a sua agora — peço, observando-o ajoelhado entre minhas pernas, correndo as mãos pelas minhas coxas, espalhando os restos de tinta vermelha e verde que colorem suas palmas por toda a minha pele.

Rafael balança a cabeça em negação, se esticando até alcançar a tigela com água esquecida perto da janela. Franzo o cenho, assistindo-o limpar os resquícios de tinta da mão direita, usando a própria camisa para secá-la e só então, voltar para cima de mim. Seus dedos vão até a minha boca, acariciando meus lábios antes de invadirem-na completamente.

— Chupa.

Sua voz rouca faz com que eu perca a última gota de sanidade que ainda me resta. Seguro seu pulso, chupando dois de seus dedos assim como havia mandado, enquanto ele os desliza para dentro e fora, suspirando, a cada segundo mais. É como se o prazer estivesse escorrendo pelo meu corpo, e quando me dou conta, estou erguendo o quadril, me esfregando contra seu pau ainda coberto, desesperado por qualquer atenção naquela região. Eu o vejo morder os lábios enquanto eu escorrego a língua pelos seus dedos. Ele finalmente os tira da minha boca, deixando um fio de saliva escorrer pelo meu queixo.

— Abre pra mim — pede.

Afasto os joelhos no mesmo instante, deixando que segure uma de minhas pernas e a erga alto o suficiente para que possa enfiar seus dedos em mim. Eu me agito, atrás de qualquer coisa para me agarrar enquanto ele literalmente me fode com os dedos, mal me aguentando com o ardor que se expande.

Perco o controle, gemendo cheio de angústia, me contraindo sem me dar conta, prendendo seus dedos e lhe arrancando um sorriso de satisfação sempre que acontece. Meus olhos lacrimejam, meu rosto arde e minha mão vai quase que automaticamente até o meu pau, mas ele a afasta antes mesmo que eu possa começar a me tocar. Ele está me torturando, descontando em mim a raiva que está sentindo por conta da briga.

Vejo meu pau cuspir lubrificação, escorrendo pelo meu falo, e ele não parou, não parou enquanto eu não estivesse gemendo o seu nome como uma cadela no cio, me contraindo quando ficava insuportável de tão bom. Eu quero Rafael em cima de mim, quero sentir o peso do seu corpo, o calor, o suor, quero sentir seu pau me abrindo, entrando tão fundo e tão forte até que me deixe mole, mole a ponto de não conseguir concluir um só pensamento. Estou quase implorando por isso, e o desgraçado vai me fazer gozar apenas com os dedos.

— Rafael... — gemo arrastado. — Por favor... por favor!

— O que, *meu amor*? — Instiga, sem se dar ao trabalho de esconder o sorriso sádico.

— Me come direito, seu filho da puta. — Engasgo num gemido, ganhando um tapa tão forte na coxa que me faz perder os sentidos. Eu surto. — Anda, Rafael... — Puxo o ar com força, sentindo minha pele pinicar. — Coloca dentro de mim — começo a implorar. — Coloca!

Ele se emputece, abre o cinto e se livra da calça em segundos, agarra minhas pernas, me puxa para si e segura meu quadril, me mantendo no lugar para enfiar seu pau dentro de mim de uma vez só, me arrancando um gemido alto. Sinto minha garganta arranhar, a dor é tanta que meus olhos se enchem de lágrimas, eu me contorço, tentando fugir, mas sempre que me afasto, ele me puxa de volta.

— Porra... — Começo a chorar, me agarrando aos seus braços, batendo nele, arranhando, tentando por tudo descontar minha dor em algo. — Caralho, Rafael!

— Tá doendo, amor? — Provoca, deitando-se por cima de mim, apoiando um dos braços no chão, tão perto do meu rosto que posso sentir seu hálito. — Quer que eu vá devagar?

— Quero — choramingo, engasgando entre gemidos quando ele rebola, grunhindo ao me sentir contrair sem parar, apertando o seu pau, deixando-o maluco.

— Você pede por pau e depois não aguenta — rosna, rente ao meu ouvido. — Você quer devagarzinho, meu amor? — Tirou seu pau de mim numa cautela absurda, metendo de novo, indo tão fundo que meus olhos reviraram. — Se você quer, então eu te como bem devagar, com carinho.

Pisco algumas vezes, entorpecido demais para ter certeza do que ele está dizendo, e no segundo em que nossos olhares se encontram, Rafael esboça um sorriso maldoso. Ele traz seu rosto para perto, a ponta do nariz escorrega pelo meu e sua boca roça a minha, mas ele não me beija em momento algum.

Ele perde o ritmo tão rápido quanto começou, entrando mais rápido dentro de mim, mais forte até que eu possa senti-lo inteiro por dentro.

— Puta que pariu, Vinícius... — Arfa, tendo que me puxar de volta a cada vez que mete com força demais. Chega a ser tão bom que cada vez que ele coloca tudo dentro, é como se parte de mim se desfizesse; eu me desligo, extasiado de tanto desejo.

Minhas unhas deslizam pelas suas costas, deixando rastros vermelhos que não me surpreenderiam nem um pouco se começassem a sangrar. Meus olhos se enchem de lágrimas, escorrendo pelos cantos, mal consigo sentir minha garganta, mal tenho controle do meu corpo. E a cada vez que eu começo a me contorcer, tremendo embaixo dele, Rafael mete mais forte, com mais raiva.

Eu perco o rumo a cada tapa que me dá, um atrás do outro, e ele não para enquanto não me faz gritar de dor. Sinto suas mãos no meu quadril, os dedos fundos na minha pele, me segurando no lugar enquanto me come, me come com vontade. O barulho obsceno de nossos corpos se encontrando com brutalidade ecoa por todo o cômodo, se misturando aos gemidos dele e aos meus.

— Rafael... devagar — choramingo com o solavanco. — Devagar, devagar, Rafael. — Seguro seu rosto com uma das mãos, forçando-o a me encarar. Seus olhos escuros sobre mim me fazem estremecer. — Me deixa sentar pra você — peço, tendo em mente que ele continuará daquela forma bruta se eu não trocar a posição.

Rafael se ergue e apoia as costas na janela, esperando que eu me sente no colo dele. Com toda a calma do mundo, eu o faço, me apoiando em seus ombros quando minhas pernas fraquejam. Sinto suas mãos em volta do meu corpo outra vez, me puxando para perto até eu me afundar completamente nele. Suas mãos vão até a minha bunda, enchendo-as, deixando um tapa forte ali antes de voltar os olhos para mim.

Sua mão sobe pela minha nuca, acariciando meu cabelo, me fazendo derreter, me fazendo grunhir ao apertar os dedos contra minha pele. Ele coloca sua boca na minha, beijando-me depois de uma eternidade, quase me fazendo esquecer de todo o resto, puxando meu cabelo ao se afastar.

Começo a rebolar devagar, sentindo-o suspirar contra a minha boca, apertando-me contra seu corpo a cada segundos mais. Suas palmas sobem e descem pelas minhas costas, me sinto derreter em seus braços quando ele começa a tocar o meu pescoço com a ponta dos dedos, em forma de carícia.

Rebolo com mais força, abraçando-o pelo pescoço enquanto praticamente quico em seu colo, gemendo manhoso quando começa a ficar gostoso, engolindo-o inteiro, com tanta angústia que a cada tapa que ele deixa na minha pele, eu me vejo prestes a explodir de tesão. Eu gosto assim, gosto dos tapas, dos puxões de cabelo, das mordidas no lóbulo da orelha, gosto dos beijos e dos chupões e, principalmente, eu amo quando ele sussurra no pé do meu ouvido. Rafael me faz tremer.

Os meus gemidos se misturam aos dele e ecoam por todo o cômodo. Ele aperta forte os olhos, juntando as sobrancelhas, o suor faz o seu cabelo grudar na testa e os lábios vermelhos entreabertos deixam seus gemidos sôfregos escaparem por eles.

A tinta de nossos corpos se mistura, criando uma nova paleta de cores a partir destas, nos colorindo. O tempo inteiro nos colorindo.

Levo o olhar até o vidro da janela, podendo ver toda a rua completamente vazia; as outras casas também sempre parecem vazias. Apoio a mão no vidro, erguendo o quadril para descer de uma vez, escorregando a minha palma pela janela, deixando a marca dos meus dedos em tinta azul.

Está insuportável de tão gostoso, causa-me espasmos por todo o corpo, minhas pernas tremem, minha garganta arde, eu estou quase lá.

Rafael sobe uma das mãos até o meu cabelo, puxando os fios com força até ter o meu pescoço completamente visível, onde ele volta a chupar e beijar a pele judiada, e ele faz isso tão bem.

Fecho os olhos, abraçando-o pelo pescoço, tentando mantê-lo o mais perto possível de mim, esforçando-me para continuar me movendo, com minhas pernas fraquejando a cada minuto. Ele me deixa fraco.

E o escuto gemer, com as mãos firmes no meu quadril, forçando-me a ir mais rápido e, com um gemido alto, ele goza forte dentro de mim. Um arrepio me corre pela espinha, arrancando-me um gemido manhoso, seus jatos quentes me preenchem todinho, tão bom. Posso sentir as batidas do seu coração.

Ele começa uma trilha de beijos pelo meu pescoço até os meus lábios, iniciando um beijo calmo. Continuo rebolando até atingir o orgasmo, com um gemido manhoso, deixando a porra escorrer pelo seu abdômen e o meu até as minhas coxas.

Rafael percorre o meu corpo com as mãos, fazendo-me carinho. Fecho os olhos, apoiando a cabeça em seu ombro, relaxando cada músculo do meu corpo. Impossível dizer o nível de exaustão a que cheguei quando acabamos.

O silêncio permanece por um tempo, suas palmas exploram todo o meu corpo como carinho. Eu me sinto tão fraco que, por um segundo, achei que dormiria em seus braços.

— Me desculpe — ele murmura, fazendo-me despertar. — Desculpe-me ter começado isso, por ter descontado a minha raiva em você. — Sua mão, agora com a tinta seca, vai em direção ao meu rosto, fazendo carinho na minha bochecha, completamente molhada pelas lágrimas.

— Você entende que a minha conversa com ele não foi nada? — Pergunto. — Entende que eu não gosto mais dele, que eu não sinto mais nada por ele? — Continuo, segurando sua mão, afastando-me para poder olhá-lo.

— Entendo — murmura, desviando os olhos dos meus num ato de timidez.

— Também não gostei nem um pouco da forma que você me beijou naquela hora — digo antes que acabe me esquecendo. — Eu não sou sua propriedade, não sou um troféu, então, por favor, não faça mais isso.

— Eu sei, eu sei, me desculpe. — Segura minhas mãos, entrelaçando nossos dedos. — Eu fui muito escroto com você, desculpe.

— Só não me trate mais assim.

Ele concorda, puxando minhas mãos para perto, fazendo-me apoiá-las em seus ombros, antes de descer as palmas para a minha cintura. Contenho o sorriso, passando os olhos pelo seu rosto; há tinta amarela e vermelha em suas bochechas, verde e azul, no queixo e no nariz, sem falar em algumas mechas de seu cabelo literalmente banhadas em tinta. Ele parece uma obra de arte, feita especialmente por mim. Poderia até colocar a minha assinatura nele.

— Quando nos mudamos, você disse para eu ter cuidado com as suas tintas — diz, mudando de assunto, soltando uma risada fraca.

— Eu sonhava com você me fodendo aqui — admito, contendo o sorriso. — Foi nessa mesma época... quando você ficava tentando resistir. — Corro os dedos pelo seu peito.

— Você era muito mau comigo — murmura, puxando-me para cima. Preciso conter o gemido ao sentir o seu pau, havia me esquecido completamente.

— Não era, não — nego com um sorriso travesso.

— Era, sim, e você gostava de fazer barulho, tocando-se no seu quarto — sussurra como um segredo que deve ser mantido a sete chaves.

— Eu queria que você me ouvisse gemendo baixinho pra você — sussurro em seu ouvido, soltando um gemido arrastado, fazendo-o apertar a minha cintura em reflexo. — Uma vez, eu me masturbei no seu quarto quando você saiu com os seus amigos — continuo, acariciando sua nuca. — Eu vesti uma das suas camisas, me deitei na sua cama e enfiei dois dedos em mim. — Suspiro, começando a rebolar em seu colo. — Eu me fodi com os dedos até gozar gostoso, gemendo o seu nome.

— Mostra pra mim como você fez? — Pede, escorregando as palmas pela minha bunda, apertando.

— Depois do banho. — Sorrio ao me afastar, afastando suas mãos de mim, para então me levantar, me arrependendo assim que minhas pernas fraquejam e meu corpo inteiro começa a doer.

Uso a camisa dele para limpar a minha barriga, estressando-me ainda mais quando a porra começa a descer pelas minhas pernas. Quando olho para Rafael, ele presta bastante atenção naquilo, com um sorriso convencido no rosto, observando a sua porra escorrendo pelas minhas pernas.

Atiro a camisa em sua direção, fazendo-o me olhar nos olhos, rindo soprado logo depois. Dou uma bela olhada em volta, analisando toda a bagunça que fizemos, toda a tinta espalhada pelos jornais no chão e até mesmo os respingos nas paredes, sem falar as marcas das mãos no vidro da janela.

Me assusto ao sentir os braços dele ao meu redor, havia me distraído demais com a nossa bagunça para reparar no momento em que ele se levantou.

— Vamos descer — sussurra, guiando-me até a escada. — Voltamos depois para pintar a parede. — Beija minha nuca.

— Porra nenhuma, você vai comprar outras latas de tinta pra mim — aviso, e ele ri, concordando com a cabeça.

De fato, ele teve que voltar à madeireira e repor as latas que derramamos. Ajudou-me a passar tinta de lousa em duas paredes, e a branca, nas demais, para que eu pudesse pintar o que quisesse depois.

À noite, eu fico sozinho lá em cima, terminando de pintar quando ele tem que descer para ajudar Antony a preparar o jantar. Deixo o pincel dentro d›água quando acabo, abraçando minhas pernas para continuar observando o céu. Penso em como é bonito, e penso também em como deve ser o suposto paraíso; gostaria de conhecê-lo um dia, parece ser um lugar feliz.

RAFAEL

18

TENHO A SENSAÇÃO DE QUE TUDO NA MINHA VIDA ANDA BEM demais, pacífico demais, vejo-me extremamente acomodado nesse nível em que minha vida está e me sinto estranho ao pensar nisso, como se algo em mim dissesse que alguma coisa vai dar muito errado, mas talvez isso seja besteira minha. Você sabe quando tudo na sua vida começa a dar certo e você de repente se vê com plena certeza de que é apenas questão de tempo até tudo ir para o inferno. É assim que me sinto. Com medo, mas feliz.

— O que está fazendo? — Pergunto ao passar pela porta do quarto de Vinícius, jogando-me na cama enquanto espero uma resposta.

— Jogando.

— Jogando o quê? — Estendo o assunto, fixando o olhar no teto. Estou prestes a morrer de tédio.

— *Minecraft*.

— Hum... — Fito suas costas enquanto ele mal parece notar a minha presença, com uma perna apoiada na cadeira e o cabelo cheio sendo amassado pelo fone de ouvido.

Pleno sábado à tarde e não tem uma alma para me tirar do tédio.

— Vinícius — chamo, sendo completamente ignorado. — Vini... — chamo outra vez e nada. — Vinícius!

— O QUE FOI? — Grita, virando-se para me encarar, e eu contenho o riso, o que só parece deixá-lo ainda mais puto. — Na moral, vá encher o saco de outro — diz por fim, voltando a atenção para o computador.

— Eu fui, e meu pai acabou de jogar uma colher em mim e ameaçou me trancar do lado de fora se eu voltar lá embaixo. — Me sento, soltando um suspiro longo, esperando que ele diga algo. — Está fazendo o quê?

— Minerando diamante, Rafael! — Responde alterado.

— Interessante, mas por quê?

— Porque esse é o objetivo do jogo!

— Minerar?

— Não, porra... MERDA! — Grita, dando tapinhas na mesa, antes de cobrir o rosto com a palma da mão. — Eu morri.

— Morreu minerando diamante? — Solto um riso fraco. Ele se vira para me encarar, com as sobrancelhas franzidas, praticamente me fuzilando com os olhos.

— Eu morri porque você ficou aqui me azucrinando — grunhe, atirando a primeira coisa que sua mão alcança em mim. — Chato do caralho!

Solto um outro risinho, encolhendo-me quando ele vem irritado em minha direção, apenas para começar a me estapear, bufando. Quando finalmente se dá por satisfeito, abaixa o fone e o deixa no pescoço, com as mãos na cintura e os olhos fixos nos meus. Parece pensar no que fazer comigo em seguida.

— Vem ficar comigo — chamo, com um sorriso sugestivo que o fez revirar os olhos.

— Não.

— Só um pouquinho.

— Não.

— Só uns beijinhos, Vini. — É minha última barganha e, em resposta, ele me mostra o dedo do meio, voltando ao computador. — Eu vou morrer de tédio! — Choramingo, deitando-me outra vez.

— Quanto drama, vá ver um filme — manda. — Ou vai atrás de um dos seus amigos e me deixa em paz.

— Não dá, o Guilherme está apaixonado, eu estou esperando essa fase dele passar para poder me aproximar de novo.

— Sei, e o Victor?

— Trabalhando ou provavelmente enchendo a cara com o *euroboy*.

Ele ri da forma que me refiro a Lucca, assentindo com a cabeça enquanto digita algo, parecendo me ignorar outra vez. Solto um suspiro alto, começando a irritá-lo com isso.

— Rafael, para com isso.

— Isso o quê? — Suspiro mais uma vez.

— De respirar dessa forma!

Rolo os olhos, bufando ao me levantar e ir até ele. Paro ao lado da cadeira em que ele está, tentando entender o real objetivo do jogo dos bloquinhos, desistindo segundos depois. Apoio as mãos em seus ombros, deixando-o tenso pela repentinidade. Eu me inclino para beijar o topo de sua cabeça, sentindo o cheiro de shampoo em seus fios enrolados.

— Rafael... — murmura, arrepiando-se quando escorrego minhas mãos pelo seu peito, abraçando-o pelo pescoço. — O que você quer de mim, hein? — Ele se encolhe ao sentir a minha respiração em seu pescoço.

— Atenção.

Ele parece ponderar um pouco, prendendo o ar quando deixo um beijo em sua nuca.

— Tá bom, seu chato. — Bufa, levantando-se para trancar a porta, e então voltar a se aproximar. — Senta aí, vai, vamos jogar — manda.

— Vamos. — Eu me sento, segurando sua cintura, trazendo-o para o meu colo. — Jogar o quê? — Pergunto ansioso.

Ele sorri para mim, para então voltar a atenção para o computador.

— Tem um jogo legal aqui — murmura. — Você vai gostar. — Sorri.

Com o olhar fixo na tela do computador, espero o jogo abrir. Vinícius senta em uma das minhas pernas e escora o corpo no meu peito enquanto bufa impaciente. É um jogo bonitinho, que parece não ter nada demais no início, parece inofensivo, até que ele me coloca para jogar, contendo o riso enquanto explica o que eu tenho que fazer.

— Ele parece aquele gato do desenho, aquele desenho antigo — comento, sem me lembrar exatamente do nome, e ele somente acena em concordância. — É bonitinho...

— É, sim — responde raso, enrolando uma mecha do meu cabelo na ponta dos dedos, ainda com os olhos no desenrolar do jogo.

— Por que eu sinto que você está brincando comigo? — Pergunto desconfiado, parando assim que entramos em uma sala, onde um dos personagens se encontra morto, com a caixa torácica aberta e, dentro dela, há uma ferramenta. — Você me colocou para jogar um jogo de terror? — Indago calmamente, ciente de que surtaria no primeiro sustinho.

— Não — nega, sem vergonha nenhuma na cara, esse moleque cínico.

— Como não? — Altero o tom de voz. — Mataram o... o Pateta! — Grito, sem ter certeza de qual personagem é esse. — E enfiaram uma chave de roda no peito dele! — Eu me desespero.

— Você tem que pegar a chave — manda, ignorando completamente o meu surto.

— Não quero mais — recuso, lhe arrancando uma risadinha. Um homem não pode sentir medo sem ser julgado.

— Pega logo e para de ser frouxo.

— Vá se foder — retruco, fazendo o que ele disse.

O jogo continua calmamente durante os primeiros minutos, com o desgraçado, o tempo todo, me dando susto e debochando do meu medo exagerado.

— Ele está se mexendo! — Grunho, sem vontade alguma de continuar enquanto o outro ri sem pudor algum. — Por que você está fazendo isso comigo, porra? — Falo indignado, prendendo a respiração a cada susto que eu levava. — Não quero mais, chega. — Tiro os fones, arregando logo na metade do jogo.

— Não, não, não — insiste em meio a um riso fraco. — Nem dá tanto medo assim, anda. — Ajeita os fones sobre os meus ouvidos outra vez.

— Não acredito em você.

— É sério. — Morde o lábio. — Já está quase no fim do primeiro capítulo.

Concordo a contragosto, voltando a atenção para o computador e os malditos bonecos que se mexem enquanto Vinícius ri a cada miniataque cardíaco meu. Praticamente sinto minha alma deixar o corpo. Com toda certeza, eu não sirvo para essas coisas, eu não tenho coração para isso.

— Eu acabei de passar por aqui... Por que a passagem está bloqueada? — Eu me exalto, aproximando-me devagar, sentindo os dedos de Vinícius em volta do meu pulso, apertando, a cada segundo, mais. — Não faz sen- FILHO DA PUTA! — Sem controle nenhum, as palavras saem da minha boca no instante em que o diabo do gato sai por entre as frestas das tábuas que bloqueavam a porta.

Sobressalto-me, praticamente abraçando Vinícius pela cintura enquanto ele ri, não, gargalha, com um dos braços em volta do meu pescoço, chorando de rir e sem forças para fazer qualquer piadinha. Eu, por outro lado, posso sentir o meu coração na boca. Como eu odeio levar sustos. Odeio com todas as minhas forças.

— Porra, Vinícius, que merda! — Choramingo, escondendo o rosto em seu ombro. — Você me prometeu...

— Desculpe. — Ri, abraçando-me de vez, fazendo carinho no meu cabelo. — Me desculpe.

— Você poderia ter me colocado para jogar *The Sims*!

— Tá bom, me desculpe — pede entre um riso e outro, beijando meu rosto ao se afastar. — Pelo menos, você terminou o primeiro capítulo.

— Graças a Deus — digo ao que ele fecha a aba do jogo. — Troca de perna, vai, essa aí já está dormente — mando, segurando sua cintura para que se levante.

— Vamos jogar *Fortnite* agora — avisa ao se sentar outra vez; reviro os olhos antes de suspirar arrastado.

— Você não tem um *Mario Kart* aí?

— Em que época você vive, Rafael? — Retruca com um sorriso de canto. — É isso ou vamos terminar o primeiro jogo.

— Então, coloca logo esse jogo de corno — resmungo, não conseguindo conter o sorriso quando ele ri fraquinho.

Ele se vira para me encarar enquanto o jogo carrega, ainda sorrindo; o ser humano mais perfeito que existe. Pergunto-me, com muita frequência, como é possível existir tamanha perfeição.

Não existe, eu que sou um bobo apaixonado.

Não me canso de dizer o quão apaixonado sou, o quanto gosto dele, eu sinto uma vontade imensa de deixar claro para ele o quanto adoro cada partezinha sua, o tempo inteiro.

— Eu gosto tanto de você — deixo escapar, não deixando de reparar na mudança de olhar um tanto surpreso e no sorriso meio confuso que borda seu rosto.

— Também gosto muito de você, Rafa — admite. — Mas por que isso agora?

— Não, eu só... — Solto um riso nervoso. — Só estou dizendo que sou apaixonado por cada coisinha que contém em você. — Sustento seu olhar por alguns instantes. Ele balança a cabeça em concordância, desviando o olhar e pressionando os lábios em sinal de timidez.

Vinícius traz seus olhos de volta para mim, pondo sua boca na minha antes de qualquer coisa, me dando um único selar demorado antes de deixar a língua escorregar pela minha. Quando seu corpo todo parece relaxar no meu colo, seus toques perdem a intensidade e se transforma em um carinho singelo, fazendo com que eu perca todas as estruturas. Após uma mordida fraca no meu lábio inferior e um sorriso de canto, ele se afasta, o suficiente para me olhar nos olhos.

— E eu sou apaixonado por você todinho — murmura, beijando a pontinha do meu nariz e rindo bobo em seguida, passando os dedos pelo meu cabelo ao passar os olhos pelo meu rosto outra vez. — Às vezes, é como se palavras não fossem o suficiente para expressar o quanto... — sussurra.

— Sei como é — respondo, assentindo com a cabeça, acariciando sua cintura sem desviar o olhar do seu por nada.

Sei bem como é, porque por mais que eu tente me expressar com todas as palavras bonitas que existem, nem que eu dedique a ele todos os poemas de amor do mundo, nada jamais será o suficiente. E ainda assim, nunca tive a certeza se isso é o suficiente para ele, se o que eu tenho a oferecer está à altura do que ele realmente merece. Tenho o costume de pensar que Vinícius é demais para mim.

Por Deus... Ele, de todas as pessoas que conheci, foi o único que conseguiu fazer o meu coração acelerar dessa forma; o único por quem — posso dizer com convicção — eu me apaixonei, me apaixonei de verdade, e não falo de uma atração boba, uma paixonite bobo igual à do Victor. O que eu senti por Victor Hugo não é nada comparado ao que sinto por Vinícius. *Nada.*

Eu achava um exagero transcendental todas as baboseiras que já li em livros de romance, achava besta tudo que escrevem sobre amor — embora eu adorasse ler sobre ele, esse sentimento que eu pouco conhecia —, e eu nunca entendia por que porra o amor deixava as pessoas tão cegas porque, para mim, isso nunca foi grande coisa fora dos livros, ao menos não até encontrar Vinícius; não até *sentir* o que ele me faz sentir; não até *entender* o que cada uma daquelas palavras de amor querem dizer.

— O jogo carregou — aviso. Ele arqueia as sobrancelhas como se acabasse de se lembrar, virando-se para encarar a tela do computador.

— Certo, vamos jogar. — Endireita-se em meu colo.

Tudo que faço é abraçar sua cintura, apoiando o queixo em seu ombro para poder enxergar, porque a minha única participação é nada menos do que servir de plateia para os surtos e xingamentos dele enquanto joga, deixando um beijinho ou outro em sua nuca e fazendo-o se arrepiar, se encolher que nem um gatinho em reflexo.

Jogamos por pelo menos uma hora e, depois de muita insistência, ele aceita ver um filme, contanto que ele pudesse escolher.

É mais do que óbvio que ele quis ver um filme de terror em vez de qualquer clichê da Netflix, nem mesmo uma das séries de animação estranha de que ele gosta bastante. Ele me faz ver *A Hora do Pesadelo* e, sinceramente, nunca vou entender o motivo de ele dar risada sempre que se assusta. Ao menos, um de nós se diverte nessa situação.

A porta é aberta com brutalidade, o baque alto ecoa pelo quarto e eu quero matar seja lá quem acabou de entrar.

— Rafael — chama o desgraçado, ligando a luz sem mais, nem menos.

— Vinícius, se você não estiver à beira da morte, eu não quero saber — resmungo, jogando o cobertor por cima da cabeça.

— Eu estou à beira da morte — afirma; ouço passos e, segundos depois, o cobertor é arrancado de mim. — Me escuta — pede, subindo de vez na cama, engatinhando até poder se deitar ao meu lado. — Precisa me buscar na galeria às três da tarde.

— Tá bom — respondo, sem ter escutado uma palavra do que ele disse.

— Você entendeu?

— Entendi.

— Rafael, é sério — choraminga, balançando-me pelos ombros. — Você vai me esquecer!

— Não, vou não. — Jogo o braço por cima dele, trazendo-o para mim.

— Vai, sim — resmunga, levantando-se. Abro os olhos apenas para poder ver o que ele faz com o meu celular na mão. — Vou pôr um lembrete aqui — murmura enquanto digita.

Grunho em concordância, voltando a fechar os olhos, até que ele torna a se mexer na cama, deita-se ao meu lado e sobe uma das mãos até o meu cabelo. Eu automaticamente o abraço; meu corpo responde a ele como se esperasse pela sua presença. Eu me acostumei muito mal, pelo visto.

Vinícius escorrega a ponta dos dedos pelo meu rosto, subindo até a minha nuca, onde deixa um carinho casto antes de se levantar, avisando que está saindo. Ouço o clique do interruptor e o som da porta ao se fechar. E como todas as vezes, eu quis que ele continuasse deitado comigo pelo tempo que fosse.

Quando acordo, vou ler o que diz o lembrete: "Buscar o Vini na galeria às 15 horas.", com um único *emoji* de coração ao lado. Eu não posso com isso.

Guilherme me ligou durante a tarde para reclamar da namorada, disse que ela parecia não querer mais sair da sua casa, que estavam praticamente morando juntos, e eu só sabia rir. Não faz nem dois meses que estão juntos e ele já parece saturado da presença dela.

Vinícius e eu começamos a namorar morando na mesma casa, o que me faz pensar frequentemente em começar a procurar um apartamento. Sinto que, depois do casamento dos nossos pais, não há mais necessidade de continuarmos sob o mesmo teto, é como se meu lugar não fosse mais aqui e talvez, de fato, não seja. Sem falar que a ideia de morar longe daqui pode tornar mais fácil a minha relação com Vinícius. Pode até ser um meio de preparar o terreno antes de deixar que nossos pais descubram o que temos. Acho que seria muito mais simples se não precisássemos passar nosso tempo juntos escondidos no quarto ou fora de casa, mesmo que isso signifique mudar toda a nossa rotina. De certo modo, sei que isso seria o melhor para todo mundo.

— Gui, eu acho que vou alugar um apartamento — murmuro ao telefone, puxando uma linha solta da almofada.

— Vai pular fora do barco antes que dê merda, é? — Ri fraco.

— Não é isso, só acho que já está na hora de sair daqui. — Dou de ombros. — Eu sempre morei com o meu pai por medo de que ele se sentisse solitário, sabe? Mas agora que ele casou, é diferente.

— Já falou com o Vinícius sobre isso?

— Não, eu não tomei uma decisão ainda. — Coço a nuca. — Nem sei por onde começar. — Rio soprado.

— Por que você não vem morar comigo? — Ele já me sugeriu isso uma vez quando estava bêbado, mas não achei que estivesse falando sério. — Tem um quarto livre e contas para você pagar. Não existe oferta melhor do que essa.

— Você só quer alguém para poder dividir as contas. — Rolo os olhos.

— Também quero um jogo de panelas vermelhas antiaderentes que vi em um *site*. Qual o número do seu cartão de crédito mesmo?

— Eu não sou o seu banco.

— O jovem adulto só quer um jogo de panelas antiaderentes e uma *AirFryer*, é pedir demais? — Dramatiza. Posso ouvir os latidos do cachorro vira-lata no fundo antes que continue. — Mas sério, se quiser, pode vir morar comigo até acharmos um apartamento para você.

— Tem certeza de que isso tudo não é para você poder ter uma desculpa para mandar a Elisa embora da sua casa? — Pergunto, e o ouço bufar logo depois.

— Ela passou cinco dias seguidos aqui, eu estou começando a ficar de saco cheio — volta a reclamar.

— Ela conseguiu encher a paciência do ser humano mais grudento que existe quando está apaixonado, merecia até um prêmio por isso.

— Muito engraçado — ironiza. — Eu vou desligar, ela está me mandando mensagem. — Posso imaginar sua virada de olhos ao dizer isso.

Eu não dou um mês para ele mandar essa garota ir para o inferno. É incrível como ele muda de bobo apaixonado para um surtado emputecido. O amor vira ódio em segundos.

Fito a tela do celular assim que ele desliga, foi quase uma hora de ligação. Guilherme é a única pessoa capaz de me manter tanto tempo no telefone por chamada de voz, e olha que eu odeio isso.

Perto das três horas, saí de casa, antes mesmo que Vinícius tivesse a chance de me ligar irritado pelo atraso.

Sabe aquele mau pressentimento que sentimos vez ou outra? Um medo sem razão? Foi exatamente o que senti quando entrei no carro, um medo sem motivo. Como se soubesse que algo estava prestes a acontecer, mas não sabia o quê.

Dirijo até a galeria, que não é tão longe, então não demora muito. Espero por Vinícius do lado de fora e nada. Mando mensagem e nada. Só depois de alguns instantes, decido entrar.

Enquanto me aproximo, posso ouvir uma gritaria. Claro que reconheço a voz de Vinícius e, por cima da dele, a voz de Lucca. Eu sinto a raiva crescer dentro de mim, correndo pelas minhas veias. Mas o barulho para antes mesmo que eu entre e, no instante em que passo pela porta, em que meus olhos captam todo o interior do lugar, entendo perfeitamente o porquê do silêncio repentino.

E sabe aquele momento, aquele único segundo que faz com que você perca o chão, quando seus olhos captam aquilo que mais machuca o coração?

Acho que ninguém nunca tinha me magoado assim, acho que nada me pegou desse jeito porque, bem ao lado do balcão, está Lucca, segurando o rosto de Vinícius enquanto o beija.

Deve ter sido por um segundo ou menos, mas pareceu uma eternidade, até que ele o empurrou, passando as costas das mãos na boca ao se distanciar do italiano.

E ali, seus olhos alcançaram os meus, seu semblante mudou rapidamente, e assim como eu, ele continuou paralisado no lugar. Doeu, doeu pra caralho. Como uma mistura de mágoa e raiva. Ao mesmo tempo que eu queria quebrar a cara daquele desgraçado, eu quis chorar. Eu nunca fui bom em compreender minhas próprias emoções, e aquilo fez com que todos os meus sentimentos se desestabilizassem.

A cada segundo mais que Vinícius permanece em silêncio, encarando-me sem saber o que fazer ou dizer, eu me vejo ainda mais transtornado. Não é como das outras vezes, que Lucca simplesmente aparece e começa a dar em cima dele; não é apenas um ciúme irracional que me causa uma raiva passageira porque, dessa vez, não é só sobre o antigo relacionamento deles, é a porra de um beijo. Isso quebra de vez qualquer parede de confiança que eu tenho em Vinícius. E ele sabe, ele sentiu isso.

Eu o vejo balançar a cabeça em negação antes de finalmente sair do lugar e vir até mim, e ainda que meus pensamentos estivessem uma bagunça, que a raiva fizesse minhas mãos tremerem e meu rosto queimar como nunca, ainda consegui seguir a lógica, ainda consegui ter aquele resquício de razão bem claro na minha mente.

— Rafael... — Sua voz soa insegura, fraca, e meus olhos encontram os seus.

A raiva é o sentimento que se instala em mim em meio a todo aquele caos interno que me consome.

Vinícius dá mais um passo e eu recuo outro, até que esteja parado à minha frente. Engulo cada palavra de ódio que sobe pela minha garganta, calando-me antes que comece uma gritaria desnecessária com ele ali mesmo.

— Vamos para casa — murmuro, dando-lhe as costas e tomando a dianteira em direção à saída.

Com o coração batendo forte, forte o suficiente para me fazer senti-lo na boca, minha pele parece queimar de tanta raiva, como se eu estivesse em ebulição. Ouço Vinícius me chamar pelo menos duas vezes antes de chegarmos ao carro, e então seus dedos envolvem o meu braço.

— Me deixa explicar — pede ao ganhar a minha atenção.

— Entre no carro — mando, afastando sua mão. Ele permanece quieto no lugar, encarando-me como se não entendesse o que eu estou falando. — Entre no carro, Vinícius! — Altero a voz, assistindo-lhe saltar pelo possível susto.

Vinícius se afasta em passos lentos, sem deixar de sustentar o meu olhar, abre a porta do carro e entra. Puxo o ar com força antes de dar a volta e entrar também. Em silêncio, eu repito a contragosto cada detalhe daquela cena, e sinto mais raiva a cada vez.

— Você não vai falar nada? — Pergunta baixo, sem coragem de me olhar.

— Falar o quê, Vinícius? Eu não tenho o que falar.

Com um suspiro longo, ele assente com a cabeça, abraçando o próprio corpo ao fitar seu colo.

— Não foi o que pareceu, foi ele que...

— Chega. Eu não quero saber, tá bom? Eu vi, e nada que você diga pode mudar isso. — Eu o corto, não medindo a frieza.

— Pode me escutar, pelo menos?

— Não.

— Rafael...

— Vinícius, agora não! — Grito, apertando os dedos ao redor do volante.

Sinto o peso do seu olhar sobre mim por alguns segundos, até que volta a olhar para o próprio colo.

No restante do caminho, eu só escuto o som de sua respiração pesada e desregulada. Suas unhas fazem o caminho do seu antebraço até o seu pulso, deixando rastros vermelhos logo atrás, e então sobem, fazendo todo o caminho de volta.

O silêncio é angustiante. A cada minuto dentro daquele carro, mais se torna insuportável, como se algo estivesse prestes a explodir.

Eu não ouço nada além da respiração dele e dos meus batimentos cardíacos, batendo, batendo e batendo, soando como uma bomba-relógio dentro de mim. A minha pele pinica em resposta, está praticamente transbordando de frustração.

Ao chegar em casa, um suspiro de alívio me corta a garganta. Saio do carro às pressas, ouvindo a porta bater e os passos de Vinícius logo atrás de mim enquanto caminhamos para dentro de casa.

— Rafael, para de me ignorar — pede, deixando suas coisas no sofá ao me acompanhar. — Por favor, diga alguma coisa! — Altera a voz, parando na ponta da escada ao ganhar o meu olhar.

— Dizer o quê? — Pergunto, franzindo o cenho.

— Qualquer coisa, porra, grite comigo, eu não sei... — Balança a cabeça em negação, apertando os dedos, totalmente sem rumo. — Só não me ignore.

Continuo em silêncio, sustentando o seu olhar amedrontado por alguns instantes. Eu não quero gritar com ele; eu não quero brigar porque isso só vai nos levar a algo ainda mais complicado, e eu não estou disposto a lidar com isso agora. Não é como uma das inúmeras brigas rasas que temos vez ou outra; não é algo que se pode resolver com sexo, como bem fizemos das outras vezes; não é uma crise de ciúmes boba. Não é assim, ele sabe que não é.

— Conversa comigo... — É o seu último pedido antes que eu lhe dê as costas e, mais uma vez, posso ouvi-lo caminhar rente a mim. — Conversa comigo, Rafael — repete, segurando meu braço antes que eu possa passar pela porta do quarto.

— Não quero conversar. — Desvio o olhar para sua mão, afastando-a, dessa vez, com mais força.

— Me escuta, só me escuta. — Seus dedos envolvem os meus pulsos, insistindo em ficar enquanto seu olhar busca pelo meu.

— Eu não quero conversar, eu não quero te ouvir, eu não quero olhar para você. — Empurro suas mãos outra vez. — Agora, saia — mando, segurando a porta esperando que ele libere a passagem.

— Não.

— Por favor, saia, eu estou pedindo. — Aperto os olhos, impaciente.

— Não vou sair — murmura incerto, entrando de vez no quarto.

Respiro fundo antes de andar em sua direção, puxando-o pelo braço até a saída, ouvindo seus resmungos em protesto.

— Me deixe explicar! — Grunhe, batendo o pé, e então volta a segurar meus pulsos.

— Simplesmente não tem o que explicar porque eu vi! Eu vi, Vinícius! — Grito, empurrando-o outra vez, cansado de tudo aquilo. — Porra, sai logo daqui! — Eu o arrasto até o corredor, sentindo minha pulsação no corpo inteiro.

A porta bate e é como se o silêncio finalmente se instalasse pelo ambiente. Somente com o som do meu coração sem controle, o ar mal consegue preencher os meus pulmões.

Levo as mãos até o meu cabelo, puxando os fios entre os meus dedos, mal sentindo a firmeza do chão sob os meus pés. E dói. Dói demais. Eu me sinto perdido sem entender o que caralhos está acontecendo dentro de mim e por que diabos tudo parece tão confuso e nublado. Intenso demais, forte demais, me machucando, como se o meu corpo não fosse capaz de conter.

Caminho até a cama, franzindo o cenho à medida que a imagem, diante dos meus olhos, vai ficando embaçada. Esfrego os olhos e só então sinto as benditas lágrimas, molhando a ponta dos meus dedos, escorrendo pelo meu rosto.

— Porra... — Grunho baixinho, enxugando meu rosto com a manga da camisa e respirando fundo, uma, duas, três vezes, até começar a chorar de novo.

Isso me irrita. Me irrita o fato de eu estar chorando, sem sequer entender o motivo de tudo isso, sem conseguir entender meus próprios sentimentos. Eu me sinto uma criança todas as vezes que choro, sem saber como parar, sem saber como resolver. Eu não consigo entender o que estou sentindo, e isso é tão frustrante.

A noite cai e eu não consigo sair do quarto, com medo de algo criado pelo meu próprio subconsciente. Isso é tão ridículo. Volta e meia quando o silêncio paira sobre a minha mente, quando as emoções se acalmam, eu me pego repetindo toda a cena outra vez, e tudo volta com mais força e mais insuportável do que as vezes anteriores.

Não sei que horas são quando eu finalmente desço a escada. Só me dou conta de que já passou da hora do jantar quando vejo as luzes da sala desligadas, e na cozinha, o único cômodo iluminado, está o meu pai, assobiando enquanto termina de lavar a louça.

— Achei que estivesse dormindo — diz ao me ver. Sua expressão vai de serena à preocupada em segundos, e então eu o observo largar um dos copos que segurava. — O que foi?

— Eu quero ir embora daqui. — É tudo que a minha mente conturbada consegue formular, que soe no mínimo coerente.

— Como assim? — Ri soprado, franzindo o cenho sem entender.

— Eu vou me mudar — respondo com firmeza, e só então ele parece compreender, balançando a cabeça em concordância.

— Tudo bem, podemos falar sobre isso. — Suspira, enxugando as mãos antes de se aproximar.

— Não tem o que falar, eu já decidi. — Tento cortar qualquer conversa que ele pudesse prolongar, o que obviamente é em vão.

— Aconteceu alguma coisa?

— Não aconteceu nada, tá bom? — Altero a voz, arrependendo-me segundos depois quando sinto o peso do seu olhar sobre mim. E então, o silêncio cortante de alguns segundos.

— Olha para mim — manda. Eu obedeço, sustentando seu olhar por um tempo, o suficiente para que ele possa me ler como a página de um livro. — Me diz o que aconteceu.

Abro a boca e, por um segundo, quase deixo que as palavras se atirem para fora, sem controle algum porque, de alguma forma, falar com o meu pai parece a solução mais simples. No entanto, volto a me calar quando penso no desastre que seria.

— Não é nada — murmuro.

Ele assente, parecendo entender, então manda que eu me sente. Em silêncio, eu lhe assisto esquentar um prato de comida no micro-ondas, de braços cruzados enquanto me encara. Provavelmente, pensando no que fazer comigo. Quando a comida é posta à mesa, ele finalmente se senta na cadeira logo à frente, observando-me em silêncio por um tempo.

— Sabe que pode me contar qualquer coisa, não sabe?

Aquilo me quebra. Sinto o pouco de mim que ainda se mantém de pé despencar, desmoronando lentamente, como se ele tirasse de mim o meu último sustento.

— Eu sei — respondo baixo, engolindo o choro. — Mas não é nada, eu juro, eu só ando pensando demais, só isso. — Tento amenizar a situação, suspirando ao vê-lo assentir brevemente com a cabeça.

— Quer falar sobre sua vontade repentina de ir embora?

— Agora, não. — Levo um pouco de comida até a boca.

— Tudo bem, no seu tempo, então. — Suspira, levantando-se, e caminha de volta até a pia.

Agradeço mentalmente por isso, concentrando-me em terminar de comer, ciente de que ele só me deixaria subir para o quarto quando terminasse. Ele assobia enquanto termina de lavar a louça, enfileirando os poucos pratos no escorredor, guardando os copos ainda molhados no armário, sem se importar nem um pouco se estragaria a madeira. Ele sempre fez isso e sempre reclama quando a madeira estufa ou mofa.

Aproximo-me para deixar o prato na pia, ouvindo sua voz antes mesmo que eu possa deixar o cômodo:

— Seja lá o que for que estiver te incomodando, coloque para fora, sabe que não é bom reprimir os sentimentos assim — avisa, ainda de costas para mim.

Paro no lugar, absorvendo suas palavras por alguns instantes, me sentindo um tanto culpado por não conseguir abrir de vez o jogo com ele. Puxo o ar com força, antes de finalmente arrumar forças para sair dali.

— Boa noite, pai — murmuro, fitando meus próprios pés.

— Boa noite, filhote. — Não posso evitar de sorrir depois dessa. Ele me chamava assim quando eu era criança, depois disso, passou a ser só "moleque" e de vez em quando, "filho". Apresso-me ao subir a escada, parando assim que ouço sua voz outra vez: — Para de correr na escada, moleque!

Olha aí.

Com toda a calma do mundo, subo o restante dos degraus, passando o olhar pela porta do quarto de Vinícius, antes de entrar no meu próprio. Evitando pensar muito, apenas me deito e tento dormir, falhando nisso também porque, nem fodendo, minha mente me permite cair no sono.

Com o olhar fixo no nada, eu continuo remoendo aquilo dentro de mim, com a estranha certeza de que não melhorará no dia seguinte. Porque infelizmente, os problemas não se vão com a noite quando o sol brilha novamente.

19

FAZ POUCO MENOS DE QUATRO DIAS QUE VINÍCIUS E EU NÃO nos falamos direito. Ele desistiu de conversar, acredito que no segundo dia, e tem me evitado desde então. Particularmente acho melhor assim. Minha cabeça ainda parece conturbada demais para formular uma conversa decente, ainda que eu saiba que continuar prolongando essa situação não é lá a melhor opção, mas é mais fácil para mim, e eu prefiro adiar porque não estou a fim de me irritar mais.

Ele ainda não sabe sobre a minha decisão de ir embora, ainda não conversei com o meu pai corretamente sobre isso, e até não ter a "aprovação" dele, ou até pelo menos deixar as coisas esclarecidas com ele, eu pretendo esconder isso de Vinícius. Ele vai saber quando for a hora apropriada.

Nós nos sentamos todos à mesa de jantar, tentando parecer o mais normal possível quando é mais do que perceptível a tensão ao redor. O silêncio angustiante toma o cômodo, piorando a cada tinir dos talheres, a cada bufada de ar e a cada troca de olhares de estranheza e confusão. E continua assim até Ísis perguntar, enfurecida:

— O que aconteceu com vocês dois? — Ela dispara, levando seus olhos de mim para Vinícius. — Faz praticamente três ou quatro dias que estão assim, o que houve?

— Assim como? — Pergunta Vinícius ao meu lado, tornando-se o alvo de seu olhar, irritado.

— Quietos. Vocês costumam falar e falar que nem dois periquitos, brincando feito crianças, sempre soltando piadinhas internas. Agora, estão quietos, e eu quero saber o porquê.

— Não é nada demais — murmuro, fazendo pouco caso da situação.

— Tudo bem, Ísis — meu pai comenta pausadamente. — Devem ter se desentendido, uma briguinha boba. — Seu olhar, então, alcança o meu, como se me acusasse de algo.

— Seja lá o que for, conversem e resolvam — manda ela, e posso ouvir Vinícius bufar ao meu lado.

O jantar se estende por mais alguns minutos completamente silenciosos. O tempo todo, eu desejo apenas fugir dali por simplesmente não aguentar mais aquela pressão.

— Eu posso subir? — Pergunta Vinícius, encarando a mãe. Seu prato mal foi tocado. Ele não fez nada a noite inteira além de cutucar a comida com o garfo.

Ela o encara, encara o prato e solta um suspiro arrastado, desistindo. Ísis só faz assentir com a cabeça, murmurando um "pode".

Sem mais um segundo, ele se levanta, passa por mim e deixa o lugar em silêncio. Ísis é a segunda a deixar a mesa, com um "boa noite, meninos", e sobe a escada. E quando eu estou prestes a ir também, meu pai manda eu me sentar, sem tirar os olhos do próprio prato.

— Quer que eu tire a mesa? — Pergunto, sem entender muito bem o motivo de eu precisar ficar.

— Também, mas não é só isso — grunhe, levando o copo de suco até a boca, encarando-me enquanto bebe. — Vamos conversar, Rafael — diz, passando a empilhar os pratos vazios deixados na mesa.

— Agora?

— Agora. Não vai fugir de mim a vida toda. — Por fim, me encara, passando os olhos por todo o meu rosto por um tempo. — Você querer ir embora tem a ver com Vinícius ou não?

Abaixo a cabeça, correndo os dedos pela toalha da mesa, alisando-a enquanto penso, sentindo o peso de seu olhar sobre mim. Uma pequena parte tem, sim, a ver com ele, mas o restante nem tanto. Eu já pretendia ir, o nosso desentendimento só adiantou mais a minha decisão.

— Não, eu já tinha decidido ir antes de qualquer coisa acontecer — murmuro, incerto sobre as minhas palavras.

— Tem certeza? — Soa duvidoso.

— Tenho.

— E o que aconteceu entre vocês? — Prolonga ainda mais o assunto, e não parece querer parar tão cedo.

— Não é nada demais, eu já disse — respondo na defensiva, mirando o olhar em qualquer coisa que não seja ele.

— Se não é nada demais, então pode me contar. — Dá de ombros.

— Não posso. — Aperto os dedos, mordendo o lábio enquanto tento conter qualquer reação exagerada que meu corpo possa causar.

— Por que não? — Ele insiste, me pressionando um pouco mais.

— Porque não posso. — Tremo a perna, balançando a cabeça em negação, desejando que ele pare com as perguntas.

— Rafael, o que foi que aconteceu? — Torna a perguntar. Sua voz soa tão séria e firme que praticamente me vejo encolher, me vejo como uma criança diante dele, quase chorando por não querer dizer.

— Para... por favor, para — peço, tentando controlar o tremor da minha voz quando meus olhos praticamente se enchem de lágrimas. — Eu já disse que não posso dizer.

— Pode, você pode me contar tudo. — Estende a mão para tocar a minha, procurando pelo meu olhar.

— Isso eu não posso.

Ele parece desapontado, solta o ar e concorda com a cabeça. Ele me vê secar o rosto, me vê engolir o choro, vê meu rosto ficar vermelho e vê o quanto isso está me corroendo e, mesmo assim, não diz mais nada, apenas espera eu me recompor para voltar a fazer perguntas:

— Quanto à mudança.... — Cruza os braços sobre a mesa, soando mais leve dessa vez.

— Guilherme me deixou ficar com ele até eu arrumar um apartamento — murmuro, batucando a ponta dos dedos na minha perna.

— É isso o que você quer?

— É. — Sou breve, puxando o ar antes de concluir: — Eu só... sinto que preciso sair daqui... e quanto mais rápido, melhor. — Sustento seu olhar, pressionando os lábios. — Por favor, não faça perguntas, eu só quero ir — peço, praticamente implorando para que se esqueça do assunto.

— Vai ter que trabalhar — ele lembra.

— Uma hora teria que acontecer. — Dou de ombros.

— Você não está pronto para deixar o ninho, moleque — diz, balançando a cabeça em negação.

— Eu tenho vinte e um, pai.

— Certo, você está um pouco mais alto, mas ainda corre aquela escada como corria quando era um pirralho — diz, apontando com o queixo na direção da escadaria. — Você é só um filhote.

— Eu não sou. — Rolo os olhos, soltando um riso fraco. — Você quem não me deixa crescer.

— É, talvez seja isso mesmo. — Dá de ombros. — De qualquer forma, ainda é um filhote para mim. — Ele se levanta, dando a volta na mesa, parando de pé ao meu lado. — Lave a louça, jovem adulto. — Deixa um tapinha no meu ombro.

— Boa noite, pai.

— Boa noite, filho — diz, bagunçando o meu cabelo.

Assim que ele passa pela porta, é como se um peso enorme fosse tirado das minhas costas. Apoio os cotovelos na mesa, puxando meu cabelo ao respirar com força, como se tivesse sido privado de respirar por horas, soltando o ar devagar pela boca, repetindo toda a cena que acabou de acontecer na minha mente várias e várias vezes e, só depois de um tempo, crio coragem para tirar a mesa e lavar a louça.

Assim que termino, apago a luz e deixo a cozinha, subindo a escada com cuidado para não fazer barulho. Ouço passos apressados no andar de cima e logo depois o som da porta bater. Quando chego ao corredor, a única iluminação vem das frestas da porta de Vinícius. Continuo ouvindo o barulho dele enquanto eu escovo os dentes no banheiro, seus passos firmes dentro do quarto, e até penso em ir até lá, saber o que está acontecendo, mas desisto segundos depois.

Vou contar a ele amanhã. Sei que ele não vai reagir bem. E também não sei se espero por uma briga ou por um rio de lágrimas, de qualquer forma, não sei como lidar com nenhum dos dois.

Eu, muitas vezes, não entendo Vinícius, não sei o que esperar, não sei o que fazer ou o que não fazer. Eu ainda não o entendo como deveria porque, com ele, é tudo intenso demais, as coisas atingem-no de uma forma diferente, é como se ele estivesse sempre ao extremo. E ter as emoções sempre ao extremo não é tão bom quanto parece porque isso, muitas vezes, desestabiliza, faz transbordar, é como ter água fervente correndo pelas veias e, quando percebe, as coisas já se foram pelos ares.

Eu não gosto de sentir demais e não posso imaginar a agonia e o desespero que ele sente quando uma dessas emoções negativas o atingem. É doloroso vê-lo desmoronar e não saber o que fazer, me sinto incompetente todas as vezes.

Já estou indo dormir quando a porta do quarto é aberta e a luz acesa.

Vinícius tem a cabeça baixa, o cabelo escondendo uma parte do seu rosto, as mãos juntas na frente do corpo, apertando os dedos. Quando finalmente me encara, é que percebo que está chorando.

— O que aconteceu? — Eu me sento, esquecendo de tudo, para dar atenção a ele.

— É por minha causa? — Murmura. Sua voz soa tão baixa que eu quase não a ouço.

— O quê?

— Você vai embora por minha causa? — Enxuga o canto dos olhos entre um soluço e outro.

— Venha aqui — chamo, afastando o cobertor, dando espaço para ele se aproximar.

Vinícius pondera um pouco, antes de praticamente correr na minha direção, deitando-se, passando os braços ao redor do meu corpo, abraçando-me de maneira desesperada.

— Vai me deixar... — Grunhe contra o meu peito, puxando o tecido da minha camisa. — Você vai me deixar. — Soluça.

— Ei, ei, calma, fica calmo. — Eu me desespero. Passo os braços ao seu redor, sentindo-o mais quente do que deveria. — Está com febre? Você está com febre? — Pergunto, completamente fora de mim, tocando desesperadamente a sua pele.

— É por minha causa? — Volta a perguntar, encolhendo-se nos meus braços.

— Não, não é por sua causa — garanto, afagando o seu cabelo, apertando-o contra meu corpo. — Está me ouvindo? Não é por sua causa — murmuro, e continuo repetindo isso até ele finalmente me ouvir.

— É, sim.

— Não, não é. — Passo a mão pelas suas costas, apertando os olhos, procurando saber o que fazer. — Você precisa se acalmar, tá bom? — Mantenho a voz serena, sem parar o carinho no seu cabelo.

Ele se afasta, enxugando o rosto com a manga da camisa enquanto se senta, encarando-me por um tempo e, ainda assim, algumas lágrimas continuam a escorrer pelas suas bochechas vermelhas, aglomerando-se em seu maxilar.

— Eu sei que é por minha causa — sua voz falha.

— Não é. Eu já tinha decidido isso antes de tudo acontecer, eu só não pretendia te contar ainda — garanto, vendo seu olhar cair para o seu colo. — Acredite em mim — peço, esperando-o assentir com a cabeça.

— Eu posso dormir com você? — Pergunta acanhado, abraçando o próprio corpo.

Desvio o olhar do seu, soltando um suspiro arrastado, pensando um pouco antes de responder:

— É melhor você dormir no seu quarto hoje, Vini — murmuro, sem coragem para olhá-lo nos olhos.

Ele fica em silêncio por alguns instantes até que, de um segundo para o outro, se aproxima, sentando-se de forma rápida no meu colo, buscando pelo meu olhar.

— Vinícius... — Seguro seu quadril na intenção de afastá-lo, mas em vez de facilitar, ele apenas cuida para continuar firme no meu colo, apoiando as mãos nos meus ombros.

— Me come — manda, sustentando meu olhar, seu rosto ainda vermelho e marcado pelas lágrimas de instantes atrás.

— O quê? — Franzo o cenho, sentindo-me transbordar de raiva. — Que merda, Vinícius, não é assim que as coisas funcionam. — Altero a voz, arrancando-o de cima de mim.

— Podem ser se você quiser — insiste, voltando a subir as mãos pelo meu pescoço. — Eu faço qualquer coisa se você me perdoar — murmura.

— Não é possível que você ache que sexo vai resolver o nosso problema. — Eu o afasto outra vez, levantando-me para poder observá-lo.

— Estou deixando mais fácil — rebate, desviando o olhar para um ponto qualquer. — Sempre foi assim.

— Como "sempre foi assim"? Vá se foder! — Puxo os fios do meu cabelo, respirando fundo antes de continuar.

— Você não me escuta! — Praticamente grita. — Eu só estava tentando acabar com essa porra!

— Fodendo? — Solto um riso nervoso, mal podendo acreditar que estamos tendo essa conversa. — Era assim que você resolvia os seus problemas com ele também? — Pergunto, ganhando o seu olhar indignado.

Vinícius abre a boca para falar, mas fica quieto, sustentando o meu olhar, sem saber o que dizer. E quando encontra as palavras, elas saem se atropelando, carregadas de raiva:

— Era, sim, seu filho da puta. Vocês são iguaizinhos. — Ele se levanta, dando a volta na cama para ir até a porta. — A diferença é que Lucca não dificultava as coisas como você!

— Então, por que está comigo se eu sou uma versão pior do seu ex-namorado? — Retruco no mesmo tom, com o coração batendo forte, com tanta raiva que posso sentir a minha pele queimar.

— Porque eu sou um escroto — resmunga, batendo a porta ao sair.

Fito a madeira branca, em silêncio, processando tudo que acabou de acontecer. Minhas mãos tremem, o meu rosto queima enquanto passo os dedos entre os fios de meu cabelo, tentando não surtar, mas meus olhos voltam a se encher de lágrimas.

Que ótimo, agora eu sou pior do que o desgraçado do italiano. Isso deve explicar o motivo de Vinícius estar comigo; é porque eu lembro aquele merda, talvez sejamos iguais mesmo. Assim não faz diferença se ele fica comigo ou com ele, é tudo a mesma merda. Eu quem fui burro a ponto de achar que esse garoto mal resolvido sabia o que estava fazendo. Vinícius nem sabe o que sente. E quando descobrir, não vai ser para mim que ele vai correr.

Essa merda dói, dói mais do que eu pensei que fosse possível. Meu corpo quase não consegue suportar, sinto como se estivesse sufocando. Nunca machucou tanto antes. Eu não entendo o motivo de agora ser diferente.

Não nos falamos, não permanecemos mais no mesmo ambiente e deve fazer quase dois dias que não o vejo. Moramos na mesma casa e o máximo que vi de Vinícius foi a sua sombra. Isso é tão estranho.

Eu sabia que seria assim quando algo grande acontecesse na relação instável que criamos; sabia que não daria para suportar e, mesmo assim, deixei acontecer. Agora, pareço mais uma criança assustada, tentando fugir dessa merda toda.

— Quando é que você vai dizer para gente o que aconteceu? — Pergunta Victor, quebrando o silêncio que nos rodeava há pouco mais de dez minutos.

Guilherme que, há poucos segundos, jogava em uma caixa vazia as coisas que ocupavam as minhas gavetas, parou para me encarar, esperando uma resposta.

— Depois. — Sou breve, não lhe dando atenção e virando as costas para terminar de tirar as coisas da estante.

— Tá, mas...

— Não adianta insistir, Victor. Ele não vai dizer enquanto não colocar a cabeça no lugar, eu conheço a peça — diz Guilherme, soltando um suspiro cansado em seguida. — Quando eu me mudei, nenhum de vocês me ajudou a empacotar as coisas — resmunga, mudando rapidamente de assunto.

— Empacotar o quê? Você era um fodido, seus irmãos tomaram todas as suas coisas, você saiu de casa com um colchão e as roupas do corpo — brinca o outro, rindo em seguida.

— Vá se foder, Victor Hugo! Você nem estava lá na época.

Ele ri, era verdade. Victor já tinha ido para São Paulo quando Guilherme foi morar sozinho.

— Mas foi praticamente isso mesmo. — Ri soprado. — Gui não tinha quase nada quando saiu de casa e ainda levou escondido a TV do irmão.

— Lógico, aquele bostinha achou mesmo que poderia fazer da minha vida um inferno por dezoito anos e depois sair ileso? — Ri nervoso.

— Você é terrível — murmura Victor, aproximando-se para me ajudar com os livros. — Acha que todas essas caixas vão caber em um carro só? — Olha-me pensativo.

— Se não der, vamos em dois — digo, soltando o ar devagar.

— Meu Deus, você não jogou fora nenhum desses diários? — A voz surpresa de Victor me chama atenção, e então o desespero me toma conta.

— Me dá isso. — Rosno, tomando os cadernos de suas mãos, enfiando-os na primeira caixa que vi pela frente.

— Não sabia que tinha tantos — murmura. — Por que ainda guarda?

— Porque eu preciso saber onde estão para me sentir no controle — explico. Se bem que, no momento, eu estou tudo, menos no controle.

— Por isso, escreve tão bem, você faz isso desde os oito anos — conclui Victor, passando os dedos pelo ano marcado em uma das capas, antes de me entregar.

— Cada um se expressa como pode — murmura o outro. — Eu surto e ligo para o meu psiquiatra, pedindo a receita do meu remédio. — Ri fraco. Não seria Guilherme se não fizesse uma piada autodepreciativa.

— Sabe, Gui, estou começando a achar que não é uma boa ideia morarmos juntos — brinco, lhe arrancando um sorriso.

— Você vai amar.

Passamos a tarde toda só empacotando as coisas, parando de vinte em vinte minutos para fazer corpo mole e reclamar de fome. Eu pretendo me preocupar depois com os móveis maiores e mais pesados, por enquanto levaria o que fosse leve e pequeno o suficiente para pôr no carro.

Está escurecendo quando decidimos ir; Guilherme sai com Victor no carro dele e eu vou no meu, logo após trocar duas ou três palavras com o meu pai, sem ter visto Vinícius em momento algum desde que acordei hoje.

— Essas são as últimas caixas — anuncia Guilherme quando chegamos a casa, apoiando as mãos na cintura, com um suspiro cansado. — Vocês querem uma cerveja? — Maneja o olhar entre Victor e eu.

— Quero — murmuro, sentando-me de qualquer jeito no sofá, assobiando para o cachorro assim que o vejo passar pela porta do quarto. Ele late, dando voltas antes de correr na minha direção, pulando no sofá e subindo no meu colo.

— Então, vamos falar dos meus problemas, dos problemas do Gui ou os do Rafa? — Victor pergunta, cruzando as pernas no estofado, soando divertido.

— Eu quero ouvir os problemas do Rafael — responde o outro, nos entregando as garrafas, jogando-se na poltrona ao lado.

Mordo o lábio, tomando um gole da minha cerveja antes de concordar, recebendo seus olhares curiosos enquanto esperam.

— Vocês terminaram? — Victor Hugo vai direto ao ponto, praticamente falando por Guilherme também.

— Não. — Coço a nuca, apertando os olhos e criando coragem para falar: — Lucca e ele se beijaram. — Sou breve, sentindo o peso dessas palavras ao serem ditas em voz alta pela primeira vez.

Victor, que até a pouco tempo parecia confiante, se cala, desviando o olhar enquanto parece digerir a informação.

— Quando foi que isso aconteceu? — Guilherme é quem prolonga o assunto.

— Tem um tempo.

— Mas foi um beijo mesmo ou...

— Foi um beijo de verdade, não foi um selinho ou coisa assim. — Me altero, puxando na memória aquela cena mais uma vez. — Eu não duvido que tenha sido o escroto quem começou, mas o Vinícius retribuiu, ele beijou de volta e depois se afastou — explico, claramente afetado por aquela situação toda.

No momento em que termino de falar, Victor se levanta, passando por nós em direção à cozinha.

— E como se sente?

— Eu não sei. — Coço a nuca mais uma vez, levando a garrafa até a boca, tomando um único gole, esperando ele continuar.

— Só diga o que está sentido em relação a tudo.

— Em relação a tudo? — Franzo o cenho, meio confuso.

— É.

Preciso pensar um pouco. É tanta coisa acontecendo de uma vez dentro de mim que mal tenho tempo para distinguir todas elas.

— Raiva — murmuro, fitando o rótulo da garrafa. — Muita raiva e dor. — Alcanço o seu olhar, completamente sério sobre mim. — Eu chorei de tanta raiva que estava sentindo.

— A minha psicóloga disse...

— Não, não quero ouvir uma frase motivacional clichê da sua psicóloga. — Eu o corto, bebendo cerveja enquanto ouvia sua risada.

— Ela me disse uma vez... — continua, esperando para ter minha atenção. — Que a raiva é um sentimento de protesto, que se exterioriza quando o nosso ego é ferido, quando achamos algo injusto ou doloroso — explica, dando uma pequena pausa para tomar um gole de cerveja. —

Quando o que sentimos é forte demais, e falo não só da raiva, mas sim, de todas as emoções, quando é forte e intenso demais, o seu corpo procura um jeito de colocar isso para fora. Daí, as lágrimas — conclui.

— Quando foi que a sua psicóloga te disse isso? — Franzo o cenho, fazendo-o sorrir outra vez.

— Quando eu fui corno, não se lembra do quanto eu chorei de raiva da desgraçada da Anna Julia? — Recorda, com um sorriso largo. — Depois só doeu; quando a raiva passa, fica só a dor.

Assenti com a cabeça. É ridículo, mas pelo menos me ajudou a entender que a raiva não passa de um mecanismo de defesa.

— Vocês já conversaram?

— Não, eu achei melhor me acalmar antes.

— Está certo, não chegariam a lugar nenhum com você puto da vida. — Ele estala os dedos para que Bobby se aproxime.

— Ele chorou quando descobriu que eu iria embora — murmuro, deixando o cachorro sair do meu colo para se aninhar no colo de Guilherme. — Então, nós meio que brigamos, e ele deixou a entender que o italiano e eu somos "iguais".

— Te chamou de escroto — cantarola, rindo soprado.

— Vá se foder. — Mostro-lhe o dedo, arrancando uma risada da sua parte.

— Só estou brincando.

— O que me tira do sério é que esse tipo de coisa acontece sempre que eles se esbarram; eu cansei de me sentir um espectador no meio de uma DR deles — resmungo, levando a garrafa até a boca. — Às vezes, sinto que ele não é totalmente sincero comigo.

— Conversa com ele, cara, depois você decide o que fazer — diz, coçando a barriga do cachorro. — Victor, tudo bem? — Grita para o ruivo, que até então estava na cozinha.

— Melhor impossível. — Soa completamente rude, cruzando os braços ao se sentar do meu lado.

— Posso falar de mim agora? — Guilherme pergunta, apoiando a mão no peito, soando da forma mais egocêntrica possível.

— Fique à vontade.

— A Elisa tem me deixado louco! — Altera a voz, gesticulando exageradamente. — Ela tem crises de ciúmes o tempo todo, fica tentando controlar a minha vida. Essa garota é louca! *Louca*! — Grita a última palavra, puxando o ar com força. — Semana passada, ela surtou porque eu disse que não poderia sair, já que eu tinha um compromisso com o Victor.

— Eu disse que poderíamos ter saído outro dia — acrescenta o ruivo, rindo soprado.

— Esse não é o ponto. Ela não entende que a partir do momento em que eu marco um compromisso com alguém, eu vou assumir a minha responsabilidade com essa pessoa, não dá para simplesmente colocá-la como prioridade sempre.

— Então é por isso que ela está com raiva de mim. — Victor ri ao meu lado. — Eu passei aqui ontem e ela se trancou no quarto pra não falar comigo — ele conta, rindo enquanto me olha nos olhos.

— Sim, ela está com raiva de você e do Rafael.

— O que foi que eu fiz? — Solto um riso nervoso.

— Ela leu uma conversa nossa em que a gente flertava de brincadeira, você sabe. — Suspira. — Você disse: "mama aqui". E eu respondi: "se prepara que eu vou te chupar." — Na mesma hora, Victor começa a rir; Guilherme, por outro lado, parece sério até demais. — Sem falar que ela ficou puta porque você vai morar aqui, depois ela soltou um: "você prefere os seus amigos em vez de mim?" — Afinou a voz, revirando os olhos. — E eu disse: "óbvio que sim, estamos juntos há menos de três meses". Desde então, estamos sem nos falar. — Ele suspira de novo. — Vou terminar com ela.

Permanecemos em silêncio; os três imersos nos próprios pensamentos. O clima que nos rodeia é quase melancólico, até que o celular de Guilherme passa a tocar, nos trazendo de volta à realidade.

— É ela. — Bufa. — Se importam se eu deixar vocês sozinhos para resolver essa merda? — Indaga, já de pé, e sem esperar por uma resposta, começa a calçar os chinelos.

— Vai lá — incentivo, deixando minha garrafa agora vazia na mesinha de centro.

Ele atende à ligação, acenando antes de passar com pressa pela porta. Victor e eu trocamos olhares rápidos, pensando no próximo passo.

— Quer assaltar a geladeira comigo? — Sugere, abrindo um sorriso mínimo.

— Quero. — Sorrio de volta, acompanhando-o até a cozinha.

Victor praticamente se senta no chão, revirando as prateleiras de baixo enquanto eu o observo, escorado na bancada.

— Esse vacilão só tem leite, ovos, água e margarina. — Ri fraco. — Você vai basicamente sustentá-lo nos próximos meses, isso se não quiser morrer de fome. Acho que tem as sobras de uma pizza aqui, meu Deus...

Solto uma risada fraca. Guilherme não é de todo um irresponsável, ele faz as compras do mês como uma pessoa adulta, mas vez ou outra adia a ida ao mercado por preguiça, daí passa a viver de *delivery*, até criar vergonha na cara.

— Vamos pedir comida — proponho, esperando pela confirmação.

— Pode ser. — Fecha a porta da geladeira depois de pegar mais duas garrafas de cerveja, deixando-as na bancada. Eu lhe assisto abrir um dos armários, sorrindo ao tirar um pacote de salgadinhos de queijo de lá. — Perfeito, vamos encher a cara e comer essa merda — decide por nós dois, passando na frente.

E foi exatamente isso o que fizemos, assistimos a um episódio atrás do outro da série que ele colocou, acabamos com o salgadinho e perdi as contas de quantas garrafas eu já tinha bebido. Guilherme poderia não ter comida na geladeira, mas tinha pelo menos dois fardos de cerveja, e uma vodca pela metade.

Àquela altura, qualquer coisinha que Victor dizia era engraçada, perdemos longos minutos rindo de vídeos engraçados no celular. Eu me diverti mais em poucas horas com ele do que nos últimos dias.

— Olha esse. — Ele me cutuca, aproximando-se para mostrar outro vídeo e, no meio dele, uma notificação aparece na tela, com o nome do Lucca.

Ele se afasta, fecha a cara e abre a mensagem. Permanece em silêncio por alguns instantes, antes de bloquear o celular e cobrir os olhos com as palmas das mãos.

— O que foi? — Pergunto, tocando seu braço de forma preguiçosa.

— Esse puto mentiroso. — Bufa antes de me encarar. — Eu achei que ele gostasse de mim, mas acho que eu sou só mais um cara que ele quer comer. — Soa rancoroso.

— Não sabia que você gostava dele — murmuro, franzindo o cenho, tentando focar o seu rosto.

— Eu gosto, eu não queria, mas aconteceu. — Abaixa o olhar. — Nós ficamos algumas vezes, isso já tem um tempo. — Passa a mão no cabelo. — Não é algo sério, mas eu preferia ter descoberto que ele e Vinícius se beijaram por ele, não por você, entende?

— Perfeitamente. — Balanço a cabeça em concordância.

— Você disse que rola um "clima" entre eles quando se encontram... Acha que eles podem voltar? — Pergunta, deitando a cabeça no meu ombro, seu rosto está vermelho e sua voz embargada.

— Não sei — respondo, pensando nessa hipótese pela primeira vez durante esses dias. Ótimo, mais merda para a minha cabeça.

— Acho melhor eu desencanar de vez — diz baixo. — Não vale a pena correr atrás de alguém que não parece disposto a superar o ex.

Suas palavras são como um tapa de realidade na minha cara, de repente, as coisas parecem mais claras. Na minha mente de bêbado, aquilo se aplica perfeitamente ao meu problema, e dói demais pensar dessa forma.

— Não estava nos meus planos sofrer por um cara quando voltei de São Paulo — brinca, soltando uma risadinha, erguendo o rosto para me encarar. — Olhe para mim, eu pareço alguém que sofre? Sou eu quem faço os caras sofrerem, merda.

— Eu sou a prova disso — brinco de volta, soando bem-humorado o suficiente para lhe arrancar um riso fraco.

— Me desculpe por isso.

— Tudo bem, isso já passou. — Sustento seu olhar. — E você não era obrigado a me corresponder de qualquer forma. — Dou de ombros, preparando para me levantar quando ele segura meu braço, puxando-me de volta.

É rápido demais para minha mente processar todas as informações. Quando me dou conta, suas mãos seguram o meu rosto e sua boca está junto à minha.

É um beijo rápido, ele se afasta o suficiente para me olhar nos olhos. Meu olhar cai para a sua boca, e isso é tudo em que consigo pensar.

Seguro seu rosto, cobrindo seus lábios com os meus, deixando sua língua tocar a minha, conduzindo aquilo da maneira mais desesperada possível, até encontrarmos um ritmo que se encaixe. Suas mãos descem pelo meu corpo e seus dedos se agarram à barra da minha camisa, puxando-me para si até conseguir me colocar por cima.

Victor tem um gosto diferente, tem um cheiro diferente. Seus toques são firmes e atrevidos. Suas mãos entraram por debaixo da minha camisa, tocando-me como se precisasse sentir cada pedacinho de pele, e me faz perder as estruturas.

Seguro suas pernas, encaixando o seu quadril ao meu. Ele morde o meu lábio, puxando minha camisa para cima, forçando-me a afastar para que ele a tire. Nossos olhares se cruzam por um instante, e ele ergue o corpo para tirar a própria camisa. Com o seu rosto próximo ao meu, eu tenho a chance de olhá-lo direito, então uma de suas mãos desliza até a minha nuca, prendendo-se aos fios de meu cabelo enquanto a ponta de seu nariz toca o meu.

Fecho os olhos, aceitando os beijos que vem, porque tem um efeito anestésico sobre mim. É bom, e de longe, uma das únicas coisas que me fizeram sentir assim nos últimos dias.

Em algum momento, decidimos ir para o quarto, as roupas vão se perdendo pelo caminho, até que a única coisa que nos separa são as peças íntimas.

Ele está por baixo de mim outra vez, suspirando a cada aperto que eu deixo em seu corpo, mas o cenário muda quando ouço a sua voz, arrastada e calma no meu ouvido. Ele diz o meu nome, e é como se me puxasse de volta à realidade.

Eu me afasto para olhá-lo, franzindo o cenho ao tentar entender que merda eu estou fazendo. Seus olhos passeiam pelo meu rosto da mesma forma, e então ele ri.

— Não vai dar certo — diz em meio a uma risada, balançando a cabeça em negação, o rosto vermelho e o cabelo mais arrepiado do que o costume.

— Não vai mesmo. — Saio de cima dele, sentando-me no espaço vazio ao seu lado.

— Me desculpe — pede, tocando meu braço para que eu o olhe, ainda com aquele sorriso no rosto. Eu teria dito alguma coisa, mas tudo que consegui fazer foi rir da situação, vendo seu rosto ruborizar o máximo que pôde enquanto o som da sua risada ecoava junto à minha.

— Essa porra está muito errada. — Me levanto, procurando pela minha calça. — Eu me sentiria mal no dia seguinte — confesso.

— É, eu também. Iria parecer que eu me aproveitei de um momento frágil seu — conclui, virando-se na cama, puxando um dos cobertores debaixo do travesseiro. — Tem problema se eu dormir aqui? — Pergunta entre um bocejo.

— Fica à vontade — digo, antes de deixar o quarto.

Guilherme não deu mais as caras a noite inteira. Eu me sentia tonto, sentia a cabeça girar. Eu devo ter bebido um pouco mais antes de capotar no sofá.

A luz do início da manhã corta os vidros das janelas, estendendo-se até o meio da sala. Meus olhos se abrem com dificuldade, minha cabeça dói pra caralho, e eu demoro a descobrir onde estou. Acordar no sofá de alguém, em vez do meu antigo quarto, é meio desesperador. Fito o cachorro dormindo na poltrona vermelha, as garrafas vazias de cerveja tomando conta da mesinha de centro, assim como as embalagens de comida. Na televisão, um episódio da série que estávamos vendo havia sido interrompido e, no meio da tela, uma caixa preta com a pergunta: "Você ainda está assistindo?".

Permaneço sentado, dando um tempo para o meu cérebro despertar e começar a trabalhar. Quando eu acordava na minha casa — ou deveria dizer "antiga casa"? — não havia barulho; era uma vizinhança calma, não se escutava nada além do que acontecia ali dentro. Pela manhã, eu podia ouvir o andar de Vinícius se arrumando para ir ao colégio, podia ouvir uma conversa baixa e distante na cozinha dos nossos pais, ainda assim, nada, de fato, barulhento. Aqui, eu posso ouvir os carros, posso ouvir todo o som do tráfego agitado pela manhã, posso ouvir os vizinhos e até mesmo alguns latidos. Sei que isso é uma coisa com a qual eu posso me acostumar em poucos dias, mas agora é como acordar no meio do trânsito em horário de pico.

Me levanto, despertando Bobby, que fica animado ao me ver. O cachorro me acompanha até a cozinha, dando voltas enquanto me observa. Demoro a entender que ele só quer ração. Depois de dar comida ao cachorro, vou atrás de algo para comer.

Guilherme não tem café em casa; ele não toma porque isso não o deixa dormir e desperta a sua ansiedade. Óbvio que um pouquinho de café não muda muita coisa, mas na segunda dose é só questão de tempo até ele começar a surtar, então, basicamente, ele vive de chá e suco. E eu vou ter que sair para comprar café e uma cafeteira também. Por enquanto, vou ter que me contentar com uma garrafa de água para matar a sede da ressaca.

No armário do espelho, estão os remédios de Guilherme. Eu não tinha noção de quantos eram até ver todas aquelas caixas e cartelas, e eu só queria um analgésico. Tomo o comprimido e escovo os dentes, fitando-me no espelho durante o processo, sem pensar em absolutamente nada. Só depois, começo a me perguntar o que diabos aconteceu com Guilherme. Ele saiu com a ideia de terminar e passou a noite na casa dela. Eu sinceramente duvido muito que viraram a noite conversando. Ou estavam transando, ou provavelmente se mataram.

Não me preocupo em arrumar a bagunça, só me agarro à garrafa de água e me sento para assistir ao primeiro desenho que aparece. É assim por alguns minutos, até que batidas à porta ecoam pela casa. Levanto-me, buscando minha camisa até então esquecida no sofá, vestindo-a antes de abrir a porta.

Não sei o que dizer quando vejo Vinícius parado no corredor, encarando-me daquela forma intensa e determinada. Não questiono, apenas lhe dou passagem para entrar, fechando a porta em seguida.

— Não vou sair daqui enquanto não conversarmos — dita, passando o olhar pela sala enquanto segue em direção ao quarto.

— Tudo bem — murmuro, acompanhando-o.

Eu tinha me esquecido de Victor, eu não havia pensado nele em nenhum momento, até que Vinícius abre a porta. Ele para, franze o cenho, e então se vira para me encarar.

Victor Hugo está do outro lado do quarto, recolhendo suas roupas. Seu olhar meneia entre mim e Vini. Não só a sua ficha parece cair como a minha também. Ele parece disposto a explicar a situação, mas antes mesmo que ele possa dizer qualquer coisa, Vinícius dá a volta, sentando--se no sofá, com o rosto escondido entre as mãos.

O ruivo sibila um “me desculpe”, antes de começar a se vestir desesperadamente.

Sem saber o que fazer, eu só me sento, fitando o garoto no sofá ao lado, completamente em silêncio, de cabeça baixa. Com o coração acelerado, meu corpo parece tremer quando seu olhar finalmente se ergue e me encontra. Vinícius me olha como se buscasse acreditar no que acabou de ver. Quando Victor finalmente passa pela porta, demonstrando o quanto está confuso e desesperado, sem saber o que dizer ou fazer, tudo parece ficar pior.

— Pode ir, eu falo com você depois — murmuro, tentando organizar os meus pensamentos, com a cabeça latejando de dor. Ele apenas concorda, pegando o restante das suas coisas antes de sair.

Meu coração parece estar prestes a explodir, minhas emoções estão todas à flor da pele e o olhar de Vinícius sobre mim faz com que eu tenha medo de dizer qualquer coisa. Ele tem aquele olhar descrente, imerso nos próprios pensamentos, ao mesmo tempo que parece esperar para me ouvir, mas eu não consigo falar. Não consigo porque, em menos de dez dias, tudo entre nós dois desmoronou. Tudo está tão errado que eu basicamente não sei como consertar, se é que há um conserto, já que tudo que mais quero é que tudo isso acabe, que eu possa voltar a me sentir bem e com os pés no chão, no controle da minha vida outra vez.

A sensação que tenho sentido nesses últimos dias é de estar perdido no meio de uma tempestade. Tempestade essa que eu ajudei a criar.

— Transou com ele? — Pergunta, enfim, cortando o silêncio.

— Não.

— Mentira — julga por si próprio, desviando o olhar para um ponto qualquer.

— Não estou mentindo, eu não transei com ele — digo calmamente, ainda que minha pulsação me faça tremer dos pés à cabeça.

— E o que foi que aconteceu? — Continua, apertando os dedos em seu colo.

— Nós nos beijamos. — Sou breve, mordendo a ponta do dedo, e é quando percebo que minhas mãos estão trêmulas.

— Só isso? — Soa desacreditado. — Vocês só se beijaram? — Ri nervoso. — Então, me diga como ele foi parar na sua cama! — Altera a voz.

— Ele dormiu lá, eu dormi na sala! — Respondo no mesmo tom, franzindo as sobrancelhas. — *Nós.Não.Transamos* — repito pausadamente.

— Não acredito em você. — Nega com a cabeça, piscando algumas vezes. — É mais fácil acreditar no que vi do que no que você diz. — Ele me encara, sua voz embargada denunciando a mágoa que sente. — É assim que você pensa, não é?

— Eu vi o beijo, Vinícius. Você não nos viu transar, é diferente — rebato. — E que moral você tem para me dizer essas coisas quando foi você quem beijou o seu ex primeiro?

Ele ri nervoso, levando os dedos até o canto dos olhos antes de dizer:

— Então foi vingança? Estava tentando se vingar de mim? — Atropela as palavras, não me dando a chance de responder. — Eu erro com você, e o que você faz é se vingar? — Soa mais como uma afirmação do que como uma pergunta. — Em vez de só conversar comigo, você tenta me machucar.

— Não estava tentando me vingar.

— Estava, sim, porra! — Grita, deixando as primeiras lágrimas rolarem pelo seu rosto. — Qual é o seu problema? — Grita outra vez.

— O meu problema é que você não tem sido sincero comigo em relação ao Lucca! — Grito também, sentindo meu rosto queimar, meu coração na boca. — Esse é a porra do meu problema!

Ele desata em um choro contido, passando a mão no cabelo, agora com os olhos fixos no carpete. Solto o ar, apertando os olhos na intenção de me manter o mais próximo de estável, mas parece impossível. Vinícius parece tentar parar de chorar, mas a cada vez que ele enxuga o rosto, as lágrimas voltam a escapar pelo canto dos olhos.

— Eu fui sincero com você sobre tudo — continuo, sentindo um nó na garganta a cada vez que penso no que dizer. — Eu fui sincero em relação ao Victor, eu fui sincero quando disse que queria você, quando disse que gostava de você.

Puxo o ar, com as lágrimas dificultando minha visão, tirando o meu foco quando passam a escorrer pelas minhas bochechas.

— Eu gosto de você, Vinícius! — Eu me altero, vendo-o se encolher enquanto chora. — Eu gosto de você como nunca gostei de ninguém antes, nem mesmo a porra do Victor me fez sentir como você fez, e você deveria ter sido sincero comigo também!

Ele não responde, não consegue parar de soluçar.

— Eu errei quando o beijei ontem, eu sei que errei e não vou negar, mas não foi por vingança, porque, em momento algum, eu quis machucar você — digo, ganhando finalmente o seu olhar. — Eu sei o peso que as minhas atitudes podem ter, Vinícius. Eu não sou criança. Acha que se eu tivesse transado com ele, não teria dito? — Questiono. — Eu prometi que te contaria se rolasse alguma coisa e estou aqui, contando exatamente o que aconteceu.

— Não confio em você. — Seu tom de voz cortante faz com que outra parte de mim desabe também. — Como eu vou ter a certeza de que você não vai ficar com outra pessoa na próxima vez em que eu errar contigo?

— E como *eu* vou ter a certeza de que você não vai voltar com ele?

Ele não responde e, ainda sob o seu olhar, me dou ao trabalho de enxugar os olhos, tentando com todas as minhas forças não desabar em lágrimas, ciente de que não conseguiria parar, muito menos manter uma conversa decente se começasse a chorar.

Acho que passamos pelo menos cinco minutos inteiros em silêncio ou quase isso, tentando nos manter de pé no meio de todo aquele caos, rodeados com toda aquela pressão angustiante. Tem muita dor dentro de mim, atingindo-me de várias formas, de uma única vez. E eu só consigo pensar em como essa conversa terminará, porque eu só vejo uma luz, uma saída e, ao mesmo tempo, parece ser a única forma de encontrar um pouco de alívio, me parece também um caminho doloroso. Eu não queria que fosse assim, mas não tenho muito o que fazer agora.

— Você beijou o Lucca. — Toco no assunto outra vez, esperando pela sua versão da história.

— *Ele* me beijou — corrige, e isso só me deixa mais puto. — Ele é amigo da galerista, por isso estava lá. — Funga antes de continuar: — Então, ele começou a falar sobre nós, sobre querer voltar, sobre gostar de mim e, no meio disso, eu disse que gostava de você. — Ele me encara, soltando o ar pela boca. — Eu disse que estávamos juntos... e foi quando ele me beijou.

Concordo com a cabeça, pensando sobre aquilo, trazendo à tona aquela memória outra vez, aquela maldita cena que não tem me deixado dormir há dias.

— Você retribuiu — acrescento, vendo-o negar com a cabeça desesperadamente enquanto o choro tomava conta dele outra vez. — Retribuiu, Vinícius, você sabe que sim!

— Me desculpe — sua voz falha. — Eu não queria, me desculpe. — Soluça, enxugando o rosto, desmoronando lentamente sobre o meu olhar.

— Ele mexe com você. — Ele continua negando entre soluços. — Para de negar, porra! — Grito. — Como você pode dizer que não sente mais nada, sendo que esse tipo de coisa acontece sempre que vocês se encontram?

— Eu não sei como controlar isso, é mais forte do que eu — tenta explicar, complicando-se inteiro na sua própria bagunça. — Lucca foi importante para mim, ele me marcou, eu não posso simplesmente apagar a nossa história. — Soluça, abaixando a cabeça quando parece não ter mais como controlar o choro. — Nós ficamos juntos por mais de um ano, e você entrou na minha vida quase cinco meses depois. Eu não tive tempo para enterrar de vez essa história, eu nem sei como fazer isso.

Apenas isso é o suficiente para me derrubar, eu não sei o que dizer, não sei como reagir àquilo, além de me permitir chorar.

— Como você espera que eu me sinta com relação a isso? — Pergunto entre um soluço. — Como você quer que eu me sinta, sabendo que parte do seu coração ainda pertence a ele? Sabendo que ainda existe uma chance, mesmo que mínima, de vocês voltarem? Como você espera que eu lide com isso, Vinícius? — É perceptível a dor em minha voz. — Me diga.

— Eu não sei — admite baixinho. — Eu não sei como fazer isso parar, não sei como consertar as coisas, eu não consigo sequer entender o que sinto em relação a ele.

— Exatamente por isso, eu não sei se posso confiar mais em você. Não tenho como depositar a minha confiança no nosso relacionamento, sem saber o que você sente de verdade.

Ele se encolhe no sofá, escondendo o rosto enquanto chora. Nesse momento, parte de mim quer ir até lá, tomá-lo nos braços e tentar acalmá-lo, dizendo que ficará tudo bem, mas meu corpo não reage. A razão fala mais alto, a dor fala mais alto, não é tão fácil assim.

— Aquela noite você disse que éramos iguais, que eu era uma versão mais complicada dele — murmuro. — É por isso que está comigo? Por eu lembrar o seu ex? — Dizer isso me dói mais do que pensava.

— Não, eu disse aquilo da boca para fora. — Desespera-se. — Vocês não são iguais, você não é pior que ele, eu só estava com raiva. — Passa a mão na bochecha. — Você nunca foi como ele, você é melhor. Eu não minto quando digo que gosto de você, Rafael.

— Mas não confia em mim quando eu digo que não transei com o Victor — rebato.

— Você se deixa levar pela raiva, e se isso acontecer todas as vezes que brigarmos, não vai ter como. — Morde o lábio.

— Não tem como manter viva uma relação sem confiança — murmuro, secando o rosto com o tecido da camisa.

— Então, acabou? — Pergunta, sem me olhar, praticamente já sabendo a resposta.

— Acabou.

Ele concorda, mordendo o lábio na falha intenção de conter o choro outra vez, mas nós dois sabemos que é forte demais para segurar. Praticamente, me vejo desabar junto dele, a cada soluço, a cada tentativa desesperada de parar que ele tem, a dor me atinge em reflexo. Eu não queria ter feito isso com ele, nunca quis quebrá-lo assim, mas acho que nunca tive a capacidade de impedir que isso acontecesse.

Seu olhar encontra o meu, e isso dói tanto. Meu coração está praticamente sendo esmagado pelas minhas costelas, é tão devastador que eu mal consigo crer em todo esse peso dentro de mim.

E por muito tempo, permanecemos assim, fitando um ao outro, sem dizer uma palavra que seja, sem fazer nada além de chorar. Chorar até não termos mais forças para isso também.

Ele se levanta muito tempo depois, respira fundo e caminha até a saída. Tudo que faço é acompanhá-lo, no modo automático. Abro a porta e o deixo passar. Vinícius me encara, parado ali, seu olhar passeia por todo o meu rosto, como se tentasse guardar cada detalhe. Eu faço exatamente o mesmo, desde os seus olhos castanhos e agora vermelhos, suas bochechas marcadas pelas lágrimas, sua boca e tudo que seu rosto contém, cada detalhezinho de que eu gosto tanto. Até que ele vacila, seus braços me rodeiam e seu rosto se esconde no meu peito, abraçando-me com toda força que ainda possui e, sem pensar duas vezes, eu o aperto contra o meu corpo, aspirando o cheiro de seu cabelo, beijando o topo de sua cabeça, permitindo-me sentir aquilo por mais alguns segundos.

— Me avise quando chegar em casa? — Pergunto, beijando sua testa ao me afastar.

— Aviso — concorda, com os dedos firmes ao redor dos meus pulsos, pressionando os lábios antes de me soltar. — Tchau, Rafa.

— Tchau, gatinho — murmuro, tentando não começar a chorar outra vez.

Eu o acompanho com os olhos até que entre no elevador. Quando volto para dentro e encontro a sala vazia, me permito chorar outra vez.

Meu corpo só sabe me levar de volta ao sofá, onde eu fico pelas próximas horas, sufocando-me com toda aquela dor. E não importa o quanto eu chore, eu não encontro alívio, não encontro um fim.

Chego a tomar um banho para tentar tirar isso de mim, mas não adianta muito porque, mesmo que eu tenha conseguido parar de chorar, ainda tenho aquele peso no coração, que sei que continuará ali por muito mais tempo.

No meio da minha crise, do meu surto, no meu momento no fundo do poço, Guilherme passa pela porta da sala como um furacão, caminha até a cozinha, tirando uma garrafa de água da geladeira, bebendo-a desesperadamente. Ele só parece me notar ali muito tempo depois.

— Caralho, que susto! — Diz, apoiando a mão no peito. — Que merda você está fazendo parado aí como um fantasma? — Ele se aproxima, e acho que a minha cara não é a das melhores porque a mudança de sua feição é drástica. — O que você tem? — Soa preocupado, sentando-se ao meu lado.

— Nós terminamos — é tudo que consigo dizer. Ele sibila um "ah", assentindo com a cabeça. — Como foi lá com a Elisa? — Pergunto, tentando parecer o mais natural possível.

— Terminamos também, mas isso não importa, você parece estar mais na fossa do que eu.

— Pelo amor de Deus, me fala de você, eu preciso conversar sobre alguma coisa que não seja isso — peço de maneira desesperada.

— Tudo bem. — Aceita no mesmo tom de desespero. — Eu disse que queria terminar, ela gritou, me chamou de tudo quanto é nome, inclusive de "problemático", "doente" e "louco" — ressalta, com um riso fraco. — Eu já fui chamado de coisas piores pelos meus próprios irmãos. — Rola os olhos.

— Transou com ela, não foi? — Pergunto, lhe arrancando um riso frouxo.

— Sexo de despedida — corrige. — Depois terminamos de verdade — diz sério, parecendo calmo até demais. — Ah, ela deixou marcas de unha, olha só. — Mostra o antebraço, com os rastros vermelhos em sua pele.

— Meu Deus! — Solto um riso descrente. — Ela tentou te matar ou foi na hora do sexo?

— Foi antes, quando ela gritou que eu era problemático e que não sabia dar valor a ela — diz calmamente, soltando um suspiro cansado.

— Nossa... Por que todas as pessoas que você arruma são doidas?

— Porque eu sou doido. — Dá de ombros, levantando-se.

— Não, você não é doido — nego, lhe arrancando um sorriso. Ele sabe que não. A psicóloga dele mesmo diz que o sarcasmo é o seu mecanismo de defesa.

— Sei... — murmura, tirando da geladeira a bandeja de presunto, caminhando até o armário, de onde tirou um pacote de pães de forma quase vazio. — Você e Victor acabaram com o meu estoque de comida — comenta, montando um sanduíche.

— Podemos ir ao mercado depois — sugiro, coçando a minha nuca. — Acho que vou começar a arrumar as minhas coisas. — Eu me levanto, arrastando-me até o quarto.

— Tem certeza de que quer fazer isso agora?

— Sim, chorei a manhã inteira, eu mal consigo abrir os olhos — resmungo.

— Eu acho que deveria escrever — diz, ganhando a minha atenção. — Começar um novo diário ou sei lá.

Solto uma risada fraca. Até que não é uma má ideia. A escrita ajuda a pôr os sentimentos em ordem, a entendê-los, é como reescrever a própria história. Quando criança, eu gostava de inventar histórias e fazia meus pais de cobaias para ouvi-las. Depois que a minha mãe morreu, o psicólogo me deu um caderno e pediu que eu começasse a escrever o que eu sentia. Funcionou tão bem que fiz isso por anos. Acho que Guilherme tem razão, acho que devo começar um novo diário.

— Vou fazer isso.

VINÍCIUS

20

FAZ TRINTA E NOVE DIAS QUE RAFAEL E EU TERMINAMOS. Trinta e nove dias que eu tenho estado sozinho. Trinta e nove dias que o quarto dele está vazio. Trinta e nove dias que se parecem os mesmos.

Pergunto-me se não estou preso em um *looping* infinito. Não importa se é quinta, sexta ou sábado, todos os dias vão ser iguais, todos os dias vão ser dolorosos e longos, vão ser exaustivos e angustiantes, todos os dias eu vou querer ligar para ele e não terei coragem.

Estou com saudade.

Às vezes, desejo nunca ter sentido nada por ele porque está doendo, está doendo muito. Queria dizer que guardo ódio, que o que sinto é apenas ódio e mágoa, mas estaria apenas me enganando. Sinto falta da nossa rotina, sinto falta de dormir com ele, da risada dele, do cheiro dele, sinto falta *dele*.

Nesses dias tenho sonhado com Rafael. Sonho que estou entrando no seu quarto, ele me abraçando, me beijando; sonho que ele volta para casa, que volta para mim. E quando acordo, é como se o mundo inteiro fosse arrancado das minhas mãos. E o que mais me machuca é pensar que, de alguma forma, eu já sabia que isso aconteceria. Eu sabia que estragaria tudo, sabia que ele iria embora, que eu iria me machucar. Sempre foi apenas questão de tempo.

Costumo passar o dia na cama, apesar de ter coisas para fazer, matérias para estudar e exames com os quais preciso me preocupar, mas não consigo sair da cama. É como se tivesse um peso enorme em cima de mim, impedindo-me de mover qualquer músculo. Eu durmo e acordo o tempo inteiro, durmo, acordo, durmo, acordo. E nas vezes que o sono não vem, são todos os pensamentos negativos que invadem minha mente, torturando-me com cada passo em falso que dei, cada coisa estúpida que disse, fazendo-me imaginar inúmeros cenários em que eu poderia ter evitado a ida dele, mas eu estraguei tudo e agora é tarde demais para pensar assim.

Vou entrar em recesso da escola na próxima semana, o que vai me dar mais tempo para pensar e, quando penso demais, não costumo ter ideias boas.

Eu só queria não gostar tanto dele, queria não ter me apegado tanto porque dói mais do que jamais doeu com o Lucca ou qualquer outra pessoa. E eu sinto falta dele, como um buraco dentro de mim que precisa urgentemente ser preenchido, como se eu fosse morrer com a ausência dele, mas é pior porque eu não vou morrer, eu vou definhar e, mesmo que esteja em carne viva, vou continuar respirando, meu coração vai continuar batendo.

Por mais que eu ainda consiga sair da cama e me prestar a alguma coisa, por mais banal que seja, por mais simples que seja isso, não consigo me livrar daquela voz, daquela voz ecoando no fundo da minha mente, que antes não era tão forte, mas que a cada dia ganha mais força, mais vigor. Ecoa como um grito estridente, mais cruel a cada dia. Como um demônio, consumindo mais de mim a cada minuto, hora e dia, e não vai parar enquanto não me tiver por inteiro, enquanto não destruir cada parte de mim e, no fim, não vai restar mais nada.

Estou há horas trancado no sótão, dedicando-me a terminar o quadro que comecei há dias, mas a cada vez que o pincel toca a tela e a tinta se espalha por ela, mais cansado me sinto. É patético o fato de eu não ter energia nem para fazer a única coisa que sei fazer com excelência, a única coisa que sei que sou bom de verdade, e se essa *coisa* tirar isso de mim também, não vou ter mais por que lutar.

No fim do dia, quando Antony chega em casa, obrigo-me a descer a escada para jantar e ponho um sorriso no rosto, para quando ele me perguntar sobre Rafael, eu poder mentir que ainda conversamos, poder mentir que ainda nos vemos e saímos juntos, ainda que ele saiba que não é verdade, ainda que saiba que sou um puta mentiroso.

Ele *sabe*. Ele sabe que a culpa é minha, que estraguei tudo e que fiz o Rafael ir embora. Ele sabe que sou uma bomba-relógio, que não sirvo para receber o afeto de ninguém porque sou como um sanguessuga, eu preciso daquilo, eu começo a viver daquilo e, quando é tirado de mim, eu me quebro. Eu aprendo a amar para, no final, ter aquilo arrancado de mim tão bruscamente que por um instante, não consigo acreditar, eu entro em negação, eu me desespero num tipo de abstinência assustadora. Eu preciso do Rafael, sinto falta dele, como se fosse parte de mim. Eu sei que isso não é nem um pouco normal, não é saudável para mim, mas não consigo controlar.

Li, em algum lugar, que a falta de ocupação não é repouso, uma mente vazia vive angustiada. O silêncio me preenche, o som do pincel roçando a tela, o zumbido do vento contra o vidro da janela, o estalar dos móveis, sons que eu não tinha captado até então, o som do meu coração bombeando sangue, a minha respiração de repente desregulada.

Minhas mãos tremem, não, meu corpo todo treme, barulho demais, alto demais, posso ouvir os meus pensamentos. Meu coração, o pincel deslizando pela tela, o vento, o estalar dos móveis, a angústia.

Puxo o ar com força, deixando o pincel cair no chão, vendo a tinta sujar todo o piso embaixo dos meus pés. Começo a entrar em pânico com muito pouco, e isso tem acontecido com muita frequência, eu começo a hiperventilar, com meus pensamentos disparados, com um bolo preso na garganta, sem nem mesmo entender o porquê de estar chorando.

Eu sinto medo, sinto muito medo e demora a passar; algumas vezes, levam minutos, e nos piores casos, levam horas.

As palavras sopram no meu ouvido.

Palavras cruéis.

Fraco.

Inútil.

Patético.

Deprimente.

Limpo o rosto, saindo do lugar de forma atordoada, não presto atenção no caminho que faço e, quando caio em mim, já estou descendo a escada.

É impossível não pensar no Rafael, cada canto dessa casa me lembra dele, não importa em que cômodo eu esteja, algo sempre me levará a ele, já que tudo o que criamos aconteceu aqui. As nossas marcas estão em todas as paredes, em todos os móveis, em cada canto dessa maldita casa. Ele foi embora e me deixou com a parte destrutiva.

Eu sinto tanto a falta dele, eu só queria tê-lo aqui, queria não me sentir tão sozinho. A sensação é de ter perdido uma parte minha, eu me sinto mais vazio e quebrado agora, como se ele tivesse levado um pouco de mim. E de certo modo, levou. Da mesma forma como todos eles levaram, Rafael também guarda uma parte de mim agora, parte essa que eu não chegarei a ver tão cedo.

Pergunto-me se as coisas poderiam ter sido diferentes, se eu não tivesse ido à galeria naquele dia. Ou quem sabe, poderia ter acontecido em qualquer outra ocasião em que Lucca estivesse envolvido. Porque eu sou emocionado demais, eu não consigo simplesmente passar por isso e enterrar de uma vez o que sinto por ele.

Eu não culpo Rafael por ter acabado assim, já que a culpa foi minha. Eu tinha tudo quando estava com ele, eu fiz dele meu e eu era dele também. Rafael me fazia feliz, me fazia sentir especial, e fui burro o suficiente para estragar isso.

Por que ainda cometo o erro de acreditar que alguém vai gostar de mim a ponto de insistir em ficar comigo? Eu não sou e nunca vou ser o suficiente, por ser quebrado demais, incompleto, com partes perdidas e que provavelmente jamais serão encontradas. Eu não mereço ter alguém que me ame e certamente não mereço ser feliz.

Você estraga tudo o que toca. Um sussurro ecoa pelos meus ouvidos, me faz estremecer.

A minha vida inteira, eu vou me entregar por completo, eu vou amar mais do que sou capaz de amar, e o final vai ser sempre o mesmo.

Eu me odeio tanto por isso.

Eu me odeio tanto por estragar as coisas, por tornar tudo à minha volta insuportável, por não ser capaz de ver o lado bom das coisas, por não ser normal.

Vai chegar o dia em que serei obrigado a desistir, desistir de amar, desistir da felicidade, desistir de mim. Eu não queria que acabasse assim, mas sei que esse é o meu destino. É o que aquela voz diz, sussurrando no meu ouvido, no silêncio ensurdecedor da noite. *Só acaba quando você morre.*

Ouço o som da maçaneta e não demora para que a porta seja aberta. Antony passa por ela, abrindo um sorriso mínimo ao me ver, deixando os sapatos na entrada e as chaves do carro na mesinha. Sou puxado de volta à realidade, abandonado pelos meus demônios outra vez.

— Tudo bem? — Pergunta, agora se livrando do casaco. — Como foi o dia?

— Tudo ótimo, meu dia foi exatamente como ontem. E o seu? — Soei o mais bem-humorado possível.

— Também foi como ontem, e como anteontem... — Suspira. — Amanhã pode ser diferente. — Sorri, passando por mim em direção à cozinha.

Não vai, amanhã vai ser exatamente como hoje.

— Sua mãe ligou, disse que não volta cedo hoje — avisa. Queria dizer que estou surpreso, mas não estou. — Seremos só nós dois, acha que se eu pedir, o Rafael vem nos fazer companhia? — Pergunta. Meu coração acelera em desespero.

— Não sei... — murmuro, pigarreando quando minha voz falha.

— Vou falar com ele. — Volta à sala, sentando-se na poltrona ao lado do sofá, abrindo a embalagem de um pudim de chocolate. — Sinto falta dele, é um insuportável, sanguessuga do meu dinheiro, moleque mimado... — diz, arrancando-me um riso fraco. — Mas é meu filho. — Dá de ombros. — Filho a gente tem que amar.

— Eu acho que ele não vai vir — comento, desviando o olhar. — Seria melhor se você fosse vê-lo.

Ele me encara em silêncio por um tempo, pressionando os lábios enquanto pensa.

— Não posso te deixar sozinho.

— Eu vou ficar bem, não será a primeira vez que ficarei sozinho.

— Eu sei, mas não posso te deixar sozinho — insiste. — Você é minha responsabilidade também.

Balanço a cabeça em concordância.

Está vendo? Você é um peso na vida de todos à sua volta, você os impede de seguir em frente. Um peso morto.

— Você almoçou hoje? — Arqueia as sobrancelhas.

Não. Não comi nada o dia inteiro.

Solto um riso fraco, antes de balançar a cabeça em afirmação, não faz diferença se eu mentir mais um pouco.

Volto ao sótão, fito a tela que eu havia deixado largada pela metade, tomando nas mãos o pincel antes esquecido no chão, notando o tremor das minhas mãos ao fazê-lo. Meus dedos mal conseguem segurar o pincel. Tento manter o aperto firme, mas é óbvio que não adianta muito. Meu corpo está basicamente pedindo socorro. Ainda assim, me concentro em terminar o quadro, grunhindo de irritação sempre que meus dedos vacilam.

A tinta amarela faz o caminho vertical das pétalas, dando finalmente cor e aparência ao último girassol.

Girassóis. Eu gosto tanto de girassóis. O significado popular de um girassol é a felicidade, pelos tons de amarelo e laranja que a flor leva em suas pétalas, representando o calor, lealdade, vitalidade e entusiasmo.

Existe uma lenda grega sobre uma ninfa que se apaixonou pelo deus do sol. Ela o observava passar todos os dias. Depois de ele tê-la iludido, Hélio, o deus do sol, a deixou para se casar com sua irmã. A ninfa chorou por nove dias seguidos em um campo, onde seu corpo tornou-se uma haste, seus pés firmes na terra, seu cabelo agora amarelo. Ela se tornou um girassol, sempre observando o seu amor passar. É uma história triste na verdade, fantasiosa, mas eu gosto bastante. Acho que por gostar de dar significado às coisas, eu costumo me interessar por coisas desse feitio.

Van Gogh pintou muitos girassóis, mas os meus favoritos são os doze girassóis numa jarra. Doze, apenas doze, e todos eles me fascinam, me prendem, me deixam atônito. Doze girassóis, e eu poderia dar um significado a cada um deles, me apaixonaria perdidamente por cada um.

O que sinto por Rafael pode ser descrito da mesma forma. Ele é como eles, e sempre vai me fazer sentir como os doze girassóis numa jarra.

Leve os quadros à galeria, Vinícius. Leve os quadros, apenas leve os quadros.

Repeti isso desde o momento em que saí de casa, andando na rua como um maluco. As pessoas tendem a achar artistas “malucos” ou “esquisitos”, e pode ser apenas um estereótipo, mas pensando bem, Van Gogh arrancou a própria orelha.

Da Vinci e Michelangelo se odiavam, apesar de terem a arte em comum e ambos serem bastante conhecidos na época; claro que Mich não tomava banho e era nada menos do que um gay enrustido, e Leonardo que não estava nem aí, passava o rodo em toda a ala masculina da renascença, sem falar que ele era um *playboy* preguiçoso, mas, ainda assim, tinham tudo para serem melhores amigos. Será que esse ódio entre os dois não era amor?

Sob os olhares curiosos das pessoas que passam por mim, minha vontade é de começar a berrar com elas. Entretanto, eu até compreendo a razão dos olhares. De fato, não se vê um cara usando roupas velhas, conhecidas por mim como pijamas, o cabelo cacheado mais armado do que jamais esteve, segurando três telas maiores do que eu embaixo do braço e, de brinde, uma mochila nas costas. Se ignorarmos o curto período de tempo gasto para escovar os dentes e tomar um café, eu basicamente acordei e saí de casa.

No mesmo instante em que avisto a galeria, posso ver também a moto, aquela maldita moto. Estremeço de raiva, quero dar meia-volta e esperar do lado de fora, só para não esbarrar com ele. *Desgraçado.*

Com o coração batendo forte, contendo a vontade de meter um chute naquela maldita moto, eu entro e tenho de certeza que a minha cara não era lá a das melhores.

— Vinícius! — A mulher exclama animada, sorrindo ao me acompanhar com os olhos. — Que bom que chegou cedo hoje.

Sorrio forçado, ignorando completamente a figura ao seu lado, no mesmo lugar de antes, com o mesmo ar confiante daquele dia. O dia em que ele estragou tudo de bom que eu tinha.

— Me desculpe, estou com pressa, podemos ser rápidos? — Peço, parando ao seu lado, podendo sentir o peso do olhar *dele* sobre mim.

— Claro. — Ela é breve, abrindo a agenda, entregando-me uma caneta azul. — Assine aqui. — Aponta para a linha em branco, virando o caderno na minha direção. Assino, como fiz das outras vezes. — Eu já fiz a transferência, não sei se reparou.

— Eu vi. — Sorrio fraco, lhe entregando a caneta.

— Seus quadros vendem bem, chamam bastante a atenção — diz, tomando em mãos uma das telas que entreguei.

— Ele sempre foi bom no que faz. — Lucca finalmente dá o ar da graça. — Não é mesmo, *Angelo*?

— Eu faço o que posso. — Sorrio forçado.

Meus quadros não vendem bem. Diria que é uma venda aceitável e para quem nunca ganhou nada com a arte, o que vier é lucro. Os que não vendem em uma noite, ela tenta vender em outra, se não der, voltam para casa, pelo menos, metade deles voltam.

— São bonitos. Gosto da forma como usa as cores — ela comenta, agora fitando os outros quadros. — Vou ficar com os três dessa vez. A exposição vai ser no sábado, às 20 horas, se puder vir.

— Vou tentar. — Pressiono os lábios. Eu não virei pelo simples fato de não estar a fim. Não tenho ânimo para isso.

— Tente mesmo, o retorno é melhor se você estiver aqui. — Olha-me esperançosa. — Essas pessoas gostam de ser paparicadas, se fizer com que gostem de você, compram tudo o que estiver vendendo.

Odeio esse tipo de pessoa, já estive entre elas quando namorava Lucca. Seu pai faz eventos para os sócios da agência, modelos e todo o pessoal importante. Tive a “honra” de ir a alguns deles; não são memórias tão boas assim.

— Obrigada, Vinícius — agradece, ainda sorrindo. — Você é um bom garoto.

— Obrigado, eu acho. — Solto um riso envergonhado, coçando a nuca antes de ajeitar a mochila nas minhas costas. — Bom, eu já vou indo...

— Tudo bem, te ligo se precisar.

Dou as costas, prendendo o ar à medida que me afasto, grunhindo ao ouvir a voz dele logo atrás de mim:

— Espera aí, quero falar contigo — diz. Posso ouvi-lo se despedir rapidamente da mulher, correndo na minha direção em seguida.

Aperto o passo, e só quando estou do lado de fora, quando o ar fresco preenche os meus pulmões, é que sinto os seus dedos em volta do meu braço.

— Me larga — resmungo, livrando-me de suas mãos, tremendo de raiva ao encontrar seus olhos escuros. — Me deixa em paz, pelo menos uma vez — peço, lhe arrancando um sorriso. Como ele é escroto!

— Soube que terminaram. — Foi direto ao ponto, acompanhando-me pela calçada.

— Ficou sabendo da merda que você fez na minha vida? — Retruco de forma rancorosa. — Francamente, Lucca, você realmente se esforça.

— Eu faço o que posso quando quero algo, e eu posso muita coisa — responde com desdém. — Mas vocês terem terminado não é culpa minha, o relacionamento não era meu.

Cínico.

— Tanto faz, agora acabou.

— Aonde vai?

— Para casa, porra. Quer saber a minha rotina completa também? — As palavras saíram sem controle. Ele ri.

— Te deixo em casa, vem. — Segura meu braço outra vez.

— Não vou com você. — Minha voz transborda de indignação. Fito a moto por cima de seus ombros, voltando ao seu rosto e olhos escuros.

— Prefere voltar de metrô, *Angelo*?

— Prefiro voltar andando a ter que subir nessa moto com você outra vez.

— Você bem que gostava. — Sorri de canto, enfiando as mãos nos bolsos da jaqueta. — Gostava bastante.

— Vá pro inferno! — Grunho. Ele vai me deixar louco com toda essa merda. — Você pode, por favor, parar de me perseguir? — Pergunto, sentindo meus batimentos fortes até demais. — Porra, você já tirou tudo de mim, o que você ainda quer?

— Eu quero te dar tudo outra vez. — Franze o cenho, parando quando parece esquecer as palavras. — *Ti darei il mondo intero, se me lo permettessi*[1] — murmura, e eu queria não ter entendido. É assim que ele ganha, é assim que ele sempre ganha. Como eu posso ser tão fraco?

1 "Te darei o mundo inteiro se você permitir."

— Me esquece.

— *Angelo...* — Sua mão sobe até o meu rosto, sorrindo ao afastar uma parte do meu cabelo. — Você fica tão bonito assim. *Così bello*[2].

Eu quero chorar, chorar de raiva, chorar por ter meu coração batendo tão forte, por ainda vacilar perto dele. Eu quero chorar por saber que Rafael tinha razão quando disse que eu ainda sentia algo por Lucca.

— Eu te odeio tanto. — Minha voz é fraca e baixa outra vez. Eu sou patético.

— Não, odeia, não — nega. Está tão perto que posso sentir o cheiro de cigarro, cobrindo o cheiro forte de seu perfume. — Podemos tentar de novo, podemos fazer diferente.

Eu não quero tentar de novo, eu não quero o Lucca. O que eu sinto não é por ele, o meu coração não bate por ele, ainda que eu tenha um pouco dele em mim, não se compara ao que sinto por Rafael.

— Eu não amo mais você, Lucca. — Mordo o lábio, tentando controlar o choro preso na garganta.

Seu olhar vacila por um instante, para então encontrar o meu outra vez. Com as mãos em meu rosto, parece pensar no que dizer.

— Quando foi que deixou de me amar? — Pergunta, sua voz levemente abalada.

— Deixei de te amar há muito tempo, tive a certeza disso quando Rafael entrou na minha vida, porque o que tive com ele, nem se compara ao que tive com você.

— É, mas ele não está mais aqui para isso — soa rancoroso, travando o maxilar. — Se terminou contigo, provavelmente foi porque não foi tão bom para ele quanto para você — diz rápido, atropelando as palavras. Ele sempre faz isso quando algo o incomoda, Lucca te atinge exatamente onde dói.

— Não importa mais. — Me afasto, dando de ombros.

— Podemos pelo menos conversar? — Pergunta, encarando-me de forma esperançosa. — Por favor!

Eu aceito.

Monto naquela maldita moto e deixo Lucca entrar na minha casa. Eu preciso disso, preciso esclarecer para mim mesmo o que eu sinto, encontrar um jeito de enterrar de vez essa história, e algo dentro de mim diz que só conseguirei isso com Lucca. Preciso terminar com ele de novo.

Ele está de pé, fitando os quadros acima da estante, a jaqueta agora esquecida no sofá, de braços cruzados e a regata cinza não facilita muito. É uma visão extremamente nostálgica, não posso negar.

---

2 "Tão Bonito."

— Pega. — Estendo o copo com água para ele, sentando-me no sofá ao lado, abraçando as minhas pernas.

Lucca deixa de lado as fotografias, sentando-se no canto vazio do estofado, de maneira desleixada, com as pernas abertas e o cabelo pendendo sobre os olhos, o que me faz lembrar da primeira vez que o levei à minha casa, no início do nosso namoro. Foi depois da aula, nós dois usando a farda do colégio, mas que sempre pareceu mais legal nele. Eu me lembro perfeitamente desse dia, o dia em que perdi a virgindade.

Sim, Monica Geller, eu dei minha flor para ele[3].

Queria dizer que foi ruim, que a minha primeira vez foi uma merda, mas não foi. Foi perfeito do início ao fim. Eu gosto de cada detalhezinho dessa memória, e isso não posso tirar de mim. Eu gostava dele com cada parte do meu corpo naquela época, acho que isso é o que faz a memória ser tão boa.

— O que foi? — Pergunta de repente. Só então, me dou conta de que o encarava em silêncio por todo esse tempo.

— Estava pensando — murmuro, sacudindo a cabeça. — O que estamos fazendo? — Meu tom de voz denuncia o cansaço que sinto.

— Não sei, me diz você. — Dá de ombros, tomando o restante da água, deixando o copo agora vazio sobre a mesinha.

— Precisa parar de correr atrás de mim — murmuro, tentando formular uma conversa decente, mas meus pensamentos não se calam. — Nós dois já acabamos, Lucca.

— Por que não podemos tentar outra vez? — Pergunta baixo, de cenho franzido, inconformado.

— Porque eu não consigo passar por isso de novo, eu não consigo mais te dar chances. — Nego com a cabeça, apertando os olhos na intenção de organizar a minha mente. — Eu não tenho mais forças para isso, Lucca.

— Eu gosto de você e sei que também gosta de mim — insiste, procurando o meu olhar.

— Eu não gosto tanto quanto antes, mas... eu gosto — admito, pressionando os lábios antes de continuar: — Mas não significa que eu queira ficar com você. Lucca, o que quero é te esquecer.

Ele balança a cabeça em negação, girando um dos anéis em seu dedo.

— Olha para mim, precisa me esquecer também — peço, inclinando-me até encontrar o seus olhos escuros. — Eu nunca vou ser seu outra vez.

---

3 Referência à sitcom FRIENDS (1994).

Ele prende o ar, sustentando a linha tênue do nosso olhar, como se pudesse ler os meus pensamentos.

— Por favor, para de vir atrás de mim. — Levo uma das mãos até o seu rosto, afastando uma de suas mechas. — Isso tudo só está servindo para te machucar — sussurro, e ele desvia o olhar, segurando o meu pulso por um instante.

— Eu sinto sua falta — é breve, entrelaçando nossos dedos. — Você foi o único que me fez sentir assim...

— Não existe só eu, Lucca. Não existe uma pessoa só para cada um de nós — digo, ainda que o pensamento de amar outro alguém que não seja Rafael me doa muito. — E se existir, eu não sou o certo.

— Como sabe disso? — Pergunta irritado.

— Eu sei que não sou.

Eu não sou o certo para ninguém.

— Desculpe — minha voz soa mais baixa do que o costume. — Vamos só por um ponto nessa história.

O silêncio que se instala é assustador, e mais assustador do que jamais pensei que fosse é saber que finalmente acabou, acabou de verdade. Ele parece estar se dando conta disso também, se dando conta de que todas as suas chances acabaram, que ele e eu não servimos mais um para o outro.

— Já vou indo. — Aponta para a porta.

Somente concordo com a cabeça, assistindo-o sair da minha casa, deixando a porta bater atrás de si. Espero até ouvir o barulho da moto se distanciar, para então me permitir desabar de uma vez.

Abraço minhas próprias pernas, desatando em lágrimas, num choro desesperado que parece estar entalado na minha garganta há séculos.

Pergunto-me se, um dia, essa merda toda terá um fim; se, algum dia, vou parar de chorar.

21

ABRIR OS OLHOS E ME DEPARAR OUTRA VEZ NO MEU QUARTO é, de longe, uma das sensações mais angustiantes. Ter consciência de ainda estar aqui, de ainda estar preso a essa realidade insuportável, é no mínimo desesperador.

Será que hoje é um bom dia?

Deve fazer três meses agora, ou até mais, acabei perdendo as contas para ser sincero. Não que isso faça alguma diferença.

As férias acabaram passando rápido demais, e digamos que eu prefira ficar em casa sem obrigações para fazer a ter que me preocupar com a escola. Nos últimos dias, tenho me visto como uma casca oca, sem nada por dentro, absolutamente nada. Como se o sangue em minhas veias tivesse sido drenado.

Estou acordado, sei que estou, mas não necessariamente vivo.

Vivos não se sentem definhar, muito menos sentem se dissolver em nada, com a existência apagando aos poucos. Isso é tão frustrante, é tão irritante olhar em volta e não me sentir confortável com nada. Tudo me incomoda profundamente, e eu estou tão cansado disso. Acho que nunca me senti assim, nunca me vi tão vazio como tenho me sentido agora. Sem um motivo ou razão para continuar, parece que me perdi, que estou preso no lugar, sem poder voltar ou seguir em frente. Talvez eu tenha despencado.

Puxo o cobertor até a altura da minha orelha, apertando os olhos, ignorando completamente o fato de que preciso me levantar e encarar o primeiro dia de aula. Estou quase voltando a dormir quando minha mãe passa pela porta. Posso ouvir seus passos ao se aproximar, e então, ela sentar ao meu lado na cama.

— Você tem aula hoje, sabia? — Pergunta, puxando o cobertor. — Vamos, Vini, é o seu último ano — continua, apoiando a mão em meu ombro.

— Não quero ir.

— Por quê? Está doente?

— Não, mãe — resmungo, puxando o cobertor de volta. — Eu só não quero.

Ela suspira, permanecendo em silêncio por um tempo.

— Mas precisa ir — avisa, afundando os dedos no meu cabelo. — Se levanta, vai — pede. — Não está com saudade dos seus amigos?

Sinceramente, não. Não sinto saudade de ninguém, com exceção *dele*. Sempre *ele*. Não faz diferença se os tenho comigo ou não, vou continuar me sentindo sozinho.

Denise veio aqui em casa no mês passado, sem que eu a chamasse, apareceu na minha porta durante a tarde. Assistimos a filmes, jogamos *videogame*, não foi ruim, mas preferia que não tivesse vindo, porque, a cada minuto daquela tarde, eu me senti pressionado, obrigado a parecer no mínimo bem, evitando desmoronar quando me perguntava sobre Rafael; quando, por dentro, tudo que eu sentia era uma enorme vontade de mandá-la embora para que eu pudesse dormir.

É tão horrível pensar assim enquanto tudo que ela demonstra é se importar comigo, sinto-me um merda quando desejo que fiquem longe. Mas é que, na minha cabeça, isso é o melhor que posso fazer por ela, dar a certeza de que está tudo bem, para que não se preocupe. As pessoas já possuem problemas demais para terem que lidar com os meus. Essa porra toda é responsabilidade minha, só minha.

— Não posso faltar só hoje? — Pergunto, enfim me virando para encará-la.

— Não. Já me chamaram no semestre passado para falar das suas faltas, e eu sequer sabia que você estava faltando tanto. — Ri soprado, balançando a cabeça em negação. — Não pago mensalidade para você perder as aulas, Vinícius — diz rígida. — Você não vai reprovar *de novo*.

— Eu sei — murmuro, vacilando o olhar.

— Suas notas são boas, não posso reclamar, mas faltas também reprovam, e você sabe disso.

Concordo, antes de me sentar, abaixando a cabeça.

— Agora, se levanta. A volta às aulas não pode ser tão ruim assim. — Sorrio, segurando meu rosto para que eu possa encará-la nos olhos. — Vou te deixar na escola, pode ser?

Concordo brevemente com a cabeça, lhe tirando um sorriso satisfeito, antes de ela plantar um selinho rápido nos meus cabelos. Espero que ela deixe o quarto, para só então começar a me organizar. Praticamente me arrasto até a mochila, enfiando os cadernos e canetas para dentro, coisa que eu deveria ter feito semana passada.

No banho, eu só consigo pensar em uma forma de convencê-la a me deixar ficar em casa ou pelo menos que desista de me dar carona, assim eu teria uma chance de faltar sem que ela soubesse. Ir à escola e ter que enfrentar uma manhã inteira, preso em uma sala com pessoas irritantes ao meu redor, sem vontade alguma de entender o que diabos a professora está tentando explicar porque, de verdade, eu não me importo nem um pouco.

Quando desço as escadas e me deparo com a mesa do café posta, preciso conter a minha enorme vontade de dar as costas e subir de volta ao quarto e me trancar lá dentro. Nem fome eu consigo sentir mais, absolvido de qualquer mínima vontade. Como isso pode ser possível?

Me recuso a comer, mesmo depois de minha mãe ter insistido quase quatro vezes; não consigo me forçar a isso. Ela fica irritada ou decepcionada comigo, tenho causado isso nela ultimamente. Eu acabo decepcionando-a todos os dias, mais e mais, por simplesmente ser incapaz de fazer o mínimo.

Durante todo o caminho de carro até a escola, eu a ouço falar algo sobre minha alimentação, sobre eu estar comendo menos do que comia antes, o que já era considerado pouco; entra por um ouvido e sai pelo outro, não presto atenção em nenhuma palavra dita.

Me despeço dela, forçando um sorriso antes de descer do carro e caminhar para dentro do prédio. Denise se aproxima com um sorriso largo no rosto, gruda em mim como chiclete e me arrasta até a sala de aula.

— Como você está? — Pergunta ao sentarmos nas carteiras vazias no centro da sala.

— Estou bem.

— Está mesmo? — Arqueia as sobrancelhas. — Não nos vemos há semanas...

— Já disse que estou bem. — Rolo os olhos, abrindo um sorriso mínimo. — Você se preocupa demais.

— Sim! Porque somos amigos, e você costuma sumir por dias, ignora as minhas mensagens e depois aparece, como se nada tivesse acontecido — justifica, gesticulando exageradamente.

Parece que estou decepcionando-a também.

— Às vezes, eu preciso de um tempo. É normal. — Dou de ombros, fazendo pouco caso da situação.

— Sim, é só que... — pondera antes de continuar: — Você parecia mais feliz quando estava com Rafael, agora você parece mais... — *Insuportável, fraco e incompetente*, ecoam as vozes na minha cabeça. — Mais fechado, entende? Sei que é normal você estar triste pela separação, mas você nunca ficou assim, nem mesmo quando Lucca foi embora.

Porque perder Rafael me destruiu de todas as formas possíveis. Porque a dor de ser deixado por ele refletiu em cada cicatriz da minha alma. Porque eu me tornei dependente dele e, agora, é como se eu estivesse sozinho no escuro.

— Mais uma vez, Denise, eu estou bem — repito pausadamente, tentando soar o mais calmo possível até ter a sua confirmação. — Como foram as suas férias? — Apoio os cotovelos na mesa, abrindo um sorriso fraco.

Eu lhe assisto sorrir largo, os olhos brilharem, pronta para me contar, em detalhes, tudo o que aconteceu nos últimos três meses.

A aula começa verdadeiramente uns quinze minutos depois, quando a sala já está cheia. As vozes dos alunos ecoam por todos os quatro cantos, mas cessam quando o professor passa pela porta.

Agora, tudo o que chega aos meus ouvidos são os burburinhos e risadas abafadas que vem do fundo. A voz grave do professor se estende pelo ambiente enquanto lia um trecho do livro, balançando na mão direita uma caneta azul, mas minha mente já está longe dali, longe de tudo aquilo. Me vejo preso na própria bolha dos meus pensamentos, esboçando a imagem de um polvo na contracapa do livro, imerso no vazio que me toma uma parte a cada segundo, somente prestando atenção nas batidas fracas do meu coração.

Existe uma espécie de polvo que possui três corações, oito braços e nove cérebros. No lugar de ferro em suas veias, corre cobre e, por isso, seu sangue é azul. Acho que aprendi isso em algum documentário ou muito provavelmente assistindo a *Procurando Dory*[1].

Escorrego a mão para fazer um dos tentáculos quando escuto meu nome, pronunciado alto e bom som. Ergo o rosto, encontrando o olhar

---

1 Filme da Disney-Pixar (2016).

do professor sobre mim, e não só o dele como o de outras pessoas também. Meu coração salta.

— O quê? — Murmuro, procurando entender o que tinha acontecido.

— Está prestando atenção? — Sua voz ecoa ao meu redor, o livro em suas mãos agora fechado.

— Sim.

— Então, pode repetir o que eu acabei de explicar? — Arqueia as sobrancelhas duvidosas. Puxo o ar com força, sentindo os olhares queimarem sobre mim. Minha pulsação acelera, meu cérebro parece ter dado pane no sistema. — Vamos, Vinícius. Eu acabei de dizer.

— Eu não... — Meus olhos vão de um canto ao outro, leio o que ele escreveu na lousa, mas sequer sei do que se trata. — Eu não sei... eu...

Ouço risadas agora, vindas do fundo da sala e se espalhando por todo o cômodo. De repente, é como se todos estivessem rindo e cochichando. *Estão rindo de mim.*

— Vinícius! — O professor chama outra vez.

Aperto os olhos, com meu coração na boca. Nem mesmo sei por que estou tão assustado.

— Eu não sei, me desculpe. — Engulo o choro, com meus olhos se enchendo de lágrimas e as risadas ficando mais nítidas, os cochichos mais altos.

Estão falando de você. Estão rindo de você, um sussurro sopra pelos meus ouvidos, fazendo cada músculo do meu corpo se tensionar.

Respiro fundo, antes de dobrar os braços sobre a mesa, escondendo o rosto entre eles, tentando ignorar cada pensamento ruim que roda pela minha cabeça. Aperto os olhos, com o estômago gelado e um frio me subindo à espinha, arrepiando cada pelo do meu corpo. Escuto cada voz, cada batida de caneta sobre a madeira fria da mesa, os suspiros arrastados e os passos lentos do professor. O barulho alto, me cobrindo os ouvidos, o grito dos meus pensamentos, não sei mais dizer o que é real e o que não é.

Meu coração está forte demais, está forte, forte demais.

Respiro fundo outra vez, mas o ar parece não preencher os meus pulmões. Ter consciência disso faz com que um desespero se alastre pelo meu corpo. *Não consigo respirar.*

De repente, o pensamento de estar morrendo me clareia a mente, e um terror irracional me domina. Minhas pernas tremem, meus braços e minhas mãos também. Posso sentir rastejando pela minha pele, a angústia. Isso não pode acontecer. Não aqui. Não agora.

Como se me perdesse dentro de mim, presto atenção em cada reação que meu corpo demonstra, desde as pontas dos meus dedos formigando até a assustadora sensação de ter as artérias do meu coração se quebrando. Mordo o lábio, uma tentativa falha de conter as lágrimas que não demoram a escorrer pelo meu rosto, meu rosto ardendo e minha garganta doendo. As lágrimas descem pela minha pele, pingando nas páginas do livro.

Eu vou morrer.

Puxo o ar pela boca, desesperando-me ainda mais por ter a impressão de algo me sufocando.

Eu vou morrer.

Ergo o rosto, fechando desajeitadamente o meu livro. Com as mãos trêmulas e o medo consumindo cada parte do meu corpo, jogo tudo dentro da mochila de qualquer jeito. Antes de me pôr de pé, sinto os olhares queimarem sobre minha pele enquanto praticamente corro até a porta. Tenho quase certeza de que escuto o meu nome ser pronunciado pelo menos três vezes, antes de me desesperar pelos corredores, correndo até as portas dos banheiros.

Não vejo nem escuto nada, e sem que eu ao menos perceba, já estou dentro de uma das cabines com a porta fechada, sentado sobre a tampa do vaso, e a mochila agora largada no chão.

Abraço minhas pernas, apoiando as costas na parede lateral, sentindo a dor forte de cada soluço que me corta a garganta.

Eu vou morrer. Eu vou morrer. Eu vou morrer.

Levo as mãos até o meu peito, contendo um grito quando, praticamente, tenho meu coração esmagado pelas minhas costelas. Sinto cada coisinha dentro de mim, revirando-me, com cada grito desesperado dos meus pensamentos. Como mãos dentro de mim, agarrando, destruindo tudo, dilacerando-me de dentro para fora.

Olho em volta pela primeira vez, respirando fundo entre um choro desesperado, não conseguindo de jeito nenhum levar o ar aos meus pulmões. Fito cada parede branca à minha volta, e tenho a sensação de estar sufocando outra vez, como se o ar estivesse escapando pelas frestas e as paredes me encurralando.

Fecho os olhos, tonto, com medo de simplesmente me desligar. Eu me concentro em cada parte de mim.

Devo ter passado uma eternidade abraçando meu próprio corpo, mal conseguindo abrir os olhos, com cada soluço forte me balançando, querendo gritar de medo.

Demora muito até eu conseguir finalmente respirar.

Demora para que consiga abrir os olhos e me dar conta de que não estou morrendo, que não vou desmaiar. E devo ter chorado ainda mais por isso, com cada parte mínima do meu corpo doendo, com meus dedos formigando e minhas pernas tremendo sem parar. Minha pulsação vai diminuindo com o tempo, mas ainda dói. Minha garganta arde por cada soluço, e só quando percebo que passou, é que me levanto.

Tiro o celular de um dos bolsos da mochila, notando as dezenas de mensagens de Denise, mas não me dou ao trabalho de responder nenhuma. Quando passo pela porta e fito meu reflexo no espelho, tenho a forte sensação de ter me quebrado em mil pedacinhos e colado tudo outra vez. É deprimente o ponto a que cheguei.

Me aproximo das pias, respirando pesadamente, deixando que a água morna molhe minhas mãos, e então, molho o meu rosto, como se pudesse lavar a minha dor; o enxugo com as mangas da camisa, soltando um suspiro longo ao prestar atenção no meu reflexo no espelho. Olhos vermelhos e inchados, tal como o meu nariz e bochechas.

Vejo a porta azul ao meu lado ser aberta, e os olhos escuros e preocupados de Denise sobre mim. *Merda*.

— O que aconteceu?

— Nada. — Fungo, jogando a mochila nas costas, preparando-me para sair dali.

— Me fala, Vinícius. O que foi? — Toca o meu braço, procurando o meu olhar.

— Não foi nada demais, eu só quero ir para casa.

Me desvencilho de seu toque, tendo minha passagem bloqueada mais uma vez.

— Por que estava chorando?

— Não quero conversar, tá bom? — Sou rude o suficiente para evitar que ela transforme a situação em um interrogatório.

— Tudo bem — concorda, juntando as sobrancelhas. — Não quer ir até a enfermaria ou quem sabe na sala da orientadora?

— Não. Vão querer ligar para a minha mãe, e ela está no trabalho.

Nem fodendo que vou tirar minha mãe do hospital do outro lado do Rio, só para deixá-la ainda mais preocupada e estressada.

— Vou para casa — aviso, enfim passando por ela até a porta. — Avisa que eu passei mal ou sei lá...

Ouço um grunhido dela em concordância, acompanhando-me pelos corredores.

— Vai ficar bem mesmo? — Insiste uma última vez.

— Vou.

Ela assente com a cabeça, parada no lugar enquanto me observa dar as costas, caminhando automaticamente até a porta do estacionamento, torcendo para não esbarrar em nenhum monitor. E só quando sinto a brisa gélida contra o meu rosto, é que meu coração de fato se acalma.

Limpo o rosto com as costas das mãos, praticamente fugindo daquele inferno, agradecendo a todos os deuses por estar cedo demais e por não ter tantas pessoas na rua para presenciarem o meu momento de puro desequilíbrio.

Andando, minha casa deve ficar a uns trinta ou quarenta minutos da escola, e está fora de cogitação entrar em um ônibus ou táxi nessa situação; por isso, vou a pé.

Assim que passo pela porta de casa e me deparo com todo aquele silêncio e mansidão, perco o resto de estabilidade que me resta. Porque é quando me dou conta de que estou sozinho. Em todos os sentidos. *Eu estou sozinho.*

Corro para o quarto, não me importando em trocar de roupa, antes de me enfiar embaixo das cobertas. Abraço uma das minhas almofadas, apertando os olhos, desejando só cair no sono de uma vez.

Apago.

Quando meus olhos se abrem de novo, mal podendo me acostumar com a luz ambiente, demoro a perceber que está chovendo. Meu celular está vibrando em um dos bolsos da mochila. Continuo imóvel, esperando que pare, mas a pessoa insiste em continuar ligando.

— Oi? — Minha voz soa arrastada e rouca demais. Sento na cama.

— Oi, Vini, você está bem mesmo? — Denise outra vez.

Tudo bem? Eu tenho ouvido muito isso ultimamente. *Tudo bem? Como vai você?*

A verdade é que ninguém se importa de verdade. Não posso simplesmente dizer: *Não, não estou bem. Minha vida está desabando, eu não tenho vontade de fazer merda nenhuma, eu durmo e choro o dia inteiro. Inclusive, tive um ataque de pânico hoje, mas me fale de você.*

— Eu estou — minto, virando no colchão.

— Quer que eu vá aí ficar com você?

— Não precisa. — Rio soprado. — Eu estou bem, é sério.

— Quer ir lanchar? Ou tomar um sorvete?

É praticamente impossível não pensar em Rafael e em todas as vezes que ele me levou a um lugar como esse, quando ela faz a proposta. São esses pequenos momentos que me assombram, em que só conversávamos ou ouvíamos música, rindo de uma coisa boba. Uma aquarela inteira que já não possui cor alguma.

— Vinícius? — Ela chama, me fazendo perceber que tinha mantido silêncio por vários segundos.

— Oi?

Ela solta o ar diante da minha eminente falta de interesse nessa conversa.

— Ainda sente muita falta dele? — Decide perguntar então e, no segundo em que ouço isso, meus olhos voltam a transbordar.

— O tempo todo. — Minha voz embarga. — Acho que isso nunca vai passar. — Tento engolir o choro.

— Vai passar. Toda dor tem um fim.

— Eu sei.

Não parece ter um fim para mim, na verdade, parece estar ficando cada vez mais fundo.

— Tem certeza de que não quer companhia?

— Tenho.

— Quer conversar pelo menos?

— Não. — Minha voz falha. — Eu vou desligar agora, tá bom?

— Vini... — É tudo o que diz antes que eu desligue.

Jogo o celular na outra extremidade da cama, virando-me e afundando o rosto no travesseiro.

Talvez amanhã seja um bom dia.

Talvez amanhã seja melhor do que hoje.

RAFAEL

22

QUASE SETE HORAS DA MANHÃ DE UMA SEGUNDA-FEIRA E A dor de cabeça impertinente que sinto só enfatiza o quão bêbado eu fiquei na noite passada.

Olho para a garrafa de água dentro da geladeira, como se minha mente tivesse desligado. Passo tempo demais olhando para dentro, sentindo o frio me rodear conforme os segundos se estendem. Fico parado ali até ouvir o meu celular apitar. A notificação de uma nova mensagem. Caio em mim outra vez, pego a garrafa e fecho a geladeira, indo em direção ao som.

Victor me enviou um vídeo da noite passada, em que ele e eu aparecemos igualmente bêbados, com Guilherme ao lado, beijando um cara até então desconhecido por mim. Eu deveria me lembrar disso, mas tudo que meu cérebro me entrega são flashes rápidos, como se a noite inteira, das onze às cinco da manhã, tivesse sido resumida em apenas trinta minutos.

Ele enviou outro vídeo e nós estamos cantando, aos berros, a música *Lonely*[1], como se fosse o fim do mundo, como se aquele fosse o momento mais deprimente das nossas vidas, e eu até diria que foi, sim, se não existissem dezenas de vídeos iguais ou até piores do que esse.

---

1 Música de Akon (2005).

Qual o meu problema? Eu, definitivamente, não sei mais beber sem despencar dentro de uma das memórias mais angustiantes da minha vida, como se tudo tivesse acontecido no dia anterior. Pergunto-me quando vou superar *isso*. Cadê a porra do meu momento de redenção, os dias de glória, quando é que o *bem* vai vencer?

Mais um vídeo. Parece até um pesadelo.

Ao menos nesse, é Victor quem chora, e não eu. Cansei de receber vídeos meus, bêbado e chorando. No vídeo, ele começa a chorar, balbuciando alguma coisa sobre Lucca, com Guilherme rachando o bico enquanto grava, e eu pedindo, pelo amor de Deus, que ele pare de chorar. Acaba com ele me abraçando, chorando feito uma criança no meu ombro.

Mais um fim de semana completamente normal nas nossas vidas.

A porta do quarto de Guilherme é aberta, mas quem passa por ela é o cara que ele tinha beijado no primeiro vídeo, a prova em carne e osso, respirando viva, de que tudo que aconteceu na madrugada de hoje foi totalmente real.

— Bom dia. — Sorri para mim, não sabendo bem como agir. Ele é alto, magro, cabelo castanho, e usa somente uma bermuda azul-marinho.

— Bom dia. — Sorrio de volta, tentando parecer o mais simpático possível enquanto desejo mentalmente a todos os deuses que ele vá embora logo. Até quando eu vou ser o responsável por enxotar de casa as pessoas com quem Guilherme passa a noite?

— Quer uma água? — Ofereço, apontando com o queixo para a geladeira.

— Na verdade, eu quero, sim. — Aceita, aproximando-se devagar. Assisto-lhe puxar uma das cadeiras da bancada, sentando enquanto espera eu pegar um copo no armário e enchê-lo com água do filtro. — Mas e você, está bem? Me lembro de tê-lo visto chorar ontem.

Inferno!

Coloco a caneca na sua frente, fixando bem meus olhos em seu rosto. Um *flash* rápido me passa pela cabeça: a cena dele me oferecendo uma garrafa d›água, e em seguida, entrando no carro do Uber conosco. Chego a forçar minha mente atrás do nome desse indivíduo, desistindo quando percebo que não vou conseguir me lembrar.

— Qual é mesmo o seu nome? — Questiono, arrancando um riso fraco de sua parte.

— Pedro.

— Sim, Pedro — repito, balançando a cabeça em concordância. — E eu disse o motivo de estar chorando? — Pergunto, temendo a resposta.

A cachaça me bate, me humilha e cospe em mim, depois me joga fora como um pedaço de merda. Eu sou um perigo para a minha reputação, uma ameaça à minha dignidade, eu *preciso* parar de beber.

— Você disse alguma coisa sobre um cara — responde incerto, franzindo as sobrancelhas enquanto parece pensar. — Depois, falou sobre a mãe dele te odiar, então o garoto ruivo apareceu chorando por causa de outro cara. Vocês estavam tão tristes.

Talvez, da próxima vez, eu entre no mar e deixe a água me levar para o mais fundo que conseguir, porque qualquer coisa é melhor do que essa humilhação.

— Então, foi pelo meu ex, de novo. — Rolo os olhos. — Eu tenho a forte sensação de que vou sofrer com isso para sempre — comento, e ele ri.

— Terminaram por quê?

— Ele é filho da minha madrasta. — Sou breve, observando-o abrir a boca surpreso. — Terminamos porque... tínhamos que terminar. — Dou de ombros, poupando-me de ter que explicar toda a novela mexicana que virou minha vida para um completo desconhecido.

— Já faz quanto tempo?

— Vai me julgar se eu disser que faz mais de um ano?

— Não, sofri por um cara por três anos, você ainda está melhor do que eu — diz por fim.

Não sei se foi para me animar, mas só me deixa mais triste. Quer dizer que existe a possibilidade de eu sofrer por mais UM ANO E MEIO?

— Mas se ele é filho da sua madrasta, você não é meio que forçado a vê-lo algumas vezes? — Pergunta curioso, levando o copo até a boca.

— Nós nos vimos no mês passado, eu acho. — Puxo na memória aquela noite. Nós sequer nos falamos, Vinícius passou por mim em direção à porta de casa, como se eu fosse invisível. Foi tão rápido que quase não tive tempo de reparar. Também não me dei ao trabalho de prestar muita atenção, era como se fôssemos completos *estranhos*. — Não nos falamos desde a formatura dele no colégio. — Mordo o lábio, incerto sobre essa informação. — Eu acho.

— Ele estava na escola na época?

— Sim, terminamos pouco antes de ele ir para o último ano. — Levo a boca da garrafa até os lábios e me encho de água. — Fiquei sabendo pelo meu pai que ele está na faculdade agora.

— Que estranho! Seus pais sabem que vocês namoraram? — Quanto mais eu falava, mais curioso Pedro demonstrava ser.

— Não. — Nego com a cabeça. — Isso morreu com a gente.

Ele balança a cabeça em concordância, deixando agora a sua caneca vazia sobre o balcão, levantando-se devagar, caminhando em direção ao banheiro, mas parando para me perguntar uma última coisa:

— Guilherme não vai me mandar mensagem, né? — Sussurra, apontando para o quarto de onde saiu.

— Não, ele nem deve saber o seu nome. — Sou sincero. Ele parece entender, assente com a cabeça e entra de vez no banheiro.

Pedro deve ser o terceiro cara no mês que Guilherme traz para casa. Perdi as contas de quantos homens e mulheres saíram por aquela porta ao longo dos meses. Não que eu não traga ninguém comigo também, mas isso acontece uma vez ou outra. Já o Gui faz isso quase todas as noites em que saímos, e temos saído muito ultimamente.

Desde que Victor "terminou" com Lucca, quer dizer, não foi bem um término, já que eles sequer conseguiam definir a relação. Foi mais um "Não vai admitir que somos namorados? Então vá se foder." Resumindo bem a história, foi assim que aconteceu, e Victor quando sofre, tende a nos arrastar para todos os bares da região. Literalmente todos. Fui a mais bares gays nos últimos meses do que em vinte e dois anos.

Pedro sai pela porta do banheiro, arrastando os pés em direção ao quarto de Guilherme, onde passa os próximos dois minutos, para então sair de lá, já vestido, pronto para seguir seu caminho de volta para casa.

— Meu carro chegou. Até qualquer dia desses — avisa, apertando o passo em direção à porta, com os olhos presos na tela do celular. — Boa sorte com o seu ex barra filho da sua madrasta.

Solto um riso soprado, concordando com a cabeça.

— Até... — murmuro, antes que a porta bata atrás dele. Eu nunca mais vou ver esse cara na vida.

Aperto os olhos, grunhindo com minha dor de cabeça cada vez mais aguda, fazendo-me perder o foco e piorando quando Bobby começa a latir, pulando na minha perna. Olho para o cachorro, depois para a tigela de ração vazia e entendo o porquê do desespero dele. Se ele pudesse falar, certamente me ofenderia agora, e só o olhar que me lança enquanto finalmente ponho comida em sua tigela faz com que eu tenha certeza disso.

E só depois de tomar um analgésico é que me permito abrir minha caixa de *e-mails*, leio o assunto dos primeiros cinco e largo de lado o computador. Prefiro que um raio caia na minha cabeça agora do que ter que trabalhar.

A porta de Guilherme é aberta, e dessa vez é ele quem sai por ela, com a maior cara de ressaca do mundo, o cabelo amassado, usando nada menos do que uma cueca.

Eu lhe assisto se arrastar feito um morto-vivo pela casa, desaparecendo no banheiro, saindo segundos depois com a escova de dentes na boca. Completamente no modo automático, ele se aproxima, pega o controle da televisão e abaixa o volume.

— Você é um tesão de cueca, sabia? — Provoco.

— Mama meu pau — resmunga, mostrando-me o dedo antes de entrar no banheiro outra vez. Contenho o riso, afundando no sofá, dobrando as pernas no estofado. — Mandou o cara embora? — Grita do banheiro, posso ouvir o som de água corrente sobre sua voz.

— Ele acabou de sair.

— Ótimo — murmura, abrindo a janela ao voltar para a sala. — Ressaca dos infernos — grunhe, esfregando as mãos no rosto. — Victor já deu sinal de vida? — Pergunta baixo.

— Já. — Solto um suspiro, estreitando os olhos quando o vejo engolir um remédio e começar a vestir o uniforme. — Vai trabalhar hoje?

— Alguém tem que pôr dinheiro nessa casa, já que você se recusa a liberar verba. Bem que dizem que rico é mão de vaca.

Solto uma risada alta, mostrando-lhe o dedo do meio.

— Eu ajudo, sim.

— Ajuda em quê? Você paga a Netflix e comprou um tapete para o banheiro, grande bosta.

— Você quase morreu quando escorregou no box, Guilherme. Agradeça por eu ter posto um tapete lá.

— Eu posso escorregar em outros cômodos também, sabia disso? — Semicerra os olhos. — A gente precisa fazer compras, viu? Só tem um vidro de maionese na geladeira e água.

Ergo o polegar em sinal de afirmação.

— Sério, Rafael — volta a falar, apoiando as mãos na cintura, tendo vestido só a camisa social e deixando as pernas ainda descobertas; desço o olhar por ele inteiro, abrindo um sorrisinho sugestivo.

— Delícia, qualquer dia desses eu te pego, viu? — Brinco, ouvindo sua risada.

— Porra, assim eu me apaixono.

E não tem um dia, desde que me mudei, que eu não dê em cima dele ou ele em cima de mim. Qualquer um que presenciasse isso diria que somos um casal. Victor já brincou, dizendo que um dia vamos acabar nos pegando de verdade. Vou precisar ter perdido completamente o juízo para isso acontecer.

Ele sai para trabalhar pouco depois de oito horas, praguejando ao passar pela porta. Acho que atualmente ele trabalha em uma livraria ou será que é em uma loja de roupas? Não faço a menor ideia, ele está sempre pulando de um trabalho para outro, sempre depois de ser demitido e mandar todo mundo ir à merda, fica meio difícil de acompanhar.

Eu tenho trabalhado com o meu pai já faz pouco mais de um ano, e por fora eu tenho feito alguns trabalhos como redator. Descobri, da pior forma possível, que morar sozinho custa *muito caro*. Claro que eu não arco com todas as despesas sozinho, mas, ainda sim, é bem difícil. Trabalhar tem me ajudado a esquecer dos problemas; não tenho tempo para pensar na merda da minha vida enquanto tenho documentos para digitalizar, textos para escrever ou notas fiscais para emitir, mas, mesmo assim, eu ainda me pego pensando *nele*. Entre um intervalo e outro, eu ainda consigo, ainda que de forma inconsciente, pensar *nele*.

Vinícius.

Sempre Vinícius.

E tenho vontade de ligar, tenho vontade de mandar mensagens, e eu faria, se ele não tivesse me bloqueado em tudo ano passado, depois de um *story* que eu gravei em um *show*, cantando uma música que ele sabia que era pra ele, a música dele, a *nossa* música.

E tem dias que eu agradeço por estar bloqueado, porque quando acordo depois de uma noite inteira bebendo, me deparo com aquelas mensagens humilhantes enviadas para ele, que ele sequer chegou a receber, me sinto menos ridículo, me sinto com um pouco mais de dignidade.

E o que deveria ser um ato de vergonha, acabou se tornando um hábito, por mais deprimente que pareça ser, a cada gota de álcool que ponho na boca, cada vez que me lembro da existência dele enquanto tenho álcool bagunçando o organismo, começo a escrever, começo a enviar uma mensagem atrás da outra. Se eu buscar pela palavra "saudade" nas minhas conversas com ele, vou encontrar pelo menos cem; ponho minha mão no fogo por isso.

Agradeço por ele sequer sonhar com a existência dessas mensagens, ao mesmo tempo que uma parte de mim, uma parte mínima, anseie desesperadamente para que ele receba pelo menos uma, até porque se eu não quisesse que ele visse, não as mandaria, não escreveria todas aquelas merdas e enviaria mesmo sabendo que estou bloqueado.

Eu juro, eu não te amo, eu só bebi demais.

A última vez que Vinícius e eu conversamos foi na formatura dele no colégio, no banheiro do salão e ele estava lindo. LINDO. Estava mais magro e mais pálido do que eu me lembrava, mas tinha um sorriso no rosto que me atingiu como um soco, foi como se eu tivesse despertado de um transe, como se tivesse me esquecido do quanto eu amava aquele sorriso. Um lampejo, uma compreensão absoluta de tudo e ali me dei conta da imensidão do meu sentimento por ele; ali entendi o quão forte e devastador pode ser a porra do amor.

Quando cheguei em casa naquele dia, chorei como há muito tempo não chorava, era a confirmação de que, mesmo que já tivesse passado um ano inteiro, eu ainda sentia tudo, ainda estava lá, reprimido dentro de mim. Foi como mexer numa ferida que se recusa a cicatrizar. E doeu, como doeu.

Eu nunca sofri assim por ninguém. Chegava a me perguntar se tinha algo errado comigo, se eu estava exagerando, se isso era normal, porque era demais, *doía*, o meu corpo *doía*. A dor me subia pela garganta como se fosse algo físico, como se fosse algo *vivo*, entalava ali, me *sufocava* a ponto de me deixar sem ar, acorrentando-me num desespero de horas, tão angustiante que eu mal conseguia pensar, não conseguia entender.

O amor é uma merda mesmo.

Apaguei quase todas as nossas fotos juntos, alguns vídeos, mas grande parte deles continua lá, porque não tive coragem de pôr um ponto-final, e eu nem mesmo sei se sou capaz disso.

Talvez esse seja o meu castigo final, talvez eu mereça isso. Sofrer por antecipação, sofrer sabendo que deixei a porra da pessoa, por quem eu realmente me apaixonei, escapar por entre os meus dedos, e tudo por quê? Por nada! Eu achava que tinha sido melhor assim, mas hoje eu só consigo pensar no quanto fui burro, no quanto eu estraguei tudo, por nada! NADA! Eu nem mesmo me importo mais com a porcaria do motivo, o que antes fazia sentido na minha cabeça, agora não faz mais, e eu sinto TANTA saudade dele.

Definitivamente, eu não superei e, às vezes, penso que nem vou.

E quando o que sinto por ele começa a desaparecer, algo acontece, algo que me faz lembrar dele, então tudo volta tão forte quanto da primeira vez.

Será que ele ainda sente algo?

Queria muito, muito saber.

Meu celular começa a tocar, o nome de Victor aparece na tela. O que é estranho, já que ele nunca liga a essa hora.

— Oi! — Murmura ao atender.

— Pode vir me buscar no trabalho? — Pergunta, sua voz está baixa e fraca.

— Agora?

— Agora, Rafa, por favor? — Pede, e posso ouvir outras vozes ao fundo. — Estou sem carro e não te ligaria se não precisasse — insiste, sua voz levemente abalada.

— Tudo bem, já estou indo — aviso, preparando-me para trocar de roupa.

— Obrigado — murmura ao desligar.

Cinco minutos é o tempo de trocar de roupa e catar as chaves do carro. Nem mesmo me preocupo em ajeitar o cabelo ou ver como está a minha cara.

Bobby vem logo atrás de mim enquanto eu sigo em direção à porta, me faz gastar mais tempo do que deveria para sair, apenas por me obrigar a colocá-lo de volta em casa quando passa pela porta junto comigo.

Espero que Victor ligue ou mande mensagem, explicando o que aconteceu, mas ele não o faz.

O lugar onde ele trabalha não é tão longe de onde eu moro, o problema mesmo é o trânsito. Bufo ao parar pela terceira vez no engarrafamento, perguntando-me se me importo tanto com a minha amizade com Victor Hugo a ponto de enfrentar um trânsito infernal de manhã. Apoio o braço na janela, batucando os dedos ao redor do volante, com os olhos fixos na placa do carro à minha frente. Como eu odeio essa merda.

— Anda, caralho, eu falei que perderíamos o primeiro tempo! — Ouço uma voz distante e, no mesmo momento, uma dupla de garotos passa correndo em direção ao *campus*.

— Foda-se, estou indo para casa — diz o terceiro deles, a voz arrastada faz cada fio de cabelo do meu corpo se arrepiar.

O meu coração salta dentro do peito, eu engasgo no desespero, o pânico disparando por todo o meu corpo, da ponta dos dedos a cada fio de cabelo. Meus olhos vão em direção a ele quase que automaticamente, buscando a confirmação de que meu coração precisa, buscando descobrir se é real, se está mesmo ali.

E está, realmente está; caminhando na calçada, vestindo uma camiseta preta longa e larga, cujas mangas vão até o cotovelo e a barra chega a cobrir quase todo o seu colo, a calça jeans desbotada e cheia de manchas de tinta porque ele não liga, ele nunca ligou para as manchas de tinta, ele gosta delas.

— Vinícius, faltou a semana passada inteira — grita um dos meninos, agora um tanto distante, com as mãos firmes nas alças da mochila.

— E vou faltar hoje também — responde com um resquício de riso na voz. Ele para exatamente ao lado da janela do carro, faz meu corpo paralisar, minha pulsação nunca esteve tão forte. — Falo com vocês amanhã — grita, rindo quando um deles lhe mostra o dedo do meio. Então, ele se vira para dar meia-volta, enfiando uma das mãos no bolso da calça, e tira de lá um maço de cigarros.

Eu vejo seu rosto pela primeira vez em *meses*. Seu sorriso vai desaparecendo lentamente, ao mesmo tempo que seus olhos finalmente encontram os meus.

Eu vejo a compreensão em seus olhos, vejo quando ele se dá conta de que sou eu. Faz meses que não o vejo direito, mas agora parecem anos. Vinícius mudou, mudou muito. Eu não deveria me espantar, já que agora ele tem quase vinte anos e não dezoito. Não é mais o garoto que usava farda do colégio e, com certeza, está mais alto do que eu agora.

Seu olhar continua firme no meu por tempo demais e, por um instante, penso que ele dirá algo, vejo sua boca tremer, mas antes que tenha a chance, os carros atrás de mim começam a buzinar.

O sinal abre, o trânsito está andando. Vinícius derruba o maço de cigarros com o susto, abaixando-se para pegar enquanto eu mudo a marcha e arranco com o carro.

Olho para ele pelo retrovisor, somente para conferir se o que tinha visto era real. Vinícius está lá, de costas, caminhando na direção da estação de metrô. Pisco algumas vezes, só então me dando conta de que estou começando a chorar, com meu coração na boca.

Por um momento, me esqueço completamente do que estava indo fazer. Mordo o lábio, respirando fundo, pisco e a primeira lágrima escorre pelo canto dos meus olhos; depois, outra e mais outra, minha visão embaça, os carros começam a mergulhar naquele mar de lágrimas e eu sou obrigado a encostar.

Por que isso ainda me machuca tanto?

Por quê?

Por que ainda dói tanto?

Apoio a testa no volante, tentando engolir o choro, deixando a cena se repetir na minha mente de novo e de novo, machucando mais a cada vez, cortando-me como facas. Eu desabo de uma única vez; eu choro como se fosse realmente morrer a qualquer momento e, por um segundo, eu desejo que isso aconteça porque sentir tudo isso é um inferno; tenho certeza de que nada mais vai ser capaz de me quebrar assim. Nada vai me destruir como Vinícius fez, nada vai machucar como ele, nada vai ser tão devastador.

Levo minutos inteiros para me recuperar, para me lembrar do que estava indo fazer. Acho que nunca senti tanta raiva de Victor Hugo como nesse instante. Se não fosse por ele, eu estaria em casa agora, em vez de estar no meio da rua, considerando jogar o carro de um precipício comigo dentro, da forma mais dramática possível.

Quando chego ao prédio, ele já me espera e, pela sua cara, sei que já faz um tempo que estava ali.

— Tudo bem? — Pergunto, notando sua cara de enterro e desejando que ele estivesse tão mal a ponto de nem mesmo prestar atenção no quanto *eu* estou mal.

— Eu fui demitido — murmura, puxando com força o cinto de segurança logo depois de entrar no carro. — Deram o meu cargo ao Lucca. — Sua voz treme, seus olhos vem até mim e posso ver as lágrimas se aglomerando nos cantos.

— O quê? Mas...

— Ele é filho do chefe. — Ri, enxugando a única lágrima que se atreve a descer. — Então, o papaizinho dele achou que já estava na hora do herdeiro assumir um cargo mais alto na empresa. — Passa os dedos entre os fios de seu cabelo, bufando.

— Eu sinto muito.

E realmente sinto. Sei que esse emprego era literalmente tudo para ele, Victor sempre se gabou por ter chegado aonde estava, e com total razão. Enquanto eu e Guilherme nunca demos importância à faculdade e a essas coisas, Victor foi quem correu atrás. Suas notas na escola sempre foram as melhores; ainda me lembro dos professores parabenizando-o. Quando nos formamos, ele voltou para São Paulo para fazer faculdade, sem nem pensar duas vezes. Victor é alguém que admiro muito, sei que perder esse emprego é um baque e tanto para ele.

— O que eu vou fazer agora? — Pergunta mais para si do que para mim, mordendo o lábio na tentativa de conter o choro. — Céus, parece que a minha vida está desabando.

— Quer que eu passe a tarde com você? — Ofereço em tom baixo, e ele concorda com a cabeça, pressionando os lábios. Posso sentir seus esforços para não derramar uma única lágrima.

Vamos para o apartamento dele, sem dizer nada um para o outro o caminho inteiro. Victor parece preso em seus próprios pensamentos, respirando pesado, apertando os dedos em seu colo. Victor Hugo nunca chora na frente de outra pessoa, ele tenta ser forte em todos os momentos. Com exceção de todas as vezes em que estava bêbado, foram poucas as situações nas quais o vi chorar.

Ao chegarmos ao seu apartamento, a primeira coisa que faz é tirar da geladeira uma garrafa de vinho, bebendo direto no gargalo enquanto se arrasta até o sofá, ignorando completamente o fato de que ainda não são nem nove da manhã.

— Ele tirou tudo de mim, não bastava me ter feito de bobo por todo esse tempo, ele tinha que tirar o meu trabalho também — resmunga amargurado. — Se arrependimento matasse... — Outro gole na garrafa. — O que eu vou fazer agora?

— Você vai conseguir outro emprego. — Me sento ao seu lado.

— Mas eu precisava desse. — Começa a chorar, apoiando a cabeça no meu ombro e amolecendo quando passo meu braço ao seu redor. — Era importante para mim.

— Eu sei que sim. — Corro os dedos pelos seus fios ruivos e rebeldes.

— Eu fracassei. — Ele se afasta para me encarar. — Nadei esse mar todo para morrer na praia. — Soa rancoroso, ao mesmo tempo que algumas lágrimas começam a rolar pelas suas bochechas vermelhas.

— Tá bom, você já chorou muito ontem. — Seguro seu rosto, passando o polegar pelas suas bochechas. — Precisa manter um pouco de água no corpo.

Ele ri soprado, balançando a cabeça em negação.

— Eu estou vivendo um pesadelo.

— É só um momento ruim, vai passar. — Toco seu braço, tentando ao máximo confortá-lo, ainda que saiba que não vai adiantar muito.

— Eu só quero chorar, Rafael. — Pressiona os lábios, enquanto seus olhos enchem de lágrimas outra vez, o rosto mais vermelho do que nunca. — Me deixa chorar. — Joga uma das almofadas no meu colo para, em seguida, apoiar a cabeça nela.

Sem ter muito o que fazer, acaricio seu cabelo, deixando que desate em um choro contido, com ele murmurando vez ou outra algo sobre Lucca e, a cada dez palavras, nove são um palavrão. Queria saber como fazer isso passar, eu nunca sei o que fazer quando as pessoas choram. Victor foi a pessoa a quem recorri durante os meus momentos de desequilíbrio; foi ele quem ouviu todas as minhas lamúrias por muito tempo. Eu queria retribuir de alguma forma.

Quando nem chorar ele consegue mais, apenas continua deitado, em silêncio, parecendo pensar no que sua própria vida havia se tornado. Vejo-o fechar os olhos enquanto eu deslizo os dedos por entre os fios do seu cabelo. Os últimos dias parecem ter sido um verdadeiro inferno para ele. Pior é saber que ele não merece um terço do que está acontecendo, o mundo é que tende a ser injusto.

Ele volta a se sentar poucos minutos depois, apoiando a cabeça no estofado, mantendo os olhos baixos para não ter que me encarar dessa forma, para não ter que demonstrar fragilidade.

— Quer água?

— Eu quero uísque — murmura, como uma criança.

— Então, vai ser água. — Eu me levanto, pegando a garrafa de vinho esquecida no chão, ouvindo seu resmungar irritado.

Caminho até a cozinha, enchendo um dos copos com água, e volto para lhe entregar. Victor fita o copo na minha mão por alguns segundos, antes de bufar e pegá-lo, bebendo a contragosto.

— Meu rosto tá muito inchado? — Pergunta, encarando-me por alguns instantes.

— Um pouco. — Contenho o sorriso, e ele solta uma risada fraca, passando a ponta dos dedos ao redor dos olhos.

— Eu sou uma vergonha para mim mesmo. — Dramatiza, escorando-se de qualquer jeito no sofá.

O interfone toca, cortando qualquer fala que eu possa ter. Victor foca seus olhos em mim, de cenho franzido, tão confuso quanto eu.

— Vá ver quem é, não posso deixar que me vejam nessa situação — sussurra, dando tapas no meu braço, desesperado.

Sem muito o que fazer, concordo, apertando o passo até o interfone, atendendo-o no segundo seguinte. E se achei que o meu dia não tinha como ficar mais dramático, eu estava muito errado.

— É o Lucca. — Me viro de frente para o ruivo, com o interfone apoiado na orelha.

Posso ver quando vacila, quando considera a ideia de deixá-lo subir e, como se quisesse que eu lhe desse uma luz, Victor me encara.

— Não vou te julgar se você quiser que ele suba.

— Tá. — Enxuga o rosto mais uma vez. — Deixa ele vir.

Faço o que pede e espero até a campainha tocar. Dá para perceber, no instante em que abro a porta, a surpresa do italiano ao me ver. Seus olhos se estreitam ao encontrar os meus e ele abre e fecha a boca.

Retiro o que disse sobre não ligar para o motivo de Vinícius e eu termos terminado, eu poderia quebrar esse filho da puta agora, sei que nem tudo foi culpa dele, mas não me importo muito com o fato nesse momento.

— Preciso falar com Victor. — Dá um passo à frente, parando quando bloqueio sua passagem. — Cara, eu sei que não gosta de mim, mas o que eu tenho para falar é importante — insiste.

— Deixa esse ridículo entrar de uma vez! — Victor grita de onde está.

Ele entra, caminhando em direção ao outro em passos firmes. Fecho a porta, pronto para presenciar essa cena com muita atenção, já que vou ter que relatar tudo para Guilherme mais tarde.

— Me desculpe. — É a primeira coisa que escapa da boca de Lucca. — Eu não queria que isso acontecesse, foi o meu pai. Sabe que eu nunca faria isso contigo.

— O que eu sei é que você é um grande filho da puta.

— Eu sei, me desculpe por isso também.

— O que você veio fazer aqui?

O italiano pondera, mordendo o lábio ao procurar as palavras certas, olha em volta, olha para mim e parece não se importar nem um pouco com a minha presença.

— Eu falei com o meu pai e ele vai te devolver o cargo — continua, ganhando finalmente a atenção de Victor. — Você pode voltar amanhã. Também te consegui uma promoção. — Sorri fraco. — Meu pai ficou muito puto comigo, mas valeu a pena, não é?

Pelo visto, não é tão filho da puta assim.

— É sério? — Questiona incrédulo.

— É, sim. — Sorri. — Você estava chorando? — Ele parece, então, perceber, juntando as sobrancelhas em um semblante confuso.

— Não, eu... — Sua voz falha, e lá estão as lágrimas outra vez. Ele se desespera, usando as costas das mãos para secar os olhos como se fosse um crime chorar na frente de Lucca.

— *Angelo mio*[2]... — murmura, abaixando-se o suficiente para tomá-lo em um abraço. — *Va tutto bene*[3].

Ele continua chorando, com os braços em volta do pescoço dele, deixando cair toda a sua armadura marrenta, ficando indefeso outra vez.

— Eu te odeio tanto — murmura, arrancando um riso fraco do italiano.

— Também gosto de você, Vi — diz baixo, levando uma das mãos até os fios alaranjados dele, deixando um beijo ali e olhando para mim quando o faz.

— Vá se foder — resmunga Victor, ao finalmente se afastar, empurrando-o pelo ombro. — Você não gosta de ninguém.

— Eu gosto de você.

— Gosta de me enrolar, escroto do caralho. — Enfim, mostrando as garrinhas.

— Me desculpe. — Seu olhar apreensivo cai outra vez. — Eu realmente gosto de você, Victor.

— Eu devo ter muita cara de frouxo para fazer você acreditar que eu ainda caio nessa. — Ri nervoso, encostando-se no sofá e cruzando os braços.

2 "Anjo meu"
3 "Vai ficar tudo bem"

E isso basta para acabar com a insistência de Lucca. Faz parecer que já tiveram essa discussão milhares de vezes, e não duvido disso.

— Obrigado por ter conversado com o seu pai, mas pode avisar que eu não quero a promoção, eu só quero o meu trabalho de volta. — Afasta uma mecha do cabelo. — Já tenho que ouvir o suficiente pelas minhas costas por ter saído com você, não quero conseguir as coisas por ser "namorado" de Lucca Martinelli.

— Sabe que não precisa de mim para nada. Você vai ter aquela promoção mais cedo ou mais tarde, porque você é o único ali que realmente merece.

— Exatamente, por mérito próprio.

— Tão orgulhoso — murmura, abrindo um sorrisinho.

— Sim, agora sai da minha casa. — Aponta para a porta. — Anda, Lucca, sai, sai...

Lucca concorda, levantando-se, ainda sob o olhar irritado de Victor, segura o queixo dele e lhe rouba um selar, recebendo um tapa atrás do outro como resposta. Quando, por fim, se afasta, rindo soprado, é que seu olhar cai sobre mim, por pelo menos dois segundos, até voltar para a porta.

— *Ciao, Angelo mio.* — Acena ao sair, fechando a porta logo ao passar.

Grunhindo, Victor abraça as próprias pernas, escondendo o rosto entre elas.

— Victor Hugo, você se controle! — Dita para si próprio; solto um riso fraco, ganhando sua atenção outra vez. — Eu quero o vinho de volta — diz sério, assustador o suficiente para me fazer devolver a garrafa.

Ele bebe como se fosse água, um gole atrás do outro, com uma sede assustadora.

— Como ele consegue fazer isso comigo? — Grunhe, mordendo o lábio, nervoso. — Como ele consegue me deixar tão frágil? — Seus olhos transparecem o desespero que sente. — Merda, eu não consigo entender.

— É amor. — As palavras saem por impulso, então, de repente, seu semblante muda para confuso.

— Acha que eu o amo? — Pergunta, incerto de suas próprias palavras. Dou de ombros.

— Você sabe quando ama alguém.

— Você amou *ele*? — Pergunta, referindo-se a Vinícius, juntando as sobrancelhas de maneira curiosa, fazendo-me travar no lugar.

— Eu... — Minha voz falha. De repente, a imagem dele ao lado da janela no carro clareia a minha mente, fazendo meu peito doer.

Acho que eu nunca falei sobre isso para ninguém, eu nunca disse em voz alta, apenas escrevo para mim mesmo e nas mensagens que envio, sabendo que ele nunca vai ler, como se tentasse organizar meus pensamentos.

Meu celular começa a tocar no bolso da calça, desviando completamente a atenção do assunto em questão. Dou graças a Deus por isso e atendo a ligação, sem mesmo olhar o nome do contato.

— Oi...

— Rafael! — Guilherme grita do outro lado da linha. — Você não vai acreditar no que acabou de acontecer!

— O que aconteceu? — Indago, afastando o celular do ouvido pela gritaria.

— Fui atropelado.

Troco olhares rápidos com Victor que, até o momento, podia ouvir muito bem a conversa pela gritaria exagerada de Guilherme.

Sério, meu dia já não possui drama o suficiente?

— Como você foi atropelado? — Pisco algumas vezes, mal podendo acreditar no que ele está dizendo. — Onde você tá?

— Na rua. — Posso ouvir uma voz feminina no fundo. — Não fala comigo, não, garota — diz, provavelmente à pessoa que está com ele.

— Não é possível que você tenha sido atropelado e decidido me ligar. — Me sento, começando a me sentir nervoso.

— Uma maluca passou por cima de mim com uma bicicleta. *Eu vou chamar a polícia*! — Grita a última parte.

— Você estava no meio da ciclovia! — A voz da garota ecoa perto dele.

— E, por acaso, você é cega, criatura? — Retruca, esquecendo-se completamente de que ainda estamos em ligação.

— Eu estava com pressa, e você não deveria andar no meio de uma ciclovia. Ao menos, sabe o que é uma ciclovia, seu animal? — Ela continua gritando.

— Olha que eu jogo sua bicicleta no mar — ameaça. — Me ralei todinho, puta merda.

— Guilherme — chamo, ouvindo um "oi?" em resposta. — Está tudo bem? Quer que eu vá te buscar? — Tento conter o riso.

— Não precisa, vou pegar um táxi — resmunga. — Só liguei para avisar que fui demitido.

— De novo?!

— Pois é.

— Certo. Está bem mesmo?

— Tô, porra. Essas coisas só acontecem comigo, francamente.

— Não aconteceriam se você fosse uma pessoa normal! — Exclamo, ouvindo-o praguejar baixinho.

— Vá tomar no cu, e vai tomar no cu você também, garota.

— Vá pro inferno, seu maluco! — A voz dela ecoou outra vez.

— Tchau, Rafael, te vejo em casa — diz rápido, finalizando a ligação antes mesmo que eu responda.

Fito a tela do celular por alguns instantes, tentando processar o que acabou de acontecer.

— Então, o burro foi atropelado por uma garota de bicicleta? — Conclui Victor, fitando-me enquanto morde a pontinha do dedo. — Duvida quanto que ele ainda vai pegar o número dela?

Solto um riso frouxo, balançando a cabeça em negação.

— É exatamente a cara dele fazer isso.

Chego em casa pouco depois de Guilherme. Eu o encontro sentado na poltrona da sala, com um vidro de Merthiolate em mãos enquanto o passa no machucado do joelho. Juro que nunca ri tanto na minha vida.

— O que deu em você para andar no meio de uma ciclovia, Gui? — Pergunto, estendendo-lhe a caixa de Band-Aid.

— Eu sei lá, porra — resmunga, tirando da caixa pelo menos três curativos. — A mulher surgiu do nada. Ou você acha que eu me joguei na frente da bicicleta? — Retruca, colocando o curativo da Hello Kitty no cotovelo. — Não tinha um Band-Aid normal na porcaria da farmácia?

— Ah, mas esse fica tão fofo em você — respondo entre uma risada.

— Você está se divertindo muito com isso, não é? — Outro curativo, agora, nas costas da mão.

— Você não tem noção do quanto.

O último Band-Aid vai em um dos seus joelhos. Ele está mesmo todo estropiado.

— Estava voltando do trabalho, depois de mandar o meu ex-chefe se foder.

— Sei. — Solto um riso fraco. — Coloca um no rosto também — mando, apontando para o machucado no queixo.

Ele bufa, fitando-se pela câmera frontal do celular, antes de pôr um curativo ali também.

— Agora, falando sério, por que você estava no meio de uma ciclovia?

Ele me encara por um instante, antes de bufar e perguntar:

— Vai rir de mim?

— Não.

— Eu estava na ciclovia porque do outro lado da rua tinha um canteiro de flores com borboletas.

Sustento seu olhar, tentando não rir, mas falhei nisso também.

— Não ri! — Pede, atirando um almofada em mim. — Eu entrei em pânico, porra. Isso não tem graça! — Dá-me um soco no ombro, contendo um sorriso.

— Eu sei, me desculpe. — Pigarreio, comprimindo os lábios.

Pedimos uma pizza logo depois de eu terminar de fazer piada com os machucados dele. Deve fazer uma semana que estamos vivendo de *delivery*. Se meu pai descobre, ele me mata; isso me lembra de que preciso ligar para ele antes de dormir, para saber como estão as coisas.

Falamos sobre o "encontro" de Victor e Lucca, como verdadeiros fofoqueiros. Opinamos sobre tudo e terminamos com um: "Mas quem somos nós para julgar?" Porque por mais que Victor afirme com todas as letras que não vai mais ceder a Lucca, sabemos que não é verdade. Ele sempre, repito, SEMPRE, cede.

O típico casal *boomerang* dos livros.

Quando não é Victor quem está correndo atrás, é Lucca quem vem. Pensando sobre isso, só me pergunto quando é que eles vão se decidir sobre a relação.

Muito provavelmente tudo se resolveria com uma simples conversa.

Por que as pessoas insistem em complicar a vida?

Relacionamentos poderiam ser como quando somos crianças e mandamos um bilhete para fulano, perguntando se ele quer namorar, e embaixo as opções "sim" ou "não". Muitas vezes não dura nem uma semana, mas pelo menos ninguém sai magoado.

Quem sou eu para julgar, afinal? Eu fodi totalmente o meu relacionamento. Mas isso não é sobre mim.

Depois de um tempo, tudo que ocupa a minha mente é a lembrança de Vinícius, encarando-me através da janela do carro. Costumo me perguntar o que ele sente ao se lembrar de mim. Talvez raiva ou talvez não sinta nada. Eu queria não sentir nada quando penso nele, mas é muito mais difícil do que imaginei que fosse.

O que sinto eu consegui guardar bem no fundo do meu coração, mas, pelo que parece, essa merda vem à tona sempre que nos vemos. Acho que o problema não é a distância, o problema é que eu não me permito esquecer.

Eu aprendi a amar e agora não sei como fazer isso parar.

Estúpido demais para falar de amor.

23

JÁ FAZ UMA SEMANA QUE SONHO COM VINÍCIUS. SEMPRE COM aquele episódio da rua, ele parado ao lado da janela do carro, encarando-me. Eu ouço a buzina, olho para o semáforo, e, quando volto a encarar a janela, ele não está mais lá.

É horrível.

Sinto todo o nervosismo que senti na hora e sempre acordo com o coração acelerado. Não acontece nada demais no sonho, mas, ainda assim, acordo como se estivesse acabado de sair do pior dos meus pesadelos.

Corro os olhos por todo o quarto, não vejo nada além das luzes da sala entrando pelas frestas da porta. Atordoado, saio da cama, sem a mínima ideia de que horas são. Meus dedos tocam a maçaneta fria, meus olhos precisam de um tempo para se acostumar com a luz ao passar pela porta. Tento focar a vista em um ponto qualquer, e acabo encontrando Guilherme encolhido no sofá, enrolado em um cobertor vermelho, com Bobby deitado em seu colo enquanto assiste a um episódio de *Another*[1].

— Tudo bem? — Pergunta assim que dou a volta na sala em direção à cozinha.

---

1 Anime (2012).

— Eu tenho tido um sonho estranho essa semana. — Vou direto ao ponto, tirando da geladeira uma das garrafas de água.

— É um pesadelo?

— Não. — Alcanço um pacote de salgadinhos no armário. — No dia em que aquela menina te atropelou com a bicicleta, eu vi o Vinícius na rua — conto, não tinha dito isso a ninguém até então. — Desde esse dia, eu tenho sonhado com ele.

— Vocês conversaram?

— Não, eu estava indo buscar Victor no trabalho, parei no sinal fechado, e ele estava passando na calçada, com outros dois garotos, em direção à faculdade — explico, deixando a memória desse dia invadir meus pensamentos de novo. — Vinícius me viu, e nos encaramos por um tempo. Eu me senti tão nervoso.

— Como ele estava?

— Bonito. — Comprimo os lábios, sentando-me ao seu lado. — E tenho certeza de que vi uma tatuagem no braço dele.

— Sabíamos que isso iria acontecer. — Arqueia as sobrancelhas, com um sorriso fraco. — E você continua o mesmo bobo apaixonado, pelo jeito.

— Meu coração acelerou como da primeira vez e doeu tanto — confesso, baixando o olhar, controlando-me para não começar a chorar na frente dele. — Tenho sonhado com esse dia desde então, mas, no sonho, eu desvio o olhar para o trânsito e, quando olho de volta, ele desaparece, eu entro em pânico e acordo.

— Quer saber o que a minha psicóloga diria? — Pergunta, abrindo um sorrisinho.

— O que ela diria, Gui? — Ele tem uma resposta dessas para absolutamente qualquer problema. E, a essa altura, eu nem me importo mais.

— Que você ainda não aceitou que perdeu. — Encolhe-se pelo frio. — Ele some, então você entra em pânico. É como se o deixasse escapar todas as noites.

— Isso é tão melancólico — murmuro, levemente abalado com a sua explicação.

— Nada melhor do que pensamentos melancólicos durante uma madrugada fria — continua. — Agora quer saber o que acho?

— Sim.

— Bom, acho que você tem duas opções. Número um, aceita que acabou e segue sua vida. — Mostra o dedo indicador. — Número dois, para de choramingar e começa a correr atrás.

— Já perdi a chance.

— Você não sabe disso e não vai saber se não falar com ele.

— Não sei, ele deve estar melhor agora.

— Então, começa a aceitar que acabou, Rafael. Tô cansado de te ver ouvir *Largado às Traças*[2] ou *O Que Falta Em Você Sou Eu*[3], ou sei lá que música de corno você anda ouvindo sempre que fica mal. — Joga na minha cara. — Não tem como viver assim para sempre. Dói, eu sei que dói, mas não vai passar se não deixar a ferida cicatrizar.

Assenti com a cabeça. Um tapa doeria menos.

— Baixa o Tinder e vá à luta, meu guerreiro. — Dá tapinhas no meu ombro antes de se levantar. — Ainda tem muito macho para quebrar o seu coração por aí.

— Um já foi o suficiente, valeu — murmuro, com um sorriso triste.

— Tá, agora cala a boca que está chegando a parte em que a garota morre com um guarda-chuva.

— Ah... é perturbador.

— Não, é sensacional — corrige.

Viramos a noite inteira assistindo, com Guilherme comemorando cada morte do anime. Quando chegamos ao episódio final, o sol já começa a nascer. Guilherme dorme todo encolhido embaixo do cobertor vermelho no sofá, com o cachorro deitado no espaço vazio ao seu lado. Até considero acordá-lo e pedir que vá para a cama, mas resolvo deixá-lo ali mesmo e evitar qualquer série de xingamentos que fosse direcionada a mim, só por atrapalhar seu sono, ainda que, quando ele acordar mais tarde, vá reclamar por eu tê-lo deixado dormir no sofá.

Vou para a minha cama, enfiando-me de volta nas cobertas, pretendendo dormir até algumas horas antes de ir trabalhar, mas não consigo, não prego os olhos em momento algum e quando começo a desligar, *ele* aparece de novo.

E ao finalmente cair no sono, durmo mais do que deveria, durmo tanto que nem mesmo escuto o despertador e, ao abrir os olhos, já passa de uma da tarde. Uma única mensagem do meu pai me xingando por não ter aparecido para trabalhar; depois, perguntando se eu estou bem, e essa é uma das vantagens de ser filho do chefe, em momentos assim, entendo o lado do Lucca.

No meio do dia, meu pai liga, insistindo para que eu vá jantar em casa. Soa mais como uma obrigação do que como um pedido: está me ameaçando, na verdade.

2 Música de Zé Neto e Cristiano (2018).
3 Música de Marília Mendonça (2016).

Faz tanto tempo que não vou para casa que não posso simplesmente recusar, sabendo que isso o deixará magoado ou pelo menos fará com que venha até aqui me puxar pelos cabelos.

Sei que ele chega do trabalho perto das cinco horas, então tenho muito tempo para me preparar psicologicamente para o que pode estar à minha espera. Até mesmo no banho, já às quatro e trinta, minha mente não sabe decidir entre ir ou inventar uma desculpa para não precisar passar por esse perrengue.

Covarde, é isso o que eu sou. *Um covarde.*

Como se minha cabeça cheia de paranoias já não fosse o suficiente, Guilherme faz questão de me pressionar ainda mais enquanto eu me arrumo. Chega até a me oferecer um calmante, rindo, divertindo-se bastante às minhas custas.

No carro, eu tenho a nossa conversa da noite anterior pairando na minha cabeça.

Tome uma decisão, Rafael. Tome uma decisão.

Prefiro tomar um tiro a ter que tomar uma decisão.

Impossível descrever a sensação que me sobe pela espinha ao parar o carro em frente à casa. O nervosismo que me atinge em segundos é como ser levado de volta para quase dois anos atrás.

Respiro fundo antes de descer do veículo e ir em direção à porta. Toco a campainha uma vez. Passam-se alguns segundos e toco de novo; nada. Na terceira vez, a porta finalmente é aberta.

Eu perco o ar. Em segundos, o chão embaixo dos meus pés parece se desfazer e o meu peito dói, meu coração começa a bater tão forte que eu posso ouvir o som, posso senti-lo bombeando de uma forma tão assustadora que me paralisa.

Vinícius que, no primeiro momento, parece irritado — eu tinha me esquecido do quanto ele odeia que toquem a campainha mais de uma vez — agora, me olha como se eu fosse algum tipo de extraterrestre, como se eu fosse um fantasma; somos isso mesmo, não é? O fantasma um do outro.

— Seu pai ainda não chegou — diz por fim, mirando qualquer ponto que não seja eu.

A voz dele. *A voz*! Deus, como eu adoro o som da sua voz, agora mais grave do que me lembrava, mais firme, faz eu me engasgar. Ele tem uma das mãos apoiadas no batente da porta; a outra, na maçaneta, e as mangas compridas da blusa azul que usa escondem a tatuagem que vi no outro dia. O cabelo, diferente da outra vez, está embaraçado, tem a aparência de quem acabou de acordar, ele está descalço, com a barra da calça dobrada para que não cubra seus pés.

Essa porra é tão nostálgica.

— Posso entrar para esperar? — Pergunto, respirando fundo ao esperar sua resposta.

— A casa também é sua, entre — murmura, dando-me passagem.

A única coisa que mudou na decoração foram os quadros e as cortinas, o resto continua exatamente como me lembro. O sofá é o mesmo, com todas aquelas almofadas descansando no mesmo lugar de sempre. O tapete não parece sequer ter sido removido nenhuma vez, assim como a poltrona branca, a mesa de centro, a estante.

A TV está ligada em um canal infantil, passando um episódio de *O Incrível Mundo de Gumball*. A cena que passa mostra os personagens tentando explicar a um robô o que é o amor.

Vinícius fecha a porta passando na frente, e então senta-se no canto do sofá, subindo as pernas no estofado, mirando seus olhos em mim outra vez, como se estivesse esperando que eu dissesse algo. *Eu deveria dizer alguma coisa, não deveria?*

— Quer alguma coisa? — Oferece baixo, sem saber o que fazer tanto quanto eu.

— Não, valeu. — Me sento na outra extremidade, sentindo meu estômago gelar só por estar perto dele.

Ficamos em silêncio, provavelmente por segundos, mas parece uma hora inteira.

Diga alguma coisa. Qualquer coisa, Rafael.

Eu não consigo, não consigo, não consigo.

É angustiante, a cada fala do personagem azul, meu coração palpita em desespero, eu o vejo falar e até ouço, mas tudo o que meus ouvidos captam e meu cérebro processa é o som da respiração de Vinícius cada vez mais curta.

Nunca me senti tão pressionado em tão pouco tempo. Viro o rosto para encará-lo, notando, então, seu olhar sobre mim. E no mesmo instante, levado pelo desespero, ele desvia os olhos para a TV, soltando o ar com dificuldade. Ele tem um piercing na cartilagem da orelha, fazendo companhia para os dois outros brincos em seu lóbulo.

Por Deus, os mínimos detalhes são o que o tornam ainda mais bonito.

— Tudo bem com você? — Crio coragem para perguntar, não deixando de reparar na sua mudança de comportamento.

— Vou bem, sim. — É breve, puxando as mangas da camisa, mordendo o lábio. — Minha mãe pergunta muito sobre você, seu pai também sente saudade. — Ele me encara. — Sinto muito que tenha se afastado deles.

— Tudo bem, não é culpa sua. — Puxo o ar com força. — Foi eu quem escolhi me afastar.

— Você não... sente saudade daqui? — Pergunta, com os olhos castanhos fixos nos meus.

— Não é da casa que eu sinto saudade, Vinícius.

Ele pisca algumas vezes, comprimindo os lábios enquanto suas mãos tremem pelo nervosismo.

Muito bem, Rafael. Você está tornando o clima ainda mais esquisito.

Minha pulsação está acelerada, posso sentir cada célula minha, com o estômago revirando. Analiso seu rosto enquanto posso; parece cansado, os olhos pesados, denunciando a falta de sono, a boca ressecada, o tempo todo sendo maltratada pelos seus dentes. Ele morde o lábio com certa força, então percebo que está tentando engolir o choro.

— Sua voz está diferente — murmuro, ganhando sua atenção.

— Também estou mais alto — acrescenta, abaixando a cabeça, sem nenhum intuito de olhar pra mim. — Acho que tenho a sua altura agora. — Aperta os dedos. — Vou fazer vinte anos, Rafael — lembra. Agora, eu tenho quase vinte e três, e ele está na faculdade. Como o tempo passou tão rápido?

— Isso é estranho.

— Eu sei — concorda.

Silêncio outra vez. *FALE ALGUMA COISA, RAFAEL.*

— Vini... — chamo, mas ele não me encara, mantém a cabeça baixa, o lábio inferior de novo preso aos dentes.

— O quê? — Sua voz vacila, vejo sua mão subir e tocar seu rosto, ele funga.

Fala. Fala. Fala.

— Nada, deixa quieto — digo num sussurro.

Ele faz que sim com a cabeça, então se levanta, dá a volta no sofá e sobe a escada em passos largos, desaparecendo por ela em segundos.

Estraguei tudo. De novo, eu estraguei tudo.

Nem mesmo tenho tempo para começar a me martirizar com isso porque, antes que eu possa decidir fazer algo, a porta é aberta, Ísis passa por ela e abre um sorriso enorme ao bater os olhos em mim.

— Rafael! — Ela larga a bolsa e me puxa para um abraço. — Que saudade que eu estava de você! — Aperta-me tão forte que me deixa tonto. — Vai ficar para o jantar?

— Vou. — Sorrio, tentando parecer o mais suave possível, torcendo para que não note que estou à beira de um ataque de nervos.

Não estou preparado para encarar um jantar estilo família, tentando fingir que está tudo bem, quando sei que não está, quando eles sabem que não está.

— Faz tanto tempo que você não vem aqui, seu pai fala de você o tempo todo — acrescenta, estendendo a mão para tocar o meu cabelo.

— Eu sei, não queria que fosse assim — murmuro, com um aperto no coração.

— Sabe quem mais sente sua falta? — Pergunta baixo, usando a ponta dos dedos para afastar uma mecha do meu cabelo, alcançando meu olhar antes de dizer. — O meu filho.

Se ela soubesse o quanto isso me machuca, não teria dito.

— Sente, é? — Resmungo, abaixando o olhar, ouvindo-a concordar.

— Conheço o meu filho, ele pode não querer conversar comigo sobre essas coisas, mas eu sei que ele sente. — Pressiona os lábios, pensando no que dizer. — Essa casa é grande demais, Rafael. — Assinto com a cabeça. — A amizade de vocês era tão bonita.

Amizade. Nunca foi só amizade, e ela nunca enxergou além disso. Ísis vê até onde ela quer ver. Talvez ignore todos os outros sinais, ou talvez não tenha tempo para prestar atenção neles. Acho que sempre fomos muito óbvios, sempre no calor do momento, ousando querer mais e mais o tempo todo, buscando pele com pele, buscando sentir o sabor um do outro, não importando onde ou quando. Com Vinícius, tudo sempre foi tão intenso...

— Que bom que veio jantar, deveria vir mais vezes, vai deixar o seu pai feliz — diz, fazendo a mais pura chantagem emocional comigo. Levanta-se, pegando a bolsa e preparando-se para subir. — Fique à vontade, querido.

Tiro o celular do bolso, perguntando-me o que diabos aconteceu com meu pai; nem Vinícius nem a mãe dele voltam à sala, o que particularmente eu acho até bom. Sem mais conversas constrangedoras.

Meu pai finalmente chega em casa, quase quinze minutos depois. Deixa as chaves e a carteira no mesmo lugar de sempre, sorrindo ao se aproximar.

— Tive certeza de que não viria, seu moleque traiçoeiro. — Deixa um tapa na minha nuca ao passar atrás do sofá. — Me perguntei qual seria a sua desculpa da vez.

— Eu disse que viria.

— Já falou com as outras pessoas dessa casa ou continua fingindo que elas não existem? — Pergunta com desdém. Cruel.

— Falei, sim, e eu não finjo que elas não existem.

— Sei...

— Inclusive, me disseram que você não para de falar de mim, que está morrendo de saudade do seu primogênito — provoco, arrancando-lhe um riso fraco.

— Venha aqui, garoto, anda. — Abre os braços, esperando que eu me levante. Sem pensar duas vezes, saio de onde estou, deixando que seus braços me rodeiem. — Quando você tinha oito anos, prometeu a mim que não me abandonaria em um asilo.

— E eu não abandonei — respondo confuso, afastando-me para encará-lo.

— Mas está no caminho! — Dramatiza. — Inventando desculpas para não vir até a minha casa, garoto, eu vou te dar uma surra — ameaça, acertando um tapa na minha nuca outra vez.

— Tá bom, não precisa falar duas vezes.

Conversamos muito enquanto preparamos o jantar, rimos. Ísis desce e se junta a nós na cozinha, mas nem sinal de Vinícius, não até a mãe dele gritar, mandando que desça para comer. Quando desce, com os olhos fixos no celular, demonstra surpresa ao me ver, certamente não esperava me encontrar ainda ali.

— Não estou com fome. — Maneia o olhar entre mim e a mãe, apertando os dedos em volta do celular.

— Está, sim. Sente-se aí — manda.

Vinícius pondera, bufando quando ela parece não lhe dar escolha. Dá a volta na mesa, sentando-se exatamente ao meu lado, como fazíamos antes. Sentamos e nos servimos, e meu pai e a esposa começam a puxar assunto. Eu respondo, tentando ser o mais breve possível, já Vinícius sequer fala, não toca na comida, só demonstra querer voltar para o quarto.

Quando a palavra é dirigida a ele, ergue a cabeça, concorda, solta uma ou duas palavras, inexpressivo e quieto. Ele não era assim, nunca foi assim. Mesmo quando estava mal, Vinícius forjava um sorriso e tentava parecer bem, mas agora nem isso ele faz. Faz parecer como se já tivesse desistido de fingir, cansado dessa merda toda. Isso me deixa assustado em níveis inexplicáveis, porque eu nunca sei o que esperar dele, não sei até onde ele pode ir, e me preocupa muito pensar nisso.

Ele não come quase nada e corre para o quarto quando tem a chance, deixando a gente à mesa, em silêncio, sem a menor noção do que falar em seguida.

— Não sei mais o que fazer com ele — murmura Ísis, puxando o ar com força, apoiando os cotovelos na mesa.

— Tudo bem, é só uma fase — comenta meu pai, acariciando seu braço. — O garoto só está passando por um momento complicado, é um adolescente, eles fazem isso.

Não é uma fase. Não é um momento complicado. E Vinícius já não é mais um adolescente. Minha vontade é ir atrás dele e descobrir o que está acontecendo de verdade.

— Ele mente, Antony. — Ela o fita de cenho franzido, irritada. Provavelmente, já ouviu esse discurso mais de mil vezes. — Meu filho é um mentiroso.

— Eu sei, e ele vai continuar mentindo. — Levanta-se, juntando os pratos. — Mentindo e te desafiando. — Coloca os pratos na pia, deixando que Ísis pense um pouco naquilo.

— Eu preciso descansar. — Suspira, erguendo-se para deixar a mesa. — Boa noite, Rafa. — Dá a volta, plantando um beijo rápido em meus cabelos. — Não demore a aparecer, ouviu?

— Tudo bem — concordo, abrindo um sorriso fraco. — Boa noite.

Ajudo meu pai a lavar a louça, com o garoto lá em cima, pairando na minha cabeça. Penso no que Guilherme me disse, mas não sei qual decisão tomar, não agora.

Meu pai me acompanha até o carro quando eu digo que já estou indo. Dá-me uma garrafa de cerveja e me faz beber com ele, sentados na porta de casa. Observamos as casas da vizinhança, a maioria com luzes apagadas e cortinas fechadas. Nunca vi crianças por aqui, vejo meninas e meninos, quase da mesma idade que eu ou Vinícius, mas crianças nunca.

— Quer falar sobre o Vinícius? — Pergunta, levando a garrafa até a boca.

— Não tenho o que falar — sou seco, tentando cortar qualquer brecha que ele tivesse para estender o assunto, mas não funciona.

— Então, vamos falar sobre sentimentos.

Solto um riso descrente. Nunca, em toda a minha vida, falamos sobre *sentimentos*.

— Essa porra é séria? — Me viro para encará-lo, sentindo o peso de seu olhar rígido sobre mim.

— Sim, Rafael. — Toma outro gole da própria cerveja. — Você pode não querer me contar o que se passa com Vinícius, mas isso não muda o fato de que eu sei.

Eu sei.

Meu coração salta dentro do peito. Sem coragem de olhar para ele, trago a garrafa até a boca, tomando dois goles antes de continuar.

Ele sabe.

— Como você sabe? — Pergunto tão atordoado que quase não tenho certeza do que falei.

— Conheço o meu filho. — Pigarreia. — Eu te criei, te conheço como a palma da minha mão. — Dá uma breve pausa. — E você é um cafajeste.

— Como é? — Questiono confuso, soltando um riso nervoso.

— Um galinha, meu filho. — Ergue a garrafa na altura dos olhos, girando antes de beber o restante. — Com catorze anos, você mentia, dizendo que ia fazer trabalho na casa de alguém quando, eu sei, você só saía para beijar um garoto qualquer — continua, sem pudor algum, e eu só consigo rir de vergonha e desespero, sem entender o motivo de ele estar citando isso agora. — Com quinze, você fugia no meio da noite para ir a festas, voltava às três da manhã, pulando a janela do quarto. Posso apostar um dedo que foi com essa idade que você perdeu a virgindade.

Como eu queria que um buraco se abrisse no chão e me engolisse nesse exato instante.

— Com dezesseis, você começou a levar rapazes para casa. — Ele me encara. — Dizia que estavam estudando no quarto. O estranho é que suas notas eram péssimas, mas você estudava muito no quarto com esses meninos.

— Pai, pelo amor de Deus! — Escondo o rosto com uma das mãos, não conseguindo conter a risada.

— Finalmente, dezessete. — Sorri, parecendo se lembrar. — Foi quando você parou de mentir. Todo fim de semana era uma festa, e toda manhã, no dia seguinte, tinha um moleque desconhecido saindo do seu quarto.

Contenho uma risada fraca, criando coragem para encará-lo, com o rosto queimando de tanta vergonha.

— Os seus dezessete e dezoito anos foram um verdadeiro inferno para mim. — Dá uma pausa, balançando a cabeça enquanto pensa. — Rafael, você sumia, me mandava uma única mensagem para dizer que estava vivo; me deixava preocupado e aparecia quase dois dias depois, como se nada tivesse acontecido. Entrava pela porta de casa às dez da manhã de um domingo, jogava-se no sofá e dormia até anoitecer.

Faço que sim, pensando em cada festa que fui, em cada canto que me enfiei quando mais novo. Eu fui um inconsequente.

— Nunca te coloquei limites, sempre confiei em você e nas pessoas com quem andava.

— Sempre confiou no Victor e no Guilherme? — Questiono, rindo ainda mais.

— Sim, em Victor porque, mesmo sendo o que voltava mais bêbado, era o mais racional entre vocês. O mandante — descreve. — Guilherme era o espertinho, com uma lábia assustadora e tantas, tantas mentiras. — Ri. — Ainda me lembro das baboseiras que ele inventava, tentando encobrir você. — Arqueia as sobrancelhas num suspiro. — E você, Rafael, meu filho, com todos aqueles hormônios à flor da pele, você só saía de casa para transar, sempre com camisinha, eu espero.

— É claro, depois daquela nossa constrangedora conversa sobre sexo ficou meio difícil de transar sem proteção.

Ele ri, ri muito, parecendo se lembrar exatamente do que eu estou falando.

— Eu te dei educação, agradeça por não ter pegado clamídia.

Balanço a cabeça em concordância, deixando o silêncio pairar por alguns segundos, até sua voz tomar conta outra vez:

— Tinha vezes que você me ligava, às quatro da manhã, sem dinheiro para voltar para casa, com seus amigos caindo de bêbados, me pedindo para ir buscar vocês.

— E você sempre ia — reforço, sorrindo fraco. — Deixava os meninos dormirem no sofá e, de manhã, os levava para casa.

Ele assente, abrindo outra garrafa.

— Quando fomos morar com Ísis e Vinícius, o seu comportamento mudou — diz, dando o primeiro gole. — Não havia mais rapazes desconhecidos transitando pela minha casa, não havia mais festas no fim de semana. — Respira fundo. — No início, eu achei que você não queria que eles se irritassem com você, por trazer pessoas estranhas para casa no meio da noite, mas não era isso. Eu demorei a perceber... que os garotos pararam de vir porque você já tinha um, no quarto ao lado do seu.

Ele me encara, sustenta meu olhar, como se esperasse uma confirmação, e consegue no instante em que vacilo, levando a garrafa até a boca, com o coração batendo forte e o estômago revirando.

— Você e ele se aproximaram, criaram um laço muito forte em muito pouco tempo. Para onde você ia, ele seguia atrás e, de repente, Vinícius era o único com quem você andava, além de seus amigos.

Suas palavras me atingem com tanta força, ao mesmo tempo que eu posso ouvir minha pulsação acelerada.

— Qualquer um que prestasse atenção poderia notar que o que vocês tinham era muito mais especial do que uma simples amizade. Não é o tipo de coisa que acontece sempre. — Baixa o olhar. Outro gole de cerveja. — É importante sentir, é importante viver momentos como os que vocês viveram porque, em algum momento, o seu tempo vai acabar, a vida não é eterna. Mesmo que tenha durado pouco tempo... Foram o quê? Seis ou sete meses? — Franze o cenho. — Você teve sorte de ter vivenciado isso. Sorte de ter sentido tudo que sei que sentiu quando esteve com ele, porque são poucas as pessoas que realmente mexem com você.

Minha visão, até então, é completamente turva. Falei sobre isso com Victor, com Guilherme, mas não tinha falado com o meu pai, a única pessoa com quem eu sentia que precisava ter essa conversa, mas o medo sempre falou mais alto. Percebo agora que esse medo não passava de uma grande besteira.

— Você nunca quis amar ninguém. Quando eu perguntava se estava namorando, você ria, como se eu estivesse contando uma piada. — Nega com a cabeça, sorrindo ao se lembrar. — Mas você amou Vinícius e talvez ainda ame — murmura. — A dor que você sente agora não é nada perto do que ele te fez sentir quando estavam juntos.

— Preferiria nunca ter sentido nada — murmuro amargo, denunciando toda a mágoa que ainda existe em mim.

— Você, mais do que ninguém, sabe o quão importante é sentir dor e tristeza, sabe que não pode fugir disso.

— Só estou cansado. — Aperto os olhos, sentindo as lágrimas quentes escorrerem pelo meu rosto. — Não acho que tenho disposição para passar por tudo isso outra vez.

— Não pode ter medo de amar, Rafael. Nunca tenha medo de amar alguém, entendeu?

Balanço a cabeça em negação, respirando fundo, com a garganta se fechando, tremendo, prestes a desabar. Apoio os cotovelos nos joelhos, escondendo o rosto, sem saber como controlar o choro. Sinto tanta saudade *dele*.

— Me desculpe — murmuro, enxugando o canto dos olhos. — Por ter causado isso. Desculpe, pai.

— Tudo bem, não precisa se desculpar. — Leva a mão até o meu cabelo com carinho. — Não é culpa sua, a gente não tem controle sobre esse tipo de coisa, e tudo bem.

— A mãe dele sabe?

— Suponho que não — diz baixo, com uma breve pausa. — Se sim, eu já saberia.

— Ela vai me odiar — murmuro, deixando-me desabar um pouco mais.

— Não vai, não. — Prende os dedos aos meus fios de cabelo. — Quando, ou se ela descobrir, pode demorar um pouco, mas ela vai entender.

Concordo com a cabeça. Não consigo imaginar uma situação em que ela não me odeie por ter transado com o filho dela de dezoito anos, dentro da própria casa por quase sete meses.

— Como o Vinícius está? — Resolvo perguntar, secando o rosto, trazendo a garrafa até a minha boca.

— Ah, ele tem deixado a mãe louca. — Ri soprado. — Já viu as tatuagens dele no braço? Aquilo rendeu uma discussão de mais de uma semana, foi um verdadeiro inferno.

— Ele vai até o final quando põe uma ideia na cabeça. — Solto um riso frouxo.

— Tem mentido muito também. Ísis sempre deu dinheiro a ele, não precisa de um motivo, ele pedia e ela dava, mas, de um tempo para cá, ele tem usado o dinheiro para ir às festas. — Suspira pesadamente. — Semana passada, esse garoto chegou em casa às cinco da manhã, mal conseguia ficar em pé. A mãe dele surtou, foi terrível.

Merda.

— Eu acho que ele só está perdido, confuso, tentando se encontrar, sabe? — Ele me encara por um instante.

— Não. — Balancei a cabeça em negação. — Não é só isso, nunca foi só isso com Vinícius.

— De qualquer forma, ele não fala com a mãe, muito menos comigo. O garoto se isolou, criou uma barreira de proteção e não deixa ninguém chegar perto. — Levanta-se, pegando as garrafas vazias, parando para me encarar. — Talvez ele fale com você.

— Acho que ele não confia mais em mim, pai — confesso, acompanhando-o de volta para dentro.

Ele assente, sem falar mais nada por pelo menos dois minutos.

— Vai dormir no sofá — avisa, tomando as chaves do carro de minhas mãos. — Não vai sair daqui depois de ter bebido.

— Foram só duas garrafas.

— Boa noite, Rafael — diz alto, já subindo a escada com as minhas chaves.

Bufo, jogando-me no estofado. Ligo a TV, mudando de canal até encontrar um filme no mínimo interessante. Mando mensagem para Guilherme, avisando que não voltarei para casa hoje. Ele somente visualiza, mandando um *emoji* em seguida.

Com tudo que acabou de acontecer, minha mente parece trabalhar mil vezes mais. Sinto que vai ser impossível dormir essa noite.

Com as vozes dos personagens soando baixas e a iluminação fraca vinda da TV, um frio me corre pela espinha; essa casa é, de fato, grande demais. Encarando o breu dos cantos da sala, minha mente se pergunta como seria se um monstro saísse dali. Não tem absolutamente nada no escuro, mas o medo irracional tende a nos fazer supor coisas desse tipo.

— O que está fazendo? — A voz rouca faz com que eu sobressalte. Posso jurar que meu coração parou.

— Nunca mais faça isso, nunca mais, ouviu? — Cubro o rosto, respirando fundo, ainda sem saber onde ele está.

— Te assustei? — Pergunta, e posso ouvir seus passos se aproximando, então o toque de suas mãos nos braços do sofá. — Vai dormir aí?

— Meu pai levou as minhas chaves. — Sou breve, abrindo os olhos e encontrando o seu rosto pouco iluminado logo acima de mim.

Ele concorda, distanciando-se outra vez, tirando da mesa o molho de chaves da casa e se dirigindo até a porta.

— Achei que estivesse dormindo — murmuro, acompanhando-o com o olhar.

— Eu durmo o dia todo — responde, abrindo a porta e enfiando as mãos nos bolsos.

— Aonde vai?

Não espero uma resposta, ele não parece disposto a me dar algum tipo de explicação.

— Fumar.

Arqueio as sobrancelhas. Não deveria demonstrar tanta surpresa, mas é inevitável. E isso é tudo que ele diz antes de passar pela porta. Minha mente ainda tenta compreender a situação, teorizando inúmeras coisas que ele poderia ter ido fazer realmente ou se ele só foi fumar no sentido mais literal possível.

Tenho vontade de sair para conferir, mas não faço.

Ele volta quase vinte minutos depois e, só pelo cheiro que vem dele quando passa por mim, tenho a confirmação de que estava mesmo fumando.

Eu tenho tantas perguntas para fazer, mas ao mesmo tempo sei que não tenho mais intimidade para isso.

Demoro a dormir, com tudo isso me rodando a cabeça. Um medo repentino me consome, coberto pela forte sensação de incompetência. Saber que há algo de muito errado e não ter a mínima ideia de como ajudar a consertar.

Quando acordo no dia seguinte, com meu pai me sacudindo, ele já está arrumado para ir trabalhar, entrega-me as chaves do carro e sai de casa, logo depois de Ísis.

Vinícius, assim como eles, está arrumado para ir à faculdade, e só espera nossos pais passarem pela porta para largar a bolsa e se dirigir de volta ao quarto. Não preciso perguntar para saber que ele está matando aula; esse hábito nunca mudou, pelo visto. Também não me obrigo a ir atrás dele. Mesmo que meu subconsciente implore por isso, só pego o carro e volto para casa, com a enorme sensação de estar falhando com Vinícius pesando sobre mim outra vez.

E quando chego, quando passo pela porta, a primeira coisa que faço é tirar o celular do bolso, abrir minha conversa com ele e digitar, só por desencargo de consciência:

Me desculpe.

Eu sinto sua falta.

E antes que eu possa bloquear a tela e guardar o celular outra vez, eu enxergo o *online* e vejo os dois riscos azuis, indicando que ele tinha recebido e lido a mensagem.

Meu coração pula e, por um minuto, acho que vou morrer.

Digitando...

E nada.

Nada.

Minutos se passam e nada.

Solto o ar num riso contido, bloqueando a tela do celular e cobrindo os olhos com as mãos, odiando-me um pouco mais quando minha garganta se fecha, quando meu rosto começa a arder e as lágrimas começam a escapar, antes mesmo que eu possa tentar contê-las.

Eu perdi, realmente perdi.

24

ALGO ME DIZ QUE FUI COMPLETAMENTE MANIPULADO PARA VIR aqui. No início, pareceu uma boa ideia, agora, olhando em volta, tenho certeza de que o meu lugar é em casa, debaixo das cobertas, prontinho para dormir.

Como Victor consegue ter uma lábia tão boa a esse ponto? Todo final de semana, eu digo que não quero ir à balada nenhuma e, todo final de semana, ele me arrasta para uma, mas ainda é cedo para eu começar a me arrepender.

A música alta não me permite pensar, e isso é um ponto positivo, um dos poucos, na verdade. Vejo Victor ir e voltar do bar. Ele vai com o copo vazio e volta com ele cheio, sorrindo de orelha a orelha; a luz roxa não me deixa ver o quão vermelho está o seu rosto, mas sei que deve estar mais rubro do que um tomate.

— Rafael, eu vou te desenrolar pra alguém — Guilherme avisa aos berros ao meu lado enquanto olha em volta, disposto a começar a caçar.

— Não tô a fim — reclamo. Acho que estou começando a ficar de mau humor.

Ele olha para mim como se eu tivesse dito algo absurdo, como se o tivesse ofendido.

— Você morreu, Rafael? Fez votos de castidade e eu não fiquei sabendo? — Ele olha de cara amarrada para mim, os olhos descendo do meu rosto para o meu copo de bebida intocado, então solta o ar, inclinando-se para gritar comigo. — Você disse que ele ignorou a sua mensagem, não foi? Se essa não era a resposta que você precisava, então não sei o que era. — Afasta-se para me encarar. *Que dor infernal.* — Porra, cara, um moleque parte esse teu coração de merda e tu vira um frouxo? — Empurra-me pelo ombro, pondo o dedo na minha cara. — Na moral, cara, aceita essa porra e segue em frente.

Não sei se quero dar uma surra nele ou se aceito calado toda essa merda.

— Deixa de ser ridículo e para de sofrer por quem não tá nem aí pra você, filho da puta — continua, deixando-me mais puto ainda.

— Vá tomar no cu, Guilherme.

— Vá tomar no cu, você.

— Ei! — Victor se coloca no meio, passando o braço esquerdo ao redor do meu pescoço, e o direito, ao redor do pescoço de Guilherme, para depois apertar a ponto de quase nos sufocar. — Qual o problema de vocês? São dois magrelos querendo brigar.

Acabo rindo, perdendo qualquer moral que ainda tenho e a pose que sustentava. Guilherme rola os olhos, esboçando um sorriso, balançando a cabeça de um lado ao outro.

Ergo meu copo, decidido a tomar tudo de uma única vez, dando um gole atrás do outro até sentir a garganta queimar, até sentir o meu estômago embrulhar. Talvez se eu beber até perder a consciência, a dor passe.

Quando acabo o meu primeiro copo, Victor logo o repõe, e esse eu mando para dentro tão rápido quanto o primeiro, fechando os olhos ao reclinar na cadeira.

Ainda está lá, *a dor ainda está lá.*

A música acaba, outra começa. Mas é no terceiro copo que eu começo a sentir alguma coisa; é na terceira dose que eu começo a sentir meu corpo dormente e os meus pensamentos mais lentos, é quando começo a me sentir alegre.

Outra música. E essa, Victor e eu cantamos aos berros, pulando e esbarrando nas outras pessoas. Esqueço-me do mundo lá fora, vivo só aquele momento quando a música é tão alta que nem mesmo escuto a minha voz, com minha visão deturpada, totalmente alheio a tudo.

Sei que estou bêbado quando entro no banheiro e nem mesmo consigo seguir em linha reta, não consigo andar sem esbarrar nas paredes ou nas pessoas, e até bebida eu derramo.

Entro e saio sem ter certeza de que fiz tudo direito, se vesti minhas calças da forma certa; misturo-me no meio das pessoas outra vez e, quando volto a ter consciência do que estou fazendo, tem um cara na minha frente, dançando comigo, com a mão dele na minha cintura e os olhos presos nos meus.

Ele sorri, se aproxima e diz coisas no meu ouvido que, por mais que não tenham efeito algum sobre mim, não deixa de ser uma oportunidade. Por mais que eu não tenha nem mesmo prestado atenção nele, ainda é uma oportunidade, e eu posso querer também.

Nós nos beijamos, suas mãos sobem até a minha nuca enquanto sua língua invade minha boca e é bom, é bom até demais. Eu só queria não estar tão preso a Vinícius a ponto de não sentir nada por ninguém, absolutamente nada, a sensação é de que eu vou beijar mais dez pessoas, vou me envolver com mais dez caras e nenhum deles vai chegar perto do que Vinícius um dia foi para mim. Beijar Vinícius não era bom, era sensacional, era a melhor coisa do mundo.

E como se não importasse e realmente não importa, eu me desprendo dele, saindo da sua frente e voltando a seguir entre todas aquelas pessoas até encontrar com Victor e Guilherme outra vez.

— Victor, não vai beijar ninguém? — Pergunto, com um sorriso largo ao me juntar a eles na mesa.

— Victor não quer pegar ninguém hoje — declara em terceira pessoa, terminando sua bebida amarela.

— Victor vai beber mais um copo de vodca e vai querer beijar o primeiro que aparecer — retruca Guilherme, rindo em provocação.

— Vá se foder — resmunga, tirando o celular do bolso e conferindo a barra de notificação. Ele suspira, bloqueando o celular e largando-o na mesa, de braços cruzados e cara emburrada. — Eu odeio o Lucca.

E lá vamos nós.

— Tudo bem? — Pergunto, apoiando os cotovelos na mesa.

— Não — grunhe, balançando a cabeça em negação. — Por que ele faz isso comigo? Droga! — Desbloqueia o aparelho outra vez, mostrando as mensagens para mim.

Queria te ver.

Tô com saudade.

— Me deixa ver. — Guilherme se inclina, toma o celular das mãos dele e desliga-o para, em seguida, guardá-lo em seu bolso.

— Me devolve.

— Não, sou eu quem tem que te aguentar chorando, depois.

— Guilherme, é sério. — Ajeita a postura, mas não importa o quanto ele tente, nós três sabemos que será em vão. — Eu não vou mandar nada — garante.

Guilherme continua negando, levando a garrafa de cerveja até a boca, sob o olhar irritado de Victor.

O ruivo olha para mim, mais corado do que o costume, buscando algum tipo de apoio, mas tenho que ficar do lado de Guilherme nessa, nós três sabemos que não precisa de muito para Victor começar a se humilhar para Lucca como se não tivesse um pingo de amor próprio, como se fosse morrer se não recebesse atenção dele, para no dia seguinte se dar conta da merda que fez e surtar a ponto de considerar se jogar da janela do quinto andar.

Seu olhar sustenta o meu e, de uma forma quase que instantânea, sua expressão muda, seu olhar encontra um ponto atrás de mim e seus olhos se arregalam, demonstrando surpresa. Vejo sua mão tocar o braço de Guilherme, sacudindo-o e apontando com o queixo na direção que tanto olhava.

— Ah, porra! — Pragueja baixinho.

Eu devo ter me virado como a garota do exorcista, mas não importa, porque *ele* está mesmo aqui, bem aqui, está bem aqui e está olhando para mim.

O meu coração salta dentro do peito, e eu devo ter alcançado a sobriedade como ninguém nunca fez antes.

— Que mundo pequeno. — Victor ri, dando tapinhas no meu braço. — Agora, todo mundo vai sofrer.

Sem lhe dar a mínima importância, assisto a Vinícius atravessar o local, muito provavelmente já bêbado, apoiado no ombro de uma das cinco pessoas que o rodeiam. Param no bar, onde o *bartender* coloca seis cervejas, eu quase posso ouvir a risada alta de uma das garotas.

— Hoje, a noite vai ser longa.

— Por que eu não fiquei em casa, meu Deus? — Lamento, cobrindo o rosto com a palma das mãos, com meu coração batendo tão forte que chega a me assustar, os pensamentos a mil, enlouquecendo-me.

Quando ergo o rosto, meus olhos seguem na direção de Vinícius como ímãs, ele está escorado no balcão, com os olhos ainda presos em mim, completamente alheio à conversa que seus amigos expandem.

Céus, como ele é bonito, parece até tortura tê-lo a poucos metros de mim, vestido assim, arrumado assim, mais atraente do que nunca esteve, e eu não poder fazer nada. Eu vou entrar em pânico a qualquer segundo, eu sei disso. Não vou aguentar ficar aqui, não vou suportar vê-lo ficar com outra pessoa, foda-se se ele é solteiro, foda-se se não é mais meu, foda-se. *Foda-se!* Eu. Não. Consigo.

Se eu precisava de uma confirmação de que sou imaturo demais para lidar com o fato de que ele pode ficar com outras pessoas, aqui está, ou talvez seja a bebida falando, eu não ligo, mas sei que agora, nesse exato segundo, isso é coisa demais para a minha cabeça.

Vejo Guilherme se levantar, com a desculpa de que vai ao banheiro, mas não dou a mínima para isso, estou considerando a ideia de me levantar e ir embora só para não precisar respirar o mesmo ar que Vinícius.

E durante todo o tempo que Victor e eu ficamos sozinhos, não consigo tirar meus olhos do garoto no bar. Posso parecer um maluco obcecado agora, mas não me importo o suficiente para parar. Sei que deveria fazer alguma coisa, mas não sei o que, assim como sei que vou fazer algo estúpido se me levantar e ir até ele.

E quando meus pensamentos começam a se distorcer, quando percebo que estou começando a achar atraente a ideia de ir falar com ele, uma garota bloqueia a visão que tenho dele e ele de mim, ela se senta na cadeira do outro lado da mesa e cobre totalmente qualquer imagem que eu possa ter de Vinícius.

Uma delas, com o cabelo preto e curto, com as pontas dos fios tocando as orelhas, sorri ao olhar de Victor para mim, segurando em uma das mãos uma garrafa de cerveja, enquanto o pulso da outra está enfaixado.

— Oi. — Ela sorri mais.

— Oi. — É Victor quem responde, porque nem isso consigo fazer.

Acho que estou enlouquecendo.

E antes que um de nós possa entender o que a traz aqui, ela mesmo se explica, inclinando-se sobre a mesa para que possamos ouvi-la melhor.

— O amigo de vocês é gay? — Arqueia as sobrancelhas. — Aquele que estava aqui agorinha.

Victor e eu nos entreolhamos. O ruivo solta um riso soprado, balançando a cabeça em negação.

— Não... Por quê? — Ele ri.

— Achei ele bonitinho. — Encolhe os ombros, fechando os olhos ao sorrir.

— Qual o seu nome? — Eu me ouço perguntar, ganhando a atenção dos olhos escuros dela, destacados pelos cílios grandes e o delineado perfeito.

— Raquel.

Guilherme, por fim aparece, sem que nós possamos chegar a algum lugar com aquela menina. Ele, por sorte, se senta na cadeira ao lado dela, segurando uma garrafa de cerveja, com o cabelo embaraçado; relaxa no encosto, suspirando alto e, só então, enxerga a menina.

Eles se encaram por segundos inteiros. Eu estou começando a achar que seria um jogo fácil para ambos, que ela conseguiria o que veio buscar muito antes do que o esperado, mas a expressão dele muda de uma forma assustadora.

— Eu conheço você — murmura ela, tirando um riso sarcástico do outro.

— Claro que conhece, você passou por cima de mim com uma bicicleta, desgraçada — resmunga a última parte.

Ela ri, concordando com a cabeça. A garota da bicicleta.

— Cara, você quase quebrou o meu pulso! — Exclama ela, num entusiasmo que faz parecer que tem orgulho daquilo, apontando com o dedo para o pulso enfaixado.

— Problema seu, eu fui a vítima.

— Vítima, o cacete!

— Eu deveria ter jogado a sua bicicleta na porra do mar — diz com raiva na voz, ainda olhando para ela e, nesse curto período de tempo, seus olhos descem por ela e voltaram num movimento pouco discreto. Isso a faz sorrir.

— Queria ver tentar, gatinho. — Ri, a franja pendendo sobre os olhos.

Ele sorri de volta, afundando-se na cadeira, sustentando o olhar dela por tempo demais até levar a garrafa de cerveja até a boca.

— Aí, o Vinícius não para de olhar pra você — Victor murmura, cutucando-me com o cotovelo, antes de apontar com o queixo. Eu tinha me esquecido dele.

Viro o rosto na direção que o ruivo indica, demorando um instante para cruzar o olhar com o de Vinícius. Sentado de frente para mim, os cotovelos apoiados no balcão atrás de si, a barra da camisa preta para dentro da calça jeans clara, as pernas abertas e, pela primeira vez, posso ver a tatuagem em seus braços. Uma, acima do cotovelo esquerdo, e no antebraço direito, um girassol.

Desvio o olhar, pigarreando antes de me levantar, avisando que vou ao banheiro. Controlando minha vontade de não olhar para ele outra vez, atravesso toda aquela multidão, até as portas dos banheiros no fundo, onde a luz ambiente é muito mais forte.

Não passo nem cinco minutos ali dentro e, quando saio, esbarro em Vinícius. Nossos corpos se trombam e tenho certeza de que chego a pedir desculpas, antes de ser arrastado por ele até um dos cantos escuros da boate.

Sinto o corpo dele, o peito no meu, subindo e descendo, uma das suas pernas se enfiando entre as minhas, a respiração agitada e o cheiro dele, meu Deus, o cheiro dele quase me faz afundar o rosto no seu pescoço só para me embebedar com seu perfume.

— Vinícius... — chamo, mal me aguentando com ele tão perto. Sinto um arrepio na espinha quando suas mãos deslizam pelos meus braços, sobem pelos meus ombros e param na minha nuca.

— Eu também sinto sua falta — sussurra contra a minha boca, deixando-me maluco, com a pulsação tão agitada que, por muito pouco, não o puxo de vez para mim. — Muito... Todos os dias. — Suspira, encaixando seu lábio nos meus, ameaçando me beijar. — Você ainda me quer?

— Não faça isso...

— Ainda me quer como antes, Rafa? — Sorri. Esse filho da puta do caralho. Sinto suas mãos descendo pela minha barriga, parando no cós da minha calça. — Diz... — Morde meu lábio, soltando-o devagar, atiçando-me. — Diz que ainda me quer...

— Para com isso. — Afasto suas mãos de mim, respirando fundo, apertando os olhos e tentando pôr a cabeça no lugar.

Vinícius empurra o corpo contra o meu, fazendo meu baixo abdome arder, meu corpo todo esquentar como se eu estivesse em chamas.

— Vamos ficar? — Sugere. — Como ficávamos antes. — Ele beija o meu pescoço, arrepia cada pelo da minha nuca. — Se lembra de como era bom?

— Lembro. — Fecho os olhos, segurando sua cintura, apertando-o entre meus dedos. Eu vou perder a cabeça a qualquer segundo. — Era muito bom.

— Era, sim. — Outro beijo no meu pescoço, e esse me deixa ainda mais atordoado.

Vinícius se afasta, olha nos meus olhos e espera, pressionando os lábios, por qualquer reação que eu possa ter. Eu sei que ele quer um beijo, eu sei que ele quer que eu faça isso e um pouco mais, mas não consigo, não nesse estado, não nessa situação. Seguro o seu rosto, pressionando os lábios ao olhar em seus olhos. Não é possível que só olhar para ele me cause tanta dor.

— Eu sinto tanto a sua falta, Rafa — sussurra, segurando meus pulsos, puxando uma das minhas palmas até a sua boca e deixando ali um beijinho. — Eu queria ficar com você uma última vez.

— Assim, não, Vini.

— Por favor? — Pede, os olhos brilhando, falando mais do que a boca. — Por favor, por favor... — Sua voz embarga e me dou conta de que ele começará a chorar. — A última vez, *a última*.

— Não, você não está bem, olha o seu estado — digo. Sei que estou bêbado, mas não a esse ponto. — Vá pra casa.

— Não. — Puxa-me de volta quando tento tirá-lo da minha frente. — Rafa... — Os olhos molhados, a voz trêmula.

— Vinícius, para. — Seguro seu rosto, limpando suas bochechas e suspirando ao olhar em volta. — Olha o seu estado, por favor, não faça isso com você.

— Fazer o quê? — Ri num sopro, derramando mais e mais lágrimas.

— Vá pra casa. — Seco seu rosto uma última vez, deixando um beijo no topo da sua cabeça.

Eu o solto, sem coragem nenhuma de olhar para trás quando me afasto. Sinto meu coração tão acelerado que, por um momento, acho que vou morrer, que vou explodir. Só me dou conta do quão bêbado estou quando mal consigo voltar à minha mesa, sem esbarrar nos outros.

Assim que me sento, o olhar de Victor cai sobre mim, ele abre um sorriso, bêbado e confuso.

— Tudo bem?

— Tudo ótimo. — Cruzo os braços.

Olho para Guilherme, quase grudado em Raquel, com o braço em volta dela, a mão na cintura, rindo enquanto conversam entre si, presos em sua própria bolha. Victor agora tem o próprio celular em mãos e parece bem entretido em uma conversa com Lucca, só para se arrepender no dia seguinte.

— Victor...

— Não me julgue, Rafa. Eu gosto dele! — Exclama, claramente bêbado demais para se importar.

— Sei que gosta, mas não pode mandar mensagem para ele neste estado. — Tento parecer o mais convincente possível.

— Eu estou bem, Rafael. Vou para a casa dele hoje — explica arrastado.

— Não, você não vai.

— Vou, sim — diz, certo de suas palavras.

Solto um suspiro, preparando-me pelo que virá a seguir. Ouvi tanto sobre o italiano nos últimos meses que sinto que posso escrever uma biografia.

Deixo Victor continuar no celular. Se ele gosta de fazer papel de trouxa, quem sou eu para criticar, afinal? Ele que lide com o arrependimento no dia seguinte. Também não estou a fim de ouvi-lo choramingar, balbuciando sobre Lucca e o quanto o odeia. Não tenho saco para isso.

Meu olhar voa até Vinícius outra vez. Ele está de volta ao bar, virando algumas doses de tequila tão rápido que faz o líquido escorrer pelo canto da boca. No quinto copo, abre um sorriso, ouvindo os gritos de comemoração de seus amigos.

No instante seguinte, ele se vira para o cara de pé ao seu lado e junta sua boca a dele em um beijo desesperado. Comprimo os lábios sentindo o meu interior revirar, sem conseguir desviar os olhos daquela cena por nada. As mãos alheias escorregaram pela sua cintura até a sua bunda, pressionando-o contra o balcão, ao mesmo tempo que os dedos de Vinícius estão presos no cabelo escuro do outro.

Meu interior queima, o sangue corre como água fervente pelas minhas veias, respiro fundo, tentando pôr a minha mente bêbada no lugar, antes que acabe perdendo o juízo.

Acho que vou surtar de verdade. Eu poderia quebrar todas essas garrafas de vidro e mastigar os cacos porque sei que machucaria menos do que ver isso.

Do que ver o *meu* Vinícius, beijando outro cara.

Meu.

Ele é meu.

Era.

Não é mais.

Deus, faça isso parar! Faça parar!

Volto a atenção para Victor, que parece quieto demais ao meu lado. Um sorriso de canto lhe borda os lábios, uma passada de dedos no cabelo, um gole na vodca, e então, se levanta.

— Preciso ir ao banheiro — avisa. Deixo que vá, e ele cambaleia até as portas nos fundos.

Guilherme parece finalmente me enxergar, o rosto vermelho, olhos pesados, sorriso largo.

— Você não me parece muito feliz — comenta ele.

— Jura? Imagine se eu estivesse parecendo puto.

— Relaxa, cara.

— Não fode, Guilherme.

Ele leva o olhar até Vinícius, para onde eu tanto olho, e sibila um “ah”, voltando a me encarar com um sorriso e um olhar que só pode significar apoio. Mantenho meus olhos em Vinícius por quase toda a noite. Desde o beijo, ele e o outro cara não se desgrudam mais. Tento manter uma conversa com os outros dois, mas parece impossível, porque meus olhos acabam sempre sendo atraídos por ele.

Dura até o momento em que Vinícius sequer se aguenta em pé. Ele está com os braços e a cabeça deitados no balcão, os olhos pesados fechando vez ou outra, cochilando em pé de tão bêbado. Vejo meu sangue subir quando o cara de antes se aproxima, puxando-o para longe do restante do grupo. Vinícius precisa se apoiar nele para não ir direto ao chão, sorrindo quando o cara sussurra algo em seu ouvido e, com isso, ele praticamente é carregado até a porta.

Não penso. Deixo a mesa em que estou, caminhando na direção dos dois, perdendo o foco de qualquer outra coisa que não seja Vinícius.

Meu. Meu. Meu.

— Para onde vai me levar? — Pergunta grogue, esbarrando em uma das mesas durante o caminho.

— Vamos para o meu carro.

Mas nem fodendo!

Me coloco no meio dos dois, segurando o rosto de Vinícius até que seu olhar encontre o meu.

— Venha comigo — chamo.

— Cara, qual o seu problema? — Dispara o outro, juntando as sobrancelhas confuso.

— Vinícius, venha comigo, eu vou te levar pra casa.

— Não quero ir pra casa. — Balança a cabeça em negação, ainda grudado ao outro cara.

— Pra minha casa. — Especifico, tentando convencê-lo de alguma forma.

— Você não me queria até uns minutos atrás, Rafael. — Estreita os olhos, afastando minhas mãos.

— Qual o seu problema, porra? — O outro se coloca na minha frente, empurrando-me pelo ombro e, por um segundo, eu quero apertar seu pescoço até que seu rosto fique roxo.

— Vinícius — chamo outra vez. — Meu bem, venha comigo. — Estendo a mão, esperando.

Ele olha para a minha palma, depois para o cara em que se apoia, indeciso entre mim e ele. Quando finalmente toma a decisão, um alívio enorme invade o meu corpo e acalma o meu coração, Vinícius segura minha palma e vem na minha direção. Seus braços rodearam minha cintura, a cabeça apoiada no meu ombro.

— Desculpe — sussurro.

— Cara, deixa ele. — Seus dedos envolvem o pulso de Vinícius, e aí, sim, minha paciência vai para o inferno.

— Solta — mando. O olhar fixo em seus dedos, firmes contra a pele dele. — Não tá ouvindo, porra?

Não sei qual dos dois foi quem arrancou a mão dele dali, mas a voz de Victor foi a primeira que ouvi:

— Saia daqui, anda — manda, gesticulando com a mão para que se afaste. — Vai, caralho!

— Olha só, Rafael. Se você arruma briga aqui, é a gente que apanha — resmunga Guilherme, o olhar meneando entre mim e Vinícius. — Eu não sou bom de briga. Você é? — Perunta num tom arrogante, arqueando as sobrancelhas. — Porra, cara.

— Vamos pra casa, tá? — Murmuro para Vinícius, levando-o comigo até a saída.

Ele não desgruda de mim nem quando já estamos do lado de fora. Posso sentir sua respiração no meu pescoço. Victor e Guilherme pegam um táxi bem antes da gente, rumo ao apartamento de Victor, com a desculpa de que não querem atrapalhar o que quer que fosse que eu estivesse tendo com Vinícius.

— Rafa?

— Oi?

— Me desculpe por não ter respondido à sua mensagem — sussurra, a voz quebradiça, partindo-me em pedacinhos. — Eu não consegui, eu...

Acabo rindo soprado.

— Eu nem tinha percebido que você tinha me desbloqueado, só mandei porque achava que você não leria.

Ele se afasta, trazendo os olhos para mim, pressionando os lábios para conter o choro.

— Eu deveria ter lido outras, então?

— Deveria — confesso. — Tem um milhão de mensagens que você deveria ter lido.

Ele faz que sim com a cabeça, os olhos passando por cada canto o mais longe possível de mim.

— Eu te magoei demais — diz. Minha visão começa a embaçar assim como a minha garganta aperta. — Eu fui muito escroto com você; fui burro quando escondi o que sentia pelo Lucca; fui egoísta quando não dei o tempo que você precisava; fui escroto quando te comparei com o meu ex; sei que eu fui tudo isso e um pouco mais, eu sabia dos seus sentimentos por mim e eu passei por cima de tudo isso. A culpa foi minha — diz num tom frágil, com lágrimas grossas escorrendo pelas bochechas. — Eu sei que te perdi. — Morde o lábio com força. — Eu perdi você e não vou me perdoar nunca por isso.

Me desfaço num choro contido, mal conseguindo olhar pra ele de tanta dor. Suas palavras se repetem na minha mente, começo a me odiar um pouco mais por saber que ele pensou nisso durante todo esse tempo, que se *culpou* quando poderíamos ter resolvido tudo muito antes.

— Se eu pudesse voltar atrás, eu mudaria tudo, eu não teria deixado você se machucar assim, me desculpe.

— Tá tudo bem, Vini. — Seco o rosto, respirando fundo. — Já faz muito tempo, agora não importa mais.

Ele balança a cabeça, sai de perto de mim e escora-se à parede ao meu lado.

— Tem razão, agora não importa mais. — Funga, limpando os olhos com a ponta dos dedos. — Nada importa mais.

Vinícius enfia as mãos no bolso, de onde tira um maço de cigarros e um isqueiro rosa; acende e começa a fumar em silêncio enquanto fita os próprios pés.

— Quando foi que começou a fumar? — Decido perguntar, esfregando os olhos pela vertigem.

— Não me lembro, acho que no começo do ano.

Concordo com a cabeça, assistindo-lhe soprar a fumaça devagar a cada tragada. O cheiro, com toda certeza, vai ficar em nós dois, mas isso é o de menos.

— Dizem que um amor a gente cura com outro. — Sua voz falha.

— E conseguiu?

— Eu nem mesmo tentei. — Sorri.

— Pois é, nem eu. — Ri soprado.

— Sinto muito. — Suspira. — Espero que fique bem quando tudo isso acabar.

— Quando o que acabar?

Ele bate com o dedo na ponta do cigarro, deixando cair o que já havia queimado, virando o rosto para mim, em sequência.

— Só quero que fique bem, Rafael. — Estende a mão para tocar o meu cabelo. — Você merece ser feliz.

Antes mesmo que eu possa ter tempo para dizer alguma coisa, vejo nosso carro se aproximando. Ele joga fora o cigarro e entramos juntos no veículo, em silêncio durante todo o caminho até o meu apartamento. São longos minutos para fazer Vinícius entrar no elevador, reclamando por estar tonto enquanto subimos, e reclama ainda mais quando passa pela porta aos tropeços.

— Quer saber? Eu preferia estar na rua agora — reclama, sentado no chão, tirando os sapatos dos pés com certa dificuldade.

— É mesmo? — Sou raso, não dando muita atenção às suas reclamações.

— Sim, com sorte, eu nem mesmo voltava pra casa essa noite. — Ri. — Com sorte, algo ruim o suficiente aconteceria comigo, mas o universo não é legal comigo nem quando eu peço para morrer.

— Para de dizer essas coisas, venha aqui. — Seguro suas mãos e o levanto para, em seguida, arrastá-lo até o banheiro.

— Queria conseguir ir até o fim, pelo menos uma vez, eu queria ter coragem de terminar o que começo.

— Terminar o quê? — Eu o coloco embaixo do chuveiro, vendo-o se apoiar desajeitadamente nas paredes.

Ele olha para mim, os olhos se enchendo de lágrimas e um sorriso triste dançando em seus lábios.

— Terminar. — Dá de ombros.

— Terminar o quê?

Ele solta o ar, secando as bochechas.

— Eu tô cansado, Rafael. Eu não tenho mais por que lutar; eu não tenho mais por que continuar... eu... de verdade, eu cansei. — Arqueia as sobrancelhas, olhando em volta, abrindo e fechando os olhos. — Se lembra de quando falávamos sobre dias felizes? — Questiona, as lágrimas pingando do seu queixo. — Você disse pra mim que esse sentimento ruim iria embora, que tudo ficaria bem, mas não ficou — diz num fio de voz, atingindo-me como facas. — Isso nunca vai acabar, não existe final feliz pra mim.

— Vinícius...

— E que bom que eu te encontrei hoje. — Ele me interrompe. — É melhor que você escute o quanto foi importante pra mim, que saiba pela minha boca o quanto eu amei você, e eu te amei muito, Rafael. — Sorri. — Mais do que qualquer pessoa no mundo, eu te amei com todas as minhas forças. — Suspira, mal conseguindo falar. — E eu magoei você, eu magoei você. — Sua voz soa embolada. — Por favor, me desculpe, não fique com raiva de mim.

— Eu não tenho raiva de você, tá? Venha aqui. — Eu o tiro de baixo do chuveiro, segurando seu rosto e secando suas bochechas. — Não fala assim.

— Escuta, me escuta. — Segura meus pulsos, buscando pelo meu olhar e, só quando seus dedos tocam minha pele, me dou conta de que estava chorando. — Eu amo você. — Sorri. — E eu sei que esse não é o melhor jeito, mas eu não aguento mais, eu não aguento mais acordar todo dia e continuar me sentindo assim.

— Não, Vinícius, não é assim.

— É assim que eu quero — diz mais do que decidido. — Eu não vou tentar mais, eu não tenho disposição nem força pra isso, me desculpe.

— A gente resolve isso — digo e ele balança a cabeça em negação, de um lado ao outro de forma frenética. — A gente resolve, sim, olha pra mim. — Seguro o seu rosto. — Não faça isso.

— Você não pode me pedir isso.

— Vinícius, por favor!

— Você não pode me pedir isso, porque você não sabe como é. — Ele se desespera. — Você não entende, e sei que você já passou por coisas mais difíceis do que eu, mas você é forte, você aguentou tudo e continua aguentando, mas não consigo mais; eu não consigo engolir e seguir em frente porque não passa, a dor nunca passa e, a cada dia, eu me sinto mais impotente, eu não como, eu não durmo, eu não *vivo* — dispara, hiperventilando, as mãos se afundando dentro do cabelo. — Eu já morri há muito tempo.

E para, encarando-me com os olhos vermelhos, o rosto molhado e as mãos trêmulas.

— Eu queria ser melhor, eu juro que queria — garante. — Mas esse é o meu limite, então por favor, não me peça isso.

Aperto os olhos, desatando um choro desesperado. Eu queria saber o que dizer, saber o que fazer, mas não sei.

— Vai ficar tudo bem — ele diz, passando os polegares por cima dos meus olhos. — Tá bom? Vai acabar e vai ficar tudo bem, você vai ver.

— Não, não é assim, essa não é a solução, porra.

— Vai passar, tá? — Garante. — Vai doer, mas vai passar e vai chegar um dia em que você nem vai mais se lembrar de mim.

— Para com isso.

— Rafael, eu vou fazer isso, eu já decidi.

— Não, você não vai. — Eu o puxo para um abraço, apertando-o contra o meu corpo como se fosse possível ele evaporar, desaparecer do nada. — Não vai, por favor, por favor, Vinícius.

Ele me abraça de volta, desabando num choro desesperado. Acho que nunca senti tanto medo na minha vida, tanto pavor como agora. Começo a beijar sua cabeça, sentindo o cheiro dos fios, tocando os cachos, com um pânico terrível me consumindo. Meu estômago revira, os meus dedos tremem, começo a respirar com tanta força que meu peito dói. Não consigo nem mesmo imaginar um mundo sem ele; parece um pecado pensar em como seria a vida sem Vinícius.

Pensar nisso dá ânsia de vômito.

Passamos minutos inteiros assim, até não termos mais lágrimas para chorar. Ele toma um banho para, logo em seguida, eu poder tomar o meu.

Acabo vomitando, tão atordoado que nem mesmo sei se foi por causa da merda da bebida ou se é o medo que ainda estou sentindo. Nem mesmo consigo me manter de pé embaixo da corrente de água quente do chuveiro.

Assim que entro no quarto, Vinícius está deitado, vestindo as roupas que separei para ele. Vejo seus olhos se abrirem no instante em que entro. Ele vira de costas para que eu me vista, respirando de forma agitada e, só quando me junto a ele na cama, é que se vira de volta para mim.

Eu me endireito no colchão, jogando a coberta por cima de nossos corpos, e Vinícius se aproxima. Passa os braços ao meu redor, abraçando-me como fazia antes, aconchegando-se perto de mim, até encontrar o encaixe de nossos corpos. Meus braços rodeiam-no em um movimento automático, meus dedos adentram os fios úmidos de seu cabelo, começando um carinho.

Silêncio. Nada mais do que o som de nossas respirações desreguladas, engolindo o choro.

— Você ainda é o meu lugar seguro — confessa.

Meu coração dá um salto em falso. O ar faltando. Estou desmoronando.

— É por isso que eu ia atrás de você quando não conseguia dormir — continua, correndo os dedos pela minha pele por baixo da camisa. — Porque eu sabia que estava seguro do mundo com você... E dói muito saber que nada mudou, que ainda me sinto protegido.

Ele me aperta contra o seu corpo, e tudo que eu consigo fazer é retribuir o aperto, afundando o rosto nos fios de seu cabelo, prometendo a mim mesmo que não o deixarei escapar pelos meus dedos outra vez.

— Me desculpe — murmura, a voz abafada, quase inaudível. — Me desculpe. Me desculpe, Rafael.

— Não peça desculpas, Vini. Não faça isso — sussurro, sentindo-o sob um choro baixo. — Já passou, está tudo bem agora — continuo até que finalmente se acalme.

Como se essa pudesse ser a última vez, eu o mantenho perto de mim, sem deixar de acariciar os fios castanhos de seu cabelo, acompanhando sua respiração até ela finalmente amansar, indicando que já havia dormido. Eu devo ter apagado segundos depois.

Acordo com a luz forte do sol, iluminando todo o quarto, atravessando o vidro das janelas por não ter fechado as cortinas.

Vinícius ainda dorme abraçado a mim. Minha cabeça dá voltas e, por um minuto ou dois, preciso forçar minha mente a se lembrar da noite passada. Parece um pesadelo, um pesadelo terrível. Esfrego o rosto, dando-me conta de que meus olhos estão mais inchados do que deveriam, assim como me sinto pior do que estava ontem, tem mais dor dentro de mim do que jamais achei que fosse possível.

Toco a perna dele por cima do cobertor, deixando um carinho ali antes de me levantar. Não quero que acorde, não quero que acorde para se despedir, para ir embora, para fazer a pior coisa que ele pode ser capaz de fazer.

Me levanto, tomo um remédio para a cabeça e bebo uma garrafa inteira de água, depois confiro as horas e já passa das onze. Vinícius ainda vai dormir muito, julgando pelo tanto que ele bebeu na noite passada.

Até então, nem sinal de Guilherme. É provável que ele fique fora até ter certeza de que Vinícius e eu resolvemos seja lá o que precisamos resolver depois de ontem.

O celular de Vini vibra sem parar sobre a estante da sala. Há, pelo menos, dez chamadas perdidas da mãe e, na última tentativa dela, me dou ao trabalho de atender.

Já é difícil ter que explicar a situação sem me comprometer demais ou comprometer Vinícius. Sem citar o fato de ela ter me mandado avisar que está o esperando em casa para terem uma conversa.

Mas que bela manhã de sábado.

Ignoro toda a zona que a casa se tornou, a visão de Bobby deitado sobre um moletom meu e os vários copos esquecidos na mesinha de centro, de antes mesmo de Gui e eu sairmos de casa noite passada.

Não sei nem o que sentir com relação a tudo. Ainda que o medo se sobreponha, tem mais medo em mim do que qualquer outra coisa, eu estou em pânico, apavorado, com a voz dele repetindo de novo e de novo, *despedindo-se*.

Vinícius sai da cama perto da uma da tarde, encara-me fixamente como se ainda estivesse processando todas as informações e, sem dizer uma palavra que seja, arrasta-se até o banheiro, vomita e aparece outra vez, perdido na sala.

Seu cabelo está mais bagunçado do que nunca agora, mas ele nem mesmo se dá ao trabalho de prendê-lo. Nós nos encaramos em silêncio pelo que parece ser uma hora inteira. Seu olhar opaco e seu semblante não transmitem emoção alguma, parece ter se desligado do mundo e, da mesma forma que está, senta-se na ponta vazia do sofá, suas mãos descansando em seu colo, a cabeça jogada para trás, apoiada nas costas do sofá e os olhos fechados.

Eu o sinto extremamente distante de mim. Por mais que estejamos na mesma sala, ele parece inalcançável.

— Estou tão cansado — sua voz soa baixa, quase inaudível. — Puta merda, eu estou tão cansado. — Solta um riso forçado, por fim, abrindo os olhos, mantendo-os fixos em um ponto da parede.

— Nós podemos conversar sobre ontem?

Ele olha para mim, estreitando os olhos, então fez que não com a cabeça.

— Não quero mais falar disso.

— Temos que falar disso, Vini. Isso é muito sério.

Ele ri, então cobre o rosto com as mãos.

— Eu não deveria ter te contado, merda! — Resmunga. — Merda! Merda! Merda! — Começa a surtar, os dedos se afundando dentro do cabelo.

Saio de onde estou para me juntar a ele na outra extremidade do sofá, segurando suas mãos e tirando-as de sua cabeça devagar, ganhando a atenção dos seus olhos. Vinícius parece tão pequeno, tão frágil, como se qualquer movimento brusco fosse capaz de quebrá-lo.

— Você fez bem em contar, foi melhor assim.

Ele faz que não com a cabeça.

— Eu não deveria. — Engole o choro, atordoado. — Porque você vai se sentir culpado, você vai achar que poderia ter feito mais, não era pra ser assim, não era para você se envolver. — Ele entra em pânico, esfregando o rosto, arranhando os braços e o pescoço. — Meu Deus!

— Vinícius, nós vamos resolver isso.

— Não tem o que resolver, eu já decidi! — Grita, parando para me encarar.

— Por favor!

— Não faça isso, Rafa. — Corta-me. — Não tente me convencer do contrário, porque não vai funcionar, não adianta falar que vai ficar tudo bem, que eu vou passar por isso; não adianta dizer que eu vou melhorar porque eu sei que não é verdade, eu não quero ficar bem, eu não quero mais tentar. — Atropela as palavras. — Eu só quero acabar logo com isso. — Solta o ar. — É o que eu quero, me deixa fazer o que eu quero.

Vou entrar em colapso, vou começar a gritar de desespero. O meu estômago embrulha só em pensar, minha mente cria milhares de cenários, ainda que eu não faça a menor ideia de como ele pretende fazer isso, eu já imagino todas as formas possíveis.

— Você sabe que não vou deixar — digo, e ele olha para mim. — Eu não vou ficar quieto depois de você ter me dito que vai se matar, Vinícius, pelo amor de Deus!

Ele arqueia as sobrancelhas, dando de ombros e se afundando no sofá.

— Eu sinto muito, Rafael.

— Você contou isso para mais alguém?

Ele bate os pés no chão, respirando devagar enquanto olha para a pare

— Falei sobre isso com o orientador da faculdade, antes de eu trancar o curso. — Ri soprado ao se lembrar. — Ele disse que eu estava fazendo corpo mole; que se eu quisesse ser alguém na vida, precisava me esforçar. Depois, disse que eu estava roubando a vaga de quem realmente quer estudar.

— E a sua mãe? Ela sabe que você trancou o curso?

— Ela vai descobrir em algum momento, aí vou poder dar a ela mais um desgosto para a coleção, mas acho que não vai se importar tanto assim quando eu morrer.

— Devia conversar com ela.

— Minha mãe tem mais com que se preocupar.

Respiro fundo, procurando as palavras certas para dizer.

— Você acha que ela não se importa com você?

— Eu sei que ela se importa... — Sua voz falha. — E eu sei que isso vai acabar com ela, mas eu preciso ser egoísta pelo menos uma vez. Eu já decidi, Rafael.

— Conversa com ela.

— Não.

— Eu vou com você, nós falamos com ela.

— Pra ela me trancar numa clínica? Pra ela me entupir de remédio do mesmo jeito que fez quando eu era pequeno? — Arqueia as sobrancelhas. — Não quero passar por isso.

— Você pode tentar...

— Eu não quero!

— Vinícius, eu me importo com você, e a sua mãe se importa com você. Eu não tenho noção de como você se sente, mas sei que esse não é o fim; sei que não precisa acabar assim; sei que parece que não existe mais esperança, mas existe. — Tento pronunciar as palavras sem gaguejar, sem começar a chorar. — Você ainda tem por que lutar.

— Lutar por quê? — Enxuga o rosto. — Eu não pinto nada faz sete meses, eu não tenho amigos, eu não tenho você... Eu não tenho mais nada.

— Tem, sim. Você ainda me tem. — Seguro seu rosto, secando suas bochechas. — Você tem tudo, mas não é por mim ou por outra pessoa que você tem que lutar, é por você, só você.

Ele faz que não, os olhos se enchendo de lágrimas mais uma vez.

— Eu não consigo.

— Você não precisa passar por isso sozinho, tá? Nós vamos dar um jeito — digo, e ele continua negando com a cabeça. — Você vai voltar a pintar, vai voltar a fazer o que gosta. — Limpo seu rosto mais uma vez. — Vai ter tudo o que te deixa feliz de volta.

Ele abaixa a cabeça, desatando um choro baixo.

— Venha aqui. — Eu o puxo para um abraço, sendo agarrado por ele; o garoto quase sobe em cima de mim, enfiando o rosto na curva do meu pescoço. — Eu vou ficar com você até o final, tá bom? Nós vamos pra casa e vamos conversar com a sua mãe, vamos resolver isso juntos.

Ele não diz mais nada depois disso.

E durante todo o tempo em que o tenho nos meus braços, não consigo parar de pensar que parte disso é culpa minha. Se eu não tivesse ido embora, se tivesse insistido em ficar e cuidar dele, talvez ele não chegasse a esse ponto, ainda que a parte racional de mim tente me convencer de que não posso me culpar por isso. Porque o amor não cura problemas psicológicos.

Eu quero muito fazer algo mais por ele, mas não depende só de mim, eu sei que se ele não quiser ajuda, nenhum de nós vai poder fazer nada. Torço, com cada parte de mim, para que ele aceite ajuda; sou capaz de rezar para todos os deuses possíveis para que ele entenda que não acabou ainda; sou capaz de ir até o inferno por ele agora.

— Você precisa deixar a gente te ajudar.

— Não vai adiantar.

— Vai, sim, mas você precisa deixar, você precisa aceitar o tratamento.

— Não consigo. — Soluça. — Eu não consigo.

— Consegue, Vini. — Beijo sua cabeça. — Você é mais forte do que pensa, e você, mais do que ninguém, merece viver.

E ficamos só nós dois, presos nos braços um do outro, permitindo-nos chorar até não sobrar forças.

Vamos para casa cerca de duas horas depois, tendo a noção de que estaremos todos juntos. Dessa vez, sem levantar as máscaras de uma família feliz, sem jantares ou conversas rasas.

Na verdade, algo dentro de mim diz que as coisas, a partir de hoje, serão completamente diferentes, até porque não é apenas sobre Vinícius, é sobre meu envolvimento com ele também e como eu fodi com sua cabeça porque, querendo ou não, eu tenho a minha parcela de culpa e nunca me perdoaria se algo ruim acontecesse.

Quando chegamos, ele ouve quieto e sentado no sofá, de cabeça baixa, toda a bronca da mãe sobre a noite passada, sobre não ter atendido ao telefone, e muito provavelmente não escutando absolutamente nada.

Meu pai não desvia os olhos de mim em momento algum, como se soubesse o que está por vir, estranhando a minha presença ali, como se eu não tentasse evitar essa casa o máximo que podia. Acontece que meu cerco se fechou, não tem mais para onde correr.

Sou eu quem inicia a conversa e, quando meu pai percebe aonde eu quero chegar, deixa claro a sua mudança de humor. Sabe como isso vai pesar em Ísis e no seu casamento.

— *Vinícius e eu namoramos* — eu digo, e o garoto começa a chorar. Ela ri, descrente, e senta-se quando percebe que não era brincadeira; olha para o meu pai, ele ainda com os olhos em mim, deixando-me ir em frente. — *Namoramos escondido por meses, e eu fui embora quando terminamos* — continuo. Ela pergunta se estamos juntos de novo. Nego. Vinícius não para de chorar. A atenção dela se direciona a ele e então, seus olhos voltam para mim, condenando-me. Ela me odeia agora e odeia o meu pai por ter me colocado dentro de casa. Ela me odeia porque sabe que a culpa é minha.

Vinícius pede desculpas, então diz a ela que é gay. Conta sobre o Lucca. Conta sobre mim. Sobre a faculdade, os cigarros e, principalmente, conta sobre seus pensamentos suicidas. Ela chora, pede desculpas, diz que deveria ter percebido, mas que não é culpa dele.

— Vinícius, meu coração bate junto ao seu — ela murmura quando nenhum de nós sabe mais o que dizer.

Ela está com medo, claro que está. Promete que dará um jeito nisso no dia seguinte. Meu pai deixa a sala instantes depois, não aguentando o clima pesado que se instala entre nós. Eu não posso, prometi que ficaria com Vinícius até isso acabar. Ísis repete milhares de vezes o quanto o ama, prometendo que ficará tudo bem, até conseguir fazê-lo parar de chorar.

Eu tenho um nó na garganta que parece pior a cada segundo que se passa. Nenhum de nós sabe como prosseguir depois de tudo aquilo.

Completamente alheio, Vinícius fita o chão, com o rosto inchado e vermelho, perdido em seus pensamentos, distante outra vez. Já Ísis está visivelmente em choque, com as mãos trêmulas pelo susto. Provavelmente, se culpando por ter deixado que o filho acabasse assim, com medo do que poderia ter acontecido, do que ainda poderia acontecer. Eu sei, porque me sinto exatamente da mesma forma. Culpado e com medo.

Vinícius segura a minha mão, em determinado momento, quando cai em si outra vez. Encara-me, enquanto seu rosto vai ficando embaçado aos meus olhos. Ele murmura que está tudo bem. Sou eu quem deveria dizer isso a ele, mas sinto que dizer isso será em vão.

Sinto-me ainda mais inútil agora. Pior, sinto-me culpado.

VINÍCIUS

25

EU ME TRANQUEI NO BANHEIRO SEMANA PASSADA.

Agora, nenhum cômodo da casa tem tranca.

Eu fiz minha mãe chorar de desespero e, mesmo quando ela me abraçou, dando graças a Deus por eu ter aberto a porta, não consegui sentir nada.

Ela passa o dia inteiro atrás de mim, com medo de me deixar sozinho nem que seja por dois minutos. Não dorme de noite, com medo de que eu saia escondido, com medo de que me machuque. Verifica se estou tomando os remédios que o psiquiatra receitou. Azul, de manhã; branco, durante a noite. Não gosto deles.

Ela também quer ter certeza de que estou indo às consultas semanais com a psicóloga. Não sei se gosto dela, faz perguntas demais, a maioria sobre meu pai; depois, sobre Rafael. Acho que não me acostumei direito com uma pessoa estranha fazendo perguntas sobre minha vida pessoal, mas deveria, já passei por isso antes.

Minha mãe sabe que ando fumando escondido, mas não diz muito sobre isso, acho que está exausta de tentar. Suspira cansada quando sente o cheiro de fumaça em minhas roupas. Acho que sou igual ao meu pai agora. Decepcionante.

À noite, quando Antony chega do trabalho, eles sempre acabam discutindo sobre Rafael e eu. Minha mãe tem medo de que reatemos o namoro, o que eu tenho quase certeza de que não vai acontecer, pois sequer falamos sobre isso nos poucos momentos em que estamos juntos, e eu definitivamente não quero isso agora.

Ainda assim, minha mãe evita mencioná-lo em nossas conversas e fecha a cara quando conversamos, mas não diz nada, porque não quer levar isso mais além em seu casamento.

Rafael aparece quase duas vezes por semana, às vezes mais, sempre durante a noite. Pergunta como eu estou, sorri e faz perguntas bobas, do tipo: "Como foi seu dia?" Mas sempre passa a maior parte do tempo conversando com o pai.

Pessoalmente é como se fôssemos completos estranhos, já por ligação, ele parece mais solto, não tem a pressão da minha mãe para nos limitar. Então, acabamos falando sobre tudo, por horas, até que ele avisa que está indo dormir. Ele também tem medo de me deixar sozinho. Sempre manda mensagens de manhã e à noite. Provavelmente, conferindo se ainda estou vivo.

Denise e eu não conversamos há meses. Ela costumava me chamar para sair, mas depois de tantos nãos, ela se afastou, desistiu de mim, e eu não a culpo por isso. Meus colegas da faculdade não se importam de verdade, e isso nem mesmo me incomoda, acho até melhor que não façam tanta questão assim de mim. Todo final de semana, eles me chamam para beber, os caras com quem fiquei dizem estar com saudade, dizem que querem *muito* me ver, mas só porque fui o mais fácil de *comer* que encontraram. Eu sei do que me chamavam pelas costas, sei que fui a *puta* que passava de mão em mão, que fazia tudo o que pediam. Se um cara queria transar comigo, ele só precisava me arrastar para um canto vazio. Se queria que eu o chupasse no carro, eu obedecia sem relutar. Foi só para isso que servi, e deve ser só para isso que continuo servindo.

Passei a ignorar todas as mensagens que não fossem de Rafael. Sei que em algum momento todas essas pessoas vão se esquecer da minha existência. Também não contei a ninguém sobre o meu quadro de depressão ou sobre o meu evidente transtorno de ansiedade. Acho que o psiquiatra vai trocar os meus medicamentos. Às vezes, me sinto como um experimento humano. *Agora, vamos ver o que esse comprimido amarelo pode fazer com você, Vinícius.*

Minha mãe costumava me levar às consultas, mas parou quando eu disse que me sentia sufocado. Ela pediu para a psicóloga ligar, caso eu não aparecesse. Descobri isso quando faltei para ter, pelo menos, uma hora sozinho, fumando tudo que não tinha fumado nos últimos dias, sem ninguém perguntando a cada dez minutos, se eu estou bem.

Eu não suporto mais isso.

— Como tem se sentido, Vinícius? — Pergunta com um sorriso no rosto. Ela sorri muito.

— Normal. — Dou de ombros, subindo as pernas na poltrona, não me dando ao trabalho de olhá-la nos olhos nem por um segundo.

— Os remédios têm surtido algum efeito?

— Fico grogue pela manhã, mas me disseram que isso pararia com o tempo. — Mordo o lábio. — Em compensação, não escuto as *vozes* tão claramente agora.

Ela balança a cabeça enquanto anota o que falei.

— Tem dormido bem?

— Todas as noites são diferentes.

— Algum pesadelo?

— Não.

Primeira mentira, e ela sabe. Sonho que estou me afogando, no fundo do mar. É escuro, tento nadar para a superfície, mas não consigo. Acordo antes mesmo de morrer.

— Como está o clima em casa?

— Minha mãe tem medo de que eu me machuque. — Sou breve. — Contei que ela tirou as trancas dos quartos e banheiros?

Ela assente, deixando as mãos pousadas em seus joelhos.

— Ela não confia em mim, mas tudo bem, eu também não confiaria. — Dou de ombros, olhando para os quadros na parede.

— Você tem pensado em se machucar?

— Todos os dias, o tempo todo.

— Mas você tentou alguma vez durante essa semana?

— Não.

Segunda mentira.

Eu não vou contar a ela que tentei me matar naquele banheiro; não vou contar que cheguei muito perto de terminar, sabendo que é só disso que ela precisa para me trancar numa clínica, como se eu fosse uma bomba-relógio.

Seus olhos se mantêm fixos sobre mim, espera que eu diga algo. Então, ajeita a postura, cruzando as pernas.

— E quanto ao Rafael? Tem falado com ele? — Ela sempre acaba trazendo-o para nossas conversas.

— Nós nos falamos na noite passada. — Uma resposta curta. Sei que ela não gosta de quando sou lento e objetivo, mas não me sinto confortável para sair falando tudo o que penso.

— Vocês têm se aproximado bastante nos últimos dias.

— É.

Ela suspira, permanece em silêncio por um instante, e então volta a perguntar:

— Acha que ele é bom para você?

— Sim.

— Por que acha isso?

— Porque ele me fazia feliz.

— E está te fazendo feliz agora?

— Não como antigamente.

— Como assim?

Finalmente a encaro, pensando em uma resposta.

— Gostava mais quando éramos namorados — digo.

— Está dizendo que quer voltar com ele?

— Às vezes, sim; outras, nem tanto — respondo. Ela arqueia as sobrancelhas, esperando que eu continue. — Não sei se quero um namorado agora.

— Não se sente preparado?

— Não, eu não me sinto o suficiente pra ele — corrijo, mordendo os lábios. — E também não acho que eu o mereça.

— Você se sente inferior a ele?

— Eu me sinto inferior a qualquer pessoa. — Solto um riso soprado. — Principalmente ao Rafael. Eu fiz tantas coisas ruins pra ele no passado, fiz ele passar por tantas merdas. Eu não mereço nem o respeito dele. — Minha voz embarga. — Eu fui tão escroto com ele... e tudo bem, não é? Porque eu paguei por isso. — Dou de ombros. — Eu o perdi e acho que esse foi o meu castigo, sentir saudade dele, tanta saudade que chegava a doer, que me fazia adoecer.

— Você acha que é normal sofrer assim por alguém?

— É claro que não. — Ri soprado. *Será que ela acha que eu sou ingênuo?* — Eu, literalmente, fiquei doente quando ele foi embora, achei que fosse morrer sem ele. Sei que isso não é saudável, que é o sintoma de uma dependência emocional fodida, mas o que posso fazer? Foi assim que me senti, é assim que ainda me sinto, mesmo sabendo que não deveria ser assim, não consigo mudar.

— O principal passo é você reconhecer que isso não te faz bem, que isso te adoece e te faz viver em função dele. Se você já sabe disso, só precisa estar disposto a cortar esse laço, precisa começar a aprender a se virar sozinho, a ser o seu próprio porto seguro — explica, num tom de voz sereno. — Vamos dar um passo de cada vez, tudo bem? Todos os dias.

Faço que sim, secando o rosto e olhando para ela, esperando que continue o assunto. Durante toda a consulta, ela faz anotações, balança a cabeça e finalmente o nosso tempo acaba.

Quando chego do lado de fora do consultório, percebo o tremor nas minhas mãos. Tiro do bolso um dos últimos cigarros que ainda me restam, desvio da dupla de meninas que passa por mim, então acendo o fumo.

Não quero voltar para casa. Antes dessa merda toda, tudo o que eu desejava era me trancar no quarto, mas se fico pelo menos dez minutos quieto, minha mãe aparece para conferir se estou bem. Algo que me irrita muito, mas acho que se mostrar a ela que nada de ruim vai acontecer, talvez volte a confiar em mim. Quem sabe até volte a trabalhar e passe a me deixar sozinho outra vez. Ainda que eu ache difícil acontecer, pois se eu mesmo não confio em mim, não existem razões para ela confiar.

Me escoro no muro, adiando minha volta para casa. Ao menos, não está fazendo sol hoje, provavelmente irá chover. Tenho certeza disso quando o estalar de um trovão invade meus ouvidos. Estou me preparando para chamar um táxi quando meu celular vibra com uma mensagem de Rafael, perguntando se eu quero carona. Eu aceito, óbvio que aceito.

Meus cigarros acabam antes de ele chegar.

Rafael sorri para mim quando entro no carro, e faz com que eu pense no que conversei com a psicóloga. Nós dois sabemos que isso aqui não passa de uma desculpa para ficarmos um tempo juntos. Não que eu ache ruim, na verdade, eu gosto até demais de passar um tempo sozinho com ele. Uma vez que a privacidade que tivemos não existe mais, qualquer minuto que passamos só nós dois, é precioso para mim.

— Quer parar para comer alguma coisa?

— Não, mas também não quero ir para casa. — Passo o cinto ao redor do corpo, subindo as pernas no banco. — Minha mãe está me enlouquecendo.

— Ela está com medo.

— Eu sei. — Suspiro, assistindo aos primeiros pingos de chuva cobrirem as janelas. — Mas preferia não me sentir vigiado o tempo todo.

— Quer ir à minha casa? — Pergunta com um suspiro, meneando o olhar entre mim e a estrada.

— Quero.

Abro um sorriso fraco, ele retribui, então começa a puxar assunto outra vez, desviando a rota da minha casa para a sua. Rafael não me encara muito durante o caminho, mas meus olhos estão sempre voltados para ele. Seu cabelo está com um tom castanho mais claro do que antes, mais cheio e provavelmente mais macio. O maxilar está bem marcado. E eu achava impossível ele ficar mais atraente do que já era. Bom, parece que me enganei.

Quanto mais tempo passamos juntos, mais percebo o quanto senti falta dele, das nossas conversas, por mais bobas que fossem, de assistir a uma série ou filme durante a tarde. E claro, a vontade repentina que sinto de beijá-lo só me faz lembrar do cruel fato de que não somos mais um do outro.

Eu ainda amo muito o Rafael.

Ele pode não sentir nada por mim além de consideração, quem sabe um carinho depois de tudo por que passamos, mas eu ainda sinto tudinho. Apenas mais um sentimento reprimido no meio de tantos outros.

Não costumava pensar tanto nele antes, mas agora que resolveu voltar a se aproximar é como se desencadeasse tudo outra vez. Sinto uma avalanche de sentimentos se aproximando, pronta para me soterrar. E esse Vinícius simplesmente não está em condições de lidar com isso. Não, ele já possui problemas demais.

Dê um passo de cada vez.

Um passo de cada vez e vai dar tudo certo.

Sim. Mais um dia. Mais um passo. Sem pressa, as coisas vão se resolvendo. Seja lá o que Rafael tenha reservado para mim, isso pode esperar.

Quando chegamos, logo ao passar pela porta, o cachorro de Guilherme é quem nos recebe, rodando ao passar por entre as pernas de Rafael, acostumado a tê-lo em casa. Depois, se aproxima de mim, late e volta a dar atenção ao outro.

— Tem certeza de que não quer comer nada? — Pergunta, tirando da geladeira uma garrafa de água.

— Tenho. — Bocejo, assustando-me com o toque do meu celular. Minha mãe, querendo saber onde me enfiei porque não estou em casa. Eu me esqueci de que preciso avisar tudo a ela agora.

Desfaço a ligação, mandando uma mensagem avisando que estou com Rafael, tendo a plena noção do que vou enfrentar quando chegar em casa.

— Não deveríamos ter contado sobre nós — murmuro, deixando o celular na bancada.

— Antes tarde do que nunca.

— Preferia o nunca. — Solto, e ele ri, aproximando-se do sofá onde estou. — É sério, você não sabe o inferno que está em casa.

— Eu imagino. Sua mãe tenta me aniquilar com os olhos sempre que apareço — brinca, disfarçando a mágoa que sente. Porque, querendo ou não, é ele quem está saindo como o errado nessa parte da história.

— Me desculpe por isso.

— Tudo bem, não é sua culpa.

Ele diz muito isso. *Tudo bem, não é sua culpa*. Acontece que sim, é minha culpa. Eu que comecei com isso, eu que estraguei tudo e, por minha culpa, ele está passando por toda essa situação.

Ele me deixa escolher o que vamos assistir. Qualquer coisa, simples e engraçada, logo, desenho animado. Fico abraçado à almofada amarela esquecida no sofá enquanto começa um episódio de *O Incrível Mundo de Gumball*, um em que o Gumball diz estar de mau humor. Ele deseja que todos à sua volta desapareçam, e é isso o que acontece. Então, ele se sente insatisfeito e irritado com absolutamente tudo, triste por estar sozinho. Tudo isso com piada, música e ironia.

Já vi esse episódio o suficiente para saber a letra da música inteira.

É claro que canto, e Rafael ri enquanto me encara do outro lado do sofá. Acho que continuo o mesmo moleque de sempre aos seus olhos; um ano e oito meses não é muita coisa, afinal. Continua me encarando mesmo depois, com aquele olhar, aquela merda de olhar que me faz perder todas as estruturas. Faz meu estômago gelar, ao mesmo tempo que meu rosto queima. Ele me olhava assim antes de me beijar. Queria que me beijasse agora.

— Por que você está tão longe, Vini?

Levo meu olhar para o espaço vazio entre nós, até decidir me aproximar o suficiente para poder deitar a cabeça em uma almofada, em seu colo. Suspiro quando sinto seus dedos nos meus cabelos. A outra mão desce pelo meu braço, antes de encontrar o caminho da minha cintura e deslizar até a minha barriga. Seguro sua palma, trazendo-a mais perto do meu corpo possível.

Parece até tortura estar assim com ele. É um crime terrível me aconchegar tão pertinho e não poder beijá-lo, não poder fazer tudo que tive vontade de fazer durante todos esses meses. Porque ele não é meu.

Ainda posso sentir o seu olhar sobre mim enquanto afasta o cabelo do meu rosto. Merda, como é bom receber carinho *dele* depois de tanto tempo. É bom fugir da realidade em que acabei me prendendo.

— Vinícius, eu tenho pensado...

Ah, droga.

Respiro fundo, esperando pelo que virá a seguir e, para a minha surpresa, o que vem é o baque da porta sendo aberta, a voz alta e animada de Guilherme ao entrar.

— Rafael, acho que estou apaixonado.

Sempre no momento certo.

Me levanto, apoiando os braços nas costas do sofá para encará-lo. Só então seu olhar corre por nós dois, sibila um "ah" e sorri sem graça.

— Por que não me mandou voltar depois, coisa burra? — Grunhe para Rafael. — Bom, agora que eu estraguei o momento... — Suspira, espreguiçando ao largar as chaves na bancada.

— Você disse que está apaixonado, eu vou adivinhar, é a menina da bicicleta — responde descontente. — Ou, quem sabe, a vizinha nova do 123?

— A do 123 é linda, mas namora e, sim, é a da bicicleta. — Dá a volta na sala, curvando-se para coçar a orelha do Bobby.

— Meu Deus, como você consegue se apaixonar tão rápido?

— Eu sou uma pessoa aberta a novos amores. Foi a minha psicóloga quem disse, não eu.

— Resumindo, ela disse que você é um trouxa emocionado.

— Pelo menos, eu vou atrás do que eu quero, né, Rafael? — Ri, dando tapinhas no ombro dele.

— Engraçado, não quer tentar ser mais objetivo? — Ri também, claramente desconfortável.

— Não, acho que já fui claro o suficiente. — Outro riso forçado e seu olhar encontra o meu. — Oi, Vinícius, como vai a vida?

— A mesma droga de sempre. — Sorrio, fingindo não ter entendido nada do que acabou de acontecer. — Mas e você?

— Tenho um encontro hoje, acho que já posso dizer que estou namorando.

— Amanhã é o casamento, então? — Rafael pergunta em tom de deboche. — Pelo amor de Deus, Gui, essa menina te atropelou.

— E o nosso santo bateu.

Rafael ri, balançando a cabeça em negação, deixando Guilherme desaparecer dentro de seu próprio quarto, cantarolando baixinho. Seu olhar cai para mim, um sorriso fraco no rosto. Desistiu de dizer.

Rafael me deixa em casa perto das cinco horas. Imaginei tudo que minha mãe quis dizer quando cheguei, mas acabou não dizendo porque fiz questão de seguir direto ao quarto.

Apenas suspiros longos e arrastados. Decepcionada.

❀ ❀ ❀

Minha psicóloga quer que eu tente voltar a pintar. Pediu que eu levasse um desenho para ela na consulta de quarta-feira. É segunda e eu ainda não tentei nada.

Minha mãe e Antony saíram hoje cedo, avisaram que só voltam no fim de tarde. É por isso que Rafael está aqui hoje, para me vigiar. Agradeço por ele ter me deixado ficar sozinho no sótão, cansado de me ouvir reclamar por ter sempre alguém me perseguindo dentro de casa.

Queria começar usando tinta, mas depois de algumas tentativas frustradas, a substituí por carvão. As linhas vão se transformando em silhuetas, pessoas se dissolvendo. Um desenho melancólico, sem cor, triste. Irrito-me, rasgo a folha, largo no chão, começo outro.

Faço vários corpos. Todos parecem sem vida, desaparecendo nas sombras, tomados pela angústia. Rasgo a folha outra vez, largo no chão com a primeira. Com as mãos sujas pelo carvão, fito a folha, percebo que não importa o que eu tente desenhar, tudo vai transmitir um ar triste e melancólico porque é assim que vejo o mundo.

Arranco a folha, junto com as duas primeiras e, dessa vez, rasgo com toda a minha força, pedaço por pedaço até atirar tudo no chão. Num ataque de raiva, vou chutando tudo o que está à minha frente até tudo estar no chão.

Respiro fundo, com meu coração acelerado.

Quando desço do sótão, posso ouvir o barulho de Rafael no andar de baixo, abrindo armários e gavetas, mexendo nas coisas, assim como fazia quando morávamos juntos. Lavo as mãos no banheiro, antes de me juntar a ele na cozinha.

— O que você tanto procura aí? — Pergunto ao passar pela porta, pegando-o ajoelhado em frente às gavetas.

— O coador de café.

— No armário, perto da geladeira.

— Por que mudaram de lugar? — Questiona ao se levantar. — Ele sempre ficava ali.

— Não sei, só mudaram. — Dou de ombros, assistindo-lhe transitar pela cozinha.

— Gatinho, sabe onde foi parar o adoçante?

Porra, Rafael. Porra. Meu coração dá um salto, um frio me sobe pela espinha. Nossos olhos se encontram por um instante. Vamos fingir que não aconteceu e seguir em frente?

— Aqui. — Mordo o lábio, tirando o adoçante do armário e entregando a ele.

Rafael agradece, deixando o silêncio tomar conta. Antes de iniciar uma conversa distinta, vamos para a sala, assistimos a desenhos até isso encher o saco também.

— Você nunca assistiu à *Invocação do Mal* comigo — reclamo enquanto passamos rápido pelos filmes no catálogo da Netflix.

— Assistimos ao *O Chamado* e passei dois dias sonhando com a Samara — resmunga, tirando-me uma risada fraca. — Maldita hora em que eu fui ter uma TV no quarto.

— Como você é medroso! — Exclamo, não conseguindo deixar de rir. — Vamos assistir ao *Todo Mundo em Pânico,* então — aviso, antes de procurar pelo filme. — Para você poder dormir de noite.

Ele revira os olhos, com um sorrisinho de canto.

Os primeiros cinco minutos fazem com que ele ria, como se não tivéssemos visto esse filme milhares de vezes. Deslizo no sofá até estar perto o suficiente dele, quando o espaço entre nós começa a me incomodar. Rafael passa o braço ao redor do meu pescoço, limitando-se a esse único toque.

— Vai ficar para o jantar? — Pergunto, subindo as pernas no estofado, longe do chão.

— Não.

Concordo. Não esperava que ficasse.

— Podíamos sair hoje — sugere, virando o rosto para me encarar. O seu olhar baixa dos meus olhos até a minha boca, por quase dois segundos até voltar a me encarar. — O que acha?

Balanço a cabeça em concordância, sentindo-me nervoso a cada segundo a mais que tenho seus olhos sobre mim.

— Aonde vamos?

— Aonde você quiser ir. — O polegar toca minha bochecha enquanto me olha daquela forma.

Contenho um sorriso, sentindo meu rosto queimar, o estômago gelado. Me dou conta do quanto sentia falta de tê-lo assim pertinho.

— Estava com saudade disso — murmura, o olhar cai para a minha boca outra vez.

— Do quê?

— De ficar com você.

— É? — Prendo o ar, estremecendo quando ele morde o lábio inferior.

— É.

O seu nariz toca o meu, deixando escapar um suspiro por entre os lábios. Os olhos fechados, o sangue correndo quente pelas veias.

— E de me beijar?

Um sorrisinho borda seus lábios, o polegar passa pela minha bochecha mais uma vez.

— Eu posso?

— Pode. — Minha voz sai tão baixa e fraca que não tenho certeza se ele ouviu.

Sua boca toca a minha, fazendo-me transbordar. A língua escorrega para dentro, deixando-me sentir seu gosto pela primeira vez em muito tempo. Ele me faz derreter.

Tão fácil como da primeira vez, ele encontra o nosso ritmo, lento e gostoso. Com saudade.

Levo uma das mãos até a sua nuca, deixando-me levar quando meus dedos se prendem às mechas de seu cabelo, trazendo-o para mim como se ele pudesse desaparecer. A falta que eu sinto dele é muito maior para se limitar a um simples beijo. Ele me faz querer mais a cada segundo. Desejando, sempre desejando.

Poderia ter acabado de uma forma melhor. Muito melhor do que a infeliz realidade em que nossos pais passam pela porta.

Com certeza, preferia ter acabado esse beijo fodendo no sofá.

Acho que isso conta como carma por todas as vezes que saímos impunes de tudo que aprontamos entre essas paredes.

Aí está o restante das consequências.

Rafael se afasta, sem saber o que dizer, meneando os olhos entre minha mãe e o seu pai.

Queria dizer que me importo, mas estaria mentindo. Não quero saber o que nossos pais pensam, quero saber o que Rafael espera de mim.

— Disse que tinham parado com isso.

— E paramos... — Tenta justificar, desistindo no meio da frase.

— Não te trouxe para dentro da minha casa para se aproveitar do meu filho. — Rápida. Sem pensar. Arrependimento instantâneo.

— Essa também é a minha casa, e você não vai falar assim com o meu filho — retruca Antony, até então tentando ser o mais paciente possível.

Ele entende a minha mãe. Ela se sente cansada e até burra por não ter reparado no que estava literalmente debaixo de seu nariz. Sobrecarregada. Com medo do que eu possa causar a mim mesmo. Preocupada em não conseguir se manter sozinha durante os próximos meses sem trabalhar, orgulhosa demais para depender do dinheiro de Antony. Ela não admitiria, mas sei que foi ele quem pagou os meus remédios. Nós três sabemos que o mínimo que se espera da minha mãe por isso é que ela não trate Rafael assim.

— Ele nunca se aproveitou de mim, mãe — resmungo, esfregando os olhos, seu olhar queimando sobre a minha pele agora.

— Você tinha dezoito anos!

— Não aja como se ele fosse um santo. — Antony ri nervoso. — Eram dois meninos, e continuam sendo dois meninos.

— É? E o que quer que eu faça?

— Não jogue o peso da culpa em um deles, quando foram os dois que criaram isso. Está sendo injusta, Ísis!

Não aguento mais isso. Não aguento mais. Minhas mãos estão tremendo, posso sentir a força do meu coração ao pulsar. Boca seca. Quero um cigarro. Preciso de um cigarro.

Mordo o lábio com força, podendo sentir o gosto metálico do sangue em minha boca, as vozes se tornando distantes, abafadas, misturando-se ao barulho infernal na minha cabeça.

É minha culpa. Eu destruí a minha vida e agora pareço destruir a da minha mãe também. Estou destruindo a vida de todo mundo. Começo a hiperventilar, sinto um nó na garganta sufocando-me. Aperto os olhos, conto até dez de trás para frente, várias e várias vezes.

Puxe o ar pela boca. Não. Pelo nariz. Puxe pelo nariz, solte pela boca.

Quando percebo que estou chorando é tarde demais, já tenho todos os olhos atentos a mim. Um silêncio cortante nos cerca, deixando pairar o som da minha respiração desregulada.

Vejo uma mancha vermelha no meu colo. Esfrego as costas das mãos no nariz, e ela sai manchada de sangue.

Começam a se tumultuar. Desesperados.

Não sei dizer quem me trouxe um pano úmido, mas posso ouvir a voz da minha mãe, calma e distante, dizendo-me o que fazer, assumindo seu papel de médica, como já fez várias vezes. Quando tudo volta a parecer mais nítido, sinto o constrangimento me preencher.

— Está melhor? — Ela pergunta, agora sentada ao meu lado.

Balanço a cabeça em concordância, não tenho coragem de encará-la.

— É melhor eu ir. — Rafael se levanta. — Me desculpe.

— Não, eu quero conversar com você. — Me desespero, segurando seu braço para que não se afaste. Ele me encara por um instante, soltando um suspiro fraco, prestes a dizer algo como "Não é o melhor momento, Vinícius". — Agora — reforço, tentando deixar claro que não pretendo desistir.

Sei que não vou conseguir dormir enquanto não tiver essa conversa. Minha mente trabalha rápido demais, preciso esclarecer as coisas de uma vez, pôr os pontos nos is.

— Tudo bem — concorda. Ele me espera e, evitando encarar o restante das pessoas nessa sala, saímos juntos.

Do lado de fora, com o vento frio tocando o meu rosto, o ar enchendo os meus pulmões, meu coração começa a se acalmar, desacelerando. Eu me escoro em seu carro, alinhando meus pensamentos.

Céus, como eu desejo ter um cigarro agora.

— Vamos falar de nós? — Pergunta, apenas para confirmar.

— Sim, de nós. — Mordo o lábio, sentindo um incômodo, uma dor fraca. — Quero saber o que sente por mim.

Ele respira fundo, seu olhar cai para os próprios pés, e então volta para mim.

— Eu te amo. — As palavras deslizam pelos seus lábios enquanto suas bochechas coram.

Percebo, então, o poder que tem sobre mim. Eu fico feliz, mas, mais do que isso, eu entro em desespero.

Rafael me ama. Ele me ama.

Meu coração quer se arremessar ao chão, sair pulando por essa calçada.

— Eu queria que você voltasse pra mim — confessa baixinho, trocando o peso dos pés de forma nervosa.

Ele me ama. Ele me quer. Quer ficar comigo. Quer que sejamos um do outro de novo, e eu não posso dar isso a ele agora. Droga, eu não posso!

Continua sustentando meu olhar por um tempo, o silêncio acaba pesando, outro suspiro, ele balança a cabeça em concordância.

— Já entendi. — Tira as chaves do carro do bolso, virando-se para entrar e sair.

— Espera, espera aí. — Começo a arrastá-lo pelo braço, engolindo as palavras quando ele se vira para me encarar. — Você acha que nós dois ainda temos chance? Acha que podemos dar certo?

— Acho. — Dá de ombros, seus olhos ziguezagueando por toda a rua antes de voltarem para mim. — Porque eu nunca me senti assim, se não for para ficar com você, então eu não quero ficar com mais ninguém.

Solto o ar, com meu coração batendo feito um tambor, batendo, batendo, batendo, posso ouvir o barulho dele bombeando.

— Agora, não dá. — Minha voz ecoa num fio, meus olhos se enchem de lágrimas. — Eu te amo muito, mas agora não dá, agora eu não posso.

— Tá... — Seus olhos fogem de mim, eu o vejo pressionar os lábios, nervoso. — Eu entendi.

— Rafael, não é assim. — Começo a me desesperar quando ele faz menção de ir embora outra vez. — Olha pra mim, olha. — Bloqueio a passagem da porta da garagem. — Eu quero ficar com você, acredite, eu quero muito. — Seguro seu rosto, escorregando os dedos pelas suas bochechas branquinhas. — Mas agora não... Agora, eu não posso. — Balanço a cabeça. — Eu tenho coisas demais na minha cabeça, eu não posso me envolver com você sem antes me resolver comigo mesmo, entendeu? Eu tenho demônios demais e você sabe disso, você *viu* isso. — Tento não começar a chorar, mas é quase impossível. — Se eu ficar com você, eu vou me apoiar na nossa relação, da mesma forma que fiz da primeira vez, e vamos ser como duas bombas-relógios, podendo explodir a qualquer segundo. — Puxo o ar. — Você entende?

— Sim. — Pressiona os lábios, aproximando-se de mim. — Pior que sim, eu entendo. — Sopra o ar num riso triste. — E eu posso esperar mais um pouco.

Abro um sorriso, enlaçando seu pescoço quando chega perto o suficiente, derretendo-me quando suas mãos tocam a minha cintura.

— Você vai me esperar mesmo?

— Esperei quase dois anos, posso aguentar mais um pouco — garante, inclinando-se para sussurrar no meu ouvido. — Meu coração é só seu, Vinícius. — Sinto sua voz no meu corpo inteiro, da ponta dos dedos até o último fio de cabelo. — Eu te amo — sussurra, como um segredo, e sorri quando se dá conta de que me encolhi inteiro. — Eu te amo pra caralho, Vini.

Acabo rindo, todo arrepiado e com borboletas no estômago.

— E eu te amo — digo baixo, rindo quando ele me puxa para um abraço apertado, afundando o rosto no meu pescoço e deixando um beijo ali. — Estamos na porta de casa, sabia?

— Eu sei, mas eu quero te beijar.

— Então, beija.

Rafael se afasta, segura meu rosto e me beija, mais desesperado do que da primeira vez, deixando-me atordoado, tão fora de mim que, por um momento, eu quero mandar para o espaço todas as coisas que disse, só para poder ficar com ele agora.

Quando se afasta, deixando beijinhos na minha boca e ainda respirando contra o meu rosto, posso sentir o seu cheiro, o cheiro forte do seu perfume que eu torço para ficar nas minhas roupas depois.

— Podemos sair amanhã, se você ainda quiser.

— Eu quero.

Eu o ouço concordar, mas ele não se afasta. Está adiando um pouco mais a sua ida. Permanecemos assim por mais alguns segundos, sentindo o calor um do outro, antes de finalmente nos separarmos.

Ele vai embora assim que entro em casa.

O silêncio sufocante que banha o ambiente me atinge. Estamos os três de volta, prontos para agir como se nada demais estivesse acontecendo. Dou a volta na sala, dirigindo-me até a escada. Devagar, espero ouvir a pronúncia do meu nome, mas não ouço, o que escuto é nada menos do que suspiros, burburinhos que começam quando já estou no topo da escadaria.

Volto para o sótão, determinado a finalizar algum desenho, ignoro todas as coisas atiradas no chão, as folhas rasgadas, as coisas quebradas, vou direto aos potes de tinta, busco a primeira tela que encontro e começo a pintar.

Com meu coração batendo forte, o meu estômago borbulhando, pego-me sorrindo de orelha a orelha ao olhar para os girassóis na tela. Meus doze girassóis, todos eles bem ali, deixando-me extasiado, deixando-me louco de amor. Passo minutos inteiros sentado ali, abraçado aos meus joelhos, até me dar conta de que foi a primeira vez que pintei em sete meses.

E pego-me chorando, desfaço-me em lágrimas até não ter mais forças.

26

MINHA MÃE E ANTONY NÃO ESTÃO SE FALANDO DIREITO. HÁ sempre um clima pesado na atmosfera angustiante. A sensação é tão ruim que constantemente quero fugir para o mais longe possível. Quero acreditar que é um momento difícil, mas um momento passageiro. No entanto, é como se estivéssemos vendados sobre uma corda bamba a quase dez metros do chão, apenas esperando a queda. Não vai haver sobreviventes.

Rafael sabe, e estou com medo de ele desistir de mim por isso. Parece egoísta da minha parte, mas não consigo deixar de pensar sobre o assunto. Não quero que ele desista de mim, mas também não quero que nossos pais se separem.

No momento, tentar equilibrar as coisas é o que estamos tentando fazer.

Acho que hoje é segunda-feira, mas não tenho certeza. Faz mais de dois meses que minha mãe deixou de trabalhar para ficar de olho em mim. Acho que nunca passamos tanto tempo juntos como nos últimos dias. Não é de todo ruim, mas eu me acostumei a estar sozinho, e agora, com uma pessoa me vigiando o tempo todo, chega a ser estranho.

Me viro sozinho desde os meus catorze anos quando as babás pararam de vir, quando a única pessoa que eu via em casa era a diarista, e ela só vinha, fazia comida e ia embora logo depois. Toda essa atenção repentina que tenho recebido da minha mãe está me sufocando. Detesto dizer isso, mas a sensação é de que sou um bebê que não sabe comer nem usar o banheiro sozinho.

Tento levantar da cama assim que acordo. Tento descer e me juntar a ela na mesa. Tento comer. Tento todos os dias, mas nem sempre consigo.

Quando chego à porta da cozinha, percebo que é cedo demais. O relógio acima da porta marca 7h02min. Tem pratos na pia, o cheiro de café ainda está forte. Ela está sentada à mesa, segurando uma caneca amarela, o olhar baixo, olhos vermelhos. Estava chorando.

Eu não via a minha mãe chorar desde que o meu pai foi embora. Agora, quase todos os dias eu a vejo triste assim, cabisbaixa, e a culpa é minha, eu sei que é minha, e se eu pudesse, voltaria ao tempo para impedir de contar todas as coisas ruins da minha vida para ela.

Minha mãe tenta parecer bem quando me vê. Com um sorriso fraco, pergunta se eu quero alguma coisa. Não respondo. Em vez disso, só me aproximo. Puxo uma cadeira para perto da sua e me sento, cruzando os braços por cima da mesa, mantendo a nossa linha de olhares por um tempo.

— Como está se sentindo hoje?

— Disposto — respondo, preferindo não me estender no assunto e, pelo visto, nem ela. — Que dia é hoje?

— Quarta.

É, parece que me enganei.

— Quer que eu faça algo pra você? — Pergunta, passando a ponta dos dedos no canto dos olhos.

— Não, eu faço.

— Tem certeza?

— Tenho.

Ela suspira, balançando a cabeça em concordância. Quero perguntar o porquê de ela ter chorado, mas sei que não vai me contar, vai preferir contornar o assunto.

Quando me levanto e começo a preparar algo para comer, sua voz se faz presente outra vez:

— Às vezes, me pergunto o porquê de você nunca ter me dito nada.

— Com relação...? — Tento parecer o mais estável possível, com o estômago revirando.

— Tudo. Sobre gostar de garotos, sobre Rafael, sobre como estava se sentindo... — Dá uma pausa e puxa o ar com força. — Por que nunca me contou nada, Vinícius?

— Não queria incomodar você. — Minha voz falha.

— Aí é que está, eu prefiro saber das coisas a continuar achando que você está bem, quando, na verdade, não está! — Exclama, sua respiração agitada. — Eu sou sua mãe, Vinícius. É pra mim que você tem que contar essas coisas.

— Desculpe!

— Não, não é para se desculpar, não estou brigando com você.

Controlo a vontade de me desculpar outra vez.

— Eu deveria ter prestado mais atenção, de qualquer forma. O que aconteceu não é culpa sua. — Ela fita a caneca à sua frente. — Achei que estava conseguindo equilibrar as coisas, mas sinto que te deixei de lado. Você deveria ter sido a minha prioridade.

— Você fez tudo certo, fui eu quem escondi as coisas. — Minha voz é quase inaudível. Minhas mãos começam a tremer. Lembro-me de que ainda não tomei o meu remédio.

— Não. — Balança a cabeça. — Errei com você, como errei quando você era criança. Te deixei ficar doente naquele tempo, te deixei ficar doente agora.

Tento controlar o nó na minha garganta, deixo de lado o que estava fazendo e volto a me aproximar dela. Quando me sento ao seu lado, não tenho coragem de encará-la, mas sinto seu olhar queimando sobre a minha pele.

— Me desculpe, bebê — murmura, estendendo a mão para tocar o meu cabelo. — Quando você vai me deixar cortar esse seu cabelo? — Pergunta, enrolando nos dedos um dos cachos.

— Eu gosto assim.

— Claro que gosta. — Sorri fraco. — Eu sempre achei que você não gostasse de ninguém.

— Como assim?

— Você nunca falou sobre meninas ou meninos. — Dá de ombros. — Achei que não gostasse de nenhum dos dois.

Contenho o riso, finalmente a encarando.

— Achou que eu fosse arromântico?

— Sim. — Outro sorriso. — Você disse que namorou aquele garoto italiano.

Concordo com a cabeça, revirando os olhos ao lembrar.

— Foi seu primeiro namorado?

— Foi. Não acabou muito bem, mas agora não importa mais.

— Rafael foi o segundo?

— Sim. — O estômago revirando outra vez.

— Ainda gosta dele?

— Gosto.

— Ele gosta de você?

— Sim, ele gosta. — Mordo os lábios, desviando o olhar.

Ela suspira, prefere não continuar. É como andar em areia movediça, afundando lentamente.

— Pode me dar o meu remédio agora?

Ela assente, deixa a cozinha para ir até o seu quarto enquanto eu termino de preparar o que comer. Ela volta, entrega-me o comprimido azul. Um copo de água. *Hora de equilibrar a química do seu cérebro, Vinícius.*

— Tem consulta hoje. Não se esqueça — avisa, antes de me deixar sozinho no cômodo.

A única coisa boa na minha rotina de quarta-feira é que posso fumar em paz. Saio de casa cedo, passo um bom tempo na sala de espera do consultório, com os fones de ouvido na orelha, mas nenhuma música tocando.

Não consigo evitar de julgar cada uma das pessoas que passa por mim, que entra pela porta ou que se senta nas cadeiras vazias ao meu lado. Pergunto-me o motivo de cada uma delas estar aqui.

Uma garota sentada de frente para mim e me encara em silêncio. Ela é nova, parece ter quinze ou dezesseis anos. Sustenta meu olhar por um bom tempo, não expressa nenhuma emoção, eu também não. É como uma disputa silenciosa de quem consegue encarar por mais tempo. Ela ganha, já que meu nome é chamado segundos depois.

Assim que passo pela porta do consultório, a primeira coisa que vejo é o sorriso genuíno da psicóloga. Sento-me na poltrona do canto, alcançando a almofada amarela deixada ali enquanto lhe assisto dar a volta em sua mesa e se sentar no sofá mais próximo de mim.

— Como tem se sentido, Vinícius?

— Melhor.

— Dormiu bem? Algum pesadelo?

— Sim e não. — Dessa vez é verdade. Não tenho sonhado com nada nos últimos dias, apenas desligo.

— E como estão as coisas em casa?

— Eles pararam de brigar, agora não conversam mais. Acho que vão se separar.

— E como se sente sobre isso?

— Culpado, com medo. — Procuro um fio solto na almofada, enroscando-o no dedo. — Acho que Rafael vai desistir de mim.

— Por causa dos seus pais?

Balanço a cabeça em concordância.

— Talvez ele decida pôr a felicidade do pai acima da sua. — Mordo o lábio, arrancando o fio. — Talvez ele não queira ser um problema no casamento deles. Vai se livrar de mim.

Sinto-a me encarar. Um movimento rápido, percebo que cruzou as pernas. Eu a imagino de cenho franzido agora.

— Tem medo de que os pais de vocês se separem ou que Rafael te deixe?

— Os dois. — Procuro outro fio solto. — Não quero que ele desista de mim, mas também não quero que minha mãe fique sozinha. Eu sei que a culpa disso tudo é minha, sei que preciso deixar o Rafael para que eles fiquem bem, mas eu não quero. É egoísta da minha parte pensar assim?

— Não, escolher priorizar a sua felicidade não é um ato egoísta. Precisa concretizar, em sua mente, a ideia de que a felicidade dos outros não depende de você. — Enrolo uma das linhas amarelas, até ver a ponta do meu dedo atingir uma coloração roxa. — Aconteça o que acontecer no casamento deles, não é culpa sua. Afinal, não é você quem está casado, é?

— Não — murmuro, deixando o aperto afrouxar. O sangue volta a correr normalmente.

Ela se reclina no sofá, suspira, e então volta às perguntas: *O que fez nos últimos dias? Tem saído de casa? Tem se alimentado todos os dias? Tem desenhado com mais frequência? Quero que anote a sua rotina diária e me traga na próxima consulta, pode fazer isso?*

Quando saio do consultório, sigo caminho até a farmácia. Uma carteira de cigarros e um punhado de balas.

Me escoro na parede do estabelecimento, acendendo o primeiro cigarro, depois outro e mais outro. Com os olhos vagando, olhando de cima a baixo cada pessoa que passa na minha frente, imaginando como devem ser suas vidas, o que fazem, com o que trabalham, com quem moram.

Estou no táxi de volta para casa quando recebo uma mensagem que imagino ser de Rafael, já que ele é o único que ainda fala comigo, mas para a minha surpresa é Denise. Ela manda um monte de *emojis,* dizendo estar com saudade e me chama para sair. Nem mesmo visualizo a mensagem, indeciso entre ir ou não.

Penso em dizer não, sem vontade alguma de inventar uma desculpa, só diria não. Então, me lembro de que ficar em casa significaria não fazer nada, o tempo todo sob os olhos da minha mãe e, com isso, decido que é melhor sair. Ela responde rápido, com mensagens animadas por eu finalmente aceitar o convite. Manda fotos do próprio rosto, manda áudio; eu tinha me esquecido do quão animada ela é.

Quando chego, minha mãe está limpando as gavetas da estante. Sem nada para fazer, ela inventa suas próprias tarefas. É tudo questão de tempo até ela decidir mudar os móveis de lugar também. Guardo os cigarros na última gaveta da escrivaninha, já as balas eu deixo em cima dela.

Depois de tomar um banho, tirar de mim o cheiro horrível de cigarro, saio de casa, avisando que vou me encontrar com a Denise. Percebo que estou atrasado quando entro e vejo que ela já está na lanchonete. Seus olhos alegres me acompanham até que eu me sente ao seu lado. Ela mudou a cor do cabelo, as pontas agora são rosa.

— Oi! — Exclama animada, segurando minhas mãos por cima da mesa. — Como você está? Como vai a faculdade?

Me esqueci de que ela não sabe. Por um instante, passa pela minha cabeça a ideia de contar o que está acontecendo, mas me livro desse pensamento quando noto seus olhos e sorriso sobre mim. Não quero que me olhe com pena ou com preocupação como os outros.

— Vai bem — digo, mordendo o lábio. — Vou pedir alguma coisa, quer algo? — Me levanto, cortando de vez o assunto.

Ela nega. Quando volto à mesa, já embarca em uma conversa totalmente distinta, entre risos e piadinhas. Passamos quase duas horas juntos, até cada um seguir seu rumo. Percebo, então, o quanto sentia falta dela. Nos víamos quase sempre; agora, quase nunca. Faz mesmo muito tempo que eu não rio até ficar sem ar de qualquer besteira que essa maluca diz. Algo me faz querer voltar ao tempo da escola quando nos víamos o tempo todo, quando andávamos grudados nos corredores.

Rafael me manda mensagem à noite, perto das onze horas; conversamos demais até ele avisar que vai dormir, mas me liga quase vinte minutos depois.

— Você disse que estava indo dormir — murmuro assim que atendo a chamada.

— Sim, mas li uma thread no Twitter de uma menina que gravou o próprio sono, agora tô com medo.

— E o que tinha no vídeo?

— O que você acha? Um demônio, né?

Contenho o riso.

— E tu acredita nisso?

— Duvidar é que eu não vou.

Puxo o cobertor, virando-me na cama ainda com o celular no ouvido.

— Por que você leu a *thread* se sabia que ficaria com medo? — Pergunto baixo, encolhendo-me.

— Curiosidade, claro. — Posso imaginá-lo sorrindo agora. — Como foi o dia?

— Encontrei com a Denise hoje. — Mordo o lábio. — Foi legal!

— Isso é ótimo! — Responde bem-humorado, deixando o silêncio pairar por um instante. — Tô com saudade, Vini — murmura por fim, soltando um suspiro fraco.

Contenho um sorriso, mordendo o lábio, sentindo o estômago gelar.

— Também sinto sua falta — murmuro, afundando o rosto no travesseiro antes de acrescentar. — Muito...

Penso em chamá-lo para vir ficar comigo aqui em casa no dia seguinte, mas seria estranho com minha mãe aqui que nem um guarda-costas.

— Quer sair amanhã? — Pergunta, antes que eu possa dizer qualquer coisa.

— Quero.

As nossas ligações durante a noite fazem com que eu tenha saudade de quando podíamos dormir juntos. Era mil vezes melhor quando conversávamos baixinho, sentindo o calor um do outro, trocando carinhos, sussurrando um para o outro, e ele quase sempre dormia primeiro. Agora, por causa dos remédios, eu sempre durmo mais rápido.

— Aonde você quer ir? — Indaga. Preciso de um tempo para pensar na resposta.

— Eu queria ir ao cinema... — Bocejo. — Faz tempo que não vou, deve ter algum filme legal passando.

— Vai ser isso, então. Está com sono?

— Não.

— Mentira, tenho certeza de que está de olhos fechados já. — E estou mesmo. — Vou deixar você dormir.

— Não! Conversa comigo — peço, desesperando-me. Esfrego os olhos, virando-me de barriga para cima, na intenção de me manter acordado.

Ele concorda, mantém a conversa por um bom momento, mas acabo dormindo. Acordo no dia seguinte com uma mensagem dele, enviada perto da uma da manhã:

Você dormiu.

Marcamos o cinema para as quatro da tarde. Perto das três, eu já estou agoniado, conferindo as notificações do celular a cada dez segundos. Quando ele finalmente me avisa que chegou, deixa-me extremamente eufórico. Desço a escada com pressa, pulando os degraus.

— Tô saindo! — Grito quando já estou na porta, não dando a chance de ela fazer qualquer pergunta. Acho que minha mãe até prefere que eu saia, é melhor do que passar o dia trancado no quarto.

Eu e Vinícius conversamos muito no carro, durante todo o caminho. A próxima sessão do filme que escolhemos ver começa um pouco mais tarde, o que nos dá tempo de perambular pelas lojas.

Quando passeávamos pelo shopping, a escada de emergência era sempre uma escapatória do resto do mundo, nosso lugar de trocar beijinhos. Paro para olhar os jogos na vitrine de uma das lojas, com Rafael logo atrás de mim, reclamando pela demora.

— Vamos entrar, vem — chamo, puxando-o pelo braço até a entrada.

Passamos por entre as prateleiras, Rafael parando a cada dez segundos para olhar o preço de qualquer coisa que lhe chame atenção enquanto eu passo tempo demais preso na enorme parede de jogos, de embalagens azul e verde.

— Compramos comida agora ou depois? — Pergunta ao se aproximar, as mãos enfiadas nos bolsos.

— Vamos agora — respondo, deixando de lado os DVDs e acompanhando-o até a seção de doces. Açúcar me deixa feliz. Isso é algo que preciso pontuar.

Tem uma pessoa na outra ponta do corredor onde entramos, com os olhos fixos nas embalagens coloridas à minha frente, acabo não prestando atenção, só vou me dar conta de que é Victor quando noto Rafael distante, conversando com ele. Assim que me vê, Victor sorri, acena rapidamente e volta à conversa; ele segura uma embalagem de salgadinho enorme em uma das mãos.

— Eu acabei perdendo o Lucca aqui dentro, agora tenho que ir atrás dele — comenta, olhando em volta rapidamente. — Parece até uma criança — resmunga.

E como se soubesse que estavam falando dele, o dito cujo aparece, falando rápido, com um sorriso enorme no rosto. Suas mãos vão direto à cintura de Victor enquanto conta o que aconteceu, e o ruivo só faz sorrir, um sorriso bobo e apaixonado.

Quando os olhos do italiano enfim nos nota, ele se cala. Provavelmente, em dúvida entre nos cumprimentar ou só ir embora com Victor. Chega a ser engraçado.

Assim como Victor, ele só acena, antes de voltar os olhos para o ruivo e acompanhá-lo para fora do corredor. Rafael me encara, solto um riso fraco, fazendo-o rir também, sem sequer saber o motivo de estarmos rindo.

— Já pegou o que queria? — Pergunta, entre um riso e outro.

— Sim — assinto.

Na fila do caixa, chegamos a vê-los conversando do outro lado da loja. Victor impaciente e Lucca entretido com algo que encontrou nas prateleiras. Saímos pouco tempo depois.

Rafael, vez ou outra, apoia a mão no meu ombro. Não é na minha cintura, ele não pega na minha mão, é sempre no ombro, com medo de se aproximar demais, de tocar demais. É fofo, mas ao mesmo tempo angustiante, porque sei o quanto ele quer ir além, quer andar de mãos dadas como fazíamos antes, quer segurar a minha cintura e me beijar, fazer carinho.

Durante o filme é quase a mesma coisa, vez ou outra, sua mão encosta na minha, então se afasta como se desse choque. Ele me faz perder o foco do filme várias vezes, até que entrelaço nossos dedos de uma vez e os mantenho assim.

Damos voltas nas lojas depois do filme, lanchamos na praça de alimentação, de mãos dadas, o tempo todo de mãos dadas, grudadinhos um no outro e, perto das oito horas, ele me deixa em casa. Quando estamos juntos, as horas voam e, quando caio em mim, ele já está distante outra vez.

Umas dez vezes, durante o nosso encontro, eu quis pular em cima dele e beijá-lo até minha boca ficar dormente.

INFERNO!

Manter controlada a vontade que eu tenho de me entregar está sendo mais difícil do que pensei que seria.

Rafael vem jantar no sábado. Ninguém parece querer dizer nada em momento algum. Sinceramente, me pergunto o porquê de ainda estarmos tentando fingir quando todas as paredes que construímos já desabaram. A tensão é gritante, as poucas palavras ditas são rasas e não se aprofundam em assunto algum, não chegam a nenhum lugar. É só uma questão de tempo até um de nós surtar.

Quando o inferno acaba, Rafael sai para conversar com o pai. Minha mãe permanece na cozinha comigo, começa a lavar a louça e ofereço-me para fazer isso por ela. Ouço seus passos ao deixar o cômodo, suponho que tenha ido para o quarto dormir ou talvez se torturar com o pesadelo que sua vida se tornou.

Termino de guardar a louça e, quando deixo a cozinha, Rafael ainda está ali, sentado no braço do sofá, parecendo distante.

— Rafa — chamo, notando que o assustei. Seus olhos vem até mim, e então abre um sorriso fraco.

— Oi, Vini — murmura, esperando que eu dê a volta na sala ao me aproximar. — Não queria ir embora sem falar com você.

— Está tudo bem? — Resolvo perguntar, chegando mais perto de onde ele está sentado.

— Sim.

— Você não sabe mentir.

Ele desvia o olhar coçando a nuca antes de voltar a me encarar, abrindo outro sorriso, tentando mostrar que está tudo bem quando obviamente não está.

— Estou cansado — murmura arrastado.

— Eu sei. — Toco seu ombro, antes de me por entre suas pernas, abraçando-o.

Seus braços rodeiam o meu torço, a cabeça apoiada no meu peito, e enquanto eu aspiro o cheiro de seu cabelo, posso ver a imagem da minha mãe, no topo da escada, encarando-nos. Ignoro, fechando os olhos enquanto deixo beijinhos entre os fios de cabelo dele, mantendo-o perto por mais alguns segundos.

— Eu te amo — murmuro, sentindo o aperto ao redor do meu corpo aumentar, as mãos tocando a pele que acaba sendo exposta pela minha blusa.

— Te amo mais — sussurra, tirando-me um sorriso.

É, definitivamente não estou disposto a deixar para trás Rafael e eu por nada.

Ele se afasta, encarando-me por um momento antes de eu abraçá-lo uma segunda vez, mais forte, escorregando uma das palmas pelas suas costas e deixando um carinho ali. Ficamos assim por minutos inteiros, sem mover um músculo. Eu queria que ele ficasse aqui comigo pelo resto da noite.

Eu o acompanho até a porta quando decide ir embora, e ganho um beijo no rosto que quase me faz perder a cabeça. Espero que entre no carro para voltar para dentro e enfrentar a minha mãe.

Meu olhar vai de encontro com o dela no mesmo instante. Vamos acabar logo com isso. Subo a escada sob seu olhar, parando exatamente dois degraus abaixo de onde ela está.

— Nós vamos ficar juntos, não importa o que você diga ou faça. — Vou direto ao ponto. — É a minha vida.

— Vinícius...

— Você acha que pode mudar alguma coisa entre nós com todo esse caso que está criando, mas a única coisa que você está fazendo é destruindo o seu casamento!

Ela me olha em silêncio, de cenho franzido, parecendo não acreditar que eu estou mesmo gritando com ela. Quase nunca levanto a voz para a minha mãe assim. Estou prestes a pedir desculpas, mas ela me manda ir para o quarto. Faço o que ela mandou, batendo a porta ao entrar e procuro pela chave, mas me lembro de que está sem tranca.

Estou sentado na cama quando ela entra, segurando um copo de água que entrega para mim, junto com o comprimido branco e, ainda em silêncio, espera que eu tome para me deixar sozinho outra vez.

Parece até um pesadelo. Sinto-me preso dentro de uma gaiola.

Eu o deixo embaixo da língua, penso em cuspir, jogar fora ou guardar, mas acabo engolindo, sentindo-me péssimo com a ideia da droga se dissolvendo no meu organismo. Minhas mãos tremem, um nó me toma a garganta e a minha vista fica turva. As lágrimas escorrem pelo meu rosto, desisto de tentar me controlar e só desabo, entre soluços fortes que me machucam a garganta e uma dor de cabeça que me impede de pensar direito.

Depois que me deito, vou deixando que a dor passe, que adormeça, e tomado pelo cansaço, acabo dormindo.

Domingo de manhã, percebo que as coisas estão diferentes quando, em vez de travarem uma guerra de silêncio, minha mãe e Antony estão conversando normalmente na sala. Caminho até a cozinha, meio tonto, pego algo para comer e me sento com eles na sala, sustentando os olhares, subindo as pernas no estofado.

— Passei a noite pensando no que você disse — ela começa, sem saber se me encara ou fita as mãos em seu colo. — E acho que tem razão quanto a tudo que está acontecendo.

Tento parecer calmo, mas acho que fica óbvio o meu nervosismo assim que abaixo a cabeça.

— Não posso te controlar dessa forma, você sempre vai acabar fazendo o que quer, não importa o que eu ache. A vida é sua.

— Só queria que não fosse tão ruim com ele por isso — murmuro, limpando rapidamente a lágrima que escapa. — Não precisava tornar mais difícil do que já está sendo.

— Eu sei, me desculpe — diz baixo.

— Não é pra mim que tem que pedir desculpa, não fui eu quem você tratou daquela forma — disparo, deixando no ar o rancor e a mágoa.

Ela perde a fala por um instante, então balança a cabeça em concordância. Seu olhar vai até Antony, que a observa, em silêncio, de cenho franzido. Nem ele parece aguentar mais essa situação toda, esse inferno sem fim que nossas vidas se tornaram. Seu olhar encontra o meu, e então sorri leve. É incrível como ele consegue transmitir tranquilidade até em momentos assim.

— O *Titanic* naufragando e nós somos os músicos que continuam tocando enquanto o barco se enche de água — diz, cortando o silêncio.

Tento conter o riso, mas é impossível. Minha mãe o encara, tentando saber se está mesmo fazendo piada uma hora dessas, e ele apenas pressiona os lábios, contendo o riso, fazendo-a sorrir também.

— Você é mesmo impossível, Antony — resmunga, tentando se manter séria.

— Não querem assistir ao *Titanic*?

— Odeio esse filme — ela retruca.

— Eu deveria ter sabido disso antes de me casar com você! — Ele a encara completamente ultrajado. Ela lhe dá um tapa no ombro.

— Tarde demais para se queixar — grunhe. — Vamos ver algo engraçado. — Alcança o controle.

Não demora muito a estarmos vendo uma comédia boba, que passo a ignorar para responder às mensagens de Rafael, contando que acordou com Guilherme e a namorada cantando as músicas de *High School Musical*. E ao que parece, os dois têm mais em comum do que o esperado. Depois, manda mensagem perguntando se eu quero passar a tarde com eles, aturando toda a trilogia de *High School Musica*l.

Acabo indo, mas acabamos vendo um episódio atrás do outro de uma série adolescente, depois de Raquel bater boca com Guilherme, com base em seu amplo conhecimento em produções da Netflix e seja lá o que mais esses doidos consomem como entretenimento.

Raquel tem o mesmo senso de humor que Guilherme e parece ter a mesma quantidade de parafusos faltando, então quando um faz piada, o outro embarca junto e não param mais.

Rafael diz que é mais um amor passageiro de Guilherme e que ele logo vai enjoar dela, mas eu não acho. Acho que dessa vez vai ser pra valer.

27

— EU JURO POR DEUS, RAFAEL, SE VOCÊ ME JOGAR ESSE +4 eu vou embora agora!

Ele ri da minha ameaça, dedilhando as cartas enquanto me encara. Estamos jogando Uno a pelo menos trinta minutos, valendo o último pedaço de pizza. E tenho certeza de que ele está trapaceando.

— Poderíamos ter resolvido isso com "pedra, papel e tesoura", mas você quis perder em grande estilo.

— Perder o caralho — resmungo, esperando que ele jogue exatamente a carta que eu pedi para não jogar. — Vai se arrepender pelo resto da sua vida! — Juro enquanto compro as cartas, ouvindo sua risada.

Com agora seis cartas na mão, preciso de um tempo para me organizar, jogando logo três de uma vez. Ele ri, joga um bloqueio e bate com duas cartas de cinco.

— Não! — Grito. — Não vale, você está roubando! — Eu me altero, ouvindo sua risada escandalosa.

— Pode chorar à vontade. — Ele se levanta, indo até a caixa de pizza.

— Você roubou!

— Roubei como, Vinícius? — Arqueia as sobrancelhas.

— Quando você não me deixou jogar três bloqueios. — Largo as cartas no chão, levantando-me para ir atrás dele.

— Porque não pode!

— Nas minhas regras, pode, sim!

— Nas minhas, não.

— Ladrão. Você é ladrão.

— Ah, me desculpe, o som da vitória está abafando o seu choro — debocha, tirando da caixa o último pedaço de pizza. Prestes a comer, para quando encontra o meu olhar. — Não me olhe assim.

— Assim como, Rafa? — Abaixo o tom de voz, formando um bico com os lábios.

— Está apelando! — Acusa-me ultrajado, pondo a pizza de volta na caixa.

— Não estou fazendo nada. — Dou de ombros, abaixando o olhar até as minhas mãos.

— Vou virar de costas pra você, assim não preciso me sentir culpado — avisa, tomando em mãos a comida outra vez e virando-se.

— Rafael! — Choramingo, escutando-o bufar.

— Você é muito manipulador, eu não acredito — grunhe, pondo a pizza de volta na caixa e estendendo-a na minha direção.

Abro um sorriso largo ao me aproximar, puxo uma das cadeiras na bancada, sentando-me em seguida. Começo a comer sem culpa nenhuma enquanto ele resmunga indignado.

E no instante seguinte, a porta é aberta, Guilherme e Raquel passam por ela entre risos, ambos caindo de bêbados, rostos vermelhos e gritando ao falar:

— Não achei que estariam aqui — ele diz surpreso, tendo dificuldades para trancar a porta.

— Onde mais eu estaria, Gui? — Rafael pisca algumas vezes.

— Tem razão. — Dá uma pausa.

Raquel, agora, sentada no chão, abraçada ao cachorro, balbucia algumas coisas ao fazer carinho no pelo marrom de Bobby, falando com ele como quem fala com um bebê.

— Encontramos Victor no bar — Guilherme torna a falar. — Ele e o Lucca.

— O italiano mexe a mão assim quando fala. — Raquel chama a atenção, juntando a ponta dos dedos com o polegar e balançando a mão. — *Mamma mia* — imita.

Solto uma risada alta, sendo acompanhado por Rafael.

— Ele gesticula muito com as mãos, é engraçado.

— É vero, se non è *vero,* è *ben trovato* — cita ela, ainda balançando a mão, arrancando uma risada de Guilherme.

— Deus, você é tão fofa — murmura abobalhado.

Ela ri, levantando-se, deixando Bobby de lado por um segundo.

— Vamos dormir — chama, abraçando-o de lado.

— Sim, vamos — concorda, passando os braços por volta dos ombros dela, seguindo caminho até o quarto.

— Estão indo dormir mesmo ou vão transar? — É Rafael quem pergunta, tirando um sorriso de ambos.

— É muito engraçado, mas já transamos no banheiro do bar.

— E mandamos bem pra caralho — completa a outra.

— Com certeza. — É tudo o que dizem antes de entrarem no quarto e fecharem a porta.

Rafael olha a hora na tela do celular; quase duas da manhã. Isso antes de desbloqueá-lo e abrir o Instagram.

— Me dá um pedaço, vai — pede, apontando com o queixo para a pizza já pela metade em minhas mãos.

Concordo, aproximando a comida de sua boca e deixando que morda um dos lados, ao mesmo tempo que vai passando os *stories* das pessoas, até chegar aos do Victor e, no primeiro deles, aparece o Lucca, cantando *Hakuna Matata* em italiano, com a risada de Victor no fundo. Os seguintes são no bar, mostram ele, Lucca, Guilherme e Raquel também.

— Quer jogar outra vez? — Pergunto, limpando o canto da boca com os dedos.

— Não, você é competitivo e vai ficar com raiva. — Deixa o celular de lado por um tempo.

— Está com medo de perder, Rafa? — Semicerro os olhos.

— Estou com medo de você me atacar.

Reviro os olhos, assistindo-lhe se distanciar de mim, começando a recolher as cartas deixadas no tapete.

— Quer terminar de assistir a *YOU*? — Pergunta, já guardando o jogo na gaveta da estante.

— Sim. — Eu me levanto, abrindo o armário para pegar um dos potes vermelhos de batatas chips.

— Você tem um buraco aí?

— Há sempre mais espaço para comida. — Contorno, abrindo o pote, levando uma das batatas até a boca.

Eu tenho sentido muita fome. Pode ser pelos remédios. Eu realmente não sei, mas isso é bom, porque consigo me alimentar direito agora.

Me sento com ele no sofá, puxando o cobertor até cobrir inteiramente minhas pernas. Ele logo se senta ao meu lado, com o episódio da segunda temporada começando, e ainda ousa pegar as minhas batatas.

Acho que fazem quatro ou cinco meses que estamos enfrentando isso. As coisas andam melhor agora, minha mãe pediu desculpas e, mesmo que ainda haja um tipo de estranheza da parte dela, não existe mais toda aquela tensão quanto ao Rafael. Ele vem me ver em casa de vez em quando. Saímos algumas vezes e, hoje, concordei em passar a noite com ele. Estamos melhores agora.

Rafael me disse que o vizinho do apartamento da frente vai se mudar e que está pensando em alugá-lo no próximo mês quando o inquilino terminar de encaixotar as coisas. O homem deixou que déssemos uma olhada hoje à tarde. É um apartamento grande, tem dois quartos, assim como o de Guilherme, um banheiro, a cozinha é aberta e a sala dá para uma varanda. De fato, um bom lugar.

Acabo dormindo no meio de um dos episódios da série, e quando acordo, estou deitado por cima dele, com a coberta escorregando para o chão e o cachorro aninhado na ponta do sofá.

Me levanto, cuidando para não acordar Rafael, mas é meio impossível. Assim que me sento, ele se senta também, não dizendo nada enquanto me arrasto até o banheiro.

— Bom dia. — É Raquel quem anuncia da cozinha, comendo um pedaço de bolo que aparentemente havia acabado de comprar.

— Bom dia — cumprimento rapidamente, entrando no banheiro e procurando uma escova nova no armário.

Quando volto, Rafael e Guilherme discutem sobre quem usará o banheiro em seguida. É Rafael quem entra primeiro, mas nada impede o outro de ir atrás.

— Comprei suco de uva. — Raquel sorri, pondo a caixa sobre a bancada. Ela usa uma camisa vermelha de flanela para cobrir o corpo, a mesma que Guilherme usou na noite passada.

— Você saiu nesse frio? — Pergunto, encolhendo-me ao me juntar a ela na bancada.

— Sim, a padaria é bem aqui na frente — responde, enchendo um copo com suco, empurrando-o na minha direção. — Eu me lembro de você na faculdade, você fazia Artes Visuais, se não me engano.

— Sim.

— Foi você quem fez os quadrinhos do mural, não foi? No início do ano letivo.

— Foi. — Contenho um sorriso, sequer me lembrava disso. Era para um projeto inicial do curso.

— Eram tão fofos. Você fez mais?

— Fiz, mas estão no meu computador.

Desbloqueio o celular, procurando pela imagem que ela mencionou e quando, por fim, encontro, mostro a ela. É um desenho de quatro quadrinhos, apresentando o personagem de cabelo amarelo brilhante, assim como os olhos, brincos nas orelhas caídas e dentinhos afiados, com a aparência inofensiva de um filhote.

— Sim, esse mesmo, é muito fofo.

— Do que estão falando? — Rafael pergunta ao se aproximar, com Guilherme logo atrás.

— Dos quadrinhos do Vinícius.

Ele se inclina sobre mim para ver também, apoiando a mão na minha cintura.

— Que fofo — murmura. — Qual o nome?

— Não tem nome ainda.

— E o personagem?

— É Nico.

— Fofo, igual a você! — Grunhe, apertando minhas bochechas.

— Para. — Reviro os olhos, sorrindo, quase morrendo de vergonha. — Ele é um alienígena, e os outros são a família dele — explico, apontando para os outros personagens, com a mesma fisionomia do primeiro.

— Legal, você fez mais?

— Sim, mas não tenho aqui. — Guardo o celular, não conseguindo conter o sorriso e a empolgação ao falar.

— Pode me mostrar depois — sugere, cortando um pedaço de bolo. Concordo com a cabeça, antes de pedir que corte um pedaço para mim também.

— Guilherme! Tira essas suas mãos geladas de mim! — Raquel grunhe quando ele a abraça.

— Vá se foder, eu tô esquentando — resmunga, apoiando o queixo no ombro dela.

Ela desiste de tentar se livrar dele e apenas aceita o abraço, fazendo carinho nas costas de sua mão enquanto com a outra, leva o copo de suco até a boca.

— Tenho que bater ponto hoje, se não o meu pai me mata — Rafael murmura ao meu lado, pensando em voz alta. Logo se afasta para ir atrás do celular.

— Você nem mesmo trabalha! — Guilherme grita. — Essas são as vantagens de ser filho do chefe.

— Vá se foder.

Acabo rindo. É engraçado que ele não faça nem mesmo questão de fingir que é um trabalho de verdade; é o sobrenome dele que está estampado naqueles caminhões de qualquer modo.

— É melhor eu ir. — Apronto-me, descendo da cadeira para ir até o quarto onde deixei a mochila. — Prometi que sairia com Denise hoje. — Lembro, olhando rapidamente as horas no celular.

— Já? — Rafael me para, de cenho franzido.

— Sim, e você tem que trabalhar.

— Espera aí, eu te deixo em casa — avisa quando começo a enfiar minhas roupas de volta na bolsa.

— Não precisa.

Ele tenta contestar, mas eu já calçava os sapatos na porta.

— Manda mensagem quando chegar, então?

— Sim — concordo, subindo as mãos até o seu rosto, acertando um beijo em sua bochecha. — Te vejo depois.

— Tudo bem. — Sorri, pressionando os lábios para esconder a vergonha, mas suas bochechas ficam coradas rapidinho.

Beijo seu rosto outra vez, sentindo o cheirinho dele antes de me afastar. Aceno antes de passar pela porta e correr até o elevador.

Me sinto um tanto arrependido de não ter aceitado a carona quando um vento gélido cruza o meu caminho, ameaçando chover, mas tudo bem, eu tenho gostado de caminhar.

Denise e eu vamos ao shopping, ela pretende comprar um presente para a namorada. Não sei em que momento me tornei bom em escolher presentes, lembrando que nunca cheguei a conhecer, de fato, a namorada dela, mas segundo a própria Denise, eu ajudei muito.

Vamos ao parque depois, assistir às poucas pessoas que têm disposição para se exercitar, jogar vôlei e futebol, ou correr. Brincamos com um cachorro que se solta do dono, antes que este venha buscá-lo.

Foi um dia bom, no final das contas.

* * *

No início, comecei a supor que minha mãe havia contado ao meu pai sobre os meus problemas. Hoje, tenho certeza disso. Ela não falou o porquê, só disse que ele havia ligado. Aparentemente, ele voltou para o Rio e está morando com os filhos e a esposa em alguma casa grande, em algum bairro nobre. Deixou o número e endereço, caso eu “precise de algo”. Não acho que eu precise da ajuda e da piedade dele. Na verdade, estou começando a supor que ele ache que sou um projeto de caridade, no qual ele dá o mínimo de sua atenção para se sentir melhor por todas as coisas ruins que já fez na vida.

— Você tem certeza disso, Vini? — Minha mãe pergunta pela décima vez, desde de que eu havia dito que iria até a casa dele.

— Sim, mãe. — Calço os tênis, pronto para sair.

— Não precisa ir se não quiser.

— Mas eu quero ir.

— Por quê? — Ela me estende o casaco azul, deixado no braço do sofá. — Não se magoou o suficiente com isso?

— Porque... porque eu preciso ir. Eu quero ir, tá bom? — Tento explicar, mas nem isso estou conseguindo fazer. Ela suspira, balançando a cabeça em concordância.

Saio de casa logo após o carro do Uber chegar. Durante todo o percurso, tudo que me passa pela cabeça é a vontade de desistir e voltar para a casa. Tento o tempo todo me manter calmo, mas parece impossível a cada rua que o carro vira.

Assim que me vejo em frente à casa, considero seriamente dar meia-volta e ir embora, mas é tarde demais para tal coisa, um dos meninos já me viu pela janela da sala. Com o lábio preso entre os dentes, bato à porta, respirando fundo várias e várias vezes, até ela, por fim, ser aberta.

— Vinícius. — A mulher sorri doce, tem o cabelo preso em um coque bagunçado, as roupas velhas. Deve passar o dia inteiro cuidando das crianças. — Desculpe, você não deve se lembrar de mim. — Ri, balançando a cabeça em negação.

Eu me lembro, sim. A funcionária que me buscava na escola no lugar do meu pai, mesmo quando minha mãe pedia para que ele fosse, em vez de mandar alguém em seu lugar. Ela também brincava comigo no escritório quando o meu pai tinha coisas mais importantes para fazer do que ficar junto a mim. Eu me lembro bem dela. Surpreende-me ele ter casado com a secretária, em vez da minha babá.

— Me lembro, sim. — Sorri fraco, entrando na casa logo em seguida.

— Alexandre está no escritório, posso chamá-lo para você se quiser. — Aponta para a escada.

— Por favor — peço, tentando parecer o mais simpático possível.

Ela logo deixa a sala. Os dois garotos estão no sofá, jogando *videogame*, distraídos demais para me dar atenção. O volume da TV está alto, tenho certeza de que o barulho dos tiros pode ser ouvido por toda a casa. Eu me aproximo como uma raposa, sentando-me ao lado deles no sofá, juntando as mãos em meu colo.

— Você é o outro filho do meu pai? — Pergunta o mais novo deles.

— Sou.

Percebo que aqui eu sou o filho bastardo, não eles.

— Quantos anos você tem?

— Vinte.

— Eu tenho oito. — Sorri, sem tirar os olhos da tela. — Qual o seu nome?

— Vinícius, e o seu?

— Bruno.

O mais velho parece disposto a continuar me ignorando.

— Estão jogando *Call Of Duty* — murmuro ao prestar atenção no jogo, ganhando finalmente o luxo dos olhos castanhos daquele garoto.

— Você gosta?

— Sim, eu tenho todos em casa — concordo. Por mais que não goste muito desse jogo.

— Quer jogar? Bruno é ruim — diz, por fim, me encarando.

— Eu não sou ruim.

— É, sim. Dê o controle a ele — manda, cutucando-o com o cotovelo.

O menino obedece a contragosto, sai do lugar onde estava e entrega-me o controle.

— Ainda não sei o seu nome — menciono.

— É Mateus.

Ele reinicia o jogo. O garoto mais novo se senta ao meu lado, fixando os olhos curiosos na tela. A mãe dos dois logo volta à sala, ainda sorrindo, parecendo nervosa quando percebe que eu estou perto das crianças.

— Ele está ocupado agora, mas já vai descer. Tudo bem esperar?

Não seria a primeira vez que estaria esperando pelo meu pai, de qualquer forma.

— Sem problema.

— Meu pai disse que você não gosta dele — Bruno dispara, sendo repreendido pela mãe logo em seguida, comprimindo os lábios ao se dar conta de que disse algo errado.

— Ele ainda é meu pai — justifico, por mais que laços de sangue não sejam tão importantes assim para mim.

— Ele diz que você é igual à sua mãe — agora é a vez de Mateus falar.

— É? Em que sentido?

— Não sei. — Dá de ombros. — Você tem namorada?

— Não. Eu gosto de meninos.

Eles me encararam, permanecendo em silêncio por um instante.

— Meu pai diz que os homossexuais vão para o inferno.

Paro o que estou fazendo para encarar o pequeno Bruno e seus olhos tão escuros quanto os meus.

— E o que o seu pai disse sobre adultério? — Abro um sorriso, notando o olhar da mãe deles sobre mim.

— O que é isso?

— É quando uma pessoa casada trai o parceiro — explica o irmão.

— Certo, meninos, não querem algo para comer? — Pergunta ela ao se aproximar, mantendo o olhar em mim. — Vinícius, não quer vir comigo?

— Claro. — Sorrio, devolvendo o controle ao Bruno.

Ela me guia até a cozinha, soltando um suspiro longo. Esperei que dissesse alguma coisa enquanto abria os armários.

— Quer ajuda?

— Não, obrigada — é curta, começando a preparar alguns sanduíches. — Vinícius, como está a sua mãe?

Vamos por esse caminho, então? Tudo bem.

— Está ótima, ela se casou. Você deve ter ouvido falar.

— Sim. Sabe que ela ligou para falar sobre o seu problema, não é? — Não respondo, mordendo o lábio enquanto espero que continue. — É por isso que está aqui? Quer dinheiro?

Solto uma risada fraca, balançando a cabeça em negação, mal podendo acreditar no que estou ouvindo. O que será que ela pensa que eu sou?

— Não preciso de dinheiro.

— Sabe, fui eu quem pedi para o seu pai te procurar da outra vez — confessa. — Quando nos mudamos para o Rio, fui eu quem o fez ligar para a sua casa.

— Por que fez isso?

— Não sou um monstro. Você é filho dele, só estava tentando aproximar vocês.

— Tentando amenizar a culpa de ter sido o motivo de ele ter me abandonado? Acho que entendi.

Ela abre a boca, apertando os dedos na borda da camisa, sem saber como terminar essa conversa. Arrependo-me do que disse no mesmo segundo. Sei que falei como um filho da puta, mas foi mais forte do que eu; é quando Alexandre finalmente passa pela porta da cozinha, abrindo um sorriso ao pôr seus olhos sobre mim.

— Vinícius, que bom que veio, ande, vamos conversar lá em cima — chama bem-humorado, acenando com a cabeça para a escada, como se eu não estivesse prestes a travar uma briga com sua esposa.

Eu o acompanho até o seu escritório, tentando não prestar atenção nas fotografias que cobrem o corredor. Muitas fotos dele com a esposa, muitas fotos das crianças e muitas fotos de todos eles juntos.

Nenhuma de Vinícius.

Vinícius? Quem é Vinícius?

Acho graça dos meus próprios pensamentos, perguntando-me se ele se esquece do meu nome, como se esqueceu do meu aniversário e toda essa merda.

O escritório é demasiadamente grande. Uma estante de madeira exibe as dezenas de livros de Direito que possui. A mesa de carvalho é coberta por uma série de pastas, e um único porta-retratos, com a foto dos dois meninos.

Nenhuma de Vinícius.

Mantenho meus olhos na foto por um bom tempo, na forma que eles sorriem. Menores do que são atualmente.

— Tudo bem com você? — Pergunta, sentando-se na poltrona próxima de mim.

— Sim, estou bem.

— Tem certeza? Não precisa de algo? — Ajeita a postura, correndo os dedos por um dos botões de sua camisa.

— Não preciso de nada. — Abro um sorriso fraco. — Como eles são? — Aponto para a foto dos meninos.

— Ah... Você os viu lá embaixo, sempre presos ao *videogame*. — Um riso fraco. — Você está diferente da outra vez — comenta, olhando-me rapidamente dos pés à cabeça. — Sua mãe me contou sobre o seu problema... — Pigarreia.

— Claro que contou. — Contenho a minha vontade de revirar os olhos.

— Vou perguntar outra vez, Vinícius. Precisa de algo? — Repete, inclinando-se na minha direção.

— Não. Eu realmente não preciso de nada — garanto.

Ele balança a cabeça em concordância, suspirando ao olhar em volta, levantando-se quando o silêncio paira entre nós. Vai até a estante de onde tira uma pasta amarela, o que me faz gelar ao me lembrar do que aquilo significa. São os desenhos que entreguei a ele naquela noite.

— Me desculpe pelo o que aconteceu naquele dia — começa, batendo os dedos contra a pasta agora deixada na mesa. — Deveria ter te apoiado, era algo importante para você, certo?

— Tive apoio das pessoas que se importam comigo. Não se preocupe com isso.

Ele solta um suspiro e abre a pasta, folheando os papéis até encontrar o que queria. Então, vira o desenho na minha direção.

— É o meu favorito.

Mostra ele e eu. As cores passam das linhas e não se encontram direito. Um bom desenho para uma criança de oito anos.

— É o meu favorito também — murmuro, sem coragem de olhá-lo nos olhos. Não estou mentindo, eu me lembro bem de quando desenhei aquilo, na verdade, é o único de que me lembro de ter feito.

Ele volta a guardar a pasta, dando a volta na mesa. Tira, de uma das gavetas, um maço de cigarros, acendendo um deles ao caminhar até a janela para que o ar ventile mais facilmente.

— Pretende voltar à faculdade no próximo ano?

— É... — Mordo o lábio. — Pode me dar um? — Pergunto, apontando para o maço já esquecido na mesa.

— Achei que não fumasse.

— As coisas mudam. Posso pegar ou não?

— Fique à vontade.

Faço que sim, quase salivando de vontade, esticando-me para tirar da caixa dois cigarros, guardando um e prendendo o outro entre os lábios antes de acendê-lo. Trago, soltando a fumaça devagar, sustentando o seu olhar por um tempo. Assusta-me o quão parecidos podemos ser.

Quando levo o cigarro de volta à boca, começo a imaginar o que aquilo causa dentro de mim. Meu pai tosse e imagino como ficaria a sua saúde daqui a alguns anos. Começo a ficar enjoado.

— Por que veio aqui, Vinícius?

— Como assim? — Franzo o cenho, puxando o cinzeiro que decora a mesa, para perto.

— Se não precisa de dinheiro, por que está aqui? — Volta a repetir.

— Nem tudo é sobre dinheiro — respondo num tom de hostilidade que inicialmente o irrita. Bato na ponta do cigarro com o dedo, vendo as cinzas caírem no cinzeiro. — Você acha que eu estou passando fome ou coisas do tipo? Acha que eu sou a sua ONG particular de caridade? Vá se foder.

— Olha a falta de respeito, moleque!

Apago o cigarro, pondo-me de pé quando ele o faz, apoiando as mãos na mesa e juntando as sobrancelhas do mesmo jeito que ele.

— Você não pode exigir respeito de mim quando você nunca fez o mínimo que se espera de um pai.

— Por que veio aqui, Vinícius?

— Porque você ligou, você deu o seu endereço, não foi?

— Sim, caso precisasse. — Relaxa a postura. — Você é o meu filho, achei que deveria ligar. — Dá de ombros.

Mentiroso de merda.

— Diga a verdade. Foi a culpa por ter fodido a minha cabeça ou foi porque sua mulher te obrigou?

Ele franze o cenho, permanecendo em silêncio.

— Se não queria me ver, era só não ter aparecido, garoto.

— Só queria ter certeza de uma coisa — murmuro, mirando os olhos no porta-retratos, na foto das crianças. — Seus filhos são lindos, espero que não os abandone para ficar com a próxima pobre coitada que engravidar de você — resmungo, dando-lhe as costas para ir até a porta.

Eu o ouço chamar, mas já estou na metade da escada.

— Já está indo? — É a mãe dos garotos quem pergunta, na porta da cozinha.

— Sim, obrigado por me receber. — Mostro um sorriso fraco, mantendo o cigarro fora da boca por um instante. — Por favor, não peça mais que ele me procure — peço baixo.

— Sinto muito que se sinta assim, garoto. — Olha-me com pena, deixando um carinho no meu braço. — Não pode perdoar o seu pai?

— Não tem por que dar atenção a alguém que nunca se importou comigo, ele nunca fez nada por mim, mas espero que faça algo pelos seus filhos.

— Ah, garoto...

— Tudo bem, me desculpe pelo incômodo. — Sorrio. — Já vou indo. — Aponto para a porta. Ela somente balança a cabeça, deixando-me sair.

Acendo o segundo cigarro, antes guardado no meu bolso. Olho para a fumaça desaparecendo no ar, sentindo-me enjoado outra vez. Esse vício vai ficar por aqui também, junto de toda essa merda à qual me prendi por tanto tempo.

Peço que Rafael vá me buscar em um ponto de ônibus próximo dali. Ele fica extremamente preocupado quando conto o que havia ido fazer, o que prontamente faz com que eu me arrependa de ter contado. Mesmo dizendo que estou bem a cada cinco segundos, ele não parece acreditar. Nem eu estou acreditando.

Ao chegar em casa, minha segunda luta é tentar acalmar a minha mãe. Acho que eles lidariam melhor se eu estivesse chorando, do que apenas mantendo a calma perante toda essa situação.

— Você está bem mesmo? — Rafael sussurra ao meu lado, segurando minha mão.

— Sim. — Reviro os olhos. — Eu, com certeza, prefiro a minha vida sem aquele homem aparentemente machista e homofóbico. — Franzo o cenho, pensando por um instante. — Não posso chamar de feio, pois temos a mesma cara.

Ele ri soprado, ainda de cenho franzido.

— Minha psicóloga vai adorar saber dessa história na quarta. — Rolo os olhos pela décima vez naquele dia. — Preciso de um banho, estou com cheiro de cigarro — anuncio, antes de me levantar.

— Vai ficar para o jantar, Rafa? — Antony pergunta ao se aproximar de Rafael.

— Vou. Inclusive, queria falar com você sobre uma coisa.

— Quer dinheiro, não é?

— Quero — vai direto ao ponto.

Solto um riso fraco, antes de subir de vez a escada.

O jantar flui melhor do que muitos outros. Estamos bem outra vez ou, pelo menos, quase lá. Rafael fala sobre o apartamento, e o maior choque para nós, naquela noite, é Antony simplesmente dizer que o compraria para ele. De início, ele até tenta negar, mas fica difícil com a minha mãe e eu insistindo para que aceite de uma vez. Também não é como se Antony fosse ficar sem dinheiro depois disso, na verdade, me surpreende não ter feito isso antes.

Depois, vamos para o meu quarto, onde mostro os meus quadrinhos a ele, Nino e os esboços dos outros personagens que estava planejando antes de trancar a faculdade. Comento que estou pensando em voltar a trabalhar naquilo, nem que seja por diversão. É uma coisa boba à qual me apeguei no início do meu curso. A versão de mim que pode ser o que quiser, e única em todos os aspectos.

RAFAEL

28

ACHO QUE O VINÍCIUS ESTÁ LEVANDO A ESCOLHA DA COR DAS cortinas da sala a sério demais. Depois de trinta minutos na loja, desisto completamente de opinar. Na verdade, eu só quero sair daqui com uma cortina e mais nada.

— Vai ser preta, Vinícius. Preto combina com tudo — tento uma última vez.

— Vermelha.

— Eu acho que o nosso fim vai ser por conta de uma cortina. — Cruzo os braços, ganhando a atenção de seus olhos.

— Sério? Nem escolhemos o tapete ainda — diz, fazendo pouco caso da situação. Acabo sorrindo, não acredito que ele esteja mesmo fazendo piada.

— O apartamento é meu.

— Sim, e você tem um péssimo gosto. Depois, eu te mostro a casa que fiz no Pinterest. — Deixa alguns tapinhas no meu ombro.

Solto um riso fraco, acompanhando-o pelos corredores. Nem mesmo a atendente está aguentando mais a nossa indecisão.

— E se for aquela azul ali? — Aponta com o indicador para a cortina no fim do corredor. — Azul-marinho.

— É, pode ser.

— Graças a Deus! — A mulher exclama ao nosso lado, andando em passos rápidos até a bendita cortina. — Vou pedir para embrulhar para vocês. — Adianta-se, não nos dando a chance de discutir. Ela sorri, antes de nos dar as costas e nos deixar sozinhos no corredor.

— Qual vai ser a cor do tapete agora? — Vinícius se vira para me encarar, forçando-me a suspirar pesadamente.

— Por que você não escolhe? Já é formado em Design de Interiores pelo Pinterest.

Ele sorri, parece até uma criança na loja de brinquedos. É como se fôssemos morar juntos. Vinícius escolhe rapidamente a cor do tapete, mas fica perdido entre três tipos. Tento opinar, mas não o faço quando percebo que está começando a ficar estressado. Ele tem se irritado muito facilmente nas últimas semanas, anda de mau humor por aí, resmungando. Eu sei que é a abstinência da nicotina, então o máximo que posso fazer além de trocar o adesivo de nicotina dele e comprar quantas balas e pirulitos ele quiser, é tentar não tirá-lo do sério, o que tem sido muito difícil.

— Não quer passar no mercado e comprar sorvete? — Pergunto enquanto termino de guardar as coisas no porta-malas.

— Sim, e podemos comprar alguma coisa pra comer também — sugere, distraído ao assistir a uma menina correr atrás do cachorro que havia se soltado da coleira. — Eu sempre quis um cachorro.

— Sua mãe é alérgica, né? — Lembro-me rapidamente, girando a chave antes de me aproximar da porta.

— É, mas eu tive um hamster quando criança.

— E o que aconteceu com ele?

— Ele fugiu ou morreu, não sei, meus pais nunca me disseram a verdade. — Dá de ombros, entrando no carro logo depois de mim.

Passamos no mercado como combinado, e ele parece feliz diante de toda aquela besteira, entupindo-se de salgadinhos de queijo e refrigerante. Pensando bem, quem não fica feliz com isso?

Em casa, ele se mostra ainda mais empolgado, insistindo em pintar as paredes logo. As tintas já estão ali, os rolos e pincéis também. Acabo cedendo. Depois de ter aberto as latas, ele trata de tirar a camisa, puxando-a pela gola e largando-a sobre a bancada da cozinha. Uma tentação.

Pode ser por eu estar há pelo menos cinco meses sem beijar ou tocar ninguém, mas a cada dia que passa ele se torna ainda mais gostoso. E eu não tenho mais autocontrole.

Mordo o lábio e percebo que o estou encarando por tempo demais quando seu olhar encontra o meu. Um sorriso surge em seus lábios, antes de alcançar um dos pincéis e jogá-lo na minha direção.

— Tem que parar de me secar, Rafael.

— Paro quando você parar de fazer o mesmo comigo.

Ele solta uma risada, surpreso, balançando a cabeça em negação ao me dar as costas. Tiro a camisa, aproximando-me de onde ele está agora, ajoelhado enquanto mistura a tinta.

— Acha que esse cinza vai ficar muito escuro? — Questiono, mergulhando o pincel antes de passar na parede até então branca.

— Não, acho que não. — Suspira. — Você pintou na horizontal, tem que ser na vertical, Rafael — ele me repreende, pressionando os lábios, claramente irritado.

— Se eu soubesse que você ficaria bravo comigo, eu não teria concordado com isso.

— Não estou bravo — grunhe, desviando o olhar, levantando-se para começar a pintar.

Ergo os olhos para encará-lo, notando uma tatuagem em seu quadril, uma cobra descendo pela lateral do seu corpo até a virilha, desaparecendo dentro da calça.

— Nunca me falou disso.

— O quê? — Baixa o olhar, sibilando um "ah" ao saber do que se trata.

— Gostei, é bonita — murmuro, fazendo um sorriso iluminar o seu rosto. — Tem outra tatuagem escondida aí?

— Quer descobrir? — Sugere, baixando o tom de voz, provocando-me. Ele tem feito muito isso ultimamente. Sinto-me corado, o que o deixa ainda mais agitado.

— Você é terrível — murmuro, desviando o olhar, ouvindo sua risada em resposta.

Começamos a pintar logo depois disso. Ele vai para um canto da parede, e eu para outro. Seus gritos logo são direcionados a mim, mandando-me pintar só em uma direção e, por um segundo, acho que ele vai me mandar deixar que faça isso sozinho ou jogar um dos rolos em mim.

Já foi difícil terminarmos uma parede, quanto mais o restante; ele xinga sempre que a tinta respinga no chão em vez de cair nos jornais. Está todo estressadinho, perambulando pelo apartamento com parte do corpo sujo de tinta e o cabelo lhe cobrindo o rosto. Um puta gostoso.

Ele tem se mostrado mais solto, e "com mais solto" eu quero dizer que ele está me enlouquecendo. Da última vez que estivemos em meio a tantos baldes de tinta, transamos no chão do sótão.

Entendo perfeitamente a sua decisão de não querer nada agora. Não achei que seria fácil e, de fato, não está sendo e, nos últimos dias, tenho me sentido em uma espécie de teste de autocontrole. Ao menos, estou resistindo, mas não vou negar que minha vontade é de agarrá-lo com mais vontade do que da primeira vez.

— Está me ouvindo? — Ele altera a voz, puxando-me de volta à realidade.

— Desculpa, o que disse? — Pergunto, coçando o nariz, deixando um pouco de tinta no rosto.

— Você está assim o dia todo. Estou te entediando? — Junta as sobrancelhas, jogando o cabelo para trás.

— Que besteira! — Deixo os pincéis de lado, indo em sua direção. — O que você disse? — Pergunto, levando uma das mãos até a sua cintura.

— Esqueça. — Ele se desvencilha, pronto para passar a segunda demão de tinta.

— Não, não, não. — Eu o puxo de volta sem pensar. Seu corpo se choca ao meu, pegando-o desprevenido. — Não fique bravo — peço, apoiando o queixo em seu ombro.

— Não estou bravo — diz baixo, deixando-se levar conforme eu balanço nossos corpos.

— Está, está irritadinho. O que foi?

Ele pondera, mantendo o olhar distante. Parece pensar e quando, por fim, toma uma decisão, pergunta:

— Você ainda gosta de mim, não é? — A voz baixa, quase inaudível.

— Vinícius, eu te amo. — Beijo o seu pescoço, apertando-o ainda mais contra o meu corpo. — Por que está me perguntando isso agora?

— Estive pensando... — Dá uma breve pausa, antes de negar com a cabeça e desvencilhar-se de mim mais uma vez. — Esquece.

— Você pode me contar — insisto entre um suspiro longo. Ele me encara outra vez, morde o lábio, as mãos tremendo.

— Tenho a sensação de que estou exigindo muito de você nesses últimos dias. — Seus olhos percorrem toda a sala, mas não ousam encontrar os meus. — Não quero ser um peso na sua vida, não quero te incomodar com meus problemas.

— E você não está. — Dou um passo em sua direção, tirando de suas mãos o pincel que segura. — Eu me importo com você, e se está em uma fase difícil, quero te apoiar até que tudo melhore. Sabe disso.

Ele faz que não com a cabeça, baixando o olhar para os próprios pés.

— Eu só ando com raiva agora, e isso está incomodando você.

— É, você anda meio mal-humorado, mas eu sei ser paciente. — Toco seu rosto, esquecendo-me da tinta que mancha meus dedos. — Somos uma equipe, Vini. Só funciona se nós dois trabalharmos juntos.

— Tem razão — murmura, erguendo o olhar, e então percebo o quão perto um do outro estamos.

Seus olhos permanecem fixos nos meus por um longo tempo, a sua respiração se mistura à minha. Eu posso sentir o calor de seu corpo.

Eu o vejo fechar os olhos, a respiração encurtando quando seu nariz toca o meu, o peito subindo e descendo de forma agitada. Vinícius encolhe os ombros quando afundo meus dedos no cabelo de sua nuca, suspirando contra a minha boca.

É estranho não ser ele a me deixar assim; estranho não ser ele a dar o primeiro passo, porque quando nos conhecemos era ele quem costumava me testar, me encurralar pelos cantos. Sinto meu corpo queimar só por tê-lo perto, com meus pensamentos loucos, incerto entre beijar e não beijar.

— Vamos voltar a pintar — ele sussurra, afastando-se de mim e pressionando os lábios.

Permaneço aéreo pelos dez segundos seguintes, ouvindo as batidas frenéticas do meu coração, recuperando-me apenas quando ele vira de costas e volta a pintar.

Eu vou enlouquecer. Vou enlouquecer de verdade com Vinícius por perto.

Quase segundos depois de começarmos a pintar, ecoam batidas à porta e o som estridente da campainha. Grito para que entrem, e não é surpresa nenhuma ver as imagens de Guilherme e Victor passarem pela porta.

— Está ficando legal. — Sorri o primeiro deles ao passar pela porta, levando o foco até as cortinas esquecidas no sofá. — Gostei da cor.

— Claro que gostou, eu quem escolhi — Vinícius resmunga.

— Tinha que ser. Rafael tem um gosto horrível — Victor dispara, mantendo-se longe das tintas. Ele veste um terno, com o blazer pendurado no braço e a camiseta de botões fechada até o final, com uma gravata apertada.

— Foi o que eu disse!

— Aonde vocês foram? — Guilherme continua com interesse nas cortinas e agora no tapete.

— Àquela loja perto do shopping.

Desencadeando mais uma série de perguntas e respostas sobre isso, Victor se aproxima de onde eu estou, olhando rapidamente em volta, caminhando até o único lugar que não há tinta para se sujar.

— Eu só vim dar uma passada rápida, tenho uma reunião de trabalho agora — avisa, abrindo um sorriso. — É a primeira vez que vou falar com o meu chefe. Estou muito nervoso — grunhe, dando leves pulinhos, ansioso.

— É sério? Ele não é seu sogro?

— Sim, mas nunca fomos apresentados — explica. — E eu não tenho permissão para falar com ele no trabalho. — Comprime os lábios.

— Você é blindado, Victor. Tá pegando o herdeiro, não tem nada para dar errado — Guilherme se intromete, dando de ombros.

— Na verdade, existem grandes chances de ele me achar um interesseiro que está tentando dar um golpe. E ele é meu chefe, Guilherme, tem tudo para dar errado.

— Você é muito negativo, Victor Hugo.

— E minhas roupas estão cheias de pelo do Mozzarella — resmunga, apontando para o próprio corpo.

— Quem? — Guilherme faz careta.

— Mozzarella. É o gatinho do Lucca. — Abre um sorrisinho, esquecendo-se, por um momento, dos problemas.

— Ao menos, está bem vestido.

— Claro que estou, isso é um Ralph Lauren — soa presunçoso, apontando para o terno que usa.

— Deus, como você é modesto! — Exclama Guilherme, carregado de sarcasmo.

— Será que eu deveria pedir para ser apresentado a ele pelo Lucca? — Questiona, mudando rapidamente de assunto.

— Apresentado ou não, ele sabe que vocês estão juntos. Aquele homem sabe de tudo que envolve o Lucca. — É Vinícius quem decide comentar, sentado nos jornais enquanto pinta o rodapé da parede. — Eu morria de medo dele.

— É isso. Provavelmente eu perca o emprego. — Ri, ainda mais nervoso.

— Se fosse para ele te demitir, já teria feito ou te transferiria de setor. Na verdade, acho que ele gosta de você.

— Duvido.

— Lucca te deu o emprego de volta daquela vez — reforço.

— Isso quando o pai dele não fazia a menor ideia de quem eu era, ele sequer me demitiu pessoalmente. — Coça os olhos. — Lucca deve ter inventado uma desculpa quanto a isso.

— Victor Hugo, relaxa. Você é bom no que faz, eles têm sorte de ter você.

— É... Eles têm mesmo. — Parece pensar.

— Exato.

— Valeu, gente. — Suspira, caminhando até a saída. — Tenho que trabalhar.

Nós nos despedimos enquanto ele passa pela porta, e o silêncio se estabelece por um instante. Então, Guilherme se levanta, direcionando--se até a bancada da cozinha, onde se senta.

— Raquel vem dormir aqui hoje? — Pergunto. Ainda estou dormindo no apartamento dele, só até terminar o considerado essencial aqui.

— Não, ela não está se sentindo bem. Passou mal hoje de manhã, provavelmente foi algo que comeu.

— Ela está com febre? — Vinícius pergunta brevemente.

— Não, acho que não. — Suspira pensativo. — Você vai querer as panelas, não vai? — Muda de assunto, cerrando os olhos ao me encarar.

— As panelas vermelhas antiaderentes que eu paguei? — Arqueio as sobrancelhas, vendo-o assumir a postura de alguém pronto para discutir. — Não, elas são suas, você tomaria de volta de qualquer jeito — cedo.

— Vocês parecem um casal se divorciando.

— Você só está com ciúmes — Guilherme acusa, preparando-se para nos deixar sozinhos outra vez.

Ele logo sai, avisando que tem algo para resolver. O silêncio paira outra vez, sozinho com Vinícius, rodeados do cheiro forte de tinta. Passamos o restante do dia quietos, pintando, mal dirigindo uma palavra ao outro por horas, até cada canto daquela parede estar coberto pela cor nova.

Nós nos sentamos na varanda, no finzinho da tarde, um do lado do outro; olhamos para as pessoas, os prédios e os carros lá embaixo, e conversamos baixo sobre o futuro e sobre o que aconteceria a seguir.

Eu o levo para casa logo após escurecer, depois de nos limparmos. Conversamos bastante no carro, prolongando ainda mais aquele momento. Ele, por fim, decide que está na hora de entrar em casa, aproxima-se de mim e me deixa um único selinho na boca, o suficiente para fazer uma corrente elétrica correr por todo o meu corpo. Seu olhar vem até o meu e quando eu estou certo de que vamos adiante, Vinícius murmura um “tchau” e desce do carro, deixando-me para trás com toda aquela euforia que um único selinho é capaz de me causar.

Percebo, agora, o quão fodido estou. Vinícius me tem, quase literalmente, na palma das mãos.

Volto para casa com aquilo ainda martelando na minha cabeça, meus pensamentos indo de oito a oitenta a cada segundo. Até que me vejo destrancar a porta, sendo recebido por Bobby, animado ao me ver chegar. Deixo um carinho em sua orelha antes de procurar por Guilherme, não demorando a encontrá-lo, encolhido na poltrona da sala, com os pensamentos bem longe da nossa realidade.

Sei que algo estava errado quando ele sequer olha para mim. Tem o polegar entre os lábios, estava roendo as unhas.

— Está tudo bem? — Pergunto, deixando as chaves na bancada, indo em direção à geladeira. Espero uma resposta, mas ela não vem.

— Guilherme? — Chamo, levando um copo com água até a boca.

— Raquel está grávida.

Engasgo com a porra da água no mesmo instante. Começo a tossir, deixando para trás o copo enquanto me viro para encará-lo.

— Está brincando. — Minha voz falha, pigarreio, apoiando uma das mãos na cintura, esperando que ele siga com a suposta piada. Mas, em vez disso, ele me encara, e percebo o quanto suas mãos tremem.

— Ela está grávida — reforça, não expressando emoção alguma.

— Não, Guilherme, sério... — Solto um riso descrente, balançando a cabeça em negação.

— Você quer que eu mostre os três testes de gravidez que ela fez, caralho?

Preciso de alguns segundos para digerir toda a informação. Ele sustenta meu olhar, e eu arregalo os olhos ao mesmo tempo que ele faz que sim com a cabeça.

— Puta merda!

— Eu sei.

— Puta merda, Guilherme! — Eu me desespero.

— Eu sei, porra! — Grita.

— E a merda do preservativo serviu para decoração, caralho? — Começo a gritar também, vendo-o se desesperar ao mesmo tempo.

— Aparentemente, sim, já que aquela merda não é cem por cento eficiente, né?

— Essa merda estourou? — Eu me aproximo, mal podendo acreditar que estou tendo essa conversa.

— Não, nenhuma vez, mas, mesmo assim, eles deram um jeito de passar e agora parece que vou ser pai.

Me calo, encarando bem o seu rosto, e me escoro no apoio do sofá, mais uma vez, tentando assimilar tudo que está acontecendo.

— Como você sabe que é seu?

— É meu — afirma, não dando chances de nos aprofundarmos no assunto. — Deus do céu! — Esfrega o rosto com a palma das mãos. — Eu nem conheço os pais dela ainda. Tem noção do quão fodido eu tô agora?

— Acho que minha ficha não caiu ainda. — Faço que não com a cabeça.

— E meus pais acham que eu sou o orgulho da família. — Ri nervoso. — Vamos ver o que vão achar quando descobrirem que engravidei a minha namorada com apenas seis meses de namoro.

— Ainda não consigo acreditar.

— Nem eu. Já tomei dois calmantes, meu corpo tá todo dormente. — Volta a roer as unhas. — Caralho, eu tô muito fodido.

— Vocês já conversaram sobre o que irão fazer? — Pergunto, inclinando-me em sua direção.

— Ela vai ter o bebê, se for essa a pergunta — diz, soltando um suspiro longo. — Ela termina a faculdade agora, então isso não será um problema. — Ele mantém os olhos em um ponto fixo, totalmente sem chão. Parece não ter se dado conta de que é real, e não um pesadelo.

— Vinte e três anos, um trabalho de merda e, agora, um bebê para criar — diz, passando a mão no cabelo. — Sério, isso não pode estar acontecendo.

— Você vai ser pai — digo, começando a me dar conta da situação.

— Sim, e você o tio rico. É bom dar presentes caros ao meu filho... ou filha.

Tento conter o riso, mas é impossível. Ele pressiona os lábios antes de acabar rindo também.

— Eu vou ser pai — murmura mais para si mesmo, soltando o ar devagar.

— É, meus parabéns.

Ele sorri. Está apavorado, mas está sorrindo. Guilherme pode ser o maluco que for, mas sempre arcou com suas responsabilidades.

— Pai, cara — repete rindo, subindo as mãos para dentro do seu cabelo, puxando os fios como se fosse mesmo arrancá-los da cabeça e mastigar os tufos. — Eu vou me matar!

Solto uma risada alta, tão apavorado quanto ele agora. Sempre acreditei que tudo acontecesse por alguma razão. Não penso diferente agora, na verdade, pergunto-me como uma garota de bicicleta que o atropelou há seis meses, acabou resultando em um bebê.

O destino é mesmo um puta cuzão.

Depois de uma semana, Vinícius e eu terminamos de pintar todo o apartamento. As cortinas já estão postas, o tapete também, e muitas das caixas com as minhas coisas, ocupam cada metro quadrado.

Ele avisa que está vindo faz uns quinze minutos, e enquanto o espero, já começo a desempacotar os utensílios de cozinha. Logo, ele bate à porta, entrando sem esperar uma resposta. Deixa a mochila no chão ao lado da entrada e vem em minha direção instantes depois.

— Olha o que eu comprei. — Chama a minha atenção, tirando da sacola azul que segura, um cacto em um vasinho amarelo.

— Que bonitinho! — Murmuro, tomando-o em mãos.

— Não, é? — Anima-se, antes de tomá-lo e colocá-lo na janela.

Assim que passa, posso sentir o cheiro forte de cigarro vindo dele, misturado ao cheiro de menta.

— Você fumou? — Espero, mas ele não responde, prefere me ignorar. — Vinícius...

— O que quer que eu diga? Você já sabe a resposta.

Não é nenhuma surpresa para mim, saber que ele está fumando escondido. Até porque não é a primeira vez que ele faz isso desde que decidiu parar. Ele mantém os olhos no cacto por um instante, como se desse tempo para eu me esquecer do assunto.

— Me dê o restante.

— O quê?

— Os cigarros.

Ele sustenta meu olhar, pondera um pouco, antes de tomar a decisão. Caminha rapidamente até a mochila, de onde tira o maço de cigarros e, por fim, me entrega.

— Foram só dois — resmunga irritado.

Jogo o restante fora, mesmo sabendo que ele comprará outro maço eventualmente. Então, passaremos por todo esse processo outra vez.

Ele abre uma caixa de pratos, dedicando-se a guardá-los nos armários de cima. Acho que se eu disser qualquer coisa agora, um dos pratos vai voar na minha cabeça.

— Não é estranho? — Pergunta, abrindo uma segunda caixa.

— O quê?

— Parece que todos estão começando novas etapas em suas vidas. Você tem o seu próprio apartamento, Guilherme vai ter um bebê... Tudo isso é tão estranho.

Faço que sim com a cabeça, ajudando-o com o restante da louça.

— E você costumava dizer que eu nunca moraria sozinho — comento, arrancando-lhe um riso fraco.

— Não, eu sabia que você iria embora, eu tinha medo desse dia. — Comprime os lábios, contendo um sorriso. — Você até tem um trabalho. Rafa, acho que vou te considerar um adulto agora.

Acabo rindo com suas provocações.

— Vai passar o dia aqui?

— Não. Hoje, eu vou ao parque pintar, mas posso voltar para te ajudar com o restante mais tarde.

Vinícius tem saído muito de uns tempos para cá. Ele literalmente não para mais em casa. Era difícil de acompanhar, mas agora é algo natural. Ele pode estar na papelaria, no shopping, no parque, esses dias ele tem falado até sobre uma biblioteca.

— Pode dormir aqui também.

— Está com medo, não é? É por causa da história que contei? Porque ela nem é tão assustadora assim.

— Eu sequer me lembrava dessa história, muito obrigado. — Junto as caixas vazias, tirando-as do caminho.

Ele me contou, por telefone, a história de uma mulher que chamou a polícia ao ver um cara estranho no quintal de casa pela janela e, quando os policiais chegaram, encontram a porta aberta, porque o homem não estava fora, ele estava dentro da casa. Ela o tinha visto no reflexo da janela atrás dela.

É uma história boba? Sim. Fiquei com um pouco de medo? Bom, digamos que eu não deixei de pensar nisso durante a noite.

— Vai dormir aqui ou não? — Volto ao ponto inicial.

— Só porque você quer muito — murmura, segurando meu rosto e deixando um beijo no meu maxilar.

Se ele soubesse o quanto me deixa maluco quando faz isso, pararia por pena.

Partindo para a caixa seguinte, passamos quase uma hora inteira só terminando de guardar as coisas da cozinha. Nós nos sentamos no tapete da sala ao acabar, e ele começa a abrir as caixas para conferir o que tinha dentro, até que de repente parou.

— Você trouxe os discos — murmura, tirando um deles de dentro da caixa e entregando-me o álbum *Rubber Soul*, dos Beatles.

— Sim, eu fui buscar na semana passada.

— Cadê a vitrola?

Pressiono os lábios, apontando para a caixa seguinte. Vinícius vai até lá com ansiedade, ajoelha-se e abre o maior dos seus sorrisos quando vê a vitrola, então a tira da caixa e a coloca na estante. Depois, procura por um álbum específico e, assim que o coloca o disco, a instrumental de *Twist and Shout* ecoa pelo cômodo.

Vinícius abre um sorriso largo, virando-se para me encarar. Levanta-se quase em um pulo e estende a mão para mim, puxando-me para dançar. Solto um riso fraco, seguindo sua empolgação. Cantamos cada pedacinho da música, até o momento em que ele passa os braços ao redor do meu pescoço, sustentando o meu olhar com um sorriso no rosto. Minhas mãos vão até a sua cintura e seguro seu quadril, puxando-o para perto.

Não consigo pôr em palavras o quanto isso mexe comigo, quantas memórias boas me vêm à mente só agora. Vinícius não deixa de sorrir em nenhum momento, e eu também não. Ele solta um risinho quando o giro, agarrando sua cintura e o trago de volta, balançando seu corpo junto do meu, de um lado para o outro.

A música acaba, e Vinícius sorri para mim ao se afastar. Outra música começa enquanto ele caminha até a mochila.

— Eu vou indo, antes que fique tarde — avisa.

— Que horas você volta?

— Não sei. — Morde o lábio, pensativo. — Vou passar em casa para pegar algumas roupas, talvez umas cinco horas.

— Tudo bem. — Eu o acompanho até a porta.

Ele sorri outra vez, aproxima-se e planta um beijo no canto da minha boca, deixando-me elétrico, maluco e eufórico. Seus olhos vão dos meus até a minha boca outra vez, então ele comprime os lábios, afastando-se devagar.

Minha vontade é de puxá-lo de volta para dentro e beijar sua boca até não poder mais, mas ele vai embora segundos depois, sai pelo elevador e me deixa sozinho outra vez.

Eu foco em continuar a guardar as coisas, satisfeito quando já havia esvaziado metade das caixas.

Como prometido, Vinícius volta perto das cinco horas. Eu o deixo terminar o que restou das caixas enquanto tomo um banho rápido. Assim que volto à sala, ele canta baixinho ao passo que coloca alguns livros na estante.

Está beirando às sete horas quando vamos até o apartamento de Guilherme. Raquel quem abre a porta, com um sorriso largo.

— Estávamos pensando em pedir pizza, vocês querem? — Pergunto enquanto Vinícius a acompanha até o sofá.

— Não, vamos jantar com os meus pais hoje — explica, arqueando as sobrancelhas, levemente nervosa. — Guilherme está no quarto, está ao telefone com a mãe há quase trinta minutos.

Não tem mais de dez dias que descobriram a gravidez e tudo parece girar em torno disso agora. Estão um caos.

— E seus pais já sabem?

— Sim, é por isso que vamos ter esse jantar. — Ri nervosa, batendo os dedos nos joelhos. — Eu sou a única garota de quatro irmãos, meus pais vão acabar com a raça dele — diz baixo, apontando para a porta em que Guilherme está.

— Deus do céu! — Solto um riso fraco.

— E quando vocês poderão saber o sexo do bebê? — Vinícius pergunta curioso.

— Quatro meses, se não me engano. — Balança a cabeça, levando uma mecha do cabelo curto para trás da orelha.

Guilherme volta para a sala segundos depois, segurando o celular perto da orelha, um suspiro longo. Acena com a cabeça assim que nos vê. Caminha até a geladeira, enchendo um copo com água. Bebe um pouco, e então franze o cenho, largando o celular na bancada por um instante.

— Ela tá louca — murmura, referindo-se à própria mãe.

— Vai demorar muito? Estamos atrasados — Raquel pergunta baixo, correndo os dedos pela corrente em seu pescoço.

— Não, já estamos indo. — Alcança o celular outra vez. — Mãe, tenho que ir... É, eu sei, mas eu tenho que ir agora. Tchau. Tchau, mãe! — Exclama, conseguindo, enfim, desligar. Ele suspira pesadamente, encarando-nos enquanto parece pensar. — Corremos o risco de a minha mãe aparecer aqui a qualquer minuto — avisa. — Ela e o meu pai. Eu sinceramente não sei o que é pior.

Os pais de Guilherme são as pessoas mais nervosas que eu já conheci, o que explica muita coisa sobre ele, na verdade. Todos da família dele são extremamente ansiosos.

— Vamos?

Ela fez que sim com a cabeça, levantando-se, alcança a bolsa e caminha em sua direção.

— Deus... meu pai vai te matar — ela murmura, lhe dando um beijo rápido. Ele ri, passando o braço ao seu redor, tão nervoso quanto ela.

Saímos com eles, mas Vinícius e eu voltamos para o apartamento quando os dois já haviam entrado no elevador. Pedimos comida, nos sentamos no tapete e assistimos à TV. Eu gosto de cada momento que passamos juntos assim, sem precisarmos esconder nada de ninguém, sem nos preocuparmos com a possibilidade de sermos pegos. Começando tudo de novo, do jeito certo agora.

— Eu quero carinho — murmura, vindo na minha direção, encaixando-se nos meus braços; deita a cabeça no meu ombro, subindo as mãos para dentro da minha camisa.

Ele pode estar mais alto agora, mais forte, mas seu corpo ainda se encaixa perfeitamente no meu.

Ainda me passa a mesma sensação de certeza de antes.

29

POR FIM, O ÚLTIMO MÊS DE OUTONO.

Quando chego à casa do meu pai, no domingo de manhã, Vinícius está trancado no quarto, enfiado no computador, terminando um desenho na mesa digitalizadora. Ele tem trabalhado muito nos quadrinhos, já fez vários e atualmente os posta na internet. O tempo todo, eu o vejo carregando esboços de novos personagens, e ele os faz com tanta calma e paciência... É tão bom vê-lo apegado a algo assim, algo que o deixa feliz.

Faz meses que ele está se tratando, e é reconfortante vê-lo bem, ver que está melhorando e progredindo no seu próprio tempo. Ainda que haja momentos ruins, porque não dá para ser feliz o tempo todo.

Ele fica chateado às vezes, então simplesmente diz que tudo bem, que não temos controle sobre certas coisas. E é quando ele prefere ficar sozinho, com seus próprios pensamentos, quando diz que precisa pôr a mente no lugar. É um processo lento, pode demorar horas, dias, semanas, mas, então, ele aparece animado com algo. E por Deus, eu não consigo descrever o quão aliviado me sinto só em vê-lo sorrir.

Vinícius tem conquistado o seu próprio espaço. Ele não é mais algo no mundo de alguém, ele é o seu próprio mundo.

Apenas para chamar a sua atenção, bato à porta que já se encontra aberta. Ele abre um sorriso, tirando os fones de ouvido.

— Não sabia que vinha hoje.

— Aqui tem comida.

— Rafa, tem uma padaria na rua do seu prédio. — Rola os olhos, deixando de lado o computador.

— Tudo bem, eu vim porque aqui tem você — digo, arqueando as sobrancelhas e me apoiando no batente da porta. Vejo-o arquear as sobrancelhas e sorrir tímido. — Na minha casa, não tem você.

— Bobo. — Abaixa a cabeça, recuperando-se, para então se levantar e vir em minha direção. — Vamos descer, minha mãe fez café.

Deixo que passe na frente, espreguiçando-se e coçando a cabeça em sequência. Quase não consigo acreditar no quão bobo apaixonado eu me torno perto dele e no quanto isso fica evidente às outras pessoas.

— Dorme lá em casa hoje — peço, agarrando sua cintura, forçando-o a parar no corredor.

— Dormi lá na semana passada, Rafa — murmura, apoiando as mãos sobre as minhas, preparando-se para fugir dos meus braços.

— E daí? Semana passada é semana passada.

Ele ri, balançando a cabeça em negação.

— Não.

— Por favor.

— Não.

— Por que não?

— Porque eu fico irritado e desconto em você, então você fica irritado, e eu não quero brigar — explica pausadamente.

— Como na semana passada quando você me mandou respirar mais baixo?

— E quando eu disse que você era irritante — murmura, desviando o olhar rapidamente.

— Nossa, você é cruel quando quer.

— Me desculpe. — Passa os braços ao redor do meu pescoço, deitando a cabeça no meu ombro. — Desculpe, você é tão legal comigo, eu não mereço você.

— E você gritou comigo na maior parte do tempo — lembro, prendendo-o ao meu corpo, esquecendo-me, por um segundo, de que estamos na casa dos nossos pais.

— Eu sei... — Volta a murmurar. — Posso ir à sua casa, mas não vou dormir lá.

— Não é o que eu queria, mas serve.

— Podemos descer agora? Eu estou com fome — pergunta baixo.

Concordo, deixando que se afaste. Vinícius desce na frente, pulando os degraus e adentrando a cozinha, onde nossos pais estão reunidos, rindo enquanto conversam.

— Que bom que decidiu descer, achei que teria que ir te buscar — Ísis comenta, acompanhando-o com os olhos.

— Eu sei, desculpe — murmura, pegando um pão dentro do saco, e cortando-o no meio, recheia com presunto e queijo e o entrega a mim; pega outro pão e faz a mesma coisa, puxando uma cadeira para se sentar, enfiando o pão na boca.

— Tudo bem, Rafael? — Ísis pergunta, erguendo o olhar para mim.

— Sim. — Balanço a cabeça antes de me sentar à mesa com eles. — Vinícius me disse que você voltou a trabalhar — menciono, lhe tirando um sorriso.

Lembro-me brevemente de todas as vezes que Vinícius reclamou por ela estar sempre em casa ou por não podermos ficar aqui por ser estranho e limitante, ainda que não fôssemos fazer nada além de jogar conversa fora ou assistir à TV.

— Eu não sabia que gostava tanto assim do meu trabalho até então — responde ela com um sorriso. — Não gosto de ficar parada, sabe?

— Diga isso a todos os móveis que você trocou de lugar, mulher — diz meu pai.

— E a todas as vezes que pôs os pratos em um armário diferente — acrescenta Vinícius.

Ela os olha indignada, bufando em sequência, como se houvesse acabado de ouvir a pior das ofensas.

— Eu precisava de algo para fazer, tudo bem?

— Tricô não era uma boa opção? — Meu pai a encara, ao mesmo tempo que Vinícius solta uma risada alta.

— Não sou uma senhora de oitenta anos, Antony — grunhe, levando a caneca de café até a boca.

— E esse cabelo bran...

— Não! — Ela lhe dá um tapa na mão. — Não começa.

— Que moral você tem, afinal, pai? Sabemos que você tinge o cabelo — jogo na roda, ganhando a atenção de seus olhos e as risadas dos outros dois.

— É por esse tipo de comportamento que você não mora mais aqui, moleque. — Aponta para mim.

Abro um sorriso em provocação, antes de voltar o olhar para Ísis.

— Então... Não é cansativo? Você trabalha na emergência, não é?

— Sim, mas eu me sinto bem fazendo o que faço.

— Ah, é, hoje é um belo dia para salvar vidas[1] — Vinícius cita animadamente.

— Obrigado pelos seus serviços, querida.

— Eu sou médica, não militar.

— É por isso que você vai para o céu! — Exclama o meu pai, lhe tirando um sorriso.

— Vocês são tão bobos. — Balança a cabeça.

— Então... o que vão fazer hoje? — Meu pai decide perguntar, meneando o olhar entre mim e Vinícius.

O garoto me encara, parecendo pensar em uma resposta.

— Não sei. — Franzo o cenho. — Você quer sair?

— Não. — Sobe uma das pernas na cadeira, com as bochechas cheias de pão. — Vamos assistir àquela série nova.

Assinto. Não costumávamos sair no domingo, ficávamos no quarto assistindo a alguma coisa, como muitos dos outros dias. Não era ruim, na verdade, eu adorava.

— Vamos ver TV e comer besteira — resumo, apoiando a mão em seu joelho, deslizando, vez ou outra, para a parte de dentro da sua coxa, e ele parece tenso por um instante.

Vinícius bebe do suco, erguendo os olhos para mim quando acaba, pressionando os lábios. Olhos bonitos. Nunca vou acreditar no quão bonitos podem ser seus olhos, seu rosto, cada traço, cada pintinha que tem e, quando sorri, quando sorri tudo fica melhor.

E só depois de muito tempo é que me dou conta de que nossos pais nos encaram em silêncio, quietos como ratos. Meu rosto arde no mesmo instante e sinto de longe o constrangimento engolindo Vinícius. Ele se remexe desconfortável, pigarreando antes de embarcar em uma discussão sobre a faculdade. Ele tem falado em voltar a estudar no início do próximo semestre, o que não vai demorar muito, e fica muito empolgado quando fala disso, é tão adorável. Quero enchê-lo de beijos e carinho sempre que fica elétrico dessa forma.

Não sei se sempre fui muito óbvio com relação a Vinícius, mas sempre que estamos juntos, mesmo que só conversando diante de nossos pais, é como se estivéssemos sendo observados o tempo todo. Parece até errado ser carinhoso com ele, agora que sabem de nós. Estamos na sala ou na cozinha conversando e, quando me dou conta, lá está um dos dois nos assistindo. Ísis principalmente.

Na verdade, ela me deixa um pouco intimidado. Ela finalmente tem começado a aceitar o que temos, mas ainda é estranho, e a minha

1 Referência à série Grey's Anatomy (2005).

relação com ela não é a das melhores, não é como antes, o que acaba afetando o meu pai. Pode não ter nada acontecendo explicitamente, mas ele sempre percebe. Acho que já conversamos sobre tudo isso mais de dez vezes, e todas elas, ele diz: *pare de se preocupar com isso, vá viver a sua vida.* Ou ele faz piada. E eu, definitivamente, prefiro as piadas.

Vinícius e eu vamos para a minha casa pouco tempo depois. Passamos pela recepção até os elevadores, onde um dos vizinhos do meu andar confere sua caixa de correio.

— Ei, Rafa — cumprimenta com um sorriso, acenando com a cabeça ao me ver. — Está bonito hoje.

— Estou, é? — Rio soprado, chamando o elevador.

— Está, sim.

Somos do mesmo andar, então eu o vejo com frequência por aqui. Flertamos durante um tempo, mas nunca passou disso. Talvez por ter sempre caras saindo do meu apartamento com Guilherme; talvez por ele ser chato pra caralho. Bom, isso não importa mais.

— Não te vejo faz um tempo. Sem bagunça no corredor agora, não é?

— Como assim?

— Quando você e o baixinho chegaram bêbados de madrugada, um dos dois vomitou no corredor uma vez — lembra com um risinho.

— É verdade, pagamos uma multa por isso. — Junto as sobrancelhas ao lembrar.

— Não trazem mais pessoas à noite também.

— Os tempos são outros. — Suspiro. *Pelo amor de Deus, cadê essa merda de elevador?*

— Qual dos dois vai ter um bebê?

Ô Deus, como as notícias correm por aqui.

Posso sentir o olhar de Vinícius queimando sobre minha pele neste exato momento.

— A conversa foi ótima, Samuel — digo rápido assim que vejo as portas abrirem, mas, para a minha surpresa, ele vem logo atrás.

Vinícius fica de braços cruzados, encarando-me fixamente enquanto o outro não cala a boca por nada. O que deveria ser um segundo, parece uma hora.

As portas finalmente se abrem e, no instante em que saímos do elevador, Guilherme passa pela porta do apartamento.

— Estava indo falar com você agora. — Ele me encara, levando o olhar até o nosso vizinho querido. — Oi, Samuel.

— Oi — diz animado, pronto para entrar em casa.

Assim que o vemos fechar a porta, Guilherme bufa, revirando os olhos.

— Cara chato do caralho. Tenho certeza de que ele passa o dia com a orelha encostada na parede, ouvindo tudo o que eu digo.

Concordo, não conseguindo conter a risada.

— O que aconteceu? — Tiro as chaves do bolso, abrindo a porta em sequência.

Guilherme vai direto à cozinha, abrindo a geladeira e pegando o que quer, virando-se para me encarar logo depois.

— Sabe como são as pessoas mais velhas, não é? — Começa. — Não pode ter filhos antes do casamento, precisa se casar e tal.

— Querem que vocês se casem?

— Os pais dela ficam me perguntando sobre o casamento sempre que os vejo, nem vou mencionar os irmãos.

— Você não vai se casar. — Solto um riso fraco, balançando a cabeça em negação.

— Não vou mesmo. — Um riso frouxo. — Raquel já deixou bem claro que não quer se casar também. Isso é loucura.

— Cara, sua vida está um inferno.

Ele balança a cabeça de forma exagerada.

— Estou com medo, para falar a verdade. — Leva um pouco de comida até a boca. — É um bebê e ele tem moleira, um botão de autodestruição na cabeça. Sabe como isso é perigoso? E eu nem posso surtar porque isso deixa a Raquel nervosa e, se ela fica nervosa, começa a chorar. Eu nunca vi uma mulher chorar tanto, ontem ela chorou porque não tinha leite, e eu tive que sair na chuva e comprar mais. Sei que são os hormônios, mas, meu Deus, aquela mulher está completamente transtornada!

— Guilherme, por favor, respire! — Peço, assustado com aquele bombardeio de relatos sem pausa que ele faz.

— Quer saber, eu acho que vou para casa, ficar dopado de remédios e dormir.

— Liga para a sua psicóloga — sugiro, vendo-o assentir com a cabeça novamente.

— Ela me deu um monte de livros sobre paternidade. — Suspira. — É assustador. Assustador, Rafael.

— Vai dar certo. Você vai ser um bom pai.

— Não sei, são os pais que fodem a nossa cabeça. Não quero foder a cabeça do meu filho.

— Isso é inevitável — Vinícius murmura, passando pelo catálogo da Netflix. — Você vai criar esse bebê sem saber se está fazendo certo, até que ele se torne um adulto.

— Uma merda — resmunga. — Melhor eu ir, tenho que levar a Raquel ao hospital daqui a pouco.

— Certo — concordo, deixando que vá e leve o restante do que está comendo.

Vinícius solta um suspiro longo, deitando-se no sofá e me encarando.

— Vem aqui, vamos dar graças a Deus por nenhum de nós ter um útero.

Tento conter a risada, mas não consigo. Eu me aproximo, sentando-me no espaço vazio ao seu lado, cedendo quando ele praticamente me força a deitar ao seu lado.

— Você quer filhos? — Pergunta baixo, jogando os braços ao meu redor.

— Talvez, só um.

— Ou dois.

— Não. — Rio soprado.

— Por que não? Um menino e uma menina. Poderiam ser gêmeos!

— Deus do céu, não!

Ele ri, erguendo o rosto para me encarar.

— Vai mudar de ideia.

— E por que acha isso?

— Casaria comigo, Rafael? — Joga a perna sobre a minha.

— Sim, na hora certa. — Mordo o lábio, confuso sobre o questionamento.

— Você costumava dizer que não se casaria. *Nunca.* — Enfatiza o "nunca", abrindo um sorriso largo.

— Certo, entendi aonde está querendo chegar. — Reviro os olhos.

— Viu? Um casamento, dois filhos e uma casa perto da praia. Deveríamos ter um cachorro também.

— Vamos começar pelo cachorro, então. O restante vamos deixar para depois, bem, bem depois.

— Tá bom. — Deita a cabeça no meu ombro, permanecendo em silêncio por um tempo, até voltar a erguer a cabeça e me encarar. — Qual é a daquele Samuel?

— É o meu vizinho. — Dou de ombros, tentando não nos levar por esse caminho. Eu realmente achei que ele já havia esquecido.

— Hum. Ele me pareceu muito intrometido.

— Porque ele é, e é ladrão também. Roubou um monte de potes do Guilherme, nunca devolveu e, quando devolvia, estava sem tampa — conto, fazendo-o rir. — É sério, não empreste nada a ele, não vou comprar mais potes.

— Tá bom — diz entre risos, tornando a deitar a cabeça no meu ombro.

Assistimos à TV pelo restante do dia, como costumávamos fazer, contendo a minha vontade de beijá-lo a cada vez que ele afundava o rosto na curva do meu pescoço, deixando a respiração quente bater contra a minha pele. E a cada vez que ele se mexe, aninhando-se no meu colo, torna tudo ainda mais difícil. Eu nunca o tenho tão perto assim e, quando tenho, é como se toda a razão fosse para o inferno. É quase impossível ignorar a tensão sexual que constantemente se instala entre nós. A vontade que tenho de tomá-lo para mim e fazê-lo meu mais uma vez e, depois de novo, de novo e de novo.

— Está escurecendo, melhor eu voltar para casa — avisa, afastando a cortina para ver o céu lá fora.

— Sério?

— Sério. — Pega o celular na mesa, indo a passos lentos até a entrada.

— Quer que eu te deixe em casa?

— Não precisa.

— E se chover?

— Não vai. — Sorri fraco, calçando os sapatos.

— Se lembra de quando pegamos chuva e você ficou doente? — Eu o acompanho.

— Lembro... Acho que eu estava bêbado também.

— Estava.

— Tomamos banho juntos.

— Tomamos.

— E você se deitou comigo depois.

Assinto, vendo um sorriso crescer em seu rosto. Vinícius já vestiu a jaqueta, já abriu a porta e agora me encara no corredor.

— Te aviso quando chegar? — Pergunta, abrindo um sorrisinho.

— Sim, seu besta. — Cutuco sua barriga, lhe tirando uma risada fraca. — Você nunca avisa, preciso saber se não te mataram e jogaram seu corpo em uma vala.

— Que horror! — Exclama, rindo com a surpresa.

— Por favor, Vini — peço, levando uma das mãos até a sua cintura. — Avisa, tá?

— Tá bom — concorda, com um leve balançar de cabeça, trazendo uma de suas mãos até o meu rosto. — Bobo — ele murmura com um sorriso lindo no rosto, aproximando-se para deixar um beijo no meu rosto, mas não se distancia em seguida. Ele se mantém perto por mais alguns segundos, deixando a respiração bater contra o meu rosto, deixando-me sentir o cheiro de seu perfume mais forte como nunca.

A ponta de seu nariz toca o meu, sua boca roça na minha. Meu corpo parece transbordar de tanto desejo, os hormônios à flor da pele. Experimente passar mais de seis meses sem sexo, tendo que ver Vinícius desfilar por aí sem poder lhe dar um único beijo, e você vai entender.

Ele suspira, afastando-se atordoado, pigarreia e mantém os olhos em qualquer ponto que não seja eu.

— Até depois, Rafa — murmura, as bochechas coradas, os dedos torcendo a barra da camisa.

— Até... — Sou breve, esperando que vá até o elevador para fechar a porta.

Corro o olhar pelo cômodo agora vazio. Esfrego o rosto, soltando um suspiro arrastado. *Controle-se, Rafael.*

Batidas à porta ecoam atrás de mim logo quando chego ao sofá. Faço o caminho todo de volta, apenas para encontrar Vinícius outra vez, parado e só me encarando.

— Esqueceu alguma coisa? — Questiono, franzindo o cenho.

Ele assente com a cabeça, vindo em minha direção. Uma das mãos sobe até a minha nuca ao mesmo tempo que sua boca encontra a minha. E que se foda o autocontrole.

Sua língua passa por entre meus lábios, faz cada célula do meu corpo se agitar. Minhas mãos vão até a sua cintura, inconscientemente, e trazem-no para perto, com cada parte do meu corpo implorando por isso.

Vinícius usa a mão livre para fechar a porta, antes de enfiar ambas por dentro da minha camisa, subindo pelo meu torço, raspando as unhas contra a minha pele, atiçando-me. Eu o puxo para mim quando isso acontece, fazendo seu corpo se chocar contra o meu de uma vez só. Minhas mãos descem até a sua bunda, apertando entre os dedos, fazendo-o arfar contra a minha boca. Ele faz de um jeito manhoso, sorrindo travesso, como se me desafiasse, e isso me excita pra caralho.

Desço os beijos até o seu pescoço, sentindo seus braços me rodearem quando minha boca toca a sua pele. Suas unhas se fincam nos meus ombros assim que minha língua sobe até a sua mandíbula. Seu corpo parece derreter nos meus braços e ele suspira no meu ouvido, arrepiando-se a cada beijo, encolhendo-se quando mordo o lóbulo de sua orelha.

— Eu quero ir para o quarto — sussurro, ouvindo-o grunhir em concordância.

São segundos até estarmos no quarto. Vinícius fecha a porta e espera que eu me sente para vir em minha direção. Passa suas pernas ao redor do meu corpo, sentando-se no meu colo, suas mãos agora apoiadas nos meus ombros.

Seguro firmemente a sua cintura, agradecendo aos céus quando ele começa a rebolar, esfregando-se contra o meu pau, causando um atrito gostoso, fazendo o prazer subir pelo abdome, do jeito que só ele sabe fazer.

— Porra... que saudade que eu estava — murmuro, com o corpo todo queimando.

Seguro seu rosto, deixando um beijo em sua boca e descendo até o seu pescoço. Com uma das mãos, puxo para baixo uma parte de seu cabelo, forçando-o a erguer a cabeça, dando-me a total visão de seu pescoço. Mordo o lábio ao ver a pele preta e dourada e gostosa pra caralho, livre de qualquer marca, deixando um beijo naquela região, seguido por outro e mais outro, começando a chupar com vigor a sua pele, sentindo-o amolecer no meu colo, soltando suspiros sôfregos a cada segundo.

Suas mãos empurram pelos meus ombros o tecido da minha camisa, fazem com que minha mente ignore completamente tudo à minha volta e foque só no seu corpo quente sobre o meu.

Acerto um tapa em sua bunda, puxando-o de uma vez para cima, unindo nossos corpos, deixando que sinta o meu pau duro em sua bunda. Com o lábio inferior preso entre os dentes, Vinícius leva os dedos até a barra da minha camisa, puxando-a para cima até conseguir tirá-la de mim e fazendo o mesmo com a sua instantes depois.

Ele me faz deitar, alcançando minha boca mais uma vez, começando um beijo lento. Uma de suas mãos está apoiada no colchão enquanto a outra desliza pelo meu torço até o cós da minha calça. Sinto sua palma escorregar para dentro, seus dedos envolverem o meu pau, seu polegar raspar contra a minha glande, arrancando-me um arfar arrastado.

Eu o sinto sorrir contra a minha boca enquanto sua palma desce por todo o meu falo até a base, fazendo o caminho de volta, e então repete todo o processo. Meus dedos estão firmes na pele desnuda de suas coxas, tocando-o por baixo da barra da bermuda, apertando sua carne em reflexo a cada vez que sua mão desce pelo meu pau mais rápido; ele parece estar se divertindo.

Eu o arranco do meu colo quando o pré-gozo passa a escorrer, tendo em mente que, mais um pouco, eu gozaria na sua mão. Eu me encaixo entre suas pernas quando suas costas batem contra o colchão; posso ver o seu pênis marcar a bermuda, seus dedos indo desesperados até o botão, abrindo-o, descendo o zíper. Eu o ajudo a se livrar das últimas peças de roupa e o vejo fechar os olhos quando sua mão toca o seu pau, começando uma masturbação lenta.

Gasto alguns segundos lhe assistindo, concentrando-me em como ele parece conhecer o próprio corpo.

Vinícius chega a morder a própria mão para conter um gemido, apertando os olhos quando o faço parar de se masturbar, segurando seu pulso, afastando sua mão. Seu olhar encontra o meu enquanto seu peito sobe e desce com rapidez. Beijo a parte interna de suas coxas, subindo os beijos até chegar à sua barriga. Ele se retrai e seus dedos vem até o meu cabelo, fazendo-me carinho. Deixo um beijo na sua tatuagem perto da costela, antes de subir e encontrar sua boca.

Me afasto o suficiente para poder fitar o seu rosto; eu tenho suas pernas ao meu redor, prendendo-me, tentando tocar o máximo que consegue tocar. Seu olhar sustenta o meu por um momento, ele morde o lábio inferior para conter um sorriso, subindo as mãos até a minha nuca outra vez, prendendo os fios entre os dedos.

— Mete com força, do jeito que você gosta. — Sua voz soa fraca contra a minha boca, a ponta de seu nariz raspando contra o meu.

— E como você gosta, amor?

Ele sorri, apoiando-se nos cotovelos e deixando-me um beijo rápido antes de sussurrar:

— Me faça seu. — Um beijo no canto da minha boca. — Seu Vinícius. — Outro beijo. — Só seu.

Qualquer gota mínima de sanidade que existe em mim evapora no mesmo segundo. Controlo minha vontade de tirar a roupa e só meter nele, da forma mais suja possível.

— Fica de quatro — mando ao me levantar, abrindo a carteira, atrás de uma camisinha.

Ele se vira, agarrando um dos travesseiros, suspirando ao me assistir pôr o preservativo. Suas bochechas estão vermelhas, assim como sua boca.

Paro por um segundo apenas para observá-lo naquela posição. Me aproximo para afastar uma parte de seu cabelo que lhe cobre o rosto, vendo-o fechar os olhos em resposta.

— Você é tão lindo — murmuro, sem precisar pensar muito porque ele realmente é e, por Deus, não existe ninguém como ele.

Coloco-me de joelhos no colchão segundos depois, segurando com firmeza a sua cintura, escorregando as palmas até a sua bunda, abrindo até poder ver a sua entrada. Seu corpo estremece quando enfio, gemendo quando coloco tudo. Aperto os olhos, sentindo-o se retrair ao meu redor. Ele é quente pra caralho, é apertado pra caralho; ele me faz delirar. Vinícius é um caminho inteiramente devasso, que vou percorrer por completo e desfrutar cada pedacinho.

Aperto os dedos em seu quadril, segurando-o no lugar quando começo a estocar contra seu corpo devagar, tocando fundo o seu interior, fazendo-o gemer manhoso. Contenho a vontade enorme de terminar aquilo do jeito que eu queria, e a cada vez que me enterro dentro dele, meu corpo arde em desejo.

Desço o olhar para o meu pau entrando e saindo dele. Minha mente fica ainda mais nublada, não ouvindo mais nada além do som de nossos corpos se encontrando, os gemidos e arfares que escapam pela sua boca. Acerto um tapa em sua bunda, fazendo-o morder os lábios para se conter. Acerto outro e mais outro, até poder ver a sua pele atingir uma coloração vermelha.

Desço a palma pelas suas costas, até alcançar o seu cabelo, prendendo meus dedos entre seus fios castanhos, inclinando-me sobre seu corpo, metendo com força só para vê-lo se agarrar aos lençóis.

Vinícius geme alto a cada vez que meu pau entra, tocando fundo o seu interior, fazendo-o tremer embaixo de mim. Seu rosto está afundado contra o travesseiro, suas mãos seguram firme os lençóis, totalmente entregue a mim.

Vou diminuindo o ritmo, jogando o cabelo para trás, dando-me conta de que ele nos observa pelo reflexo do espelho do guarda-roupa.

— Diz que você é meu, Vinícius — mando, encarando-o pelo reflexo.

— Eu sou todinho seu, Rafael — murmura, abrindo um sorriso travesso ao erguer o rosto, empurrando o quadril contra o meu antes de dizer, em um tom de voz rouco: — Me fode gostoso. — Ele ofega enquanto sorri, empinando a bunda, deixando-me completamente hipnotizado.

Agarro seu quadril outra vez, lhe tirando um gemido alto quando meu pau toca a sua próstata. Acerto ali outra vez, fazendo-o dar um solavanco, agarrando-se a tudo que pode na cama.

Meu corpo se choca com brutalidade contra o seu, fazendo a cabeceira bater contra a parede, as tábuas rangerem. Vinícius grita, ofegante, socando o colchão quando fica insuportável. Estamos queimando, quente como o inferno, e eu me sinto prestes a desabar a cada vez que ele se contrai, prendendo-me. Meu pau pulsa dentro dele, entrando e saindo com força.

Vinícius choraminga, gritando o meu nome a cada vez que seu corpo é impulsionado para frente, o rosto enterrado entre os travesseiros, os dedos torcendo os lençóis, até o ponto em que nem isso é o suficiente, então ele começa a socar o colchão.

Inclino-me sobre seu corpo, puxando seu cabelo e forçando-o a olhar para o espelho enquanto o como, fazendo-o assistir como eu o fodo, como nossos corpos se chocam com brutalidade. Seus braços mal o sustentam; eu o vejo apoiar uma das mãos na cabeceira para conseguir se manter, forçando-me a puxar ainda mais o seu cabelo quando fraqueja.

O suor faz seus fios castanhos grudarem na testa, as sobrancelhas juntas, a boca vermelha entreaberta por onde deixa os gemidos escaparem. Eu lhe dou um tapa, agarrando sua cintura com a mão livre para mantê-lo no lugar, buscando acertar a sua próstata a cada investida.

Seu corpo treme quando goza. Vinícius desaba quando a porra começa a cobrir todo o lençol, empurrando o quadril contra o meu para que eu continue metendo, prolongando ainda mais seu orgasmo. Gozo instantes depois, puxando-o para mim ao me inclinar sobre seu corpo. Solto um gemido arrastado, apoiando a testa em suas costas.

Fecho os olhos por um momento, esperando meu coração voltar a bater normalmente. Estou ofegante demais para mover um músculo.

Saio de dentro dele pouco tempo depois, tirando a camisinha em seguida, e pouco me fodendo com a bagunça que estou fazendo. Me deito no espaço vazio ao seu lado, com a minha respiração ainda desregulada e o calor ainda me consumindo.

Vinícius ergue-se devagar, procurando se aninhar nos meus braços. Joga sua perna entre as minhas, deitando a cabeça no meu peito em seguida. Afasto seu cabelo do rosto com a mão livre, abraçando-o com a segunda, por fim, deixando um beijo na sua testa. Sinto as batidas fortes de seu coração, as lufadas de ar que solta, o peito subindo e descendo; fito seu rosto por um instante, encontrando seus olhos fechados. Toco seu rosto, acariciando sua bochecha, antes de segurar seu queixo, fazendo-o erguer a cabeça. Ele abre os olhos, cansado, olhando-me por um instante.

— Eu amo você — murmuro, deixando um selinho em sua boca.

— Eu amo você também — diz, deitando a cabeça no meu ombro outra vez.

O silêncio paira por um tempo. Não há nada mais do que o som das nossas respirações. Ele fica quietinho, aceitando o carinho que eu faço. A minha vontade é de mantê-lo nos meus braços até o dia seguinte e, no dia seguinte, não o deixar ir. Quero ficar com ele, deitado, com o seu corpo junto ao meu, fazendo-lhe carinho até o fim dos tempos.

Não sei por quantas horas ficamos desse jeito, até que ele ergue a cabeça, dá-me um beijo rápido, e então se levanta. Eu lhe assisto dar a volta na cama, recolher sua camisa no chão e vesti-la.

— Aonde vai? — Franzo o cenho.

— Ao banheiro. — Aponta para a porta. — Não vou fugir, Rafa. — Solta um risinho.

— Eu sei. — Desvio o olhar, mas posso ver quando ele deixa o quarto. Me levanto para vestir a boxer preta, não me dando ao trabalho de fazer mais nada além de voltar a me deitar. Quando me dou conta, Vinícius volta ao quarto, com um sorriso no rosto, e torna a se deitar comigo, beijando-me.

Não sei dizer quanto tempo passamos deitados ali; nós nos beijamos até que os lábios fiquem dormentes, para depois irmos à sala, onde transamos no sofá enquanto uma série passa na TV; depois, no chuveiro, debaixo de uma corrente de água quente. E dormimos juntos na cama, em que eu poderia passar o resto da minha vida com ele sem reclamar.

Vinícius toma a decisão de ir embora pela manhã, depois de eu custar a deixá-lo sair. Raquel aparece no corredor assim que eu o puxo para outro beijo.

— Foi assim que eu engravidei. — Ela ri, tirando as chaves do apartamento do bolso.

— Não sabia que já podíamos fazer piada com isso — menciono, agarrando a cintura de Vinícius ao nos afastarmos.

— Por favor, essa criança pode ter sido feita em um banheiro público ou na bancada da cozinha. A piada já vem pronta.

— Meu Deus.

— E o Guilherme exagera quando fica nervoso, então eu já ouvi todo tipo de piada possível sobre esse bebê. — Aponta para a própria barriga, antes de abrir a porta e entrar.

— Tenho que ir embora agora — ele murmura, segurando meus braços na intenção de se afastar.

— Tá bom. — Suspiro. — Posso te deixar em casa, você sabe — insisto, vendo-o balançar a cabeça em negação.

— Vou andando, te aviso quando chegar. — Ele me dá um beijo rápido.

Concordo, soltando-o a contragosto. Vinícius vai embora segundos depois, deixando-me sozinho outra vez.

Eu definitivamente sinto falta de quando morávamos juntos.

Não vejo Vinícius a quase cinco dias inteiros e, por Deus, acho que estou em abstinência. Não consigo parar de pensar nisso, nem por um segundo. Preciso saber como estamos agora. Estamos juntos de novo? Ou tudo não passou de uma recaída? Quem sabe ele não estivesse apenas matando a saudade ou algo assim? Eu não sei. Definitivamente não sei. E não saber é o que está me matando.

— O que vocês acham de Vitória? — Guilherme pergunta, erguendo o olhar do livro que está lendo.

— Pro bebê?

— É.

— É um bom nome — murmuro.

— Você disse isso para todos os nomes que eu sugeri.

— Porque você tem falado de nomes por dois dias seguidos. Eu tô cansado.

Ele bufa enquanto Victor solta um riso fraco.

— De quanto tempo ela está? — Pergunta, com os olhos fixos na tela de seu celular.

— Seis ou sete semanas. — Dá de ombros, voltando a folhear o livro.

— Tá, agora, converte isso em meses.

— Quase dois.

Ele assente, permanecendo em silêncio por um instante, até que, de repente, se senta, largando o celular.

— Falei que já tirei meu passaporte?

— Passaporte? — Junta as sobrancelhas, trocando olhares com Guilherme. — Para onde você vai, Victor?

— Como assim? Eu não contei? — Parece realmente confuso.

— Não.

— Certo, então... Eu vou para a Itália! — Exclama em um tom animado.

— Quando? — Guilherme fecha o livro, aproximando-se do sofá onde estamos.

— Janeiro. — Sorri, encolhendo os ombros pela animação. — Vou fazer compras em Milão enquanto vocês, fracassados, mofam aqui no Rio. — Joga na nossa cara.

— Você é péssimo.

— Nem sei por que ainda somos amigos — disparo. Ele ri, voltando a se deitar, apoiando o celular em seu peito.

— Eu estou tão feliz — grunhe. — E o meu sogro foi tão legal comigo quando fomos apresentados. A vida finalmente sorriu para mim.

— Fico feliz por você — murmuro, apoiando a cabeça no encosto do sofá, abrindo um sorriso fraco.

— Não seria legal se eu conseguisse um emprego lá? — Parece pensativo, mordendo o dedo indicador. — O plano era continuar aqui, mas eu não considerei outros países, ainda mais a Itália, então...

— Já posso até ver. — Guilherme ri, cutucando-me com o cotovelo. — Ele vai nos deixar de novo.

— Certo, estamos falando de Gucci, Prada, Armani, Valentino... — Conta nos dedos. — Deus... eu vou ter que enviar muitos currículos. — Suspira pesadamente.

— Por favor, lembre-se da gente quando estiver na Armani e nos envie alguns relógios — Guilherme resmunga em um tom sarcástico. — Vou vendê-los e comprar a casa dos sonhos da Barbie para a minha filha.

— Você não sabe se é menina.

— Se for menino, eu compro um *Xbox*, sabe? *Minecraft* e essas coisas... — Dá de ombros.

Ele ri, revirando os olhos antes de alcançar o celular, passando um tempo em silêncio antes de se levantar com um suspiro.

— Vou indo. — Guarda o celular no bolso. — Prometi que levaria o Mozzarella ao veterinário, porque o Lucca jura que ele está morrendo e, Deus do céu, se aquele gato morrer, eu nunca mais vou ter paz.

— Pobre Mozzarella. — Estalo a língua no céu da boca, balançando a cabeça em negação.

— Se ele morrer, vocês podem adotar um cachorro e chamar de Parmegiano.

— Guilherme! — Ele grunhe, tentando conter o riso.

— O quê? Não falei por maldade. — Ri, tornando a abrir o livro que lia antes. — O gatinho vai ficar bem.

— É bom ele ficar, porque eu acho que o Lucca ama mais ele do que eu — resmunga já na porta, pronto para sair; abre-a e para ao dar de cara com Vinícius.

— Ei, Vini. — Sorri, dando passagem para que ele entre.

— Oi, Victor. Casaco bonito — elogia, ganhando um sorriso largo do ruivo.

— Obrigado! — Exclama animadamente. — Sabe... — E está prestes a prolongar ainda mais o assunto quando Guilherme aproxima-se, puxando-o até a saída.

— Vamos, Victor Hugo. Você tem um gato para salvar — justifica, vendo o ruivo grunhir em protesto. — Tchau, caras. — Acena junto ao outro ao deixarem o apartamento.

Vinícius sorri confuso, esperando que fechem a porta para se aproximar. Logo se senta ao meu lado, encolhendo-se no espaço vazio, sustentando o meu olhar por um instante, sem dizer uma palavra sequer.

— Acho que... nós temos que conversar — começo.

Seu semblante muda para pensativo. Ele concorda, levando o dedo indicador até a boca. Vinícius mantém o olhar distante por um momento, começando a me deixar nervoso com o silêncio.

— Você... — começa, desviando o olhar para o próprio colo. — Você quer namorar comigo?

— Acho que você sabe a resposta.

— Não, palhaço, estou te pedindo em namoro. — Ri, empurrando-me pelo ombro, com suas bochechas agora vermelhas.

— Ah. — Contenho o riso, balançando a cabeça em concordância, antes de trazê-lo para perto.

Vinícius esconde o rosto no meu ombro por um instante, contendo a vergonha e, quando tem coragem de levar o olhar ao meu outra vez, suas bochechas permanecem vermelhas.

— Acho que vou aceitar o seu pedido. — Franzo o cenho com um leve balançar de cabeça.

— Você acha? — Arqueia as sobrancelhas. — Não quero achismo, quero certeza.

— Bom... eu tenho certeza de que te amo e tenho certeza de que quero ficar com você. Então... se um mais um são dois...

— Rafael, pelo amor de Deus. — Corta-me, revirando os olhos, irritado.

— Tá bom, somos namorados agora — cedo, soltando um riso fraco ao puxá-lo para perto outra vez. Um sorriso logo borda os seus lábios grossos, seu olhar sustentando o meu por longo tempo.

— Tem certeza de tudo isso? — Resolvo perguntar.

— Sim.

— Certo — murmuro, meneando o olhar entre seus olhos e sua boca. — O que quer fazer agora?

— Eu quero beijar você. Muito — acrescenta, praticamente me forçando a abrir um sorriso.

— Parece bom.

— Porque é — diz baixo, trazendo sua boca até a minha, começando um beijo lento, abrindo sorrisos que só tornam tudo melhor.

Sinto-me transbordar, elétrico e eufórico demais, com o coração batendo forte e o estômago gelado. Um sentimento tão puro e forte, capaz de minimizar qualquer dor. Vinícius me causa isso. Vinícius me causa um misto de emoções fortes e avassaladoras.

Amor. No sentido mais puro da palavra. Só amor.

VINÍCIUS

30

— RAFAEL, VENHA AQUI — CHAMO DA VARANDA, E NÃO DEMORA para que ele apareça, encolhendo-se pelo frio.

— O que foi?

— A Lua está bonita hoje. — Aponto, direcionando-lhe um sorriso.

Ele ergue os olhos. Deve ver a paisagem todos os dias, mas, mesmo assim, sorri, sentando-se ao meu lado para assistir; passa o braço ao redor do meu corpo, deixando um beijo no topo da minha cabeça.

— Tá frio aqui, não quer entrar? — Pergunta baixo.

— Não. — Apoio a cabeça em seu ombro, abraçando-o de lado. O sentimento de paz me preenche. A serenidade que eu poderia ter pelo resto da vida sem reclamar.

— Seu aniversário de vinte e um está bem perto — lembra. — O que você vai querer?

Dou de ombros. Não tinha pensado nisso até então e, de verdade, não tem mais nada que eu queira neste momento. Nada mesmo.

— Eu vou amar qualquer coisa que você me der — respondo, por fim.

— Aí você me complica — reclama. — Seria mais fácil se me disesse de uma vez o que você quer.

— Me surpreenda — desafio-lhe, semicerrando os olhos.

— Pode deixar — responde no mesmo tom, deixando um selinho na minha boca. O primeiro de muitos outros que vem.

Quando o vento gelado corta através dos nossos corpos, tornando o frio quase insuportável, entramos. Creio que já beira uma da manhã. Gasto uns bons minutos no celular enquanto ele termina de trabalhar no computador. E ele parece perder horas sentado àquela mesa, digitando, então resmunga, sai para pegar algo para comer e volta.

Uma coisa na qual tenho reparado quando venho ficar com ele são os inúmeros *post-its* espalhados pelo apartamento. Rafael não costuma trabalhar quando venho, ele diz que termina tudo antes para poder ficar comigo, mas, claro, nem sempre as coisas saem como o planejado. E agora, o observo sentado lá, torcendo para que termine logo o que está fazendo e venha se deitar.

— Rafael... — chamo, acho que pela terceira vez. — Vem logo.

— Já estou indo, Vini.

— É, você disse isso há meia horas atrás. — Bufo, rolando os olhos. — Você pode terminar isso de manhã — sugiro, suspirando ao notar que ele sequer deu bola.

Olho rapidamente as horas em meu celular: quase três e vinte da manhã. Solto um suspiro alto e arrastado, só para que ele se dê conta de que minha paciência está quase no final, mas continuo ouvindo o som das teclas serem pressionadas.

Sento-me de frente para o espelho, cruzando as pernas no colchão ao fitar o meu reflexo. Um bocejo. Ótimo, estou ficando com sono. Sinto-me cada vez mais entediado, fazendo caretas para o eu do espelho enquanto espero.

— Rafael — chamo, ouvindo um grunhido em resposta, o que me deixa profundamente irritado. — Vem ficar comigo — choramingo.

— Já vou.

Solto um grunhido, considerando seriamente a ideia de só deitar e dormir, mas não pretendo desistir tão cedo. Levanto-me, livrando-me da calça de moletom que me cobre, contentando-me somente com a blusa que uso, ainda que esteja frio pra caralho. Eu não queria ter que apelar para isso, mas ele não me deixa escolha.

Seu olhar vem até mim no instante em que apoio a mão em seu ombro. Com a mão livre, trato de puxar o tecido da camisa para cima e, sem nenhum aviso prévio, passo uma das pernas em volta do seu corpo, sentando-me em seu colo sem mais nem menos.

Ainda com as mãos apoiadas em seus ombros, tomo impulso para me endireitar em cima dele, mantendo nossos corpos juntos antes de deitar a cabeça em seu ombro, abraçando-o pelo pescoço.

— Vini...

— Vem deitar comigo — peço baixo, sentindo suas mãos agora na minha cintura. — Você pode terminar isso amanhã.

— Por que você está tão carente hoje? — Questiona, deixando um beijo na lateral da minha cabeça, sua palma escorregando pela minha coxa.

— Rafa, por favor!

Eu o ouço suspirar, digitar mais alguma coisa e finalmente abaixar a tela do *notebook*.

— Tudo bem, vamos dormir — sussurra ao me abraçar, afundando o rosto na curva do meu pescoço. Agradeço mentalmente, arrepiando-me ao sentir seus beijos depositados na minha pele.

— Obrigado — murmuro, afastando-me o suficiente para encará-lo, ganhando um selinho demorado.

Começo a me levantar instantes depois, acompanhado por ele até a cama. Eu me deito primeiro, e ele, logo em seguida. Viro de costas, esperando que passe os braços ao meu redor.

— Tão manhoso.

— Só me abraça, Rafael — resmungo, tirando-lhe um riso soprado.

Não demora para que ele jogue o cobertor sobre nós e me aperte contra o seu corpo; ele afunda o rosto nos fios do meu cabelo, e eu procuro pela sua mão, segurando-a perto do corpo, fazendo-lhe carinho com a ponta dos dedos.

O silêncio paira por um instante; é bom, realmente muito bom só ficar deitado com ele, sentindo seu corpo perto do meu, arrepiando-me a cada toque. Mas não demora para que ele se mexa atrás de mim, a palma da sua mão desce pela minha coxa, tocando sem escrúpulos a minha pele.

— Vini... — chama em um sussurro, esperando que eu responda para continuar.

— Eu sei o que você quer, Rafael — respondo no mesmo tom.

— E o que eu quero?

— Sexo.

— Exatamente. — Beija meu ombro, apertando-me ainda mais contra o seu corpo. — Quer transar?

— Quero. — Mordo o lábio ao conter um sorriso, virando-me de frente para ele, encontrando sua boca e começando um beijo lento.

Passo uma das pernas ao redor de seu corpo, sentando-me em seu colo ainda com o cobertor nos cobrindo. Rafael abraça-me pela cintura, correndo os dedos para dentro da minha camisa. Não demora para que as roupas se percam pelo quarto, os toques se tornem ainda mais íntimos; aproveitamos cada pedaço do corpo um do outro. Suspiros. Beijos. Gemidos. Fazemos um sexo gostoso.

Acabamos sem forças para mais nada além de dormir.

Sou o primeiro a acordar pela manhã, morrendo de frio; a primeira coisa que faço é tirar do armário roupas quentinhas e vesti-las. Paro para observar através da janela, vendo o céu nublado, mais escuro do que deveria estar. Meu olhar cai para o cacto que descansa no batente da janela. O vasinho amarelo simples é o que mais me chama atenção e, por um segundo, considero a ideia de pintar morangos ou melancias nele, mas acabo deixando isso para depois quando a fome começa a falar mais alto.

Eu não costumo cozinhar, se tem algo pronto para comer, eu só esquento e como, mas também não é como se eu não soubesse fazer nada, é que eu quase nunca preciso fazer isso.

Quando morava só com a minha mãe, eu cozinhava, exceto as vezes que preferia comer na rua ou simplesmente me entupir com qualquer besteira. Quando morava com Rafael, era ele quem cozinhava e, às vezes, era o pai dele quem fazia isso. No entanto, depois que Rafael foi embora, tive que me virar.

Me sento na bancada da cozinha para comer, mantendo a atenção no celular por tanto tempo que sequer vejo a hora passar. E de uma hora para a outra, Rafael passa pela porta do quarto, encolhido de frio, o rosto inchado. Eu o acompanho com os olhos até que se aproxime, deitando a cabeça no meu ombro ao meu abraçar.

— Quem é o manhoso agora? — Provoco, ouvindo-o grunhir em resposta. Faço carinho em seu cabelo antes de perguntar: — Tá com fome? Eu fiz comida.

— Você fez? — Indaga, afastando-se para me encarar de cenho franzido.

— Fiz — afirmo, mordendo o lábio para conter um sorriso. Ele olha para as panelas, então torna a olhar para mim, mostrando-se ainda mais surpreso e duvidoso. — O quê? Você não confia nos meus dotes culinários?

— Não.

— Mas eu sei cozinhar! — Digo ofendido, tentando não rir quando ele arqueia as sobrancelhas em dúvida. Ele me dá as costas, alcançando uma tigela no armário antes de se servir.

— Parece bom.

— E está bom, seu ridículo.

— Acredito em você.

Não demora muito para que ele se sente ao meu lado. Eu o encaro, esperando que prove. Não consigo conter o sorriso quando ele o faz, balançando a cabeça em aprovação.

— Tá bom?

— Sim.

— Mesmo?

— Mesmo. — Ri soprado.

— Está mentindo pra me agradar? — Aperto os dedos, franzindo o cenho, lhe tirando um riso fraco.

— Eu não sei mentir.

— É verdade. Você faz caretas quando não gosta de algo. — Levo o copo de suco até a boca. Sua mão vem até a minha coxa, deixando um aperto ali antes de tornar a comer.

Batidas à porta ecoam pelo apartamento e, no mesmo instante, Rafael grita para que entrem. Um Guilherme eufórico passa pela porta, acompanhado pela namorada.

— É menina! — Exclama ao vir em nossa direção, abraçando-nos da forma que pode. — É uma menininha.

— Parabéns! — Responde Rafael, mostrando-se tão animado quanto o outro.

Guilherme o sacode, com um sorriso enorme no rosto, parecendo prestes a explodir de tanta felicidade. Não poupa esforços para puxar Raquel para um abraço, distribuindo beijos pelo seu rosto, arrancando risos da garota.

— Fizemos uma menina. O tipo mais inteligente da espécie, cara — ressalta, ainda abraçado à outra. — Eu estou tão feliz que até contei para o fofoqueiro do Samuel quando o vi no elevador.

— E para o motorista do Uber — acrescenta ela. — Inclusive, por um segundo, eu achei que você choraria.

— É muita emoção de uma vez — murmura em justificativa. — Ouvimos o coração dela também, sabe? — Comenta, pressionando os lábios. — É lindo, poderia ouvir para sempre.

— Que amor! — Murmuro com um sorriso. Acho que nunca o vi tão feliz assim.

— E vocês já decidiram o nome dela?

— Não — ela responde pensativa. — Ainda temos alguns meses para decidir. — Sorri, levando as mãos até a barriga coberta pelo casaco.

— Querem comer? Vinícius fez comida — Rafael faz questão de enfatizar a última parte.

Sem cerimônias, eles se servem, juntando-se a nós. É estranho conversar com Guilherme sobre bebês e tudo que está conectado à gravidez, porque antes nós tínhamos conversas fúteis e bobas. Agora, é como se todo o tipo de problema sério surgisse nesse meio. Claro, não é sempre que estamos falando sobre isso, mas não deixa de ser estranho.

Tudo está tão diferente agora, e não falo só sobre Guilherme, falo sobre Rafael e Victor, sobre todos à nossa volta. É como se, de uma hora para outra, a vida de todo mundo tivesse mudado. E por alguma razão, ainda sinto que a minha vida é a única parada. É frustrante ver todos atingirem outros níveis, crescendo e crescendo, enquanto eu ainda me encontro do mesmo jeito. Eu sei que cada um tem o seu tempo, e que cada coisa acontece quando tem que acontecer, mas, ainda assim, não consigo deixar de pensar nisso.

Ainda é um passo de cada vez, ainda é um dia de cada vez. Sem pressa. As coisas não se resolvem da noite para o dia. E por vezes, ainda tenho medo de tomar decisões importantes cedo demais. Ao mesmo tempo que me sinto disposto, a sensação de angústia e desespero ainda está lá. Mas, definitivamente, gosto mais da minha vida agora do que meses atrás. São pequenas coisas que fazem a diferença. O simples fato de eu ter voltado a pintar me deixa feliz.

Quando penso no meu aniversário, automaticamente me vem à mente bolos, balões, piscina de bolinhas, pula-pula e todas essas coisas que minha mãe fazia questão de incluir nesse dia. Ela fazia festas e, quando não podia fazer uma, levava-me para comprar todos os brinquedos que eu quisesse, e eu entrava na loja de brinquedos completamente fora de mim, cheio de energia, fazia uma festa lá dentro. E depois, ela se pergunta o porquê de eu ser tão mimado.

Lógico que, conforme eu ia ficando mais velho, todas essas coisas foram substituídas por jogos de *videogame* e qualquer outra coisa que me interessasse na época. Agora não é diferente, ela ainda tenta fazer um dia especial.

— Meu bebê está fazendo vinte e um aninhos — ela grunhe, apertando-me enquanto me abraça. — Olhe para isso, Antony, ele está maior do que eu agora, muito maior!

Ele ri do outro lado da sala, balançando a cabeça em concordância.

— Podemos só cantar parabéns? — Peço, cansado de todo aquele momento comovente e excessivo da minha mãe.

— Não, Rafael ainda não chegou — lembra, afastando-se de mim.

— Por que ele está demorando tanto, hein? Já faz quarenta minutos que ele avisou que estava vindo — reclamo, para, no segundo seguinte, ouvir batidas à porta.

Eu o vejo passar pela porta sem esperar que seja atendido; logo atrás dele está Denise, e ela segura uma sacola de presente, sorrindo de orelha a orelha ao bater seus olhos em mim.

— Feliz aniversário, Vini! — Puxa-me para um abraço apertado, balançando-me de um lado ao outro. — Aqui, comprei um presente.

— Obrigado, eu não sabia que você vinha — digo baixo, morrendo de vergonha.

— Seu namorado me trouxe. — Aponta com a cabeça em direção a Rafael, e ele vira o rosto com um riso tímido. Ela passa por mim e cumprimenta minha mãe; logo depois, Antony, dando a Rafael a chance de se aproximar.

— Parabéns, amor — ele murmura ao me abraçar, deixando um beijo no meu rosto, apertando-me contra o seu corpo.

Pressiono os lábios para esconder o sorriso, não me aguentando ao olhar para ele, para o rosto dele, para a boca dele. E puxo Rafael para um beijo, ignorando a existência do restante das pessoas naquela casa, e só paro quando escuto palmas.

Rafael se vira, comprimindo os lábios, ainda me segurando perto de si, e ri ao perceber que seu pai é quem nos encara de cenho franzido, como se estivéssemos pelados no meio da sala. Nós nos afastamos, mas só porque Rafael o faz, pois se dependesse de mim, nós continuaríamos de onde paramos.

Vamos à cozinha, onde eles cantam parabéns para mim; depois, brigam pelo primeiro pedaço de bolo e só param quando eu corto um para cada e os distribuo ao mesmo tempo.

— Comam mais, meninos. — Minha mãe levanta-se, não esperando uma resposta para começar a encher os pratos novamente com bolo.

— Não precisava. — Denise ri, não vendo outra escolha a não ser comer.

— Tem muito bolo, e vocês precisam comer. Me dê o seu prato, Rafael. — Estende a mão para ele, deixando-o praticamente sem opção a não ser lhe estender o prato para ganhar mais bolo.

— Você vai fazer sair bolo pelos ouvidos deles, Ísis — Antony comenta. — O que vai fazer hoje, Vini? — Traz os olhos para mim, segurando um copo de suco já vazio.

— Vamos sair à noite — digo por mim e por Rafael. Encho minha boca com bolo, encarando-o por um instante. Ele faz que sim, bebendo o que resta do suco em seu copo.

Denise vai embora pouco tempo depois, levando para casa mais pedaços de bolo, que minha mãe insiste em dar a ela. Rafael já começa a se preparar para irmos à sua casa quando Antony vem em minha direção, segurando uma sacola de papel vermelho.

— Tenho uma coisa para você, Vini — diz, antes de, sem cerimônias, pôr a sacola no meu colo.

— Sério? — Eu o encaro verdadeiramente surpreso, lendo o nome na sacola e juntando as sobrancelhas. — Não precisava, mesmo. — Solto um riso nervoso, tendo seu olhar ainda sobre mim.

— Precisava, sim. Abra — pede, enfiando as mãos nos bolsos.

Levo os olhos até a sacola outra vez, abrindo-a com toda curiosidade que há em mim. Estreito os olhos para ver o que seria antes mesmo de tirar da caixa, não conseguindo conter a surpresa ao me dar conta do que é.

— Não acredito — murmuro sem perceber, erguendo o olhar para ele ainda sem acreditar.

— O que é? — Rafael pergunta, mostrando-se tão curioso quanto minha mãe, do outro lado da sala.

— É um *iPad* — murmuro, antes de puxar a caixa para fora da sacola, deixando-os tão surpresos quanto eu.

— Antony — ouço a minha mãe murmurar em desaprovação, trocando olhares rápidos com ele.

— O quê? Ele queria um — justifica.

— E eu disse que compraria depois.

— Tá, mas eu comprei antes.

Rafael ri ao meu lado. Quando a minha única reação é voltar a olhar para a sacola, acabo percebendo que ele comprou a caneta também.

— Está feliz? — Rafael questiona, abrindo um sorriso, ignorando a discussão alheia.

— Eu tô, eu tô muito feliz. — Balanço a cabeça, ainda sem saber como agir.

Eu tinha pedido um, há um mês atrás, para poder trabalhar com os meus desenhos. Minha mãe disse que eu precisava esperar um pouco, mas acho que ela acabou se esquecendo, e eu nem mesmo toquei mais no assunto.

As coisas funcionam de uma só forma aqui. Minha mãe tem o dinheiro dela e Antony tem o dinheiro dele, eles dividem as despesas da casa, mas quando se trata de interesses pessoais, as coisas se dividem. E minha mãe detesta ter que pedir dinheiro ou qualquer coisa semelhante a isso. Por essa razão, eu não esperava uma reação diferente agora.

— Obrigado — murmuro, mordendo o lábio. — É muito importante para mim. Obrigado — repito, apertando os dedos ao redor da caixa. Ele sorri, balançando a cabeça em concordância.

— Devia ter me contado pelo menos — minha mãe chama a sua atenção. — Essas coisas são caras.

— Eu sei, mas é só um presente. — Tenta amenizar a situação, arrancando dela um suspiro, e logo ela assente.

— Certo, você tem razão.

Devo ter agradecido mais um milhão de vezes, sem saber pôr em palavras o quanto aquilo havia sido importante para mim.

Rafael precisa esperar um pouco mais antes de podermos finalmente sair. Tenho que subir para o quarto, arrumar a mochila, certo de que dormirei lá essa noite. Assim que desço a escada, minha mãe faz questão de lembrar que eu passo mais tempo no apartamento de Rafael do que na minha própria casa. E o motivo disso é simplesmente eu amar demais ficar com ele.

Não acho que ela se incomode tanto com isso, na verdade. Quando Rafa e eu voltamos a namorar, a primeira coisa que fiz foi contar a ela. Sem mais segredos dessa vez. E diferente do que eu esperava, ela reagiu muito bem. Isso aconteceria cedo ou tarde, e acho que ela teve tempo suficiente para começar a aceitar esse fato, então, ela meio que já esperava.

— Tenho uma surpresa pra você — Rafael diz quando já estamos no corredor de seu apartamento, com as chaves da porta na mão.

— Acho que já fui surpreendido várias vezes hoje — brinco, esperando que ele abra a porta, coisa que não faz de imediato. — Vamos entrar ou não?

— Claro que vamos.

— Então, abra a porta.

Ele finalmente concorda, põe a chave na fechadura e, no mesmo instante, ouvimos um latido. Franzo o cenho levando o olhar para ele e, quando me dou conta, a porta está aberta e o cachorro já corre para fora.

— Se lembra de quando eu disse que poderíamos começar com um cachorro?

Abro um sorriso largo, abaixando-me para pegar o filhote no colo, sem conseguir conter o riso quando ele se agita na tentativa de me lamber.

Ele se lembrou. Ele realmente se lembrou disso.

— Ele é tão pequeno! — Eu o olhei nos olhos ainda sorrindo. — Qual o nome dele? É menino?

— Ele não tem nome ainda e, sim, é menino. — Ri soprado. — Você pode escolher um nome. — Aproxima-se, levando as mãos até o cachorro, acariciando o pelo dourado.

— Certo. — Pressiono os lábios, tentando pensar em um nome. — Pode ser Simba?

Rafael ri fraquinho ao ouvir a sugestão, balançando a cabeça em concordância.

— Sim, é perfeito — acrescenta, inclinando-se para segurar o rostinho dele com as mãos, grunhindo antes de pressionar o nariz contra o focinho e rir outra vez.

— Venha, vamos entrar — chamo, passando por ele para dentro do apartamento, mantendo o cachorro no colo até mesmo quando me sento no sofá.

— Você não vai colocá-lo no chão? — Indaga com um riso soprado, trancando a porta antes de se aproximar de onde eu estou.

— Não, eu quero ficar com ele. — Eu o ergo, sorrindo antes de trazê-lo de volta para perto, afundando o rosto no pelo macio que ele tem. — Ah, eu acho que vou morrer de amores.

Devo ter ficado com Simba no colo por dez minutos inteiros, quase explodindo de tanta fofura. Não o deixo em paz nem mesmo quando o coloco no chão.

— Ele é tão fofinho, meu Deus do céu! — Grunho em um pequeno surto, arrancando um riso fraco de Rafael.

— Você vai explodir desse jeito. — Senta-se no espaço vazio do tapete ao meu lado, balançando um dos brinquedos de plástico de cor vermelha. Assisto ao filhote se aproximar dele, mas não consigo conter a minha vontade de pegá-lo no colo e mantê-lo comigo. — Vinícius!

— Desculpa, é que eu o amo demais.

— Não tem nem meia hora que você está com ele.

— E eu já o amo! — Exclamo, ouvindo sua risada.

Passo a tarde inteira entretido com o cachorro, ignorando completamente a existência de Rafael por horas, até ele vir atrás de mim, todo carente. E Rafael, quando quer minha atenção, acaba ganhando-a todinha.

— Quem você disse que está vindo? — Pergunto a Rafael assim que o vejo desligar a ligação.

— Victor, ele quer se despedir antes de viajar — explica, passando por mim no tapete. — O que está fazendo?

— Não sei ainda — murmuro, parando para fitar a tela do *tablet*. Ali há um personagem de cabelo branco e o olho de um azul tão claro quanto o céu de manhã. — Quer dizer, eu sei o que eu quero, só não sei o que ele vai ser. Ficou meio confuso isso?

Ele dá de ombros antes de dizer:

— Ficou legal, qual o nome desse?

— Hunter — digo, dando *zoom* para fazer os detalhes do rosto. — Ele tem tentáculos, sabia? — Pergunto, mesmo ciente de que ele não possui essa informação.

— Você gosta tanto assim de desenhar híbridos, é? — Provoca.

— É melhor do que desenhar humanos.

— De onde você tira essas coisas, hein? — Aproxima-se de onde eu estou, sentando-se no espaço vazio ao meu lado.

— Não posso te contar, é segredo.

Rafael ri, assistindo-me desenhar por mais um punhado de tempo, até a campainha tocar. Vejo-o se levantar para atender, antes de voltar a atenção para o *tablet*. A voz de Victor é a primeira coisa que ouço quando a porta é aberta.

— Oi, Vini. — Sua voz soa animada.

— Oi. — Me viro para encará-lo, encontrando não só o ruivo como o italiano também. — Oi, Lucca — murmuro um tanto surpreso.

Ele murmura um "oi", acenando rapidamente, sem saber bem como agir, parado logo atrás de Victor. Usa roupas largas e frescas, o cabelo agora cortado, não tão grande como antes. Enquanto Victor mais parece uma pessoa de extrema importância, Lucca me lembra um universitário.

— Eu teria avisado que vinha com antecedência, mas minha semana tá um inferno — Victor Hugo se explica, virando-se para Lucca, tirando da sua mão, uma caixa de transporte azul. — Certo, você aceitou tomar conta dele até eu voltar, agora não pode mais voltar atrás — avisa enquanto o italiano tira o gatinho amarelo de dentro da caixa.

— É só um gatinho, não deve ser tão difícil — Rafael murmura, observando Lucca acariciar o pelo dourado do famoso Mozzarella. Victor solta uma risadinha, balançando a cabeça ao se aproximar.

— Se alguma coisa acontecer com esse gato, Rafael, eu juro por Deus que eu te mato. — Seu tom de voz soa ameaçador o suficiente para deixar o outro intimidado.

— Eles têm um cachorro — Lucca comenta quando Simba vem correndo do quarto para o meu colo.

— Tudo bem, ele é só um filhote — murmuro, coçando a orelha dele, esquecendo-me de todo o resto para choramingar de amores por ele.

— Eu me esqueci do cachorro. — Victor suspira, coçando a sobrancelha. — Bom, eu jamais confiaria esse gato nas mãos do Guilherme, então o Rafael é a opção mais viável no momento, e ele tem o Vinícius. — Aponta para mim. — Ele é bom com animais.

Contenho o riso, conforme Victor tenta convencer o italiano. Mozzarella continua calmo nos braços de Lucca, olhando em volta com seus olhos verdes e curiosos.

— Tá bom — ele cede, antes de se aproximar de Rafael, entregando-lhe o gato que vai de muito bom grado. — Ele vai miar às cinco horas da manhã querendo comida. Você tem que por pouca ração porque ele não come tudo e, se tiver ração velha na tigela, ele não também come — começa a explicar tudo enquanto Victor traz para dentro as coisas do bichano. — Se a caixa de areia estiver cheia, ele vai fazer no tapete, então é melhor você mantê-la limpa. Ele vai escalar as cortinas, vai andar na pia, em cima da geladeira... — Suspira. — E se tiver chance, ele também vai jogar as coisas no chão.

Victor agora só balança a cabeça em concordância, conforme o arrependimento começa a transparecer no rosto de Rafael.

— Ah, e nunca, nunca, nunca, mexa nas patinhas dele — o ruivo acrescenta. — Está vendo isso? — Questiona, apontando para a cicatriz na bochecha de Lucca. — Foi o maldito do Mozzarella.

— Não fale assim dele — Lucca o repreende, franzindo o cenho ao encará-lo.

— Amor, isso é um demônio em forma de gato, e você sabe. — Toca seu braço como se tentasse confortá-lo com o fato.

— Você é cruel.

— Realista, meu bem. — Toca seu queixo rapidamente. — Realista. Então... alguma dúvida? — Indaga, voltando-se para Rafael.

— Não, ele me parece bonzinho. — Faz carinho no queixo do bichano.

— Um amor — reforça Victor em sarcasmo. — Bom, obrigado por tomar conta dele, vou sentir sua falta, Rafa — grunhe antes de abraçá-lo.

— Serão só duas ou três semanas, vai passar rápido — diz em resposta, tentando segurar o gato e abraçá-lo ao mesmo tempo.

— Vinícius — chama antes de simplesmente vir na minha direção, ajoelhando-se ao meu lado. — Por favor, cuide dele.

— O gatinho vai ficar bem.

— Não, estou falando do Rafael. — Franze o cenho. — O gato se vira sozinho.

— Ah. — Solto um risinho. — É, ele vai sobreviver.

Aperto os olhos, fazendo que sim com a cabeça. Victor suspira pesadamente, formando um bico com os lábios, descendo o olhar para outro ponto, pensativo.

— Bom... espero que tenha uma boa viagem — murmuro, ganhando a atenção de seus olhos outra vez.

— Obrigado. — Sorri, fazendo os olhos virarem duas curvas e seu rosto atingir um tom rosa-claro. — Eu sei que você não gosta muito de mim — começa de repente, parando quando balanço a cabeça em desaprovação.

— Se esqueça disso. — Eu o corto. — Eu era implicante por ciúme, me desculpe por todo o caos que criei no passado. — Rio soprado, vendo-o rir também.

— Eu também não fui muito legal com você na época.

— Está tudo bem.

— Certo. — Solta o ar, colocando-se de pé. — Até depois. — Acena para mim e para Rafael, antes de arrastar Lucca porta afora. — Guilherme está em casa? Quero falar com ele — pergunta, seguindo de volta para o corredor.

Assisto a Rafael deixar o gato sobre o sofá, e ele imediatamente trata de se esconder embaixo deste. Demora poucos segundos até Guilherme abrir a porta, sorrir ao ver o italiano e imediatamente chamar por Raquel.

— *Mamma mia* — pronuncia ela, arrancando um riso dos demais. — Lucca, como vai a vida?

— Bem, e você está...

— Super grávida — completa, levando as mãos até a barriga. — Graças ao "sortudo" aqui. — Aponta para Guilherme.

— Parabéns! Está de quanto tempo?

— Vinte e sete semanas.

O silêncio prevalece por um instante, todos tentando fazer as contas de cabeça até Guilherme finalmente dizer:

— Seis meses.

O coro de "ah" é inevitável.

— E por que estão aqui? — Ela pergunta, levando uma mecha do cabelo curto para trás da orelha.

— Viemos nos despedir, viajaremos hoje à noite, então... — Victor responde, mordendo o lábio para conter a animação.

— É verdade, me esqueci completamente — diz Guilherme, antes de abraçar o amigo rapidamente. — Tenha uma boa viagem, cara. — Deixa um tapinha em suas costas. — Você também — diz agora para Lucca.

O italiano agradece. Todo aquele momento dura mais alguns segundos e, quando garantem que já se despediram de todo mundo, vão embora. No instante em que Rafael tranca a porta, ele suspira, olhando em volta rapidamente.

— Cadê o gato?

— Embaixo do sofá. — Eu me abaixo para poder vê-lo, seus olhos verdes prendem-se em mim por um instante. — Ele parece bem mal-humorado.

— É melhor mantermos a porta da varanda fechada enquanto ele estiver aqui. — Dito isso, ele trata de garantir que ela esteja fechada.

— Eu não sabia que gatos davam tanto trabalho — murmuro, assistindo a Simba enfiar a cabeça embaixo do sofá para ver o bichano.

E no momento em que ele dá a entender que se juntaria ao gato embaixo do sofá, Mozzarella imediatamente usa a pata para bater nele. O cachorro choraminga, afastando-se do sofá.

— Gato filho da mãe! — Abro a boca tão surpreso quanto Rafael, que agora ri da situação. — Ele bateu no meu filho. — Pego Simba no colo.

— Isso não vai dar certo — Rafael avisa ainda rindo, balançando a cabeça em negação. Me abaixo para encarar o bichano outra vez, tornando a encontrar seus olhos verdes.

— Eu vejo a maldade nos olhos dele, Rafael.

— Mas ele é tão fofo.

— Sei, e o diabo era um anjo.

Ele ri, revirando os olhos diante do meu exagero.

— Deixe o pobre gato em paz.

Definitivamente, acredito que Mozzarella só tenha cara de santo.

RAFAEL

31

TRÊS SEMANAS COM AQUELE GATO MALDITO SÃO SUFICIENTES para fazer crer no poder de um animal em ser cruel. Eu não só levo um susto pela manhã, ao acordar e encontrá-lo em cima da geladeira, encarando-me, como também sou acordado por ele no meio da noite, mordendo-me e, em outros casos, batendo na minha cara.

Tenho a plena certeza de que Simba foi quem mais sofreu nesse tempo. Os cachorros são emocionados, e ele não é diferente. Sempre vai perturbar o gato e volta chorando por ter apanhado dele. Eu rio muito disso, não vou mentir. Estou começando a supor que o meu cachorro é masoquista.

Por sorte, esse pesadelo com Mozzarella está acabando. Se eu passar mais uma semana ouvindo o miado esganiçado quando ele se irrita, acho que me jogo da sacada.

Só que, agora, eu tenho algo mais importante para me preocupar, como o fato de Vinícius estar suspirando arrastado no meu ouvido, com os dedos presos no emaranhado do meu cabelo enquanto beijo seu pescoço. Ele separa mais e mais as pernas quando começo a descer a mão por dentro da sua coxa, invado seu short, raspo o polegar perto da sua virilha, só para ouvi-lo arfar baixinho, arranhando minha nuca em reflexo.

Na maior calma do mundo, eu poderia passar horas me aproveitando de cada pedacinho do corpo dele, poderia ficar minutos inteiros tocando cada pedacinho de pele, beijando cada centímetro, e não pararia, não pararia mesmo.

— Rafael — grunhe, deixando um tapinha no meu braço. — Rafael, pare — manda em um sussurro.

Ergo o olhar para encará-lo, seus olhos fixos na porta e, quando me viro para ver o que tanto ele observa, é o maldito do gato.

— Ele tá encarando — murmura, como se ele pudesse nos ouvir.

— Mas que porra? — Franzo o cenho, dando um tempo para ver se ele faz alguma coisa, mas o bichano de pelo amarelo sequer pisca.

— Quanto tempo você acha que ele está ali assistindo?

— Eu não sei.

— Vá fechar a porta, ele está me assustando — continua sussurrando, dando tapinhas no meu ombro para que eu vá até lá.

Puxo o ar antes de sair de perto dele, descer da cama e ir até a porta. Encaro o gato por um instante, fechando a porta devagar, e ele continua parado lá fora.

— Gato estranho da porra — grunhe, cobrindo o rosto com as mãos. — Você acha que ele assistia ao Victor e Lucca? — Indaga de repente, iniciando um assunto em que eu não queria entrar de jeito nenhum.

— Credo, Vinícius.

— Vai saber se isso não é um comportamento que ele aprendeu em casa — justifica.

— Meu Deus! — Ri soprado. — Vamos deixar esse assunto morrer, por favor.

Ele assente, tornando a encarar o teto quando o silêncio no quarto prevalece.

— Agora que o clima acabou, acho melhor eu ir. — Levanta-se, começa a andar pelo quarto atrás de suas coisas sem nem me dar a chance de protestar. — Vou voltar quando esse demônio não estiver mais aqui. — Enfia as coisas na mochila e passa o zíper.

— Vai pular do barco e me deixar aqui com essa coisa? — Eu o acompanho quando passa pela porta até a sala.

— O Simba está aqui para te dar apoio. — Aponta para onde o cachorro está, ocupado demais com um boneco de pelúcia para se importar com a gente.

— Sei, esse cachorro masoquista que gosta de levar uma patada na fuça... Que grande apoio.

Ele solta uma risada alta, parando para me encarar enquanto balança a cabeça em negação.

— Por que você é assim com ele? É só um bebê. — Inclina-se onde o cachorro está, acariciando seu pelo em sequência.

Mozzarella aproxima-se devagar, pulando na outra extremidade do sofá, onde se deita, começando a se lamber. Simba instantaneamente vira-se para ele, não poupando esforços para correr em pulinhos na direção do gato, procurando morder a orelha deste. E o que presenciamos em seguida é o grito do gato e o choramingo do cachorro ao ser jogado no chão.

— Olha aí, não falei? — Aponto na direção deles. — Ele sempre faz isso, esse cachorro sem noção.

— Ele só quer brincar, poxa — murmura, assistindo-lhe tentar subir no sofá outra vez.

— Tá bom, defensor dos animais.

— Você é muito sem noção, sabia? — Encara-me parado ali, segurando a alça da mochila, praticamente me forçando a sorrir bobo diante de sua aparência tão fofa. — Quando o Victor volta?

— Hoje à noite. — Ele assente, vindo na minha direção, e passa os braços ao redor da minha cintura, dando-me um beijo rápido.

— Até depois, então — murmura, deixando que eu passe os braços em volta de seu corpo, balançando-o comigo.

— Quero te dar uma coisa antes — lembro, puxando-o comigo até as gavetas de um dos armários, de onde tiro uma chave e a coloco em sua palma.

— Não entendi.

— A chave do meu apartamento, para você poder entrar aqui a hora que quiser — explico, lhe tirando um sorriso. Ele fita o objeto por um instante, trazendo seus olhos para mim no segundo seguinte.

— Te daria a chave da minha casa, mas você já tem, então... — pondera, e solto uma risada fraca, balançando a cabeça. — Obrigado — sussurra, abraçando-me uma segunda vez, enquanto sua mão livre vem até o meu rosto, deixando-me um selinho atrás do outro.

— Quer que eu te deixe em casa? — Pergunto, mesmo tendo a plena noção de que ele não aceitará.

— Não. Eu vou passar na faculdade agora. — Afasta-se, tirando do bolso do casaco o molho de chaves que tinha, em que coloca junto a que eu havia acabado de lhe dar. — As aulas começam em março, e eu quero tirar algumas dúvidas, na verdade — explica, verificando sua mochila antes de jogá-la sobre os ombros.

— Certo, entendi.

Ele sorri, dando-me um último beijo antes de sair em direção à porta, usando a chave que eu havia lhe dado para abrir a porta, virando-se para mim antes de sair.

— Tchau, te amo.

— Te amo também — respondo no mesmo tom, sustentando o seu olhar por um instante. Ele morde o lábio inferior, contendo um sorrisinho, balançando a cabeça ao finalmente passar pela porta e fechá-la atrás de si.

Solto um suspiro longo, levando o olhar para o cachorro, que agora me encara do tapete em que está.

— Quer assistir ao *Scooby Doo*? — Pergunto, vendo-o latir e se aproximar animado. — Acho que a resposta é sim. — Eu o pego no colo, levando-o comigo até o sofá.

Fito o gato por um instante, que agora dorme tranquilamente. Nem parece o diabo reencarnado. Ligo a TV, passando pelos canais até encontrar o desenho, mantendo Simba nos meus braços durante todo o tempo.

Deve ser finalzinho de tarde quando Guilherme bate à minha porta, e com o maior sorriso do mundo lhe bordando os lábios, pega-me pelo braço e me arrasta até o seu apartamento.

— Olha ele aqui, mãe — anuncia ao me empurrar porta adentro. Posso ver sua mãe e seu pai de pé na cozinha enquanto, na sala, está Raquel, mais preocupada em abrir algumas sacolas.

— Rafael! — Exclama a mais velha. Ela é idêntica ao Guilherme. Enquanto todos os outros puxaram ao pai, ele é igualzinho à mãe. — Veja como ele cresceu, Eduardo. — Cutuca o marido com o cotovelo. — E pensar que eu te buscava na escolinha quando seus pais não podiam! — Puxa-me para um abraço, sem sequer me dar a chance de falar.

— E como está o seu pai, Rafael? — Eduardo pergunta, tirando das sacolas de supermercado as verduras que tinham comprado.

— Ele está bem. — Sou breve.

— Já comeu hoje, meu bem? — Ela torna a falar, tocando meu braço. — Sente-se, vamos fazer o jantar. — Leva-me até as cadeiras da bancada, não esperando uma resposta.

— Mãe, o que diabos é isso aqui? — Guilherme pergunta, agora sentado no sofá, ajudando Raquel com todas aquelas sacolas.

— Ah! Tinha me esquecido. — Deixa de lado tudo que está fazendo para ir até lá. Ela toma a sacola de suas mãos, puxando para fora uma boneca com um macacão roxo. — É um bebê *reborn*. — Segura um dos braços de Guilherme, pondo o bebê em seu colo.

— E o que caralhos eu vou fazer com isso?

— Você vai cuidar, ora! — Diz, como se fosse óbvio.

— Ah, claro, vou cuidar do bebê *reborn* — retruca em sarcasmo, revirando os olhos.

— Vai. E segura o bebê direito.

— É uma boneca, mãe. — Segura-a pelo pescoço, analisando a cara da boneca por um instante. — E é feia.

— Você acha que os bebês são bonitos? — Grita o pai dele, da cozinha. — Você era horrível!

— Para com isso, Eduardo — repreende a mulher. — Eu tive três bebês lindos. — Ela leva as mãos até o cabelo do filho, penteando-o com os dedos. — Agora, o meu bebê vai ter um bebê — ela murmura emotiva.

— De novo, não, mãe, para com isso. — Revira os olhos, largando a boneca no sofá para poder abraçar a mãe.

— Pelo amor de Deus, mulher, pare de chorar! — Grita o outro ao meu lado, quase me deixando surdo de um ouvido.

— Cala a boca, Eduardo — retruca ela, enxugando as lágrimas que ainda escorrem pelo canto dos olhos. — E Guilherme, segure o bebê direito. — Toma a boneca em mãos, pondo-a de volta nos braços dele.

Raquel parece ignorar toda a cena, dobrando as roupas de bebê que havia ganhado dos sogros. Guilherme analisa o rosto da boneca uma segunda vez, fazendo careta antes de se aproximar de Raquel e deixar a boneca em seus braços.

— Sua filha.

— Ah, sim — concorda, fitando a boneca. — Ela tem os meus olhos.

— Olhos pretos — enfatiza ele.

Ela solta um riso fraco, antes de deixar de lado a boneca. Guilherme tenta sentar-se ao lado dela no sofá, correndo os olhos por todas as sacolas vazias e todas as roupinhas que ela já havia dobrado.

— Bebês são tão pequenos assim? — Indaga surpreso, estendendo uma das peças.

— São — a mãe responde. — Quando você nasceu cabia na palma da mão.

— E continua pequeno — completa Eduardo. — Veja só o Rafael, como ele é alto. — Aproxima-se de mim, segura meu braço e me força a ficar de pé.

— A culpa de ele ser baixinho é sua — resmunga ela, batendo com o pano de prato no marido. — Você não tem tamanho. O pai do Rafael é alto, entende? É o gene!

Está sendo impossível não rir diante de toda essa discussão, aparentemente sem pé nem cabeça, quando Guilherme já até se esqueceu e parece mais interessado em Raquel agora.

— E quando ela nascer, você vai preferir cuidar da boneca horrorosa que a sua mãe trouxe, porque bonecas não choram de madrugada e não fazem cocô.

— Agora não adianta mais se estressar com isso, homem. Ele já engravidou a moça. A essa altura, se ela espirrar, é capaz de a criança sair.

— Foi assim que o nosso mais velho nasceu.

Ela ri, voltando a bater nele com o pano de prato.

— Não diga besteiras.

Fazia muito tempo, muito tempo mesmo, que eu não via os pais de Guilherme. Costumo me esquecer do quão parecidos todos eles são, não só na aparência, mas na personalidade também. Guilherme é uma mistura dos dois, com um pouco da influência dos dois irmãos mais velhos. E eles são assim desde que me entendo por gente. Meu pai ainda diz que todos eles têm um ou dois parafusos soltos.

— Venha, Rafael, me ajude a cortar os legumes. — Volta-se para mim, arrastando-me até a bancada, e põe em minhas mãos uma faca e uma cenoura.

Faço o que me foi pedido e, mesmo depois do jantar, eles me fazem continuar ali. Mostram-me fotos de quando Guilherme e eu éramos crianças, contam histórias extremamente constrangedoras dessa época, e a única pessoa que aproveita bem essa parte é Raquel. Só me permitem ir quando aviso que preciso buscar Victor no aeroporto.

Gosto deles. Enquanto os pais de Victor sempre foram bastante reservados e quietos, os de Guilherme sempre foram do tipo que te chamam para um churrasco no domingo, sem se importar com as crianças correndo pelos quatro cantos da casa.

Quando chego ao aeroporto, agradeço por não precisar esperar muito tempo, Victor já havia desembarcado e esperava impacientemente sua mala.

— Então, como é lá? — Pergunto depois de já termos passado por toda a formalidade do reencontro.

— Incrível. — Suspira. — É bonito também, mas tem muito pombo. — Franze o cenho ao se lembrar. — Muito pombo mesmo, Rafael.

— Tá, eu acredito. — Eu o ajudo a pôr as malas no carro. — E a mãe dele, como ela é?

— Se eu achava o pai dele assustador, foi porque não tinha conhecido a Sra. Martinelli. — Ri soprado. — Mas fora a megera que chamei de sogra, foi tudo muito bom.

— Isso é pra você. Cortesia dos pais de Guilherme. — Alcanço a sacola no banco de trás, entregando-a antes de ligar o carro.

— O que é?

— Comida. Eles acharam que você estaria com fome depois do voo.

— E estou mesmo! Eu nunca amei tanto os pais dele como agora — diz com um sorriso no rosto. — Não sabe como eu senti falta de um arroz e feijão.

Balanço a cabeça em concordância, soltando um riso soprado.

— Eles comem muita massa lá na Itália... e azeitona. — Lembra-se vagamente. — Queijo e vinho também... O vinho era maravilhoso, Rafael. Maravilhoso — enfatiza; deixa o silêncio prevalecer por um instante enquanto belisca a comida que eu lhe entreguei. — Como está o Mozzarella?

— Melhor impossível.

— Ele é esquisito, não é? — Ele me encara, como se esperasse que eu confessasse um pecado.

— Muito. Quando eu não levantava de manhã para dar comida a ele, o maldito entrava no quarto e me mordia.

Ele ri, fazendo que sim com a cabeça, sabendo exatamente do que eu estou falando.

— Não vou mentir, senti falta dele — diz com um suspiro. — Ele gostava de deitar na minha barriga. Ele é tão fofo quando está dormindo.

— Só quando está dormindo.

— Sim. — Ri outra vez. — Lucca falou desse gato todos os dias. Estou dizendo, ele ama mais o bicho do que me ama.

— E quando ele volta?

— Não sei... — diz baixo. — Ele disse que talvez venha no mês que vem, talvez antes. — Coça a nuca. — Acho que já estou com saudade.

— Você é mesmo muito apaixonado.

— Eu sou — assente. — Sou muito gay por Lucca Martinelli — reafirma, suspirando em seguida. — Acha que se tivermos filhos, eles levariam o meu sobrenome ou dele?

— Acho que isso é escolha de vocês, mas por que já está pensando nisso?

— Não sei. — Dá de ombros. — Acho que o sobrenome dele é a melhor alternativa, sem falar que, com certeza, ele preferiria o sobrenome italiano.

— Nunca pensei que veria Victor Hugo falando em ter filhos.

— Pois é, eu tô muito apaixonado mesmo. — Suspira, esfregando os olhos com a palma da mão. — E é estranho pensar que o Guilherme está prestes a ter um bebê, sabe? Na minha cabeça, ele seria o último de nós a se tornar pai. Isso me faz pensar no futuro.

— É... E daqui a algumas semanas, ele vai ter mesmo um bebê.

— E Vinícius? Como ele está? — Vira-se para mim.

— Ele está bem.

— Já estão morando juntos?

— Não. — Rio nervoso, balançando a cabeça em negação. — Não estamos morando juntos.

— Ah, achei que estariam morando juntos antes de eu voltar. Vou ter que pagar ao Guilherme agora.

— Vocês apostaram?

— Claro. Quando vão morar juntos?

— Não sei, e esse não é o melhor momento. — Balanço a cabeça negativamente. — É cedo demais.

— Entendo. — Suspira. — É aqui. — Aponta para o prédio ao chegarmos. — Pode me ajudar a subir com as malas? — Tira o cinto.

Concordo. Subimos juntos e eu não soube andar pelo prédio sem prestar atenção em cada detalhe. Acho que o valor de um apartamento aqui deve ser o triplo do que foi o meu.

— Ele é rico mesmo — afirmo ao passarmos pela porta, olhando em volta, sem vergonha alguma na cara.

Victor ri, partindo para a cozinha, que deve ser do tamanho da minha sala.

— Quer comer também?

— Não, valeu.

— Ótimo, porque ofereci por educação. — Vai até os armários, atrás dos talheres. — Tô morrendo de fome.

— Eu deveria ter trazido o gato.

— Relaxa... Amanhã eu passo lá para buscá-lo. — Procura sentar-se no sofá.

Me sento para lhe fazer companhia e conversamos por horas sobre a viagem, atualizando toda a fofoca. Eu devo ter ido embora pouco depois das dez quando ele avisou que queria tomar um banho e dormir.

Vinícius saiu daqui agitado, reclamando por estar atrasado para a faculdade, recusou-se até a parar para comer alguma coisa. Sem tempo até para pentear o cabelo, jogou a mochila nas costas e saiu quase que do mesmo jeito que acordou.

Não faz sequer um mês que ele voltou a estudar e anda mais estressado do que nunca. Definitivamente, não tem mais tempo para nada e, quando digo nada, estou me referindo a mim. Ele não tem mais tempo para mim a não ser nos fins de semana quando vem dormir comigo.

— Como vocês estão? — Victor pergunta assim que entramos no apartamento, acompanhando Guilherme até o quarto do bebê.

— Raquel está irritada. — Organiza as pelúcias na prateleira branca, havia dinossauros, ursos e todos os tipos de pelúcia que possa imaginar. — Ela fica gritando comigo porque a Eloise não nasce logo.

— E onde ela está? — Indago, mantendo os olhos na parede pintada de um amarelo pastel, com nuvens brancas, que Vinícius tinha se oferecido para pintar semanas atrás.

— Na casa dos pais. Almoço em família — resume. — Fomos à última consulta dela semana passada, a médica falou que sexo é a melhor forma de induzir o parto, e a mulher endoidou.

— Não é a pior coisa do mundo. — Victor dá de ombros.

— Ela fica gritando comigo, tipo: "Tira essa criança de mim!"; "Você quem começou, agora termina"; "Temos que concluir a gravidez" — imita, afinando a voz, não nos dando outra opção que não seja rir. — Ela está fora de si.

— Só faça o seu trabalho e tire a sua filha de dentro dela. — Dou um tapinha em seu ombro. — Exatamente, a culpa é sua.

— Eu sei. — Suspira cansado, jogando-se no sofá ao voltar para a sala, correndo os olhos por toda a casa. Há inúmeras coisas para o bebê que ainda estão nas caixas e nas sacolas, os livros empilhados na estante e o cachorro dormindo tranquilamente no tapete. — Nem nasceu e já está me dando um trabalho do diabo.

— Você não perde por esperar, cara.

Meu celular vibra no bolso da bermuda, é o contato de Vinícius brilhando na tela. Atendo, deixando os outros dois conversando enquanto me distancio.

— Oi, amor — murmuro, escorando-me à janela.

— Rafa, eu esqueci um livro aí, pode trazer pra mim, por favor? — Pede rapidamente. — Capa amarela, acho que ficou no quarto.

— Beleza. — Sinalizo que estou saindo para os outros dois.

— É a próxima aula, vem rápido.

— Já chego — aviso, e ele concorda, desligando a ligação.

Como ele havia dito, o livro estava na escrivaninha do quarto, misturado com mais alguns. A bagunça é na casa dele e na minha, pois já está completamente instalado aqui, tem roupas, cadernos, livros, tintas e canetas. Isso porque ele passa, no máximo, três dias da semana comigo.

Mando uma foto, perguntando se é o livro certo, para não dar viagem perdida. Saio de casa depois de receber a resposta. Uma viagem rápida de quase cinco minutos até a faculdade.

Quando chego, Vinícius espera impaciente na escadaria, rodeado por um grupo de amigos, alheio no meio da conversa que prolongam. Desço do carro, quase ao mesmo tempo que ele vem em minha direção, dando uma corridinha que por pouco não faz seu cabelo desprender do coque.

— Obrigado, Rafa. Obrigado — agradece de forma rápida, pondo o livro embaixo do braço, dando-me um selinho como recompensa. Eu o puxo de volta para mim quando insinua se afastar. — Rafael...

— Um beijo. — Mostro o indicador, rodeando sua cintura com o braço livre.

Vinícius abre um sorriso, mordendo a boca antes de passar um dos braços em volta do meu pescoço, cobrindo os meus lábios com os seus em um beijo lento, terminando com selinhos.

— Tenho que entrar agora — murmura, correndo a ponta dos dedos pela minha nuca.

— Dorme comigo hoje.

— Rafael... — pondera, tentando se livrar dos meus braços. — Eu dormi lá no fim de semana.

— Eu sei, mas pode dormir lá hoje também — sussurro, usando uma das mãos para tocar seu queixo, trazendo-o para um segundo beijo.

— Não... não posso. — Balança a cabeça em negação, grunhindo quando o beijo outra vez. — Eu tenho que entrar — lembra entre um beijo e outro, afastando-se devagar.

— Certo — cedo, deixando um beijo em seu rosto antes de soltá-lo de uma vez. — Te ligo depois, então.

Ele balança a cabeça, dando pelo menos três passos para trás, antes de ceder e voltar para me dar um último beijo. Murmura um "tchau" ao se distanciar, correndo para onde está o grupo de antes, entrando no prédio ao lado deles.

Volto para casa, concentrando-me em limpar a bagunça que já toma conta do apartamento há dias, parando a cada dois minutos para me sentar, refletindo sobre o meu atual estado de sedentarismo.

Simba parece maior agora, ocupado demais, latindo para os pombos do lado de fora da janela. Ele tem irritado bastante os vizinhos por conta do barulho. Eu o tiro de lá, espantando os pássaros para que não corra o risco de ele voltar a latir.

— Simba... seu pai não vem ficar com a gente hoje — conto, e ele me encara como se estivesse me entendendo. — Eu sei que você gosta mais dele — acuso, semicerrando os olhos. — Ele te deixa dormir na cama, né? Eu não deixo... Só às vezes.

Ele abre a boca, a língua escapa para fora enquanto abana o rabinho.

— Ele compra sachê de carne pra você. — Me sento, dando tapinhas no espaço vazio do sofá, para que ele venha. — Se você fosse uma criança, com certeza escolheria morar com ele — digo, puxando-o para o meu colo. — Acho que nós dois amamos muito o seu pai.

Ele late outra vez, agitando-se nos meus braços.

— Quer assistir ao *Samurai Jack*? — Coço sua orelha, e Simba se anima ainda mais. — Quer? — Repito com um sorriso. — Quer. Quer, sim.

Me esqueço completamente de que estou arrumando a casa, distraído demais com o desenho. Somente quando chega o fim de tarde, reparo na "arrumação" pela metade; bom, se não me incomoda, não tem por que arrumar.

Ouço a chave girar na porta, e quando me viro, Vinícius já está entrando. Tranca a porta, larga a bolsa no chão e vem em minha direção de cabeça baixa.

— Vini? — Chamo de cenho franzido, arqueando as sobrancelhas quando percebo que ele chorava. — O que foi?

Ele nega com a cabeça, apertando os dedos na frente do corpo. Aceno para que ele venha e não demora a sentar-se no meu colo, passando os braços ao redor do meu pescoço, encolhendo-se quando o abraço.

— O que aconteceu? — Passo a mão em suas costas como carinho, deixando um beijo no seu pescoço.

Mais uma vez, Vinícius não responde, intensificando o abraço e mantendo o silêncio. E continua assim por bons minutos, com o rosto escondido no meu ombro, a respiração abafada batendo contra a minha pele, agitada o suficiente para fazer com que eu acredite que ele não dormiu; treme quando torna a chorar, soluça e se apoia em mim, como se estivesse com medo de que eu o soltasse. Quando enfim se afasta, limpando o rosto com a manga da camisa, não olha para mim uma vez sequer.

— Me diz o que aconteceu?

— Nada, não aconteceu nada — murmura, pressionando os lábios. — Eu parei de tomar os remédios. — Baixa a cabeça. — Eu achei que não precisava mais, já faz tanto tempo que eu estou tomando, então...

— Você sabe que não é assim que funciona.

— Eu sei. — Limpa o rosto uma segunda vez. — É que... eu não quero mais depender dessa merda pra ficar bem, eu tô cansado.

— Eu sei. — Beijo seu pescoço, puxando-o de volta para um abraço. — Quanto tempo sem tomar?

— Duas semanas, acho. Eu pensei que poderia manter o controle sobre mim agora, mas eu não posso. — Sua voz falha. — Eu tô cansado.

— Você tem o controle. Você sabe que precisa dos remédios e, por isso, você toma, isso é ter controle, Vinícius. É fazer o que sabe que é certo, mesmo não querendo. — Faço carinho no seu cabelo. — Você sabe que precisa deles.

— Vou ter que marcar uma consulta com o psiquiatra agora, só pra ouvir sermão — resmunga a contragosto.

— Deixa pra pensar nisso depois. — Puxo-o para mim, esperando que se aninhe nos meus braços, endireitando-se no meu colo.

— Quero ficar com você hoje — murmura. — Não gosto de dormir sozinho quando minha cabeça fica cheia assim.

— Tudo bem. — Beijo sua testa. — Pode ficar o tempo que quiser.

Ele agradece em um sussurro, mantendo o silêncio pelos próximos minutos. Só se levanta para tomar banho e volta para mim, usando roupas largas. Não poupa esforços para se deitar comigo no sofá e, no fim, acaba dormindo. Eu o deixo ali até a noite cair, pois ele parece estar em um sono tão bom que fico com dó de acordá-lo para jantar. E ele se mostra verdadeiramente chateado. Não contenho o impulso de só mantê-lo perto, dando-lhe todo o carinho possível a noite inteira, deixando-o cheio de manha.

Quando acordo de manhã, ele está sentado no chão perto da janela, com uma caneca de chá ao lado do corpo. Na frente, pelo menos duas folhas de jornal manchadas de tinta vermelha. E nas mãos, ele tem erguido o cacto em que pinta melancias.

— Bom dia — murmura sem me olhar, não se importando quando Simba procura se aninhar em seu colo.

— Não vai à aula hoje? — Indago, passando por ele até a cozinha.

— Não. — Deixa de lado o pincel, levando a caneca até a boca.

Assinto, notando a bagunça na mesa, indicando que ele já havia tomado o café da manhã. Me sirvo com um pedaço de pão para, em seguida, voltar para perto dele, sentando-me no espaço vazio ao seu lado.

— Deveríamos comprar mais cactos — diz, pondo o que segurava sobre as folhas de jornal, e o pincel, dentro de um copo com água. — Um com o vaso azul e o outro rosa.

— Compro para você depois.

Ele murmura um "ok", levando a caneca até a boca. Respira fundo, antes de deitar a cabeça no meu ombro. Viro o rosto para deixar um beijo em sua testa.

— Vamos lá pra casa? — Pede baixo, passando os braços ao redor da minha cintura em um abraço de lado.

— Já posso dormir na sua cama? — Arqueio a sobrancelha, lhe tirando um sorriso divertido.

— Melhor não... É difícil sair da cama se eu tô com você, e eu tenho aula de manhã. — Pressiona os lábios. — É por isso que eu só durmo aqui no fim de semana, você sabe.

— Argh, que realidade absurda é essa em que eu não posso ficar abraçadinho com o meu namorado até onze horas da manhã?

— Que vida miserável! — Reforça, formando um bico com os lábios em desgosto.

— Que vida difícil! — Resmungo, segurando seu queixo, trazendo-o para um selinho demorado, seguido por outro e mais outro, até começarmos um beijo de verdade.

E sinceramente, acho impossível enjoar do gosto dele ou me sentir, digamos, "satisfeito". Porque é impossível, literalmente impossível me cansar disso. Posso beijá-lo o dia todo, e um beijo sempre vai ser melhor que o anterior, com um gostinho de quero mais no fim.

Ele se afasta com uma mordida no meu lábio inferior, sorrindo. Tiro a minha atenção de sua boca, levando-a até a mão que adentra a minha camisa.

— Te amo — murmura contra os meus lábios, deixando-me um selinho. — Muito, muito, muito — acrescenta com um sorriso largo.

Uso isso como justificativa para agarrar seu rosto e beijar cada cantinho dele. Beijo nariz, boca, bochechas, testa, por cima dos olhos e, no fim, ele já morria de rir.

— Gay. — Ri, empurrando-me pelo ombro.

— Sim, muito gay — enfatizo, puxando-o para perto.

Enrolamos por tempo demais todo aquele chamego, até finalmente sairmos.

Sempre que volto para casa, acabo revivendo alguma memória nossa, e a maioria é tão, tão boa. Pergunto-me se o fato de termos morado juntos antes de tudo começar foi o que concretizou ainda mais a relação que criamos. E temos memórias de cada canto dessa casa. Essas paredes guardam mais do que os outros pensam.

Eu o ajudo a arrumar a bagunça do quarto, só para que possa ter espaço para terminar um dos três trabalhos que tem que entregar na próxima semana, parando apenas para reparar nas inúmeras folhas carregadas de esboços espalhados pela mesa. Tudo sobre Nico. Um universo quase inteiramente completo, e ele dedica cem por cento de seu tempo livre nisso.

Deixo que estude em paz, permanecendo quieto e distraído no celular por horas, tanto que só vejo o tempo passar quando o carro do meu pai chega à garagem. Ele sobe, pouco tempo depois de entrar, e provavelmente viu o meu carro na frente de casa. Para na porta do quarto, nos cumprimenta rapidamente e sai.

Me junto a ele na sala um tempo depois, conversamos, e Vinícius por fim aparece atrás de comida, reclamando que ainda tem muito o que fazer. Jantamos depois que Ísis chega e, sem drama, Vinícius e eu vamos para o quarto passar o tempo antes de ele me expulsar.

— Sinto falta de quando morávamos juntos — murmura, correndo a ponta dos dedos pelo meu braço.

— Era bom ter você o dia todo. — Afasto seu cabelo, beijando sua testa. — Mas é melhor ainda ter você e não precisar esconder isso de ninguém.

Ele ri, mordendo o lábio e assentindo com a cabeça.

— E temos o Simba! — lembra.

— Sim. — Rio. — Temos o Simba.

Ele se senta, fita as horas no celular, antes de se virar para me encarar, parecendo pensar por um instante.

— Dorme aqui.

— Você muda de ideia tão rápido! — Solto um riso fraco, nem um pouco surpreso com isso.

— Eu sei — choraminga. — É culpa sua! — acusa de forma birrenta. — Você não me deixa pensar direito.

— É melhor eu voltar para casa, pelo seu próprio bem. — Começo a me levantar quando ele praticamente me força a deitar de novo. — Você tem que levantar cedo amanhã, é por isso que só dormimos juntos no fim de semana — lembro.

— Eu sei, eu sei. — Esconde o rosto na curva do meu pescoço. — Vai ser só hoje.

— Resista, Vinícius! — Eu o afasto mesmo que a contragosto, porque meu subconsciente implora para que eu só ceda e passe a noite agarradinho a ele. — Arrume força de vontade, homem.

— Te odeio. — Bufa quando eu já estou de pé, fitando o teto, irritadinho.

— E eu te amo. — Me inclino para lhe dar um beijo. — Te mando mensagem depois.

— Tá bom. — Um sorriso bobo e seu humor muda rapidamente. — Vai com cuidado.

— Pode deixar.

Aceno ao passar pela porta, descendo aos pulos a escada. Encontro Ísis na sala, mudando os canais da TV.

— Já vai?

— Se eu não for agora, não vou ter coragem de ir depois — comento com um sorriso fraco.

— Entendi. — Devolve o sorriso. — Se depender dele, você volta a morar aqui, sem nem perceber.

— Ou ele vem comigo. — Mordo o lábio.

— É... acho que é o mais provável. — Um leve balançar de cabeça.

O silêncio paira entre nós enquanto ela mantém os olhos fixos nos meus. É como se estivéssemos disputando telepaticamente para saber quem ficaria com Vinícius. Seria engraçado se eu não estivesse com medo dela.

— Ainda está aqui? — Sua voz ecoa do topo da escada, fazendo-nos desviar o olhar em um ato instantâneo. Eu lhe assisto descer as escadas em pulinhos, parando no penúltimo degrau. O olhar maneando entre mim e a mãe.

— Já estou indo.

— Te acompanho até a porta. — Ele se prontifica, mordendo o lábio ao me acompanhar até a saída. Para logo na entrada, deixando a porta encostada atrás de si. — Tem certeza de que não quer dormir aqui? — Torna a perguntar em um sussurro, passando os braços ao redor da minha cintura.

— Certeza eu não tenho, não. — Afasto seu cabelo, segurando seu rosto.

— Vai se arrepender — retruca. A mais pura manipulação.

— Não caio mais no seu joguinho, Vinícius — disparo, lhe tirando um riso frouxo, uma revirada de olhos.

— Você quem sabe. Vamos dormir juntos na sexta mesmo. — Dá de ombros ao se afastar, desviando o olhar enquanto morde lábio. — E hoje ainda é terça.

— Três dias... Não é tanto tempo assim. — Seguro seu rosto, lhe dando um beijo rápido antes de me afastar, praticamente correndo para longe daquilo que chamo de tentação. — Tchau, amor.

— Eu te odeio — grita quando eu já abria a porta do carro.

— Odeia nada.

Eu o vejo entrar logo após eu fechar a porta. Arrependo-me aos poucos conforme dirijo de volta para casa. Ao chegar ao prédio, a primeira coisa que me vem à mente é bater à porta de Guilherme, mas essa ideia logo é descartada quando me lembro de que ele está na casa dos sogros.

Sem rodeios, passo pela porta de casa sendo prontamente recebido por Simba. O cachorro me acompanha até o banheiro, onde permanece parado do outro lado da porta enquanto eu tomo banho. E quando saio, lá está ele, esperando-me.

Vou respondendo às mensagens de Vinícius ao passo que me enfio debaixo dos cobertores. Não demora para que Simba entre no meu campo de visão, dando pulinhos na falha tentativa de subir na cama. Suspiro, inclinando-me para pegá-lo e colocá-lo no colchão comigo e, em poucos segundos, já está pronto para dormir. Pego no sono sem mesmo perceber, apenas acordo com um Guilherme atordoado, batendo à minha porta às quatro da manhã.

— Me leva para o hospital — dispara antes mesmo que eu possa dizer alguma coisa.

— Você... o quê... — Volto para dentro atordoado demais para formular uma frase decente. — O que está fazendo aqui? — Indago, já com as chaves do carro em mãos.

— Vim buscar a bolsa do bebê — diz rápido, empurrando-me até o elevador, quase não me dando a chance de trancar a porta.

— E cadê a bolsa? — Eu o meço de cima a baixo, ele também olha para as próprias mãos até então vazias.

— Eu entrei em casa e não peguei aquela porra? — Franze o cenho tão confuso quanto eu. — Puta que pariu, merda! — Pragueja, dando meia-volta com as chaves em mãos.

Eu o acompanho de volta ao apartamento, esperando até ele voltar com a bendita bolsa.

— Quatro e quarenta e cinco da manhã. — Suspiro, olhando as horas. — Que hora boa para a sua filha querer nascer.

Ele concorda, parece alheio demais para responder decentemente.

— O você de nove meses atrás está engravidando alguém — cantarolo com um risinho.

— Espero que tenha sido uma boa foda.

Ele larga a bolsa nos bancos detrás, deixando explícito o nervosismo que lhe corrói durante todo o caminho até o hospital, batendo a perna, mordendo o lábio, soltando suspiros longos, a um passo de surtar completamente.

— Guilherme, a bolsa! — Lembro quando o vejo pronto para descer do carro.

— Porra! — Pragueja, inclinando-se entre os bancos para alcançá-la. — Te mando mensagem depois — diz rápido, já descendo do carro.

Concordo com a cabeça, suspirando em alívio por não ser eu nessa situação. Volto para casa, mas não consigo dormir de jeito nenhum. E perto das seis da manhã, ele me manda mensagem. Eloise demorou, mas veio em um parto de três horas. Eu nem posso imaginar o quanto Raquel deve estar odiando Guilherme nesse momento.

A internação após o parto dura pouco mais de vinte e quatro horas. Eu realmente não sabia que ainda era preciso ficar tanto tempo no hospital depois que a mulher já pôs a criança para fora. Só não foi tão surpreendente quanto descobrir que bebês soluçam ainda na barriga da mãe.

— Meu Deus, é de fato um bebê — Victor murmura surpreso. A ficha de todos nós acaba caindo.

— É tão pequena. — Vinícius tem as mãos apoiadas no berço, falando baixo com medo de acordá-la.

Eloise dorme enrolada em um cobertor rosa, as mãos pequeninhas juntas na frente do rosto, com o pouco cabelo escuro naturalmente penteado.

— O amor da minha vida todinha — murmura o outro abobalhado, estendendo a mão para tocar a dela. — Olha o tamanho dessa mãozinha — grunhe em um mini surto quando ela aperta os dedos em volta do seu indicador.

— Que fofa! — Solto, abrindo um sorriso involuntário.

— Meu mundo todinho. — Pressiona os lábios, os olhos brilhando. Ele usa uma das mãos para afastar uma parte do cobertor, deixando o rostinho dela ainda mais visível. — Minha menininha...

Outro sorriso bobo de sua parte, e nenhum de nós parece ter algo mais a dizer. Victor parece preso naquele momento e em seus próprios pensamentos. Vinícius, por si só, tem um sorriso no rosto e as mãos ainda apoiadas no berço. Já eu, me pergunto como seria para a pequena Eloise se acordasse e encontrasse tantas silhuetas novas ao seu redor. Cairia no choro, com certeza.

— Ela ainda está dormindo? — A voz de Raquel se fez presente. Ela logo tomou a frente, parando ao lado de Guilherme, abrindo um sorriso ao bater os olhos na bebê.

— Ela é tão linda, não é?

— É, sim — responde ela, ainda sorrindo. — Nove meses e mais três horas em trabalho de parto valeram a pena. — Passa uma mecha de cabelo para trás da orelha. — Parabéns pelos seus quinze minutos de participação, Guilherme.

Victor cobre a boca para abafar o riso enquanto nós pressionamos os lábios, evitando a risada.

— Vamos indo — anuncio antes que o momento se torne íntimo demais. — Parabéns aos dois.

— Ela é realmente muito linda. Parabéns pelo ótimo trabalho! — Diz Victor, antes de nos acompanhar para fora do quarto. — Ela é muito fofa, não é? — Indaga quando já estamos no corredor.

— Muito — reforço, levando o olhar até Vinícius, que no momento, tem os olhos fixos no celular.

— Vou indo. — Victor olha as horas em seu relógio, acenando antes de se direcionar ao elevador.

Vinícius se mantém de pé até mesmo quando entramos em casa. Concentrado demais com o que lê no celular, alheio ao mundo ao seu redor.

— Vinícius — chamo, acho que pela terceira vez.

— Leia isso aqui. — Vira a tela do celular para mim; tenho tempo de ler apenas a primeira linha do *e-mail*, antes de ele pegar o celular de volta. — Querem publicar! — Grita eufórico. — Querem publicar os meus quadrinhos! — Exclama completamente fora de si.

— É sério? — Tomo o celular de suas mãos, tão em choque quanto ele. Leio o *e-mail* pelo menos três vezes. — Está dizendo aqui que é para você ligar para eles.

— E se for uma brincadeira de mau gosto? — Aperta os dedos, nervoso.

— É por isso que você vai ligar.

— Liga você, minhas mãos estão tremendo.

Me sento, discando o número que consta no *e-mail* enquanto ele anda de um lado para o outro em transe.

— Está chamando, pegue. — Eu lhe entrego o celular.

— Não!

— Pegue o celular, Vinícius — mando, tentando controlar o nervosismo para que ele não entre em pânico de uma vez. — É com você que eles querem falar. Anda.

— Tá. Tá bom.

Com as mãos trêmulas, pega o celular, esperando. Sei que quem quer que seja atendeu assim que ele se senta.

— Vinícius — ele diz baixo, correndo os olhos por toda a sala. — Sim... Dante. Sou eu — confirma, torcendo a barra da camisa. — Mesmo? Tá, só um minuto. — Afasta o celular, afundando o rosto em uma das almofadas em um pequeno surto antes de voltar à ligação.

São quase dois minutos em silêncio até ele correr ao bloco de *post-its* na cozinha. Alcança uma caneta e passa a anotar algo conforme a pessoa do outro lado explica. Quando, por fim, desliga a ligação, seus olhos vem até mim. Espero que diga alguma coisa, mas em vez disso, Vinícius puxa a cadeira mais próxima e senta-se.

— O que disseram? — Vou até ele, sentando-me na cadeira ao seu lado.

— Marcaram uma reunião na terça — fala. Está tão em choque que não parece sequer acreditar no que diz. — Querem que eu apresente todo o projeto antes de tomarem uma decisão.

— E se for aprovado?

— Eles vão publicar. — Encara-me. — Uma HQ, Rafael! — Cobre a boca ao repetir a última frase.

— Meu Deus!

— Meu Deus! — Grita, praticamente se jogando em mim, passando os braços ao redor do meu pescoço. — Meu Deus! Meu Deus! Meu Deus! — Passa a repetir desesperadamente, afastando-se para me encarar. — E se eles não gostarem?

— Eles vão gostar — garanto. — Você fez tudo com tanto carinho, não tem como não gostar.

— Eu trabalho nisso só tem um ano, não acho que tenha o suficiente para publicar uma história inteira. — Balança a cabeça negativamente. — Eu nem sei se consigo desenhar isso tudo!

— Eles devem ter pessoas para isso — lembro.

Ele arqueia as sobrancelhas, surpreso ao pensar na dimensão disso tudo, balançando a cabeça em afirmação e respirando de forma pesada.

— Estou com medo — confessa.

Acaricio suas costas, trazendo-o para um abraço. Vinícius sai de onde está, sentando-se no meu colo, procurando conforto.

— E se der certo...

— Vai dar. — Beijo seu rosto. — Você construiu tudo sozinho, é hora de colher os frutos.

Ele pressiona os lábios, os olhos agora marejados, contendo o choro.

— Estou tão orgulhoso de você. — Eu o puxo de volta para um abraço, beijando o topo de sua cabeça.

Ele desata um choro contido, escondendo o rosto no meu ombro, intensificando o aperto ao redor do meu pescoço.

— Você merece isso. Você merece o mundo todinho — murmuro com o meu coração batendo tão forte quanto o dele.

Ele permanece em silêncio, com as lágrimas lhe cobrindo o rosto, o corpo balançando com os soluços.

E pela primeira vez, não são lágrimas de tristeza.

VINÍCIUS

32

QUANDO EU PENSO EM TODO O CAMINHO QUE PERCORRI ATÉ chegar aonde estou agora, sinto-me deveras orgulhoso da minha pessoa, porque se estou onde estou, com certeza foi graças unicamente a mim. Passei por infernos que jamais desejaria a ninguém. Caí muitas vezes e, quase que sem forças, me levantei. E viveria tudo outra vez, todos os momentos ruins e os bons também. Não existe nada na minha história que eu mudaria caso tivesse a chance.

Aprendi a aceitar o meu passado, e que não tem por que se lamentar por algo que aconteceu se não há formas de mudar isso. Não tem por que almejar um presente diferente do que vivemos se a única coisa que podemos mudar agora é o futuro. Aprendi a não olhar para trás, a não teorizar sobre como poderia ter sido, apenas aceito o que sou agora e o momento em que estou.

Aceitar. Seguir em frente.

Erros só servem para que aprendamos a não repeti-los. E tudo bem.

Quando chegou o dia da minha reunião e me vi sentado diante de tantas pessoas — pessoas importantes e bem mais velhas do que eu — que me ouviram e me deram tamanha atenção, senti como se estivesse preso em um sonho, e o meu maior medo era de acordar e descobrir que não era real. Mas era, era mais real que o ar que respiro, e minhas mãos não pararam de tremer nem por um segundo.

Lembro-me da falta de ar que me puxou de volta à realidade, assim que deixei aquela sala, mal podendo sentir minhas pernas. Foram quase três horas de reunião.

Saí de lá mais trêmulo do que vara verde e com um contrato com mais de dez páginas para ser assinado, em mãos. Um processo extremamente lento. Eu, com vinte e um anos, não esperava chegar tão longe assim. O eu que desenhou o Nico na contracapa de um livro durante uma aula, com toda certeza, não esperava que seria aquilo a trazê-lo até aqui. Mas trouxe, assim como todos os outros três personagens. Assim como as pessoas que paravam para ler os quadrinhos na internet.

Acho que nunca vou me esquecer de nenhum desses dias.

Assinei o contrato e, em uma semana, já fazia parte de tudo aquilo. E sinceramente, não sei se todas aquelas pessoas se sentiam confortáveis em seguir orientações de um garoto de vinte e um anos que brincava de desenhar na internet, mas a vida tem dessas.

Conhecer pessoas nesse ramo me acrescentou bastante. Quando eu dizia que estava cursando Design Gráfico, os outros ilustradores ficavam empolgados. Eu era o bebê deles.

Com o tempo, isso começou a ficar puxado, as ilustrações levavam horas, meses se passavam, e eu nem mesmo tinha chegado à metade do livro ainda.

Em menos de dois meses trabalhando com eles, precisei trancar a faculdade outra vez. Minha atenção precisava estar concentrada em uma única coisa. E bom, para um aspirante a ilustrador, ter uma história em quadrinhos publicada já é um grande passo.

Eu devo ter dado sorte. Ou simplesmente, era para ter sido assim.

Levou um ano inteiro para o livro estar pronto.

E hoje é o dia da pré-venda.

— Como eu estou? — Indago, encarando Rafael pelo reflexo do espelho.

— Gostoso pra caralho — dispara, medindo-me dos pés à cabeça e franzindo o cenho.

— Meu cabelo está bom? — Questiono, olhando para ele e esperando por uma opinião.

— Está lindo! — Sorri abobalhado, sentando-se no espaço vazio do colchão ao meu lado. — Muito lindo! — Entrelaça nossos dedos, beijando as costas da minha mão.

— Eles vão tirar fotos, acha que eu tô azul demais? — Continuo, referindo-me às roupas que estou usando.

— Não. — Ri, balançando a cabeça. — Está azul o suficiente.

— Tá — assinto, meramente nervoso, voltando a atenção para o meu reflexo no espelho. — Já está na hora?

— Ainda são seis e trinta, Vinícius. — Ri outra vez, mostrando-me o visor do celular.

— Tá, tudo bem. — Mordo o lábio, correndo os olhos por todo o quarto antes de me virar para ele outra vez. — Estou nervoso. E se não for bom o suficiente?

— Se não fosse, você não teria um contrato.

— E se não vender o suficiente? E se não gostarem? E se...

— São "se's" demais, você precisa respirar — ele me corta, segurando ambas as minhas mãos. — Aproveite esse momento e deixe para pensar no restante depois, tá bom?

— Certo. — Balanço a cabeça exageradamente. — Tem razão. Tem toda a razão.

— Você vai publicar uma HQ! — Lembra com um sorriso largo no rosto.

— Eu estou sem acreditar até agora. — Mordo o lábio na intenção de conter um sorriso, mas é impossível. — Acho que vou chorar. — Solto um riso nervoso, com um nó entalado na garganta.

— Agora não, deixe para chorar depois. — Ri, segurando meu rosto, deixando-me um beijo na ponta do nariz.

E sem hesitar, eu o trago para um abraço, puxando-o pelo pescoço, agarrando-me a ele como um doido, só para ouvi-lo grunhir com o aperto, não me importando se amassarei as minhas roupas ou bagunçarei o meu cabelo. Seus braços rodeiam o meu corpo, puxando-me para perto enquanto seus beijos são distribuídos pelo meu rosto e pescoço.

— Eu te amo tanto — murmuro. — Obrigado por me apoiar durante todo esse tempo. — Afundo o rosto em seu ombro, apertando os olhos na fraca tentativa de conter o choro. — Obrigado de verdade, Rafa.

— Eu vou sempre te apoiar, você sabe disso — sussurra, deixando um beijo no meu ombro. — Porque eu acredito que você seja capaz de ter o mundo bem aqui. — Segura minha mão, pressionando o polegar contra a minha palma. — Você é uma das pessoas que eu mais admiro, Vinícius.

Sem saber o que responder, permaneço em silêncio, abraçando-o ainda mais forte e não pretendendo soltá-lo tão cedo. Somente quando Simba passa a latir no cômodo ao lado, me vejo na obrigação de me distanciar. Chamo-o, assobiando e, em segundos, a bolinha de pelos já atravessa a porta do quarto e sobe na cama com toda a facilidade do mundo, enfiando-se entre mim e Rafael.

— Acho que ele sabe quando você está feliz — murmura Rafael, notando a extrema empolgação do cachorro.

— Será? — Eu o tomo nos braços, usando bastante força para isso, já que ele cresceu *muito* em um ano, distribuindo beijinhos por todo o seu rosto, afundando o rosto em seu pelo quando a vontade fala mais alto. — Um dia você vai me matar de amores, sabia? — Grunho, deitando-me com ele ainda no colo. — Coisa mais fofa!

Rafael solta um riso fraco, deitando-se ao meu lado, usando uma das mãos para acariciar o pelo de Simba, ganhando sua atenção agora.

— Por que ele fica com a língua para fora da boca? — Questiona, rindo.

— Não sei. — Balanço a cabeça, acompanhando seu riso quando o cachorro lambe o seu dedo. — Um neném.

Deixo que saia dos meus braços quando faz menção de se afastar. Logo ele está se aconchegando entre os lençóis, pronto para dormir.

— Que horas são agora?

— Seis e quarenta — responde com um suspiro. — Precisa relaxar. Venha, vamos passar lá no Guilherme. — Estende a mão para mim, guiando-me para fora do quarto.

Alcanço meu celular e a carteira antes de passar pela entrada de casa. Rafael é quem bate à porta; esperamos e logo Guilherme abre, com a pequena Eloise nos braços, vermelha de tanto chorar.

— Segura — manda e, no segundo seguinte, Rafael já a tem nos braços, sem sequer ter a chance de protestar. — Você. Ajude-me a encontrar a porcaria da chupeta dessa criança. — Aponta para mim, voltando em passos rápidos para dentro.

Eu o acompanho, não ousando discutir quando ele já se abaixa, procurando a tal chupeta embaixo dos móveis. Fica difícil tentar raciocinar com um bebê aos berros, e isso fica ainda mais perceptível em Guilherme, porque ele parece dar pane no sistema sempre que precisa fazer algo e a menina está chorando assim.

— Ela fica com raiva e joga a chupeta longe. Se eu não achar, Bobby acha e dá um fim nela, e lá se vai outra chupeta — resmunga irritado.

Ela prolonga ainda mais o berreiro, deixando Rafael mais desesperado do que já estava. Não sei se sinto dó dele ou da menina.

— Shiii, pare de chorar, bebê — ele murmura, balançando-a de um lado para o outro. — Está deixando o tio assustado — continua, começando a andar pela casa.

Ela pouco se importa com os seus pedidos, mais preocupada em manter sua resistência pela bendita chupeta. A essa altura, eu já havia jogado no chão todas as almofadas.

Guilherme volta a revirar as pelúcias do cercadinho, bufando ao se dirigir até o quarto. Quando levo o olhar até Rafael outra vez, ele tenta distraí-la, sem sucesso algum, com um chocalho verde.

— Achei! — Grita do quarto, correndo até a pia em que a lava. — Pronto. Pronto. Tá aqui. — A menina cessa o choro assim que vê a chupeta, aceitando-a de bom grado quando é posta em sua boca. — Venha com o pai — chama antes de tomá-la no colo para o alívio de Rafael.

Suspiro, voltando a pôr as almofadas de volta no sofá, dando pelo menos uma apaziguada na bagunça que a casa está.

— Passou. Passou — continua murmurando, na intenção de dar um fim nos soluços e nas lágrimas que ela ainda derrama. — Papai tá aqui — sussurra, deixando um beijinho no topo da cabeça dela.

Guilherme agora se mantém focado ao secar o rosto molhado de Eloise que até então o fitava com seus olhos grandes e negros, mostrando-se mais confortável nos braços do pai.

— Cadê a Raquel? — Pergunto ao finalmente notar a ausência dela.

— No trabalho. Ela já deve estar chegando. — Endireita a garota em seus braços, fazendo carinho em suas costas quando ela deita a cabeça em seu ombro. — Vão sair, é?

— Vamos à festa de estreia do Vini — Rafael responde, enfiando as mãos nos bolsos.

— É hoje? — Parece surpreso, trazendo seus olhos até mim. — Parabéns!

— Obrigado! — Contenho um sorriso, girando os anéis em meus dedos.

Troco olhares com Rafael, que até então mantinha um sorriso no rosto. Coloco o chocalho da bebê de volta no lugar em que o havia encontrado.

— Está na hora de dormir — Guilherme torna a murmurar para Eloise, beijando o topo de sua cabeça, fazendo-a fechar os olhos em reflexo. — O pai já achou a sua chupeta, agora você tem que dormir, e eu tenho que tomar banho.

Ela parece entender o recado, pois tem os olhinhos pesados, os dedinhos batucando no peito dele, diminuindo o ritmo conforme adormece. Fofa. A bebê mais fofa que já conheci. Minha vontade é de morder as bochechas dela sempre que me deixam segurá-la. É como se desligassem o meu modo racional e ficasse a versão de mim inteiramente babão.

Guilherme está nesse modo desde que a garota nasceu, extremamente abobalhado com ela.

— Vamos? — Rafael pergunta baixo, apontando com a cabeça para a porta.

Assinto com um balançar de cabeça, levantando-me para acompanhá-lo até a saída. Guilherme murmura um "tchau" sem nem mesmo trazer os olhos até a gente. Rafael é quem fecha a porta ao passar, dando-me a liberdade de chamar o elevador.

Começará às sete e pretendemos ficar por uma ou duas horas. Não será algo grande, será uma festa pequena no estúdio, com toda a equipe de produção. E mesmo assim, eu me encontro extremamente nervoso. Sinto o estômago gelar quando vejo o prédio da editora cada vez mais perto. Alcanço o crachá no bolso da calça, pondo-o no pescoço antes mesmo de descer, e Rafael vem logo atrás.

Seguro sua mão, entrelaçando nossos dedos, guiando-o até a entrada já muito bem explorada por mim. Seus olhos passeiam por todo o prédio, exatamente como eu fiz nos primeiros dias. Você vê pessoas transitando de um lado para o outro, andando rápido, com crachás pendurados. Vê as paredes repletas de pôsteres e nomes importantes. Constantemente eu me perguntava o motivo de estar ali.

Vamos ao sexto andar, e assim que as portas do elevador se abrem, a imagem tranquila de todas aquelas pessoas conversando e rindo de uma maneira mais do que confortável entra no nosso campo de visão.

— Vinícius!

A pronúncia do meu nome me chama a atenção e, quando me viro, uma das desenhistas vem em minha direção, segurando em uma das mãos um copo descartável vermelho, com um sorriso largo lhe bordando o rosto.

— Que bom que chegou! — Toca o meu braço, levando o olhar de mim para Rafael. — Você é o namorado? — Questiona em um tom brincalhão, apontando para ele com o indicador.

— Rafael — apresenta-se, estendendo a mão para que ela aperte.

— Samara. — Outro sorriso fácil, e ela aperta sua mão formalmente. — Venham, vou pegar uma bebida pra vocês.

Nós a acompanhamos até o fundo da sala, onde uma mesa se encontra repleta de comida e bebida, parando poucas vezes para que eu possa cumprimentar as pessoas que se dirigem a mim.

— Vini fala muito de você, muito mesmo — explana ela, nos entregando dois copos. — Por sua causa, ele é extremamente exigente com o H.

— Não! — Eu a corto, desesperando-me, e isso os deixa confusos. Os olhares vem até mim, então ela junta as sobrancelhas parecendo entender.

— Esqueci. Me desculpe. — Toca o meu braço, nervosa. — Segredo entre a equipe, garotão. Foi mal — diz agora, direcionando-se a Rafael. Um tapinha em seu braço, e ela se afasta.

— Exigente com o quê? — Indaga quando estávamos só nós dois.

— Não posso te contar.

— Por que não?

— É pessoal.

— Tão pessoal que toda a sua equipe de produção sabe? — Arqueia as sobrancelhas.

— Eles precisaram saber, foi uma questão de profissionalismo.

— Sei — assente ainda mais confuso e inconformado.

— Não vai ficar com raiva de mim por conta disso, vai? — Franzo o cenho, deixando para trás o meu copo agora vazio.

— Não — soa firme o suficiente para me fazer acreditar.

— Tá bom. — Toco o seu braço com carinho. E quando estou prestes a mudar de assunto, um dos quadrinhistas aparece.

— Vini. — Sorri largo, enchendo seu copo com a bebida que está na mesa. — Estávamos nos perguntando quando chegaria. Como está se sentindo?

— Nervoso. — Giro o anel em meu dedo, respirando fundo.

— Uma hora você se acostuma — garante, deixando um tapinha em meu ombro. — Rafael, certo? Eu sou o Lucas.

Outro aperto de mão formal e, com toda certeza, não seria o último.

— Deve estar orgulhoso desse aqui. — Aponta para mim com o queixo. — Não é qualquer um que chega aonde ele chegou.

— Estou. — Passa o braço ao redor da minha cintura, deixando um beijo no topo da minha cabeça. — Muito orgulhoso do meu Vini.

Não contenho o sorriso, sentindo as bochechas queimarem pela vergonha.

— Ele ficou com vergonha — diz o outro num tom divertido. — Você é mesmo adorável. — Solta o ar devagar. — Venham, vamos nos juntar aos outros, garanto que vão *adorar* conhecer você — refere-se a Rafael, antes de nos guiar até os sofás em que a grande maioria está sentada.

Acabo deixando Rafael de lado por dois segundos enquanto troco algumas palavras com os quadrinhistas, que, sem sombra de dúvidas, são da equipe com quem mais me familiarizo. E quando me dou conta,

Rafael já foi tomado de mim por um grupo enorme de pessoas, além do fato de que ele segura um dos exemplares embaixo do braço, e isso é o suficiente para me fazer entrar em pânico. E antes que eu possa impedir, arrastam-me para uma sessão de fotos interminável; sou colocado para assinar livros, escrever dedicatórias e, quando acaba, já perdi mais de uma hora inteira.

— Eles me contaram o seu segredo — murmura Rafa quando conseguimos finalmente um momento a sós.

— O que te disseram? — Arqueio as sobrancelhas, certo de que ele já sabe.

— Que esse sou eu. — Aponta para o pôster do Hunter na parede, o cabelo branco, os olhos claros, os tentáculos escapando de suas costas, enroscados em seu corpo. — E que o Nico é apaixonado por ele. — Sorri travesso ao contar essa parte. — Como você é por mim.

Desvio o olhar, com as minhas orelhas queimando de vergonha.

— Me inspirei em você, é diferente. — Dou de ombros, nem um pouco a fim de me aprofundar no assunto. — E o Nico ser apaixonado por ele foi uma coincidência — digo, mas ele parece não comprar a história. — Isso nem fica muito explícito na HQ.

— É? — Ri, folheando o livro até uma página específica e, quando a encontra, vira para mim, apontando, com o dedo, o desenho de Nico cheio de corações ao redor da cabeça, a expressão apaixonada enquanto ouve o Hunter falar. — Isso não é explícito o suficiente?

— Cala a boca. — Reviro os olhos, quase morrendo de vergonha.

— Por que não me contou? Isso é legal pra caramba. — Volta a folhear a HQ, com um sorrisinho dançando nos lábios. — Eu adorei isso.

— De verdade mesmo?

— Sim! Por que não me contou?

— Fiquei com vergonha. — Coço o braço. — E também são só inspirações, não tem correlação alguma com o mundo real, sem falar que é algo pessoal.

— Tudo bem, eu entendo. — Faz que sim com a cabeça, passando o braço ao redor dos meus ombros, plantando um beijo no alto da minha cabeça. — Agora, você vai assinar a minha HQ, com uma dedicatória bem grandona — provoca, arrancando-me uma risadinha.

Faço o que me pediu, passamos mais uma hora toda ali, com ele me acompanhando quieto de canto a canto, falando com mais meio mundo de pessoas, até termos um minuto a sós outra vez.

— Quer ir para casa? — Questiono, esperando que ele já estivesse de saco cheio deste lugar assim como já estou.

— Já? Podemos ficar mais um pouco se você quiser.

— Não. — Passo os braços ao redor de sua cintura. — Quero ir para casa — murmuro, fechando os olhos quando o meu nariz toca o seu. — Vamos? — Roubo-lhe um selinho.

— Vamos. — Ele faz todo o contorno do meu rosto com o polegar, pela mandíbula até o queixo, antes de me dar um beijo demorado.

Nós nos despedimos do restante do pessoal instantes depois e, de um minuto para o outro, já estamos saindo do prédio. E durante toda a viagem de volta, fico me perguntando se Rafael realmente não se importava com o que havia descoberto, por não ter ficado sabendo por mim; se aquilo realmente não o incomodava. Mas acho que se, de fato, o incomodasse, ele teria dito. Afinal, eu não sou nenhum adivinho ou telepata. Se ele não me contar, eu não vou saber.

Trato de afastar essa ideia da minha mente assim que entramos no apartamento.

— Está cansado?

— Não, nem tanto. — Deixo o que carrego na mesa, bagunçando o cabelo ao acompanhá-lo até a cozinha.

Eu lhe assisto pegar as duas únicas taças que têm no armário, entregando-me uma delas assim que me sento na bancada. Em seguida, as enche com o vinho que tem guardado. A garrafa já estava pela metade, exclusivamente para ocasiões especiais e o tédio das noites de sábado.

Fito o tom rubi da bebida, antes de levá-la até a boca, tomando um único gole capaz de esquentar inteiramente meu corpo. Quando levo o olhar até Rafael, ele me mede dos pés à cabeça com os olhos, parando assim que me percebe, encarando-o. Seu olhar sustenta o meu e ele morde o lábio. Eu quase rio ao ter uma pequena noção aonde isso nos levará. Talvez eu seja, sim, adivinho porque sei exatamente o que esse olhar sobre mim significa.

E significa que essa noite eu lhe pertenço.

Rafael bebe o que resta do vinho em sua taça, antes de abandoná-la vazia no armário. Ele vem na minha direção em poucos passos, encaixa-se entre as minhas pernas usando uma das mãos para segurar o meu rosto, alcançando minha boca em um beijo. Sua língua desliza pela minha e o gosto de vinho na sua boca faz com que eu ceda até o último fio de cabelo.

Passo um dos braços ao redor de seu pescoço, tentando ao máximo não derrubar a taça que seguro, enquanto com a mão livre, eu o seguro pela nuca, afundando os dedos nos fios castanhos de seu cabelo. Eu vejo de soslaio quando sua palma escorrega pela minha coxa, subindo até a minha virilha, tocando-me por cima dos panos. Separo ainda mais as pernas, sentando-me ainda mais perto da ponta da bancada, só para que ele tenha mais facilidade em me tocar.

Eu me rendo muito fácil.

Seu corpo está quase completamente inclinado sobre o meu, tanto que eu tenho um dos cotovelos apoiados na bancada atrás do meu corpo. Não contenho um suspiro que me escapa quando ele desce os beijos para o meu pescoço, sua língua subindo pelo meu pomo de adão até o queixo, antes de voltar para a minha boca.

Meu corpo parece derreter.

Suas mãos firmes nas minhas coxas, me puxam ainda mais para a ponta, até que possa encaixar seu quadril no meu. Posso sentir a rigidez de seu pau roçar o meu, ainda por baixo de todo aquele pano. Ele começa a se esfregar em mim, mantendo um ritmo lento, causando uma fricção gostosa, tirando-me gemidos manhosos a cada vez. Logo, ele baixa o olhar assistindo à forma que nossos corpos se encontram a cada vez que ele estoca contra mim. Sem dificuldade alguma, o encaixe perfeito.

— Desce — manda com as mãos na minha cintura, praticamente me puxando para o chão.

Eu me mantenho quieto enquanto ele desafivela o meu cinto. Meu corpo inteiro queima de tanto desejo, e o calor parece aumentar quando jogo outro gole de vinho na garganta.

Solto o ar com dificuldade, ajudando-o a se livrar tanto da minha calça quanto da cueca que eu uso. Espero sua ordem para me virar, mas ela não vem. A essa altura, eu só quero que ele me foda de uma vez, mas, em vez disso, Rafael se ajoelha.

Perco a última gota de sanidade que possuo quando seu olhar cruza com o meu. Olhos intensos demais, com um poder indescritível sobre mim. Giro a taça, com as últimas gotas de vinho que ainda tem, antes de jogar todo o líquido garganta abaixo.

Seus dedos envolvem o meu falo, dando início a uma masturbação lenta, tudo enquanto ainda mantém o olhar fixo no meu. Mordo o lábio, mal podendo confiar nas minhas pernas nesse momento. Estremeço só com a sua língua na minha glande, apertando os olhos na fraca intenção de conter um suspiro.

Rafael gosta de enrolar, de me deixar desesperado e angustiado até o limite, quando eu sou forçado a mandar que faça logo. Gosto de fazer joguinhos com ele, mas não gosto quando ele os faz comigo.

Sua língua escorrega por todo o meu pau, até a glande outra vez, chupando-a com força até me arrancar um gemido. Preciso voltar a me apoiar com os cotovelos na bancada, sustentando o seu olhar, ainda que sem nenhuma estrutura. Com a plena certeza de que ele me torturaria por muito mais tempo, seguro meu pau, masturbando-me diante de seus olhos travessos.

— Abre a boca — mando ofegante quando o pré-gozo passa a escorrer por entre meus dedos.

Obediente, ele o faz, correndo a língua pelos lábios, aceitando de bom grado todo o meu pau em sua boca, sua língua quente me rodeando, deixando-me angustiado. Aperto os olhos com o prazer subindo pelo meu abdome, fazendo-me morder os lábios em reflexo.

Levo uma das mãos até o seu cabelo, puxando seus fios em um ato totalmente inconsciente, gemendo quando meu pau toca fundo a sua garganta, contendo a imensa vontade que me bate de foder sua boca inteirinha. Afrouxo o aperto em seus fios, deixando que me tire da boca devagar, antes de engolir tudo outra vez, motivado com cada gemido sôfrego que eu deixo escapar por entre os lábios.

E é gostoso pra um caralho sentir cada cantinho da sua cavidade bucal ao meu redor, a língua quente deslizando pela minha glande, chupando-me como um pirulito, fazendo meus olhos revirarem de tanto prazer.

Jogo a cabeça para trás, deixando escapar um gemido manhoso enquanto ele me chupa todinho, acabando com qualquer estrutura que eu ainda possuo. Constantemente, ele volta a atenção só para a minha glande, lambendo, chupando, depois volta a pôr tudo na boca, e é isso o que faz minhas pernas vacilarem.

O calor consome cada pedaço do meu corpo, estou sem controle algum sobre os gemidos que escapam pelos meus lábios. Agarro firmemente seus fios, estocando com força contra a sua boca, gemendo a cada vez que ele me engole por inteiro, engasgando uma única vez, e eu me vejo transbordar de tanto tesão.

Sem forças para mandar que se afaste, puxo para trás a sua cabeça. Com um suspiro pesado, levo minha destra até o meu pênis, subindo a palma da mão por todo o meu falo, deslizando facilmente com a ajuda da saliva dele. Enfio dois dos meus dedos em sua boca, fazendo-o entreabrir os lábios, sua língua tocando a ponta dos meus dedos, tudo enquanto eu me masturbo.

Gozo na sua boca instantes depois, soltando o meu pau quando ele agarra meu pulso e engole tudo outra vez, chupando com força, prolongando um pouco mais o meu orgasmo. Minhas pernas tremem e sou forçado a me apoiar na bancada atrás do meu corpo. Meu coração batendo forte, a respiração desregulada.

Rafael engole e levanta-se passando a língua entre os lábios, mantendo as mãos na minha cintura, segurando-me. Ele afunda o rosto na curva do meu pescoço, deixando um beijo na minha pele antes de se afastar para me encarar.

Alcanço a taça vazia ao meu lado, estendendo-a na sua direção.

— Quero mais. — Minha voz soa fraca e baixa. Eu lhe assisto segurar a garrafa pelo cano, enchendo metade da minha taça em sequência.

Puxo a barra da camisa, agradecendo por ela ser grande o suficiente para cobrir uma parte das minhas coxas. Ele deixa de lado a garrafa outra vez, apoiando as mãos na bancada, uma de cada lado do meu corpo, mantendo os olhos em mim enquanto eu bebo.

Eu me sinto fraco e sem nenhum tipo de sanidade só de olhar para Rafael. Suspiro até mesmo quando ele leva as mãos até a minha cintura, acariciando-me, subindo o tecido da camisa até poder tocar a minha pele. Puxa-me para si até o seu quadril roçar o meu, mantendo firme os braços em volta do meu corpo. Rafael tem uma puta pegada que me deixa molinho.

Trato de tomar mais um gole do vinho, correndo a língua entre os lábios, chamando a sua atenção para eles. E sem rodeios, ele traz sua boca até a minha, prolongando um beijo afobado. Posso sentir o meu gosto em sua boca, desestabilizando-me completamente.

Ele empurra o quadril contra o meu, deixando-me sentir a sua ereção ainda coberta, esfregando-se em mim. E quando torna a dar atenção ao meu pescoço, me limito a gemer em seu ouvido, sentindo-o apertar ainda mais forte a minha cintura. Ele ergue o olhar para me encarar.

— Porra, tu me manipula direitinho — resmunga, seus dedos firmes no meu rosto ao segurar meu queixo.

Abro um sorriso travesso.

Suas mãos descem, fazem o contorno da minha cintura, descendo até a minha bunda; aperta a carne entre os dedos, só para me acertar um tapa forte em seguida, forçando-me a gemer contra a sua boca, e o ardor na minha pele permanece por um bom momento. Tento pôr a taça de volta na bancada e, assim que ouço o som do vidro se estilhaçando, Rafael para o que fazia, virando-se para ver o que eu tinha quebrado.

— É a terceira taça que você quebra. — Traz seus olhos de volta para mim, acertando-me um segundo tapa, mais forte que o primeiro. Mal sabe ele que se continuar assim, eu ponho a casa toda abaixo.

— Da última vez, foi você quem me jogou na mesa — lembro, deixando clarear a mente por um segundo. — A culpa foi sua — murmuro, correndo os dedos pela sua nuca.

— Não, foi você. — Torna a afirmar, escondendo o rosto na curva do meu pescoço. — Isso te dá tesão, é? — Pergunta, agora mordendo o lóbulo da minha orelha.

— Foi sem querer, Rafa — murmuro, e ele sorri contra a minha pele, não acreditando em nenhuma palavra que seja.

— Sei. — Segura meus braços, virando-me de costas para si. Uma de suas mãos se apoia nas minhas costas, fazendo-me reclinar sobre o balcão. Eu o sinto segurar a barra da minha blusa, subindo o tecido até que minha bunda esteja inteiramente visível. Sua mão desce pela minha nádega, apertando a carne entre os dedos, acertando-me um tapa.

Sem o menor controle, levo a palma da mão até a boca, abafando um gemido. Mas não consigo conter os que vem em seguida quando ele se mostra empenhado para me bater, não parando até que esteja satisfeito, e eu sequer posso imaginar o estrago.

— Me espere bem aqui — manda, sussurrando contra o meu ouvido.

Sem voz nenhuma para responder, concordo com um aceno. Solto o ar que nem sabia que estava prendendo quando o vejo passar pela sala até o quarto. Posso ouvir os latidos receptivos de Simba assim que ele passa pela porta e, quando volta, ele continua a latir inconformado por ser trancado lá outra vez.

Rafael deixa o lubrificante no balcão, não dizendo uma palavra que seja durante todo o ato de tirar seu cinto e depois livrar-se da calça. Já está sem paciência alguma quando inclina-se sobre mim para alcançar o tubo.

Mordo o lábio, movendo-me impaciente, suspirando quando ele leva uma das mãos até o meu quadril, forçando-me a parar quieto. Ele usa uma das mãos, suja pelo gel lubrificante, para me provocar, e os dedos tocam minha entrada com leveza, rodeando-me e, sem nenhum aviso, enfia dois deles dentro de mim. Bato na bancada, acabando por soltar um gemido arrastado. Ele os enfia mais fundo, de novo e de novo até tocar a minha próstata quando me faz gemer feito uma puta.

— Não aguenta dois dedos, bebê? — Indaga em provocação, acertando-me ali outra vez. — Hum?

— Vá pro inferno — respondo. Minha voz falhando só o deixa ainda mais satisfeito.

Ele logo tira os dedos de mim, dando-me a chance de respirar tranquilamente nem que seja por dois segundos. Puxa-me para longe dos cacos de vidro, faz com que eu tire a camisa que ainda uso, me inclina sobre o balcão outra vez, separa as minhas pernas e soca tudo dentro de mim.

Meu corpo é impulsionado para frente, um gemido alto me corta a garganta. Posso sentir meus olhos começarem a lacrimejar. E como se aquela dor não fosse o suficiente, ele deixa um tapa na minha bunda, fazendo-me entrar em pleno desespero.

Antes que eu possa me acostumar com a dor, ele começa a estocar contra o meu corpo, indo devagar, ainda que eu saiba que é só questão de tempo até ele não aguentar mais a tortura que é me foder devagar e começar a fazer do jeito que ele faz melhor.

Seu pau entra com força, tocando a minha próstata todas as vezes, e sai devagar, só para entrar de novo, fundo e forte. Meu corpo parece prestes a se estilhaçar em suas mãos, pois já não sinto mais a minha garganta, só agradecendo por ter onde me segurar. Eu me comprimo ao seu redor, quase chorando de tanto tesão. Mordo o lábio, começando a me irritar por não ter em que descontar a minha dor.

Empurro o quadril já sem paciência, agradecendo por ele entender o recado e aumentar o ritmo. Ele cola seu corpo ao meu, sinto sua respiração na minha nuca e me vejo derreter só com isso. Enquanto ele soca rápido dentro de mim, meu corpo é impulsionado para frente com violência. Ele me agarra no lugar, mantendo-me exatamente onde quer, para tornar as coisas mais fáceis para si.

Outro tapa é deixado na minha bunda; ele mete e deixa outro. Meu corpo entra em combustão, tremendo a cada vez que ele se enterra em mim. O suor já deixa todo o meu cabelo grudado na testa, minha garganta está ardendo, e eu quero chorar de tão gostoso que está.

Mal podendo aguentar tudo aquilo, apoio a testa no meu antebraço, mantendo os olhos fechados enquanto minha respiração acelerada bate contra a superfície do balcão. Sinto seus dedos adentrarem o meu cabelo, puxando os fios, antes de sua palma descer pelas minhas costas. Eu me arrepio inteiramente assim que ele decide beijar a minha nuca, e os beijos vem pelas minhas costas, diminuindo o ritmo conforme me fode.

— Me deixa te beijar — pede, rente ao meu ouvido.

Ergo o rosto, procurando forças para poder me virar o suficiente e encontrar sua boca. Rafael raspa o polegar contra o meu lábio inferior ao cessar o beijo, tornando a estocar forte contra o meu corpo, e eu estou literalmente chorando. Eu me reviro de angústia, batendo no balcão, sem ter onde descontar toda essa agonia.

— Rafael... — começo a chamar, mal podendo ouvir minha voz. — Rafa... — choramingo, minhas pernas tremendo.

— Tá vindo, amor?

Assinto desesperado quando ele me deixa outro tapa, empenhado para socar o mais fundo que consegue, segurando minha cintura para que meu corpo não vá totalmente para frente. Ele se inclina sobre mim outra vez, trazendo sua boca para perto da minha orelha.

— Vem pra mim, amor. Vem. — Sua voz lasciva faz com que eu estremeça, com um gemido manhoso.

Rafael faz com que eu goze pela segunda vez e quebre feito um boneco de porcelana. Não ousa parar nem por um segundo, continua a acertar ali, prolongando ainda mais o meu orgasmo. Meu coração bate forte, posso sentir a minha pulsação na garganta.

Ele vem mais rápido, mais forte, agarra-me com mais firmeza, gemendo contra a curva do meu pescoço, e goza dentro de mim. Solto um gemido manhoso, mordendo o lábio enquanto o sinto me preencher todinho com jatos fortes e quentes.

O ambiente está agora tomado unicamente pelos nossos arfares e suspiros pesados. Completamente levado pelo cansaço, Rafael não ousa me deixar, mantém nossos corpos juntinhos, o rosto ainda escondido na curva do meu pescoço, e o coração batendo tão forte quanto o meu.

Nós permanecemos assim até que o ar possa circular normalmente. E mesmo assim, não encontro forças para nada.

Rafael se afasta, envolve o meu corpo e me vira de frente para si. Ele me guia até a sala, onde se senta no sofá, puxando-me para o seu colo. Cansado demais para dizer qualquer coisa, só faço o que me é indiretamente mandado. Deito a cabeça em seu ombro, aceitando o carinho que ele começa no meu cabelo.

Eu amo isso. Amo essa união. Só pele com pele. Só ele e eu, fazendo um puta sexo gostoso.

O carinho continua pelas minhas costas, depois na minha coxa, mas sua mão para quando toca a minha bunda, fazendo-me gemer pela dor dos tapas que eu nem sabia que sentiria.

— Puta merda — murmura ele. — Eu acabei contigo.

— E eu não te deixei um arranhão — reclamo. — Quanta injustiça!

— Da próxima vez, você fica no comando — garante, deixando um beijo na lateral da minha cabeça ao me abraçar. E com isso, ele quer dizer que, na próxima vez, eu vou sentar com força.

— Te amo pra caralho — murmuro, erguendo o rosto e encontrando o seu olhar.

— Também te amo pra caralho — responde com um sorriso. E continua me encarando, sem dizer absolutamente nada, e usa uma das mãos para afastar parte do meu cabelo molhado pelo suor. A ponta dos dedos correndo pelo meu rosto, ainda preso no meu olhar.

Ele é a única pessoa que me encara por tanto tempo e tão, tão perto do meu rosto. O único que, além de tudo, me faz sentir confortável com isso. Ele não me beija, ele não diz nada, ele só me olha nos olhos. Ele se perde em mim, e eu me perco nele, simples assim.

Acredito que o amor não seja nada menos do que isso. Simplicidade.

Quando chego em casa naquela manhã, não espero encontrar minha mãe e Antony em casa. Olham-me como se eu fosse um estranho e, por um segundo, é isso mesmo que parece, que eu sou um estranho invadindo a casa deles às 10 horas da manhã.

— Bom dia! — Murmuro confuso.

— Garoto, você passa tanto tempo fora que eu até me esqueci de que você mora aqui — diz o meu padrasto barra sogro.

Assinto com um riso fraco, direcionando-me até a escada.

— Só vim pegar algumas coisas — aviso.

— Sei. Um dia, vamos acordar e você vai ter levado todos os móveis do seu quarto — minha mãe responde em tom de ironia.

— Como vocês dois são dramáticos, meu Deus — resmungo, saindo com pressa cada degrau.

Assim que chego ao meu quarto, vou atrás de algumas caixas que estão no guarda-roupa. Começo a organizar o que tem na escrivaninha dentro de uma delas, reunindo todas as coisas pequenas; em seguida, continuo na segunda caixa. Reviro todas as gavetas até que restem apenas roupas, o que, de fato, não coube nas últimas caixas. Não tenho tanta coisa assim. Empilho todas elas no canto do quarto, tão distraído com as pequenas coisas que encontro na bagunça, que sequer notei quando Antony aparece na porta.

— Veio buscar algumas coisas ou fazer a mudança? — Indaga de cenho franzido, pegando-me completamente desprevenido. Pergunto-me o motivo de não ter trancado a porta.

— Só estou me organizando — murmuro, pondo o que considero lixo na cesta.

— Tá bom. — Ri descrente.

— Pode não contar isso pra minha mãe? — Pergunto, abrindo o armário outra vez, pensando no que fazer com as roupas.

— Por quê? Vai fugir?

— Não. — Rolo os olhos. — Porque eu quero falar com ela, quero que ela saiba por mim.

— Tudo bem, a decisão é sua.

— Obrigado — digo, virando-me rapidamente em sua direção ao me lembrar de algo. — Não diga a Rafael também.

— Como assim? — Mostra-se verdadeiramente confuso, cruzando os braços sem entender.

— Ele não sabe que vou me mudar.

Arqueia as sobrancelhas, parecendo pensar.

— Para onde você vai, Vinícius?

— Embora. — Contorno a situação, dando de ombros.

— Rapaz, você está cheio de deboche hoje. — Sorrio, revirando os olhos outra vez. — De qualquer forma, você já está grandinho e sabe muito bem o que faz. — Suspira, preparando-se para me deixar sozinho. — Só vim avisar que o almoço está pronto.

— Tudo bem, eu já desço — aviso, começando a tirar as roupas dos cabides.

— E Vinícius... — chama, tornando a aparecer na porta. — Vê se não vai fazer nenhuma loucura.

— Depende do que você considera loucura, porque eu já posso ter feito.

— Meu Deus, eu não quero nem ver aonde isso vai dar. — Soa dramático. — Se me perguntarem, eu digo que não vi, não ouvi e nem sei de nada.

Solto um riso fraco, balançando a cabeça, assistindo-lhe deixar de vez o quarto. Não é nenhuma loucura, tenho certeza. Na verdade, acho que nunca tive tanta certeza de algo.

Assim que termino, deixando intactos apenas os móveis, desço para almoçar com eles à mesa e, quando termino, vou direto ao sótão, onde eu sei que o trabalho será muito maior. Fico mais tempo do que o esperado lá em cima, encaixotando coisas, e ainda nem sei o que fazer com tantas telas.

É fim de tarde, o sol começará a se pôr logo, logo. Vou atrás da minha mãe, não deixo que termine de lavar a louça, prometo que farei isso na volta.

— E essa agora — reclama pela milésima vez quando estamos no carro. — Não pode pelo menos me falar aonde vamos?

— Não. É surpresa.

— Não gosto disso, Vinícius. Não gosto nadinha. — Balança a cabeça em negação.

— Estamos chegando, fique calma. — Tento amenizar a situação, mas ela parece não dar atenção alguma.

— Esse garoto...

E continuo com isso até que, de fato, chegamos em frente ao prédio. Ela me encara, olha em volta, faz perguntas a cada passo que damos até o elevador.

— Esse não é o prédio do Rafael, é? — Parece confusa. — Não, eu me lembro, não é aqui.

— Está certa, ele não mora aqui. — Mordo o lábio, apertando o botão do sétimo andar no elevador.

— Por que me trouxe aqui?

Não respondo, mordendo os lábios, ansioso, esperando que cheguemos ao andar certo. Ela se mostra ainda mais impaciente com o meu silêncio, não parando nem mesmo quando seguimos pelo corredor até a última porta. Tiro do bolso do casaco as chaves, abrindo a porta antes de trazê-la comigo para dentro.

— O que é isso, Vinícius? — Olha o lugar completamente vazio, antes de mirar seus olhos confusos em mim.

— É o meu apartamento.

— Seu o quê? — Arregala os olhos, surpresa. — Você vai morar aqui?

— Vou.

Silêncio. Encara-me ainda em choque, tentando assimilar toda a informação antes de continuar.

— Que história é essa, criatura?

— Eu vou morar aqui, só isso. — Ando até as janelas, podendo ver bem a vista da cidade, e é bem mais bonita se vista daqui.

— Tem dinheiro para isso?

— O aluguel já está pago por seis meses.

— Meu Deus do céu, Vinícius, isso deve ter custado uma fortuna. — Outro choque, ela se aproxima de mim afobada.

— Pior que não. — Dou de ombros, minimizando a situação, sentando-me no batente da janela.

— Você não tem tanto dinheiro assim, aquela sua série estreou há poucos meses. — Senta-se ao meu lado, cobrindo a boca com a palma da mão.

— Não é um apartamento luxuoso, mãe, não é tão grande, e eu nem preciso de tanto espaço assim — explico, olhando em volta. — Eu só quero começar a minha vidinha.

— E os móveis? As contas? As compras do mês? — Solta um suspiro, encarando-me surpresa. — Vai conseguir se manter, meu filho?

— Não teria feito isso se não tivesse dinheiro suficiente — garanto.

Ela parece pensar, ainda me encarando.

— Estou tão orgulhosa de você — diz por fim, trazendo uma das mãos até o meu cabelo, fazendo-me carinho antes de continuar: — Chegou tão longe e ainda tão novo.

Contenho um sorriso, aceitando o beijo no rosto que ela me deixa.

— Mas e quanto a Rafael? — Indaga de repente.

— O que tem ele?

— Não vão morar juntos?

Solto um riso soprado, balançando a cabeça em negação, usando a ponta dos dedos para afastar uma mecha do meu cabelo.

— Eu não respiro o Rafael, e se algum dia formos morar juntos, com certeza, não será hoje.

Ela sorri mínimo, faz que sim com a cabeça e torna a olhar em volta.

— Já contou a ele?

— Você é a primeira a vir aqui, mãe. — Eu a cutuco com o cotovelo, não contendo o sorriso quando ela me encara. — Quis mostrar a você primeiro. Eu não teria chegado até aqui sem você.

— Você fez tudo isso sozinho, Vini.

— Não teria feito sem você — garanto, procurando segurar sua mão. — Você, antes de qualquer pessoa, sempre fez tudo por mim, e eu nunca vou ser grato o suficiente por isso. — Entrelaço nossos dedos. — Eu te amo, mãe.

— Não me faça chorar, garoto — grunhe, não poupando esforços para me abraçar, plantando beijinhos no topo da minha cabeça. — Eu te amo tanto que dói.

Contenho um riso, abraçando-a de volta.

— Meu menino cresceu tão rápido. — Afasta-se, segurando meu rosto para me encarar. — Você ainda é o meu Vini.

— Óbvio que eu sou. — Pressiono os lábios, tentando não chorar também. Ela me abraça novamente, ainda mais forte do que da primeira vez.

— Só prometa pra mim que aconteça o que acontecer, você vai me contar — pede. — Não minta dizendo que está bem, não tenha vergonha de voltar para casa se algo der errado. Voe longe, mas tenha a noção de que nem tudo ocorre conforme planejamos.

— Eu vou ficar bem.

— Prometa pra mim.

— Eu prometo. — Eu a olho nos olhos.

— Ótimo. — Penteia o meu cabelo com os dedos. — Uma hora dessas, você ainda vai fazer com que eu tenha um ataque do coração.

— Credo, mãe. — Rio, preparando para me levantar. — Vem, eu quero te mostrar o resto do apartamento.

Ela logo concorda e passo uns bons minutos mostrando-lhe tudo, até mesmo os armários da cozinha. O sol começa a se pôr e a luz adentra toda a sala; é lindo, simplesmente lindo.

Passamos mais alguns instantes na janela, em completo silêncio, ambos presos na bagunça da própria mente até que o sol finalmente se vão, deixando a noite inundar o céu.

Saio de lá mais confiante do que nunca. Pronto para dar início a mais uma fase da minha vida. Um pouco nervoso, mas, ainda assim, empolgado.

Com Rafael, eu sempre vi a vida em rosa, como na música. Talvez porque essa seja a cor do amor. No início, eu não sentia nada além de amor, não amor por mim ou pela vida, era unicamente amor por ele. Em um mundo em preto e branco, eu enxerguei Rafael, ele era preto, e eu era apenas um branco sem graça; eu o toquei e tudo passou a ser rosa. A vida em rosa era bonita, era feliz e, às vezes, dolorosa como uma flor de espinhos, que por mais que machucasse, não conseguia deixar de achar bela.

Quando ele foi embora, tudo voltou a ser preto e branco, então eu me tornei azul.

A cor azul representa harmonia, serenidade e tranquilidade, também pode estar ligada à tristeza, frieza e depressão. Como na expansão do céu e nas profundezas do mar, o azul pode ser transparente e vazio, pode brilhar e desaparecer. Talvez eu sempre tenha sido azul, e só cheguei a reparar muito tempo depois.

Quando me perdi em mim, o azul-claro do céu se transformou em um azul-escuro como a noite, sombrio e solitário como o fundo do oceano. Eu acreditei que seria esquecido, que ali era o meu ponto final e, com o tempo, a memória que me mantinha vivo desapareceria.

Acontece que, quando se solta o ar embaixo d'água, ele acaba formando bolhas, e essas bolhas seguem o caminho da superfície, porque sempre haverá uma saída para toda aquela dor que te rodeia, não importa o quão fundo esteja, há sempre uma forma de voltar a estar emerso.

E quando a luz do sol tocou a minha pele, eu pude ver o amarelo, eu pude ver o verde da grama, as diversas tonalidades das flores, como se estivesse conhecendo o mundo pela primeira vez. Eu encontrei Rafael, vermelho como da primeira vez, e ele me deu não só o rosa, como também o roxo, a mais bela mistura das nossas cores.

E pela primeira vez, a vida não era apenas preto e branco, também não era apenas rosa, ela era amarela como os girassóis, era verde como a grama, marrom como o tronco das árvores, laranja como o céu depois do crepúsculo, era vermelha como ele e azul como o céu e o mar. Pela primeira vez, eu tive todas as cores.

Eu vi a vida como uma aquarela.

E é linda.

RAFAEL

EPÍLOGO

O DIA COMEÇOU BASTANTE AGITADO, PARA SER HONESTO.

Victor ligou cedo, avisando que precisava nos contar algo pessoalmente. E digamos que, quando alguém quer contar algo cara a cara, automaticamente deduzimos que seja um lance bem sério, mas vindo de Victor, eu espero de tudo um pouco. Eu só queria que ele tivesse ligado um pouco mais tarde, porque sinceramente preferia estar dormindo agora.

— Vou indo. — Raquel passa pela porta do quarto de Eloise, com ela em seus braços. Já pronta para ir trabalhar, ela se aproxima de Guilherme e lhe entrega a menina. — Tchau, meu anjo. — Despede-se, deixando um beijinho no rosto dela.

E assim que percebe que está sendo deixada pela mãe, a menina abre um berreiro, estendendo os braços na direção dela, pedindo colo. A troca de olhares entre os pais e os suspiros que vem em seguida, denunciam que essa não é nem de longe a primeira vez que passam por isso.

— Pode ir, ela vai parar — Guilherme avisa, balançando a menina, segurando em uma das mãos a chupeta que ela acabou cuspindo fora.

— Certo — concorda meio relutante, dando-lhe um selinho rápido antes de pegar a bolsa e passar pela porta. E com isso, a menina chora mais, com os olhos grandes fixos no caminho que a mãe toma.

— Eu acho que ela não gosta de você — digo com um sorriso, lhe assistindo pegar na bancada da cozinha a mamadeira já cheia.

— Ela não gosta de mim porque eu não tenho peitos — diz no mesmo tom, colocando-a na cadeirinha. — Eu já saquei qual é a sua, garota — ele fala agora para a filha.

Ela o encara, ainda com os olhos cheios de lágrimas e as bochechas vermelhas, o cabelo preso por uma liga no topo da cabeça. É de partir o coração de qualquer um.

— Tadinha dela, Gui.

— Ela é manhosa — diz, oferecendo a mamadeira, que logo é aceita por ela. — Olha aí, já até esqueceu. — Estala a língua no céu da boca, balançando a cabeça.

A menina segura entre as mãos pequenas a mamadeira, escorando-se ao apoio da cadeirinha enquanto corre os olhos ainda molhados por toda a cozinha, o rosto ainda corado por conta do choro. Guilherme suspira, saindo de onde está para passar os polegares por cima dos olhos dela, secando seu rosto.

Ela é a cara do Guilherme. É ele inteirinho, eu nem sei por que ainda me surpreendo se todos naquela família são quase idênticos. Talvez comece a apresentar traços físicos da mãe conforme o tempo, mas é meio que impossível dizer que ela e Gui não se pareçam. Até o sorriso é o mesmo, o que ficou mais evidente quando os dentes dela começaram a nascer.

— Victor fez com que eu me levantasse uma hora dessas para chegar aqui só amanhã, é? — Resmungo, olhando pela milésima vez as horas no visor do celular.

E é só eu falar, que o bendito passa pela porta, tirando a bolsa do corpo e largando-a na mesa. Totalmente à vontade, ele se senta conosco, passando a mão no cabelo ao suspirar pesadamente.

— O trânsito está horrível — diz como explicação para a sua demora. — Oi, neném. — Abre um sorriso genuíno ao encarar a garota. — Linda. Você faz bebês adoráveis, Guilherme.

— Obrigado, eu realmente me esforcei. — Entra na onda.

— Victor, meu anjo, vá direto ao ponto que eu estou a fim de ir me deitar — peço, esfregando os olhos.

— Oito horas da manhã, Rafael! — Victor praticamente grita. — Acorda pra vida, filho, já estamos na metade do dia.

— O problema não é meu se o seu dia começa às seis da manhã. — Balanço a cabeça, tendo a noção de que a minha cara agora é de puro sono. — O meu começa depois das onze.

— O meu começa às quatro — reclama Guilherme, nem um pouco contente com esse fato. — Não tenham filhos. É sério.

A menina balbucia alguma coisa, balançando a mamadeira agora vazia no ar e, sem cerimônias, a joga longe.

— Parabéns — diz Guilherme, encarando-a, com os braços cruzados sobre a mesa. Ela começa a "falar", abrindo e fechando as mãos, ganhando o mais bobo dos sorrisos do pai. — Tá bom, tagarela — diz como se tivesse entendido tudo que ela havia dito.

Victor é quem se abaixa para pegar a mamadeira do chão, deixando-a sobre a mesa.

— Tá, vamos lá — começa, mordendo os lábios em um ato de tentar conter o nervosismo. — Não sei por onde começar.

— Só vá direto ao ponto, por favor! — Peço, já cansado daquela situação toda.

— Eu consegui um emprego novo. — Junta as mãos na frente do rosto, abrindo um sorriso empolgado.

— Que bom! — Arqueio as sobrancelhas. — É melhor que o anterior?

— Muito melhor! — Responde eufórico.

— E por que não contou isso no grupo? — É Guilherme quem questiona, mantendo os olhos na menina que agora se mostra agitada.

— Porque o trabalho não é aqui... É na Itália.

Eu me viro para encará-lo quase que ao mesmo tempo que Guilherme, prendendo a respiração. E o único barulho que ecoa no cômodo é da pequena Eloise e suas sílabas jogadas fora de ordem.

— Tá brincando. — Rio soprado.

— Não, é sério. — Soa firme. — Na Versace.

Guilherme ri, balançando a cabeça em negação.

— Não, Victor... É sério mesmo?

— Sim! — Altera a voz. — Eu fiz entrevista de emprego e tudo, tenho até carta de recomendação do meu ex-chefe.

— Puta merda!

— Caras... Eu vou para Milão — afirma com um sorriso.

— Puta merda! — Exclama Guilherme.

A menina, até então esquecida, solta um gritinho animado, como se estivéssemos brincando com ela.

— E quando você vai?

— No fim do mês. — Morde o lábio. — Estou com tanto medo, vocês não tem ideia!

— Isso é tão legal, meus parabéns — digo, ganhando um sorriso em resposta.

— Eu sei o que as pessoas vão dizer, que eu só consegui por conta do Lucca e blá blá blá. — Revira os olhos rapidamente.

— Foda-se, você fez o seu nome sozinho, não foi? Se ele te levou pra conhecer uma ou duas pessoas no ramo, ótimo, isso não é dá conta de ninguém — Guilherme dispara, assistindo à Eloise levar o punho até a boca.

— Pois é, com ou sem ele, você chegaria longe. E você não deve satisfação a ninguém.

Victor faz que sim, pressionando os lábios enquanto parece pensar.

— Lucca é só um bônus — Guilherme conclui, fazendo com que a menina pare de chupar o punho e o substitua pela chupeta.

Victor ri, fazendo que sim com a cabeça.

— E que bônus. — Suspira, mordendo o canto dos lábios. — Vou sentir tanta saudade de vocês.

— Nem começa com essa palhaçada — resmunga Guilherme. Se tem uma coisa que ele odeia são momentos emotivos, e não vai se sensibilizar até que Victor esteja a um minuto de entrar no avião.

— Espero poder ver o dia em que você vai ensinar a sua filha a andar de bicicleta.

Ele ri, negando com a cabeça.

— Ela nunca vai chegar nem perto de uma bicicleta — diz com certeza, antes de tirá-la da cadeirinha e tomá-la nos braços. — Mas nem pensar.

A menina sorri, encarando-o, levando as mãos até o rosto dele.

— Você é ridículo. — Contenho o riso.

— Ela pode andar de patins, pode andar de skate, de patinete — começa a citar, segurando a mãozinha dela, lhe deixando um beijinho. — De bicicleta, não.

— Para de ser maluco. — É Victor quem diz, contendo o riso.

A menina passou a balbuciar outra vez, como se estivesse prolongando a conversa.

— O pai não vai deixar. — Balança a cabeça, com ela ainda soltando sílabas sem sentido. — Sua mãe aprendeu a andar de bicicleta e olha o que aconteceu, bebê, você nasceu! — Exclama, imerso demais naquela conversa.

Ela solta uma gargalhada gostosa, o motivo do mini surto de fofura de todos nós ali.

— Meu Deus, eu te amo tanto — grunhe, antes de sair distribuindo beijos pelo rostinho dela. — Isso é demais para o meu coração.

Devo ter permanecido ali com Victor, assistindo ao Guilherme dizer besteiras para a garota só para fazê-la rir, por mais cinco minutos. E no final, a deixou no tapete, com os brinquedos, em que permaneceu por um bom tempo.

Considero a possibilidade de ir para casa e voltar a dormir como pretendia fazer desde a ligação de Victor, mas mudo de ideia instantes depois. E quando dou por mim, já estou no carro, dirigindo até Vinícius.

Nem me passa pela cabeça perguntar se ele está em casa ou se já acordou. Eu literalmente só peguei as chaves e fui. Esses pensamentos só vem quando eu já estou no elevador do prédio.

Destranco a porta, sendo recebido por Simba, cheio de dengo, rodeando-me sem parar e, do tamanho que ele já está, não seria muito difícil de me derrubar. Começo a rir, tentando me manter de pé todas as vezes que o cachorro pula em mim, o que causa um Vinícius confuso na porta do ateliê, buscando saber o que está acontecendo.

— Rafael... — murmura enquanto eu tranco a porta. — Meu Deus, por que você acordou tão cedo hoje? — Olha as horas no celular.

— Longa história.

— Pelo menos escovou os dentes antes de vir? — Ri, olhando-me dos pés à cabeça.

— Sim, Vini. — Dou a volta no cômodo, aproximando-me de onde ele está. Eu o vejo sorrir, assim que passo os braços em volta de sua cintura, trazendo-o para mim.

— Bom dia, meu bem — murmura, subindo uma das mãos até a minha nuca.

— Bom dia, gatinho. — Deixo um beijo na ponta de seu nariz antes de beijar sua boca.

Tenho que dizer que a melhor coisa do mundo, sem sombra de dúvidas, é ter alguém para beijar sempre que quiser e melhor ainda é poder ficar de chamego por horas a fio. Namorar é bom pra caralho.

Distribuo beijinhos pelo seu rosto até o seu pescoço, abraçando-o com ainda mais força, arrancando-lhe um riso fraco.

— Bora deitar — chamo, mantendo-o ainda comigo.

— Eu estou meio ocupado agora — pondera, seus dedos adentrando os fios do meu cabelo.

— Só um pouquinho.

— Hum... Tá, tá bom — cede, afastando-se só para que possa me puxar pela mão até o quarto. Ele vai se deitando, deixando que eu fique por cima, com o rosto enterrado na curva de seu pescoço, recebendo carinho.

Definitivamente, mil vezes melhor do que ir me deitar sozinho.

— O que estava fazendo? — Resolvo perguntar enquanto sinto seus dedos correrem pelo meu braço.

— Pintando. — Sua voz soa mansa e ele deixa um selinho no topo da minha cabeça. — Eu tenho pensado...

Grunho para que continue, e ele suspira, como se procurasse uma forma de dar início àquela conversa.

— Eu não quero voltar à faculdade — diz receoso. — Eu quero pintar.

— Certo, então faça isso.

— Eu quero abrir uma galeria — confessa. — Com o meu nome e as minhas telas.

— Ah... Você quer voltar a ser Dante.

— Eu sou Dante — diz com convicção. — O que eu quero é ser conhecido por isso.

Ergo o rosto para encará-lo, desde o cabelo enrolado até cada uma das pintinhas em seu rosto.

— Tudo bem, então mostre ao mundo quem você é.

Ele sorri. Lindo, lindo, lindo. Eu o amo tanto.

— Agora, me conte tudinho sobre a galeria — peço, verdadeiramente interessado, sentindo meu coração saltar dentro do peito quando seus olhos brilham e ele se senta, não contendo a animação.

— Eu quero expor girassóis, todos os meus quadros de girassóis... — começa, e eu fico ali ouvindo ele me contar em detalhes tudo o que havia planejado, com um sorriso iluminando seu rosto e os olhinhos esbanjando toda a animação que transbordava dentro de si. Sinto que poderia morrer de amor.

Fazemos café logo depois, nos sentamos à mesa, conversamos sobre tudo e nada ao mesmo tempo, dando atenção a Simba quando procura se enfiar entre a gente.

Vinícius me deixa ver as telas que já havia pintado e a que ainda está pintando. E a cada segundo que eu passo ao lado dele, sinto todo aquele sentimento forte me consumir, tão bom que eu poderia me afundar nele.

E Vinícius é tão, tão bonito. Sinto que amo cada detalhe, mínimo que seja, dele. Eu amo a risada dele. Eu amo as suas expressões, desde confusa e surpresa à alegre e tímida, quando ele começa a cantar repentinamente e fica com vergonha quando percebe que estou olhando. E eu amo, amo o seu cabelo, o seu cheiro, os seus beijos e os seus abraços. Eu o amo por completo, e a sensação é de amá-lo um pouco mais a cada dia.

— Vamos à casa do lago — sugiro. Seu olhar sai da tela para mim.

— Quando?

— Amanhã. Amanhã de manhã — respondo, mordendo o lábio pensativo.

— Assim de repente? — indaga com um sorriso confuso, levando o pincel até a tela.

— É um dia importante para mim.

— Hum... — Acena em concordância. — Tudo bem.

Simples assim. Ele não faz perguntas, em vez disso, pede para que eu mude para a próxima faixa de sua *playlist*.

Quando a noite cai, ele vem para a cama logo depois de ter tomado um banho, com o seu cabelo ainda úmido e as roupas cheirando a amaciante. Ele dá um jeito de pôr o computador na cama de maneira com que nós dois consigamos assistir ao *Rick and Morty*. E acaba dormindo perto das duas da manhã.

Eu abaixo a tela do *notebook*, antes de me virar para Vinícius e trazê-lo para os meus braços. Fito sua expressão serena por um instante; a forma que respira tranquilamente, o cabelo lhe cobrindo os olhos. Me sinto transbordar de amor. Quero apertá-lo e ficar dizendo o quanto eu o adoro, e nem mesmo isso seria o suficiente.

Afasto uma parte de seu cabelo, deixando um beijo na sua testa. Ele se encolhe, me aperta contra seu corpo em um ato inconsciente. Impossível pôr em palavras o quão bom é isso, e o quanto eu desejo ter isso pelo resto da minha vida.

É estranho pensar em uma realidade sem Vinícius. É estranho pensar no que eu era antes dele porque eu verdadeiramente não me lembro ao certo. Vinícius se tornou alguém tão importante na minha vida que é difícil crer em um futuro sem ele.

E eu penso em todos os planos que fazemos juntos, planos para o nosso futuro; penso no quão preciosos são para mim.

Saímos cedo no dia seguinte. Simba fica animado, latindo para todo o ser vivo que encontra. Ele realmente gosta muito de passear. Passamos na casa dos nossos pais antes de irmos. Ísis nos puxa para dentro, age como se não nos visse há séculos, sendo que jantamos todos juntos na última semana. Meu pai é quem estranha a nossa visita num sábado de manhã cedo.

— Estão com fome? — Pergunta ela, começando a acrescentar mais dois pratos à mesa.

— Já comemos, mãe — Vinícius diz, antes que ela comece a servir as porções. Ela solta um "ah" meio desapontado, e então começa a recolher os pratos.

— Por que estão aqui a essa hora? — Indaga o meu pai. — Rafael deveria estar no quinto sono agora.

— Vamos até a casa do lago hoje — digo. Ele arqueia as sobrancelhas, parecendo entender e logo está assentindo com a cabeça.

— Não querem levar um lanche? Eu faço pra vocês — Ísis torna a sugerir, segurando o braço de Vinícius em apelo. Ele abre um sorriso e logo cede, acaba por fim a ajudando com isso. Acho que ela ainda sente muito a falta dele em casa.

— Você já foi vê-la? — Meu pai toma coragem para perguntar quando estamos sozinhos na sala. Faço que não com a cabeça, mantendo os olhos fixos no meu colo.

— Vou passar lá, no caminho. — Solto o ar devagar.

Ele concorda. Deixa que o silêncio paire, que ambos nos percamos na bagunça de nossas próprias mentes.

— Tem certeza de que quer ir à casa do lago hoje? — Decide perguntar, agora com os olhos sobre mim.

— Acha que eu não deveria?

— Não, eu só... não quero que fique mal. — Atrapalha-se. — Aquele lugar tem muitas lembranças, Rafael.

— Eu quero ir — afirmo, tendo a plena noção do que vou enfrentar.

Ele concorda, opta por não discutir mais sobre isso. Vinícius logo está de volta, segurando os potes de comida que Ísis o convenceu a levar. Ela não deixa que saiamos da casa até conseguir deixar um beijo no rosto dele e no fim acaba fazendo o mesmo comigo, acertando um beijo na minha bochecha — ato esse que acaba mexendo comigo, hoje, mais do que nunca.

— E foi assim que eu cheguei até aqui, mãe.

Fito a lápide à minha frente. Leio e releio seu nome dezenas de vezes. Kang Chaewon. Eu me abaixo, estalando a língua no céu da boca. O vento corta contra o meu corpo, bagunça o meu cabelo e balança as folhas das árvores.

— Acho que... você teria gostado de conhecer o Vini. — Mordo o canto do lábio. — Ele é tão incrível. — Sorrio, correndo os olhos por todo o local.

Outro suspiro longo, o quinto desde que cheguei aqui.

— Vinícius e eu estamos indo à casa do lago, vamos passar o fim de semana lá. — Sorrio fraco, correndo os dedos pelas pétalas das flores brancas que seguro. — Me sinto próximo de você quando estou lá. — Minha voz soa em um fio.

Ouvindo apenas o som das folhas das árvores e o canto distante dos pássaros, com um suspiro longo, desço o olhar para a foto logo abaixo de seu nome. Ela sorria, tão bonita. Sempre, sempre sorrindo.

— Eu trouxe flores brancas dessa vez, não consigo me lembrar se suas favoritas eram brancas ou vermelhas. — Solto um riso fraco. — Me desculpe, mãe.

Pressiono os lábios, piscando algumas vezes quando minha visão se torna embaçada.

— Eu me esqueço de você às vezes — murmuro. — Eu não queria, é acidental. Quando penso na minha família e penso no meu pai, por um segundo, me esqueço de que nem sempre fomos só ele e eu; me esqueço que houve uma época em que você esteve lá. Sinto muito. — Minha voz falha.

Puxo o ar com força, tentando conter o restante das lágrimas que teimam em escapar pelo canto dos olhos.

— Não queria deixar isso acontecer, mas acontece. — Fungo. — Tenho medo de deixar a minha mente te apagar da minha memória, mas isso é só um medo bobo. Eu sei que sempre vou me lembrar de você. Inclusive, queria que estivesse aqui, que conhecesse o Vini, a menina de Guilherme. Eu me lembro de que você dizia que Victor conquistaria o mundo. — Rio, deixando essa memória me clarear a mente. — Ele, de fato, conquistou, você tinha razão.

Solto um riso frouxo, desviando o olhar.

— Eu penso muito nisso, nesses momentos importantes da vida, casamento, filhos... Queria que pudesse estar presente quando eu me casar ou que pudesse ter a chance de conhecer os meus futuros filhos. — Mordo o lábio. — De qualquer forma, sei que vai me apoiar de onde estiver...

Solto um suspiro longo, antes de deixar as flores sobre o túmulo, levantando-me devagar.

— Te amo, mãe — murmuro, deixando as lágrimas escorrerem. — Da próxima vez, vou cuidar para trazer flores brancas e vermelhas, e talvez alguns girassóis... Eles são bonitos.

Uma brisa fraca balança o meu cabelo, arrastando as poucas folhas secas largadas na grama. Levo uma das mãos até o meu rosto, enxugando-o com a ponta dos dedos, antes de finalmente dar a volta, seguindo o caminho até a saída do cemitério.

Assim que me vê cruzar o portão, Simba se joga na janela, latindo animado, e isso chama a atenção de Vinícius, que vira o rosto para me encarar, abrindo um sorriso de alívio.

— Podemos ir? — Pergunta, descruzando os braços assim que chego perto dele o suficiente.

— Podemos — concordo, puxando o ar com força.

— Tudo bem mesmo? — Insiste, franzindo de leve o cenho. — Não precisamos ir se você não estiver se sentindo bem.

— Eu estou bem, eu juro. — Rolo os olhos, com um riso soprado.

— Venha aqui — chama, passando os braços ao redor do meu pescoço, não me dando outra opção que não seja abraçar sua cintura.

Afundo o rosto na curva de seu pescoço, procurando não desabar ali mesmo porque Vinícius tem esse efeito sobre mim, ele me deixa vulnerável.

— Eu te amo. — Beija o meu pescoço.

— Eu te amo — murmuro, apertando-o ainda mais contra o meu corpo, se é que isso ainda era possível.

Porque, nos braços dele, eu me vejo perder completamente qualquer tipo de medo do mundo. Ele está sempre dizendo que se sente protegido quando está comigo, mas por vezes sou eu que me sinto guardado por ele. Me esforço tanto para ser forte o suficiente para ele, para resistir a tudo e poder ser a pessoa para quem ele corre quando está com medo, quando está cansado, que chego a me esquecer de que ele é tudo isso para mim também. Vinícius é o abrigo para onde eu quero voltar nos dias de tempestade. O lugar onde meu coração descansa, o meu lar.

Prolongamos aquele momento até acharmos certo nos afastar e ele me fita apenas para ter certeza de que estou bem. Em seguida, vai para o banco do passageiro, acolhendo Simba em seu colo. No instante em que ligo o carro, a música *Blackbird*[1] ecoa pelas caixas de som e faz com que uma paz indescritível se instale no meu âmago.

Vinícius traz sua palma para a minha coxa e a deixa ali enquanto canta a letra da música, com o vidro da janela meio aberto, por onde o vento entra e acaba por bagunçar todo o seu cabelo.

E por um instante, noto seu olhar sobre mim; me viro para encará-lo por quase dois segundos. Vinícius sorri largo, trazendo sua mão até o meu cabelo, acariciando minha nuca.

Com aquele sorriso bonito nos lábios, sem cessar o carinho casto que está deixando na minha nuca, enrola os meus fios de cabelo em seu dedo.

Quando chegamos, o dia corre como se as horas fossem segundos, brincamos como crianças e, quando a noite cai, já esvaziamos uma garrafa de vinho inteira, ouvindo uma música atrás da outra na vitrola, até que Vinícius me chama e diz:

1 Música de The Beatles (1968).

— Ben E. King — ele pede, entre um gole de vinho e outro, segurando entre os dedos a taça quase vazia.

Passo os dedos pela fileira de discos de vinil na estante e espero o seu balançar de cabeça em confirmação quando pergunto indiretamente se é o álbum que ele quer.

Vinícius abre um sorriso largo quando a primeira música começa, deixa sua taça na mesinha de centro e vem em minha direção. Dou um gole na minha própria bebida, antes de abandoná-la só para poder manter as mãos nele enquanto dançamos.

Descalços no tapete manchado de tinta, com as cortinas abertas e tendo como única fonte de iluminação, além da noite lá fora, a luz da cozinha que esquecemos ligada.

E é exatamente isso o que quero ter para o resto da minha vida quando o tempo tiver passado e levado a nossa juventude. Quando os momentos bons tiverem se eternizado no nosso passado, quero poder dançar com ele, descalço, uma música antiga, bebendo vinho e pensando na sorte que tive de poder amá-lo.

Vinícius sorri para mim, passando o polegar pelo meu rosto em forma de carinho, encostando sua testa na minha e deixando que nossas respirações se misturem. Abraço sua cintura, mantendo-o perto, sentindo seu calor junto ao meu. E passamos minutos inteiros assim, em silêncio, apenas aproveitando a companhia um do outro.

Enquanto a madrugada se estende, a garrafa de vinho vai esvaziando, trocamos os discos, conversamos, rimos e fazemos um sexo gostoso no sofá.

E sei que, em algum momento no futuro, estaremos conversando sobre esse dia, e o que nos restará será a saudade, a saudade de um tempo que não voltará mais. E quando este dia chegar, ao menos terei a certeza de que aproveitei cada segundo. E que meu amor por Vinícius foi o mais sincero existente.

E se, por alguma razão, existir um *felizes para sempre*, esse com toda certeza terá sido nosso.

— Rafael — ele chama no meu ouvido, com as mãos ao redor do meu pescoço.

— Oi!

— Você é como os girassóis de Van Gogh.

Acabo sorrindo, com um arrepio me subindo a espinha, um frio na barriga que me deixa extasiado.

— Não, eu sou como os girassóis de Dante — corrijo, afastando-me para olhá-lo, notando o instante em que seus olhos se enchem daquele sentimento bom, quando um sorriso aparece em seu rosto tão lindo que faz meu coração derreter.

E Vinícius me beija, com meu rosto entre as suas mãos.

Meu Deus... Ele é o amor da minha vida.

AGRADECIMENTOS

Os meus mais sinceros agradecimentos vão para cada uma das pessoas que insistiram nesta história quando ela ainda era um nada na internet; vão para cada leitor que esperou ansiosamente por cada capítulo, que leu e releu e que continua comigo até hoje. Vocês não sabem o quanto sou grata por ter vocês.

Aos meus amigos, que comemoraram comigo quando consegui um contrato de publicação. Obrigada, Daniel, Bia, Ingrid e Pedro, amo muito vocês.

Um agradecimento especial às amizades que o universo de fanfiction me proporcionou e que espero levar para a vida toda.

E muitíssimo obrigada à Editora Euphoria por ter me dado uma chance quando tudo parecia ter se perdido.

Dimensões: 16x23

Produzido em Rio de Janeiro, RJ
editoraeuphoria.com.br